MARIE LOUISE FISCHER
DA WIR UNS LIEBEN

MARIE LOUISE FISCHER

DA WIR UNS LIEBEN

ROMAN

VERLEGT BEI
KAISER

Berechtigte Ausgabe für den Neuen Kaiser Verlag – Buch und Welt,
Hans Kaiser, Klagenfurt,
mit Genehmigung der C. Bertelsmann Verlag GmbH., München

Schutzumschlag: Volkmar Reiter unter Verwendung eines Fotos
von Artreference, Frankfurt – Siwitz
Reproduktion: Schlick KG., Graz
Fotosatz: Times 9 Punkt, Gesamtherstellung: Ebner Ulm

Der Schatten des Hauses wuchs in den Garten hinein, aber noch stand Sabine Miller im heißen Licht der gleißenden Augustsonne. Angetan mit weißen Jeans und einer langärmeligen blauen Leinenbluse, die sie vor den Dornen schützen sollte, war sie dabei, ihre Rosen zu pflegen. Über den Arm gehängt trug sie einen strohgeflochtenen Korb, in dem sich die weißen, roten und gelben Blüten häuften. Jetzt war sie bei ihren Lieblingen, den hochstämmigen Parkrosen, angelangt, die ein kleines Rondell am Ende des Rasens bildeten.

Mit Freude betrachtete sie die eben erst eröffnete Knospe einer Gloria Dei, den schmalen roten Rand um das sanfte Gelb des Innenblattes, kämpfte mit sich, ob sie eine andere, schon voll erblühte Rose abschneiden oder ihr noch einen Tag geben sollte, entschied sich dann aber doch für den Schnitt, der den jungen Blüten zugute kommen würde.

Sie ging weiter zu einem lachsroten Exemplar, zupfte behutsam zwei harte, verkrumpelte Außenblätter ab, runzelte die Stirn, als sie an einer noch winzigen Knospe Blattläuse entdeckte, und bestäubte das Ungeziefer. Sabine lächelte, als sie sich einen Kriegsrat der Blattläuse vorstellte, bei dem die Tierchen gegen die Menschen, insbesondere gegen Gärtner und gärtnernde Hausfrau, wetterten.

Sie wirkte sehr jung in diesem Augenblick, so jung, daß ihr niemand ihre vier Kinder und ihre neununddreißig Jahre angesehen hätte. Das glatte blonde Haar, dessen Tönung sie mit einem Aufheller nachzuhelfen pflegte, fiel ihr in die gebräunte Stirn, und ihre Lippen waren voll und rot. Ihre Figur war zwar nicht mehr mädchenhaft, aber immer noch schlank genug, um attraktiv zu sein. Ihre Bewegungen waren anmutig und sicher. Ohne sich dessen bewußt zu sein, summte sie vor sich hin. Sie genoß diese stillen Stunden im Garten, die für sie immer noch nicht alltäglich, sondern wie ein kleines Wunder waren. Erst vor knapp drei Jahren war sie mit ihrer Familie in das Eigenheim am Stadtrand übergesiedelt. Vorher hatten Millers im Zentrum der Kleinstadt gelebt; dort hatte Sabine sich nicht einmal einen Blumenkasten halten können. Aber wo hätte sie damals auch die Zeit hernehmen sollen, sich um einen Garten zu kümmern? Sie hatte schuften und scharren müssen, um ihren Mann und die Kinder anständig zu versorgen und zu kleiden. Erst jetzt, da die drei Großen sie kaum noch belasteten, durfte sie aufatmen. Das jedenfalls versuchte sie sich einzureden, um so den feinen, aber ständigen Schmerz, den ihr das Entwachsen der Kinder verursachte, zu überspielen.

Während Sabine einen Trieb am Stamm der Parkrose entfernte, dachte sie an Torsten, ihren Ältesten – es verging kein Tag, ja, keine Stunde, ohne daß sich ihre Gedanken mit ihm beschäftigten. Mit zwanzig Jahren hatte Torsten seine Familie und die Kleinstadt verlassen und war in jenen Stadtteil Münchens gezogen, der auf junge Leute seines Alters und seiner Art immer noch genug Faszination ausübte: Schwabing. Künstler nannte er sich. Sabine konnte sich nicht vorstellen, wovon er lebte; solange er in Riesberg war, hatte er nie eine von seinen verrückten Kleckserelen verkaufen können. Sabine hatten sie zwar gefallen, aber sie wußte, daß ihr Urteil nicht objektiv war; sie schätzte alles, was ihre Kinder taten. Möglich, daß man in München Verständnis für Torstens Kunst hatte – aber gerade in dieser Stadt gab es bestimmt begabte junge Menschen wie Sand am Meer.

Gedankenverloren knipste Sabine einen abgeknickten Rosenzweig ab. Immer wieder versuchte sie, mit Vernunftgründen gegen ihre mütterliche Sehnsucht anzugehen. Es war friedlicher zu Hause geworden, seit Torsten fort war; der dauernde Streit zwischen Vater und Sohn hatte ein Ende genommen. Der Junge war alt genug, um sich allein durchs Leben zu schlagen, ja, vielleicht tat es ihm sogar ganz gut, nicht mehr behütet, beschützt und bevormundet zu werden. Aber das änderte nichts daran, daß er ihr fehlte. Liebend gern hätte sie in München einmal nach dem Rechten gesehen. Aber ihr Mann war dagegen, und hinter seinem Rücken mochte sie nichts unternehmen. Sie hatte ohnehin ein schlechtes Gewissen, weil sie Torsten finanziell unterstützte. Sie wußte, daß sie sich das eigentlich gar nicht leisten konnte; schließlich mußte die ganze Familie sparen, um die Hypothekenzinsen aufzubringen, am Haus waren immer wieder Reparaturen fällig, und ihr geliebter Garten verschlang ebenfalls genug Geld. Es war ungerecht, daß sie die anderen mit Suppen verköstigte, abgestoßene Hemdkragen wendete und Bettlaken flickte, nur um Geld für Torsten zu erübrigen. Aber konnte sie ihn denn einfach verhungern lassen?

Der Schatten hatte jetzt die Parkrosen erreicht. Sabine nahm die Sonnenbrille ab. Ihre Augen waren sehr blau, von einem Kranz winziger Fältchen umgeben. »Sven!« rief sie. »Sven!« Der magere Junge, der sich hinter den abgeernteten Johannisbeerbüschen zusammengerollt hatte, rührte sich nicht. Als die Mutter noch einmal rief, drückte er sich sogar mit den Zeigefingern die Ohren zu, um sich ungestört weiter in sein Schmökerheftchen vertiefen zu können.

Das Fenster unter dem spitzen Giebel des Hauses wurde geöffnet, und Knut steckte den Kopf heraus. »He, Bienchen, was ist?« rief er liebevoll-respektlos zu seiner Mutter hinunter. »Brauchst du Hilfe?«

»O ja, bitte!« Sabine wurde es bewußt, daß die Nachbarn bei dieser Lautstärke jedes Wort mithören konnten. Sie dämpfte ihre Stimme, weil sie sich daran erinnerte, wie sehr sie sich selbst über unnötigen Krach in dieser hellhörigen Wohngegend zu ärgern pflegte. »Würdest du, bitte, den Rasensprenger hierher...«

»Ich kann dich nicht verstehen«, schrie Knut unbekümmert zurück. »Aber ich komme runter!« Wenig später betrat er von der kleinen Loggia her den Garten, der Mutter sehr ähnlich, blauäugig und blond, kaum größer als sie und so muskulös, daß er untersetzt wirkte.

»Stellst du mir, bitte, den Rasensprenger auf?« bat Sabine.

»Na, dann wollen wir mal nicht so sein«, erklärte Knut gönnerhaft, »obwohl ich eigentlich nicht einsehe, wieso Sven sich vor jeder Arbeit drücken darf. Als ich in seinem Alter war...«

»... hatten wir noch kein Haus und keinen Garten«, fiel seine Mutter ihm ins Wort und lächelte ihm beschwichtigend zu. »Sei friedlich, Knut. Schließlich hat Sven Ferien!«

»Ich etwa nicht?«

»Doch. Aber du bist ein großer Junge, der schon begriffen hat, daß man nicht immer nur das tun kann, wozu man Lust hat.«

Knut grinste. »Das war anscheinend ein Fehler von mir.« Er begann den Schlauch aufzurollen.

Sabine klopfte sich mit dem Bügel ihrer Sonnenbrille gegen die Zähne. »Vielleicht hast du sogar recht. Je mehr man kann und je mehr man tut, desto mehr wird einem aufgebürdet.«

»Und so kommt es, daß ich in meinen Semesterferien nicht nur an der Klinik praktizieren, sondern auch Rasensprenger aufstellen muß«, ergänzte Knut mit Grabesstimme.

Sabine machte ihn nicht darauf aufmerksam, daß er sich selbst erboten hatte, ihr zu helfen. Sie kannte seine Art schon. Er genoß es ebenso, gebeten zu werden, wie sie zu beklagen. »Wenn ich wüßte, wo Sven steckt, hätte ich ihn schon rangekriegt«, sagte sie nur.

»Das weißt du also nicht?«

»Nein. Vorhin war er noch hier, und jetzt...«

Knut drehte den Wasserhahn auf, an den der Schlauch angeschlossen war.

Sabine unterbrach sich. »Aber, Knut... du mußt doch erst den Sprenger...«

Knut ließ den Strahl in die Höhe steigen, so daß er einen hohen Bogen beschrieb, um dann hinter den Johannisbeerbüschen niederzupladdern. Sven, den die kalte Dusche auf den Kopf und den nackten, braungebrannten Rücken getroffen hatte, sprang hoch. Knut verfolgte ihn mit dem Wasserstrahl. »Nanu, wen haben wir denn da?« spottete er.

»Das ist nicht fair!« Sven bemühte sich, sein Heftchen in Sicherheit zu bringen. »Mutti, sieh doch, was er tut! Sag ihm, er soll das lassen... Mutti, Mutti!«

»Knut, bitte, hör auf damit!«

Knut lachte. »Eine kalte Dusche ist genau das, was dem Kleinen gefehlt hat!«

Sven änderte seine Taktik. Er warf sein Heft in hohem Bogen in die Loggia und begann unter dem Strahl herumzutanzen. »Ja, prima, genau richtig!« rief er. »Mach mit, Bienchen, du ahnst nicht, wie gut das tut!«

»Ihr beiden Quatschköpfe!« sagte Sabine liebevoll. »Hört endlich auf mit dem Unsinn.« Sie stellte den Korb mit den Rosenblüten ab und drehte den Wasserhahn zu. »So, jetzt schließ den Sprenger an. Sven, hilf Knut!«

Die Brüder schraubten das kleine Gerät an das Ende des Schlauches,

Sabine drehte den Hahn wieder auf, und der Sprenger begann sich rhythmisch zu drehen. Er breitete Kaskaden von Wassertropfen aus und zauberte gleichzeitig den trügerischen Anschein sorglosen Wohlstands. Sven sprang noch ein paarmal durch den künstlichen Sprühregen, ein magerer, dunkeläugiger, schwarzhaariger Junge, zu dem der nordische Name nicht recht passen wollte. Als Säugling war er blond gewesen wie seine Brüder, und als es sich später herausstellte, daß er sich zu einem Zigeunertyp entwickeln würde, hatte die Familie sich schon so an den Namen gewöhnt, daß niemand daran dachte, ihn mit seinem zweiten Vornamen, Wolfgang, zu rufen.

Sabine spürte selbst, daß ihr das Lächeln, mit dem sie ihm zusah, zu mutterstolz geriet; damit konnte sie ihrem Befehl gewiß nicht den nötigen Nachdruck verleihen.

Erst als Knut ihn beim Genick gepackt und durchgeschüttelt hatte, verzog der Junge sich ins Haus, um sich eine trockene Hose anzuziehen. »Du läßt dir von dem Kleinen auf der Nase herumtanzen«, konstatierte Knut.

»Ich weiß, daß ich euch gegenüber strenger war«, gab Sabine zu, »aber hat es etwas genutzt? Torsten gammelt... und Ilona treibt sich mit einem Playboy herum.«

Er legte ihr die Hand unter das Kinn. »Um mich brauchst du dir wenigstens keine Sorgen zu machen, Bienchen!«

»Nein. Aber ich halte es nicht meiner Erziehung zugute. Du bist nun mal ein... ein gesetzter Charakter.«

»Ich weiß nicht, ob ich das als Kompliment auffassen soll.«

»Ach so!« Jetzt lachte sie ihn aus. »Du angelst nach Komplimenten! Ja, hättest du mir das gleich gesagt!« Sie gab ihm einen raschen Kuß auf die Wange. »Aber halte mich jetzt, bitte, nicht länger auf, ich bin mit meinen Rosen noch nicht fertig. Wenn du dich mit mir unterhalten willst, kannst du mich ja begleiten.«

»Mußt du denn nicht in die Küche?«

Sabine schüttelte den Kopf. »Vati hat angerufen. Er kommt heute etwas später.«

»Verdammt. Und ich wollte schwimmen fahren.«

»Kannst du doch! Mach dir einfach ein Butterbrot.«

»Aber ich brauche den Wagen. Ich kann doch nicht bei der Affenhitze bis zum See radeln. Und außerdem, wie sieht das aus?«

Sabine hatte Knut die Sprühdose in die Hand gedrückt und sich wieder den Rosen zugewandt. »Ich verstehe«, sagte sie ohne Spott, »du mußt an dein Image denken.«

»Na eben.« Knut hatte eine Laus entdeckt und ließ eine Dosis des tödlichen Pulvers auf sie niederrieseln. »Wenn ich nun warte... meinst du, daß er ihn mir wenigstens leihen wird?«

»Du hast ihn das ganze Wochenende über gehabt.«

»Na und? Andere haben schon längst ein eigenes Vehikel.«

»Wenn es das ist, was du möchtest, hättest du eben nicht Medizin studieren dürfen... und dir andere Eltern aussuchen müssen!« Sabine ließ eine voll aufgeblühte Rose in ihren Korb fallen. »Das wär's. Fertig. Dank dir für deine Hilfe, Knut.«

Sie hoben beide gleichzeitig den Kopf, als ein Auto vorfuhr. »Das ist Vater!« sagte Sabine.

Knut widersprach. »Schlechtes Gehör, Bienchen. Wenn du mich fragst... es ist ein Porsche!«

»Oswald Zinner!«

»Richtig. Falls sich Ilona nicht einen anderen Verehrer mit Porsche zugelegt hat!«

»So unternehmungslustig ist sie nun doch wieder nicht.«

»Sag lieber: soviel Porsches mit Besitzern, die für sie in Frage kämen, gibt es nicht in Riesberg und Umgebung.«

»Du bist zynisch, Knut!«

»Ja, so nennt man es gern, wenn jemand das beim Namen nennt, was andere tun! Mal sehen, ob er mich mitnehmen kann!« Knut ließ die Mutter stehen und lief um das Haus zum Vorgarten.

Sabine brachte die Giftdose auf dem obersten Brett des kleinen Geräteschuppens, der sich an die Seitenwand des Hauses lehnte, in Sicherheit und legte die Rosenschere dazu. Als sie wieder herauskam, stürmte Ilona in den Garten, ein langbeiniges, schlankes Mädchen. Vom Vater hatte sie das schwarze Haar geerbt, das ihr in einer langen Mähne bis auf den Rücken hinunter lief, von der Mutter die sehr blauen Augen: Attribute, die sie, noch betont von einem geschickten Make-up, zu einer auffallenden Erscheinung machten.

»Hallo, Bienchen!« rief sie. »Wieder mal bei deinen geliebten Läuschen?« Sie faßte die Mutter um die Taille und drückte ihr einen herzlichen Kuß auf die Wange. »Oswald hat mich nach Hause gebracht.«

»Ich hab's gehört«, sagte Sabine mit einem bewußten Unterton von Mißbilligung.

Ilona ließ sich nicht die Laune verderben; sie lachte mit blitzenden Zähnen. »Ich will mich nur schnell frisch machen, dann bin ich schon auf und davon. Du brauchst zum Abendbrot nicht mit mir zu rechnen.«

Es kostete Sabine Anstrengung, eine Frage zu unterdrücken. »Schon gut«, sagte sie nur.

Ilona eilte dem Haus zu. »Ich muß mich beeilen, Oswald wartet nicht gern.« Vor der Loggia drehte sie sich noch einmal um. »Übrigens... daß ich es nicht vergesse... wir haben uns verlobt!«

Diese unerwartete Mitteilung gab Sabine einen Schlag aufs Herz; sie wußte selbst nicht, was sie in dieser Sekunde empfand: Erleichterung, Freude, Unglauben, Mißtrauen oder sogar eine Spur von Neid.

»Was sagst du da?« fragte sie und kam sich töricht vor.

Ilona lachte. »Daß Oswald und ich uns verlobt haben. Du hast schon ganz richtig gehört!«

»Also das ist ja...« Sabine suchte nach den passenden Worten »...ein... toller Gag! Und den verpaßt du mir so zwischen Tür und Angel?«

»Na, gerade deshalb. Damit ihr nicht so ein widerliches Trara darum macht.«

Sabine war ihrer Tochter nicht böse, nur ein bißchen befremdet. Trotzdem wurde sie durch die lieblose Ausdrucksweise verletzt. »Meinst du nicht, daß du es wenigstens auch Vater sagen müßtest?« fragte sie.

»Aber sicher. Ich bin ja schon auf dem Weg zu ihm.«

»Er kommt heute etwas später.«

»Pech für ihn.« Ilona wirbelte davon.

»Ilona!«

Das junge Mädchen blieb stehen und wendete sich mit theatralischer Gequältheit um. »Was denn noch?«

»Wenn ich dich nun bitte, zu warten, bis Vati nach Hause kommt? Es kann bestimmt nicht mehr sehr lange dauern.«

»Aber wir haben was vor«, maulte Ilona. Mit mürrisch vorgeschobener Unterlippe sah sie mindestens so anziehend aus, wie wenn sie lachte. Sabine beobachtete sie stolz, bewundernd und doch auch mit einem kleinen Stich Eifersucht. Schon als Ilona noch ein Kind gewesen war, hatte sie oft das Empfinden gehabt, daß die eigene blonde Hübschheit neben der rassigen Schönheit ihrer Tochter verblaßte, ein Eindruck, der sich, als Ilona zur Frau heranwuchs, noch verstärkt hatte.

»Das habt ihr immer!« sagte sie gezwungen. »Aber ich meine, deine Verlobung ist doch wichtig genug, eure Pläne einmal umzuwerfen. Du kennst Vati, du weißt, wie empfindlich er ist. Du solltest wenigstens so viel Rücksicht auf ihn nehmen, ihm persönlich Bescheid zu sagen.«

Ilona zuckte die Schultern. »Okay. Wenn du darauf bestehst.«

»Ja, das tue ich. Und hol deinen jungen Mann herein. Ich habe es nicht so gern, wenn er die ganze Nachbarschaft zusammenhupt.«

Ilona wollte ihren Freund verteidigen, aber in diesem Augenblick erklang wirklich Oswald Zinners verbotenes Dreiklangsignal. »Dieser Irre«, schimpfte sie vergnügt und rannte um das Haus herum, den gleichen Weg, den ihr Bruder vor wenigen Minuten genommen hatte.

Sabine benutzte die Gelegenheit, ihre Rosen auf den Komposthaufen zu werfen, der hinter den Beerensträuchern im äußersten Winkel des Gartens angelegt war. Gern hätte sie einen Blick in den Spiegel geworfen, aber es wäre ja albern gewesen; sich für Oswald Zinner schön machen zu wollen. Dem jungen Millionärssohn würde nichts gleichgültiger sein als das Aussehen seiner künftigen Schwiegermutter. Zweifellos hatte er sich nicht mit Ilona verlobt, weil sie aus einer anständigen Familie, sondern, obwohl sie aus kleinen Verhältnissen stammte, sehr attraktiv war. Sabine hätte gern gewußt, wie Ilona ihn dazu gebracht hatte. Aber sie sah ein, sie würde es nie erfahren. Es gab Dinge, über die sie mit ihrer Tochter nicht sprechen konnte.

Sabine hatte gerade ihren Korb ausgeschüttet und kam wieder hinter den Sträuchern hervor, als die jungen Leute lachend und schwatzend um die Hausecke trotteten. Wieder einmal stellte sie mit leiser Befriedigung fest, daß Oswald Zinner junior durchaus keine attraktive Erscheinung war – mit ihrem eigenen Mann, mit Arnold Miller, wie er in jungen Jahren gewesen war, konnte er sich jedenfalls nicht messen. Er hatte rotblondes Haar und ein Babygesicht, das selbst unter stärkster Sonneneinwirkung nie braun, sondern höchstens rot und sommersprossig wurde. Noch war seine Figur sportlich trainiert, aber schon wurde der Ansatz eines Bäuchleins sichtbar, das sich später, wenn er nicht mehr so viel für sich tun konnte, sondern ernsthaft würde arbeiten müssen, noch mehr ausprägen würde. Aber er war sympathisch und intelligent und, zusammen mit den Millionen seines Vaters, die begehrteste Partie von Riesberg und Umgebung, ja möglicherweise von ganz Oberbayern.

»Gnädige Frau...« Er beugte sich über Sabines Hand.

Sabine ärgerte sich, weil sie sich in Gegenwart des Goldjungen leicht befangen fühlte. »Ich freue mich, daß Sie beide ernst machen wollen.«

Er lächelte sie an. »Nun, was mich betrifft, so habe ich vor – trotz Verlobung und allem Drum und Dran –, den Ernst des Lebens nicht so bald an mich herantreten zu lassen.«

»Was dir mit Hilfe eines gewissen Banknotenpolsters«, bemerkte Knut mit spürbarem Neid, »wohl auch gelingen wird.«

»Um Gottes willen, macht bloß keine Staatsaktion draus!« rief Ilona. »Wenn wir nicht in so einem Käsekaff leben würden, hätte ich nicht im Traum daran gedacht, mich zu verloben.«

»Ich schon«, behauptete Oswald Zinner, und zauste zärtlich ihr Haar, »allein aus Angst, daß jemand dich mir vor der Nase wegschnappen könnte.«

»Sie werden doch bleiben, bis mein Mann nach Hause kommt?« fragte Sabine.

Oswald Zinner sah Ilona an. »Tja, ich weiß nicht, eigentlich wollten wir...«

»Wir geben Vati 'ne halbe Stunde«, sagte Ilona obenhin, »wenn er es bis dahin nicht schafft, hat er Pech gehabt.«

»Sehr richtig«, stimmte Knut zu, »ich habe auch keine Lust, den ganzen Abend hier zu vertrödeln.« Er legte die Hand auf die Schulter seines zukünftigen Schwagers. »Komm mit ins Haus, Oswald! Wollen sehn, ob wir was Trinkbares auftreiben können.« Sie schlenderten auf das Haus zu. Erst im letzten Moment fiel es Knut ein, sich zu Sabine umzudrehen und zu fragen: »Wir dürfen doch, Bienchen?« Sie nickte nur, weil sie einen Kloß im Hals spürte. »Soll ich dir auch was mixen?« fragte er. Sie schüttelte den Kopf.

Sie verschwanden durch die Loggia ins Haus, und Sabine war es, als lösten sie sich aus ihrem Leben. Natürlich hatte sie gewußt, daß Ilona sich eines Tages an einen Mann binden würde, wenn sie auch nicht damit gerechnet hatte, daß es Oswald Zinner junior sein werde. War sie auf das Glück ihrer Tochter eifersüchtig? Nein, bestimmt nicht. Aber sie sah voraus, daß diese Ehe einen viel entscheidenderen Schritt bedeuten würde, als wenn Ilona sich in einen Mann aus ihren Kreisen verliebt hätte. Jetzt, mit dem Geld der Zinners, würde ihr die eigene Familie bald nichts mehr bedeuten. Gewiß, sie würde sich nicht ihrer Herkunft schämen, dazu war sie zu klug, aber es würde sie bald nichts mehr in die Schleiermacherstraße ziehen. Was konnten sie ihr noch geben, was sie nicht von ihren Schwiegereltern im Übermaß erhielt? Sabine machte sich nichts vor; bald würde Ilona nur noch ein seltener Gast sein.

Sie ließ sich auf die Bank am Gartenzaun sinken und legte die Hände in den Schoß. Sie hoffte nur, daß Arnold die Entwicklung der Dinge nicht so klar voraussehen würde wie sie selbst. Für ihn mußte der Abschied von Ilona einen noch viel stärkeren Schmerz bedeuten als für sie – höchstens vergleichbar mit dem Kummer, den sie um Torsten empfand. Wie selbstverständlich Knut sich den beiden angeschlossen hatte! Zweifellos war es nicht die Persönlichkeit des Schwagers, die ihn so anzog, sondern sein Geld und seine Beziehungen, von denen er selbst zu profitieren hoffte. Sabine mochte ihn deswegen nicht verurteilen; seine Reaktion war im Grunde ganz natürlich. Den Traum von Reichtum, von Glück und Sorglosigkeit, wer träumte den nicht? Und wer würde nicht versuchen, einen Zipfel davon zu schnappen und festzuhalten, wenn sich ihm die Chance bot?

Sabine sah sich in ihrem Garten um und entdeckte zum erstenmal, daß auch er ein Teil dieses Traumes war. Er war nicht groß, knappe eintausendfünfhundert Quadratmeter, und doch hatte sie ihn, zwischen den Nutzgärten der Nachbarhäuser, angelegt wie einen Park. Träumte sie sich, wenn sie ihre Rosen pflegte, nicht in die Rolle einer Schloßherrin? Ach was! Sabine schüttelte energisch den Kopf. Das war doch Unsinn. Sie vergaß keinen Augenblick, wer und was sie war, die Frau des Prokuristen Arnold Miller, und wenn sie den Garten möglichst hübsch angelegt hatte, so sprach das doch keineswegs gegen ihren Sinn für Realität, sondern höchstens für ihr Bedürfnis nach Schönheit.

Sie wollte aufstehen, als Frau Zibalsky, ihre Nachbarin zur Linken, sie über den Zaun hinweg grüßte. Sabine grüßte freundlich zurück und verzichtete darauf, ins Haus zu eilen, weil sie aus Erfahrung wußte, daß es keine Möglichkeit gab, der nachbarlichen Neugier zu entfliehen. »Sie haben Besuch?« fragte die Zibalsky; ihr spitzes, zerknittertes Gesicht wirkte eulenhaft unter der riesigen dunklen Sonnenbrille.

»Ja«, sagte Sabine zurückhaltend.

»Der junge Zinner?« Sabine nickte. »Er ist in letzter Zeit ziemlich oft mit Ihrer Tochter zusammen, nicht wahr? Vielleicht merken Sie das gar nicht so! Er hält meistens an der Ecke und läßt sie dort schon aussteigen.«

»Das habe ich wirklich nicht gewußt«, gab Sabine zu.

»Deshalb sage ich es Ihnen ja. Man kann heutzutage nicht vorsichtig genug sein. Die jungen Leute sind so... so leichtfertig geworden. Ganz anders als zu unserer Zeit. Ich bin direkt froh, daß wir keine Kinder haben. Das sage ich meinem Mann immer wieder. Ich hätte einfach nicht die Nerven. Was da alles passieren kann... Besonders bei einem Mädchen!«

Sabine wartete, bis der Redefluß der Nachbarin ins Stocken kam. Dann sagte sie, so beiläufig wie eben möglich: »Ilona und der junge Zinner haben sich verlobt.«

Frau Zibalskys schmaler Mund verzerrte sich. »Das ist das erste, was ich höre! In der Zeitung hat es jedenfalls noch nicht gestanden... oder doch?«

»Nein. Und ich bin auch nicht sicher, daß sie es veröffentlichen werden. Man denkt über so etwas ja heutzutage anders. Jedenfalls haben sie sich entschlossen, zu heiraten.« Sabine erhob sich jetzt doch.

»Wie reizend!« Die Stimme der Zibalsky überschlug sich. »Aber da kann man ja gratulieren!«

»Ja, das kann man.«

»Und wann soll die Hochzeit stattfinden?«

»Ich werde Sie's bestimmt wissen lassen, sobald der Termin feststeht!« Sabine ging auf das Haus zu und dachte, daß Ilonas Verlobung wenigstens das Gute gehabt hatte, daß sie der Zibalsky eins hatte auswischen können. Sie lächelte in sich hinein wie nach einem gelungenen Streich. Und Arnold würde beruhigt sein. Sie wußte, wie sehr er unter der Angst gelitten hatte, seine Tochter könne durch ihre Beziehungen zu Oswald Zinner unter die Räder kommen. Nun, da sie verlobt waren, schien diese Gefahr ja gebannt. Wieso eigentlich? Machte eine Verlobung wirklich solchen Unterschied? Sabine schob diese Überlegung von sich. Es war nicht ihre Aufgabe, Fragen allgemeiner Moral zu lösen. Sie mußte zufrieden sein, wenn es ihr und den Ihren gelang, die Strudel und Klippen des Lebens erfolgreich zu umschiffen.

Arnold Miller brauste am Steuer seines Opel Kadett mit hundertvierzig Sachen den Irschenberg hinunter. Der Fahrtwind riß die Klänge der Unterhaltungsmusik von »Bayern 3« fort, noch ehe sie sein Ohr erreichten. Er hätte laut hinausschreien mögen vor Glück. Sein Herz war erfüllt von einem jugendlichen Überschwang, wie er ihn seit vielen Jahren nicht mehr gekannt hatte und der jetzt fast drohte, ihm die Brust zu sprengen.

»Ich hab's, ich hab's, ich hab's«, sang es in ihm, »ich bin's, ich bin's, ich bin's... ich bin der Sieger.«

Die ganze Strecke von München her war er auf der linken Seite gerast, hatte schwere und stärkere Wagen spielend überholt und sich mit Blinken und Hupen freie Bahn geschaffen. Jetzt, da die Autobahn sich in drei Fahrspuren geteilt hatte, steigerte sich seine Siegeslaune noch. Ein roter Mercedes wich vor ihm auf die mittlere Fahrbahn aus.

Mit Schwung brauste Arnold Miller um die Kurve und – sah alle drei Fahrbahnen vor sich blockiert. Eine Limousine überholte langsam ein fast gleichstarkes Coupé, während die Bahn rechts außen von einem Möbelwagen benutzt wurde. In der Schrecksekunde nahm Arnold Miller das Bild in sich auf. Dann trat er auf die Bremse, so heftig, daß der Opel ins Schleudern geriet und sich um die eigene Achse drehte. Der Mercedes, jetzt hinter ihm, wich nach rechts aus und kam haarscharf an ihm vorbei.

Knapp vor dem Aufprall brachte Arnold Miller seinen Wagen wieder in die Gewalt. Schweiß stand ihm auf der Stirn. Seine Brillengläser hatten sich beschlagen. Die Arme zitterten. Er schlug das Steuer nach rechts ein, setzte sich hinter den Mercedes, verlangsamte das Tempo noch mehr und schlich auf der rechten Fahrspur hinter dem Möbelwagen her. Verdammt, das war gerade noch mal gutgegangen. Hundertmal war er diese Strecke schon gefahren, und gerade heute mußte ihm so etwas passieren.

Seine Siegesstimmung war wie weggeblasen und machte einer schmerzhaften Ernüchterung Platz. Was war schon passiert? Er hatte im Lotto gewonnen. Das würde auch nichts an seinem Leben ändern. Kein Grund, sich etwas darauf einzubilden. Seinem Chef konnte er damit bestimmt nicht imponieren. Für den waren fünfzigtausend ein Pappenstiel. Ganz davon abgesehen, daß ihm nur die Hälfte davon gehörte, die andere stand seinem alten Freund und Mitspieler Rudolf Kienzel zu. Er hatte das Geld natürlich nicht in der Brieftasche, sondern die gesamten fünfzigtausend Mark erst mal auf sein eigenes Gehaltskonto überweisen lassen, davon würde ihm die Hälfte bleiben – fünfundzwanzig Mille steuerfrei, das war immer noch ganz schön, aber doch kein Anlaß, verrückt zu spielen. Was war bloß in ihn gefahren? Der Schnaps, den er bei der Lottoannahmestelle spendiert hatte? Ausgeschlossen, er konnte doch Alkohol vertragen, und er hatte ja nur ein Glas getrunken. Es konnte nur der Erfolg gewesen sein, der ihn umgeworfen hatte. Aber war ein Lottogewinn überhaupt ein wirklicher Erfolg?

Arnold Millers Handflächen waren feucht. Er wischte sie, eine nach der anderen, an der Hose ab. Verdammte Hitze. Zu allem Überfluß war die mittlere Fahrbahn jetzt auch noch laufend besetzt, und er hing hoffnungslos hinter dem Riesenkübel von Möbelwagen. Na wenn schon, er hatte ja Zeit. Niemand erwartete ihn. Sabine wußte, daß er heute später kommen würde. Die würde Augen machen, wenn er ihr die fünfundzwanzig Mille auf den Tisch des Hauses blättern würde! Komisch eigentlich, daß er ihr noch nichts davon erzählt hatte. Früher, ja, da hatte es Zeiten gegeben, wo er nicht die geringste Kleinigkeit auch nur fünf Minuten vor ihr hätte zurückhalten können. Inzwischen war so etwas wie das große Schweigen zwischen ihnen ausgebrochen. Wieso eigentlich? Jedenfalls kein Grund zur Beunruhigung, wenn man mehr als zwanzig Jahre miteinander verheiratet ist.

Außerdem hatte er es ihr ja gesagt. Als am Samstag abend die

Zahlen gezogen wurden, hätte er es gar nicht für sich behalten können. Er war ins Schlafzimmer gestürzt und hatte gerufen: »Du, Biene, stell dir vor, wir haben gewonnen!« Sie hatte in ihrem hellblauen Nachthemd auf der Bettkante gesessen und sich die Füße massiert. »Na, wunderbar«, hatte sie gesagt, freundlich, aber ganz und gar nicht beeindruckt, einfach so obenhin, ohne jedes Interesse. Plötzlich hatte er keine Lust gehabt, ihr mehr zu erzählen. Sie schien gemerkt zu haben, daß sie ihn verletzt hatte. »Gratuliere«, hatte sie mit gewollter Heiterkeit hinzugefügt. Aber der große Moment war schon verpatzt. »Mal sehen, was dabei herausspringt«, hatte er gemurmelt und war ins Wohnzimmer zurückgekehrt, um sich den Samstagabendkrimi anzusehen.

Natürlich konnte man es Sabine nicht übelnehmen. In all den vergangenen Jahren hatten Rudolf und er immer nur Minimalgewinne erzielt; der höchste hatte hundertfünfundsiebzig Mark betragen. Also nahm sie an, daß diesmal auch nicht mehr dabei herauskommen würde. Als er ihre Skepsis spürte, waren ihm selbst Bedenken gekommen. Fünf von sechs richtig – was war das schon? Womöglich mußte er den zweiten Platz mit Tausenden teilen.

Am Montag hatte er dann in der Mittagspause von der Telefonzelle aus seine Lottoannahmestelle angerufen – Rudolf und er spielten prinzipiell nicht in Riesberg, denn wenn sie einen Gewinn machten, wollten sie sich darüber freuen, ohne von der halben Stadt angepumpt zu werden. Am Montag also hatte er es erfahren – wäre es nicht natürlich gewesen, es jetzt Sabine mitzuteilen? Warum hatte er es nicht getan? Er wußte es selbst nicht. Vielleicht hatte er immer noch gefürchtet, daß eine Verwechslung vorläge, hatte Angst gehabt, sich vor seiner Familie zu blamieren. Vielleicht hatte er auch geglaubt, mit den blauen Scheinchen einen größeren Eindruck machen zu können, als wenn er nur davon erzählte. Vielleicht auch war er sich selbst nicht ganz sicher gewesen, ob er es seiner Familie überhaupt mitteilen sollte. Diese Erkenntnis kam ihm erst jetzt und war für ihn eine echte Überraschung.

Wollte er den Gewinn etwa für sich behalten? Natürlich nicht. Was für eine Idee! Dennoch tat die Vorstellung weh, wie alle ihm das Geld aus den Händen reißen würden: Sabine für Torsten – sie ahnte wahrscheinlich nicht, daß er von ihren heimlichen Überweisungen wußte, Knut für ein eigenes Auto, Ilona, um ihrem Playboy imponieren zu können, und Sven – kein Zweifel, auch Sven würde schon eine Verwendungsmöglichkeit für ein paar Tausender einfallen.

Eines stand fest: wenn er das Geld hergab, würde es in kürzester Zeit verbraten sein. Keiner von ihnen konnte ja mit Geld umgehen, mit dieser Tatsache hatte er sich längst abfinden müssen. Kam es daher, daß die Kaspareks, die Familie seiner Frau, immer schon einen etwas leichtfertigen Zug gehabt hatten, den seine Kinder geerbt haben mochten? Oder lag es einfach an dieser Zeit, in der sich jeder einbildete, alles haben zu müssen, und keiner mehr bereit war, zu sparen und sich einzuschränken?

Egal, woher es kam, das Geld zerrann ihnen unter den Fingern.

Schließlich verdiente er gut, mehr als zweitausend Mark im Monat und ein dreizehntes Gehalt – über doppelt so viel wie sein Vater in seinem Alter –, und trotzdem kam Sabine nie aus. Immer jammerte sie ihm etwas von steigenden Preisen vor. Das stimmte zwar in gewisser Weise, aber doch nicht in dem Maße, wie sie behauptete. Wenn die Dinge zu teuer wurden, mußte man eben auf billigere Angebote zurückgreifen. Aber das eben verstand Sabine nicht, und die anderen genausowenig.

Er hatte schon daran gedacht, seinen Anteil am Lottogewinn gerecht zu verteilen: sich fünftausend Mark zu nehmen, die übrigen zwanzigtausend unter fünf geteilt – das ergab auch noch viertausend für jeden. Sie würden jubeln, so viel war sicher. Aber letzten Endes würde es doch hinausgeschmissenes Geld sein, so schnell würden sie damit fertigwerden. Er täte ihnen nichts Gutes damit. Nein, auch wenn dieser Gewinn sozusagen ein Geschenk des Himmels war; er war dafür verantwortlich, daß er richtig und nutzbringend angewendet wurde. Zum Beispiel, um die Bankhypothek, die auf dem Haus lastete, abzutragen; die Bausparkassenhypothek mit dem niedrigen Zinssatz war nur halb so belastend.

Andererseits: das Geld verlor von Jahr zu Jahr an Wert. Für ihn bedeutete das, daß die Hypothek, die er hatte aufnehmen müssen, immer billiger werden würde. Also wäre es ein Unsinn, sie so rasch wie möglich abzutragen. Vielleicht würde es besser sein, die fünfundzwanzigtausend Mark als festes Darlehen zu verleihen, um so von den Zinsen, die er selbst einnahm, die Hypothekenzinsen zu tilgen und selbst noch ein paar Pfennige übrig behalten zu können. Dies alles mußte mit Ruhe überlegt und durchgerechnet werden – und woher Ruhe nehmen, wenn seine Familie eingeweiht war? Da er schon so lange geschwiegen hatte, war es das richtige, auch weiterhin den Mund zu halten.

Natürlich nicht Rudolf Kienzel gegenüber. Den mußte er sofort benachrichtigen. Noch heute. Damit war keine Zeit zu verlieren, denn inzwischen war es schon Dienstag geworden. Er mußte ihm sofort nach Teneriffa telegrafieren. Glücklicher Rudolf! Der brauchte sich keine Gedanken darüber zu machen, wie er sein Geld anlegen würde – der konnte es ungestraft ausgeben, wie es ihm zugeflogen war. Das war der Vorteil, wenn man keine Familie hatte, keinen Menschen, für den man verantwortlich war, außer sich selbst.

Nur jemand wie Rudolf Kienzel konnte sich erlauben, seinen Urlaub auf Teneriffa zu verbringen. Für ihn, Arnold Miller, wäre das nicht einmal dann in Frage gekommen, wenn er ganz allein hätte fliegen wollen, ganz davon abgesehen, daß er Sabine nicht einfach abhängen konnte. Rudolf war schon zu beneiden, auch deswegen, weil er sein eigener Herr war. Seine Schreibwarenhandlung war zwar nicht gerade eine Goldgrube, aber sie warf genug ab für ein sorgloses Junggesellenleben. Und er brauchte sich von niemendem hereinreden zu lassen. Es hatte eine Zeit gegeben, da hatte man in Riesberg über Rudolf gewitzelt. Das war vor zehn Jahren gewesen, als ihm seine Frau, die lebenslustige hübsche Susanne, davongelaufen war. Schuldlos geschieden – das war nun einmal keine Empfehlung für männliche Qualitäten. Aber Rudolf hatte sich nichts aus dem Gespött gemacht, und allmählich war es verstummt. Im Grunde genommen konnte er nur froh sein, daß er Susanne los war, das war gar keine Frage. Sie war schon ein recht fleißiges Lieschen gewesen, immer noch Zielscheibe zahlreicher Stammtischwitze, natürlich nur in Abwesenheit des Exgatten, so taktvoll waren die Herren denn doch.

Arnold Miller hatte das Inntaldreieck schon passiert, als die Schlagermusik jäh verstummte und das musikalische Zitat von »Bayern 3« ertönte. »Wir unterbrechen für einen Reiseruf«, meldete sich eine sympathische weibliche Stimme. »Herr Egon Kasparek aus Riesberg, zur Zeit unterwegs in Oberbayern in einem hellblauen VW Variant, amtliches Kennzeichen unbekannt, wird gebeten, sofort nach Hause zu kommen...«

Miller war so in seine eigenen Gedanken versponnen, daß er erst bei der zweiten Durchsage aufmerksam wurde. Er erschrak, stellte das Autoradio lauter, aber inzwischen hatte sich schon wieder das »Spinnrad meiner Träume« zu drehen begonnen. Und doch, es bestand kein Zweifel, es war sein Schwager Egon Kasparek, der gesucht wurde. Wenn da nur nichts passiert war! Aber irgend etwas mußte los sein, denn ohne Grund wurde so ein Reiseruf doch nicht durchgegeben. Ob Rosy krank war? Oder die Zwillinge? Sabine hätte ihn auch aus solchem Anlaß bestimmt nicht suchen lassen, und schon gar nicht durch den Rundfunk. Aber bei Rosy war das etwas anderes, sie war so unselbständig, wirkte oft ganz einfach hilflos – oder hatte gar nicht sie selbst, hatten vielleicht Nachbarn den Reiseruf durchgeben lassen? Siedendheiße Angst überfiel Arnold Miller, die Ahnung einer Katastrophe. Er warf einen Blick auf die Uhr am Armaturenbrett, verglich sie mit dem Zifferblatt seiner Armbanduhr. Auf die Gefahr hin, daß Sabine das Abendessen verbrutzelte, er konnte jetzt nicht einfach nach Hause fahren; zuerst mußte er sich um die Kaspareks kümmern. Schließlich war Egon Sabines Bruder.

Er blickte in den Rückspiegel, blinkte, gab Gas, und jetzt endlich gelang es ihm, den Möbelwagen zu überholen. Aber seine Knie waren weich, und er atmete auf, als er wieder auf die rechte Fahrspur hinüberschwenken konnte. Der Schock saß ihm noch in den Knochen.

Die Kaspareks wohnten mitten in Riesberg, am Maximiliansplatz, der mit seinen Arkaden und den schmalen, eng aneinander gedrängten Häusern noch etwas von dem ursprünglichen Charakter der Stadt als mittelalterlichem Marktflecken bewahrt hatte, trotz Schaufenstern, Neonbeleuchtung, Bushaltestellen und Parkplatz.

Als Arnold Miller auf den Maximiliansplatz einbog, stellte er mit Erleichterung fest, daß das Leben dort seinen normalen spätnachmittäglichen Verlauf nahm. Jetzt erst wurde ihm bewußt, daß er das Schlimmste erwartet hatte: ein Funkstreifenauto, einen Krankenwagen oder doch eine aufgeregte Menschenmenge. Was auch immer Rosy oder den Zwillingen zugestoßen war, es war jedenfalls nicht spektakulär genug, die Umwelt zu alarmieren. Der Berufsverkehr hatte sich schon aufgelöst; Miller konnte auf den Parkplatz einscheren, zahlte und lief mit großen Schritten auf das rosa und weiß gestrichene Haus zu, in dessen drittem Stock sein Schwager mit seiner Familie lebte.

Die schwere Haustür neben der Drogerie unter dem Bogengang war unverschlossen. Miller hastete die Treppen hinauf. Hier, hinter den dicken Mauern, war es angenehm kühl. Die flachen Steinstufen waren ausgetreten, es roch nach Generationen von Bewohnern, ein Gemisch, das sich weder durch Schmierseife noch durch Scheuerpulver oder den verhältnismäßig neuen Ölanstrich der Wände vertreiben ließ. Arnold Miller drückte auf die Klingel unter dem Namensschild *Egon Kasparek.* In der Wohnung rührte sich nichts. Seine kaum beherrschte Angst flackerte wieder auf. Er klingelte noch einmal, diesmal anhaltend. Er wurde sich darüber klar, daß bei Rosy nichts unmöglich war. Vielleicht war er ja von Sabine beeinflußt, die von Anfang an gegen die Schwägerin eingestellt gewesen war, einfach deshalb, wie er manchmal dachte, weil ihr keine Frau gut genug für den geliebten Zwillingsbruder sein konnte.

In Wirklichkeit war der begabte und charmante Egon keineswegs ein solches Prachtstück, wie sie gern wahrhaben wollte. Er hatte in seinem Leben vielerlei Berufe mit großem Elan angefangen und nach kurzer Zeit enttäuscht wieder aufgegeben, war Hundezüchter gewesen, hatte eine Nerzfarm betrieben, einen Eissalon, hatte versucht, in den Beamtenstand zu gelangen, war mit großen Hoffnungen nach Kanada ausgewandert und zwei Jahre später zurückgekehrt. Bisher hatte die kapriziöse Rosy tatsächlich einen guten Einfluß auf ihn gehabt. Seit die Zwillinge auf der Welt waren, also immerhin schon seit drei Jahren, arbeitete er als Manager des Supermarktes »Zentrum«, fünf Kilometer vor den Toren der Stadt, und bis jetzt wies nichts darauf hin, daß er vorhatte, sich nach etwas Neuem umzutun – wahrscheinlich wäre es ihm in seinem Alter auch nicht mehr ganz leicht gefallen, anderswo unterzukommen. Dennoch hatte die Familie den feinen, mißtrauischen Abstand Rosy gegenüber gewahrt.

Jetzt stand Arnold Miller vor der verschlossenen Wohnungstür und begriff gar nichts mehr. Egon war doch durch den Reiseruf aufgefordert worden, sofort nach Hause zu kommen – aber was sollte das für einen Sinn haben, wenn er gar nicht hineinkam? Aber natürlich, er hatte ja einen Schlüssel, und trotzdem – Rosy oder sonst jemand mußte ihn doch hier erwarten. Oder war er schon vor ihm gekommen? Arnold Miller überlegte, ob er eine Nachbarin fragen oder besser gleich die Tür aufbrechen lassen sollte. Er wollte sich gerade abwenden, als er die Kinderstimmen hörte. Er bückte sich und rief durch den

Briefkastenschlitz: »Andy! Chris! Macht auf! Ich bin's, Onkel Arnold!« – Stille.

»Himmel, laßt mich rein! Wo ist eure Mutter?« Er spürte mehr, als daß er es hörte, wie Rosy schwebenden Schrittes sich näherte, dann kam ihre Stimme von der anderen Seite der Tür: »Bist du es wirklich, Arnold?«

»Verdammt noch mal, wer soll's denn sonst sein?!«

»Ich hatte dich nicht erwartet.«

»Ich habe den Reiseruf gehört.«

Rosy kicherte plötzlich – höchst unmotiviert, wie es Arnold schien. »Ach so!« Sie schloß die Tür auf, ließ aber die Kette vorgehängt, bis sie sich mit einem Blick überzeugt hatte, daß es wirklich ihr Schwager war, der draußen stand. Sie wirkte in ihrem superkurzen Minikleid, dem rotblonden zerzausten Haar, mit Spuren von Tränen auf den schmalen, fast hohlen Wangen, wie ein verängstigtes und zugleich doch mutwilliges Kind. Die Hand, die sie ihm reichte, war so dünn, daß man die Knöchlein und Sehnen hätte zählen können.

Die Zwillinge schossen aus dem Hintergrund des dunklen Ganges hervor und schrien zweistimmig: »Onkel Anno, Onkel Anno, hassu uns was mittebacht?«

»Nein, diesmal nicht!« Er hob sie einzeln hoch und ließ sich von jedem einen feuchten Schmatz verpassen. Danach verloren sie sofort das Interesse an ihm und schlitterten über die glatten Holzdielen davon.

Arnold sah in die grünen Augen seiner Schwägerin. »Rosy, was ist denn passiert?«

»Passiert?« Sie wiederholte das Wort, als habe sie keine Ahnung, was es bedeutete.

»Ich nehme doch an, daß du Egon hast suchen lassen.« Sie schwieg und zeichnete mit der Schuhspitze Kreise auf den Boden. »Das kannst du doch nicht ohne Grund getan haben«, drang er in sie.

»Ich hatte Angst.«

»Wovor denn?«

Sie zuckte die Achseln. Er warf einen Blick auf seine Armbanduhr. »Aber Egon muß doch ohnehin jeden Augenblick nach Hause kommen.«

»So? Meinst du?« Sie warf den Kopf in den Nacken. »Aber das tut er nicht. Er läßt mich allein. Abend für Abend.«

»Mit was für einer Erklärung?«

»Lügen.«

Er legte ihr die Hand unter das Kinn. »Eifersüchtig? Aber, Rosy! Jeder weiß doch, daß Egon ganz vernarrt in dich ist.«

»Und warum läßt er mich dann dauernd allein?« Sie fuhr sich mit dem Handrücken über die Augen.

»Ich werde ihn mir bei nächster Gelegenheit vorknöpfen«, versprach er, die Türklinke schon wieder in der Hand. »Jedenfalls bin ich froh. Ich habe mir schon schreckliche Sorgen gemacht.«

Sie packte ihn beim Arm. »Bitte ... geh nicht!«
»Ich muß nach Hause. Sabine wartet.«
»Aber ich habe Angst!«
»Egon wird jeden Augenblick kommen.«
»Dann bleib wenigstens so lange.« Sie lehnte sich leicht an ihn. »Ich mache dir auch was Gutes zu essen...« Ihr Körper war hart und gespannt, wie verkrampft.
Er mußte sich beherrschen, nicht vor ihr zurückzuzucken wie vor etwas Krankem. Sie wirkte keineswegs verführerisch auf ihn, und noch weniger versprach er sich von ihren Kochkünsten. Aber er brachte es nicht über sich, sie allein zu lassen. Er spürte, daß ihre Angst – Angst wovor nur? – echt war. »Na schön«, sagte er, »ich kann meine Frau ja anrufen.«
Aber dann tat er es doch nicht, und Rosy erinnerte ihn auch nicht daran. Er hätte nicht gewußt, wie er Sabine erklären sollte – jedenfalls nicht am Telefon und nicht in Rosys Gegenwart –, was er in der Wohnung ihres Bruders zu suchen hatte und warum er dort blieb.
Rosy eilte ihm jetzt voraus in das Wohnzimmer, ganz Gastgeberin oder vielmehr ganz Kind, das die geübte Gastgeberin spielt. »Willst du dich nicht setzen?« plapperte sie. »Was darf ich dir anbieten? Mach's dir bequem!«
Der Raum wirkte chaotisch, aber sie schien das nicht wahrzunehmen. Der Bücherschrank war halb ausgeräumt, ein Teppich zusammengerollt, Stühle auf den Tisch gestellt – alles sah so aus, als habe sie mitten im Großputz die Lust verloren und aufgehört. Sie machte jetzt auch keinerlei Anstalten, ihm etwas anzubieten, nahm einen Stapel Bücher auf, schien nicht mehr zu wissen, was sie mit ihm vorgehabt hatte und ließ ihn auf einen Sessel fallen – den letzten, der noch frei gewesen war.
»Kannst du mir verraten, wohin ich mich setzen soll?« fragte er.
»Wohin?« Sie lachte. »Das ist gut! Du bist immer so witzig, Arnold.«
»Es ist ja nirgends Platz.«
Rosy sah sich um. »Wirklich, du hast recht! Na so etwas! Ich werde dir einen Stuhl aus der Küche holen.«
»Das wäre auch eine Lösung«, gab er zu, »aber ich glaube, es ist besser, wir gehen beide in die Küche und kümmern uns um das Essen, ja? Was soll es denn geben?«
»Ach, irgend etwas«, sagte sie gleichgültig, »ich habe viele Büchsen da. Alles mögliche.«
»Na, dann laß uns mal sehen.« Beim Hinausgehen wäre er beinahe über einen vollen Putzeimer gestolpert. In der Küche sah es besser aus als im Wohnzimmer. Entweder hatte es Rosy fertiggebracht, sie aufzuräumen oder – und dieser Verdacht kam Arnold jetzt – sie hatte sie heute noch gar nicht benutzt. In der Speisekammer stapelten sich Büchsen mit Gemüse, Fleisch oder Eintopf, die aus dem Supermarkt

stammten. Da Arnold keine Lust hatte, eine große Kocherei in Gang zu bringen, fragte er: »Wo ist das Brot?«

Rosy begann sofort eifrig in allen Schubladen nachzuschauen und sagte dann: »Nichts mehr da. Egon wird welches mitbringen.«

»Kartoffeln?« Sie schüttelte den Kopf. »Na schön, dann essen wir Würstchen mit Sauerkraut.« Er öffnete die Dosen und bat sie, den Küchentisch zu decken.

Sie tat es auf ihre seltsam unorganisierte Weise, stellte einen Teller hin, legte eine Serviette dazu, holte das Salzfaß, starrte auf das begonnene Werk und schien plötzlich nicht mehr weiter zu wissen. Er erbarmte sich ihrer und sagte: »Vier Teller, Rosy... einen für dich, einen für mich, einen für Christian und einen für Andreas... vier Gabeln... vier Servietten...« Plötzlich ging es, Rosy bewegte sich anstellig. »Und nun leg noch ein fünftes Gedeck auf«, ordnete Arnold an, »für den Fall, daß Egon noch rechtzeitig zum Essen kommt.«

Aus dem Wohnzimmer drang unterdrücktes Quietschen herüber, auf das sie erst achteten, als es in lautes Wut- und Wehgeschrei überging. Arnold Miller riß die Tür auf. »Was ist los?« Im gleichen Augenblick entdeckte er die Bescherung. Die Zwillinge hatten sich gegenseitig mit dem Schmutzwasser bespritzt und waren jetzt völlig durchgeweicht. Der Eimer war umgekippt, und der Boden schwamm.

Rosy, die ihrem Schwager gefolgt war, begann hilflos zu jammern: »Ihr schrecklichen Kinder! Nicht eine Minute kann man euch aus den Augen lassen! Was fange ich denn jetzt nur an? Und Vati muß auch gleich nach Hause kommen!«

»Wisch das Wasser auf!« befahl Arnold energisch. »Ich stecke die Jungen währenddessen in die Wanne!«

»Bloß nicht waschen!« schrie Andreas entsetzt – er war eine halbe Stunde vor seinem Zwilling zur Welt gekommen und etwas schmaler, ein kaum merklicher Unterschied, den nur Eingeweihte entdeckten.

»Nicht waschen«, echote jetzt auch der andere.

Arnold packte die beiden Jungen beim Kragen und zerrte sie in das Bad. Er riegelte die Tür zu, damit sie ihm nicht entwischen konnten. »Marsch, marsch, zieht euch das nasse Zeug aus!« befahl er. Die Badewanne war schmutzig, sie hatte einen breiten dunklen Rand, und an den Wänden klebten Haare. Arnold nahm es eher mit Verblüffung als mit Entsetzen wahr. Er erinnerte sich nicht mehr, wann er zuletzt so etwas gesehen hatte. Zu Hause war das Bad immer sauber, ob er es morgens oder abends betrat.

Hier gab es nur einen altmodischen Badeofen, der mit Holz und Kohle geheizt werden mußte. Also beschränkte er sich darauf, die Jungen kalt abzuduschen, was sie sich nur unter Protest und gellendem Geschrei gefallen ließen. Er hätte ihnen gern die verklebten Haare gewaschen, verzichtete aber darauf, weil er nicht riskieren wollte, daß sie sich erkälteten. Außerdem fiel ihm mitten in der ungewohnten Tätigkeit ein, daß den Zwillingen ein bißchen mehr oder weniger Schmutz bestimmt nicht schaden würde, während es ja eigentlich ihre

Mutter war, um die er sich Sorgen machen mußte. So kürzte er die Prozedur ab, so gut es eben ging, und stürzte wieder aus dem Bad hinaus.

Rosy kniete, den Aufnehmer in der Hand, auf dem Fußboden und starrte versonnen auf die Pfütze, die schon langsam zwischen den Ritzen der Bretter versiegte. Arnold verschluckte eine heftige Bemerkung und sagte beherrscht: »Du wolltest aufwischen, Rosy!«

Sie lächelte zu ihm auf. »Ach ja.« Sie wrang den Aufnehmer aus und begann heftig zu reiben.

Die Zwillinge kamen, jeder in ein Frottiertuch gehüllte, aus dem Bad gehopst und schnupperten. »Hm, hiecht gut!« rief Christian, der, genau wie sein Bruder, noch kein R aussprechen konnte. Sie stürmten in die Küche. Arnold folgte ihnen rasch, damit sie kein Unheil anrichten konnten. Die Würstchen waren inzwischen aufgeplatzt, und das Sauerkraut war heiß. Er legte auf und rief Rosy herein. Die Jungen aßen mit gewaltigem Appetit – Arnolds Verdacht, daß sie mittags nichts Ordentliches zu essen bekommen hatten, verstärkte sich –, während Rosy mit weit aufgerissenen leeren Augen auf ihrem Teller herumstocherte.

»Komm, komm«, mahnte er, »nun iß, Rosy! Oder schmeckt dir nicht, was ich gekocht habe?«

Sie balancierte ein Stück Wurst auf der Gabelspitze, ohne es zum Mund zu führen. »Warum kommt er nicht?« fragte sie tonlos.

»Vielleicht hat er den Reiseruf gar nicht gehört. Hat er überhaupt ein Radio in seinem Auto?«

Rosy dachte angestrengt nach. »Ich weiß es nicht.«

Arnold unterdrückte sein Erstaunen darüber, daß sie eine so einfache Frage nicht beantworten konnte. »Wenn du nicht sicher bist, warum hast du ihn dann überhaupt über den Rundfunk suchen lassen?«

»Weil ich will, daß er nach Hause kommt«, entgegnete sie mit starrem Gesicht.

»Er kommt ja auch, Rosy!« Arnold tätschelte ihre Hand. »Er kommt bestimmt. Es kann vielleicht noch etwas dauern.« Er sah, wie Andreas seiner Mutter ein Würstchen vom Teller schnappen wollte, und gab ihm einen raschen Klaps auf die Hand. »Laß das!« Er bedauerte jetzt, den Jungen nichts übriggelassen zu haben, aber seit dem mittäglichen Kantinenessen hatte er nichts mehr gegessen und eben selbst Hunger gehabt.

»Soll ich eine Dose Obst aufmachen?«

»Au ja!« riefen Christian und Andreas: »Bitte, bitte!«

»Aber erst wird der Teller leer gegessen, Rosy!«

»Los, Mutti!« drängten die Jungen. »Nun mach schon!«

Sie gehorchte lustlos wie ein folgsames Kind. Arnold fand eine Dose mit Schattenmorellen und öffnete sie. Andreas und Christian räumten mit affenartiger Behendigkeit den Tisch ab, donnerten Kompottschalen hin und ließen Löffel über die Resopalplatte rutschen. Arnold verteilte die Kirschen. Sie aßen gerade wieder und begannen den Nachtisch zu essen, als sie den Schlüssel in der Wohnungstür hörten.

»Das ist er!« rief Rosy tonlos, und ihre Haut wurde durchsichtig vor Blässe. Die Zwillinge sprangen so heftig auf, daß ihre Stühle umpolterten. »Vati! Vati!« schrien sie und rannten los.

Gleich darauf stürmte Egon Kasparek in die Küche; als er seine Frau und seinen Schwager sah, schnappte er nach Luft. »Du bist...? Ihr seid...? Oh, mein Gott!«

Arnold kam sich, völlig unbegründeterweise, wie er selbst wußte, ertappt vor. »Ich habe den Reiseruf gehört«, sagte er, »und da bin ich gleich...«

»Das war hochanständig von dir!«

Rosy war wie eine Schlafwandlerin aufgestanden. Ihr Mann riß sie in die Arme. »Mein Liebling, mein armer Liebling... ich habe mir wahnsinnige Sorgen gemacht! Wie konntest du nur...! Es ist doch nichts passiert?«

»Ich war so allein!«

Egon Kasparek hielt Rosy an sich gepreßt und sah seinen Schwager über ihre Schulter an. »Ich habe es erst beim Tanken erfahren. Ich habe gar kein Radio im Kombi!«

»Das dachte ich mir schon.« Auch Arnold war aufgestanden.

»Du mußt doch nicht gehen... nur weil ich nach Hause gekommen bin!«

»Sabine wartet auf mich.«

»Ach ja. Natürlich. Grüß sie von mir!«

»Wird gemacht.« Arnold machte eine Bewegung in Richtung auf seine Neffen, die ihre Eltern splitternackt umtanzten. »Macht's gut, ihr beiden!«

»Pfüat di, Onkel Anno!« riefen die Jungen.

Egon Kasparek reichte ihm, ohne seine Frau loszulassen, die Hand. »Ich danke dir. Ich werd' dir das nie vergessen.«

»Ach was denn! Nicht der Rede wert. Vergiß nicht, den Rundfunk anzurufen... daß du gefunden bist.«

»Mach' ich. Du findest doch allein raus?«

»Aber ja.« Arnold durchquerte mit raschen Schritten die Wohnung und betrat das Treppenhaus. Er kam sich mehr als überflüssig vor, fühlte sich wie ein Mensch, der widerrechtlich den Schleier eines Geheimnisses gelüftet hatte, ohne doch zu begreifen, was sich dahinter verbarg. Als er sein Auto aufschloß, fiel ihm ein, daß Rosy sich nicht bedankt, ja, ihm nicht einmal auf Wiedersehen gesagt hatte.

Als Arnold Miller seinen Wagen in die Garage fuhr, war es neun Uhr vorbei. Er legte sich die Worte zurecht, um Sabine sein langes Ausbleiben zu erklären, aber sie fragte gar nicht danach. »Na, endlich!« sagte sie nur und gab ihm einen raschen Kuß auf die Wange. »Hast du schon gegessen, oder soll ich dir einen Teller Suppe warm machen?«

»Ich könnte schon noch etwas vertragen!«

Sie war ihm vom Garten her entgegengekommen, jetzt hakte sie sich, während sie auf das Haus zugingen, bei ihm ein. »Große Dinge haben sich in deiner Abwesenheit getan.«

»Ja?« fragte er zerstreut, in Gedanken immer noch bei den Kaspareks.

»Du wirst staunen«, fuhr sie munter fort, »Ilona hat sich verlobt.«

Er verhielt den Schritt. »Du machst Witze!«

»Aber nein, es ist wirklich wahr! Sie wollten es dir doch selbst sagen, aber du weißt ja, wie sie sind ... sie hatten noch was vor und konnten nicht so lange warten.«

»Wer?«

»Oswald Zinner und Ilona natürlich ... Knut ist auch weg.«

»Na, dann muß ich ja wohl dankbar sein, daß ich wenigstens aus deinem Mund etwas über diese sogenannte Verlobung erfahre.«

Sie drückte seinen Arm. »Nun sei nicht gleich böse, Arnold!«

»Ich bin enttäuscht«, sagte er und ärgerte sich über seinen eigenen schulmeisterlichen Ton, an dem er jedoch nichts ändern konnte, »was man mir wohl nicht verübeln kann. Ich hatte mir die Verlobung meiner Tochter eben anders vorgestellt.«

»Aber du weißt doch, wie die jungen Leute heutzutage sind!«

»Leider, kann ich da nur sagen.« Er war ihr in die Küche gefolgt. Sabine stellte den Elektroherd an. »Wir werden die Welt nicht ändern«, sagte sie leichthin, »Hauptsache, daß wir uns darin zurechtfinden.«

Er war verärgert, mehr noch, er fühlte sich abgeschlagen; zuviel war in den letzten Stunden auf ihn eingestürmt. Es kränkte ihn, daß Sabine nicht aufnahmebereit für seine Erlebnisse, sondern ganz erfüllt von Ilonas Verlobung war, die doch ohne sein Zutun, ja, gegen seine Voraussage zustande gekommen war.

Sie deckte rasch für ihn den Tisch, stellte Brot und Butter, eine Flasche Bier und ein Glas vor ihn hin. »Mir ist, ehrlich gestanden, ein Stein vom Herzen gefallen, als sie es mir sagte. Ich hatte immer Angst, Ilona würde sich durch diese ... na, Freundschaft, das Leben vermasseln.«

»Und diese Angst hast du jetzt nicht mehr?« fragte er nörglerisch.

»Na, ich bitte dich, wenn sie sich doch verloben!«

»Das ist leicht gesagt.«

Sabine hatte die Flasche geöffnet, das Glas in die Hand genommen und wollte ihm gerade Bier eingießen; jetzt hielt sie mitten in der Bewegung inne. »Wie meinst du das nun schon wieder?«

»Bisher hat noch niemand bei mir um ihre Hand angehalten.«

Sie lachte. »Das wird auch niemand, Arnold. Auf den Gedanken käme Oswald Zinner gar nicht.«

»Ja, weil wir kleine Leute in seinen Augen sind. Hätte er ein Mädchen aus seinen Kreisen gewählt, dann würde er sich schon so benehmen, wie es sich gehört. Aber auf uns braucht man ja keine Rücksicht zu nehmen.«

»Arnold!« mahnte sie schärfer als es nötig gewesen wäre, denn sie wollte sich nicht eingestehen, daß auch sie etwas ganz Ähnliches empfunden hatte. »Das ist aber nun doch wirklich kindisch!«

»Findest du? Ich nicht.« Er nahm ihr Flasche und Glas aus der Hand und schenkte sich selbst ein. »Ich hätte keineswewgs einen Heiratsantrag am Sonntag vormittag erwartet, im dunklen Anzug, mit Rosen und allem, was mal dazu gehörte ... aber immerhin, ein vernünftiges Gespräch wäre schon angebracht gewesen ... wann sie heiraten wollen und wie sie sich die Zukunft vorstellen und so weiter.« Er leerte durstig sein Glas. »Aber entweder ist ihnen schnurz, was wir von ihnen denken ... oder aber diese ganze sogenannte Verlobung ist nichts als ein Trick, um uns Sand in die Augen zu streuen.«

»Arnold!«

Er setzte das Glas mit einem Knall auf den Tisch. »Du wiederholst dich.« Er verließ die Küche.

Sie biß sich auf die Lippen. Wozu bloß wieder dieser Zank? Sie konnte ja gut verstehen, was ihn an dieser Verlobung ärgerte: daß er nicht gefragt, sondern einfach vor eine vollendete Tatsache gestellt worden war. Warum konnte sie das nicht zugeben? Warum mußte sie die Partei der jungen Leute ergreifen? Sie verstand sich selbst nicht.

Miller war in das Schlafzimmer gegangen, einen für die schweren Möbel, die noch aus dem ersten Ehejahr stammten, zu kleinen Raum, in dem er sich seitwärts zwischen den Betten und dem Schrank zum Spiegel schieben mußte. Er zog die Jacke aus und nahm die Brieftasche heraus. Mit zusammengepreßten Lippen betrachtete er die Quittung der Lottoannahmestelle. Wie wäre es, wenn er sich und Sabine mit seinem Gewinn eine neue Schlafzimmereinrichtung spendieren würde? Ein Bruchteil des Geldes würde dafür genügen. Aber ob sich diese Anschaffung noch lohnte? Wenn Ilona aus dem Haus ging, würden sie sich endlich getrennte Zimmer leisten können, wie es schon lange sein heimlicher Wunsch war. Er mußte nur eine günstige Gelegenheit abwarten, es Sabine beizubringen.

Ilona. Oder ob er die fünfundzwanzig Mille als Mitgift für seine Tochter springen lassen sollte? Dann würden die Zinners vielleicht Augen machen. Nein, eben, das würden sie nicht. Für die wäre das nur ein ganz kleiner Happen. Für Sabine im Moment bestimmt auch. Die war ja ganz fasziniert von dem millionenschweren Schwiegersohn in spe, stellte wahrscheinlich Vergleiche an zwischen ihrem eigenen Leben und der glänzenden Zukunft der Tochter.

Arnold Miller legte die Brieftasche auf seinen Nachttisch, steckte die Quittung in die Hosentasche und schlenderte in das Wohnzimmer hinüber. Der Raum war so düster, daß er einige Sekunden brauchte, um sich zu orientieren. Sven kauerte im bequemsten Sessel, die Knie angezogen, und starrte auf die Mattscheibe, wo gerade der bärtige Peter Wyngard in *Department S* eines seiner unglaubhaften Abenteuer bestand.

Unter normalen Umständen hätte Arnold, trotz des Fernsehspiels, eine Begrüßung von seinem Jüngsten erwartet. Heute war es ihm nur recht, daß Sven keine Notiz von ihm nahm. Mit raschen Schritten war er beim Schreibtisch, öffnete das obere Schubfach, zog das Kistchen mit den Lottoscheinen heraus und steckte die Quittung über den Gewinn ganz nach unten. Im Hinausgehen strich er Sven über den Kopf.

»'n Abend, Vati«, murmelte der Junge gedankenverloren.

Als Arnold Miller wenige Minuten später in die Küche zurückkehrte, jetzt geduscht und umgezogen, ohne Krawatte, in Hemd, Leinenhosen und Sandalen, tat Sabine ihm die Suppe auf. »Es tut mir leid, daß wir uns wieder mal gestritten haben«, sagte er reuig, »ehrlich, ich wollte das nicht, ich verstehe nämlich durchaus, was dich an der Sache stört.« Sie zog sich einen Stuhl heran und setzte sich neben ihn. »Aber es ist doch besser so, daß sie sich verloben, als daß sie nur so miteinander herumziehen, das mußt du doch zugeben!«

»Du nimmst mal wieder einen Wunschtraum für die Wirklichkeit«, behauptete er, »diese Verlobung ist doch ein bloßes Geschwätz.«

Sie fuhr hoch, allen guten Vorsätzen zum Trotz. »Wie kannst du sowas sagen!«

»Weil es wahr ist. Verloben kann sich jeder, das bedeutet rechtlich gar nichts und weniger als nichts, solange es nicht offiziell ist. Dieser Zinner hat sie ja noch nicht einmal seinen Eltern vorgestellt.«

»Ach, Arnold!« Sie legte ihm die Hand auf den Arm. »Warum mußt du denn so mißtrauisch sein? Laß uns doch einfach das Beste hoffen... bitte? Etwas anderes bleibt uns nicht übrig. Oder weißt du ein Mittel, ein neunzehnjähriges Mädchen von dem Mann zu trennen, in den sie vernarrt ist?«

»Früher haben Kinder ihren Eltern gehorcht«, sagte er verbissen.

»Sei doch nicht so stur, Arnold? Erinnerst du dich denn nicht? Als ich so alt war wie Ilona, da hatte ich schon mein erstes Kind... und wir waren gerade dabei, uns mit deinen Eltern wieder zu versöhnen.«

»Sie waren gegen dich, das stimmt«, gab er zu, »aber ich, das weißt du ganz genau, hatte von Anfang an ernste Absichten.«

»Aber sicher.« Sie zauste leicht sein Haar. »Ich würde mir auch nie einfallen lassen, dich mit Oswald Zinner junior zu vergleichen. Vor allem hast du viel, viel besser ausgesehen... nein, ganz im Ernst, ich finde dich heute noch attraktiver!«

Ihrem Lächeln hielt seine schlechte Laune nicht stand. »Die Suppe schmeckt übrigens ausgezeichnet«, erklärte er statt eines Komplimentes.

»Zum Nachtisch gibt es rote Grütze... echte! Aus selbst eingemachtem Saft. Ich habe dir mit Mühe und Not eine Portion aufbewahren können.«

»Paßt nicht zum Bier.«

»Dann schütten wir den Rest eben weg und gönnen uns eine Flasche Wein, ausnahmsweise, Arnold... zur Feier des Tages, ja?«

»Wenn du so schön bittest.« Er fühlte sich plötzlich entspannt, nahm die Brille ab und strich sich mit der Hand über die Augen. Sie beobachtete ihn und hatte sekundenlang den Eindruck, daß er nicht erwachsen war, nicht erwachsener als ihre Söhne, ein groß gewordenes

Kind, das man vor Gefahren schützen mußte. Aber diese Empfindung war so flüchtig, daß sie sie sofort wieder vergaß.

Ilona und Oswald Zinner lagen eng beieinander auf dem riesigen, quadratischen Bett im ersten Stock des ehemaligen Pförtnerhäuschens. Sie hatte den Kopf an seine Brust geschmiegt, und er streichelte ihren kleinen runden Busen mit der leidenschaftslosen Zärtlichkeit eines in diesem Augenblick völlig befriedigten Mannes. Alle Fenster standen offen, der Hauch eines Windes berührte die herabgelassenen Sonnenjalousien und ließ die Blätter der alten Ulmen aufrauschen. Aber noch brachte die Nachtluft kaum Kühlung.

Oswald Zinner hatte sich das romantische kleine Haus noch in seiner wilden Zeit als Junggesellendomizil ausbauen lassen. Er hatte die biedermeierliche Fassade erhalten, die Innenwände jedoch herausbrechen lassen, so daß es jetzt oben und unten nur je einen einzigen großen Raum gab, abgesehen von zwei Toiletten, zwei Bädern und einer Kochnische, in der er fast nur den Eisschrank benutzte. Seine Mahlzeiten nahm er regelmäßig im Gutshaus ein, das einen knappen Kilometer weit entfernt lag, am anderen Ende der Ulmenallee. Das Pförtnerhaus bot ihm den Vorteil, ungestört von elterlicher Neugier Besucherinnen empfangen und Partys feiern zu können, ohne ihn zu zwingen, auf den gewohnten Luxus zu verzichten.

Ilona war gern hier. Sie genoß das sanfte Licht, die zarte Bettwäsche, die dicken Teppiche, das moderne, behagliche Bad – und dennoch war für sie die Existenz dieses Schlupfwinkels ein Anlaß zu ständiger Beunruhigung. »Sag mal, fällt es dir eigentlich gar nicht schwer, so . . . so solide zu sein?« fragte sie jetzt und rieb mit geschlossenen Augen ihre Wange an seiner Brust. »Ich meine . . . hast du nicht manchmal ein bißchen Sehnsucht nach deinen früheren Abenteuern?«

»Aber wie sollte ich!« Er kniff sie leicht in die Brust. »Du ersetzt mir ja einen ganzen Harem.«

»Ich habe es ernst gemeint . . . du alter Spötter!« Sie schlug die Augen auf und sah eine andere Ilona und einen anderen Oswald Zinner von der Decke auf sie herablächeln.

Das Vorhandensein des Spiegels, der die gleichen Ausmaße hatte wie das darunter aufgestellte Bett, war Ilona zu Beginn ihrer Beziehungen zu Oswald Zinner peinlich gewesen. Sie hatte nicht gewagt, die Augen zu öffnen, und ihn mehrfach gebeten, ihn zu verhängen oder entfernen zu lassen. Aber er hatte sie nur ausgelacht, und inzwischen hatte sie sich an die Anwesenheit ihrer Doppelgänger gewöhnt, ja, es konnte sie sogar anregen, ihre schlanken braunen Glieder mit den fülligen weißen und rosigen ihres Freundes verbunden zu sehen; er erinnerte sie, von unten gesehen, an einen fröhlichen großen Putto, und sie war sich bewußt, daß gerade der Gegensatz ihre Schönheit wirkungsvoll unterstrich.

»Na, jetzt kannst du wenigstens wieder lachen!« Er kitzelte sie mit einer Strähne ihres schwarzen Haares an der Schläfe.

»Wieso?« fragte sie verblüfft.

»Mir kannst du doch nichts vormachen, Ilo... ich habe deutlich gemerkt, daß dir vorhin etwas über die Leber gekrochen ist.«

»War ich... unfreundlich?« fragte sie erschrocken.

»Das kannst du doch gar nicht sein. Nein, du hast dich sehr zusammengenommen, bloß deine Nase ist ein bißchen spitz geworden... und dann weiß ich genau, woran ich mit dir bin.«

Sie dachte nach. »Stimmt. Ich habe mich geärgert. Über mich selbst. Das ist so ungefähr das Schlimmste, was mir passieren kann, denn an wem soll ich dann meine Wut auslassen?«

»Versuchsweise an mir.«

Sie hatte ihn schon mehr als einmal gequält, immer dann, wenn er sich ihrer zu sicher fühlte und sie fürchten mußte, er könne ihr entgleiten. Trotzdem sagte sie: »Das wäre nicht fair.«

»Willst du mir nicht erzählen, was los war?« fragte er.

»Errätst du es wirklich nicht?«

»Keinen blassen Schimmer.«

Sie dachte nach und kam zu dem Schluß, daß sie sich keine Blöße gab, wenn sie ihm die Wahrheit erzählte. »Es war saublöd von mir, meiner Mutter mit der Verlobung zu kommen. Vielleicht sind wir es wirklich...«

»Wir sind es«, bestätigte er und strich mit der Hand über ihren flachen, festen Bauch.

»Du hast mir gesagt, daß du mich heiraten willst. Aber das geht doch nur uns beide etwas an, oder etwa nicht? Warum mußte ich darüber quatschen? Weil ich die versteckten Fragen und die ewigen vorwurfsvollen Blicke nicht mehr ertragen konnte. Ich dachte, mit der Verlobung würde ich ihnen das Wasser abgraben. Reinster Wahnsinn natürlich.« Sie setzte sich auf und zog die Knie an. »Jetzt geht es erst richtig los, worauf du dich verlassen kannst. Jetzt werden sie sich Sorgen machen, ob du es auch ernst meinst... wann du mich endlich deinen Eltern vorstellst... wann wir heiraten, wie wir leben wollen und so weiter und so fort.« Sie warf ihre Mähne in den Nacken. »Ach, du hast ja keine Ahnung, wie es in kleinbürgerlichen Familien zugeht!«

»Nicht viel anders als in großbürgerlichen, denke ich«, erklärte er mit Selbstverständlichkeit. Zwar hatte erst Oswald Zinner senior, der Vater, nach dem Krieg das große Geld durch die Verwertung von Kriegsmaterial gescheffelt, aber immerhin war schon der Großvater Hugo Zinner ein kleiner, aber selbständiger Unternehmer gewesen, so daß die Zinners sich keinesfalls als neureich betrachteten, wenn sie auch Gut Apfelkam, das der Familie als Wochenend- und Sommersitz diente, nicht geerbt, sondern gekauft hatten.

In Ilonas Augen stand Oswald Zinner eine, wenn nicht mehrere Stufen höher auf der gesellschaftlichen Leiter als sie selbst. »Du hast keine Ahnung«, behauptete sie.

»So? Habe ich nicht? Das ist aber ein ganz großer Irrtum, Ilo! Was versteckte Fragen und vorwurfsvolle Blicke betrifft, bin ich sozusagen

Spezialist. Vielleicht habe ich es etwas leichter gehabt als du, weil ich ein Mann bin, aber trotzdem habe ich mir mein bißchen Freiheit hart erkämpfen müssen.« Er versuchte sich an einer Nachäffung seines Vaters: »Wann wird der Junge endlich vernünftig werden, Helen? Ich wünschte, er würde sich mehr für das Geschäft interessieren. Es wird langsam Zeit, daß er seine Bohème-Manieren ablegt. Wie spät ist er denn heute wieder zum Frühstück erschienen?«

Sie lachte. »Sind deine Eltern tatsächlich so?«

»Und ob! Papa besonders. Doch Mama ist eigentlich noch schlimmer, sie macht sich bestimmt noch viel mehr unnötige Gedanken, sie spricht sie nur nicht aus. Aber ich kann sie hinter ihrer weißen Stirn lesen.«

»Du übertreibst.«

»Nicht die Bohne. Diese Familieneinmischung ist etwas, womit man sich abfinden muß. Glaub bloß nicht, du kannst ihr durch mich entrinnen. Auch wenn wir verheiratet sind, wird das weitergehen. Ich sehe unsere Mütter schon miteinander ratschen: Jetzt sind die beiden über ein Jahr verheiratet und immer noch kein Kind! Woran das liegen kann? Ob sie die Pille nimmt? Mein Gott, es ist ja zu verstehen, daß die jungen Leute sich amüsieren wollen, aber einmal muß Schluß sein.«

Ilona schaukelte sich, die Arme um die Knie geschlungen, vor Vergnügen. »Ich lach' mich krumm und schief!«

Er schmunzelte. »Das ist endlich der richtige Standpunkt. Und da wir gerade beim Thema sind: hast du Lust, Familie Zinner zu Kaffee und Kuchen zu besuchen? Vielleicht am Samstag?«

Sie hielt mitten in der Bewegung inne. »O ja, Oswald! Aber du mußt doch vorher noch mit deinen Eltern reden?«

»Klar. Dazu ist bis Samstag noch massenhaft Zeit.«

»Und wenn es ihnen nun nicht recht ist?«

Er packte sie beim Haar und zog sie wieder zu sich herab. »Bis zur Decke werden sie springen vor Freude. Sie haben ja auch allen Grund dazu. Denn wem verdanken sie es, daß ich solide geworden bin? Nur dir!« Seine Hände waren jetzt nicht mehr zärtlich, sondern hart und besitzergreifend, Seine Lippen preßten sich auf ihren Mund.

»So solide«, murmelte sie, als sie wieder zu Atem kam, »bist du nun auch wieder nicht!« Dann versanken sie in ihrer Leidenschaft.

Arnold Miller erwachte mit einem Kater. Es war spät geworden am Abend zuvor, und es war nicht bei der einen Flasche Wein geblieben, die er Sabine zuliebe geöffnet hatte. Sie hatten noch auf der Loggia gesessen, als Oswald Zinner die Tochter nach Hause gebracht hatte, und das bewußt höfliche Benehmen des künftigen Schwiegersohnes hatte Miller mit der überraschenden Wendung der Dinge versöhnt; er gestand sich ein, daß seine oft wiederholte Vermutung, Ilona sei nur ein Spielzeug für den reichen jungen Mann und werde eines Tages achtlos beiseite geschoben werden, sich nicht bewahrheitet hatte. Nach einigen Gläsern Weinbrand hatte er sich zu der Überzeugung durchgerungen, daß diese Verlobung eigentlich doch ein großes Glück für Ilona und für die ganze Familie war. Er und Sabine hatten mit Oswald Zinner den Verwandtschaftskuß getauscht, Knut war dazu gekommen, und so war es ein festlich vergnügtes Beisammensein geworden. Merkwürdig nur, dachte er, daß von dieser ganzen Hochstimmung nichts geblieben war als ein pelziger Geschmack im Mund und ein hohles Brummen im Schädel.

Den ganzen Vormittag war ihm so, als habe er etwas sehr Wichtiges übersehen. Er hatte es mit seiner Arbeit seit jeher genau genommen, heute aber überprüfte er die täglichen Abrechnungen mit einer Akribie, die seiner Mitarbeiterin, Fräulein Döring, deutlich auf die Nerven zu gehen begann. Erst kurz vor Mittag fiel ihm ein, daß sein Versäumnis nichts mit der Buchhaltung der Zeltner-Werke zu tun hatte, sondern allein sein Privatleben betraf: er hatte vergessen, seinem Lottomitspieler Rudolf Kienzel zu telegrafieren. Er nahm den Hörer ab, wählte und warf ihn wieder auf die Gabel. Nein, in Gegenwart der Döring konnte er diese Nachricht unmöglich durchgeben. Noch am gleichen Tag würde der ganze Betrieb, vierundzwanzig Stunden später ganz Riesberg Bescheid wissen, und gerade das war es doch, was Kienzel und er immer hatten vermeiden wollen. Deshalb spielten sie doch in München und nicht hier.

Es hatte auch keinen Zweck, bis zur Mittagspause zu warten, denn die Döring, stets besorgt um ihre Figur, von der sie ihre Heiratschancen abhängig glaubte, pflegte die Kantine nicht aufzusuchen, sondern lieber ein Joghurt und einen Apfel zu sich zu nehmen. Sollte er selbst zur Post fahren? Aber er glaubte das Gesicht des Beamten schon vor sich zu sehen, wenn er ihm das Telegramm in den Schalter hineinschob: Hurra, endlich hat es geklappt! Haben fünfzig Mille im Lotto gewonnen. Wahrscheinlich durften die Leute von der Post nicht reden, aber sie würden sich ihren Teil denken, und wer garantierte dafür, daß sie nicht doch untereinander davon sprachen – oder mit ihren Frauen? Schließlich war ein Lottogewinn in dieser Höhe doch ein Ereignis.

Er erinnerte sich an eine Begebenheit, die Apotheker Reibler des öfteren zu immer neuer Belustigung am Stammtisch im *Goldenen Löwen* zum besten gab. Reibler hatte das Kriegsende im Lazarett verbracht und dort ein Techtelmechtel mit einer Schwester angefangen, die ihm, als er wieder zu Hause in Riesberg war, postlagernd glühende Liebesbriefe geschrieben hatte. Als er eines Tages Briefmarken kaufen wollte, hatte ihm ein Postfräulein strahlend zugerufen – deutlich genug, daß alle Anwesenden es hören konnten: »Es ist auch noch ein Brief für Sie da, Herr Reibler! Kennwort Sonnenschein!«

Nein, dem Postgeheimnis in der Kleinstadt war nicht zu trauen. Er durfte es nicht wagen, das Telegramm anders als telefonisch über die Münchner Zentrale aufzugeben. Also mußte er in der Mittagszeit nach Hause fahren, was wieder einen Haufen Erklärungen Sabine gegenüber nötig machen würde. Er klopfte mit dem stumpfen Ende des Kugelschreibers auf die Schreibtischplatte und blickte auf das Betriebsgelände hinaus, auf die weiße, langgestreckte Fabrikationshalle und die Rampen, an denen die Lastwagen mit Kisten voller Kunststofferzeugnisse beladen wurden. Wenn er sich nun einen verschlüsselten Text ausdachte? Aber damit würde er vielleicht erst recht Neugier erregen, und außerdem riskierte er, daß Kienzel nicht schlau daraus wurde. Also blieb nur eines: bis zum Abend warten.

Die Werkssirene verkündete mit ohrenbetäubendem Lärm, der Miller nach all den Jahren immer noch an Krieg und Bombenalarm erinnerte, daß es zwölf Uhr geworden war. Die Döring schaltete sofort ihre elektrische Schreibmaschine aus und räumte ihre Unterlagen beiseite. »Darf ich Ihnen ein Alka-Seltzer anbieten, Herr Miller?« fragte sie lächelnd.

Er wurde aus seinen Gedanken gerissen. »Sehe ich aus, als wenn ich's nötig hätte?«

Sie blickte ihn prüfend durch die eckigen, getönten Gläser ihrer Brille an. »Um die Wahrheit zu sagen . . . ja!«

»Na, dann geben Sie her.« Es wurde ihm bewußt, daß das reichlich barsch geklungen hatte, und er fügte ein »Bitte« hinzu. Er blickte auf seinen Kalender. Nachts wurden auf Teneriffa bestimmt keine Telegramme ausgetragen. Das bedeutete, daß Rudolf Kienzel den Bescheid frühestens am Donnerstag bekommen würde. Aber seit Samstag nacht wußte Miller schon, daß sie gewonnen hatten. Das könnte ja fast so aussehen, als habe es Miller einige Überwindung gekostet, seinem Freund die Nachricht zu übermitteln! Natürlich würde Rudolf Kienzel nicht annehmen, daß er ihm den Gewinn hätte unterschlagen wollen. Das war ganz ausgeschlossen. Sie spielten ja nach System, so daß sein Partner die eingesetzten und die ausgespielten Zahlen mit Leichtigkeit vergleichen konnte, ganz davon abgesehen, daß Kienzel wissen mußte, wie korrekt Miller in diesen Dingen war. Ihm zu mißtrauen bestand kein Anlaß, aber blöd sah es aus, so viel war sicher.

Plötzlich kam ihm eine Idee. Und wenn er den Freund nun gar nicht benachrichtigte? Wenn er einfach wartete, bis er zurückkam, und es ihm dann persönlich sagte? Das war besser, viel besser. Er wunderte sich, wieso er nicht gleich darauf gekommen war. Dann konnte er sich auch selbst an Kienzels Überraschung weiden. Das würde einen Knall geben, Himmel, ja, daß er daran nicht gedacht hatte!

Fräulein Döring brachte ihm einen Plastikbecher mit der schäumenden Flüssigkeit. »Hoffentlich hilft's Ihnen auch«, sagte sie.

Er stürzte den Trank hinunter. »Es hat schon, Mädchen«, behauptete er, »Ihre Fürsorge hat mich seelisch aufgerichtet, und genau so was hatte ich gebraucht.«

Sie spürte seine veränderte Stimmung. »Fast könnte man es Ihnen glauben«, sagte sie leicht verwirrt.

Arnold Miller grinste und verließ das Haus. Er dachte daran, wie sehr er hinter einem Gewinn hergewesen war, und nun, kaum daß es einmal geklappt hatte, begannen auch schon Probleme, die er früher gar nicht gekannt hatte. Dabei bestand tatsächlich kein Grund, sich Sorgen zu machen, denn das Geld lag gut und sicher auf der Bank. Es konnte gar nichts passieren.

Ilona ballte die schmalen braunen Hände zu Fäusten, als sie am Samstag nachmittag, an Oswald Zinners Seite, das erste Mal durch die Ulmenallee zum Gutshaus hinauffuhr. Er bemerkte ihre Nervosität und legte beruhigend die Hand auf ihr Knie. »Nur keine Bange, Liebling!«

Sie wandte ihm ihr blasses Gesicht zu und behauptete: »Ich fürchte mich kein bißchen.«

»Um so besser.« Er schmunzelte. »Auf alle Fälle steht dir das Nichtfürchten fabelhaft. Du bist schöner denn je.«

»Ich habe auch volle zwei Stunden gebraucht, diesen Zustand der Vollkommenheit zu erreichen«, erwiderte sie mit dem schwachen Versuch, auf seinen Ton einzugehen.

»An dein Make-up habe ich jetzt gar nicht gedacht, Ilo, sondern an den ungewohnten Ausdruck von Durchgeistigung.«

Sie zückte ihren Taschenspiegel. »Weil ich Schatten unter den Augen habe?«

»Sie stehen dir wundervoll.«

Sie steckte den Spiegel mit einem leichten Seufzer wieder fort. »Hoffentlich fassen deine Eltern sie nicht falsch auf.«

»Wen?«

»Die Schatten. Als ich klein war, hieß es immer: Schlimme Mädchen kriegen Schatten unter die Augen.«

»Wer hat das gesagt? Etwa deine Mutter?«

Ilona überlegte. »Die nicht. Aber geglaubt hab' ich's doch.«

Er lachte. »Jetzt hast du den Beweis, daß es nicht stimmt: so brav wie gestern abend waren wir doch seit langem nicht mehr.«

Die Ulmenallee endete vor dem Gutshaus. Eine zweiflügelige Treppe führte zu dem hoch gelegenen Portal hinauf. Oswald Zinner trat auf die Bremse, etwas zu heftig, wie es seine Art war, aber Ilona war darauf vorbereitet und hielt sich fest.

»Gnädiges Fräulein . . . darf ich bitten?« Er stellte den Motor ab, lief um den Porsche herum und öffnete ihr mit einer übertriebenen Verbeugung den Schlag. Ilona stieg zögernd aus.

Das Haus war ein ziemlich großer Kasten; es hatte zwar nicht die Merkmale, wohl aber die Größe eines kleinen Schlosses. Trotz frischen Verputzes und der leuchtend grün gestrichenen Fensterläden wirkte es nicht einladend, sondern bedrückend. Jedenfalls empfand es Ilona so. Aber sie wollte sich nicht einschüchtern lassen. »Nanu?« fragte sie. »Wo sind denn die Hühner, Gänse und Schweine?«

»Hast du so was im Ernst erwartet?« fragte er zurück. »Der Gutsbetrieb ist selbstverständlich verpachtet. Das Bauernhaus und die Stallungen liegen weiter rechts, man kann sie von hier aus nicht sehen. Wir bewohnen nur diese Gebäude, und das macht Arbeit genug.«

»Kann ich mir vorstellen«, murmelte Ilona.

»Also dann ...« Er reichte ihr den Arm und führte sie zur Treppe. Obwohl sie sich sehr beherrschte, war ihr Unbehagen spürbar, so daß er sich etwas anderes einfallen ließ. »Weißt du was, wir gehen hinten herum«, sagte er, »durch den Park, das wird dir besser gefallen.«

»O ja!« rief sie dankbar und fügte dann, schon wieder unsicher hinzu: »Aber geht denn das?«

»Und ob.«

»Ich meine ... ist das nicht ungehörig? Werden deine Eltern sich nicht darüber ärgern?«

Er blieb stehen und packte sie bei den Schultern. »Jetzt hör mir mal gut zu, Ilo. Weder du noch ich, keiner von uns hat Grund, Rücksicht auf die Launen meiner Eltern zu nehmen. Es steht überhaupt nichts auf dem Spiel, begreif doch das endlich! Das Schlimmste, was passieren könnte, ist, daß sie dich nicht mögen ... na und? Nebbich. Das würde die privaten Beziehungen zwischen mir und den alten Herrschaften ziemlich kühl gestalten, aber sie würden mehr darunter leiden als ich, da sei sicher. Aus der Firma schmeißen würden sie mich deswegen nicht, das können sie sich gar nicht leisten, denn schließlich bin ich kein kleiner Junge mehr, sondern ein erwachsener Mann, der genügend Erfahrungen auf dem Buckel hat. Ist das klar?«

»Ja, Oswald.«

»Das genügt mir nicht. Sage laut und deutlich: Es hängt gar nichts von diesem Besuch ab.«

»Es hängt gar nichts von diesem Besuch ab«, wiederholte sie folgsam und setzte hinzu: »Ich möchte deinen Eltern aber trotzdem gefallen.«

Er lachte. »Das wirst du doch, Liebling. Du siehst aus wie ein Engel. Wirklich.«

Sie wußte, daß sie schön war. Das makellos weiße Kostüm stand gut zu der sonnengebräunten Haut, und die mauvefarbene Chiffonbluse unterstrich das überraschende Blau ihrer Augen. Sie hatte lange überlegt, was sie anziehen sollte, und sich mit ungewöhnlicher Sorgfalt zurechtgemacht. Doch ihr Aussehen erschien ihr als ein zu geringer Trumpf in einem Spiel, bei dem die anderen die Macht und das Geld in der Hand hatten. Aber das mochte sie Oswald nicht sagen.

»Engel sind doch blond«, meinte sie nur und lehnte einen Atemzug lang ihre Stirn gegen seine Schulter.

»Wer hat dir denn das weisgemacht? Alles Unsinn. Für mich hat es immer nur dunkle Engel gegeben.«

»Vielleicht, weil deine Mutter schwarzhaarig ist?«

»War, Liebling, war«, berichtigte er, »inzwischen ist sie sanft erblondet.« Er reichte ihr die Hand, und sie liefen die spitzenbewehrte Mauer entlang, die den Park gegen die Umwelt abschloß. Oswald zückte den Schlüssel zu einer schmalen eisernen Tür, und Ilona schlüpfte an ihm vorbei. Jetzt hatten sie die Hinterfront des Gutshauses vor sich, die sehr viel heiterer wirkte als die Vorderansicht. Hier gab es Balkone mit Kästen voll blühender Zinnien und, etwa auf gleicher Höhe mit dem Portal, eine breite, von einer knallgelben Markise beschattete Terrasse. Auf ihr bewegten sich eine untersetzte Frau in schwarzem Kleid und weißem Schürzchen und eine überschlanke mädchenhafte Gestalt mit silberblondem Haar, die einen korallenroten Hosenanzug trug. »Da siehst du meine Mama gleich in voller Aktion«, sagte Oswald, »sie gibt letzte Anweisungen zur festlichen Ausschmückung der Kaffeetafel.«

Ilona wußte nicht genau, ob er das ernst oder ironisch gemeint hatte. »Daß sie noch so jung ist!« flüsterte sie.

Er warf ihr einen Seitenblick zu. »Wart es ab!«

Nebeneinander traten sie aus dem Buschwerk, das sich an der Innenseite der Mauer entlangzog, in den hellen Sonnenschein hinaus. Oswald winkte zur Terrasse hin. »Mutschka, he, hallo ... hier sind wir schon!«

Frau Zinner beugte sich über das schmiedeeiserne Geländer. »Und mit welch ungewohnter Pünktlichkeit!« Leichtfüßig kam sie die breite Steintreppe herab, so daß sie den jungen Leuten auf der Mitte begegnete. »Das verdanke ich sicher Ihnen, mein liebes Kind!« Sie reichte Ilona die Hand.

Dieser unerwartet herzliche Empfang überwältigte das junge Mädchen; sie war sekundenlang nicht fähig, einen zusammenhängenden Satz herauszubringen. »Aber nein ... ich ... wie ... Oswald ...«, stammelte sie.

»Ach, lassen Sie nur«, wehrte Frau Zinner lächelnd ab, »ich kenne meinen Sohn.«

»Bitte mach mich nicht vor Ilona schlecht, Mutschka, sie wird noch früh genug merken, was sie sich mit mir eingehandelt hat.«

»Sollte er wirklich einen Fehler haben, den Sie noch nicht kennen?« fragte Frau Zinner.

»Ganz bestimmt«, antwortete Oswald an Ilonas Stelle, »wenn man einen Menschen erst ganz durchschaut, hat man wohl kaum noch den Mut, ein gemeinsames Leben zu beginnen.«

Sie hatten Helen Zinner in die Mitte genommen und jetzt die Terrasse erreicht. Ilona fühlte sich schon weniger befangen. Es hob ihr Selbstvertrauen, daß Oswalds Mutter eine gute Fünfzigerin war und, aus der Nähe betrachtet, auch so aussah. Sie war nicht wirklich schlank, sondern eher hager, das viel zu tief gebräunte Gesicht wirkte unter dem silberblonden Lockenkopf wie gegerbt.

»Ich wußte, daß er es ganz ernst meinte«, sagte sie, weiterhin zu Ilona gewandt, »seit er zum erstenmal Ihren Namen erwähnte.«

Er grinste. »Was Wunder, wo ich zu Hause sonst prinzipiell nichts von Mädchengeschichten erzähle!«

Die Terrasse war mit Sesseln, Liegen und Hockern aus Bambusrohr bestückt, auf denen bunte Leinenkissen verteilt waren. Von einem

Kaffeetisch war nichts zu sehen. Frau Zinner hatte ihren suchenden Blick beobachtet. »Ich habe eine Limonade richten lassen«, sagte sie, »ich hoffe, daß Sie das mögen, mein liebes Kind? Für Kaffee und Kuchen ist es doch heute viel zu heiß. Oder mögen Sie einen Sherry? Soll Oswald Ihnen einen Cocktail mixen?«

»O nein, danke nein«, beeilte sich Ilona zu versichern, »eine Limonade ist genau das richtige!«

»Oder wenn ihr vorher schwimmen gehen wollt?« fragte Helen Zinner mit einer vagen Geste zum Park, wo sich, wie Ilona schloß, der unvermeidliche Swimming-pool befinden mußte.

»Mutschka«, mahnte Oswald, »wir sind nicht zu unserem Vergnügen hier.«

»Wie dumm von mir!« Sie schlug sich mit der Hand vor die Stirn, so daß die schweren goldenen Ketten um das magere Gelenk klirrten. »Beinahe hätte ich vollkommen vergessen... das ist so etwas wie ein offizieller Anlaß, wie?«

»Ja, Mutschka«, bestätigte Oswald mit deutlicher Ungeduld, »sei jetzt, bitte, so gut und zitiere Papa herbei!«

Sie schien zu überlegen, wie das am besten zu bewerkstelligen wäre, und erst jetzt wurde es Ilona bewußt, daß Helen Zinner diese erste Begegnung mit mindestens soviel Nervosität erwartet hatte wie sie selbst, und das erweckte in ihr eine plötzliche Sympathie. »Aber Oswald«, sagte sie begütigend, »wir haben doch jede Menge Zeit.«

Frau Zinner schenkte Ilona einen dankbaren Blick – den ersten Blick, mit dem sie etwas mehr wahrnahm als nur Ilonas äußere Erscheinung. »Wirklich... warum setzen wir uns nicht erst einmal...« Doch in diesem Augenblick erschien Oswald Zinner senior auf der Schwelle des Hauses, und sein Anblick bot nun wirklich keine Überraschung für Ilona: er sah genauso aus, wie auch ihr Verlobter einmal aussehen würde, wenn er nicht sehr auf sich aufpaßte. Er war ein dickbäuchiger, glatzköpfiger älterer Herr mit rötlicher Haut, dessen leicht bläulich verfärbte Lippen verrieten, daß er seinem Herzen zuviel zumutete.

»Habe ich also richtig gehört«, dröhnte er, »ihr seid schon da! Lassen Sie sich anschaun, schönes Kind! Also, ich muß schon sagen... den guten Geschmack hat der Junge von mir geerbt!« Trotz seiner überströmenden Freundlichkeit gewann Ilona sofort den Eindruck, daß Oswald Zinner senior auch ganz anders sein konnte, nicht nur im Geschäftsleben, sondern auch seiner Familie gegenüber. Gerade deshalb hielt sie es für richtig, sich gut mit ihm zu stellen und schenkte ihm ein strahlendes Lächeln. Sie zuckte auch nicht zurück, als er den Arm um ihre Schultern legte und ihr einen kalten, feuchten Kuß auf den Mund verpaßte. »Du erlaubst doch, Sohn?« fragte er augenzwinkernd. »Schließlich gehört Ilona doch ab heute zur Familie.«

Oswald zog eine Grimasse. »Nur zu, Papa, tu dir keinen Zwang an!«

Ilona lief zu Frau Zinner. »Darf ich Ihnen auch einen Kuß geben?«

»Gern.« Frau Zinner küßte sie leichthin auf beide Wangen. »Aber sag nicht Muschka zu mir, das klingt scheußlich, ›Mama‹ macht alt... Nenn mich einfach Helen!«

Es gab noch einiges Hin und Her, bis alle sich gesetzt hatten und das Mädchen die Limonade – aus frischen Zitronen gepreßt, mit klirrenden Eisstückchen und bunten Trinkhalmen – servieren konnte.

»Das ist unsere Anna«, stellte Frau Zinner die junge Frau vor.

Ilona wußte nicht recht, wie sie sich der Hausangestellten gegenüber verhalten sollte – ihr die Hand geben oder nur einfach nicken? Sie hätte nie gedacht, daß auch das gelernt sein mußte. Sie entschied sich für ein möglichst herzliches Lächeln und sah dann unsicher zu Oswald hinüber. Er nickte ihr ermutigend zu. Frau Zinner nahm sich eine Zigarette aus einer Packung, die sie aus der Hose ihres roten Anzugs angelte. Sofort sprang Oswald auf und reichte ihr Feuer. Jetzt hielt sie das Päckchen der zukünftigen Schwiegertochter hin.

»Danke, nein«, sagte Ilona und fügte mit einer kleinen Überwindung hinzu: »Helen.«

»Du rauchst nicht? Wie beneidenswert!« Helen Zinner inhalierte tief.

Das Mädchen stellte die Kanne mit der Limonade in eine fahrbare Kühlbox und zog sich zurück. Eine Stille entstand, die Ilona als beklemmend empfand. Sie hatte das Gefühl, daß alles gesagt war, was zu sagen war, und hatte nur den einen Wunsch, so bald wie möglich wieder von hier fortzukommen.

»Dein Vater ist Buchhalter bei den Zeltner-Werken«, begann Oswald Zinner senior.

Ilona, die nicht wußte, ob das eine Frage oder eine Feststellung sein sollte, antwortete: »Ja.«

»Soviel ich weiß, stammt deine Familie nicht aus Bayern.«

»Aber wir leben schon seit über fünfundzwanzig Jahren hier in Riesberg, ich bin hier geboren und...«

Oswald Zinner senior fiel ihr ins Wort. »Du brauchst dich nicht zu verteidigen, wir Zinner sind auch nur Zugereiste...« Er versuchte, das Wort bayrisch auszusprechen, aber es klang sehr unecht. »Ich sage immer, für die Bayern war es ein Glück, daß es einen Krieg gegeben hat, sonst wären die schon längst total vertrottelt.«

Ilona fuhr hoch. »Aber, Papa, im Gegenteil, die Bayern sind doch...« Sie verstummte über ihren eigenen Mut.

»Eine der Lieblingstheorien meines Mannes«, erklärte seine Frau im Ton verhaltenen Überdrusses.

Er machte sofort einen Rückzieher. »Na ja, ganz recht, wir wollen doch nicht politisieren.« Vorgebeugt, die Hände zwischen den Knien gefaltet, fragte er: »Du hast deine Mittlere Reife auf dem Realgymnasium gemacht?«

Sein Sohn fiel ihm ins Wort. »Aber, Papa, das artet ja allmählich in ein Verhör aus!«

Der Senior schüttelte seinen Kopf wie ein Stier, der eine Wespe verscheuchen will. »Aber durchaus nicht, es sollte mir leid tun, wenn ich diesen Eindruck erweckt habe, er ist nämlich ganz falsch. Natürlich habe ich mich über die Lebensumstände deiner Braut rechtzeitig und genau informiert... du bist ein kluges Mädchen, Ilona, und wirst mir das nicht übelnehmen.«

Ihr wurde flau bei der Vorstellung, daß eine Detektei ihr Vorleben und das ihrer Familie unter die Lupe genommen hatte, offenbar längst bevor Oswald sich zur Verlobung entschlossen hatte. Trotzdem sagte sie: »Natürlich nicht.« Ihr Mund war sehr trocken; sie trank durstig ihr Glas leer.

»Na, seht ihr, ich wußte es ja.« Oswald Zinner senior schlug sich klatschend auf das Knie. »Du brauchst gar nicht die Stirn zu runzeln, Junge, natürlich hätten wir uns nie in deine Privatangelegenheiten gemischt. Aber man möchte doch wissen, mit wem man es zu tun hat.«

»Das wißt ihr nun also.« Oswald machte keinen Versuch, seine Verärgerung zu kaschieren. »Wozu dann diese Fragerei?«

Sein Vater gab sich völlig unbekümmert. »Wir sind doch zusammengekommen, um miteinander zu plaudern... oder etwa nicht? Es interessiert mich einfach, warum deine Ilona kein Abitur gemacht hat. Ihre Zeugnisse waren doch tadellos.«

Oswald stand auf. »Auch das weißt du?«

»Aber sicher. Auch du wirst eines Tages den Wert guter Informationen schätzenlernen.«

Ilona ließ sich das leere Glas von Oswald aus der Hand nehmen. »Ihre Frage ist sehr leicht zu beantworten, Herr Zinner«, sagte sie, »ich meine: Papa. Es wird dir nicht entgangen sein, daß ich drei Brüder habe. Damals hatte sich schon herausgestellt, daß Knut Arzt werden wollte. Torsten war auf der Kunstakademie angekommen. Für ein Studium hätte ich keine finanzielle Unterstützung meiner Eltern erwarten können, und so versessen darauf, Akademikerin zu werden, daß ich mich hätte für ein Stipendium abrackern und in alten Fetzen herumlaufen mögen, war ich nun doch nicht.«

»Intellektuelle Frauen sind eine Pest«, erklärte Helen Zinner träumerisch und drückte ihre Zigarette aus.

»Als Ausgleich für die entgangene Ausbildung«, sagte Ilona, und ihre Stimme verriet einen leichten Anflug von Stolz, »hat mein Vater eine Aussteuerversicherung für mich abgeschlossen.«

»Na, prachtvoll!« Oswald Zinner senior lachte dröhnend. »Da machst du ja eine gute Partie, mein Sohn!«

Ilona warf die schwarze Mähne in den Nacken. »Meine Eltern haben für uns getan, was sie konnten!«

Oswald, der ihr das frisch gefüllte Glas brachte, gab ihr ein Zeichen, sich nicht aufzuregen. »Du bist heute wieder mal ausgesprochen witzig, Papa.«

»Na, was denn... habt ihr keinen Funken Humor? Ich wollte dich doch nicht beleidigen, Ilona... weder dich noch deine Eltern. Aber daß du als Braut eines Oswald Zinner junior keine Aussteuer brauchst, versteht sich wohl am Rande. Laß dir das Geld auszahlen und kauf dir einen Pelz dafür... wenn es nicht reicht, lege ich was drauf!«

Ilona hatte das Gefühl, daß sie eigentlich hätte glücklich sein müssen, tatsächlich aber war sie den Tränen nah. Sie hatte miterlebt, wie schwer es ihren Eltern gefallen war, sich die monatliche Zahlung für ihre Aussteuerversicherung abzuknapsen – und nun bedeutete sie gar nichts.

Helen Zinner verstand ihre kurze Verdüsterung falsch. »Natürlich wird es nicht bei dem einen Pelz bleiben«, sagte sie leichthin und zündete sich, ohne ihrem Sohn Gelegenheit zu geben, sich als Kavalier zu erweisen, eine zweite Zigarette an, »wir beide werden tüchtig zusammen shopping gehen, das wird wunderbar werden, ich freue mich schon darauf. Wir sollten nicht zu lange damit warten. Jetzt ist es noch zu heiß... aber wie wäre es mit Anfang September? Wir hätten zwar Platz genug für dich in unserem Münchner Haus, aber es wäre uns doch angenehmer, wenn wir dich im Hotel einquartierten.«

Oswald lächelte Ilona aufmunternd zu. »Einkaufen ist Mutschkas große Leidenschaft. Du tust ihr einen richtigen Gefallen, wenn du dich opferst.«

»Aber ich kann doch nicht einfach weg«, sagte Ilona, »ich arbeite doch noch.«

»Ach ja, bei den Zeltner-Werken«, sagte Oswald Zinner senior.

»Hast du denn da noch nicht gekündigt?« fragte Frau Zinner erstaunt.

»Nein.«

»Aber wieso denn nicht?«

Oswald schaltete sich ein. »Das kann ich dir erklären, Mutschka... Ilona traut mir nicht.«

»Das ist nicht wahr!« protestierte sie.

»Jedenfalls nicht ganz«, beharrte er.

»Nun, immerhin!« Helen Zinner drehte spielerisch an ihren goldenen Armbändern. »Eine gewisse Vorsicht ist dir gegenüber vielleicht nicht einmal ganz unangebracht.«

»Wie kannst du so etwas sagen!« Er sprang auf. »Schön und gut, ich hatte eine Menge Weibergeschichten! Aber ich habe bisher doch nie auch nur erwogen, eine feste Bindung einzugehen!«

Oswald Zinner senior beobachtete ihn blinzelnd. »Und was besagt das?«

»Daß es mir ganz ernst ist.«

»Dann«, sagte Helen Zinner und blies den Rauch durch die Nase, »wäre ja wohl eine offizielle Verlobung das Gegebene.«

Auf diesen Vorschlag waren die jungen Leute nicht gefaßt gewesen. Eine kurze Stille entstand, in der der Satz eine immer schwerere Bedeutung zu gewinnen schien. Ilona blickte Oswald an, als könne er ihr die richtige Antwort suggerieren. »Aber so etwas ist doch heutzutage... überholt«, sagte sie endlich hilflos.

»Kann ich durchaus nicht finden«, sagte Oswald Zinner senior, »in unseren Kreisen jedenfalls nicht.«

Ilona zuckte zusammen. Helen Zinner hab die Hand mit den klirrenden Armbändern. »In Riesberg auch nicht. Ich möchte so sagen: eine offizielle Verlobung ist kein absolutes gesellschaftliches Muß mehr, aber doch immer noch eine hübsche Arabeske.«

»Wir wollten die Angelegenheit ohne jedes Tamtam über die Bühne bringen!« Oswald trat an die Kühlbox, öffnete das Seitenfach, holte eine Flasche Whisky heraus und tat sich einen tüchtigen Schuß in den Rest seines Zitronenwassers. »Du auch, Ilo?« Sie schüttelte den Kopf.

»Wann habt ihr denn vor zu heiraten?« fragte Helen Zinner.

»So bald wie möglich.«

»Genauer, bitte«, forderte Oswald Zinner senior.

Oswald trank einen Schluck, bevor er antwortete. »Sobald die Wohnungsfrage geklärt ist.«

Helen Zinner richtete sich auf. »Wir könnten euch die obere Etage...«

»Nein.« Oswald fiel ihr ins Wort. »Das ist sehr lieb von dir, Mutschka, aber... danke, nein. Ich möchte mein Eheleben in... na, sagen wir... neutraler Umgebung beginnen.«

»Aber für deinen Vater und mich ist unser Münchner Haus doch viel zu groß und...«

Jetzt war es ihr Mann, der sie unterbrach. »Das, Helen, ist unser Problem. Es gehört nicht hierher. Oswald möchte für sich und seine junge Frau eine eigene Wohnung, fern aller elterlichen Einmischung, mieten oder kaufen. Das ist verständlich und durchaus akzeptabel. Das Ziel dürfte alles in allem mit dem Einrichten, meine ich, in nicht mehr als drei Monaten zu erreichen sein, wenn man die Sache energisch anpackt... sind wir uns soweit einig?«

»Ja«, sagte sein Sohn.

»Aber nur, wenn Ilona jetzt kündigt«, gab Helen Zinner zu bedenken, »denn dann kann sie sich immerhin ab Oktober um die Einrichtung kümmern.« Sie wandte sich ihrer künftigen Schwiegertochter zu. »Ich will mich gewiß nicht aufdrängen, aber wenn du dabei einen Rat brauchst...« Sie fing einen Blick ihres Sohnes auf und verzichtete darauf, den Satz zu beenden.

»Erweitern wir den Spielraum«, schlug Oswald Zinner senior vor, »und setzen wir den Termin auf den 24. Dezember fest, dadurch entgehst du auch der Gefahr, Junge, jemals deinen eigenen Hochzeitstag zu vergessen.« Er lachte wohlgefällig über seinen eigenen Witz. »Das paßt wunderbar... und anschließend fahrt ihr in die Flitterwochen... Kanada oder die Bermudas, würde ich vorschlagen.«

»Das entspricht etwa meinen eigenen Vorstellungen«, sagte der Junior.

Ilona blickte von einem zum anderen wie ein Zuschauer, der den Ballwechsel eines Tennismatchs verfolgt. Sie war sich der Chancen, die man ihr mit solcher Selbstverständlichkeit eröffnete, wohl bewußt, fühlte sich dennoch zum Objekt degradiert. Über ihren Kopf hinweg wurden Entscheidungen getroffen, die doch niemanden mehr betrafen als sie selbst.

»Heute haben wir den 20. August«, stellte Oswald Zinner senior mit einem Blick auf seine Armbanduhr fest, »bleiben uns also bis zum Tag X... schade, daß wir keinen Terminkalender zur Hand haben... über den Daumen gepeilt hundertzwanzig Tage.«

»Das haut hin«, bestätigte sein Sohn, »dann haben wir heute X weniger hundertzwanzig Tage...«

»Erste Begegnung mit der künftigen Schwiegertochter«, ergänzte Helen, die die Art ihrer Männer, Planungen anzupacken, weidlich kannte, gelangweilt und mit geschlossenen Augen.

»X weniger hundertneunzehn Tage«, fuhr Oswald Zinner senior fort, »Fühlungnahme mit den Eltern der Braut. Am besten findet das bei einem gemeinschaftlichen Mittagessen statt. Ich überlasse das Arrangement dir, Helen.«

»X weniger hundertachtzehn Tage«, sagte Oswald Zinner junior, »einen Makler mit der Beschaffung einer geeigneten Wohnung beauftragen. Das übernehme ich. Ich werde mich an Bauer wenden, der hat immer seriös für uns gearbeitet. Wir müssen nachher noch alle Einzelheiten genau durchsprechen, Ilo. Schade, daß du nicht dabeisein kannst.«

Ilona fühlte sich überspielt und in die Enge getrieben, gab aber nicht den Zinners, sondern sich selbst die Schuld daran. »Ich werde gleich Montag kündigen«, sagte sie entschlossen. »Ich habe auch noch fünf Urlaubstage gut...«

»Bravo, Liebes!« Helen Zinner hob mühsam die schweren Lider. »Also weiter im Text... X weniger hundertzwölf: offizielle Verlobung!«

»Aber Mutschka!« rief Oswald. »Fängst du schon wieder damit an?«

»Ja, denn ich halte es nach wie vor für klug und richtig. Gerade weil ihr schon in ein paar Monaten heiraten wollt, empfiehlt es sich, unsere Verwandten, Bekannten, Freunde, Neider und so weiter auf das bevorstehende Ereignis vorzubereiten, sonst könnte es für manche ein echter Schock sein... denk nur an all die Mädchen... nein, nicht, die du enttäuschst, sondern die sich vielleicht immer noch Hoffnungen auf dich gemacht haben, Ossi.«

»Aber ich lege auf eine offizielle Verlobung wirklich gar keinen Wert«, widersprach Ilona und ärgerte sich, daß es ein bißchen zaghaft herauskam.

»Deine Eltern würden es bestimmt gern sehen«, beharrte Helen Zinner.

»Aber, Kinder, warum habt ihr euch eigentlich so?« fragte Oswald Zinner senior. »Was ist denn schon dabei? Eine Anzeige im *Merkur* und im *Oberbayrischen Volksblatt,* die erledigt das Büro... gedruckte Verlobungskarten an alle näheren Bekannten, bei der Adressenschreiberei kann meine Sekretärin helfen... ein festliches Essen im allerengsten Kreis, das ist alles. Und ihr tut, als wenn man euch wer weiß wie große Opfer abverlangt.«

»Es ist nicht so, daß ich etwas gegen eine offizielle Verlobung hätte...«, begann Oswald.

»Na, immerhin«, warf seine Mutter ein.

»... mir leuchtet nur nicht ein, wozu das Ganze gut sein soll.«

»Dann will ich es dir ganz genau erklären!« Helen Zinner griff wieder zu ihren Zigaretten, das fünfte Mal an diesem Nachmittag, und ließ sich von Oswald Feuer geben. »Eine Hochzeit, die wie ein Blitz aus heiterem Himmel kommt, hat immer einen gewissen... Hautgout... einen Beigeschmack...«

»Aber wieso denn, Mutschka? Das verstehe ich nicht!«

»Ich aber«, sagte Ilona trocken.

»Sei nicht beleidigt, Liebes! Ich weiß natürlich, daß du nicht schwanger bist, und spätestens ein paar Monate nach eurer Hochzeit wird das auch aller Welt kund werden. Aber bis dahin kann schon viel, viel Schaden angerichtet sein. Die Leute zerreißen sich nur zu gern die Mäuler. Eine offizielle Verlobung ist die beste Methode, bösartigen Gerüchten von vornherein den Boden zu entziehen.«

»Mama hat wieder mal recht«, stimmte Oswald Zinner senior ihr zu.

»Na, großartig!« rief der Junior erbost. »Dann bleibt uns wohl nichts anderes übrig, als uns einverstanden zu erklären.« Er leerte sein Glas und machte eine Bewegung, als wolle er es über das Geländer werfen, stellte es dann aber doch auf dem Serviertischchen ab. »Am besten schreiben wir in die Anzeige: Unsere ganz und gar freiwillige, von keinem biologischen Ereignis beschleunigte Verlobung geben hiermit...«

»Pfui!« tadelte Helen Zinner. »Jetzt wirst du zynisch.«

»Wenn dir eine offizielle Verlobung so ganz und gar gegen den Strich geht...«, begann Ilona.

»Tut sie ja nicht! Wie kommst du darauf? Wenn du mich darum gebeten hättest, hätte ich sofort zugestimmt. Es ärgert mich nur, daß man uns zu Äußerlichkeiten zwingen will, auf die wir beide doch gar keinen Wert legen!«

»Das stimmt, Oswald, ich denke nach wie vor genau wie du.« Ilona erhob sich und trat auf ihren Verlobten zu. »Trotzdem – machen wir unseren Eltern doch die Freude! Es ist ja wirklich nur eine Äußerlichkeit!«

»Und damit«, erklärte Oswald Zinner senior und stand ebenfalls auf, »wäre das Schlußwort in dieser Angelegenheit gesprochen. Das bedeutet für uns, daß es zwischen Tag X weniger hundertneunzehn und hundertzwölf noch eine Menge zu tun gibt.«

Helen Zinner hob beide Hände den jungen Leuten entgegen, die nicht umhin konnten, sie zu ergreifen. »Ihr ahnt nicht, wie froh ich bin, daß ihr doch noch Vernunft angenommen habt!« Sie ließ sich hochziehen und fügte in ihrem alltäglichen Ton hinzu: »Ich habe uns übrigens ein paar Häppchen richten lassen. Aber vielleicht gehen wir zum Essen doch lieber hinein, ja?«

Ilona wäre gern wieder mit ihrem Verlobten allein gerwesen, aber sie genoß auch das angenehme Gefühl, zu den Zinners zu gehören. Es war ihr, als sei sie in den vergangenen Stunden ein anderer Mensch geworden.

Als Arnold Miller und seine Frau am Sonntag das Gut verließen und durch die Ulmenallee in Richtung Stadt heimwärts fuhren, war es drei Uhr vorbei. Sabine hatte heiße Wangen. Das ausgezeichnete Essen, die vornehme Atmosphäre, das Speisezimmer, fast ein Saal, mit all den dunklen alten Möbeln, dem schönen Porzellan und dem schimmernden Silber, die köstlichen Getränke, vom kleinen Sherry bis zum Champagner, der Mokka, der allzu schnell darauf getrunken worden war, noch ehe die Wirkung des Alkohols nachgelassen hatte – das alles hatte sie in einen Zustand schwindeliger Benommenheit versetzt. Sie kurbelte das Seitenfenster herunter und ließ sich den Fahrtwind durch das Haar blasen. »Hast du je zu hoffen gewagt, daß Ilona so ein Glück haben würde? Natürlich ist sie hübsch, vielleicht sogar eine Schönheit, aber auch Schönheit hat doch heutzutage keinen Seltenheitswert.«

Plötzlich wurde ihr das Schweigen ihres Mannes bewußt, sie öffnete die Augen und wandte sich ihm zu. »Was hast du denn? Du sagst ja gar nichts.«

»Es genügt doch, daß du redest.« Er blickte starr vor sich auf die Straße. »Diese Bäume gehörten auch längst weg... sie sind lebensgefährlich.«

»Nicht, wenn man vernünftig fährt. Und außerdem ist das hier doch Privatstraße. Da vorne kommt ja erst Oswalds kleines Weekendhaus.«

»Du bist ja blendend informiert.«

»Hin und wieder erzählt mir Ilona eben noch was. Es kommt selten genug vor. Sie bogen in die alte Landstraße ein, die einige Kilometer weiter zur Bundesstraße und nach Riesberg hineinführte.

»Ich verstehe, daß dir die Trennung von Ilona schwerfällt«, sagte sie, »sie war ja seit jeher dein Liebling. Männer sind meistens ein bißchen eifersüchtig auf ihre Schwiegersöhne.«

»In welchem Frauenblättchen hast du das nun wieder gelesen?« fragte er unfreundlich.

Sie war verletzt, hatte aber gelernt, es sich nicht anmerken zu lassen. »Nun, immerhin arbeitet deine Schwester Ethel an einem Frauenblatt, und das hast du bisher nie als Schande empfunden.« Er schwieg. Sie suchte nach einem günstigeren Thema. »Es war fabelhaft von dir, nicht zuzulassen, daß sie die Verlobungsfeier an sich reißen«, lobte sie ihn, um ihn in bessere Stimmung zu bringen.

»Das war seit jeher Sache der Brauteltern.«

»Stimmt. Und das lassen wir uns auch nicht nehmen, und wenn es das Letzte ist, was wir für unsere Tochter tun können. Ich muß mit Ethel darüber reden. Sie muß mir alles ganz genau erklären, damit wir keine Fehler machen. Wir dürfen Ilona auf keinen Fall blamieren.« Sie sah sein finsteres Gesicht und legte ihm die Hand auf das Knie. »Bitte, sei doch nicht so brummig!«

»Entschuldige schon, aber ich bin es nicht gewohnt, den armen Verwandten zu spielen.«

Sabine öffnete den Mund, schloß ihn wieder und sagte dann: »Den ... was?«

»Du hast mich sehr gut verstanden.«

»Ich hoffte, ich hätte mich verhört.« Sie zog sich die weiße, selbst gehäkelte Stola enger um die bloßen Schultern. »Du kannst doch nicht im Ernst böse sein, weil die Zinners reicher sind als wir? Es gibt Millionen Menschen, die...«

»O ja, ich weiß. Aber mit denen habe ich nichts zu tun. Wenigstens privat nicht.«

Sie spürte, daß die Wirkung des Alkohols allmählich verwehte und einen dumpfen Druck in ihrem Kopf zurückließ; es fiel ihr schwer, gegen die aufkommende Gereiztheit anzukämpfen. »Du wirst auch in Zukunft höchst selten mit ihnen zu tun haben, verlaß dich drauf.« Er preßte die Lippen zusammen und gab keine Antwort. »Außerdem weiß ich gar nicht, was du hast. Vater Zinner war doch sehr nett zu dir.«

»Jovial. Wie unser Direktor Neumann auf dem Betriebsfest.«

»Und du hast entsprechend gebuckelt!« entfuhr es ihr.

Jetzt wandte er sich ihr zu, das Gesicht verzerrt. »Dich hätte ich erleben mögen, wenn ich es ihm gegeben hätte! Das hättest du mir nie verziehen.«

»Bist du so sicher? Vielleicht hätte es mir imponiert... jedenfalls mehr, als wenn du mich jetzt, hinterher, anmeckerst. Ich kann doch wirklich nichts dafür.«

Eine Weile fuhren sie, wortlos nebeneinander sitzend, weiter, dann knurrte er: »Entschuldige schon.«

»Bitte«, gab sie im gleichen Ton zurück. Sie war den Tränen nahe und brauchte Zeit, bis sie einen neuen Vorstoß wagen konnte. »Warum machen wir uns das Leben so schwer, Arnold? Wir hätten doch allen Grund glücklich zu sein!«

»Ich habe mich schon entschuldigt.«

»Ich mache dir doch keinen Vorwurf, ich wollte nur wissen...« Sie verstummte mitten im Satz, plötzlich gepackt von dem Gefühl, daß jedes weitere Wort sinnlos war. In manchen Dingen gab es anscheinend keine Verständigungsmöglichkeiten zwischen ihnen.

Vor dem Haus in der Schleiermacherstraße stand ein hellblauer VW Variant. »Die Kaspareks!« stellte Arnold Miller unwillig fest. »Hast du die etwa eingeladen?«

»Das hätte ich dir doch gesagt!« behauptete Sabine.

»Du hättest es auch vergessen können.«

»Ich hatte keine Ahnung, daß sie kommen. Ein Glück, daß ich einen Kuchen gebacken habe. Die Zwillinge werden mal wieder halb verhungert sein. Und Egon auch.«

Er bremste vor der Garage. Sie wollte aussteigen, um die Tür zu öffnen. Er hielt sie zurück. »Bitte«, sagte er, »sei nett zu Rosy! Sie ist... ich meine, es ist nicht ihre Schuld, daß sie so ist, wie sie ist.«

»Du fällst also auch auf ihre sogenannte Hilflosigkeit herein?«

»Sei nicht so, Biene. Sie ist ein armes Hascherl.«

Sie entzog sich seinem Griff. »Wenn du mich fragst... sie ist eine ausgesprochene Schlampe. Aber keine Angst, ich werde sie nicht kränken.«

Egon Kasparek kam vom Garten her, als Arnold das Auto in die Garage fuhr. »Da seid ihr ja!« rief er. »Sven sagte, er wüßte nicht, wann ihr kommt.«

Sabine küßte ihren Bruder. »Konnte er auch nicht wissen.«

»Stimmt das wirklich mit Ilonas Verlobung?«

»Ja. Nächsten Sonntag feiern wir offiziell. Die Zinners legen Wert darauf. Ihr seid selbstverständlich auch eingeladen.«

»Menschenskinder, was für ein Glück! Man kann euch direkt beneiden.«

»Ja, der junge Zinner ist ein netter Mensch.«

»Biene, nun tu bloß nicht so.« Egon Kasparek lachte nervös.

»Als wenn es darauf ankäme! Er stinkt vor Geld.«

»Sei still!« zischte Sabine.

»Was ist?« fragte er verblüfft.

»Red nicht so! Arnold ist schon wütend genug... es paßt ihm nicht, daß die Zinners so reich sind.«

»Kann ich beim besten Willen nicht verstehen.« Egon wischte sich mit seinem Taschentuch den Schweiß von der Stirn. Erst jetzt fiel es Sabine auf, daß er ziemlich blaß war; um seinen Schnurrbart zuckte es nervös. »Sag mal, bist du krank?« fragte sie besorgt.

»Die Hitze bekommt mir nicht.«

»Dann verzieh dich schleunigst in den Schatten.« Sabine nahm seinen Arm und wollte ihn zur Loggia dirigieren.

Aber er kam nicht mit. »Ich muß erst noch Arnold begrüßen.« Sie ließ ihn los und ging allein weiter. Das Haus, der Garten, der kleine Rasen und die Parkrosen, auch die Loggia mit den einfachen Gartenstühlen, alles schien ihr schäbig geworden und zusammengeschrumpft nach ihrem Besuch auf Gut Apfelkam. Es war kaum zu begreifen, daß sie bis vor kurzem noch stolz und glücklich über den mühsam erarbeiteten kleinen Besitz gewesen war. Plötzlich verstand sie Arnolds Ärger. Aber jetzt war es zu spät; der Moment war verpaßt.

Rosy saß an einem kleinen runden Tisch. Sie hielt sich sehr aufrecht, eine zarte kleine Puppe in einem apfelgrünen Minikleid, einen mit Blumen verzierten Strohhut auf dem rotblonden Haar. Das Rouge, das sie aufgelegt hatte, hatte sich nicht mit ihrer blassen Haut vereinigt, sondern hob sich von ihr ab; auch der Augenbrauenstift, die Wimperntusche, die grünen Lidschatten und der helle Lippenstift saßen wie ungeschickte Kindermalereien in ihren spitzen kleinen Gesicht. Sie starrte ihr mit einem ängstlichen Ausdruck entgegen, den Sabine für unecht hielt.

»Hallo, Rosy«, sagte sie munter, »wie schön, daß ihr uns mal besucht.« Rosy reichte ihr schweigend die schlaffe, magere Hand.

Die Zwillinge hatten bäuchlings auf dem Rasenstück gelegen und versucht, Grashüpfer zu fangen. Jetzt sprangen sie auf, rannten zu Sabine und umschlangen sie. »Tante Biene, Tante Biene, hassu Kuchen für uns?« riefen sie. »Hassu Saft?«

Sie fuhr ihnen über die weichen Haare. »Alles da. Nur Geduld, ihr beiden. Laßt mich erst mal zu Atem kommen.« Zu Rosy sagte sie: »Die Jungen machen sich heraus.«

»Sie sind so unruhig.«

»So sind Kinder nun mal. Hab' ein bißchen Geduld. Laß sie ein bißchen älter werden, dann hast du weniger Arbeit mit ihnen.«

Sie blickte sich suchend um. »Wo ist denn Sven? Hat er euch nicht hereingelassen?«

»Eben war er noch da.«

»Das sieht ihm wieder mal ähnlich.« Sabine wollte nach ihrem Sohn rufen, aber der sonntägliche Lärm aus den Nachbargärten war so laut, daß sie es vorzog, ihn nicht noch zu vergrößern. »Wenn der Kuchen auf dem Tisch steht, wird er schon kommen«, sagte sie statt dessen und zu ihren kleinen Neffen: »Ihr könnt noch ein bißchen spielen.«

Sie hätte es nicht gern gehabt, wenn Rosy ihr geholfen hätte, denn sie hatte immer Angst, die Schwägerin könnte etwas fallen lassen. Trotzdem ärgerte sie sich, daß Rosy sich nicht einmal dazu erbot, noch Anstalten machte, aufzustehen und sie ins Haus zu begleiten. Im Vorbeigehen warf sie ihre Stola auf einen freien Gartenstuhl, trat nicht durch die breite Glastür von der Loggia aus in das Eßzimmer, sondern ging um das Haus herum, durch den kleinen Hof mit den Mülltonnen, der Trockenspinne und der Teppichstange direkt in die Küche.

Wie sehr hatte sie sich diese Küche gewünscht mit ihrer modernen arbeitssparenden Raumaufteilung, den Einbauschränken mit dem blau-weißen Kunststoffbelag, dem Mülleimer an der Tür unter der Spüle. Sie sah die Zeichen des Verschleißes heute nicht zum erstenmal – die Kratzer auf dem Kunststoff, die lockere Leiste am Arbeitstisch und die Tür unter dem Kühlschrank, die schräg aus der Angel hing –, sie hatte sich schon oft darüber geärgert, diesen Ärger aber noch nie so stark empfunden wie gerade heute. Dabei wußte sie, daß vielleicht Reparaturen möglich waren, vielleicht – daß sie aber nie mehr im Leben eine neue Küche bekommen würde.

Sabine hätte am liebsten ein Aspirin genommen und sich ins verdunkelte Schlafzimmer gelegt. Keineswegs hatte sie Lust, Kaffee zu kochen und mit unerwünschten Gästen zu plaudern. Als sie gerade begonnen hatte, die Sahne zu schlagen, erschien Sven und fragte: »Kann ich dir helfen?«

»Ja, bitte.« Sie drückte ihm den Mixstab in die Hand. »Es wird ganz gut sein, wenn du dich nützlich machst. Warum hast du dich nicht um unseren Besuch gekümmert?«

»Was soll ich mit denen?«

»Das ist eine Frage! Es sind doch unsere Verwandten!«

»Aber die Alten spinnen, und die Kleinen gehen einem auf die Nerven!«

»Sven!«

»Wenn es doch wahr ist! Nun tu nicht so, als wenn du das nicht wüßtest.«

»Ich habe Onkel Egon sehr lieb.«

»Dann sei froh darüber.«

»Sven«, sagte sie streng, »manchmal bist du wirklich unausstehlich. Wenn dir deine Verwandten so lästig sind, dann brauchst du nicht hierzubleiben, im Gegenteil, ich werde froh sein, wenn ich dich heute nachmittag nicht mehr sehe.« Sie schob ihn beiseite und nahm selbst den Mixstab wieder in die Hand.

Er lehnte sich, die Hände in den Hosentaschen, mit dem Rücken gegen den Türpfosten. »Wo soll ich denn hin?«

»Wohin du willst. Du bist ein großer Junge, oder erwartest du, daß ich dich zu einem Spielplatz bringe?«

Er sah sie ganz erstaunt an. »Jetzt wirst du aber richtig gemein!«

Sie errötete und lachte. »Entschuldige, wahrscheinlich hast du recht. Ich habe mich über alles Mögliche geärgert und lasse meine Wut an dir aus. Aber warum gehst du nicht fort? Zu Freunden?«

»Die sind doch jetzt alle verreist.«

»Alle? Wirklich?«

»Die meisten jedenfalls. Die haben...« Er stockte.

Die Sahne war steif, Sabine schaltete den Mixstab aus. »Erzähl mir jetzt bloß nicht, daß deren Eltern mehr Geld haben als wir... oder daß die nicht so ein blödes Haus gebaut haben. Du warst ganz glücklich, als wir hier herauszogen.«

»Wer sagt dir denn, daß ich es nicht mehr bin?«

»Dann mach nicht so ein Gesicht. Wenn du hier bleiben willst, dann benimm dich auch... bitte, Sven!« Sie fuhr ihm mit der gespreizten Hand durch die schwarzen Locken und hätte ihm gern einen Kuß auf die braune Wange gegeben, hielt sich aber zurück, weil sie mußte, daß er ihre mütterlichen Zärtlichkeiten in letzter Zeit nicht mehr schätzte.

»Wie war es denn bei Zinners?« fragte er.

»Phänomenal. Ich erzähl's dir ausführlich heute abend. Vati will jetzt nicht so gern mehr etwas darüber hören. Komm, nimm die Kaffeekanne und hilf mir den Tisch decken.«

Beim sonntäglichen Kaffee wollte keine Gemütlichkeit aufkommen; die Stimmung der Erwachsenen war gestört. Sabine hätte gern über Ilonas Verlobung geredet, verkniff es sich aber, um nicht wieder mit ihrem Mann aneinanderzugeraten. Auch Egon Kasparek wagte auf ihre Warnung hin nicht, das Thema anzuschneiden. Er war so bemüht, den Schwager in gute Laune zu versetzen, daß es schon peinlich wirkte, vor allem, weil es ihm nicht gelang, die eigene Nervosität zu überspielen. Rosy schwieg sich aus, trank den Kaffee schwarz und zerbröselte den Pflaumenkuchen auf ihrem Teller, ohne ihn zu essen. Nur die Zwillinge waren munter. Sie aßen und schwatzten gleichzeitig, traten sich unter dem Tisch gegen die Schienbeine und schlürften ihren Kakao mit Behagen. Als Andreas sich in seinem Becher eine weiße Schlagsahnenase holte, kugelte sich Christian vor lachen, stippte unverzüglich seinen Zeigefinger in die Schlagsahne und begann sich selbst anzumalen, was der Bruder ihm sofort nachmachte.

Sabine überlegte, ob Knut oder Torsten sich je so aufgeführt hatten – aber natürlich, sie waren ja auch keine Zwillinge, waren fast zwei Jahre auseinander und daher auch leichter zu erziehen gewesen. Aber bestimmt hatte sie es sich mit ihren Söhnen nicht so bequem gemacht wie Rosy, die einfach dasaß und nicht einmal ein mahnendes Wort fand. Sven war übrigens auch keine Stütze; er lachte über die Späße der kleinen Jungen und feuerte sie dadurch nur zu immer neuen Ungezogenheiten an.

»Andy... Chris!« rief Egon scharf. »Schluß damit! Benehmt euch! Ihr seid hier nicht zu Hause!«

»Dürfen die denn sowas zu Hause?« fragte Sven und lachte noch mehr.

»Wenn ihr nicht sofort damit aufhört, gibt es keinen Kuchen mehr!« drohte Egon. Das hatte nur zur Folge, daß Andreas sich rasch noch eindecken wollte und hastig zur Kuchenplatte griff, wobei er seinen Becher umstieß; die dunkelbraune Flüssigkeit ergoß sich über das weiße Tischtuch. Andreas erschrak. Aber Chris konnte der Versuchung nicht widerstehen, seinen Finger in den vergossenen Kakao zu stecken und sich noch ein paar braune Verzierungen aufzumalen.

Egon tupfte mit seiner Papierserviette an dem sich rasch vergrößernden Flecken herum. »Das ist mir schrecklich, Biene, das schöne Tischtuch.«

»Ist doch nicht weiter schlimm«, beruhigte sie ihn, »ich stecke es einfach in die Wäsche. Der Tisch ist nicht empfindlich.«

»Jetzt eßt eure Teller leer, und dann bringe ich euch ins Bad und wasche euch ab«, sagte Egon zu seinen Söhnen. Die Zwillinge blickten sich an, und man konnte die neue dumme Idee förmlich in ihren Augen aufblitzen sehen: sie begannen, sich gegenseitig die Gesichter abzulecken wie zwei Hündchen.

Arnold Miller konnte sich nicht länger zurückhalten. »Schluß damit!« donnerte er.

»Ich glaube, sie sind satt«, stellte Sabine fest.

Egon Kasparek sprang auf, nahm die Jungen beim Kragen und zerrte sie fort. Sven lachte so unbeherrscht, daß er fast mit seinem Stuhl umgekippt wäre.

»Wenn die beiden sich nicht benehmen können«, schimpfte sein Vater, »ist das schlimm genug! Aber ein großer Junge wie du sollte sich schämen, sich derart aufzuführen.«

»Aber ich habe doch gar nichts getan«, behauptete Sven mit Unschuldsmiene.

Sabine trank ihre Tasse leer und stand auf. Als sie den Tisch abgedeckt hatte, kam Egon Kasparek mit den Zwillingen zurück, die jetzt mit blanken Gesichtern und Tränenglanz in den braunen Augen so rührend und bezaubernd wirkten, daß niemand ihnen böse sein konnte.

»So, Sven, jetzt sei so nett und spiel mit deinen Vettern!« bat Sabine.

»Was denn?« fragte Sven und lümmelte sich auf seinen Stuhl.

»Das überlasse ich ganz dir! Verzieh dich mit ihnen in den Garten und paß auf sie auf.«

»Hopp, hopp!« drängte sein Vater. »Laß dir nicht alles zweimal sagen!«

Sven gehorchte wortlos, wobei es ihm gelang, mit jeder seiner trägen Bewegungen deutlich auszudrücken, wie verhaßt ihm diese Aufgabe war und wie ungerecht er sich behandelt fühlte.

»Kann ich dich einen Augenblick sprechen, Arnold?« fragte Egon, kaum daß die Jungen außer Hörweite waren.

»Schieß los!«

Egon warf Rosy, die mit leeren Augen vor sich hinstarrte, einen Seitenblick zu. »Unter vier Augen«, murmelte er.

Sabine hatte durchaus keine Lust, mit der Schwägerin allein zu bleiben. »Aber, Egon, was soll das?« schaltete sie sich ein. »Du wirst doch keine Geheimnisse vor uns haben.«

»Natürlich nicht«, behauptete er verlegen, »nur... es gibt Dinge, die Männer eben besser unter sich besprechen.«

Arnold war schon aufgestanden. »Dann komm!«

Sabine ergab sich in ihr Schicksal. »Na, dann wollen wir es uns beide mal gemütlich machen Rosy«, sagte sie, »nehmen wir uns doch die Liegestühle!«

Rosy richtete den Blick ihrer starren grünen Augen auf sie. »Ich weiß, was Egon sagen will.«

»Ja?«

»Er will Arnold fragen, wie er mich los werden kann.«

Sabine, die gerade dabei war, sich einen Liegestuhl aufzuklappen, richtete sich jäh auf. »Rosy, das ist doch nicht dein Ernst?!«

»Egon liebt mich nicht mehr!«

»Das bildest du dir nur ein!« Rosys Gesicht verschloß sich, als sei eine Jalousie heruntergelassen worden. »Jetzt erzähl mal... wie kommst du denn darauf?« fragte Sabine. Aber ihre Schwägerin antwortete nicht. Sabine hatte den Stuhl aufgeklappt und prüfte, ob er sicher stand. »Jeder weiß, daß Egon dich vergöttert«, sagte sie. »Komm, leg dich hier hinein, das ist bequemer!« Sie stellte einen zweiten Liegestuhl daneben auf.

Rosy folgte ihrer Aufforderung erst, als Sabine sie bei der Hand nahm. »Hat es Streit zwischen euch gegeben?« forschte Sabine. Rosy schüttelte stumm den Kopf. »Du willst mir nichts erzählen?«

»Vielleicht steckst du ja auch dahinter!«

»Ich?! Wie kommst du darauf? Hinter was soll ich stecken?«

»Du hast mit Egon geflüstert, als ihr vorhin in den Garten kamt.«

»Ja, das stimmt. Aber nicht über dich. Es ging um Ilonas Verlobung. Glaubst du mir nicht?«

Rosy rang die mageren Hände. »Ich weiß es nicht«, stieß sie tonlos hervor, »ich weiß überhaupt nicht mehr, was ich glauben soll. Manchmal spüre ich sie ganz deutlich ...«

»Wen ...? Was?«

»Die bösen Kräfte. Ich kann es nicht anders nennen. Böse Kräfte, die mir was antun wollen.«

»Das ist doch alles Quatsch, Rosy«, sagte Sabine verblüfft, »jetzt hör bloß auf, dich interessant zu machen. Böse Kräfte, so ein Unsinn!«

Rosy hatte sich im Liegestuhl zurückgelehnt, ihr blumengeschmückter Strohhut war schiefgerutscht, aber sie achtete nicht darauf. »Ich kann es nicht erklären. Frag Egon, er beherrscht sie. Er läßt sie auf mich los. Er kann sie aber auch wieder fortscheuchen. Er hat mich in seiner Gewalt.«

»Solange man in einen Mann verliebt ist, hat er einen immer in der Gewalt.« Sabine rollte ihre Strümpfe, die sie trotz der sommerlichen Hitze für den Besuch bei Zinners angezogen hatte, herunter. »Du bist doch in ihn verliebt, nicht wahr?«

»Ich weiß es nicht.«

»Doch, du bist verliebt, und du hast Angst, daß er dir entgleitet. Deshalb das ganze Theater. Aber wenn du meinen Rat hören willst: du solltest lieber vernünftig essen, anstatt verrückt zu spielen, du bist ja zaundürr geworden.«

»Ich mag nicht.«

Sabine hatte die Strümpfe ausgezogen und streckte sich im Liegestuhl aus. »Eine Weile wirst du Egon mit deinem Theater noch in Atem halten können!« Sie verschränkte die Arme unter dem Kopf. »Aber mal kommt der Punkt, wo er seine Ruhe haben möchte. Dann kann es passieren, daß er dich wirklich lossein will. Es ist ein gefährliches Spiel, was du da treibst. Hoffentlich weißt du es wenigstens.«

Rosy hob den Kopf und lauschte; aus dem Garten zur Rechten klang Radiomusik in voller Lautstärke herüber, aus dem zur Linken der Lärm fröhlicher, beschwipster Stimmen. »Wo sind die Jungens?«

»Ach, mach dir um die keine Sorgen«, sagte Sabine, »Sven paßt schon auf.« Aufseufzend legte Rosy sich wieder zurück. »Und jetzt werde ich dir von Ilonas Verlobung und unserem Besuch bei Zinners erzählen», versuchte Sabine sie abzulenken, »paß auf, das wird dich auf andere Gedanken bringen ...«

Arnold Miller und sein Schwager Egon Kasparek saßen sich in den bequemen, schon reichlich abgewetzten Polstersesseln des Wohnzimmers gegenüber, einem nahezu quadratischen Raum, der, wie das Bad und das Schlafzimmer, zur Straße hin gelegen war. Das Haus war so gebaut, daß beide Stockwerke einen in sich abgeschlossenen Wohnkomplex bildeten und somit der erste Stock, wenn die Kinder erst einmal aus dem Haus sein würden, vermietet werden konnte.

»Hast du... zufällig eine Zigarette im Haus?« Egon rutschte auf der Vorderkante des Sessels herum.

»Ich dachte, du hättest das Rauchen aufgesteckt?«

»Hatte ich auch, aber in den letzten Wochen ist... nun eben... allerhand auf mich zugekommen, und wie es so ist, da greift man unwillkürlich wieder zur Zigarette.«

»Das finde ich aber ganz schlecht.«

»Ich ja auch. Ich werde es mir auch bestimmt wieder abgewöhnen, wenn erst...« Er stockte.

»Einen Kognak kann ich dir anbieten, wenn dir damit geholfen ist.« Arnold stand auf. »Einen deutschen natürlich... und auch das könnte ich mir nicht leisten, wenn ich nicht einen Verwandten im Supermarkt hätte.«

Egon lachte pflichtgemäß über den mageren Scherz. Arnold öffnete die Flasche, stellte zwei bauchige Gläser auf den Tisch und schenkte ein. »Na, dann Prost!«

»Prost!« Egon legte den Kopf zurück und schüttete sich den Inhalt des Glases durch die Kehle; danach bekam sein weißes Gesicht ein wenig Farbe. »Du, Arnold, ich stecke in einer furchtbaren Klemme«, stieß er heiser hervor.

Sein Schwager schenkte nach und setzte sich. »Schon wieder mal.«

»Ich... es ist wahr, ich habe euch in den vergangenen Jahren einige Sorgen gemacht, einfach weil«, stotterte Egon, »ich dachte immer, es müßte irgendeinen Beruf geben, bei dem einem die Arbeit Spaß macht und man schnell vorwärtskommt. Heute weiß ich natürlich, daß das falsch war. Auf die Dauer wird jede Arbeit... nun eben... fad, und was das Vorwärtskommen betrifft...«

Arnold wurde es bewußt, daß er sich an der Verlegenheit seines Schwagers und an dem eigenen Gefühl der Überlegenheit weidete, gerade weil er sich mit der kläglichen Position, die er den Eltern seines künftigen Schwiegersohns gegenüber einnahm, noch nicht abgefunden hatte. »Hör schon auf«, sagte er barsch, »du brauchst dich nicht zu entschuldigen. Es ist ja auch noch gar nicht heraus, ob ich es so viel besser gemacht habe als du. Meine Karriere ist ja, nach zwanzig Jahren in der gleichen Firma, auch nicht gerade berauschend.«

»Du hast das Haus...«

»Sag lieber: ich darf drin wohnen. Im Grunde genommen gehört es zum größten Teil der Bausparkasse und der Bank.«

»Du könntest keine Hypothek drauf nehmen?«

»Woher denn? Jeder Ziegel ist schon belastet.« Arnold legte die Stirn in Falten. »Fragst du das aus einem bestimmten Grund?«

»Ja, Arnold. Glaub mir, ich würde mich nicht an dich wenden, wenn ich nicht alles andere schon probiert hätte. Kleinere Beträge kann ich jederzeit mit Leichtigkeit auftreiben. Aber diesmal handelt es sich um eine Riesensumme.«

»Wieviel?«

»Vierundfünfzig Mille.«

»Du bist verrückt!«

»Ich will sie ja nicht geschenkt, sondern nur geliehen ... für ein paar Tage ... höchstens zwei Wochen!«

»Warum wendest du dich dann nicht an eine Bank?«

»Ich habe doch keine Sicherheiten zu bieten, und gerade deshalb dachte ich ... ihr habt das Haus ...«

»Das nutzt nichts.« Arnold nahm die dunkel gefaßte Brille ab und rieb mit einem Papiertaschentuch an den Gläsern herum. »Tut mir leid, Egon, ich kann dir wirklich nicht helfen.«

»Du bist meine letzte Hoffnung.«

Arnold setzte sich die Brille wieder auf. »Es hat keinen Zweck, Egon. Um ehrlich zu sein: ich bin nicht sicher, ob ich dir sechzigtausend Mark geben würde, wenn ich sie hätte ...«

»Fünfzig würden genügen ... das andere kann ich mir von Freunden beschaffen!«

»Wenn ich sie hätte«, wiederholte Arnold, »aber ich habe sie nicht und kann sie auch nicht auftreiben.«

»Und wenn du dich an die Zinners wenden würdest?«

»Würden sie höchstens Ilona fallenlassen wie eine heiße Kartoffel. Anpumpen kann man die nicht. Ausgeschlossen.«

»Aber ich brauche das Geld!«

»Wozu? Benimm dich nicht wie ein kleiner Junge.«

Egon sprang auf und begann auf dem freien Platz zwischen der Sitzecke und dem Fernseher hin und her zu laufen. »Du kannst dir nicht vorstellen, wie prekär meine Situation ist. Wenn ich das Geld nicht auftreibe, ist alles aus. Dann bleibt mir nichts übrig, als Schluß zu machen ... mit Rosy und den Kindern. Vielleicht ist das überhaupt die einzig richtige Lösung.«

»Komm, komm, hör auf, so daherzureden. Das ist doch alles Mumpitz, was du da verzapfst. Es gibt kein Problem, für das sich nicht doch eine Lösung finden ließe. Jetzt erzähl mir erst mal, wozu du das Geld überhaupt brauchst.«

»Sinnlos, wenn du mir doch nicht helfen kannst.«

»Vielleicht kann ich, wenn ich erst weiß ...«

»Nein. Ich brauche das Geld. Wenn ich es nicht kriege, bin ich verloren.« Egon trat ans Fenster und sah zur Straße hinaus; seine Schultern zuckten.

Arnold hatte nie große Stücke auf seinen Schwager gehalten. Aber seine Verzweiflung war echt. »Hast du Schulden?«

»Schulden! Wenn es nur das wäre!«
»Warum sagst du mir nicht, was mit dir los ist?«
»Weil ich dich nicht auch noch belasten will.«
»Als wenn du das nicht schon getan hättest! Glaubst du, es könnte mir gleichgültig sein, wenn du mir drohst, dich mitsamt deiner Familie umzubringen!?«
»Ich hätte das nicht sagen sollen.«
»Du solltest mit so einem Gedanken nicht mal spielen.« Arnold stand auf; ihm war die ganze Geschichte höchst widerwärtig, aber er wußte, daß er es sich selbst nie verzeihen könnte, wenn er Egon ungetröstet gehen ließ und wirklich etwas passieren würde. »Sag mir, was los ist, und ich werde sehen, wie ich dir helfen kann.« Da er ein unsentimentaler Mensch war, kostete es ihn Überwindung, seine Hand auf die Schulter des Schwagers zu legen.
»Ich brauche keinen Rat, ich brauche Geld!«
»Wahrscheinlich kann ich das immer noch eher auftreiben als du. Selbst wenn ich das Haus verkaufen müßte.«
Langsam drehte Egon sich zu ihm um. »Und das würdest du tun?«
»Immer noch lieber, als dich zugrunde gehen zu sehen. Und, was glaubst du wohl, würde Sabine mir dann erzählen? Du weißt, wieviel zu ihr bedeutest.«
»Und ich habe dir immer nur Ärger gemacht!«
Zu Arnolds Entsetzen begannen sich Egons dicht bewimperte Augen mit Tränen zu füllen. »Herr des Himmels, laß dich doch nicht so gehen!« rief er. »Erzähl mir lieber genau, was geschehen ist, die ganze Geschichte von Anfang an, und wir werden sehen.«
»Kann ich noch einen Kognak haben?«
»Aber ja, setzen wir uns!«
Es dauerte noch eine Weile, ehe sich Egon zum Sprechen entschloß. Erst nippte er an seinem Kognak, dann suchte er in den Hosentaschen noch einem Zigarettenpäckchen und wußte doch, daß er gar keins dabei hatte, und klopfte zum Überfluß auch noch die Brusttaschen seines Sporthemdes ab.
»Also komm, komm«, drängte Arnold, »nun reiß dich zusammen... Wieso brauchst du das Geld?«
»Ich habe spekuliert.«
Auf die Idee wäre Arnold nicht gekommen. »An der Börse?« fragte er erstaunt. »Aber...«, fügte er hinzu, verstummte dann jedoch, weil ihm bewußt wurde, daß es sinnlos gewesen wäre, dem Schwager jetzt vorzuhalten, daß er von dergleichen Geschäften nichts verstand.
»Nein, nein, in Grundstücken«, erklärte Egon nicht ohne einen gewissen Stolz, »das scheint dir jetzt weit hergeholt, das verstehe ich schon, und auch ich hätte von mir aus an so etwas nie gedacht, wenn mir nicht Stefan Brandel... wir sind zusammen in die Schule gegangen, du müßtest ihn eigentlich auch kennen...«
»Der Brandel, der bei der Stadtverwaltung arbeitet?«
»Genau. Der hast mir... nun eben... den Tip gegeben, und der ist

einfach Gold wert, der Tip, meine ich. Er hätte die Sache ja liebend gern allein geschmissen, wenn er nur das Geld gehabt hätte...«

»Die sechsundfünfzigtausend?«

»Nein, nein, das war alles, was ich aufbringen konnte, tatsächlich hätte man noch viel mehr anlegen können, bis zu dreihundert-, vierhunderttausend Mark mit garantiert hundertprozentigem Gewinn!« Egons Augen bekamen einen fiebrigen Glanz. »Du weißt, wie lange Riesberg schon eine Umfahrungsstraße plant, und diese Umfahrungsstraße kommt, das ist gar keine Frage, es ist ja auf die Dauer untragbar, daß der gesamte Verkehr der Bundesstraße durch unsere Stadt rattert!«

»Davon brauchst du mich nicht erst zu überzeugen«, sagte Arnold Miller nüchtern.

»Ja, aber nun stell dir mal vor, Stefan Brandel weiß, wie diese Straße geleitet werden wird... durch einen Zufall konnte er Einsicht in die im übrigen streng geheimen Münchner Pläne nehmen! Verstehst du jetzt? Es ist eine einmalige Chance! Was hättest du denn getan, wenn man so etwas an dich herangetragen hätte?«

»Hm, hm...« Arnold Miller massierte sich sein Kinn. »Es hätte mir nichts genutzt, weil ich bekanntlich ein armer Hund bin.«

»Ich doch auch, Arnold!«

»Und du brauchst das Geld, um in dieses Geschäft einzusteigen?«

»Nein, das habe ich längst getan!« Das Bekenntnis kostete Egon Überwindung, dann aber fügte er wieder mit Schwung hinzu: »Ich habe siebentausend Quadratmeter saure Wiesen erstanden, die mindestens den doppelten Wert bekommen, wenn erst die Umfahrungsstraße gebaut wird. Sie führt mitten durch, verstehst du? Die Herren müssen mit mir verhandeln, und ich werde endlich, endlich auch mal einen Happen vom großen Kuchen abkriegen!« Auf seinen Wangen entstanden hektische rote Flecke.

Arnold verstand immer noch nicht. »Ja, aber... das klingt doch alles ziemlich positiv!«

»Ist es ja auch! Noch positiver, als du weißt! Nächsten Mittwoch ist nämlich schon die Sitzung des Stadtrates, in der wegen der Umfahrungsstraße entschieden wird, und dann ist es nur noch eine Frage der Zeit, bis ich die Wiesen mit Gewinn abstoßen kann!«

Arnold runzelte die Stirn. »Und wo steckt der Pferdefuß?«

Egon kämpfte mit sich. »Ich habe das Geld aus der Kasse genommen«, gestand er endlich.

»Bist du wahnsinnig geworden?!« Arnold sprang auf.

»Es scheint so«, bestätigte Egon.

»Aber, Menschenskind, wenn man dir drauf kommt, dann bist du nicht nur deine Stellung los... dann kommst du ins Kittchen wegen Unterschlagung! Und wenn du wieder raus bist, kannst du lange warten, bis du je wieder in eine einigermaßen verantwortliche Position gelangst!«

Egon wurde jetzt ganz ruhig; es war, als wenn alle Nervosität und

Hektik von ihm abfiele. »Das«, sagte er, »brauchst du mir nicht zu erzählen, Arnold. Das weiß ich selbst. Oder was glaubst du, das mich dazu gebracht hat, ausgerechnet bei dir Hilfe zu suchen? Obwohl ich immer gespürt habe, wie wenig du von mir hältst.«

Arnold atmete tief durch. »Entschuldige. Du hast recht. Es war blöd von mir, dir das vorzuhalten. Schließlich bist du ja kein Idiot.«

»Ich sehe meine Situation vollkommen klar. Wenn ich mir doch bloß was vormachen könnte, dann ginge es mir besser.«

»Das würde aber wohl kaum was nützen.«

»Ich weiß nicht. Wenn man nur das Nächstliegende sieht und nicht auch noch die ganze Ausweglosigkeit der Zukunft, hält man es vielleicht durch. Aber ich bin am Ende, Arnold. Für Montag ist eine Finanzprüfung bei mir angesagt. Die ganze vorige Woche bin ich rumgesaust, um Geld aufzutreiben. Ich habe gute Freunde... aber leider zählen sie nicht zur Hochfinanz. Ein paar tausend Mark hätte ich zusammenschrappen können. Aber nicht so eine Summe.« Egon zuckte die Achseln. »Ich weiß nicht, warum ich dir das Ganze erzählt habe. Aber du hast ja drauf bestanden.«

»Verdammt, verdammt, verdammt!« Arnold schlug sich mit der geballten Faust auf die flache Hand.

Egon stand auf. »So ist es nun mal. Nun reg dich nur wieder ab, alter Junge, es nutzt ja nichts.« Er klopfte dem Schwager auf den Oberarm. »Leg ein gutes Wort bei Sabine für mich ein. Das ist das einzige, was du noch für mich tun kannst.« Er wandte sich zur Tür.

Arnold ertrug es nicht länger. Er konnte sich das alles so bildhaft vorstellen: die verschlossene Wohnung, die aufgeregten Nachbarn, das Getuschel und endlich der Entschluß, die Tür aufzubrechen, drinnen die entseelten Körper – vier Menschen, die sterben mußten, weil Egon zu leichtsinnig und er, Arnold, allzu gewissenhaft gewesen war. Mußte nicht in dieser Situation das Menschliche vor allen anderen Überlegungen Vorrang haben? Egon war schon im Flur, als Arnold ihn zurückrief. »Moment noch, ich sehe einen Weg, wie ich dir helfen kann. Fünfzig Mille könnte ich bis morgen aufreißen. Würde das genügen?«

Egon starrte ihn an. »Das grenzt ans Wunderbare!«

»Du würdest dir also die restlichen Tausender...«

»Aber ja, ich sage dir doch... sofort! Hör mal, du machst doch nicht etwa Witze mit mir? Woher willst du das Geld nehmen?«

»Darüber möchte ich nicht sprechen, und ich bitte dich auch, kein Wort darüber zu verlieren... zu keinem Menschen... daß ich dir geholfen habe.«

»Nein, natürlich nicht, das ist doch Ehrensache.«

»Gut. Dann treffen wir uns morgen früh auf der Bank.«

Egon zögerte. »Geht es nicht andersherum? Könntest du mir nicht das Geld zum ›Zentrum‹ bringen? Es würde einen schlechten Eindruck machen, wenn der Prüfer kommt und ich...«

Arnold schnitt ihm das Wort ab. »Also gut, ich bringe es dir. Kannst du es denn überhaupt unauffällig wieder zurückerstatten?«

»Ohne weiteres. Ich habe mir eine komplette Tageseinnahme unter den Nagel gerissen, weißt du. Ich brauche die Summe also nur in den Tresor zu legen und zu behaupten, ich hätte sie nicht zur Bank gebracht, wie es üblich ist, sondern als Reserve zurückbehalten. Das wird diesem Menschen nicht sehr einleuchten, nehme ich an, aber er kann mir keinen Strick draus drehen.«

»Hoffen wir's.«

»Aber bestimmt nicht. Denk nur daran, daß du mir das Geld nicht in Tausendern lieferst, sondern in verschiedenen Scheinen und auch Münzen – je unterschiedlicher, desto besser.«

»Auch das sollst du haben.«

»Ich weiß, daß ich dir da allerhand zumute, Arnold, aber dafür ... du ahnst nicht, was ich empfinde.« Egons Stimme klang erstickt. »Du hast mich buchstäblich im letzten Moment vom Galgen abgeschnitten. Wenn ich dir jetzt sagen würde, daß ich dankbar bin, so ist dankbar gar nicht der Ausdruck ... es gibt kein Wort dafür.«

»Laß es gut sein«, sagte Arnold, »ich tue es ja nicht nur für dich, sondern mindestens so sehr für Rosy und die Kinder, und schließlich auch für Ilona, denn ein Skandal in der Familie könnte ihre ganze schöne Verlobung zum Platzen bringen. Letzten Endes helfe ich dir also aus Egoismus und einfach deshalb, weil mir keine andere Wahl bleibt.« Er sagte das nicht nur, um Egon von einer übergroßen moralischen Verpflichtung zu entbinden, sondern auch, um der Bitterkeit Luft zu machen, die er ihm gegenüber tatsächlich empfand. Doch Egon war viel zu glücklich über die Wendung der Dinge, um das herauszuhören.

Sabine hatte in Rosy keine interessierte Zuhörerin für ihren Bericht von Ilonas Verlobung und dem sagenhaften Reichtum der Zinners gefunden; es hatte sich kein rechtes Gespräch in Gang bringen lassen, und so war sie froh, als die Männer auf die Loggia zurückkehrten. »Kommt, setzt euch zu uns!« rief sie. »Was kann ich dir anbieten, Egon?«

»Gar nichts, Biene. Lieb von dir, aber wir müssen weiter.«

Sabine stand auf. »Schon? Und ich dachte, ihr würdet zum Abendbrot bleiben.«

»Ein andermal mit Vergnügen, aber jetzt haben wir noch was vor.« Er reichte Rosy die Hand. »Komm, Liebling, rapple dich hoch ... dein Hut sitzt übrigens schief! Nimm ihn ab oder rück ihn gerade.« Er zog seine Frau hoch. »Wo sind die Kinder?«

»Moment, ich hole sie!« Sabine ging um die Hausecke herum, und was sie sah, verschlug ihr den Atem. Die Zwillinge hatten die kleine Tanne über und über mit Dahlienblüten und Dahlienknospen besteckt. Jetzt standen sie, Hand in Hand, mit schräg geneigten Köpfen da und betrachteten ihr Kunstwerk.

»Andy ... Chris!« Die Stimme wollte Sabine nicht gehorchen. »Wie konntet ihr!«

Die Jungen drehten sich zu ihr um. »Ist er nicht schön?« rief Andy.

»Ein hichtiger Weihnachtsbaum!« jubelte Chris. »Jetzt müssen wir alle ›O Tannenbaum‹ singen!«

»Nein«, sagte Sabine, »nichts von alledem. Ihr müßt nach Hause.«

»Aber es ist doch noch Kuchen da«, erinnerte Chris.

»Wir können eine schöne Bescherung machen«, schlug Andy vor.

Jetzt kam Egon hinzu und sah, was seine Söhne angerichtet hatten. »Ihr seid mir feine Schlingel!« Er versuchte, recht böse zu sein, konnte aber nur mit Mühe seine Belustigung unterdrücken. »Schämt ihr euch denn nicht? Ihr wißt doch genau, daß ihr keine Blumen ausrupfen dürft... hundertmal habe ich euch das schon gesagt!«

»Wir wollten euch doch nur übehaschen!« verteidigte Chris sich und den Bruder.

»Laß nur«, bat Sabine mit Überwindung, »es nutzt ja jetzt doch nichts mehr. Der wirklich Schuldige ist außerdem Sven. Er hätte ja auf sie aufpassen sollen.«

»Ich schicke dir zum Trost die schönste Orchidee, die ich auftreiben kann.«

»So ein Unsinn!« wehrte Sabine ab, Tränen in den Augen. »Dann schon lieber ein Lebensmittelpaket aus dem Einkaufszentrum.«

»Wird gemacht.« Egon zog seine Schwester an sich und gab ihr einen Kuß auf die Wange. »Sei nicht traurig, es gibt schlimmere Dinge, glaub mir.«

»Als wenn ich das nicht wüßte, nur... es war ein solcher Schock.«

Egon sah sich um. »Wo steckt Sven?«

»Liegt hinter den Johannisbeerbüschen und schmökert. Den brauchst du nicht zu suchen.« Sie seufzte. »Manchmal denke ich: man muß seine Kinder sehr lieben, um sie ertragen zu können.« Egon lachte.

Knut Miller hatte Sonntagsdienst im Kreiskrankenhaus, eine Verpflichtung, die unter den jungen Medizinern aus verständlichen Gründen wenig beliebt war, besonders dann, wenn, wie heute, der Chef der Klinik, Dr. Ernst Kettner, diensthabender Arzt war.

Dr. Kettner war seinen Assistenten und Volontären gegenüber von unnachsichtiger Strenge. Man sagte ihm nach, daß er sich durch das gebieterische Regiment, das er in der Klinik führte, für die Demütigungen entschädigen müsse, die ihm von seiner Gattin, Tochter eines einflußreichen Politikers, zugefügt würden. Für ihn war der Sonntagsdienst ein Greuel, und seine Laune war dementsprechend. Er haßte es, wenn die Besucher in hellen Haufen das Krankenhaus überfielen, die Patienten – so sah er es jedenfalls – aufregten und beunruhigten, sie zu Diätsünden verführten und ihn selbst womöglich noch mit dummen Fragen belästigten.

Sein schönster Moment war es, wenn die Turmuhr endlich sechs schlug. »Sehen Sie zu, daß Sie die Leute rausbringen, Miller«, befahl er, »aber ein bißchen dalli, wenn ich bitten darf.«

»Wird gemacht, Herr Chefarzt«, erwiderte Knut vergnügt und salutierte, Hand an der Stirn, obwohl er sehr gut wußte, daß Dr. Kettner für dergleichen Späße nichts übrig hatte; aber er mußte seiner Freude darüber, daß dieser ungute Tag für ihn nun bald ein Ende hatte, Luft machen.

»Hören Sie auf, den Clown zu spielen«, sagte Dr. Kettner unwillig, »das ist eines angehenden Arztes unwürdig.«

Knut grinste nur und verzog sich. Die Aufgabe, die vor ihm lag, war leicht genug zu erfüllen. Die Besucher wußten ohnehin, wann sie sich zu verziehen hatten, die meisten taten es nicht einmal ungern und verabschiedeten sich rasch und mit dem erhebenden Gefühl, eine Pflicht erfüllt zu haben. Wenn aber doch einmal einer Mutter die Trennung von ihrem Kind, einem Mann der Abschied von seiner Frau schwerfiel, dann genügte es, wenn »der Herr Doktor« eintrat, um stirnrunzelnd einen Blick auf die Fieberkurve über dem Krankenbett zu werfen.

Mit wehendem Kittel eilte Knut durch die Gänge und vergewisserte sich, daß die Zimmer sich leerten. Er war gerade im dritten Stock, der Erste-Klasse-Abteilung, angekommen und stürmte um die Ecke, als er plötzlich, wie ein Hund, der in vollem Lauf von seinem Herrn zurückgepfiffen wird, stehenblieb.

Schwester Ute war gerade aus Zimmer 312 gekommen. Sie starrte mit dem Ausdruck flammenden Grolls auf eine riesige kreisrunde Schachtel, die sie vor sich hertrug. Es war deutlich, daß sie sich völlig unbeobachtet fühlte. Sie war schön, die junge Schwester Ute, darüber war sich Knut mit sämtlichen Ärzten des Kreiskrankenhauses einig – nicht einer, der nicht schon einmal versucht hatte, mit ihr anzubandeln oder, falls er sich nicht traute, zumindest mit dem Gedanken gespielt hatte – sie war schön auf eine geradezu herausfordernde Weise. Das braunrote, volle Haar trug sie streng aus der hohen Stirn gebürstet, ihre Augen, braunrot wie das Haar, waren von dichten dunklen Wimpern umgeben, die Nase gerade und kurz, das Kinn fest und energisch, die Lippen schmal, und die Herbheit dieses statuenhaften Gesichtes wurde – jedenfalls im Dienst – nie durch einen Hauch von Schminke, von Rouge, Lidschatten oder Lippenstift gemildert. Dadurch wirkte sie in ihrer hellblauen Schwesterntracht, der schneeweißen leicht gestärkten Schürze, dem weißen Häubchen auf dem Haar, auf eine faszinierende Art sauber.

Jetzt machte sie eine wilde Bewegung, als wenn sie die runde Schachtel in den eisernen Papierkorb donnern wollte, tat es dann aber doch nicht. Sie blickte auf und geradewegs in die bewundernden und doch gleichzeitig belustigt blickenden Augen des jungen Mannes. Eine Blutwelle schoß ihr in Wangen und Stirn.

Knut war sie nie so schön erschienen wie in diesem Augenblick. »Ärger, Schwester?« fragte er.

»Sehen Sie sich das an!« Sie hielt ihm die mit einem Blumenbild bedruckte Schachtel hin. »Drei Wochen lang habe ich diesem alten

Knacker das Stechbecken gereicht und ihm den Hintern ausgeputzt, und jetzt, wo er wieder über den Berg ist, schenkt er mir Pralinen!« Knut lachte. »Ich finde das nicht im geringsten komisch«, sagte sie, »ich möchte wirklich wissen, was sich so einer einbildet... und dabei hat er Geld wie Heu, liegt Erster Klasse, im schönsten Zimmer des Hauses.«

»Ja, so sind nun mal die Kapitalisten«, meinte Knut philosophisch, »wenn sie anders wären, hätten sie wahrscheinlich weniger Geld.«

»Aber darum geht es doch gar nicht!« rief sie wild. »Kapieren Sie denn nicht? Diese Schachtel hat mindestens fünfzig Mark gekostet, verlassen Sie sich drauf, ich kenne mich aus. Hätte er mir das Geld doch in bar gegeben! Aber Pralinen?!«

»Knabbern, nehme ich an.«

»Wenn ich nur die Hälfte aller Pralinen, die man mir zusteckt, knabbern würde«, sagte sie verächtlich, »wäre ich längst eine wandelnde Tonne. Wie kann ich das Zeug bloß loswerden?«

»Stiften Sie es der Kinderabteilung«, schlug Knut vor, »oder den Ordensschwestern.«

Ihr Blick flammte. »Aber ich will es verkaufen! Möchten Sie es nicht haben, Herr Miller? Es wäre ein schönes Geschenk für Ihre Freundin.«

Er schmunzelte. »Die darf also ruhig fett werden?«

»Sie wissen genau, wie ich es meine. Pralinen sind eine feine Sache, wenn man nicht dauernd damit gefüttert wird.« Sie legte den Kopf schief. »Ich weiß, daß Ihre Freundin sich darüber freuen würde.«

»Wenn ich aber nun gar keine habe?«

»Das nehme ich Ihnen nicht ab. Außerdem...« Sie hielt ihm die Schachtel hin. »Ich lasse sie Ihnen für zwanzig Mark... und wenn Sie keine Freundin haben, dann doch bestimmt eine Mutter oder eine Schwester, die...«

Er fiel ihr ins Wort. »Wenn ich nun das Geschäft mit Ihnen mache, Ute – werden Sie mir dann auch einen Gefallen tun?«

»Kommt darauf an.«

»Ich verlange nicht viel von Ihnen.« Er streckte den Arm aus und stützte sich mit der Hand gegen die Wand, so daß sie eingeklemmt war. »Ich kaufe Ihnen die Schachtel ab, wenn Sie mit mir ausgehen.«

»Warum nicht?« fragte sie ruhig.

»Es gibt keinen Grund, der dagegen spräche. Sagen Sie ja.«

»Ja.«

Knut war von ihrer schnellen Bereitwilligkeit angenehm überrascht. Dann hatten die anderen, die Schwester Ute als eine uneinnehmbare Festung schilderten, also doch übertrieben – oder hatte sie etwa ein Auge auf ihn geworfen? »Fabelhaft!« Er beugte sich so nahe zu ihr, daß seine Lippen sie fast berührten.

Sie machte keine Bewegung der Abwehr. »Da kommt jemand«, sagte sie nur.

Er zuckte zurück. Tatsächlich watschelte eine ältere Ordensfrau den

Gang entlang. Schwester Ute benutzte die Ablenkung, um unter seinem Arm hindurchzuschlüpfen. »Also?« fragte sie und hielt ihm fordernd die freie Hand hin. »Wie haben wir's?«

Er begriff, daß er zu seinem Wort stehen mußte, griff unter seinen weißen Mantel in die Hosentasche, fischte zuerst einen Zehnmarkschein, ein Fünfmarkstück und dann endlich, in Mark und Groschen, das restliche Geld heraus, das er ihr in die ausgestreckte Hand zählte.

»Danke. Es war sehr klug von Ihnen, diese Okkasion zu nutzen.« Sie gab ihm die Pralinenschachtel und wandte sich zum Gehen.

»Hoppla, nicht so eilig!« Er erwischte sie gerade noch beim Arm. »Wir haben noch keine Verabredung getroffen... wann sind Sie heute abend frei?«

Sie blickte ihm gerade ins Gesicht. »Wieso interessiert Sie das?«

»Weil Sie mir versprochen haben...«

»Jetzt verstehe ich, worauf Sie anspielen. Natürlich werde ich mein Versprechen halten und einmal mit Ihnen ausgehen. Aber von heute abend war ja nicht die Rede. Irgendwann einmal.« Sie befreite sich aus seinem Griff und schritt davon, schlank und geschmeidig, den Kopf hoch erhoben.

Knut starrte ihr nach und begriff, daß sie ihn hereingelegt hatte. Aber er konnte ihr nicht einmal böse sein. Immerhin hatte sie länger mit ihm gesprochen als je zuvor. Erst als sie in der Teeküche verschwand, fiel ihm ein, daß er immer noch die riesige Pralinenschachtel unter dem Arm hielt. So konnte er die Krankenzimmer nicht betreten. Kurz entschlossen tat er das, was Schwester Ute vorhin schon vorgehabt hatte: Er steckte sie in den eisernen Papierkorb. Irgend jemand würde sie bestimmt dort herausfischen, spätestens die Putzfrauen, die ihn morgen früh zu leeren hatten.

»Gute Nacht, Arnold, ich bin müde.« Sabine klappte ihr Buch zu, knipste die Nachttischlampe aus und rollte sich zu ihrem Mann hin, der neben ihr im Doppelbett lag.

Er gab ihr einen leidenschaftslosen Kuß. »Stört es dich, wenn ich noch in bißchen lese?«

Natürlich störte es sie, aber sie wußte, daß er es als Schikane empfinden würde, wenn sie es ausspräche. »Ich mache einfach die Augen zu.« Aber das Licht drang durch ihre geschlossenen Lider, und sie wartete mit nervöser Spannung darauf, daß er wieder umblätterte – er tat es nicht, denn er starrte blicklos in sein Buch. Beide hörten sie den Porsche vorfahren, hörten Ilonas und Oswald Zinners unterdrückte Stimmen.

»Wenn die Verlobungsfeier im Parkhotel stattfinden soll«, sagte Sabine, »muß ich rechtzeitig ein Extrazimmer bestellen.«

»Hm, ja.«

»Ich möchte aber vorher mit Ethel sprechen, damit sie mich berät.«

»Tu das.«

»Könntest du mich morgen früh mit in die Stadt nehmen?«

Er schwieg, während er überlegte, wie er es verhindern konnte, daß sie ihm in die Quere kam. Sie wiederholte ihre Frage. »Ich fahre morgen später«, erklärte er, »weil ich vorher auf die Bank muß.«

»Warum?«

»Nur so.«

Er war froh, daß sie nicht weiterbohrte. »Das paßt mir ganz gut«, sagte sie statt dessen, »da kann ich wenigstens noch die Betten auslegen.« Nach einer Weile fragte sie: »Was wird diese Feier wohl kosten?«

»Das werden sie dir im Parkhotel sagen, wenn du danach fragst.« Sie legte sich auf die Seite und sah ihn an. »Mir kommt es ein wenig schäbig vor, daß wir das Geld dazu von Ilonas Aussteuerversicherung abzweigen wollen.«

»Du hast ja gehört«, sagte er, »daß sie keine Aussteuer braucht.«

Jetzt wurde der Schlüssel in die Haustür gesteckt; kurz darauf wurde der Porsche angelassen und fuhr davon. »Das war ein langer Abschied«, stellte Sabine fest. Er ging nicht darauf ein.

Minutenlang lag sie schlaflos, hörte Ilona die Treppe hinauf und oben zwischen ihrem Zimmer und dem Bad hin und her gehen. Bei Hubers zur Rechten wurde immer noch gefeiert, die Stimmung schien immer übermütiger zu werden, Herr Zibalsky zur Linken hatte den Fernseher wieder mal bei offenem Fenster auf Hochtouren laufen.

Sabine verschränkte die Hände hinter dem Kopf. »Komisch, Egon war so gut gelaunt.« Sie machte eine Pause und fuhr dann fort: »Als er kam, schien er furchtbar mitgenommen und niedergeschlagen. Rosy kann einem wohl auch auf die Nerven gehen. Nachher war er wie umgewandelt.« Als Arnold immer noch nicht reagierte, fragte sie: »Was hast du bloß mit ihm angestellt?«

»Weiß nicht«, brummte er.

»Aber er war tatsächlich ganz verwandelt, wie... wie von einer Riesenlast befreit.«

Einige Sekunden lang war Arnold drauf und dran, ihr die Wahrheit zu sagen, konnte sich dann aber doch nicht dazu überwinden. »Du übertreibst mal wieder«, sagte er statt dessen. Er spürte, daß er zu grob gewesen war. »Wir haben ein Männergespräch geführt. Anscheinend hat ihm das gut getan.«

»Ist es wahr, daß er Rosy lossein will?«

Arnold ließ sein Buch sinken. »Wie kommst du darauf?«

»Sie sagte es mir.«

»Ich halte das für absoluten Unsinn. Jedenfalls hat Egon nichts dergleichen erwähnt.« Er nahm sein Buch wieder hoch.

»Um so besser«, sagte Sabine, »ich war zwar gegen diese Ehe – erinnerst du dich? – aber eine Scheidung wäre auch keine Lösung. Rosy könnte nicht allein fertig werden, und noch dazu mit den Zwillingen. Doch wer weiß, wenn sie es müßte, vielleicht könnte sie es doch... Vielleicht würde sie dann sogar wieder ganz vernünftig werden. Sie läßt sich entsetzlich gehen – findest du nicht auch?« Arnold murmelte etwas Unverständliches. »Egon hätte eine vernünftige, lebenstüchtige Frau gebraucht«, fuhr sie fort, »nicht so ein haltloses, spinöses Wesen. Ich wundere mich, was er sich alles von ihr gefallen läßt... manchmal habe ich den Eindruck, daß er allein den ganzen Haushalt schmeißen muß. Ich mache mir Sorgen um die beiden.«

Er war nahe daran, ihr von dem Reiseruf zu erzählen, den Rosy über den Rundfunk losgelassen hatte, und von seinem Besuch bei den Kaspareks, er suchte schon nach den richtigen Worten. Da sagte sie: »Und auch um die Zwillige. Sie sind furchtbar ungezogen. Denk mal dran, wie Knut oder Torsten oder Sven in dem Alter waren... natürlich, sie haben auch Dummheiten gemacht. Aber mir sämtliche Dahlien kaputtzumachen, lach mich, bitte, nicht aus, aber ich bin immer noch nicht drüber weg. Beim bloßen Gedanken könnte ich in Tränen ausbrechen.«

»Die wachsen doch nach.«

»Das sagst du so. Aber geh mal raus und guck dir die Pflanzen richtig an... und dann sag mir, was da nachwachsen soll.«

Darauf wußte er nichts mehr zu erwidern, und auch sie verfiel in Schweigen. Eine Weile wälzte sie sich unruhig hin und her, dann sagte sie: »Würdest du jetzt, bitte, das Licht ausmachen?«

Er tat es, legte das Buch aus der Hand und nahm seine Brille ab. Wenig später merkte er, daß sie eingeschlafen war. Er aber lag noch lange wach, kaute wieder und wieder in allen Einzelheiten das Gespräch durch, das er mit seinem Schwager gehabt hatte, und grübelte, ob sein Verhalten richtig gewesen war. Mehr und mehr kam er zu dem Schluß, daß ihm keine andere Wahl geblieben war.

Ethel Miller erwachte am Montag morgen mit trockenem Mund und einem dumpfen Druck im Kopf, den vertrauten Symptomen, die sich bei ihr einzustellen pflegten, wenn sie am Abend zuvor zwei Schlaftabletten mit Whisky hinuntergespült hatte. Das Sonnenlicht, das die maisgelben, nahezu transparenten Vorhänge aufleuchten ließ, tat ihr weh, und sie schloß rasch wieder die Lider. Es dauerte ein paar Sekunden, bis ihr bewußt wurde, daß das lange, einsame Wochenende wieder einmal überstanden war, und sofort erwachten ihre Lebensgeister.

Sie setzte ihre elegante rechteckige Brille auf, sprang aus dem breiten französischen Bett, freute sich, den dicken Teppich unter ihren nackten Sohlen zu spüren, lief in das Bad, drehte den Hahn über der Wanne auf und ließ das Wasser so lange laufen, bis es eiskalt geworden war. Dann warf sie ein Alka-Seltzer in ihren Zahnputzbecher, hielt ihn unter den Hahn, wartete, bis es sich sprudelnd gelöst hatte, um es dann zu trinken. Danach legte sie das Bettzeug auf der Terrasse ihres Penthauses aus, lief ins Bad zurück, stellte sich selbst unter die Dusche, setzte Kaffeewasser auf und brachte das Bad wieder in

Ordnung. Sie war dabei, die Hähne blank zu reiben – sie hatte zwar gestern die ganze Wohnung gründlich geputzt, aber Ralf Heilmann, ihr langjähriger Freund, war in solchen Dingen sehr penibel –, als es klingelte.

Sie richtete sich auf, warf einen Blick in den Spiegel über dem Waschbecken und riß sich das Frottiertuch vom Kopf, das sie sich zuvor zum Schutz um ihr Haar gebunden hatte. Sie fuhr sich mit dem Kamm über ihre Pagenfrisur, bis sie glatt und glänzend um ihr Gesicht lag. Jetzt sah sie in ihrem weißen Bademantel mit nichts darunter ganz passabel aus, wenn auch nicht gerade auf einen Besuch vorbereitet – aber was für einen Besuch konnte sie denn schon am Montagmorgen erwarten?

Ralf? War es möglich, daß er genausoviel Sehnsucht nach ihr hatte wie sie nach ihm? Daß er einen Abstecher nach Riesberg gemacht hatte, weil er sie sehen wollte, bevor er auf Tour ging? Ethel Miller lauschte angespannt, wartete auf das Geräusch des Schlüssels in der Wohnungstür – aber es kam nicht. Statt dessen klingelte es ein zweites Mal. Während sie den Gürtel des Bademantels enger zog, eilte sie in die Diele hinaus. Sie nahm den Hörer der Sprechanlage ab und rief: »Hallo, wer ist da, bitte?« Als niemand sich meldete, öffnete sie die Wohnungstür und sah sich ihrer Schwägerin gegenüber – Sabine Miller in einem hellgrauen Kostüm, einen blauen Glockenhut auf dem blonden Haar. »Ach, du bist es!« sagte Ethel. »Komm rein!«

»Tag, Ethel. Ich dachte schon, du seist auf der Redaktion.«

»So früh doch nicht.«

»Es ist neun Uhr vorbei.«

»Für Zeitungsleute immer noch früh.« Ethel bückte sich und hob die Tüte mit den Semmeln auf. »Glückliches Wesen!«

Ethel, die durchaus nicht so zufrieden mit ihren Lebensumständen war, übernahm sofort die Rolle, die ihr zugespielt wurde. »Nur kein Neid«, sagte sie und verzog den Mund zu einem breiten Lausbubenlächeln. Der Wasserkessel pfiff.

»Du trinkst doch eine Tasse Kaffee mit?« fragte Ethel. »Dann kümmere dich, bitte, darum. Ich werde mich inzwischen anziehen.« Sie drückte der Schwägerin die Brötchen in die Hand.

Sabine imponierte die unbekümmerte Art Ethels. Ihr selbst wäre es nie eingefallen, eine Besucherin zu bitten, ihr das Frühstück zu machen, aber für Ethel schien das ganz selbstverständlich, und Sabine kannte sich ja auch gut genug hier aus, um diese Aufgabe zu übernehmen.

Zwanzig Minuten später war der Kaffee fertig. Sabine trug die heiße Kanne auf die Terrasse hinaus, wo sie zwischen den Kübeln mit Oleanderbüschen den Tisch gedeckt hatte. Ethel hatte inzwischen das Bettzeug hereingeholt und erschien jetzt, jugendlich und schlicht gekleidet in einem gelben Häkelminikleid, Sandalen an den nackten braunen Füßen, aber mit sehr sorgfältig zurechtgemachtem Gesicht. Sie ließ die Markise herunter, bevor sie sich setzte. »Darf ich einschenken?« fragte Sabine.

»Ja, mach nur.« Ethel griff sich ein Brötchen und schnitt es durch. »Ein herrlicher Tag, was? Eine Reihe herrlicher Tage. Ihr müßt es wunderbar haben in eurem Garten.«

»Stimmt«, sagte Sabine, »aber ich weiß nicht, ob du nicht doch besser dran bist hier oben. Kein Unkraut, keine Läuse, kein Lärm, und trotzdem jede Menge Sonne und frische Luft. Ich finde das ideal.«

»Ich auch«, gab Ethel zu, »ich finde es schrecklich, daß ich hier raus muß. Habe ich es dir noch nicht erzählt? Der Besitzer beansprucht die Wohnung für sich selbst.«

»So ein Pech. Aber tüchtig, wie du bist, wirst du schon wieder was Passendes finden.«

»Wollen wir's hoffen.«

Sabine hatte keine Lust, sich in ein fruchtloses Gespräch über Ethels Wohnungssorgen einzulassen, deshalb fragte sie rasch: »Übrigens bin ich aus einem ganz besonderen Grund gekommen...«

»Ja?« fragte Ethel kauend.

»Ilona hat sich verlobt.«

»Da schlag doch einer lang hin! Mit dem jungen Zinner?«

»Erraten.«

»Du, das ist ja fantastisch.« Ethel leckte sich die Butter von den Fingern. »Da kann man ja nur gratulieren. Hast du eine Ahnung, wie reich die Zinners sind? Immens, sage ich dir! Ünrigens ließe sich da eine hübsche Story draus machen, eine richtige Romanze könnte man aufbauen... ein modernes Märchen. Ich sehe schon die Fotos von der Hochzeit vor mir, die strahlende Braut am Arm des künftigen Gatten. Unterschrift: Geld ist für uns Nebensache. Wie gefällt dir das? Glaubst du, daß Ilona mir ein Interview gibt?«

»Aber bestimmt. Wenn Oswald einverstanden ist.«

»Wie ist denn der Knabe? Mal davon abgesehen, daß er vor Geld stinkt.«

»Sehr nett, wirklich. Du darfst nicht glauben, daß Ilona ihn nur wegen seines Geldes nimmt.«

»Aber! Das glaube ich ja gar nicht! Nur... Geld hat alle Male eine ausgesprochen retuschierende Wirkung. Nach den Fotos zu urteilen, die ich von ihm gesehen habe, ist er jedenfalls alles andere als ein Beau.«

»Mit deinem Ralf«, entgegnete Sabine ziemlich scharf, »läßt er sich natürlich nicht vergleichen.«

Ethel lächelte entwaffnend. »Da hast du recht.«

Sabine änderte den Ton. »Bevor du ihn nicht persönlich kennengelernt hast, kannst du dir kein rechtes Bild von ihm machen«, sagte sie friedfertig. »Sprechen wir uns also nächsten Sonntag wieder.«

»Was ist da?«

»Die offizielle Verlobung.«

»Und dazu bin ich eingeladen? Das ist aber wirklich süß von euch! Wer kommt denn noch?«

»Nur die nächste Familie, also wir, Arnold und ich, Knut und Sven, mein Bruder und dessen Frau...« Sabine zögerte. »Torsten werde ich wohl auch einladen müssen, obwohl er bestimmt nichts von sich hören lassen wird.«

Ethel zündete sich eine Zigarette an. »Und von den Zinners kommt niemand?«

Sabine lachte. »Du mißtrauisches Frauenzimmer ... doch! Oswald Zinners Eltern waren es ja gerade, die auf der offiziellen Verlobung bestanden haben. Den jungen Leuten ist die Sache eher lästig.«

»Was man verstehen kann. Also werden Oswald Zinner senior und Gattin erscheinen. Und wer sonst noch?«

»Von den Zinners? Niemand. Sie wollen Ilona im Herbst in die sogenannte gute Gesellschaft einführen... ohne uns, versteht sich. Aber das ist uns nur recht so. Glaub bloß nicht, daß wir uns jetzt in die High-Society drängen möchten. Da würde uns wohl sehr bald der Atem und das Kleingeld ausgehen.«

»Ein sehr vernünftiger Standpunkt.«

»Der einzig mögliche. Und nun paß mal auf...« Sabine beugte sich vor. »Ich brauche deine Hilfe.«

»Geld?« Ethel verzog das Gesicht, als habe sie in eine Zitrone gebissen. »Also ganz ehrlich, ich bin momentan ein bißchen knapp, und dann der bevorstehende Umzug...«

»Bloß keine Bange, ich will dich nicht anpumpen! Ich brauche bloß deinen Rat, wie man so eine offizielle Verlobung richtig arrangiert. Ich habe nämlich keine Ahnung...«

»Warte mal! Da hab' ich was für dich!« Ethel streifte die Asche ihrer Zigarette ab, stand auf und verschwand durch eine der Glastüren in ihrem Wohnzimmer. Der sehr große Raum nahm die ganze Breite des Penthauses ein. Die Wand gegenüber dem gemauerten Kamin war von einem Bücherregal verstellt, das vom Boden bis zur Decke reichte. Ethel blieb einen Augenblick davor stehen, ließ ihren Blick über die bunten Rücken gleiten, stellte sich dann auf die Zehen und zog ein Exemplar heraus. »Hier«, sagte sie, als sie wieder zurückkam, »da findest du alles, was du brauchst.«

Sabine las ein wenig zweifelnd den Titel. *Die neue Etikette für junge Leute.* Sie blickte zu Ethel auf. »Die Feier soll im Parkhotel stattfinden.«

»Ist alles beschrieben.«

»Würdest du wohl trotzdem mitkommen? Ich will heute schon das Extrazimmer bestellen.«

Ethel lächelte. »Hast du deshalb diesen komischen Hut auf?«

Sabine griff sich an den Kopf. »Ist er komisch?«

»Nicht eigentlich. Es wirkt nur komisch auf mich, dich am frühen Morgen mit einem Hut herumlaufen zu sehen...«

Sabine überwand eine kleine Empfindlichkeit. »Ich übe mich eben in meiner neuen Rolle als Schwiegermutter. Also... kommst du mit?«

»Ehrensache.« Ethel drückte ihre Zigarette aus, tupfte sich mit einem Papiertaschentuch den Mund ab und benutzte einen Lippenstift. »Ich muß nur erst die Luken dichtmachen. Du kannst derweil schon mal in dem Benimmbuch studieren.«

»Ich räume inzwischen lieber den Tisch ab. Ich weiß doch, wie pingelig dein Ralf ist. Kommt er heute abend?«

»Ich hoffe es.« Ethel ließ den Spiegel sinken. »Sag mal, würde es dir was ausmachen, wenn ich ihn zur Verlobung mitbrächte?«

»Natürlich nicht«, erwiderte Sabine spontan, aber dann kamen ihr doch Bedenken: »Du, da müßte ich eigentlich erst mal die *Neue Etikette* um Rat fragen. Eigentlich soll die Feier ja im engsten Familienkreis stattfinden. Da ergibt sich die Frage: gehört Ralf zur Familie? Kann man ihn im weitesten Sinne – um mit Robert Lembkes Rateteam zu sprechen – als Familienmitglied bezeichnen?«

Ethels Gesicht hatte sich verdüstert. »Nein.« Sie ließ Spiegel und Lippenstift in ihrer weißen Lackledertasche verschwinden.

»Sei mir nicht böse«, bat Sabine.

»Bin ich gar nicht.«

»Wenn dir soviel dran liegt, dann pfeifen wir eben auf die Etikette, Ethel. Bring ihn mit und fertig.«

»Sehr lieb von dir, Biene.« Ethel zwang sich zu einem Lächeln. »Aber es wäre wohl doch nicht das Richtige. Ralf ist darin komisch. Er würde in so einer Einladung womöglich eine Falle sehen. Und außerdem... sonntags hat er doch prinzipiell keine Zeit für mich.«

»Hockt er immer noch bei seiner Muttert?« Ethel nickte stumm. »Ärgerlich«, sagte Sabine mitfühlend, »aber immer noch besser, als wenn er verheiratet wäre.«

»Das habe ich anfangs auch gedacht. Aber langsam weiß ich nicht mehr, wo da der Unterschied liegt.«

Sabine stand auf. »Mach bloß nicht so ein sauertöpfisches Gesicht, das paßt nicht zu dir. Und dann... du hast mir selbst tausendmal versichert, daß du nicht daran denkst, zu heiraten.«

»Das besagt aber nicht, daß es mir Freude macht, jedes Wochenende allein zu bleiben.«

»Läßt sich gar nichts daran ändern?«

»Ich kann ihm doch auch nicht dauernd deswegen in den Ohren liegen.«

»Lieber tust du so, als wenn es dir nichts ausmachen würde.« Sabine begann, das Frühstücksgeschirr zusammenzustellen. »Das kann ich schon verstehen. Aber tröste dich, Ethel, so ein... wie soll ich sagen... unverbindliches Verhältnis hat seine Vorzüge. Die Ehe ist auch kein Honiglecken.«

»Sicher nicht.«

»Und wenn Ralf sich am Wochenende nicht bei dir blicken läßt, so ist das doch auch kein Grund, allein zu Hause zu bleiben und in die Glotzkiste zu starren. Komm zu uns heraus. Du weißt, du bist uns immer willkommen.«

»Lieb von dir.«

»Ach was. Ich freue mich ja, wenn du kommst. So amüsant ist das

Eheleben nach zwanzig Jahren auch nicht, daß man unbedingt den Wunsch hätte, ungestört zu sein.« Sabine hatte das Geschirr auf das Tablett gestapelt. »Komm zu uns, so oft du willst, und ich wette, du wirst deine Freiheit bald wieder schätzen. Übrigens, am Sonntag war Egon mit Rosy und den Zwillingen da...« Und dann sprachen sie über die Kaspareks.

In den nächsten Tagen drehten sich die Gespräche bei Millers um die bevorstehende offizielle Verlobung. Die beiden Frauen diskutierten über Speisefolge, Sitzordnung, Getränke und Blumenschmuck, und auch Knut gab seine Meinung zum besten. Immer wieder versuchten sie Arnold hineinzuziehen, doch ohne Erfolg. Für ihn klang das alles chinesisch; in seiner augenblicklichen Verfasssung war er außerstande, sich mit Fragen zu beschäftigen, die außerhalb seines normalen Lebensbereiches lagen. Im Büro tat er wie sonst seine Pflicht, und nicht einmal Fräulein Döring merkte ihm an, daß er nicht ganz bei der Sache war.

Seit er die fünfzigtausend Mark von der Bank geholt und seinem Schwager übergeben hatte, fühlte er sich wie amputiert. Es war ihm, als habe er damit einen Teil seines Selbst geopfert. Als er Egon das hochherzige Angebot gemacht hatte, hatte er sich die Folgen nicht vorgestellt. Jetzt brannte ihm die Angst vor dem Verlust in der Seele. Gleichzeitig machte ihn die Hoffnung auf den Erfolg der Spekulation schwindelig. Sollte sich das Glücksrad des Schicksals endlich zu seinen Gunsten gedreht haben? War der Lottogewinn nur ein Anfang gewesen? War vielleicht auch Ilonas Verlobung ein Zeichen dafür, daß es seiner Familie bestimmt war, sich aus der grauen Masse herauszuheben?

Manchmal schien ihm das so wahrscheinlich, als wenn er es schon seit langem auf sich zukommen gesehen hätte. Dann wieder war er überzeugt, daß Wahnideen ihn narrten. Und doch war die Hoffnung da, und sie überfiel ihn immer wieder so siedend heiß wie die Angst.

Wenn er es auch nicht ausdrücklich mit seinem Schwager vereinbart hatte, so schien ihm doch sicher, daß mindestens die Hälfte des angestrebten Spekulationsgewinnes ihm zufallen würde, da er ja letztlich der Geldgeber war. Selbst wenn er – falls der Verkauf an die Stadt nicht umgehend realisierbar sein sollte – Rudolf Kienzel mitbeteiligen müßte, würde das immer noch einen ungeheuren Profit bedeuten. In Wahrheit, gestand er sich, wäre es ihm gar nicht unlieb gewesen, Kienzel partizipieren zu lassen. Die finanzielle Einbuße würde reichlich wettgemacht durch den Triumph, den er dem alten Freund gegenüber erzielen würde, der es liebte, sich als selbständiger Kaufmann aufzuspielen, und sich einbildete, auf Arnold, den Arbeitnehmer, herabblicken zu dürfen. Welch unwiederbringliche Gelegenheit, ihm zu beweisen, daß er wahren Unternehmergeist besaß! Aber noch in den Augenblicken überschwenglicher Hochstimmung spürte Arnold, daß er seinem Charakter und seiner Erziehung nach der Situation nicht gewachsen war. Er war keine Spielernatur, wenn er sich auch immer dafür gehalten hatte.

Sabine, die das Geld, das er wöchentlich für die Wettscheine ausgab, lieber anderweitig angelegt gesehen hätte, hatte ihm seine Spielleidenschaft oft vorgehalten. Wie ungerecht sie ihn damit beurteilt hatte, begriff er erst jetzt. Diese Lotto- und Totowetten waren kein wirkliches Spiel gewesen, sondern nur Spielereien, der kindliche Wunsch, mit minimalem Einsatz das Glück zu zwingen. Jetzt, zum erstenmal in seinem Leben, war er ein Risiko eingegangen, und es nahm ihm den Appetit und raubte ihm den Schlaf. Er fühlte sich herausgehoben aus dem Kreis seiner Familie und gleichzeitig isoliert. Wie unter einer Glasglocke sah und hörte er alles, was um ihn herum vorging, aber er konnte es nicht greifen.

Für Sabine war seine Teilnahmslosigkeit unfaßbar. »Ich verstehe dich nicht«, sagte sie zornig, als er wieder einmal auf eine ihrer Fragen mit dumpfem Schweigen reagierte, »kann dir denn die Zukunft der einzigen Tochter gleichgültig sein!?«

»Und die hängt von der Sektmarke ab?« fragte er.

»Von vielem, Vati... von allem!« sagte Ilona. »Deshalb bemühen wir uns ja so, daß es keine Pannen gibt!«

»Nicht so laut... bitte!« war alles, was er darauf zu erwidern wußte; er nahm die Brille ab und strich sich über die Augen.

»Wir nehmen keinen Sekt, sondern Champagner«, entschied Sabine. Arnold stand auf und verließ das Zimmer. Er wußte, daß er die beiden Frauen damit verärgerte, aber es war ihm gleichgültig.

An jedem Dienstagabend fuhr Arnold gewöhnlich zu seinem Stammtisch im *Goldenen Löwen,* wo einige Herren seines Alters, Honoratioren von Riesberg, regelmäßig zusammenkamen. Diesmal brachte er weder Lust noch Kraft dazu auf. Doch weil er Sabines Neugier nicht wecken wollte, verließ er das Haus und fuhr stundenlang ziellos umher. Schließlich stoppte er, weil er an das Ende einer Sackgasse geraten war, saß da, bei laufendem Motor und mußte sich besinnen, wo er war und was ihn hierher getrieben hatte. Blitze zuckten am nächtlichen Sommerhimmel; der Donner war noch weit.

Arnold drehte den Zündschlüssel um und schaltete die Innenbeleuchtung ein. Aus dem Seitenfach zog er eine Straßenkarte von Oberbayern und faltete sie so auf, daß er das Rechteck, in dessen Mittelpunkt Riesberg lag, vor sich hatte. Noch führte die Bundesstraße mitten durch die Stadt, zum ständigen Ärger der Anwohner und der Autofahrer. Es gab nur einige wenige Geschäftsleute und Hoteliers, die den bestehenden Zustand zu erhalten wünschten, weil sie die durchreisende Kundschaft nicht verlieren wollten. Aber eine Umfahrungsstraße mußte und würde kommen, so viel war sicher. Die Frage war nur, ob sie westlich oder östlich von der Stadt gebaut werden würde.

Stefan Brandel, der behauptete, den Plan zu kennen, hatte Egon das westliche, zu den Alpen hin gelegene Gebiet angesagt. Das schien auch, wie Arnold jetzt feststellte, die gegebene Lösung. Westlich von Riesberg erstreckte sich freies, nur wenig besiedeltes Gelände, und vor allem gehörte es zum überwiegenden Teil schon jetzt der Stadt, so daß nicht allzu viele Grundstücke dazugekauft werden mußten. Arnold fuhr mit dem Finger über die Strecke. Ja, so etwa würde die Umfahrungsstraße wohl geführt werden. Wer aber konnte voraussagen, ob sie dicht an Riesberg vorbeilaufen würde, um den Autofahrern so wenig zusätzliche Kilometer wie nur möglich zuzumuten, oder in einem weiten Bogen, weil man mit einem starken Wachstum der Stadt rechnete? Hierüber Vermutungen anzustellen, wäre sinnlos gewesen. Man mußte es wissen. Egon war überzeugt, daß Stefan Brandel es wußte. Warum konnte nicht auch er es einfach glaubern? Was beunruhigte ihn so?

Arnold starrte lange auf die Karte, bevor er sie faltete und an ihren Platz zurücksteckte. Plötzlich konnte er sich nicht mehr vorstellen, daß bei einer Spekulation, die so viele Mitbürger reizen mußte, ausgerechnet er den Volltreffer machen sollte. Seine Hoffnung auf einen Riesengewinn platzte wie ein zu kräftig aufgeblasener Luftballon. Jetzt wäre er schon froh gewesen, wenn er das Geld, das er Egon geliehen hatte, ungeschmälert wiederhätte. Es war Wahnsinn gewesen, es ihm zu geben – und doch, was hätte er anderes tun können? Erst als dicke Regentropfen hart auf das Autodach knallten, ließ Arnold den Wagen wieder an und wendete. Das Gewitter schien jetzt über ihm zu sein.

Der Mittwoch wurde der längste Tag in Arnolds Leben. Vom späten Vormittag an erwartete er jede Sekunde, daß Egon ihn darüber verständigen würde, wie die Entscheidung gefallen war. Am Abend, gleich nach den Sechs-Uhr-Nachrichten, rief er bei Kaspareks an. Aber niemand meldete sich. Um halb neun versuchte er es noch einmal. Diesmal wurde der Hörer auf der anderen Seite abgenommen. Arnold hörte ein flaches Atmen, aber kein einziges Wort.

»Hallo, hallo!« rief er. »Was ist los? Bist du es Andy? Chris? Hört auf mit den Späßen. Hier ist Onkel Arnold!« Aber außer dem Atemgeräusch blieb alles stumm.

Das war sonderbar. Auch wenn er sich nichts anderes vorstellen konnte, als daß die Zwillinge wieder einmal Dummheiten machten, so blieb doch unverständlich, wie sie das um diese Zeit tun konnten, da sie doch eigentlich ins Bett gehörten und die Eltern hätten zu Hause sein müssen.

Arnold war beunruhigt. Noch kurz zuvor hatte er es für vernünftig gehalten, sich bis zum morgigen Bericht über die Stadtratsitzung im *Oberbayrischen Volksblatt* zu gedulden. Jetzt konnte er es nicht mehr aushalten. Ohne Sabine, die im Gartenzimmer saß und Radio hörte, zu verständigen, verließ er das Haus und holte den Wagen aus der Garage. Zehn Minuten später parkte er auf dem Maximiliansplatz. Er trat weit zurück, überquerte dann die Fahrbahn und blickte von der anderen Seite zu dem schmalen alten Haus hinauf. Zwischen den Vorhängen an den Fenstern im dritten Stock schimmerte Licht. Er nahm es als ein gutes Zeichen.

Die Haustür unter dem Bogengang war noch unverschlossen. Arnold hastete die Treppen hinauf und klingelte. Sekunden später wurde geöffnet. Egon Kasparek stand vor ihm; in Hemdsärmeln, mit geöffnetem Kragen und aufgezogener Krawatte zeigte er nicht die Spur seiner sonstigen Eleganz. »Ich bin gerade erst nach Hause gekommen«, sagte er, fast abwehrend.

Schon in diesem Moment wußte Arnold, daß alles aus war. Trotzdem fragte er: »Hast du das Ergebnis?«

Egon zögerte. »Ja.«

»Wie ist die Sache ausgegangen?«

»Arnold, hör mal, ich kann dir das doch nicht hier und jetzt erklären...«

»Dann laß mich rein!«

»Ausgeschlossen.« Egon wich nicht zur Seite; es zuckte nervös um seinen Schnurrbart. »Bitte nicht«, fügte er in weicherem Ton hinzu, »Rosy... sie fühlt sich nicht ganz wohl. Ich... wir dürfen sie keinesfalls beunruhigen.«

»Egon! Keine Ausflüchte, bitte! Ich habe genug ausgestanden in den letzten Tagen... jetzt will ich die Wahrheit wissen!«

Aber wieder wich Egon aus. »Weißt du was... treffen wir uns in zehn Minuten im *Goldenen Löwen*. Bis dahin habe ich Rosy zu Bett gebracht... also bis gleich!«

Arnold wollte protestieren, aber da schlug ihm Egon die Tür vor der Nase zu. Langsam stieg er die flachen Steinstufen hinunter. Sein Verstand sagte ihm, daß das Schlimmste eingetroffen war. Aber er weigerte sich, es wahrzuhaben. Gewiß, Egons Verhalten war das eines Mannes gewesen, der sich nicht zur Wahrheit zu bekennen wagte. Aber es gab doch noch eine andere Erklärung für sein Benehmen. Vielleicht war die Spekulation des Schwagers doch richtig gewesen, und vielleicht suchte er jetzt, da es zum Klappen kam, nach einem Weg, ihn, Arnold, aus dem Geschäft auszubooten. Noch klammerte sich Arnold an diese schwache Hoffnung.

Als Arnold Miller den Schankraum des *Goldenen Löwen* betrat, überkam ihn das Gefühl, daß es ein Fehler gewesen war, sich von Egon Kasparek hierherbestellen zu lassen. Auch erkannte die Kellnerin Therese, die sich wegen ihres gewaltigen Busens, ihres ausladenden Hinterteils und ihres schnellen Mundwerks besonderer Beliebtheit bei der Riesberger Herrenwelt erfreute, ihn sofort und wollte ihn zum Stammtisch führen. Es war nicht ganz einfach, ihr klarzumachen, daß er für heute nur einen kleinen Tisch suchte, möglichst einen Ecktisch, wo er in Ruhe mit seinem Schwager sprechen konnte. Dabei hatte er noch Glück, daß niemand an der großen runden Eichentafel saß, die durch die handgestickte bayerische Standarte ständig reserviert war. Denn wenn auch der Stammtisch offiziell nur Dienstag abends tagte, so pflegten doch die Herren, die zu ihm gehörten, auch sonst hier Platz zu nehmen, um einen Schoppen oder eine Maß zu trinken. Arnold hätte es unter normalen Umständen genauso gehalten, aber er wollte nicht riskieren, daß sein Gespräch mit Egon belauscht oder – wenn auch auf gut gemeinte Art – unterbrochen wurde. Doch als er an einem der normalen, mit Kunststoffplatten versehenen Gästetisch Platz nahm, kam er sich wie degradiert vor.

Nach dem ersten tiefen Schluck Starkbier aus dem tönernen Literkrug ging es ihm besser. Der große, bis zur halben Höhe holzgetäfelte Raum war vollbesetzt mit Fremden, die sich laut und ungeniert benahmen und so eine Armosphäre schufen, die ihm wenigstens einen Hauch der gewünschten Anonymität verschaffte. Fast gelang es ihm, sich zu entspannen. Aber als er dann Egon entdeckte, der die Tür aufgestoßen hatte und sich auf der Schwelle suchend umsah, war dieses trügerische Gefühl sofort wie weggewischt. Egon wirkte gehetzt, wie ein Mann auf der Flucht, ein Geschlagener und durchaus nicht wie jemand, der ein großes Geschäft entriert hat und nun darauf aus ist, den Rahm allein abzuschöpfen.

So ersparte sich Arnold denn, als Egon ihn gefunden und sich neben ihm niedergelassen hatte, die Frage, wie die Stadtratssitzung ausgegangen war, sondern forschte ohne Umwege: »Wie ist es passiert?«

»Eine ganz große Schweinerei.« Er winkte der Kellnerin und sagte, auf Arnolds Krug zeigend: »Mir das gleiche!« Er wandte sich Arnold zu und berichtete mit flackernden Augen: »Die haben alles umgeschmissen. Stell dir vor! Die Straße wird westlich der Stadt vorbeigeführt. Ich kann es ruhig laut sagen, denn morgen steht es in der Zeitung. Westlich! Obwohl da die Ries und die Eisenbahnlinie überbrückt werden müssen. Und warum das alles? Weil die Herren mit den guten Beziehungen...« Er schnippte mit Daumen und Zeigefinger »...dort Gelände besitzen. Zeltner und Zinner, du verstehst... diese verdammten Kapitalisten, die immer den längeren Arm haben. Ich hab's ja gewußt.«

Jetzt hätte Arnold erwidern können, daß Egon sich gerade deshalb nie in eine so gewagte Spekulation hätte einlassen dürfen; aber er war viel zu betroffen, daß seine schlimmsten Befürchtungen wahr geworden waren.

Die Kellnerin knallte die frische Maß vor Egon auf den Tisch, er führte den Krug zum Mund und leerte ihn mit einem Zug bis zur Hälfte. »Und weißt du«, fuhr er, sich über die Lippen wischend, fort, »mit welchem Argument sie diesen Wahnsinn begründen? Der Osten sei das Erholungsgebiet der Stadt und dürfe deshalb nicht zerstört werden!« Er lachte höhnisch.

Arnold kämpfte gegen eine aufkommende Übelkeit. »Und das ist endgültig?«

»Habe ich Brandel auch gefragt. Aber der konnte mir keine Hoffnung mehr machen.«

»Mein Gott!«

Jetzt wandte sich Egon ihm zu, als sehe er ihn jetzt erst richtig, und das mochte wohl auch sein, denn bisher war er nur mit seinem eigenen Unglück beschäftigt gewesen, ohne daran zu denken, was diese Katastrophe für Arnold bedeutete. »Selbstverständlich«, sagte er, »werde ich dir die Wiesen notariell überschreiben!«

»Was soll ich mit Wiesen?«

»Na immerhin, Grundbesitz behält seinen Wert. Da wir in einer schleichenden Inflation leben... dir brauche ich das wohl nicht zu erklären... ist Grund die beste und vor allem sicherste Kapitalanlage.«

»Egon!« Arnold war nahe daran, ihn zu schütteln. »Ich brauche das Geld!«

»Ach so.« Es war Egon anzusehen, daß er sich unsanft aus seinen Träumen in die Wirklichkeit zurück gerissen fühlte. »Ja, dann...«, schon wieder war er voller Optimismus, »...werde ich sie eben verkaufen.«

»An wen?«

»Du erwartest doch nicht im Ernst von mir, daß ich dir das jetzt aus dem Stegreif sagen kann? Aber mach dir nur keine Sorgen, ich sehe da verschiedene Möglichkeiten. Eine klappt ganz bestimmt.«

»Egon, ich brauche das Geld in spätestens vierzehn Tagen zurück... oder zumindest die Hälfte.«

»Ich soll die Gründe verschleudern? Nein, kommt nicht in Frage. Das, was ich reingesteckt habe, werde ich auch wieder rausholen.«

»Es ist mir egal, wie du es machst.« Arnold warf ein paar Münzen für die Kellnerin auf die Kunststoffplatte. »Vielleicht kannst du eine Hypothek aufnehmen oder sonst etwas. Ich jedenfalls brauche die fünfundzwanzig Mille spätestens am...« Er rechnete nach, wann Rudolf Kienzel zurück sein würde, und zog ein paar Tage ab, »...am 28. August. Das ist, glaube ich, ein Samstag.«

»Ich werde tun, was ich kann«, versprach Egon.

»Das ist nicht genug. Du mußt die Wiesen verscherbeln, wenn nötig, mit Verlust. Sonst bin ich ruiniert.«

Egon öffnete den Mund, um eine Frage zu stellen, verzichtete aber doch darauf, weil er sich nicht mehr als notwendig belasten Wollte. Sie trennten sich ohne ein weiteres Wort.

Das Extrazimmer des Parkhotels, in dem die offizielle Verlobung Ilonas mit Oswald Zinner junior gefeiert wurde, war ein langgestreckter Raum mit hohen Fenstern, neben denen die dunkelroten Vorhänge schwer und glatt herunterhingen. Der rechteckige Tisch entsprach der Form des Zimmers; an der Schmalseite war eine weitere Tafel aufgestellt, auf der sich die Verlobungsgeschenke präsentierten: prachtvolle

Blumenarrangements, ein kupferner Samowar, den Ilonas Kolleginnen gestiftet hatten, sechs goldene Kaffeelöffel, von den Zinners spendiert, ein österreichisches Kaffeeservice von den Eltern, verschiedene Aschenbecher, Leuchter, Zuckerdosen, Spiegel und Blumenvasen, mit denen Bekannte gratuliert hatten, auch Menschen, an deren Existenz sich Ilona nur schwach erinnerte. Das sehr vornehme Verlobungsinserat in der Zeitung und die auf Bütten gedruckten Anzeigen hatten ihre Wirkung getan. Das kostbarste Geschenk war jedoch ohne Zweifel der Ring mit dem einkarätigen Diamanten, den Ilona stolz am Ringfinger der linken Hand trug. Ein Kostüm aus hellblauer, handgewebter thailändischer Seide gab ihrer Schönheit etwas Exotisches. Alle anderen Frauen verblaßten neben ihr, und Sabine stellte fest, daß Oswald in seiner hellen, rotblonden Rundlichkeit genau den passenden Hintergrund bot, auf dem ihre Vorzüge voll zur Geltung kamen.

Die beiden bildeten tatsächlich – er im schwarzen Anzug, weißen Hemd, mit silbergrauer Krawatte und Perlnadel, ein so attraktives Paar, daß Sabine plötzlich verstand, weshalb die Zinners diese Verbindung ihres Sohnes so freudig begrüßt hatten. Ilona war eine Frau und Schwiegertochter, mit der man sich sehen lassen konnte, und wenn sie erst in der Münchner Gesellschaft Fuß gefaßt hatte, würde ihre unbedeutende Herkunft bald vergessen sein.

Auch Knut sah blendend aus, und saß sein Anzug auch nicht so tadellos wie der seines Schwagers, so hatte er doch die bessere Figur, wie Sabine mit einiger Genugtuung feststellte.

Arnold hätte einen großartigen Eindruck machen können, wenn er sich nur ein bißchen Mühe gegeben hätte, doch eben das tat er nicht. Mürrisch stand er da, sein Glas Sherry in der Hand, und versuchte nicht einmal, Helen Zinner zu unterhalten. Ein Fremder hätte meinen können, er sei der reiche Schwiegervater, der widerwillig dieser Verlobung zugestimmt hatte – kein armer Teufel, der froh sein mußte, seine Tochter so gut unter die Haube gebracht zu haben. Wenn er sich nur etwas besser gehalten, wenn er doch mal gelächelt hätte! Sprühenden Witz hatte er ja niemals entwickelt, aber wenn er wollte, konnte er sehr charmant sein. Doch seit Ilonas Verlobung war es ganz aus mit ihm. Anscheinend, dachte Sabine, stimmte es doch, was man immer wieder in den Frauenzeitschriften las; er war tatsächlich eifersüchtig auf den zukünftigen Mann seiner Tochter – sonderbar genug, denn er hatte sich nie betont oder gar in übertriebenem Maße um sie gekümmert. Oder war es ihr entgangen? Merkwürdig, daß man einen Menschen, mit dem man über zwanzig Jahre verheiratet war, doch so wenig kannte.

Jedenfalls trug sein Verhalten nicht dazu bei, die recht gezwungene Atmosphäre aufzulockern. Ein Glück, daß wenigstens Oswald Zinner senior sich glänzend mit Ethel Miller zu unterhalten schien, die in einem rot-schwarzen Pariser Kleid und einem gekonnten Augen-Make-up unter ihrer rechteckigen Brille apart und großstädtisch wirkte. Helen Zinner wandte sich wieder dem Gabentisch zu, obwohl sie sich für die ausgestellten Stücke nicht im geringsten interessierte. Egon, der früher ein Gesellschaftsmensch gewesen war, kümmerte sich ausschließlich um seine Frau Rosy, die wenigstens ordentlich angezogen und zurechtgemacht war, dafür aber kein Wort herausbrachte; hin und wieder bewegte sie die Lippen, als unterhalte sie sich mit einem unsichtbaren Gesprächspartner.

Sabine wollte gerade zu Helen Zinner gehen – obwohl sie beim besten Willen nicht wußte, worüber sie mit ihr reden sollte, ohne einfältig oder aufdringlich zu wirken –, als der Oberkellner an sie herantrat. »Wenn Sie jetzt zu Tisch bitten würden, gnädige Frau«, schlug er vor.

Sabine war erleichtert, daß es weiterging; sie stellte ihr Glas ab. »Bitte zu Tisch!« sagte sie mit erhobener Stimme, und trotz der Tischkarten hielt sie es für nötig, hinzuzufügen: »Du führst Frau Zinner.«

Arnold sah sie an, mit einem Blick, der aus weiter Ferne zu kommen schien, raffte sich dann aber doch auf und reichte Helen Zinner den Arm. Knut kümmerte sich um seine Tante Ethel, Oswald Zinner senior kam auf Sabine zu. Oswald führte Ilona zu Tisch, und die beiden Kaspareks blieben, weil Egon ausdrücklich darum gebeten hatte, zusammen. Nur Sven blieb übrig. Etwas verloren stand er da, und der dunkelblaue Blazer, den Sabine ihm für die Verlobung gekauft hatte, paßte zu seinem zigeunerhaften Aussehen so wenig wie sein Name. Er wirkte, vielleicht auch weil er sich so sehr bemühte, ein erwachsenes Gesicht zu machen, wie verkleidet, ein Schauspieler in einer schlecht geprobten Rolle.

»Du sitzt zwischen Tante Ethel und Onkel Egon«, erinnerte Sabine. Svens braune Haut wurde kupferfarben, als er alle Blicke auf sich gerichtet sah. Er beeilte sich, Platz zu nehmen, und duckte sich hinter die große Karaffe mit Wasser, als hoffe er, sich dadurch unsichtbar zu machen.

Knut konnte sich nicht enthalten, seinen kleinen Bruder zu nekken. »Na, Sven«, sagte er, »hast du dich schon entschieden? Willst du auf Ilonas Hochzeit die Schleppe tragen oder Blumen streuen?«

»Weder... noch«, gab Sven pampig zurück.

»Wirklich nicht? Junge, du enttäuschst uns«, behauptete Oswald.

»Blumen streuen und Schleppe tragen... das ist doch was für Babys!«

»Vielleicht hast du sogar recht«, meinte Knut schmunzelnd, »hier bietet sich eine schöne Aufgabe für die Zwillinge!«

»Bloß nicht!« protestierte Ilona. »Wenn die beiden mitmachen, würde ich meines Lebens nicht mehr froh. Immer müßte ich denken: Gleich passiert was!«

»Na, so schlimm sind sie nun auch wieder nicht«, verteidigte Egon seine Söhne.

»Aus dir spricht väterliche Blindheit. Aber süß sind sie doch!« Ilona wandte sich an ihren Schwiegervater. »Ich muß euch die beiden direkt mal vorführen. Ihr werdet sicher euren Spaß haben.«

Rosy hatte bei der ganzen Unterhaltung keine Miene verzogen, so als gehe sie das, was man über ihre Kinder sagte, nicht das geringste an. Sabine versuchte, Rosy zum Reden zu bringen. »Wo hast du die Kinder heute gelassen?« fragte sie.

Aber Egon antwortete an Stelle seiner Frau. »Wir haben einen Babysitter bekommen. Zum Glück, denn sonst hätten wir noch in letzter Minute absagen müssen.«

»Oh, das hätte ich nicht zugelassen«, rief Sabine, »dann hätte ich euch Sven geschickt.«

»Wie der babysitten kann, wissen wir ja«, sagte Knut, »ich erinnere nur an letzten Sonntag und an Bienes Dahlien!«

Sabine zerbrach sich den Kopf, wie sie die Zinners in das Gespräch mit einbeziehen sollte. »Ich weiß nicht, ob es deine Schwiegereltern interessiert«, sagte sie, »aber vielleicht erzählst du ihnen doch mal, was passiert ist...« Gleichzeitig kam es ihr so vor, als müsse Ilona eine Unterhaltung mit Menschen vom anderen Stern dolmetschen.

Ilona erzählte, während alle ihre Suppe löffelten – klare, echte Fleischbrühe aus Tassen. Dann wurde abgetragen. Oswald stand auf und klopfte mit dem Löffel an sein Glas. Die Kellner zogen sich zurück.

»Liebe Ilona«, begann Oswald, »liebe Schwiegereltern, liebe Eltern und liebe Festgemeinde, ihr alle wißt, daß ich zu Anfang gegen eine offizielle Verlobung war, weil ich sie für überflüssig hielt. Inzwischen, das muß ich gestehen, habe ich meine Meinung grundlegend geändert: eine offizielle Verlobung ist eine herrliche Sache, denn sie gibt mir Gelegenheit, mich als Bräutigam eines so wunderbaren Wesens zu präsenticren, wie es Ilona, meine Ilona, nun einmal ist. Ich fühle mich ganz wie Hans im Glück, was aber nicht heißen soll, daß ich bereit bin, Ilona gegen irgend etwas oder irgend jemanden einzutauschen. Ich habe lange genug gesucht, bis ich ein Mädchen gefunden habe, das...«

Die Tür wurde aufgestoßen, und ein junger Mann mit einem bunt gebatikten Baumwollhemd über einer schmuddeligen grauen Leinenhose, Sandalen an den nackten Füßen, stürmte herein. Sein Gesicht war von so viel üppigem Haar und Bartwuchs umgeben, daß es fast darin verschwand. Auf dem Rücken trug er eine Gitarre und hinter sich an der Hand zog er ein zierliches Mädchen mit brandrotem Haar und einem clownhaft weißen Gesichtchen.

»Here we are!« schrie der blonde Junge unbekümmert. »Entschuldigt, wenn wir uns verspätet haben, aber wir sind per Anhalter gekommen!« Er schoß auf Ilona los, riß sie vom Stuhl hoch und in seine Arme. »He, Ilona, altes Haus... willst du dich wirklich mit dem Fatzken da für ein ganzes Leben unglücklich machen?«

»Torsten!« Sabine schwankte zwischen Liebe und Entsetzen.

Oswald Zinner zeigte unerschütterliche Haltung. »Sie sind also der berühmte Torsten! Ich freue mich, daß ich Sie endlich kennenlerne. Darf ich Sie meinen Eltern vorstellen!«

»Und ob du darfst!« Torsten schlug Oswald klatschend auf die Schulter. »Und meine Kleine gleich mit!« Er schob das rothaarige Mädchen vor. »Das ist Brandy, ein fabelhaftes nichtsnutziges Geschöpf!«

Zu Sabine und Ilonas unendlicher Erleichterung zeigten sich die Zinners keineswegs unangenehm berührt, sondern eher amüsiert. Auch Arnold blieb erstaunlicherweise gelassen, wenn er auch keine Freude an den Tag legte. Sven dagegen umtanzte den verlorenen Bruder und seine seltsame Freundin voller Begeisterung. Sabine nahm ihren großen Jungen in die Arme und küßte ihn auf beide Wangen. »Fein, daß du gekommen bist, Torsten«, flüsterte sie, »aber ging es denn nicht anders?«

Torsten spielte den Erstaunten. »Habe ich wieder was falsch gemacht?«

Sie mußte einmal mehr einsehen, daß ihm schwer beizukommen war, gab ihm einen zärtlichen Knuff und ließ ihn gehen. Sie wäre gern freundlich zu dem Mädchen Brandy gewesen, weil sie die großzügige, liebenswürdige Mutter sein wollte, die Torsten sich wünschte. Aber sie brachte es nicht fertig; ihre Stimme und ihre Gesichtsmuskeln gehorchten ihr nicht. Alles an diesem Geschöpf wirkte auf sie abstoßend und verdächtig: das weiß geschminkte Gesicht mit den ungeheuer ummalten grünen Augen, in dem dicke schwarze Striche die Wimpern an den unteren Lidern markierten, der brandrote Haarwust, der aus unzähligen kleinen Löckchen bestand, die heisere Stimme, das bodenlange Brokatkleid, das aussah, als sei es noch nie gewaschen worden. Es krampfte sich in Sabine zusammen, wenn sie sich vorstellte, wie Torsten, ihr anständiger, begabter großer Junge dieses Mädchen in die Arme nahm. Ihr kam der Gedanke, daß Brandy es gewesen sein könnte, die Torsten aus dem Elternhaus gelockt hatte.

»Kennen Sie Torsten schon lange?« fragte sie.

»O ja«, erwiderte Brandy und fügte mit großem Ernst hinzu: »Mindestens seit einer Woche!«

Sabine schoß das Blut ins Gehirn; sie fühlte sich verletzt wie ein junges Mädchen. Knut, der zugehört hatte, grinste; er klopfte seinem Bruder kräftig auf die Schulter. »Einen süßen Käfer hast du dir da angelacht!«

Torsten tat erstaunt. »Sie gefällt dir? Da bin ich aber sehr erleichtert!« Knut lachte wieder, aber es klang nicht mehr so heiter.

Während die Begrüßung weiterging, trat der Kellner zu Sabine und fragte diskret: »Darf ich zwei Gedecke mehr auflegen?«

»Ja, aber... wird es denn auch reichen?«

»Nur keine Sorge, gnädige Frau, der Küchenchef macht das schon. Notfalls wird er die Speisen etwas strecken.«

Sabine fand diesen Gedanken nicht sehr sympathisch, aber ihr blieb keine Wahl. »Ja, dann«, sagte sie, »bitte.« Sie wandte sich an Torsten. »Du hättest aber doch wenigstens telefonieren können!«

»Wozu?« Knut entblößte seine langen Zähne. »Du siehst, es klappt alles wunderbar.«

»Außerdem lehnen wir das Telefon ab«, erklärte Brandy rauh, »denn es gehört zu den modernen Sklavenhaltern!«

»Na, erlauben Sie mal, da muß ich Ihnen widersprechen«, protestierte Oswald Zinner senior. »Das Telefon ist eine der nützlichsten Erfindungen überhaupt. Ich erinnere nur an jene Fälle, wo es Leben und Gesundheit gerettet hat.«

»Das bestreitet niemand«, sagte Torsten, »das Telefon an sich könnte durchaus brauchbar sein, wenn die Menschen sich seiner bedienten, anstatt sich von ihm versklaven zu lassen.«

Oswald Zinner senior lachte dröhnend. »Meinen Sie etwa, daß ich mich vom Telefon versklaven lasse, junger Mann?«

»Lassen Sie's klingeln, ohne dranzugehen?« fragte Brandy.

»O doch, das kann er«, erwiderte Torsten, »versuch ihn mal anzurufen, und du wirst immer auf seine Sekretärin stoßen. Ist es nicht so, Herr Zinner?«

»Ich möchte wissen, was dagegen einzuwenden ist!«

»Sie gewinnen Ihre Freiheit auf Kosten anderer, die Sie versklaven, Herr Zinner!«

»Um Gottes willen, laß uns mit deinen unausgegorenen politischen Ansichten in Frieden!« rief Knut.

Aber Zinner senior war gar nicht beleidigt. »Lassen Sie ihn doch«, sagte er, »das alles ist ja hochinteressant!«

Der Kellner hatte den jungen Leuten die Suppe nachserviert.

»Daß du Politik und Philosophie verwechselst, Knut«, sagte Torsten und tunkte den Löffel ein, »sieht dir wieder mal ähnlich.«

»Bitte, erläutern Sie uns Ihre philosophischen Ansichten«, bat Herr Zinner.

»Ich denke nicht daran«, wehrte Torsten ab, »Sie wollen ja doch nur, daß ich für Sie den Clown spiele.«

Die Zinners schienen sich nur über seine Grobheit zu amüsieren. Aber Sabine litt. »Bitte, Oswald«, sagte sie, »du wolltest doch eine Rede halten!«

Doch der künftige Schwiegersohn kam ihr nicht zu Hilfe. »Ich glaube, das hat sich inzwischen erübrigt«, wich er aus.

»Dann will ich ein paar Worte sagen!« Der Senior schlug an sein Glas. »Bisher«, sagte er und zog, während er sich erhob, die graue Weste über den Bauch, »haben wir geglaubt, daß unsere Ilona aus einer anständigen, bürgerlichen, aber ... seien Sie mir nicht böse, liebe Millers ... etwas allzu braven Familie käme. Heute sehen wir uns, das muß ich ehrlich zugeben, angenehm enttäuscht. Wir sind nicht so engstirnig, wie Sie glauben, mein lieber Torsten ... liebe Brandy ... wir wissen, daß es in einer Gesellschaft wie der unsrigen, die abzulehnen Sie selbstverständlich das Recht haben, auch Menschen wie Sie geben muß, denn sonst würde sie über kurz oder lang erstarren, verkalken, versteinern. Deshalb: ein Toast auf unsere schöne Ilona und ihre bemerkenswerte Familie!«

Während die Gläser gegeneinanderstießen, flüsterte Oswald seiner Verlobten zu: »Wehe, ich hätte mal solche Ansichten geäußert wie dein Bruder!«

»Hast du es denn mal versucht?« fragte sie.

»Papa hätte mich enterbt.«

»Meinst du, daß wir dann weniger glücklich geworden wären?«

Er grinste. »Ich hätte mir ein Mädchen wie dich gar nicht erlauben können.«

»Du hättest dich nach einer reichen Erbin umgesehen?«

»Einer reichen älteren Witwe. Die sind am dankbarsten.«

»Mach nicht solche Späße!« bat sie, ein bißchen erschrocken. »Ist Geld dir denn so wichtig?«

»Nicht mir... Geld ist wichtig an sich.« Er küßte ihr die Hand. »Aber ich bin froh, daß du das bis heute noch nicht herausbekommen hast.«

Der nächste Gang wurde serviert: frische Krebse in Dillsoße mit Reis. Dazu gab es einen sehr trockenen Chablis. Alle aßen und tranken mit Genuß. Sabine stellte mit gelindem Erstaunen fest, daß die Anwesenheit von Torsten und Brandy, die doch so gar nicht in diese Familienfeier paßten, weit entfernt eine unangenehme Spannung zu erzeugen, die Atmosphäre vielmehr spürbar auflockerte. Alle redeten durcheinander. Selbst Helen Zinner, die sich bisher darauf beschränkt hatte, ein liebenswürdiges, aber leicht mokantes Gesicht zu zeigen und mit ihren schweren goldenen Armbändern zu rasseln, gab sich jetzt interessiert. »Sie leben in München, Torsten?« fragte sie quer über den Tisch. »Ich darf doch Torsten zu Ihnen sagen?«

»Zweimal ja«, erwiderte Torsten.

»Und wovon leben Sie?«

»Meist essen wir kalt«, sagte er, und es war schwer zu entscheiden, ob er sie bewußt oder unabsichtlich mißverstand. »Wir nehmen uns selten Zeit zu ausgiebigen Kochereien und deshalb...«

Helen Zinner fiel ihm ins Wort. »Ich möchte nicht wissen, wovon Sie sich ernähren, sondern wie Sie Ihr Leben finanzieren.«

Er zuckte die schmalen Schultern. »Wie es gerade kommt.«

»Ich kann mir das so schwer vorstellen...«

»Wir packen an, was sich uns bietet, auch Teppichklopfen bei den Hausfrauen und so. Wenn es sein muß. Ergiebiger und angenehmer – jedenfalls bei gutem Wetter – ist die Pflastermalerei.« Mit einer Kopfbewegung zu der Gitarre hin, die er gegen das Fensterbrett gelehnt hatte: »Brandy singt auch.«

»Pflastermalerei!« wiederholte Helen Zinner beeindruckt. »Tun Sie so etwas wirklich? Oder machen Sie sich über mich lustig?«

»Es ist eine reelle Art, Geld zu verdienen«, erklärte Torsten ernsthaft, »und sie hat den Vorteil, daß man weder einen Chef noch einen

Angestellten dabei braucht. Man bleibt frei. Und wenn man keine Lust mehr hat... oder auch schon genügend eingenommen... kann man Schluß machen. Man kann jederzeit aufhören, wenn man will.«

»Und die Vorübergehenden werfen Geld in den Hut!« Helen Zinner schauderte. »Empfinden Sie das nicht als erniedrigend?«

»Aber nicht im mindesten. Man hat mich in dem Glauben erzogen, daß Arbeit niemals schänden kann.«

Sabine, die das Gespräch – wie auch alle anderen am Tisch – mit halbem Ohr verfolgte, konnte sich nicht länger zurückhalten. »Damals konnten wir uns noch nicht vorstellen, daß du einmal Pflastermaler werden würdest!«

»Nimm's nicht tragisch, Biene«, gab er unbekümmert zurück, »das ist ja kein Beruf, sondern ein Zustand. Außerdem lernt man dabei jede Menge, nicht nur über Farben und Formen, sondern auch über die Reaktionen der lieben Mitmenschen.«

»Und wozu wollen Sie das, was Sie da lernen, später anwenden?« forschte Helen Zinner weiter.

»Ich denke nie an später, liebe Dame«, behauptete Torsten. »Ich bin mit der Gegenwart vollauf zufrieden – wenn sie zufriedenstellend ist.«

Der Rehrücken mit Preißelbeeren und Croquetten wurde aufgetragen; dazu hatte Sabine mit Hilfe des Oberkellners französischen Rotwein gewählt.

Helen Zinner fragte Torsten weiter aus, mit einer, wie Sabine fand, geradezu schamlosen Neugier, die keinerlei Rücksichten auf Gefühle oder Empfindlichkeiten ihres Gesprächspartners nahm, ja, vorauszusetzen schien, daß er dergleichen gar nicht haben könne, weil er kein Mensch, sondern ein Monstrum sei.

Der nächste Gang kam auf den Tisch: überbackenes Eis, eine Spezialität des Hauses, dazu Kuchen; einige Herren nahmen Käse. Die Champagnerflaschen wurden entkorkt.

Sabine merkte, daß die eben noch so lebhaft geführten Gespräche schleppend wurden, wie in Erwartung eines neuen Impulses. »Arnold!« mahnte sie. Sie hatte geflüstert, dennoch fuhr er zusammen, als sei eine Bombe neben ihm explodiert. »Was ist?«

»Nichts ist! Nun sei doch nicht so schreckhaft!«

Er rückte an seiner tadellos sitzenden Krawatte herum. »Ich war in Gedanken woanders.«

»Du mußt reden, Arnold!«

»Jetzt?«

»Wann sonst? Sie schenken schon Champagner ein... es ist die letzte Gelegenheit!«

»Tut mir leid, Sabine«, entschuldigte er sich gequält, »ich kann nicht.«

»Was soll das heißen?« zischte sie. »Du mußt! Jeder Brautvater spricht ein paar Worte bei der Verlobung!«

»Ich bitte dich, Sabine...«

»Stell dich bloß nicht so an! Sonst führst du doch immer das große Wort, und ausgerechnet bei der Verlobung deiner Tochter willst du dich drücken. Du hast dich wahrhaftig nicht viel um die Vorbereitungen gekümmert, aber daß ich dir jetzt auch noch deine Rede abnehme, das kannst du nicht verlangen! Nimm dich zusammen!« Sie klopfte an sein Glas.

Alle Blicke wandten sich ihm zu. Aber er brachte nur das heraus, was er seiner Frau hatte sagen wollen: »Mir ist nicht gut!« Eine Pause entstand, in der niemand wußte, woran er war und wie es jetzt weitergehen sollte. Die meisten nahmen an, daß Arnold sich nur ziere.

»Vati, nun mach schon!« drängte Ilona.

»Nur keine Bange, Schwiegerpapa!« rief Oswald junior jovial. Arnold brachte nicht ein einziges Wort heraus.

Torsten und Knut sprangen gleichzeitig auf und ließen ihre Gläser klirren. Mit Blicken versuchte einer den anderen zum Aufgeben zu zwingen, aber jeder hielt stand. »Da unser Vater offensichtlich die bevorstehende Trennung von seiner Tochter noch nicht ganz verkraftet hat...«, begann Knut rasch.

»...darf ich mir, als Ilonas ältester Bruder, erlauben«, fiel ihm Torsten ins Wort.

»...und ich, als ihr zweitältester Bruder«, ergänzte Knut. Sie wurden mit Beifall und Gelächter belohnt.

»Jeder Mann, der eine Schwester hat, beginnt sich eines Tages Sorgen zu machen, ob sie auch gut unter die Haube kommt«, sagte Knut.

»Besonders dann, wenn er eine schöne Schwester hat«, ergänzte Torsten, »schöne Mädchen sind bekanntlich anspruchsvoller und haben dementsprechend weniger Erfolg auf der Jagd nach einem Mann als die mittelmäßigen!«

»Und da wir eine Schwester haben, die schön und ein wunderbares Mädchen ist...«

»...machten wir uns entsprechend große Sorgen!« behauptete Torsten.

»Um so froher sind wir, daß sie einen Mann gefunden hat, der sich zutraut, sie glücklich zu machen...«

»Oswald Zinner...«

»...unseren lieben Schwager in spe!«

In dieser Tonart fuhren sie fort, ihre gemeinsame Rede zu halten, und alle amüsierten sich, außer Rosy, von der man nicht wußte, ob sie überhaupt zuhörte, und Arnold, der wieder in Gedanken bei der fehlgegangenen Spekulation war. Sabine hatte sich von der Begeisterung für ihre beiden Söhne hinreißen lassen. Als sie sich unter großem Beifall setzten, wollte sie sich ihrem Mann zuwenden. »Sind die Jungens nicht wunderbar?« wollte sie fragen.

Aber er war gegangen.

Noch klammerte sich Arnold Miller an die Hoffnung, daß es Egon gelingen werde, die sauren Wiesen an den Mann zu bringen und wenigstens soviel Geld dabei herauszuschlagen, daß Rudolf Kienzel ausbezahlt werden konnte. Doch diese Hoffnung wurde von Tag zu Tag und mit jeder Vertröstung Egons schwächer. Die Bauern wollten das Land nicht einmal billig zurückhaben oder stellten sich so, um den Preis noch tiefer zu drücken. Andere Interessenten – von denen Arnold nie wußte, ob sie tatsächlich existierten oder ob Egon sie nur erfand – sprangen ab oder konnten sich nicht entscheiden. Es sah so aus, als seien die Wiesen, für die keine Aussicht bestand, Bauerwartungsland zu werden, so gut wie wertlos.

Arnold brachte nicht die Härte auf, dauernd hinter Egon herzusein. Er neigte zu der Ansicht, daß der Schwager ohnehin sein Bestes tat und einfach nicht imstande war, etwas an der verfahrenen Situation zu ändern, deren Tragweite er nicht einmal verstand, da Arnold ihm nicht sagen mochte, daß das geliehene Geld ihm nur zur Hälfte gehört hatte. Egons Wesen war, obwohl er selbst doch nichts mehr zu befürchten hatte, so nervös gespannt, daß Arnold ihn nicht drängen mochte, um ihn nicht zu einer Verzweiflungstat zu treiben. Doch noch sträubte er sich gegen die Vorstellung, Kienzel den Verlust des Gewinnes eingestehen zu müssen.

Am Samstag vormittag kam ein Telegramm. Sven nahm es dem Boten ab und brachte es in den Garten. Sabine war gerade dabei, die hochstämmigen Parkrosen, von denen einige durch ein nächtliches Unwetter von den Pfählen gerissen worden waren, wieder festzubinden. Arnold kletterte auf dem Dach herum und ersetzte herabgeschlagene Ziegel.

»Für Vati!« verkündete der Junge.

Sabine nahm ihm das Telegramm aus der Hand und schwenkte es. »Arnold!« rief sie. »Ein Telegramm für dich! Soll ich es aufmachen?«

»Nein!« brüllte er.

Sie war über seinen Mangel an Vertrauen gekränkt, ließ es sich aber nicht anmerken. »Bring es rauf!« sagte sie und gab es Sven zurück.

»Au fein!« Der Junge stürmte los.

»Nicht aufs Dach!« rief ihm Sabine nach. Sie war nicht sicher, ob er sie noch gehört hatte – oder hätte hören wollen –, verließ sich aber darauf, daß Arnold eine Klettertour des Jungen verhindern würde.

Sie hatte sich nicht verrechnet. Als Sven auf den Speicher polterte, kniete sein Vater schon neben der Dachluke, aus der das Fenster gehoben war, und streckte die Hand hinunter. »Gib her!«

Sven gab es ihm. »Darf ich rauf?« fragte er.

»Nein!« Arnold riß den Umschlag auf.

»Ich könnte dir helfen!« Sven stieg auf die Kiste, mit deren Hilfe Arnold hinaufgeklettert war, und steckte den Kopf durch die Luke.

Er wollte sich schon hochstemmen, da sah er das Gesicht seines Vaters, der auf das Telegramm starrte. Schleunigst zog er sich wieder zurück.

Arnold las mit zusammengebissenen Zähnen: *Eintreffe Sonntag 23. August 11 Uhr 25 Flughafen München-Riem Rudolf.*

Er hatte mit der Rückkehr Rudolf Kienzels gerechnet, er mußte ja damit rechnen. Doch jetzt, als er begriff, daß sie so dicht bevorstand, traf es ihn wie ein Schlag. Sonntag, den 23. August, das war morgen. Morgen würde er Rudolf Kienzel vom Flughafen abholen, er würde ihm Auge in Auge gegenüberstehen und ihm das, was geschehen war, beichten müssen.

Der Himmel hatte sich auch nach dem Gewitter nicht geklärt, eine graue Wolkendecke hing niedrig und drückend über der Stadt. Unten im Garten arbeitete Sabine, ohne aufzusehen, an ihren Rosen. Sven dribbelte einen Fußball über den kleinen Rasen. Arnold maß die Tiefe mit seinen Augen ab. Wenn er sich jetzt vom Dach fallen ließe, nicht in den Garten, sondern auf die Straße zu, dann würde der Aufprall seines Körpers auf dem harten Pflaster das Ende seiner Sorgen bedeuten – ein immerhin ehrenvolles Ende, denn niemand würde behaupten können, daß er es so gewollt hatte. Es würde wie ein Unfall aussehen. Kienzel würde nicht das Herz haben, ihm, seinem besten Freund, den Verlust des Lottogewinnes über den Tod hinaus nachzutragen, und ihm würde es erspart bleiben, Rede und Antwort für sein Verschulden zu stehen. Einen gebrochenen Ziegel in der Hand, kletterte er höher, bis auf den First hinauf. Jetzt bedurfte es nur noch eines einzigen falschen Schrittes, und er hatte es hinter sich.

Svens schwarzer Lockenkopf erschien in der Dachluke. »Vati, wo bist du denn?«

»Hier«, erwiderte Arnold gepreßt.

»Ist da vorn auch was kaputt?«

»Ich sehe gerade nach.«

»Telefon für dich, Vati!«

»Wer denn?«

»Onkel Egon!«

Arnold schwang sein Bein wieder zur Gartenseite zurück und ließ sich über die nassen Ziegel hinunterrutschen. Er sprang durch die Luke in den Speicher, warf den Ziegel zu den anderen Scherben und rannte, barfuß wie er war, nach unten. Plötzlich war er ganz sicher, daß doch noch alles gutgehen würde. Das Telefon stand in der Diele, Arnold nahm den Hörer auf, der neben dem Apparat lag, und meldete sich.

»Das hat aber lange gedauert«, beschwerte sich Egon.

»Hast du...«, begann Arnold, sah sich nach allen Seiten um und flüsterte dann, die Hand vor dem Hörert: »...das Geld?«

»So gut wie sicher! Ich habe eine Baugesellschaft interessiert...«

Arnold fiel ihm ins Wort. »Aber das besagt doch nichts, Egon!«

Wieder dämpfte er seine Stimme zu einem eindringlichen Flüstern. »Ich brauche es heute!«

»Wie stellst du dir das vor? Ich kann schließlich nicht hexen! Die Herren müssen das Gelände doch erst mal besichtigen und dann...«

»... wird wieder nichts daraus werden, weil keine Baugenehmigung zu erwarten ist!«

»Du hast 'ne Art, einem jeden Optimismus zu nehmen!« beschwerte sich Egon nach einer kleinen Pause.

»Weil ich mir keinen Optimismus leisten kann! Es besteht also keine Chance?«

»O doch, Chancen jede Menge. Bloß braucht die Sache Zeit.

»Die ich nicht habe. Danke, Egon«, sagte Arnold niedergeschlagen, »es war jedenfalls nett, daß du mich informiert hast.«

»War doch Ehrensache. Ich bleib' am Drücker, alter Junge. Du wirst sehen, daß du das Geld übermorgen auch noch brauchen kannst.«

Arnold verzog das Gesicht und legte auf. Er ließ sich auf den runden Hocker sinken und dachte nach. Das Schicksal kannte also keine Gnade. Er mußte sich zu dem Verlust des Geldes bekennen. Aber das war noch längst keine Katastrophe. Natürlich würde Rudolf sich aufregen. Er war von Natur aus ein hitziger Bursche. Aber so schnell er in Flammen stand, so rasch pflegte er sich auch wieder abzureagieren. Zum Glück war er auf den Gewinn ja nicht angewiesen, und die alte Freundschaft würde ihm mehr bedeuten als das vertane Geld. Dazu kam die unbezahlbare Genugtuung, ihn zurechtzustauchen und sich überlegen fühlen zu dürfen. Arnold seufzte. Wie lange würde er die leidige Geschichte wohl vorgehalten bekommen? Bis an das Ende seiner Tage, soviel war sicher. Er mußte froh sein, wenn Kienzel sie nicht am Stammtisch zum besten gab.

Ja, das Ganze war unangenehm. Kein Zweifel. Aber er mußte es durchstehen. Was für eine Idee, wegen so einer Panne vom Dach springen zu wollen! Und er hätte es beinahe getan, wenn Sven ihn nicht zum Telefon gerufen hätte – oder doch nicht? Wäre er nicht im letzten Moment noch selbst zur Vernunft gekommen? Wahrscheinlich. Das Telegramm, das er noch immer in der Hand hielt, war zerknittert. Er glättete es und las es abermals, obwohl er es längst auswendig hätte hersagen können. Morgen 11 Uhr 25. Kienzel erwartete, daß er ihn vom Flughafen abholte. Das würde eine gute Gelegenheit sein, die Sache hinter sich zu bringen. Auf der Fahrt von München nach Riesberg konnte er ihm alles, was passiert war, erklären – natürlich nicht ganz wahrheitsgemäß, denn es hatte keinen Zweck, Egon auch noch in die Sache hineinzuziehen. Nein, er mußte die Schuld auf sich nehmen, das war die einzige Möglichkeit. Es würde nicht angenehm sein, alles andere als angenehm, aber bis sie zu Hause waren, würde er Kienzels Zorn besänftigt haben. Er mußte es nur geschickt anfangen, den Zerknirschten mimen, Kienzel schmeicheln und an seine Großzügigkeit appellieren. Immerhin blieben ihm noch gute vierundzwanzig Stunden, sich die passenden Worte zurechtzulegen.

Sabine kam, eine Vase mit Rosen in der Hand, herein. »Ist was passiert?« fragte sie.

Er hob den Kopf. »Wie kommst du darauf?«

»Das Telegramm...«

»Ach so. Nein, das hat nichts zu bedeuten. Kienzel kommt morgen zurück.«

»Er erwartet doch nicht etwa, daß du ihn abholst?«

»Ich glaube schon.«

»Das ist wieder mal typisch für ihn! Weil er selbst kein Familienleben hat, denkt er nicht daran, auf andere Leute Rücksicht zu nehmen. Morgen kommt Ethel, Arnold.«

»Ich bleibe ja nicht lange aus.«

»Mußt du unbedingt fahren?«

Das Telefon klingelte. Arnold meldete sich. »Sind Sie's selbst, Miller?« fragte Apotheker Reibler. »Ich nehme an, Sie haben auch ein Telegramm von unserem Freund Kienzel bekommen?«

»Sie auch?«

Der Apotheker lachte. »Der halbe Stammtisch, wie ich bis jetzt feststellen konnte. Sieht ganz so aus, als wenn sich Kienzel einen großen Bahnhof erwarte...«

»Ich werde ihn vom Flughafen abholen.«

»Das wir ihm wohl kaum genügen. Nein, Miller, da haben wir eine bessere Idee!«

Sabine verschwand mit der Vase im Wohnzimmer.

»Ja?« fragte Arnold.

»Wir werden alle zusammen hinfahren!« erklärte der Apotheker munter. »Ich habe schon mit Scheuringer gesprochen. Der stellt uns einen Kleinbus mit Fahrer zur Verfügung. So brauchen wir nicht selbst zu chauffieren, und es kommt uns billiger. Na, ist das eine Idee?«

Arnold suchte nach Einwänden. »Kienzel wird ziemlich erschöpft sein... nach dem langen Flug!«

»Sein Pech!« Der Apotheker lachte. »Nein, Miller, wenn er still und heimlich hätte heimkehren wollen, dann hätte er sich die Telegramme gespart! Sie kennen doch Kienzels Eitelkeit! So müde kann der gar nicht sein, daß er nicht noch Lust hätte, sich feiern zu lassen!«

»Aber schließlich hat er ja keine Heldentat vollbracht, sondern war nur im Urlaub!«

»Warten Sie's nur ab, von was für Husarenstücken der uns berichten wird! Nein, nein, kein Wort mehr, unsere gemeinsame Fahrt nach München ist beschlossene Sache. Wir holen Sie nach neun von zu Hause ab. Und sagen Sie Ihrer lieben Frau, daß Sie zum Mittagessen nicht zurück sein werden. Wenn wir schon mit Chauffeur unterwegs sind, wollen wir uns auch was gönnen!«

Es gab nichts, wonach Arnold weniger der Sinn gestanden hätte, als nach einem frisch-fröhlichen Ausflug mit den Stammtischbrüdern. Aber er fand, trotz angestrengtem Überlegen, keinen Vorwand, sich auszuschließen.

Die Boeing 707 landete mit zwanzigminutiger Verspätung, rollte aus und kam etwa hundert Meter vom Flughafengebäude entfernt zu stehen. Die Herren aus Riesberg drängten sich an die Brüstung der Aussichtsterrasse. Die Gangways wurden herangeschoben, die hintere Tür wurde von einem Steward nach außen geöffnet und befestigt, und die Passagiere traten, einer nach dem anderen, in den grauen Spätsommertag hinaus. Rudolf Kienzel erschien als Letzter.

Die Stammtischbrüder riefen und winkten. Er blieb, den hellen Trenchcoat über dem Arm, oben auf der Plattform stehen und schwenkte seinen Panamahut. Sein scharf geschnittenes Gesicht war dunkelbraun verbrannt, die Sonne hatte seine früh ergrauten Locken silbrig gebleicht. Obwohl er der lächelnden Stewardeß neben ihm nur bis zu den Schultern reichte – er war knappe ein Meter sechzig groß –, stand er in der Pose eines Imperators da, als erwarte er, daß eine jubelnde Menschenmenge oder mindestens eine Horde Reporter zu ihm hinstürmen werde.

Die Herren aus Riesberg freuten sich. »Ganz der alte!« sagten sie und: »Macht er das nicht fabelhaft?« – »Kinder, der wird was zu erzählen haben!« Sie hatten eine Flasche Birnenschnaps dabei und waren, wenigstens für einen Tag ihren Frauen und den Familienverpflichtungen entronnen, bester Laune.

Arnold Miller war krampfhaft bemüht, sich ihrem Ton anzupassen, da er nicht als »fader Zipf« dastehen wollte. »Alle Mann von Bord«, schrie er, »sonst verpassen wir ihn noch!«

Während Rudolf Kienzel das Vorfeld des Flughafengebäudes hinter der dicht aufgeschlossenen Gruppe der anderen Passagiere überquerte, rannten die Herren zur Zollabfertigung. Sie mußten eine ganze Weile warten, vertrieben sich die Zeit mit alten Späßen und ließen den Birnenschnaps kreisen. Arnold fühlte sich stocknüchtern. Er empfand die Ausgelassenheit der anderen als abgeschmackt und hätte doch alles darum gegeben, an ihr teilhaben zu können. Endlich erschien Kienzel, seinen mit bunten Etiketten beklebten Koffer auf einer Eisenkarre vor sich herschiebend.

Die Freunde begrüßten ihn mit alkoholischem Enthusiasmus, und der Chauffeur des Kleinbusses, der hier zu ihnen gestoßen war, nahm sich sofort seines Gepäcks an. »Gut siehst du aus, alter Spezi!« – »Sie scheinen sich prächtig erholt zu haben!« – »Nun erzähl doch mal, was hast du angestellt?« Die Stimmen schwirrten durcheinander.

Kienzel grinste vielsagend. »Weiber, Weiber!« Diese Bemerkung paßte zwar nicht ganz zu der Situation, sie war typisch für ihn, und jeder verstand sie.

Apotheker Reibler drückte ihm die Schnapsflasche in die Hand. Kienzel nahm einen kräftigen Schluck und schüttelte sich. »Fast so gut wie Tequilla!«

Alf Scheuringer, Besitzer einer Autoreparaturwerkstatt, ein riesiger Mann, wollte ihn hochstemmen und ihn auf den Schultern hinaustragen. Das mißlang, da Scheuringer selbst schon nicht mehr ganz sicher auf den Beinen war und Kienzel, der nichts so sehr fürchtete als lächerlich gemacht zu werden, sich nach Kräften wehrte.

Endlich saßen sie alle im Bus, und sofort legte Kienzel los: »Kinder, wenn ich euch sage, was ich erlebt habe... ihr werdet es mir nicht glauben!«

»Laß es drauf ankommen!« drängten die Freunde und neckten: »Wir wissen, wie streng Sie sich an die Wahrheit halten!«

»Also, da war zuerst mal die Witwe!« Kienzel, der ganz vorne saß, drehte sich zu seinen Mitfahrern um. »Oder soll ich euch von den Zwillingen erzählen?«

»Ja, los!« – »Zwillinge sind gut!« – »Hast du beide gehabt?« – »Wie waren die im Bett?« – »Eineiig oder zweieiig?« – Wieherndes Gelächter erfüllte den Bus.

Kienzel rieb sich den schmalen Nasenrücken. »Also, ich glaube, ich fange doch erst mit der Witwe an... eine tolle Person, sage ich euch, steinreich, und scharf auf mich... sowas könnt ihr euch nicht vorstellen! Wißt ihr, was die mir als Hochzeitsgeschenk versprochen hat?« Er machte eine Kunstpause.

»Na, sag schon!« – »Machen Sie es nicht so spannend!«

Kienzel spielte seinen Trumpf aus. »Einen Hubschrauber!«

»Mensch, und den haben Sie nicht genommen?«

»Natürlich nicht. Ich habe ihr klargemacht, daß ein Rudolf Kienzel sich nicht kaufen läßt. – ›Mrs. Kent‹, habe ich zu ihr gesagt, ›Sie sind eine sehr charmante Frau, aber meine Freiheit ist mir heilig!‹ – Auf englisch natürlich, denn sie verstand kein Wort Deutsch.«

»Könnten Sie das mit dem Hubschrauber dann nicht vielleicht mißverstanden haben?« fragte der Apotheker. »Möglicherweise hat sie was ganz anderes damit gemeint?«

Kienzel ließ sich nicht aus der Fassung bringen. »Helikopter hat sie gesagt... na, und was soll Helikopter wohl anderes heißen als Hubschrauber?«

»Sehr richtig«, sagte Bernhardt Meyer, der Optiker, »aber schade ist es doch, daß Sie den Hubschrauber nicht mitgebracht haben... ganz Riesberg hätte kopfgestanden!«

»Ich hätte ihn mir als Vorschuß geben lassen«, dröhnte Scheuringer.

»Du!« sagte Kienzel verächtlich. »Würdest nie so ein Angebot bekommen! Du hast ja keine Ahnung, wie man mit Frauen umgeht!«

»Na, immerhin...« Scheuringer wollte darauf hinweisen, daß er seit Jahren gut verheiratet und stolzer Vater von drei Kindern war. Aber Arnold Miller stieß ihm gerade noch rechtzeitig den Ellbogen in die Rippen; Kienzel vertrug es schlecht, an seine gescheiterte Ehe erinnert zu werden, und die Stammtischfreunde nahmen auf die Empfindlichkeit tunlichst Rücksicht. Obwohl Arnold voraussah, daß es heute zu keiner Aussprache mehr kommen werde, legte er doch besonderen Wert darauf, keinen Mißton laut werden zu lassen.

Scheuringer stoppte sich und fügte mit schwerer Zunge hinzu:

»Wenn ich so'n Angebot kriegte... ich würde den Hubschrauber nehmen.« Alle lachten; die Situation war gerettet.

Sie hatten das Stadtgebiet Münchens verlassen, fuhren über die Rosenheimer Landstraße nach Aying, wo der Apotheker im Gasthaus den riesigen dunklen Tisch im Erker hatte reservieren lassen. Als sie eintrafen, war es Mittagszeit geworden. Sie aßen reichlich und gut, ohne daß es zu ihrer Ernüchterung beitrug, da sie die Speisen mit Strömen von starkem hellem Bier, frisch aus dem Faß, hinunterspülten. Kienzel führte das große Wort und gab die Geschichte von den Zwillingen zum besten, zwei rassigen jungen Berlinerinnen, die angeblich gemeinsam hinter ihm her gewesen seien und ihn einzeln verführt hätten. Aber auch den anderen Herren schwoll der Kamm, und sie begannen, mit ihren sexuellen Abenteuern zu prahlen – alle außer Arnold, der solche Gespräche ohnehin nicht liebte und heute weniger denn je in Stimmung war, und Apotheker Reibler, der sich zwar über das Geschwätz der anderen zu amüsieren, selbst aber Zurückhaltung zu wahren pflegte, weshalb man ihn in Riesberg für ein stilles Wasser hielt.

Der Apotheker war es auch, der als erster zum Aufbruch mahnte und die Herren, mit Hilfe von Arnold, nach geraumer Zeit auf die Beine brachte. Auf der Heimfahrt sangen sie Wandervogel- und Soldatenlieder und Karnevalsschlager wahllos durcheinander. In Riesberg angekommen, luden sie Kienzel als ersten in seiner Wohnung über dem Schreibwarengeschäft ab. Danach brachten sie ihm ein Ständchen, das er, am Fenster stehend und gnädig winkend, entgegennahm.

Als Arnold nach Hause kam, empfing ihn Sabine in der kleinen Diele. »War es nett?« fragte sie, und ehe er antworten konnte, fügte sie hinzu: »Ethel ist da, wir sind schon fertig, aber ich kann dir gern noch eine Tasse Kaffee machen.«

Er wehrte ab. »Nein, danke. Ich leg' mich erst mal ein Viertelstündchen nieder.«

»Nimm eine Tablette«, schlug sie vor.

»Wozu?« gab er zurück. »Ich bin nicht betrunken!« Er schlug die Schlafzimmertür hinter sich ins Schloß, zog Jacke und Schuhe aus und war eingeschlafen, ehe er auch nur einen Gedanken fassen konnte.

Als Rudolf Kienzel erwachte, fiel blaugraues Dämmerlicht in sein Schlafzimmer. Es dauerte einige Sekunden, bis ihm Einzelheiten bewußt wurden, und er begriff, daß er keine mittägliche Siesta im sonnigen Süden abgehalten hatte, sondern wieder daheim in Riesberg war. Seine Gefühle bei dieser Erkenntnis waren gemischt. Die Freude des Wiedersehens mit den vertrauten Dingen wurde vergiftet von der Erinnerung an seine mißglückte Ehe. Wenn er auch die Einrichtung des Zimmers nach dem Weggang seiner Frau völlig umgestaltet hatte – er hatte Möbel in maritimem Stil, rotlackiert, mit Messingbeschlägen, gewählt und eine Stereoanlage in eine imitierte Seemannskiste eingebaut, die ihm als Nachttisch diente –, so war und blieb es doch der Raum, in dem er seine eheliche Niederlage erlitten hatte, und Susannes Gegenwart war für ihn hier lebendiger als irgendwo sonst auf der Welt.

Zum tausendstenmal erwog er, die Wohnung aufzugeben, ließ den Gedanken dann aber, wie immer, doch wieder fallen. Es war so praktisch, gleich über dem Laden zu wohnen, und im übrigen war er gar nicht so sicher, ob er Susanne und die Vergangenheit tatsächlich vollkommen vergessen wollte. Seine Liebe und sein Haß bildeten den Inhalt seines Lebens. Ziel seiner Träume war eine Gelegenheit, ihr die Demütigungen, die sie ihm zugefügt hatte, heimzuzahlen. Zehn Jahre war es jetzt her, seit sie ihn verlassen hatte, ausgerechnet mit einem Klempner, der gekommen war, um den Hahn über der Badewanne zu reparieren.

Kienzel wußte, daß gerade dieses Detail den Herren vom Stammtisch besonderen Anlaß zu Späßen gegeben hatte. Vielleicht witzelten sie sogar jetzt noch darüber. Gerade daß sie die Geschichte in seiner Anwesenheit niemals erwähnten, verstärkte das unbehagliche Gefühl, daß sie hinter seinem Rücken darüber sprachen. Völlig vergessen konnten sie doch nicht haben, was ihm noch so gegenwärtig war, ganz davon abgesehen, daß einige der Brüder nicht nur theoretisch von Susannes Leichtfertigkeit profitiert hatten. Doch sie ahnten nicht, daß er das wußte, und sie durften es auch nie erfahren, denn sonst hätten sie erwartet, daß er ihnen die Freundschaft kündigte – und was wäre er ohne den Stammtisch gewesen, da er schon Susanne verloren hatte?

Rudolf Kienzel schwang sich aus dem Bett, tastete mit den nackten Zehen nach seinen Pantoffeln und erinnerte sich daran, daß sie noch im unausgepackten Koffer steckten. Anzug und Unterwäsche hatte er trotz seines Schwipses korrekt, wie es seine Art war, über den stummen Diener gehängt. Jetzt tapste er zum Fenster. Die Scheiben zeigten die Spuren schmutziger Regentropfen vom letzten Unwetter. Frau Bauer war und blieb eine Schlampe. Schließlich wurde sie dafür bezahlt, daß sie die Wohnung in Ordnung hielt. Hätte sie nicht dafür sorgen können, daß die Fenster sauber waren, wenn er heimkam? Er nahm sich vor, ihr die Meinung zu sagen, und wußte doch, daß er sich das nicht erlauben konnte. Er konnte es nicht riskieren, daß sie ihm kündigte. Es wäre ihm unerträglich gewesen, eine neue, wildfremde Person in seiner Wohnung wirken und herumschnüffeln zu sehen. Lieber noch wollte er Frau Bauer samt all ihren Fehlern, ihrer Nachlässigkeit und Vergeßlichkeit behalten.

Obwohl er wußte, daß er sich nur ärgern würde, fuhr er mit dem Zeigefinger über die Glasplatte des rotlackierten Regals, knipste Licht an und betrachtete ihn mißtrauisch: die Kuppe war grau vor Staub. Sein Kopf lief rot an. »Verdammte Sauerei!« schimpfte er laut. Aber auch das Fluchen, das in der Einsamkeit seiner vier Wände ohne Echo blieb, schaffte ihm keine Erleichterung. Unentschlossen stand er da.

Was sollte er tun? Ein Bad nehmen? Sich anziehen? Selbst zum Staublappen greifen? Die Koffer auspacken?

Nichts konnte ihn reizen. Die Einsamkeit bedrückte ihn wie eine Last, die ihm das Atmen schwer machte. Auch wenn er das Haus verließ, konnte er nicht hoffen, sie abzuschütteln; der Sonntagnachmittag war in Riesberg eine schlimme Zeit für Einzelgänger. Da begegnete man allenthalben nur Pärchen, denn wer noch keinen Partner gefunden hatte, blieb heute lieber im Kreis der Familie, als allein herumzustrolchen. Erst am Abend pflegte sich der eine oder andere ehemüde Familienvater in den *Goldenen Löwen* zu schleichen, aber nicht einmal dafür bestand heute eine Aussicht, da die Stammtischfreunde ihr Konto an Freiheit durch die Exkursion nach München und Aying schon überzogen hatten.

Lustlos tapste Rudolf Kienzel in die Küche und stellte Wasser für einen Kaffee auf. Dann fiel ihm ein, nach der Post zu schauen, die während seiner Abwesenheit für ihn eingegangen war. Der dicke Stoß lag mitten auf der Schreibtischplatte im Wohnzimmer und sah auf Anhieb recht verheißungsvoll aus. Beim Durchblättern erwies sich jedoch, daß er außer Reklamesendungen und Postwurfprospekten nichts enthielt als einige bunte Ansichtskarten mit den üblichen euphemistischen Texten. Kienzel las sie angewidert und ließ sie dann, eine nach der anderen, in den leeren Papierkorb zu dem Werbematerial flattern. Auf der rechten Ecke des Schreibtisches lagen vier Zeitungen. Kienzel prüfte das Datum. Es waren die dünnen Montagsausgaben des *Oberbayrischen Volksblattes*. Wenigstens das hatte Frau Bauer richtig gemacht.

Der Wasserkessel pfiff. Er nahm die Zeitungen an sich, zog die Schreibtischschublade auf und holte sein Notizbuch eraus, das den Lottospielplan enthielt, den er und Arnold Miller ausgeknobelt hatten. Mal vergleichen, dachte er, vielleicht ist diesmal doch was dabei herausgekommen. Bestimmt kein großer Gewinn, aber immerhin, wir hatten ja keine Gelegenheit, darüber zu reden. Oder wir müssen unser System ändern. Er tat einen Löffel Pulverkaffee in die Tasse, schüttete das Wasser darauf, öffnete eine Dose Büchsenmilch, stellte die Zukkerdose auf den Küchentisch, setzte sich und machte sich an das Studium der Zahlen.

»Bleib doch noch, Ethel«, bat Sabine, »wenigstens, bis Arnold aus seiner Höhle kommt.«

»Rechnest du damit, daß das heute noch passiert?« fragte ihre Schwägerin.

»Kommt drauf an, wieviel er getankt hat.«

Die beiden Frauen saßen sich an dem abgedeckten Kaffeetisch bei einer Flasche Whisky gegenüber, die Ethel mitgebracht hatte. Knut und Sven waren längst ihrer Wege gegangen.

»Ich hätte ihn gern noch begrüßt«, erklärte Ethel, »aber ich muß jetzt wirklich gehen.« Sie erhob sich. »Ich erwarte einen Anruf, weißt du.«

»Ach so. Ja dann.« Sabine stand auf. »Aber es ist schade. Ich hätte uns was Gutes zum Abendessen gemacht...«

»Das weiß ich ja!«

»... und außerdem«, fuhr Sabine fort, »wäre es vielleicht ganz erzieherisch, wenn Ralf dich einmal nicht erreichen würde!«

»Wer sagt dir denn, daß ich auf seinen Anruf warte?«

Sabine lachte. »Mach mir doch nichts vor! Bei dir ist es immer Ralf, um den sich alles dreht!«

Ethel legte die Stirn in Falten, so daß ihr die schwarzen Ponyfransen bis in die Augen fielen. »Vielleicht nicht mehr lange«, behauptete sie.

Sabine ließ sich nicht beeindrucken. »Ach, erzähl mir nichts! Diese Prophezeihungen kenne ich schon in- und auswendig. Aber nachher wird doch nie was draus.«

Ethel zwinkerte ihr zu. »Aber deshalb brauche ich doch die Hoffnung nicht aufzugeben!«

»Sei lieber froh, daß du ihn hast, und genieße eure Freundschaft, solange sie dauert.«

»Ein weises Wort.« Ethel nahm die Handtasche vom Sessel und ging zur Tür. »Du hast natürlich recht. Aber manchmal habe ich einfach das Bedürfnis, blöd daherzureden.«

»Bei mir kannst du deinem Herzen jederzeit Luft machen, wenn dir dadurch besser wird. Komm, ich begleite dich hinaus.« Sie gingen durch die kleine Diele und küßten sich in der Haustür. Sabine sah Ethel nach, wie sie den schmalen Vorgarten durchquerte und das Pförtchen öffnete. Die ersten welken Ahornblätter tanzten im Wind.

Das Telefon klingelte. Bevor sie ihr Auto aufschloß, drehte Ethel sich noch einmal um und winkte. Sabine legte die Hände vor den Mund. »Telefon!« rief sie. »Ich muß rein...« Sie vergewisserte sich nicht, ob Ethel sie verstanden hatte, sondern stürzte ins Haus zurück, nahm den Hörer ab und meldete sich atemlos.

Rudolf Kienzel war am anderen Ende der Leitung. »Gib mir Arnold«, sagte er, statt jeder Begrüßung.

Sabine erkannte ihn an der nasalen, leicht gequetschten Stimme. »Hallo, Rudi«, rief sie, »na, wie fühlst du dich wieder zu Hause? Ich wette, du hast eine herrliche Zeit erlebt und jetzt...«

Er unterbrach sie. »Ich möchte Arnold sprechen.«

Sabine hatte nicht viel getrunken, aber gerade genug, um gut gelaunt und nicht empfindlich zu sein. »Habe ich längst kapiert«, sagte sie, »nun sei bloß nicht so grob zu mir! Nein, du kannst Arnold jetzt nicht sprechen, er schläft tief und fest.«

»Dann weck ihn eben!«

Sein Ton war so fordernd und bestimmt, daß sie unsicher wurde. »Also ich weiß nicht...«

»Aber ich! Weck ihn. Es ist wichtig.«

»Sag mir wenigstens, was los ist!«

»Das weiß er. Zum Donnerwetter, tu, was ich dir sage! Ich erwarte ihn hier bei mir.«

»Aber, Rudi, erlaube mal, was fällt dir ein!« protestierte sie und merkte zu spät, daß er schon eingehängt hatte. Sie legte den Hörer auf und stand einen Augenblick unschlüssig. »Albern!« sagte sie laut und öffnete die Tür zum Schlafzimmer. Das Licht aus der Diele warf einen breiten Streifen in den Raum. Arnold lag auf dem Rücken und schnarchte. Er sah etwas töricht aus, wie er so mit offenem Mund dalag, aber gleichzeitig sehr jung, ohne seine Brille. Bierdunst und der Geruch von kaltem Rauch hing im Zimmer.

Sabine schwankte zwischen Ärger und mütterlicher Besorgnis. Der arme, dumme Kerl, sollte er seinen Rausch doch ausschlafen; sein Kater würde ohnehin schlimm genug werden. Kienzel, der alte Wichtigtuer, sollte sich nur nicht einbilden, daß sie nach seiner Pfeife tanzte. So leise wie möglich öffnete sie das Fenster, aber es gab einen knarrenden Laut, von dem Arnold erwachte.

»Was'n los?« murmelte er mit geschlossenen Augen, wobei er den Kopf unruhig hin und her bewegte.

»Nichts, Arnold, schlaf nur weiter.« Sie ging auf Zehenspitzen zur Tür.

»Warum machst du dann so 'nen Krach.«

»Ich habe nur das Fenster geöffnet.«

»Warum?«

»Um frische Luft hereinzulassen.«

Er tastete nach der Nachttischlampe und knipste die Lampe an. »Mußte das sein?«

Sie unterdrückte eine Bemerkung darüber, daß auch sie sich in wenigen Stunden hier schlafen legen würde und, im Gegensatz zu ihm, den Wirtshausmief nun einmal unerträglich fand. Sie wollte ihm keine Gelegenheit geben, wieder einmal seine Forderung nach getrennten Schlafzimmern, die unweigerlich darauf folgen würde, vorzubringen. Tatsächlich wäre dieser Wunsch ziemlich einfach zu erfüllen gewesen, indem sie das Wohnzimmer in einen zweiten Schlafraum umgestaltet und Radio und Fernseher in dem jetzigen Garten- und Eßzimmer installiert hätte. Aber Sabine sträubte sich gegen die Vorstellung, allein zu schlafen, weil sie fürchtete, ihre Ehe werde dadurch nur noch schneller zu einem bloßen Nebeneinanderleben werden.

Er hielt die Armbanduhr dicht an seine kurzsichtigen Augen und stellte fest, daß es auf acht Uhr zuging. »Übrigens ... Rudi Kienzel hat angerufen«, sagte Sabine jetzt doch, da er nun wach war und sie das Thema wechseln wollte. Sie wunderte sich, daß ihn diese Mitteilung sogleich alarmierte.

Mit einem Ruck richtete er sich auf. »Wann?«

»Gerade eben.«

»Und was wollte er?« Arnold setzte sich die dunkelgefaßte Brille auf und verlor den Anschein von Hilflosigkeit.

»Dich sprechen. Ich habe ihm natürlich gesagt, daß du schläfst.«

»Warum? Ich meine, warum wollte er mich sprechen?«

Sabine zuckte die Achseln. »Das hat er mir nicht verraten. Er tat furchtbar wichtig und sagte, du wüßtest schon. Du kennst ihn ja, den alten Angeber!«

Arnold stieg aus dem Bett und griff nach seiner Jacke. »Und das sagst du mir erst jetzt? Ich muß sofort telefonieren.«

»Ich bitte dich, so eilig kann das doch nicht sein! Außerdem erwartet er dich in seiner Wohnung, hat er gesagt. Laß dir wenigstens erst eine Tasse Kaffee machen und...«

Mit einer rudernden Handbewegung stieß er sie beiseite. »Keine Zeit.«

Sie wich auf die Diele zurück und ließ ihn vorbei. »Ist doch komisch«, bemerkte sie bitter, »einer deiner Freunde braucht bloß zu pfeifen, und du stürzt los. Ich könnte eine ganze Symphonie trillern, ohne damit bei dir den geringsten Effekt zu erzielen.«

Ohne Antwort stürzte er aus dem Haus. Sie hörte, wie er das Garagentor öffnete und den Motor anließ. Plötzlich überfiel sie Angst. Er hatte sie schon oft sonntags alleingelassen, aber so hatte sie ihn noch nie erlebt. Sie begriff nicht, was vor sich ging, aber eine Ahnung drohenden Unheils überkam sie. »Arnold!« rief sie und eilte auf die Straße. Aber sein Wagen bog schon um die Ecke.

Rudolf Kienzel war noch im gestreiften Schlafanzug, den er im Bett getragen hatte, und immer noch barfuß, als er Arnold die Tür öffnete. Er wirkte ohne Schuhe noch kleiner, der Kopf war unproportioniert groß im Vergleich zu den schmalen Schultern. Sein von der Sonne gebräuntes Gesicht war vor Zorn und Genugtuung gerötet, stach kupferfarben von dem weißen Haarschopf ab. Er sah aus wie ein bösartiger Zwerg.

»Na, da bist du ja, alter Junge«, grüßte er mit falscher Freundlichkeit. »Komm rein und lüfte das große Geheimnis... wieviel haben wir gewonnen?«

»Rudi, ich muß dir erklären...«

»Bitte sehr! Nur raus mit der Sprache! Tu dir keinen Zwang an!« Kienzel trat einen Schritt zurück und ließ ihn eintreten.

»Ich wollte es dir gleich sagen, Rudi, aber...«

»Jetzt hast du die Gelegenheit! Wieviel?«

»Fünfzigtausend.« Arnold fuhr sich mit der Hand an die schmerzende Stirn.

»Fünfzigtausend?« Kienzels Züge hellten sich auf. »Huiii, das ist ein schöner Batzen, mehr als ich erhofft habe. Und das sagst du so matt? Bist wohl traurig, daß du das Geld nicht für dich behalten konntest?«

»Das hatte ich niemals vor, Rudi, du mußt mir glauben...«

»Also raus damit! Wo hast du meinen Anteil?«

Arnold hatte diese Szene oft und oft in Gedanken durchlebt, aber nie hatte er sie sich so schlimm vorgestellt; er hatte sich vielmehr damit beruhigt, daß seine Angst ihm gewiß nur Schreckbilder vorgaukelte, die der Wirklichkeit nicht standhalten würden. »Ich habe ihn nicht mehr«, antwortete er wie betäubt.

»*Was?*« Es gab Kienzel einen Stich ins Herz.

»Es tut mir wahnsinnig leid, Rudi«, stammelte Arnold hilflos, »ich kann dir nicht sagen, wie leid es mir tut... wie entsetzlich das Ganze für mich ist... aber das Geld ist futsch.«

»Sag das noch einmal!«

»Es ist weg. Ich habe alles verspielt.«

»Fünfzigtausend Mark!?«

»Ja, Rudi, laß dir erklären...«

»Ich will keine Erklärung, ich will mein Geld!« brüllte Kienzel.

»Aber was ich nicht habe, kann ich dir doch nicht geben! Ich verstehe ja, daß du jetzt wütend bist – ich wär's ja auch! Aber ich habe es gut gemeint, glaub mir doch! Ich dachte, wir hätten eine Glückssträhne und ich könnte den Gewinn verdoppeln und verdreifachen. Du hast mir doch immer erzählt, es gäbe nirgendwo größere Chancen als beim Roulette, wenn man nur nicht mit dem Geld knausern muß...«

»Du Idiot!« schrie Kienzel. »Du Arschloch! Wenn du schon so was vorhattest, konntest du dann nicht wenigstens warten, bis ich zurück bin?«

»Aber ich wollte doch die Glückssträhne nutzen...«

»Warum zum Teufel hast du dann nicht mit deinem eigenen Geld gespielt? Warum mußtest du meins angreifen?«

»Ich dachte doch, ich könnte es verdoppeln.« Arnold war sich durchaus bewußt, wie unglaubhaft diese Erklärung klang, unglaubhaft gerade aus seinem Mund, dem eines Mannes, der es schon von Berufs wegen durchaus verstand, mit Geld umzugehen, und der alles andere als leichtsinnig war. Aber er hatte keine bessere Entschuldigung gefunden und sich diese Geschichte schon seit langem zurechtgelegt. »Bitte, Rudi, reg dich ab«, sagte er, »was geschehen ist, ist geschehen. Deine Schreierei nutzt doch nun auch nichts mehr. Schließlich sind wir beide alte Freunde.«

»Freunde?« Kienzel machte einen Sprung, und Arnold hätte sich nicht gewundert, wenn es ihn in der Luft zerrissen hätte wie Rumpelstilzchen. »Wann bist du je mein Freund gewesen?!«

»Immer, Rudi... seit jeher!«

»Etwa als du mir Sabine vor der Nase weggeschnappt hast?«

»Biene? Das ist doch geradezu lächerlich! Es ist doch nicht meine Schuld, daß Sabine sich für mich entschieden hat.«

»Danke.« Kienzel spuckte vor Zorn. »Das ist sehr freundlich von dir, jedenfalls bist du offen. Und für die Zeltner-Werke war ich wohl auch nicht gut genug, wie?«

»Das habe ich nicht behauptet, im Gegenteil, ich habe nie begriffen, warum du da gekündigt hast.«

»So? Hast du nicht? Dann will ich es dir sagen: Weil für uns beide dort kein Platz war, weil du es immer verstanden hast, mich beiseite zu drücken, weil ich nicht mein Leben lang neben dir die zweite Geige spielen wollte.«

»Das glaube ich dir einfach nicht«, erklärte Arnold, »das denkst du dir jetzt aus, um mich fertigzumachen.«

»Dann denke ich mir auch wohl nur aus, daß du mit meiner Frau geschlafen hast?« tobte Kienzel.

Arnold hatte den Eindruck, daß die Wände des Flurs, in dem sie immer noch standen, zu schwanken begännen. »Aber das ist doch gar nicht wahr!«

»Du willst leugnen, du Schlaumeier, das sieht dir ähnlich! Aber damit kommst du nicht durch, weil ich weiß, was ich weiß... ich klopfe nicht auf den Busch, verstehst du, sondern ich weiß es! Susanne hat es mir gesagt, bevor sie wegging!« Darauf gab es nichts mehr zu erwidern. Arnold schwieg. »Und du wagst es, dich als mein Freund aufzuspielen!« geiferte Kienzel.

Arnold war jetzt seltsam gefaßt; er glaubte, daß ihm nichts Ärgeres mehr passieren könnte. »Du kriegst dein Geld zurück«, versprach er mit eisiger Stimme.

»Willst du mir etwa Raten zahlen? Wieviel kannst du erübrigen, ohne daß deine Familie hungern muß? Hundert Mark im Monat? Dann dauert es mehr als zwanzig Jahre, bis du deine Schuld abbezahlt hast.«

»Ich werde das Haus verkaufen.«

»Das sieht dir wieder einmal ähnlich. Eine prächtige Lösung, muß ich schon sagen. Wer würde denn darunter leiden! Du etwa? Nein, deine Frau und deine Kinder. Sie sollen die Suppe auslöffeln, die du eingebrockt hast. Aber das kommt gar nicht in Frage!«

»Was verlangst du denn sonst von mir?«

»Gar nichts. Ich werde jetzt die Initiative ergreifen. Ich werde dich anzeigen.«

»Das kannst du nicht tun!« Arnold war tief entsetzt.

»Großer Irrtum. Ich kann's und ich tu's. Jetzt appelliere bloß nicht wieder an meine Freundschaft. Du weißt, was ich davon halte. Du bist ein Betrüger und ein Lump, und du wirst deine Strafe kriegen.« Er öffnete die Tür zum Treppenhaus.

Arnold folgte dieser Aufforderung nicht sofort. Es hätte ihm in diesem Augenblick nichts ausgemacht, den hämischen kleinen Kerl mit den eigenen Händen zu erwürgen. Nur die Einsicht, daß ein Mord seine Situation auch nicht verbessern würde, hielt ihn zurück. Er unternahm noch einen letzten, verzweifelten Versuch, Kienzel gnädig zu stimmen. »Ich bitte dich, Rudi...«

»Hinaus!« kreischte Kienzel. Schritte kamen die Treppe hinauf, und da Arnold kein öffentliches Schauspiel bieten wollte, drehte er sich um und ging.

Arnold wäre am liebsten tot gewesen. Die Zukunft lag wie ein Chaos vor ihm, das zu überwinden er nicht mehr die Kraft aufbrachte. In seinem Kopf hämmerte es, er fühlte sich speiübel. Nur die Erkenntnis, daß seiner Familie mit seinem Hinscheiden nicht geholfen sein würde, hielt ihn davon ab, auf das Gaspedal zu treten und seinen Wagen gegen die nächste Hausmauer zu torpedieren. Er konnte es immer noch nicht fassen, daß ausgerechnet ihm, der stets so ehrlich gewesen war, der niemals auch nur einen Bleistift oder einen Radiergummi aus dem Betrieb mit nach Hause genommen hatte, so etwas passieren konnte.

Hätte er Kienzel die Wahrheit sagen, hätte er ihm gestehen sollen, daß er das Geld gebraucht hatte, um seinem Schwager zu helfen? Nein, auch das hätte seinen Gläubiger nicht gnädiger gestimmt; es hätte höchstens zur Folge gehabt, daß auch Egon Kasparek in die Katastrophe hineingerissen worden und alles umsonst gewesen wäre. Er war immer noch erschüttert von Kienzels gallenbitterer Reaktion. Wo er nur freundschaftliche Gefühle vermutet hatte, vielleicht vermischt mit ein wenig Überheblichkeit oder der Spur eines Minderwertigkeitskomplexes, war er auf Feindseligkeit, Haß und Rachsucht gestoßen. Wie konnte er einen Menschen so lange Jahre kennen, ohne auch nur zu ahnen, was in ihm vorging?

Beurteilte er vielleicht auch andere falsch? Sah er seine Stellung zur Umwelt in einem schiefen Licht? Die Welt hatte sich für ihn in der letzten halben Stunde so gründlich geändert, daß kein Stein seines Lebensgebäudes auf dem anderen geblieben war. Die Stadt, durch die er fuhr, schien ihm fremd, selbst die Schleiermacherstraße nicht bekannter, als wenn er sie nur einmal im Traum gesehen hätte, und auch sein Haus war nicht mehr sein Haus, sondern ein Haufen mit Mörtel verbundener Steine.

Erst als er in die kleine Diele trat – aus dem Wohnzimmer, wo Sven hockte, schallte der Lautsprecher des Fernsehers in Überstärke, und die Tür zum Gartenzimmer war halb geöffnet – schlug dieser Eindruck in das Gegenteil um. Es war alles wie immer, so, als sei nicht das Geringste geschehen; nur er war ein Fremder in einer vertrauten Umgebung geworden.

Sabine saß mit einem Buch am Tisch im Gartenzimmer; ihr blondes Haar leuchtete im Schein der Stehlampe, ihr Gesicht schien rosig und jung, die blauen Augen waren dunkler als bei Tageslicht. »Arnold!« rief sie. »Wie schön, daß du schon zurück bist! Was war denn?« Als sie ihn sah, legte sie das Buch aus der Hand. »Fühlst du dich schlecht?« fragte sie besorgt. »Ist etwas passiert?«

Er war zu erschöpft, um es abzuleugnen. »Ja«, sagte er.

Sie sprang auf. »Soll ich dir ein Glas Milch bringen? Einen Teller Suppe heiß machen?«

»Nein!«

»Arnold, so sprich doch, was ist los mit dir? Hast du Fieber?« Sie legte ihm die flache Hand auf die Stirn.»Nein.«

Er packte sie beim Gelenk und schob sie zum Tisch zurück. »Setz dich wieder. Ich muß mit dir reden. Es ist etwas Entsetzliches passiert.«

»Hast du jemanden überfahren?«

»Nein ...«

»Gott sei Dank!«

»Freu dich nicht. Ich habe Geld unterschlagen. Fünfundzwanzigtausend Mark.« Er ließ sich in den Sessel ihr gegenüber sinken.

Sie blieb ganz still, und er war ihr dankbar, daß sie nicht sofort etwas sagte. »In der Firma?« fragte sie endlich.

»Nein. Das Geld gehörte Kienzel ...«

»Dann ist es ja halb so schlimm!« rief sie erleichtert.

»Laß mich erst mal ausreden. Kienzel und ich hatten zusammen fünfzigtausend Mark gewonnen. Ich habe das Geld abgeholt, als er auf Teneriffa war. Ich habe damit in Bad Wiessee gespielt. Am vorigen Dienstag, als du mich im *Goldenen Löwen* glaubtest. Ich habe alles verspielt, sein Geld und mein Geld.«

Sie war ein bißchen blaß geworden und rang, ohne es selbst zu merken, die Hände. »Ein ansehnliches Sümmchen. Was hätten wir alles damit anfangen können!« Sie sah seinen Gesichtsausdruck und fügte hastig hinzu: »Aber immerhin, es war ja nur ein Spielgewinn. Es war euch anscheinend nicht gegönnt. Wie gewonnen, so zerronnen. Schlimmer wäre es gewesen, wenn ihr es im Schweiße eures Angesichts erarbeitet hättet.«

»Es kann nicht schlimmer werden, Sabine.«

»Na, erlaube mal ...«

»Kienzel will Anzeige erstatten.«

»Er will ... was? Also, das ist doch einfach lächerlich! Ihr seid so gute Freunde, wir alle kennen uns noch von der Schulzeit her ... das kann er dir doch einfach nicht antun!«

»Doch.«

»Er ist ein alter Hitzkopf, du kennst ihn doch. Er ist in Wut geraten, das mußt du verstehen. Es wäre dir wahrscheinlich genauso ergangen. Er wird seine Drohung nicht wahrmachen ... Bestimmt nicht, Arnold!«

»Gib dich keinen Illusionen hin, Sabine!«

»Nein, nein, ich weiß, was ich sage. Wahrscheinlich ist es dir nie aufgefallen, aber er hatte seit jeher ein ... ein gewisses Faible für mich. Er war früher mal hinter mir her vor langer Zeit, als wir noch nicht verlobt waren.«

Ihr Geständnis machte ihn nur noch elender. Es stimmte also, was Kienzel gesagt hatte, und er hatte von alledem nichts gemerkt. »Warum erfahre ich das erst jetzt?«

»Weil es völlig bedeutungslos war. Ich habe mir nie das geringste aus ihm gemacht, das brauche ich dir wohl nicht zu versichern. Immerhin ist seine Eingenommenheit für mich eine Garantie, daß er dich nicht anzeigen wird. Er weiß doch, daß er mich damit am meisten treffen würde.«

»Du schätzt ihn völlig falsch ein!«

Sie stand auf. »Das werden wir ja sehen.«
»Was hast du vor?«
»Bring mich zu ihm! Ich werde selbst mit ihm reden.«
»Das wäre völlig sinnlos, Sabine. Ich will nicht, daß du dich vor diesem Kerl demütigst.«
»Dann nehme ich mir eben ein Taxi.« Sie war schon zur Tür hinaus.
»Bitte, tu's nicht!« Er stürzte ihr nach.
»Ich muß«, sagte sie, »selbst wenn nichts dabei herauskommt, ich muß wissen, wie weit er gehen wird. Ich könnte sonst kein Auge zutun... und du doch auch nicht, Arnold!«
»Es hat keinen Zweck, Sabine!«
Sie schmiegte sich für Sekunden in seine Arme, und beide fühlten sich einander so nahe, wie schon seit langem nicht mehr. Dann löste sie sich von ihm, nahm ihren Mantel vom Haken, prüfte, ob ihr Portemonnaie in der Tasche steckte und gab ihm einen raschen Kuß. »Warte auf mich, und reg dich nicht unnötig auf. Im Eßzimmerschrank steht eine angebrochene Flasche Whisky, die Ethel mitgebracht hat. Den Whisky kann ich dir nur empfehlen, er ist sehr gut. Ich werde so schnell wie möglich zurück sein.« Sie öffnete die Haustür, ihre Absätze klapperten über die Steine des Vorgartenweges, als sie zur Straße lief.

Auf Sabine wirkte der Anblick Rudolf Kienzels in seinem gestreiften, vom Nachmittagsschlaf zerknitterten Pyjama weder abstoßend noch aufregend, nicht einmal komisch, denn dazu war die Situation zu bedrohlich.
Ihm allerdings war es unangenehm, sie so empfangen zu haben; er nahm seinen Trenchcoat von der Flurgarderobe und zog ihn über. »Leg ab.« Er half ihr aus dem Mantel und hängte ihn auf.
Der Anblick ihrer vollschlanken Figur in dem leichten, hellblauen Wollkleid, das sich ihr schmeichelnd um Hüften und Busen legte, behagte ihm ungemein, und es kostete ihn Überwindung, seine grimmige Miene beizubehalten.
Sie wagte ein kleines Lächeln. »Pantoffeln hast du keine?«
»Falls dich meine nackten Füße stören...«
»O nein. Ich habe nur Angst, daß du dich erkältest.«
»Wie rührend von dir.«
Ihr Lächeln, das keine Erwiderung gefunden hatte, erstarb. Er hielt ihr die Tür zum Wohnzimmer auf. Auf dem Schreibtisch stand eine aufgeklappte Reiseschreibmaschine, in der ein begonnener Brief mit einem Durchschlag steckte. Sie drehte sich zu ihm um, als sie die Mitte des Raumes erreicht hatte, so daß sie sich wieder gegenüberstanden. »Es ist doch nicht dein Ernst, daß du Arnold anzeigen willst?«
»Erwartest du etwa, daß ich den Verlust von fünfundzwanzig Mille ohne zu klagen wie ein Gentleman trage?«
»Aber Rudi, ich bitte dich, du kriegst das Geld doch wieder!«
»Ach nee! Da bin ich aber mal gespannt, wie er das aufbringen will!

Und erzähl mir jetzt bloß nicht, daß er das Haus verkaufen kann. Das Haus gehört euch beiden zusammen, und ich will auf keinen Fall, daß du für seine bodenlose Unverfrorenheit büßen mußt.«

»Mit einer Anzeige würdest du mich mindestens so sehr treffen wie ihn.«

»Du kannst dich ja von ihm scheiden lassen.«

»Ein großartiger Vorschlag! Glaubst du, es ist besser, die geschiedene Frau eines Betrügers zu sein? Man würde in Riesberg mit Fingern auf uns zeigen.«

»Nicht, wenn du dich wieder verheiratest.«

Jetzt ließ sie sich in einen Sessel fallen, denn es war ihr, als wenn die Beine unter ihr nachzugeben drohten. »Was sind das für Ideen?« fragte sie. »Was geht in deinem Kopf vor? Sind wir denn nicht immer Freunde gewesen? Und jetzt willst du Arnolds Leben zerstören, unsere Ehe, die Zukunft unserer Kinder! Was haben wir dir denn getan?«

»Dein Pech, daß du den falschen Mann geheiratet hast.«

»Arnold war immer korrekt, das weißt du ganz genau. Ich begreife auch nicht, was ihm eingefallen ist, euren Gewinn aufs Spiel zu setzen. Aber du kannst ihn doch nicht wegen einer einzigen Dummheit in Grund und Boden verdammen.«

»Ich will, daß er seine Strafe kriegt, und das ist mein gutes Recht.« Er stand vor ihr, die Hände auf dem Rücken, den Unterkörper vorgeschoben, und wippte vom Ballen auf die Ferse und wieder zurück.

»Und was hast du davon? Das wird dir keine Sympathien einbringen, verlaß dich drauf. Und du selbst würdest es bald bereuen, denn ich weiß genau: du bist ja gar nicht so ein Ekel, wie du jetzt tust.«

Er grinste bösartig. »Danke für die Blumen.«

Sie deutete es falsch. »Du hast uns nur einen Schrecken einjagen wollen, nicht wahr?« fragte sie hoffnungsvoll. »Du hattest niemals ernsthaft vor, ihn anzuzeigen, gib es doch zu! Ach, Rudi, du ahnst ja gar nicht, was ich ausgestanden habe!« Sie nahm seine Hand.

Seine Augen glitzerten. »Armes Mädchen.«

»Ich bin froh, daß ich gekommen bin.« Sie legte ihre Wange an seinen Handrücken.

»Unter Umständen«, sagte er, »wäre ich tatsächlich bereit, von einer Klage abzusehen.«

Sie richtete sich auf. »Unter welchen Umständen?«

»Ich habe es eben schon angedeutet. Laß dich scheiden und heirate mich, Sabine.«

Sie ließ seine Hand los. »Das kann ich nicht.«

»Doch. Du kannst. Arnold wird die Schuld auf sich nehmen müssen, du behältst das Haus, und er rettet seinen guten Namen. Das wäre eine Art poetischer Gerechtigkeit.«

»Das Leben ist kein Roman, Rudi. Eine Ehe ist eine Ehe. Du kannst deine Mitmenschen nicht beliebig und nur zu deinem Vergnügen oder der poetischen Gerechtigkeit wegen, wie du so schön sagst, hin- und herschieben.«

Er wandte sich ab und trat zum Fenster. »Es ist nicht möglich, daß du ihn nach all den Jahren noch so sehr liebst. Also kann deine Absage nur bedeuten, daß du mich verabscheust.«

Sie drehte sich halb zu ihm um. »Arnold ist mein Mann, wir sind miteinander verheiratet. Das ist eine Realität, Rudi, auch wenn sie nicht in deine Träume paßt. Du mußt dich damit abfinden.«

»Eine Ehe kann man auflösen.«

»Und du mutest mir allen Ernstes zu, daß ich Arnold genau in dem Moment verlasse, wo es ihm an den Kragen geht?«

»Du läßt ihn ja nicht im Stich, sondern du rettest ihn. Ich habe mich dazu durchgerungen, ihn nicht anzuzeigen, wenn du dich für mich entscheidest. Erkenn das, bitte, an.«

»Du könntest es doch nie ertragen, mit mir verheiratet zu sein und zu wissen, daß ich es nur aus Liebe zu Arnold getan habe.«

Er kam zu ihr; sein Gesicht unter dem weißgrauen Haarschopf war kupferfarben geworden. »Er verdient es nicht, daß du dich für ihn opferst.«

»Ach, Rudi«, sagte sie und ihre Hände umklammerten die Sessellehne, »das ist doch alles nur leeres Gerede. Du hast jetzt eine Wut auf Arnold, das verstehe ich sehr gut. Daß er das Geld vertan hat, ist wirklich unverzeihlich. Aber schlimmer noch wäre es, wenn du uns alle, mich und die Kinder, dafür büßen lassen würdest. Gib deinem Herzen einen Ruck, Rudi! Wenn dir nur ein bißchen an mir liegt, sieh von deiner Anzeige ab!« In ihren Augen schimmerten Tränen.

Er nahm es mit Genugtuung wahr. »Er ist es nicht wert, daß du um ihn weinst«, behauptete er, »weißt du denn nicht, daß er dich betrügt?«

Die Farbe schwand aus ihren Wangen. »Du lügst!« stieß sie hervor.

Er hob die Hände und ließ sie mit einer resignierenden Geste fallen. »Wenn du mir nicht glauben willst – bitte! Aber ich hätte nicht gedacht, daß du zu den Frauen gehörst, die sich an den Tatsachen vorbeimogeln.«

»Es kann nicht stimmen, daß er mich betrügt«, verteidigte sie ihren Mann, »ich hätte es merken müssen!« Aber schon während sie das sagte, wurde sie unsicher; es wurde ihr bewußt, daß ihre erotischen Beziehungen auf ein Minimum zusammengeschrumpft waren, ihr fiel sein häufig vorgebrachter Wunsch nach getrennten Schlafzimmern ein und seine abwesende, abweisende Art, die sich gerade in letzter Zeit bis ins Unertträgliche gesteigert hatte. Konnten das nicht doch Symptome dafür sein, daß er eine Freundin hatte und ihrer überdrüssig war?

Er zuckte die Achseln. »Anscheinend ist er sehr geschickt.«

»Das sind doch alles nur Verdächtigungen! Wenn du wirklich etwas weißt, dann sage es geradeheraus. Nenn mir einen einzigen Namen.«

Er begann, die Hände auf dem Rücken, das Kinn auf die Brust

gedrückt, zwischen Schreibtisch und Fenster auf und ab zu gehen. »Du änderst nichts daran, wenn du jetzt zu den Damen hinsaust und ihnen eine Szene machst.«

»Das habe ich nicht vor.«

»Na, wer weiß!« Er hob den Kopf und blickte sie belustigt an. »Zuzutrauen wäre es dir. Ich möchte aber diese Damen – denn es sind Damen – keineswegs in Schwierigkeiten bringen.«

»Gleich mehrere?« fragte sie mit mühsamem Spott.

»Nacheinander, meine Liebe, nicht gleichzeitig.«

»Du denkst dir das doch nur aus, um Arnold was am Zeug zu flicken!«

»Das habe ich nicht nötig. Nein, nein, still, laß mich überlegen. Wie kann ich dir beweisen... o ja! Es gibt eine Frau, deren Ruf ich nicht zu schonen brauche, zudem hat sie es mir selbst gesagt, und sie wird es auch dir gegenüber bestimmt nicht leugnen. Du kannst zu ihr hinfahren, wenn du mir nicht glaubst, ich habe ihre Adresse...«

»Nun sag schon!«

»Meine Verflossene.«

»Susanne?«

»Ja.«

»Sie wohnt doch gar nicht mehr hier.«

»Stimmt. Aber Rosenheim ist doch auch nicht aus der Welt – oder? Übrigens weiß ich gar nicht, ob sie es jetzt noch mit ihm treibt. Das Verhältnis, von dem ich dir berichte, lag noch vor unserer Scheidung. Vor elf Jahren.«

»Neunzehnhundertneunundfünfzig?«

»Herbst und Winter neunundfünfzig, ja.«

»Damals war ich schwanger.« Sabines Stimme schwankte. »Ein fünftes Kind paßte nicht in seine Pläne. Als wenn es mir gepaßt hätte! Ich hatte dann eine Fehlgeburt.«

»Du hast abetrieben?«

»Nein. Ich habe es so verloren. Es war eine schreckliche Zeit. Arnolds Vorwürfe, die Angst, wie es weitergehen sollte. Ich war schrecklich schlecht beisammen, und er... nutzt die Gelegenheit, sich mit einer anderen Frau zu amüsieren?«

Sabine war tief getroffen. Es war nicht immer leicht gewesen, mit Arnold verheiratet zu sein, aber sie hatte es hingenommen und durchgestanden, weil sie wußte, daß er es auch mit sich selbst nicht leicht hatte. Doch nie wäre sie im Auf und Ab ihrer Ehe darauf gekommen, daß er ihr nicht treu war. Sie hatte es bis zu dieser Stunde nicht für möglich gehalten und konnte es auch jetzt noch nicht ganz fassen, wenn sie auch erkannte, daß Kienzel diesmal nicht log. Das Geständnis, daß seine Frau ihm mit dem Freund Hörner aufgesetzt hatte, mußte ihm schwer genug gefallen sein. Also war es wahr, auch wenn es ihr unvorstellbar schien. Genauso unvereinbar mit seinem Charakter hatte sie es bisher gehalten, daß er Geld anrührte, das ihm nicht gehörte, daß er überhaupt fähig war, ein kleines Vermögen aufs Spiel zu setzen. Kannte sie ihren Mann überhaupt? Hatte sie ihn je gekannt?

Kienzel genoß ihre Verstörung. Er glaubte sie da zu haben, wo er sie haben wollte, in einer Verfassung, in der sie seinem Werben keinen Widerstand mehr entgegensetzen konnte. Er zog sie hoch und nahm sie in die Arme. »Ich weiß, es ist schwer für dich«, sagte er heuchlerisch und berührte ihren Busen, mehr, um sich selbst, als um sie in einen Zustand der Erregung zu versetzen; denn er wollte sie haben, egal, was sie dabei empfand. Aber die Begierde, auf die er gehofft hatte, blieb aus. Seine Männlichkeit, die im Zusammensein mit leichten Mädchen nichts zu wünschen übrig ließ, verweigerte ihm den Dienst. Es wollte sich nichts bei ihm rühren, auch dann nicht, als er unter ihrem Rock den festen Oberschenkel hochglitt.

Hätte sie ihn doch wenigstens geschlagen, wäre sie wütend geworden, vielleicht hätte es dann geklappt! Aber sie befreite sich nur mit einer müden Bewegung, sagte: »Ach, laß doch!« – nicht entsetzt und nicht empört, sondern ganz ruhig und ein bißchen unwillig, wie man zu einem Kind spricht, das einem mit seinen Unarten auf die Nerven geht.

»Verflucht noch mal!« brüllte er. »Was nimmst du dir heraus? Ich will dich trösten, und du unterstellst mir Absichten...«

»Aber gar nicht!« Sie war ehrlich erstaunt, begriff nicht, was in ihn gefahren war, denn sie konnte nichts von der Niederlage wissen, die er soeben erlitten hatte.

»Spiel nicht die Unschuldige!« tobte er. »Denkst du, ich durchschaue dich nicht? Dich und deinen sauberen Gatten? Er hat dich zu mir geschickt, damit du mich verführst... und du warst auch gleich bereit!«

»Rudi... bist du wahnsinnig?«

»Aber da habt ihr euch geschnitten, ihr beiden... so schön bist du auch nicht, daß mir eine Nummer mit dir fünfundzwanzig Mille wert wäre, verdammt noch mal! Keine Frau ist mir das wert! Ihr seid doch eine wie die andere!«

Sie war durch das Zimmer gegangen, auf den Flur hinaus, nahm ihren Mantel vom Haken und öffnete die Wohnungstür. Seine Schimpfkanonaden verfolgten sie noch, während sie die Treppe hinunterlief! Sabine atmete auf, als die Tür hinter ihr zufiel. Erst auf der Straße nahm sie sich die Zeit, den Mantel überzustreifen. Obwohl sie nicht verstand, warum er so aus der Rolle gefallen war, hatte sie doch eines klar erkannt: sie brauchte sich keine Vorwürfe zu machen, weil es ihr nicht gelungen war, ihn umzustimmen – tatsächlich war ihre Mission von Anfang an zum Scheitern verurteilt gewesen. Seit vielen Jahren hatte Kienzel einen tiefen Groll gegen Arnold gehegt und nur auf eine günstige Gelegenheit gewartet. Es ging ihm gar nicht so sehr um das veruntreute Geld, sondern Arnolds Leichtsinn bot ihm den willkommenen Anlaß, sich an ihm zu rächen.

Auch Arnold wußte das. Es war ihm klar, daß sie bei Kienzel nichts erreichen würde, und deshalb hatte er versucht, sie zurückzuhalten. Warum hatte er sich nicht dazu durchringen können, ihr die ganze Wahrheit zu gestehen? Dann hätte er ihr wenigstens die vergebliche Demütigung und die peinliche Szene erspart.

Sabine war wütend auf ihren Mann. Sie hätte die größte Lust gehabt, ihm alles, was sie gegen ihn auf dem Herzen hatte, an den Kopf zu werfen. Aber sie wußte schon jetzt, daß sie es nicht tun würde. Ein Krach würde nichts helfen, sondern die verfahrene Situation nur noch schwieriger machen. Sie mußten jetzt ganz fest zusammenhalten.

Am Bahnhof fand Sabine ein Taxi, das sie zur Schleiermacherstraße brachte. Es tat ihr zwar leid um das Geld, aber zu Fuß hätte sie eine gute halbe Stunde gebraucht, und sie hatte das Gefühl, ihren Mann keine Minute länger als nötig warten lassen zu dürfen. Als sie ausstieg, sah sie, daß das Haus dunkel war. Sie entlohnte den Fahrer und ging auf die Pforte zum Vorgarten zu. Sie entdeckte, daß die Garage offen stand und dachte nichts anderes, als daß Arnold beim Heimkommen in seiner Erregung vergessen hatte, sie zu schließen. Sie schritt die Einfahrt hinauf, um das Versäumte nachzuholen.

Die Garage war leer. Im gleichen Augenblick wußte sie, daß er geflohen war; sie war zu spät gekommen. Sabine hätte vor Verzweiflung schreien mögen, aber sie begriff, daß sie sich jetzt keine Gefühle erlauben durfte, sondern ganz klar und hart bleiben mußte. Sie klappte das Garagentor zu, trat zur Haustür und schloß sie auf. Aus dem Wohnzimmer drangen streitende Stimmen; der Fernseher lief noch immer. Sie knipste Licht in der Diele an, hängte ihren Mantel auf, öffnete die Tür zu dem halbdunklen Raum, in dem Sven im Sessel seines Vaters hockte und auf die Mattscheibe starrte. Ein Mann in Cowboytracht zog gerade den Colt. Wortlos stellte Sabine den Apparat ab.

Sven schreckte hoch, als habe er schon halb geschlafen. »Gerade, wo es spannend wird!« protestierte er. »Mutti, das ist brutal!«

»Du gehörst längst ins Bett.« Sabine wunderte sich, daß ihre Stimme ganz wie immer klang.

»Aber es sind doch Ferien!«

»Ich habe keine Lust, mit dir zu diskutieren ... ab in die Falle.«

»Das ist eben dein Fehler, Mutti«, maulte der Junge, »eine moderne Erziehung ist das nicht, daß du es nur weißt.«

Sabine knipste das Deckenlicht an und die kleine Leuchte aus. Jetzt zog es Sven doch vor, sich zu erheben. »Sieh mich bloß nicht so an als wenn ich ein Schwerverbrecher wäre«, sagte er, »zugegeben, ich bin ein bißchen länger aufgeblieben als sonst ... aber es hat mich ja auch keiner von euch ans Zubettgehen erinnert.«

»Ich bin dir gar nicht böse«, sagte Sabine trocken, »aber jetzt verschwinde.«

Sven verzog sich zur Tür. »Wo ist Vati?«

»Noch mal weggefahren.«

»Ach so.« Sven glaubte zu verstehen, daß die Eltern sich gestritten hatten, und nahm dies als Erklärung für das befremdliche Wesen seiner Mutter. »Na, dann will ich mich mal verkrümeln. Gute Nacht, Mutti!«

»Schlaf gut!« Das Lächeln, das sie ihm schenken wollte, mißlang.

»Und mach dir nichts draus!« rief er, schon halb auf der Treppe, und flitzte nach oben.

Armes Kerlchen, dachte Sabine, auch du wirst es erfahren, ich kann es dir nicht ersparen, und das wird das Ende deiner unbeschwerten Kindheit sein. Schlaf gut, so lange es dir noch vergönnt ist. Sie öffnete die Tür zum Gartenzimmer, knipste das Licht an. Auf dem Eßtisch stand ein gebrauchtes Glas und die Whiskyflasche, deren Inhalt sich kaum verringert hatte. Arnold hatte nicht den Rausch des Vergessens, sondern eine echte Lösung gesucht. Sabine räumte die Flasche in den Schrank, das Glas in die Küche. Im Schlafzimmer fand sie seinen Abschiedsbrief, einen aus dem Notizbuch gerissenen Zettel, der auf ihrem Kopfkissen lag. Sabine las: *Ich weiß, was ich Euch angetan habe. Ich kann nicht hoffen, daß Du mir verzeihst. Deshalb verschwinde ich aus Eurem Leben. Wenn ich fort bin, kannst Du Dich vielleicht mit K. arrangieren.*

Das war alles. Sabine lachte auf, es klang wie ein Schluchzen. Sich mit Kienzel arrangieren – wie er sich das vorstellte! Hatte er denn nicht begriffen, daß der vor Rachsucht verrückt war? Aber das war ihm wahrscheinlich egal. Auf gut deutsch hieß dieses Schreiben doch nichts anderes als: »Ich hau ab. Sieh du zu, wie du mit den Schwierigkeiten fertig wirst!« Sabine ließ sich auf die Bettkante sinken und zerknüllte, ohne es zu merken, den Zettel zwischen ihren Fingern. Nie hatte sie sich so grenzenlos verlassen gefühlt. Sie wußte weder aus noch ein.

Es war lange nach Mitternacht, als die großen Kinder nach Hause kamen. Anscheinend war Knut von Oswald und Ilona unterwegs aufgelesen worden, denn sie trafen gemeinsam ein. Sabine hörte ihre jungen, unbekümmerten Stimmen, das Zuklappen der Wagentüren, die scherzenden Abschiedsworte der Verlobten – das Aufheulen des Motors und dann waren Ilona und Knut im Haus. Sie verhielten sich bemüht leise, um die Eltern, die sie im tiefsten Schlaf vermuteten, nicht zu wecken.

Bis zu diesem Augenblick hatte Sabine einfach dagesessen, bewegungslos, innerlich ganz gespannt und verzweifelt nach einem Ausweg suchend. Jetzt kämpfte sie mit sich. Es widerstand ihr, die Großen mit ihren Sorgen zu belasten; sie hätte ihnen liebend gern noch eine Nacht ungestörten Schlafs gegönnt. Aber sie kam zu der Überzeugung, daß sie die Wahrheit erfahren mußten, und mit einem Aufschub wäre niemandem geholfen. So erhob sie sich und öffnete die Tür zur Diele. Licht brannte. Die beiden Großen waren schon auf der Treppe, in Strümpfen, die Schuhe in der Hand.

»Nanu, du schläfst noch nicht?« rief Knut.

»Haben wir dich etwa geweckt?« fragte Ilona.

Sabine war nicht in der Stimmung, sich über die Naivität der jungen Leute zu amüsieren, die glaubten, den elterlichen Schlaf zu schonen, wenn sie nach einem lautstarken Abschied draußen nur im Haus recht leise waren.

»Ich muß mit euch sprechen«, sagte sie.

»Ja?« fragte Knut und blieb, wo er war.

»Hat das nicht Zeit bis morgen?« wollte Ilona wissen. »Ich muß morgen arbeiten, Mutti, und ich bin hundemüde.«

»Bitte, kommt herunter.«

Sie gehorchten unwillig, sich gegenseitig Blicke zuwerfend, die gut und gern bedeuten mochten: die Alte scheint ein wenig zu spinnen. Jedenfalls schien es Sabine so. »Ich bin nicht verrückt!« erklärte sie mit Nachdruck.

»Aber, Biene, das hat doch niemand behauptet!« Knut legte gutmütig den Arm um ihre Schulter. Sabine mußte an sich halten, um nicht den Kopf an seine Brust zu legen und sich ihren Tränen zu überlassen.

»Also, was ist?« fragte Ilona ungeduldig; sie war in einem etwas derangierten Zustand, das schwarze Haar zerzaust, Wimperntusche und Lidschatten verschmiert, kaum noch eine Spur von Farbe auf den Lippen, Schatten der Müdigkeit unter den tiefblauen Augen – aber auch noch in dieser Verfassung war sie schön.

Sabine öffnete die Tür zum Wohnzimmer. »Kommt, bitte, herein.«

»Wo ist Vater?«, fragte Knut.

»Ich weiß es nicht.«

»Du lieber Himmel!« rief Ilona. »Veranstaltest du etwa diesen ganzen Zirkus, weil Vati noch nicht zu Hause ist?« Sie warf sich in den Fernsehsessel. »Da kann ich nur sagen: nimm's nicht tragisch, Mutti. So sind nun mal die Männer.«

Auch Sabine setzte sich. »Ja, es handelt sich um euren Vater...«, begann sie mühsam.

»Ist ihm was passiert?« fragte Knut. »Du machst ein Gesicht, als ob...«

»Ja, es ist ihm etwas passiert... aber nicht so, wie ihr jetzt denkt!« Sie erzählte, immer wieder behutsam nach den richtigen Worten suchend, den beiden in groben Zügen, was sie über den Fall wußte. Aber für die jungen Leute war es trotz ihrer Vorsicht ein Schock. »Sag das noch mal!« Knut schüttelte sie an den Schultern. »Er hat Geld veruntreut?! Unser Vater? So was gibt's doch gar nicht! Das kann doch einfach nicht wahr sein!«

»Was ist ihm bloß eingefallen«, jammerte Ilona, »hat er denn überhaupt nicht an uns gedacht?! Stellt euch bloß mal vor, was jetzt die Zinners von uns denken werden!«

»Die Zinners«, sagte Sabine, »sind mir im Moment reichlich uninteressant.«

»Das sieht dir ähnlich!« Ilona sprang auf. »Begreifst du denn nicht, daß meine ganze Zukunft auf dem Spiel steht?«

»Wenn Oswald dich liebt, wird er trotzdem zu dir halten.«

»Das sagt sich so leicht dahin, aber den Brocken muß man erst mal verdauen.«

»An mich denkt niemand«, beschwerte sich Knut. »Als wenn das so einfach für mich wäre! Doktor Kettner hat ohnehin einen Pik auf mich. Der wird mir was erzählen, wenn die Sache publik wird... von wegen mangelnder Reputation und so weiter. Für Riesberg bin ich dann jedenfalls gestorben. Kein Gedanke, daß ich hier je eine Praxis eröffnen könnte!«

»Wenn das deine ganzen Sorgen sind!« sagte Ilona. »Riesberg ist doch nun wirklich nicht die Welt!«

»Und dein Oswald nicht der einzige Mann auf der Welt!«

»Streitet euch jetzt nicht«, bat Sabine und wunderte sich ein wenig, daß diese beiden gut geratenen jungen Menschen sich keinen Augenblick um ihren Vater Sorgen zu machen schienen, sondern ausschließlich an sich selbst dachten. »Bitte! Wir müssen gemeinsam überlegen, was wir tun können!«

»Ich finde, du solltest noch einmal zu Kienzel gehen!« erklärte Ilona. »Wenn er erfährt, daß Vater fort ist, wird er vielleicht darauf verzichten, die Sache weiter zu verfolgen.«

»Bestimmt nicht«, widersprach Sabine, »du hast ihn nicht erlebt: er ist zu keiner vernünftigen Überlegung mehr fähig. Ilona, kannst du nicht Oswald bitten, daß er dir das Geld erst einmal vorstreckt?«

»Ausgeschlossen!«

»So dumm finde ich Bienes Gedanken gar nicht«, unterstützte Knut die Mutter. »Wenn wir ihm das Geld auf den Tisch knallen können...«

»Aber Mutti hat doch gerade gesagt, daß ihm mit Vernunft nicht beizukommen ist. Er will Vater vernichten, so hast du es uns doch erzählt. Dann ist es ja egal, ob er das Geld wieder hat. Der Tatbestand der Veruntreuung oder Unterschlagung, oder wie man das nennt, bleibt trotzdem bestehen.«

»Es ist doch ein Unterschied«, sagte Sabine, »ich verstehe ja nichts von juristischen Dingen, aber ich könnte mir vorstellen: wenn Kienzel das Geld zurück hat, wird sich der Staatsanwalt wahrscheinlich gar nicht für den Fall interessieren.«

»Biene hat recht«, stimmte Knut ihr zu.

»Ihr macht es euch einfach!« fauchte Ilona. »Bloß weil ich mit einem reichen Mann verlobt bin, soll ich das Geld herzaubern! Wieso gerade ich? Ich habe es doch nicht unterschlagen!«

»Ilona, bitte!« mahnte Sabine.

»Ihr bildet euch anscheinend ein, ich brauche bloß mit dem kleinen Finger zu winken, und schon überschüttet Oswald mich mit Geschenken! Aber so ist das nicht. Ich habe rausbekommen, daß gerade die reichen Leute sehr bedachtsam mit ihrem Geld umgehen... sie geben es aus, ja, aber sie wollen auch einen entsprechenden Gegenwert dafür haben! Was kann ich Oswald für fünfundzwanzigtausend Mark geben?«

»Ich dachte, du könntest ihn bitten«, sagte Sabine müde.

»Ja, das könnte ich. Aber er würde es mir nie verzeihen. Ich hätte ein für allemal bei ihm verspielt. Ich sehe schon, ihr nehmt mir das nicht ab. Tut mir leid, aber es ist die Wahrheit. Ihr ahnt ja nicht, wie vorsichtig ich mit ihm umgehen muß.«

»Damit er nicht doch noch im letzten Augenblick abspringt?« spottete ihr Bruder.

Sie warf den Kopf in den Nacken und blickte ihm fest in die Augen. »Du hast es erraten.«

»Dann kommt das also nicht in Frage«, stellte Sabine fest.

»Nein«, bestätigte Ilona.

»Natürlich könnten wir das Haus verkaufen, aber das geht nicht schnell genug... es sei denn, wir wüßten auf Anhieb einen Käufer.«

»Auch das würde uns nichts nutzen, Biene«, wandte Knut ein, »denn wir können das Haus gar nicht verscherbeln, solange uns Vaters Unterschrift fehlt. Herrgott noch mal... einfach abzuhauen!« Knut schlug sich mit der Faust in die flache Hand. »Was kann er sich bloß dabei gedacht haben?«

»Wahrscheinlich wußte er nicht mehr ein noch aus«, sagte Sabine.

»Nie hätte ich ihm so was zugetraut«, schimpfte Ilona, »nie!«

»Wenn ich nur einen Ausweg wüßte!« sagte Sabine.

»Vielleicht...« Knut zog sich einen Stuhl zu den beiden Frauen heran, »vielleicht erledigt sich die ganze Sache ja von selbst.«

»Du spinnst wohl!«

»Nein, überleg doch mal. Er ist jetzt mit dem Auto unterwegs, sehr aufgeregt, und wer weiß denn, was er vorhat? Jedenfalls... es könnte ihm doch was passieren, und dann...«

Sabine unterbrach ihn. »Du wünschst ihm das doch nicht etwa?« rief sie entsetzt.

»Natürlich nicht! Ach, woher denn! Nur... es liegt doch im Bereich des Möglichen.«

Sabine stand auf. »Ich verstehe dich nicht, Knut, nein, wirklich nicht. Wenn du etwas ausgefressen hast, haben wir immer zu dir gehalten.«

»Schließlich habe ich mir nie fremdes Geld angeeignet!«

»Und wenn du es getan hättest, hätte es an unserer Liebe zu dir nichts geändert! Knut, ich schäme mich für dich!«

»Ich... es tut mir leid, Biene.« Knut war ehrlich zerknirscht. »Ich hab's nicht so gemeint, wirklich nicht. Es war bloß alles ein bißchen viel für mich. Ich weiß schon gar nicht mehr, was ich sage.«

»Das glauben wir dir«, sagte Ilona, »denn mit ein bißchen Nachdenken würdest du feststellen, daß es uns nicht das geringste nützt, wenn Vater nicht wiederkommt. Schön, er muß nicht vor Gericht – aber kannst du dir auch nur eine Sekunde einbilden, daß Kienzel es für sich behalten würde? Ganz Riesberg würde über die Geschichte klatschen. Wir wären genau so erledigt wie jetzt.«

»Wenn wir Vater nur irgendwie erreichen könnten!« sagte Sabine.

»Reg dich nicht auf, Mutti«, meinte Ilona tröstend, »über kurz oder lang wird er sich sicher schon wieder melden. Er kann doch nicht ewig in der Versenkung bleiben.«

»Wohin könnte er sich gewandt haben?«

»Hast du eigentlich schon nachgeschaut, Biene«, fragte Knut, »ob und was er eingepackt hat? Daraus ließe sich ja vielleicht schon etwas ersehen.«

»Daran habe ich nicht gedacht«, gab Sabine zu. Gemeinsam gingen sie in das Schlafzimmer hinüber.

»Hatte er seinen Paß bei sich?« fragte Knut.

»Gewöhnlich liegt er in der Nachttischschublade.«

Knut quetschte sich zwischen dem Fußende der Betten und dem Schrank durch und untersuchte den Nachttisch, während Sabine die Schranktür öffnete und, zusammen mit ihrer Tochter, den Inhalt überprüfte. »Hier ist der Paß jedenfalls nicht«, verkündete Knut.

»Sein grauer Anzug fehlt«, stellte Sabine fest, »Hemden, Unterwäsche, die Schlafanzüge...«

»Na, siehst du!« Knut schob die Nachttischschublade zu und wartete, bis die Frauen den Durchgang am Schrank wieder freimachten. »Das beweist doch immerhin, daß er nicht in selbstmörderischer Absicht auf und davon ist. Wir brauchen uns also keine Sorgen um sein Leben zu machen.«

»Wenigstens etwas«, sagte Sabine mit einem Stoßseufzer.

»Hast schon recht, Biene.« Er klopfte ihr, ein wenig gönnerhaft, auf die Schulter. »Jetzt aber genug mit Spekulationen. Wir gehören alle drei ins Bett. Ich werde dir ein Beruhigungsmittel geben. Sag nicht, daß du das nicht nötig hast, ich sehe dir doch an, was mit dir los ist.« Er war jetzt ganz junger Arzt. »Brauchst du auch etwas, Ilo?«

»Ich fürchte, ich bin ein bißchen überdreht«, bekannte Ilona mit einem schwachen Lächeln.

»Dann sag deiner Mutter gute Nacht und komm mit!« Er beobachtete, wie sich die beiden Frauen flüchtig umarmten. »Leg dich schon nieder, Biene, ich bin gleich wieder da.«

Er ist doch ein guter Junge, dachte Sabine, während sie sich auszog, was habe ich eigentlich von ihm erwartet? Etwas, das er mir nicht geben konnte. Niemand kann mir helfen. Ich bin allein, und meine Welt ist zerstört. Ich muß damit fertig werden.

Der Einfall, selbst Rudolf Kienzel aufzusuchen und ihn zur Vernunft zu bringen, kam Knut ganz spontan, als er am nächsten Morgen auf dem Weg zum Kreiskrankenhaus war. Seine Gedanken hatten sich unentwegt mit dem Problem beschäftigt, wie das fehlende Geld ganz schnell aufzutreiben wäre. Sämtliche Freunde und Gönner hatte er vor seinem inneren Auge Revue passieren lassen, ohne jedoch zu einem Ergebnis zu kommen. Da fiel ihm Rudolf Kienzel ein. Unter normalen Umständen wäre er der erste gewesen, bei dem er eine Anleihe versucht hätte: Kienzel war ein alter Freund der Familie, besaß ein gutgehendes Geschäft, war Junggeselle und hatte keinerlei finanzielle Verpflichtungen, er würde am ehesten imstande sein, mit einer größeren Summe einzuspringen.

Es müßte doch möglich sein, mit ihm zu einer vernünftigen Regelung zu kommen. Wahrscheinlich, so dachte Knut, hatte seine Mutter, selbst übererregt, nicht die richtigen Worte gefunden. Ohne sich noch länger zu besinnen wechselte er die Richtung und bog in eine der Nebenstraßen des Maximiliansplatzes ein, in der Kienzels Laden und Wohnung lagen. Er würde zwar zu spät in die Klinik kommen und Dr. Kettners Mißfallen erregen, aber darauf kam es nun auch nicht mehr an. Mit einem Blick durch die leicht spiegelnde Schaufensterscheibe stellte er fest, daß Rudolf Kienzel hinter dem Verkaufstisch stand, ein harmloses Männchen und, wie ihm schien, durchaus nicht der Mann, um eine ganze Familie ins Unglück zu stürzen. Die Glocke über der Ladentür klingelte melodisch und erinnerte Knut an seine Kindertage, als er seinen Schulbedarf hier gedeckt und mehr als einmal eine kleine Zugabe ergattert hatte: ein paar bunte Murmeln, einen Kalender oder einen Bleistiftspitzer. So war sein Lächeln ganz echt, als er sagte: »Tag, Onkel Rudi! Fantastisch siehst du aus! Wie war's auf Teneriffa? Und eine neue Hilfe hast du auch, wie ich sehe.«

Das junge Mädchen, das eben dabei war, Briefpapierkartons auszuzeichnen, errötete und knickste sogar ein wenig. »Ich bin die Anny, die Stuffer Anny!«

»Sie sind nicht von hier, nicht wahr, Sie kommen vom Land. Darf ich raten? Aus Höhenmoos, Lauterbach, Tifling...«

»Grainbach«, sagte Anny, noch tiefer errötend.

»Dann haben Sie sicher noch kaum etwas von unserem vielgerühmten Riesberger Nachtleben gesehen! Wenn ich mich Ihnen als Fremdenführer...«

»Womit kann ich dienen?« unterbrach Kienzel diesen kleinen Flirt mit bewußter Schärfe.

Knut war gar nicht beeindruckt. Er stellte fest, daß Kienzel Ärmelschoner trug, und das bedeutete für ihn den Gipfel der Komik. Er grinste. »Entschuldige, wenn ich Fräulein Anny von der Arbeit abgehalten habe!« sagte er, keineswegs reuevoll. »Eigentlich bin ich nur gekommen, um dich zu sprechen.«

»Was willst du?«

»Das möchte ich dir lieber unter vier Augen erzählen.«

»Wie du siehst, habe ich zu tun.«

»Ich bitte dich, Onkel Rudi, nun mach aber mal halblang! Außer mir ist kein einziger Kunde hier, und wenn einer käme, würde das tüchtige Fräulein Anny bestimmt ohne dich fertig werden. Während du im Urlaub warst, hat der Laden doch auch geklappt – oder nicht?«

»Ich habe einfach keine Lust, mich mit dir zu unterhalten.«

»Ich aber um so mehr. Ehrlich, Onkel Rudi, wir sollten uns zu einem richtigen Männergespräch zusammensetzen.«

»Männergespräch? In meinen Augen bist du nichts als ein grüner Junge.«

Knut ließ nicht locker. »Du gehörst eben zu den Leuten, die nicht merken, wie die Kinder groß werden«, entgegnete er unbekümmert. »Nun hör auf, dich zu zieren! Ich habe dir einen Vorschlag zu machen, der dich sicher interessieren wird.« Er ging zwischen den Verkaufstischen durch und auf die Tür zu, die neben den Regalen zum Hinterzimmer führte; er war ganz sicher, daß Kienzel ihm folgen würde, und er hatte sich nicht verrechnet.

Aber sein Charme war verschwendet. »Dir wird deine Frechheit auch noch vergehen«, knurrte Kienzel.

»So, jetzt machen wir erst mal die Tür zu.« Knut zog sie hinter Kienzel fest ins Schloß.

»Aber dann kann ich nicht hören, wenn die Ladenklingel geht!« protestierte Kienzel.

»Anny wird dich schon holen, wenn dein Typ gefragt ist. Bei dem, was ich dir zu sagen habe, kann ich durchaus keine Mitwisser brauchen. Nun setz dich doch!«

Im Hinterzimmer, das Kienzel als Lager diente, stapelten sich Pakete, Packen, Kartons und Kisten nach einem System, das nur er selbst durchschaute. An den beiden kleinen Fenstern zum Hof gab es weder Vorhänge noch Gardinen; im Winter, bei früher Dunkelheit, wurden lediglich die Läden geschlossen. An der Decke hing eine nackte Glühbirne. Fast das einzige Möbelstück war ein schäbiger Schreibtisch, an dem Kienzel oder auch Anny die schriftlichen Arbeiten durchführten und auch kleinere Mahlzeiten zu sich nahmen. Hierhin dirigierte Knut den Besitzer und nahm auf einem der beiden Stühle Platz. »Hör zu«, begann er, »ich weiß, daß mein alter Herr dich um dein sauer erspieltes Geld gebracht hat, und glaub bloß nicht, daß ich ihn in Schutz nehmen will. Das Ganze ist, gelinde gesagt, eine Riesenschweinerei, und ich verstehe sehr gut, daß du jetzt absolut ... na, eben ... sauer bist.«

Kienzels Miene war nicht um eine Nuance freundlicher geworden. »Danke«, sagte er kurz, »aber deine Anteilnahme nützt mir nichts.«

Knut ließ sich nicht entmutigen. »Fluchen und Klagen aber ebenso wenig! Paß auf, ich mache dir einen wirklich brauchbaren Vorschlag. Das Geld ist futsch, das läßt sich nicht ändern ... aber tun wir doch einmal so, als wenn du es uns geliehen hättest, ja?«

»Dein Vater hat es gestohlen!«

»Ich weiß ja, ich weiß, Onkel Rudi! Aber wenn er dich gebeten hätte, es ihm zu leihen, hättest du es sicher getan ... Ich habe mir das genau überlegt, wenn einer sich das erlauben kann, dann bist du es!« Knut sprach jetzt hastig, um nicht unterbrochen zu werden. »Besonders, wenn er dir einen hohen Zinssatz geboten hätte ... sagen wir zwölf Prozent? Oder auch fünfzehn? So was zahlt dir keine Bank. Ich stelle dir eine Quittung aus, rückzahlbar innerhalb eines Jahres! Dabei machst du das Geschäft deines Lebens, Onkel Rudi!«

»Und woher willst du das Geld nehmen, um deine Schulden zu zahlen?«

»Laß das meine Sache sein, zerbrich dir nur darüber nicht deinen Kopf«, sagte Knut, der selbst noch keine Ahnung hatte, wie dieses Problem zu lösen war, großspurig.

»Das klingt gar nicht schlecht.« Kienzel rieb sich über das vorstehende Kinn.

»Na, siehst du!«

»Aber ich werde die Sache doch lieber auf meine Weise in Ordnung bringen. Misch dich nicht ein, Junge. Das ist eine Sache zwischen deinem Vater und mir. Er hat es mir gestohlen, und er wird es mir büßen.«

Knut stützte den Ellbogen auf den Schreibtisch. »Wenn du darauf spekulierst, Onkel Rudi, dann kannst du dein Geld genauso gut gleich in den Schornstein schreiben. Von meinem Vater kriegst du es nicht zurück. Der hat längst das Weite gesucht.«

Jetzt, zum erstenmal, zeigte sich Kienzel beunruhigt. »Was hat er?«

»Er ist auf und davon, wenn du das besser verstehst. Du hast also allen Grund, auf mein Angebot einzugehen.«

»Nein.«

»Aber nun hör mal...«

»Nein habe ich gesagt!« Kienzels Gesicht war kupferrot angelaufen, er sprang auf. »So kommt er mir nicht davon! Das könnte ihm so passen. Sitzt in der Schweiz und verpraßt mein Geld!«

»Aber, Onkel Rudi, das hat er doch gar nicht mehr!«

»Das will er uns weismachen, aber warum sollte ich das glauben? Zeig mir mal einen ehrlichen Betrüger! Er hat das Geld kassiert... vielleicht hat er sogar wirklich in Wiessee damit gespielt... aber er hat gewonnen! Ja, das ist es, gewonnen hat er! Und jetzt hat er sich abgesetzt! Wahrscheinlich mit einem Frauenzimmer... und lacht sich ins Fäustchen über meine Dummheit. Aber das werde ich ihm gehörig versalzen!«

»Onkel Rudi, bitte!« Auch Knut stand jetzt auf. »Das sind doch alles nur Hirngespinste... dafür hast du doch nicht die Spur eines Beweises.«

»Die werde ich mir beschaffen!« schrie Kienzel. »Interpol werde ich einschalten.«

Knut war völlig verwirrt von der überraschenden Wendung des Gesprächs; er vergaß alle diplomatische Vorsicht. »Du bist ja verrückt«, entfuhr es ihm.

»Das wagst du mir zu sagen? Du... du Sohn eines Verbrechers?!« Kienzel fuchtelte ihm mit den geballten Fäusten unter der Nase.

Noch einmal versuchte Knut einzulenken. »Ich wollte dich nicht beleidigen...«

»Hinaus mit dir! Hinaus!« brüllte Kienzel und riß die Tür zum Laden auf. »Daß du dich nie mehr hier blicken läßt, du, du verdammter Lümmel!«

Jetzt riß Knut die Geduld. »Soll ich dir mal sagen, was du bist?« gab er zornig zurück. »Ein kleinstädtischer Gartenzwerg! Ja, genau das! Rutsch mir doch mal den Buckel hinunter, du zu kurz geratener Diktator!«

Kienzel wollte ihm in den Magen boxen, aber Knut fing seine Faust ab und stieß ihn ohne besondere Anstrengung in eine Ecke, wo er im Fallen einen Stapel Pakete umriß. »Bestell deiner Mutter, die Anzeige ist schon unterwegs! Gesindel ihr! Ihr werdet noch was erleben!«

Ohne sich um Kienzels Geschrei zu kümmern, durchquerte Knut den Laden, tätschelte das entsetzte Fräulein Anny unter dem Kinn und sagte: »Herzliches Beileid, Kleine! Sollten Sie in Versuchung geraten, dem Alten Zyankali in die Suppe zu streuen, können Sie jederzeit mit mir als Entlastungszeugen rechnen!«

Sie mußte trotz ihres Schreckens lächeln. Er blinzelte ihr zu und trat auf die Straße. Obwohl sein Vermittlungsversuch völlig fehlgeschlagen war, fühlte er sich erheblich wohler als zuvor. Er hatte etwas unternommen, hatte getan, was er konnte – es war nicht seine Schuld, daß Kienzel sich so völlig uneinsichtig gezeigt hatte. Anscheinend war bei ihm eine Schraube locker, anders konnte er sich sein Verhalten nicht erklären. Er hatte also bereits Anzeige erstattet. Na, bitte. Dann viel Spaß. Sollten sich die alten Herren doch raufen. Im Grunde hatte Ilona ja recht: Riesberg war nicht die Welt. Wenn es sein mußte, würde er eben den Staub dieses Städtchens von den Füßen schütteln. Schon sechzig Kilometer weiter, in München, interessierte sich kein Mensch für das, was hier passierte. Das Ganze war eine typische blödsinnige Kleinstadttragödie.

Munter pfeifend marschierte Knut in Richtung Kreiskrankenhaus und überlegte, ob es ihm wohl heute gelingen würde, Schwester Ute zu verlocken, mit ihm auszugehen. Viel Zeit lassen durfte er sich damit jedenfalls nicht mehr. Sie war eine Opportunistin, und wenn sie erst mal erfuhr, was sein Vater angerichtet hatte, hatte er keine Chancen mehr. Sei's drum! Auch das würde er überleben ...

Anny war in das Hinterzimmer gestürzt, wo ihr Chef sich mühsam aus dem Berg heruntergepolterter Pakete hochrappelte.

»O mei, Herr Kienzel!« rief sie, »'s ist Ihnen doch nichts passiert!?« Sie eilte ihm zu Hilfe.

Aber da war er schon auf den Beinen und fuchtelte mit den Händen. »Dieser Rowdy!« tobte er. »Das wird er mir büßen! Einen Arzt ... die Polizei!«

Anny blieb unerschüttert stehen. »Wo tut's denn weh?«

»Mein Kopf! Ich muß eine Riesenbeule haben!«

Sie betrachtete ihn von allen Seiten. »Sehen tut man nichts. Ich kann Ihnen aber trotzdem einen kalten Umschlag machen!«

Er spuckte vor Wut. »Ich bin halbtot ... und Sie kommen mir mit einem kalten Umschlag! Die Polizei muß her... ein Arzt!« Er stürzte an ihr vorbei in den Laden zum Telefon.

Anny folgte ihm langsamer. »Ja, so geht's halt, wenn sich ein gestandener Mann mit einem jungen Burschen rauft. Da zieht er meist den kürzeren«, bemerkte sie philosophisch.

Kienzel hatte schon zu wählen begonnen, jetzt drückte er auf die Gabel. »Wollen Sie etwa behaupten, daß ich mit dem jungen Miller gerauft habe?«

»Ja«, sagte Anny ruhig, »Sie haben angefangen. Sonst hätte er Sie doch nicht in die Ecke geschmissen.«

»Er hat mich angegriffen!« Kienzel versuchte, seinen wütenden Ton beizubehalten, aber es klang nicht mehr echt; auch sein Gesicht hatte wieder seine normale Farbe angenommen. »Und überhaupt, Sie haben doch hier im Laden gestanden. Sie können gar nichts gesehen haben.«

»Wenn Sie ihn nicht angegangen hätten, hätte er Sie nicht geschmissen«, wiederholte Anny hartnäckig, »in Raufereien kenn' ich mich aus.«

Kienzel betastete seinen Hinterkopf. Nein, keine Beule. Es war wohl doch besser, die Polizei aus dem Spiel zu lassen. Vielleicht sah die den Sachverhalt auch so wie diese dumme Gans. Völlig unrealistisch natürlich. Aber auf keinen Fall durfte er riskieren, sich zum Gespött zu machen. Ja, wenn er diesen Rowdy umgelegt hätte, das wäre etwas anderes gewesen. »Fräulein Anny«, sagte er jetzt ruhig und überlegt, »ich muß noch einmal fort.« Er streifte sich die Ärmelschoner ab. »Sie wissen ja, was zu tun ist. Ich werde versuchen, so schnell wie möglich zurückzukommen, aber wenn ich es nicht schaffe, schließen Sie den Laden ab und werfen mir den Schlüssel oben in den Briefkasten.«

»Aber wo wollen Sie denn hin?« fragte die Anny mit naiver Neugier.

»Das«, erwiderte Kienzel herablassend, »wird Sie kaum interessieren. Also machen Sie's gut.« Er verließ den Laden durch das Hinterzimmer, von dem ein direkter Durchgang in den Hausflur führte.

Rudolf Kienzel besaß kein Auto und brauchte auch keines, weil sich sein Leben – abgesehen von den Urlaubsreisen, die er mit Vorliebe im Flugzeug unternahm – im engen Kreis zwischen Wohnung, Laden und *Goldenem Löwen* abspielte. Vertreter und Kunden kamen zu ihm, das beste Kino von Riesberg, das *Atrium,* lag am Maximiliansplatz, keine drei Minuten weit entfernt, und wenn er in die Familie einer seiner Stammtischbrüder eingeladen war, ließ er sich von ihm abholen und fuhr später – um auch den Gastgeber nicht um das Vergnügen sorglosen Trinkens zu bringen – mit dem Taxi nach Hause.

Ein eigenes Auto hätte nur eine Belastung für ihn bedeutet, und doch, es wurmte ihn, daß er keines hatte. Zwar machte er sich über die Autoleidenschaft seiner Freunde lustig und gefiel sich am Wirtshaustisch in der Rolle des überlegenen, von Prestigedenkens ungekränkelten Geistes. Aber im Straßenverkehr fühlte er sich als Fußgänger deklassiert.

Er pflegte sich zu rächen, indem er möglichst langsam über die Zebrastreifen ging, wenn er sie überhaupt benutzte und nicht lieber die Fahrbahn an irgendeiner unübersichtlichen Stelle schräg überquerte, überzeugt davon, daß niemand es wagen würde, ihn anzufahren. Er liebte es, wenn jemand seinetwegen plötzlich bremsen mußte und das Auto gerade noch kurz vor ihm zum Stillstand brachte. Die auf einen solchen Zwischenfall folgenden Belehrungen oder Beschimpfungen genoß er geradezu und zahlte sie in gleicher Münze zurück. Aber heute begab er sich zielstrebig zum Bahnhof. Er wollte nach Traunstein zum Landgericht, und das war eine jener seltenen Gelegenheiten, wo er ein eigenes Auto vermißte. Auf der Autobahn hätte er nur eine knappe Stunde gebraucht. Zwar dauerte die Fahrt mit der Eisenbahn auch nicht viel länger, aber es kam darauf an, wann er einen Zug erwischte.

Zum hundertstenmal beschloß Kienzel, sich endlich ein Auto zu kaufen. Er konnte es sich ja leisten, auch ohne den Lottogewinn, der ihm durch die Lappen gegangen war. Und den Führerschein würde er auch noch schaffen, spielend; er brauchte sich ja nur vorzustellen, wieviel geistig unterbelichtete Menschen sich ans Steuer zu setzen wagten.

Kienzel hatte Glück. Er erreichte den Eilzug, Ankunft 9 Uhr 35 von München, Abfahrt 9 Uhr 40 und traf 10 Uhr 30 in Traunstein ein. Vom Bahnhof aus ging er zu Fuß zum Landgericht. Es fiel ihm nicht leicht, sich in dem großen alten Gebäude zurechtzufinden, er war erst zweimal hier gewesen, bei seiner Scheidung, und dann vor vier Jahren, als Zeuge in einer Verkehrsstrafsache. Nachdem er die große Plantafel im Erdgeschoß studiert hatte, wandte er sich an den Pförtner, einen silberhaarigen alten Mann, der selbst Aussehen und Würde eines Richters zeigte. Der verwies ihn an Staatsanwalt Osterkamm. Dritter Stock, ganz am Ende des Ganges, Zimmer 317.

Als er den einfach und sachlich, eher schäbig eingerichteten Raum mit dem altmodischen Rollschrank betrat, glaubte er im ersten Augenblick, sich geirrt zu haben. Der Mann hinter dem zerkratzten Schreibtisch glich so gar nicht der Vorstellung, die er sich bislang von einem Staatsanwalt gemacht hatte; er war jung, höchstens Anfang Dreißig, hatte einen hübsch gewellten goldbraunen Bart und trug einen ganz gewöhnlichen grauen Straßenanzug. »Nächste Tür links«, sagte der junge Mann und wies mit dem Pfeifenstiel in die angegebene Richtung.

»Sind Sie denn nicht Staatsanwalt Osterkamm?«

»Doch. Aber die Anmeldung ist eine Tür weiter.«

Kienzel drückte die Brust heraus. »Muß ich in die Anmeldung? Der Pförtner hat mich zu Ihnen geschickt.«

Der Staatsanwalt grinste. »Ach so, der alte Habermus ... na, der wird es wohl wissen. Setzen Sie sich.« Er wies, wieder mit dem

Pfeifenstiel, auf den Stuhl vor dem Schreibtisch. »Womit kann ich Ihnen helfen?«

»Ich bin betrogen worden. Um fünfundzwanzigtausend Mark.«

»Hm, hm.« Der Staatsanwalt klopfte seine Pfeife am Rande des Aschenbechers aus. »Und waren Sie schon bei der Polizei?«

»Dazu brauche ich keine Polizei. Der Fall liegt klar. Der Täter ist geständig.«

»Sie haben also schon eine gütliche Einigung versucht?«

Kienzels großer Kopf lief rot an. »Eine gütliche Einigung? Es handelt sich um ein Verbrechen!«

»Es wird Ihnen doch, nehme ich an, in erster Linie darum gehen, zu Ihrem Geld zu kommen!«

»Nein, ganz und gar nicht. Ich will Gerechtigkeit!«

Staatsanwalt Osterkamm wurde unruhig. »Das müssen Sie mir schon ein bißchen näher erklären.«

»Ihnen? Sie als Staatsanwalt wissen doch: *fiat justitia pereat mundus!*«

»Die Welt mag untergehen, wenn nur Recht Recht bleibt«, wiederholte der Staatsanwalt nachdenklich, »das ist ein großes Wort, finden Sie nicht auch? Und es paßt nicht mehr in unsere Zeit. Wir alle sind doch bereit, manches Unrecht durchgehen zu lassen, wenn nur die Welt bestehen bleibt. Das ist doch heute das Allerwichtigste geworden.«

Kienzel saß kerzengerade mit steifem Rücken. »Da bin ich absolut nicht Ihrer Meinung, Herr Staatsanwalt. Ich will, daß der Mann, der mich um mein Geld gebracht hat, bestraft wird.«

Osterkamm seufzte und legte die kalte Pfeife aus der Hand. »Wie Sie wollen. Dann sagen Sie mir mal erst mal Ihren Namen ... Namen und Adresse, bitte.« Er holte ein Formblatt aus der Schublade und schrieb: »Und jetzt den Namen des mutmaßlichen Täters ... und nun den Vorgang, bitte.« Er machte sich Notizen. Als Kienzel fertig war, legte der Staatsanwalt den Kugelschreiber aus der Hand und griff wieder nach seiner Pfeife. »Ich kann Ihren Ärger verstehen, Herr Kienzel. Fünfundzwanzigtausend Mark sind kein Pappenstiel ... Dazu die Enttäuschung über den Freund, der Ihr Vertrauen mißbraucht hat. Denn er ist oder war doch jedenfalls Ihr Freund, nicht wahr?« Kienzel knurrte nur. »Und doch sicher von Haus aus kein Gauner, sonst hätten Sie sich doch nicht mit ihm zusammengetan!«

»Ob er ein Gauner ist oder nicht, merkt man immer erst zu spät! Ich habe es gemerkt, als das Geld futsch war.«

»Dieser Mann ...« Staatsanwalt Osterkamm sah auf seine Notizen, »Arnold Miller ... kann doch nicht ganz mittellos sein? Ich nehme an, er geht einem Beruf nach.«

»Buchhalter. Er war Buchhalter. Aber jetzt hat er es ja nicht mehr nötig. Er sitzt in der Schweiz und lacht sich ins Fäustchen. Vielleicht ist er auch schon anderswohin unterwegs, in ein Land, das nicht ausliefert. Mexiko? Darüber weiß unsereins ja nicht Bescheid.«

»Mit fünfundzwanzigtausend? Da wird er aber nicht weit kommen.«

»Er hat gespielt. Mit meinem Geld hat er gespielt, Herr Staatsanwalt! Das hat er ja selbst zugegeben. Und das Doppelte im Roulette zu gewinnen, ist ja nicht schwer mit ein bißchen Glück! Ich kenne da ein System... und das habe ich ihm sogar erklärt! Ich Trottel! Ich dachte, wir könnten mal zusammen...«

»Lassen wir mal alle Spekulationen beiseite und kehren wir auf den Boden der Tatsachen zurück.« Staatsanwalt Osterkamm klopfte mit dem Pfeifenkopf auf den Schreibtisch. »Sie haben nach Ihrer Rückkehr aus dem Urlaub den Betrug entdeckt, Miller zur Rede gestellt, und er hat gestanden. War es so?«

»Ja. Er behauptete, er habe das Geld verspielt. In Bad Wiessee. Damals glaubte ich ihm das noch. Aber heute stürmte Knut, Knut Miller, sein Sohn, in meinen Laden, schlug mich zusammen...«

»Moment mal... was tat er?«

»Er versuchte mich zu bewegen, seinen Vater nicht anzuzeigen. Bedrohte mich... wurde tätlich!«

»Er hat Sie geschlagen?»

»Gegen die Wand geschmettert hat er mich. Meine Ladenhilfe, Fräulein Anny Stuffer, kann es bezeugen.« Aber schon als er den Namen aussprach, wurde ihm bewußt, daß er zu weit gegangen war. »Das aber nur ganz privat«, fügte er hastig hinzu, »wir wollen den jungen Mann nicht unglücklich... ich meine, ich möchte keine Affäre daraus machen.«

»Und das war heute morgen?« Der Staatsanwalt sah Kienzel prüfend an, registrierte das blütenweiße, glatte Hemd, die tadellose Krawatte, die gesunde Gesichtsfarbe.

»Wie gesagt, ich möchte kein großes Geschrei deswegen machen«, versicherte Kienzel rasch. »Ich habe den Zwischenfall überhaupt nur erwähnt, weil Knut mir bei dieser Gelegenheit sagte, daß sein Vater fort sei... daß mir eine Anzeige also gar nichts nütze, weil ich sowieso keinen Pfennig von ihm zu erwarten habe. Deshalb bin ich sofort hierher gefahren.«

»Das verstehe ich nicht ganz.« Staatsanwalt Osterkamm nahm die Pfeife zwischen beide Hände, als wenn er sie zerbrechen wollte. »Was versprach sich der junge Mann von dieser Mitteilung?«

»Er wollte mich dahin bringen, keine Anzeige zu erstatten.«

»Dann müßte er Ihnen doch irgendein Angebot gemacht haben. Erbot er sich etwa, aus eigenem Kapital für den Vater aufzukommen?«

Kienzel wand sich. »Ja, das könnte man sagen!«

»Und Sie haben diesen Vorschlag nicht angenommen?«

»Herr Staatsanwalt, wie oft soll ich es wiederholen? Ich will kein Geld, ich will, daß Arnold Miller seine gerechte Strafe bekommt.«

»Sie sind sich da ganz sicher, Herr Kienzel? Denn wenn Miller verurteilt wird, darüber müssen Sie sich klar sein, wird er es schwer haben, wieder eine Anstellung zu bekommen... und schon gar als

Buchhalter! Er wird Ihnen das Geld nicht mehr zurückerstatten können, und die Familie wird auch kein Interesse mehr daran haben.«

»Ich will, daß er bestraft wird.«

»Na schön.« Staatsanwalt Osterkamm stand auf. »Dann wollen wir mal ein Protokoll aufsetzen.«

»Aber wir dürfen doch nicht noch mehr Zeit verlieren!« protestierte Kienzel. »Stellen Sie einen Haftbefehl aus! Der Lump darf doch nicht mit meinem Geld nach Mexiko verschwinden.«

»Immer eins nach dem anderen.« Der Staatsanwalt öffnete die Tür zum Nebenzimmer. »Bitte, kommen Sie doch mal, Herr Gruber!« Zu Kienzel gewandt: »Vorläufig wissen wir doch noch gar nicht, ob er wirklich flüchtig ist. Vielleicht hat sein Sohn gelogen. Oder vielleicht haben Sie ihn nur schlecht verstanden!«

»Aber das können Sie doch sehr leicht feststellen! Rufen Sie die Zeltner-Werke an, erkundigen Sie sich, ob er zur Arbeit erschienen ist!«

Gruber, ein dünner, glatzköpfiger junger Mann erschien auf der Schwelle. Staatsanwalt Osterkamm fuhr sich mit der gespreizten Hand durch seinen Bart. »Haben Sie die private Telefonnummer von diesem Miller, Herr Kienzel... ja? Dann geben Sie sie dem Justizangestellten bekannt, und, Herr Gruber, Sie prüfen nach, ob das in Ordnung ist, und verbinden mich dann!«

Sabine stand in der Küche und starrte in den spätsommerlichen Garten hinaus. Es war ein klarer, sonniger Tag, und doch lag schon etwas Herbstliches in der Luft. Die Rosen standen noch in voller Blüte. Sie hätten nur wieder geschnitten werden müssen. Aber dazu konnte Sabine sich nicht aufraffen. Es schien ihr verrückt in dieser Situation, ganz und gar unpassend. Arnold auf der Flucht – wußte er denn wohin? – und sie im Garten bei ihren Rosen, als wenn nichts geschehen wäre. Nein, das ging einfach nicht, war unmöglich.

Dabei hatte sie einmal gedacht, daß die Freude am Garten ihr immer bleiben würde, ja, sie hatte ihn sich eigentlich deshalb so sehr gewünscht, weil er ihrem Leben Sinn und Inhalt geben sollte, wenn die Kinder einmal aus dem Haus sein würden. Und nun war er ihr fast gleichgültig geworden. Und wie hatte es sie geschmerzt, als die Zwillinge ihre Dahlien geköpft hatten! Sie hatte an sich halten müssen, um keine Szene zu machen, ja sie hatte Tränen vergossen, nur wegen der Blumen. Sie konnte sich noch daran erinnern, aber sie konnte sich nicht mehr mit der Person von damals – damals, es war ja erst wenige Wochen her! – identifizieren.

Als das Telefon in der Diele klingelte, stürzte sie los. »Hier Miller«, meldete sie sich mit raschem Atem, gewärtig, im nächsten Augenblick ihren Mann zu hören. Aber die Stimme am anderen Ende der Leitung war jung und unpersönlich. »Staatsanwaltschaft Traunstein... ich verbinde!« Es war so schwer, mit der Enttäuschung fertig zu werden, daß Sabine zuerst gar nicht begriff, was dieser Anruf zu bedeuten hatte.

»Staatsanwalt Osterkamm. Spreche ich mit Frau Miller?«

»Ja... ja...«

»Könnte ich wohl Herrn Arnold Miller sprechen?«

»Nein, nein, das geht nicht...«

»Ist er im Büro?«

Sabine war nahe daran, diese Frage zu bejahen; gerade noch rechtzeitig fiel ihr ein, daß nichts dabei geholfen wäre, wenn der Staatsanwalt jetzt auch noch versuchen würde, Arnold bei den Zeltner-Werken zu erreichen.

»Nein, er ist... krank ist er«, stammelte sie und merkte, was für eine schlechte Lügnerin sie war.

»Vielleicht könnten Sie ihn mir doch an den Apparat rufen?«

»Nein, das ist ganz unmöglich, er liegt ja im Bett!« – Das klang schon besser.

»Dann werde ich einen Beamten vorbeischicken«, sagte der Staatsanwalt.

»Nein, bitte, das geht nicht!« protestierte Sabine. »Er hat Fieber. Es ist ansteckend...«

»Frau Miller«, sagte der Staatsanwalt sanft, »ich verstehe, daß Sie jetzt aufgeregt sind..., daß Sie versuchen, Ihren Mann zu schützen. Ich mache Ihnen keinen Vorwurf daraus. Aber es hat keinen Zweck. Sie bereiten nur sich selbst Schwierigkeiten. Seien Sie also vernünftig, und geben Sie zu, daß Ihr Mann nicht da ist.« Sabine schwieg. »Er ist fort, nicht wahr?« bohrte die sanfte Stimme hartnäckig weiter.

»Ja«, sagte Sabine.

»Seit wann?«

»Seit gestern abend. Gestern nacht.«

»Und wo hält er sich auf?«

»Das weiß ich nicht.«

»Wissen Sie wenigstens, wohin er sich gewandt hat?«

»Nein.«

»Wohin er sich gewandt haben könnte?«

»Nein.«

»Dann geben Sie mir, bitte, Autonummer und Autotyp bekannt...« Sabine tat es. »Danke. Ich werde jetzt gleich einen Beamten zu Ihnen schicken, dem Sie beschreiben können, was er anhatte und was er mitgenommen hat. Wahrscheinlich haben Sie auch ein Foto von ihm?«

»Nein, nein, bitte nicht!«

Der Staatsanwalt verstand. »Einen Beamten in Zivil«, sagte er, »wir wollen Ihnen keine unnötigen Schwierigkeiten machen. Ich nehme an, daß Ihr Mann sich früher oder später bei Ihnen melden wird.«

»Ja, ich dachte eben schon...«

»Wenn er das tut, Frau Miller, dann versuchen Sie herauszubekommen, wo er sich zur Zeit aufhält, und verständigen Sie dann schleunigst mich, Staatsanwalt Osterkamm vom Landgericht Traunstein, oder die nächste Polizeidienststelle. Mit seiner Flucht tut er sich keinen Gefallen. Vielleicht können Sie ihn sogar dazu bringen, daß er sich freiwillig stellt. Das wäre noch besser. In seinem Sinne.«

»Ich werde es versuchen.« Sabine legte den Hörer auf und sank auf den Garderobenhocker. Sie war einer Ohnmacht nahe.

Die Beamten kamen eine Stunde später, als Sabine in der Küche stand und Salat für das Mittagessen putzte. Sie war jetzt schon so nervös, daß sie erst ins Wohnzimmer stürzte und auf die Straße schaute, was ihr früher nie in den Sinn gekommen wäre. Als sie das Auto sah, einen ganz gewöhnlichen blauen Volkswagen ohne polizeiliche Embleme, wußte sie sofort Bescheid. Sie lief in die kleine Diele, zog die Schürze ab, hängte sie an die Garderobe und öffnete die Haustür. Wenn sie nicht Polizisten erwartet hätte, hätte sie beide Herren für Reisende halten können, so unauffällig sahen sie aus, so freundlich grüßten sie und so sorgfältig streiften sie die Schuhe ab. Der Ältere war braungebrannt, als sei er gerade eben erst aus dem Urlaub gekommen, der andere war mehr als zwanzig Jahre jünger und um einen halben Kopf größer, wirkte aber unsicher, als sei er zum ersten Male an einem solchen Unternehmen beteiligt und empfinde es noch als peinlich.

»Wir kommen aus Traunstein«, sagte der Ältere und zog eine Marke. »Kriminalinspektor Kramer.«

»Ja, ich weiß.« Sabine hatte es eilig, die Männer hereinzulassen. »Staatsanwalt Osterkamm hat mich angerufen.«

»Dann wissen Sie also, daß es sich um Ihren Mann handelt?«

»Ja. Wollen Sie nicht ablegen?«

»Nein, danke«, sagte der Inspektor.

Sabine ließ sie ins Wohnzimmer, weil im Gartenzimmer schon der Mittagstisch gedeckt war.

Der junge Kriminalbeamte hielt seine Augen unverwandt auf den Älteren gerichtet, als erwarte er sich von ihm eine Erleuchtung. Sein Vorgesetzter sah sich mit dem Blick eines Mannes um, der imstande ist, das Mobiliar eines Zimmers in allen Einzelheiten in Sekundenschnelle zu registrieren. Er knüpfte sich den Regenmantel auf, sein Kollege tat das gleiche. Sie setzten sich erst, als Sabine sie dazu aufforderte. Dabei geriet Kriminalinspektor Kramer auf Arnolds Fernsehsessel. »Bequem«, sagte er anerkennend, »sehr bequem.«

»Wenn Sie sich zurücklehnen, sinkt die Lehne nach hinten«, erklärte Sabine, »und die Fußstütze geht hoch.«

Er probierte es sofort. »Ist ja großartig!«

»Ein amerikanisches Patent.«

»Muß ich mir direkt mal überlegen, ob ich mir so etwas nicht auch zulege.«

Sabine zitterte innerlich. An nichts war sie im Augenblick weniger interessiert als an einer Debatte über Fernsehsessel. Aber sie wagte es nicht, den Kriminalinspektor an den Zweck seines Besuches zu erinnern. Sie empfand sein Verhalten als sadistisch, hielt es aber dennoch nicht für ausgeschlossen, daß er sie auf diese Weise beruhigen wollte. Kriminalinspektor Kramer nahm sich Zeit. Er ließ erst noch seinen jüngeren Kollegen den Sessel ausprobieren, wollte den Preis wissen, die Firma, den Laden, wo Millers ihn gekauft hatten, und machte es sich dann wieder selbst bequem.

»Darf ich Ihnen etwas zu trinken anbieten?« fragte Sabine.

»Nein, danke«, sagte der junge Beamte; es war das erste Mal, daß er etwas sagte.

»Vielleicht sollten Sie selbst einen Schluck nehmen«, meinte der Kriminalbeamte, »das beruhigt.«

Sabine preßte die Handflächen gegeneinander. »Ich weiß, daß ich nervös bin. Aber das ist kein Zeichen von schlechtem Gewissen. Ich habe nur noch nie etwas mit der Polizei zu tun gehabt!«

»Das ist kein Grund, nervös zu sein, Frau Miller. Gegen Sie liegt doch gar nichts vor. Es handelt sich lediglich um Ihren Mann.«

Sabine setzte sich kerzengerade. »Sind Sie wirklich so weltfremd, Herr Kriminalkommissar...«

»Kriminalinspektor!«

Sie ließ sich nicht unterbrechen. »Wenn mein Mann etwas getan hat, so trifft das doch auch mich, unsere Kinder, die ganze Familie! Und wenn er verurteilt wird, dann leiden wir doch alle darunter!«

Der Kriminalinspektor blieb gelassen. »Soweit ist es aber noch lange nicht. Wir sind auch gar nicht hier, um den Fall zu untersuchen, das heißt, wenn Sie etwas darüber wissen, können Sie es uns natürlich sagen. Aber ich muß Sie auch darauf aufmerksam machen, daß Sie nicht auszusagen brauchen.«

»Ich weiß von der ganzen Sache nur, was mein Mann mir erzählt hat.«

»Eingeweiht hat er Sie also?«

Eben noch hatte sie dem freundlichen Kriminalinspektor fast vertraut; jetzt aber merkte sie, daß er ihr eine Falle stellen wollte. »Erst hinterher«, sagte sie, »als das Geld weg war und Kienzel anders reagierte, als er erwartet hatte.« Trotzig warf sie den Kopf in den Nacken. »Da gestand er mir, daß er das Geld verspielt hatte und daß Kienzel ihn anzeigen wollte. Ich fuhr dann sofort zu ihm hin, um ihn... um Kienzel... umzustimmen, und als ich zurückkam, war er fort.«

»Er hat Ihnen doch sicher einen Brief hinterlassen?« fragte der junge Beamte.

»Ja.«

»Können wir den mal sehen?«

»Ich habe ihn fortgeworfen«, mußte Sabine zugeben.

»Das ist aber schade«, sagte der Kriminalinspektor.

»Warum haben Sie ihn fortgeworfen?« wollte sein Begleiter wissen.

»Ich weiß es nicht.« Sabine biß sich auf die Unterlippe.

»Haben Sie diesen Brief...«, begann Kriminalinspektor Kramer.

Sabine ließ ihn nicht aussprechen. »Es war gar kein Brief. Nur ein Zettel. Aus einem Notizbuch gerissen.«

»Haben Sie diese Botschaft – denn eine Botschaft war es wohl doch – Ihren Kindern gezeigt?« fragte der Kriminalinspektor. »Irgend jemandem?«

»Nein.«

»Wann haben Sie Ihren Kindern gesagt, was passiert ist?«

»Knut und Ilona, als sie heimkamen. Torsten lebt in München, er weiß es bis jetzt noch nicht, und Sven... das ist unser Jüngster... habe ich auch noch nichts gesagt.«

»Als sie heimkamen? Das war doch wohl in der Nacht, als Ihr Mann Sie verlassen hat, nicht wahr?« fragte der junge Beamte.

»Gestern nacht, ja.«

»Da hatten Sie den Zettel schon vernichtet?«

»Ich weiß es nicht«, konnte Sabine nur wieder sagen.

»Warum nicht?«

»Ich habe es eben getan. Warum?... Darüber habe ich gar nicht nachgedacht.«

»Jetzt hören Sie mir mal gut zu, Frau Miller«, Kriminalinspektor Kramer, der bisher bequem ausgestreckt in dem Fernsehsessel mehr gelegen als gesessen hatte, stellte jetzt die Beine auf den Boden und richtete sich auf, »wir werden Sie nicht fragen, was auf diesem Zettel gestanden hat, denn Sie können uns wer weiß was erzählen, ohne daß wir eine Möglichkeit haben, es zu kontrollieren! Und außerdem, das habe ich Ihnen ja bereits klarzumachen versucht, brauchen Sie nichts auszusagen, was Ihren Mann belasten könnte.«

»Aber wieso denn?« rief Sabine. »Darum handelt es sich doch gar nicht. Was könnte er denn schon Belastendes geschrieben haben?«

»Fällt Ihnen gar nichts ein? Wirklich nicht?« Kriminalinspektor Kramer gab sich jetzt wieder gutmütig. »Dann will ich Ihnen nachhelfen. Vielleicht hat er geschrieben: Halte es für richtig, mich jetzt schon abzusetzen. Erwarte mich...«, er strich sich über das Kinn, »...am verabredeten Treff. Überstürze nichts, sei vorsichtig!«

Sabines blaue Augen waren kindlich groß geworden. »Das soll er mir geschrieben haben? Das nehmen Sie also an? Aber das wäre doch heller Wahnsinn!«

»Wieso denn? Kann ich gar nicht finden. Ich gehe dabei natürlich von der Voraussetzung aus, daß er Sie liebt. Also wird er sich doch nicht mit dem Geld in Sicherheit bringen und Sie im Stich lassen.«

»Er hat das Geld doch gar nicht mehr, Herr Kriminalinspektor! Deshalb ist er ja fort!«

»Ohne Geld? Wovon will er denn da leben? Ich sehe den Sinn nicht.«

»Er hofft, daß Kienzel Mitleid mit uns haben und keine Anzeige erstatten wird, wenn er nicht mehr hier ist.«

»Das hat er also geschrieben?«

»Ja. So ähnlich jedenfalls.«

Sabine hielt dem Blick des Inspektors stand; sie wollte nicht zugeben, daß Arnold bereit war, sie Kienzel zu opfern, nur um ihn milde zu stimmen.

»Demnach haben Sie also Kienzel sofort angerufen«, fragte der junge Beamte, »um ihm mitzuteilen, daß Ihr Mann fort ist?«

»Nein«, sagte Sabine und sah immer noch den Kriminalinspektor an.

»Und würden Sie uns vielleicht auch erklären, warum nicht?«

»Weil ich ja gerade von Kienzel kam und erlebt hatte, wie unerbittlich er ist. Ich hatte die Gewißheit gewonnen, daß mein Mann Kienzel völlig falsch eingeschätzt hat. Er hat Kienzel für einen enttäuschten Freund gehalten. Tatsächlich muß er schon seit vielen Jahren einen tiefen Haß gegen meinen Mann gehegt haben.«

»Frau Miller...«, wollte der junge Beamte beginnen.

Kriminalinspektor Kramer winkte ab. »Lassen wir das, es bringt uns nicht weiter. Kehren wir zum eigentlichen Thema zurück: Ihr Mann hat Ihnen nicht gesagt, wohin er sich wenden wollte?«

»Nein.«

»Auch nicht geschrieben?«

»Nein!«

»Sie können es sich auch nicht vorstellen?« Noch ehe Sabine antworten konnte, fügte der Kriminalinspektor hinzu: »Frau Miller, diese Flucht Ihres Mannes ist eine große Dummheit. Egal, ob er das Geld versteckt oder verspielt hat, darauf will ich jetzt gar nicht eingehen; durch seine Flucht hat er die Situation bestimmt nicht verbessert. Sie glauben jetzt vielleicht noch, er kann das durchhalten. Ich sage Ihnen: er kann es nicht. Mag sein, daß uns manche Verbrecher durch die Lappen gehen... aber das sind gewitzte Burschen mit verzweigten Verbindungen zur Unterwelt. Ihr Mann dagegen...« Er machte eine Pause, um Luft zu holen.

»Das alles brauchen Sie mir gar nicht zu erzählen«, warf Sabine ein, »das weiß ich selbst. Er ist auch bestimmt nicht mit klarem Verstand auf und davon..., sondern er war in einer gewissen Panik.«

»Es liegt in Ihrem eigenen Interesse, daß wir ihn so schnell wie möglich finden«, behauptete der junge Beamte.

Das sehe ich zwar nicht ein, hätte Sabine beinahe gesagt, unterdrückte aber diese Bemerkung gerade noch.

»Wollen Sie uns helfen?« drängte der Kriminalinspektor.

»Wie denn?«

»Überlegen Sie, wohin Ihr Mann gefahren sein könnte!«

»Meinen Sie, ich hätte das nicht schon getan?«

»Na und?«

»Es ist mir nichts eingefallen.«

Der Kriminalinspektor seufzte. »Dann fangen wir es mal anders an. Beschreiben Sie uns Ihren Mann!« Sein junger Kollege zückte ein Notizbuch und einen Bleistiftstummel.

»Wie groß?« fragte der Kriminalinspektor. »Wie schwer? Und so weiter und so fort!«

»Einssechsundsiebzig«, sagte Sabine, »etwa achtzig Kilo schwer, leichter Bauchansatz, schwarzes Haar, Geheimratsecken... braune Augen, dunkle Hornbrille...«

»Kurzsichtig?«

»Ja. – Er hat einen ziemlich vollen Mund... volle Unterlippe«, fuhr Sabine fort, »kräftige Nase... also sonst weiß ich nichts.«

»Besondere Kennzeichen?«

»Eine Blinddarmnarbe. Falls das ein besonderes Kennzeichen ist.«

»Können wir ein Foto haben?«

Sabine stand auf und holte ein Album, das mit grüner Lederimitation gebunden war, aus einem unteren Fach der Nußbaumwohnwand. Kriminalinspektor Kramer nahm es ihr aus der Hand und schlug es von hinten auf. »Ist er das?« fragte er. Er zeigte auf ein Foto, das Arnold in Hemd und Hose, einen Kricketschläger schwingend, auf dem kleinen Rasen hinter dem Haus zeigte. Er wirkte darauf so ahnungslos unbekümmert, daß es Sabine weh tat. Sie konnte nur nicken.

»Es ist ziemlich scharf.« Ohne um Erlaubnis zu bitten, riß der Kriminalinspektor es heraus.

Sein junger Kollege war hinter ihn getreten. »Das hier!« Es war ein Brustbild Arnolds, auf dem er in Halbprofil zu sehen war, Tee trinkend auf der Loggia. Auch das nahm der Kriminalinspektor an sich. »Leben seine Eltern noch?«

»Nein.«

»Sonstige Verwandte?«

»Eine Schwester, Ethel Miller.«

»Unverheiratet«, konstatierte der Kriminalinspektor. »Lebt sie allein?«

»Ja.«

»Geben Sie mir, bitte, ihre Adresse!«

»Aber wozu?« protestierte Sabine. »Ethel weiß von der ganzen Geschichte überhaupt nichts...«

»Gerade deshalb könnte er sie überredet haben, ihn bei sich zu verstecken.«

»Hier in Riesberg?«

»Es ist alles schon vorgekommen.«

Sabine gab sich geschlagen; sie wußte ja, daß die Beamten Ethel auch ohne ihr Hilfe hätten ausfindig machen können. Danach mußte sie die Adressen sämtlicher, auch der entferntesten Verwandten angeben. Der junge Mann schrieb alles auf.

»Nun seine Freunde«, sagte der Kriminalinspektor, »Schulkameraden. Kameraden vom Barras.«

Sabine war entsetzt. »Aber Sie können doch nicht zu Menschen, mit denen er seit Jahren nichts zu tun hat, einfach hingehen und...«

»Können wir nicht nur, sondern müssen wir«, erklärte Kriminalinspektor Kramer. »Was glauben Sie, würde man uns erzählen, wenn sich herausstellt, der Flüchtige ist bei einem alten Freund untergeschlüpft? Und wir haben da nicht einmal nach ihm gefragt.«

»Aber das bedeutet doch ...« Sabine zog an ihren Fingern, daß sie knackten, »... daß alle Welt erfährt, daß er etwas angestellt hat?«

»Ja, eben. Leider.« Der Kriminalinspektor blieb völlig ungerührt. »Deshalb sagte ich Ihnen ja vorhin, es liegt in Ihrem eigenen Interesse, daß er so bald wie möglich gefunden wird.«

»Oh, mein Gott!«

»Nun regen Sie sich nur nicht auf ... lange kann das ohnehin nicht dauern, wie wir alle wissen.«

»Überlegen Sie lieber mal«, sagte der junge Beamte, »ob Sie nicht eine Idee haben, wohin er sich gewandt haben könnte ... irgendeinen Anhaltspunkt! Sie kennen ihn doch, wir nicht. Gibt es jemanden, zu dem er großes Vertrauen hat? Oder der ihm Dank schuldet? Eine Landschaft, die ihm etwas bedeutet?«

»Er wollte immer mal nach Spanien«, sagte Sabine, »davon hat er geträumt. Wir wollten es wahrmachen, aber immer kam was dazwischen ... das Haus, die Kinder ...«

Überraschend wechselte Kriminalinspektor Kramer das Thema. »Jetzt noch eine Bitte, Frau Miller. Wir haben keinen Hausdurchsuchungsbefehl. Dürften wir uns trotzdem etwas bei Ihnen umsehen? Wir werden keine Unordnung machen.«

»Aber was wollen Sie denn finden?«

»Anhaltspunkte über den Verbleib Ihres Mannes. Ist das sein Schreibtisch?«

»Ja.« Sabine hätte es ihnen liebend gern verwehrt, in ihrem Haus herumzuschnüffeln, und sie wußte auch, daß sie das Recht dazu besaß. Aber was hätte es genutzt? Ihr Widerstand hätte auf die beiden doch nur aufreizend gewirkt. Sie hätten sich eingebildet, daß sie etwas vor ihnen verborgen hielt und hätten sich einen Durchsuchungsbefehl besorgt. Sie hätte also höchstens eine halbe Stunde Zeit gewonnen – und damit war ihr nicht geholfen. »Sehen Sie ruhig nach«, sagte sie, »sollte mich wundern, wenn Sie irgend etwas von Interesse fänden.«

Plötzlich fiel ihr ein, daß sie gar keinen Grund hatte, ihrer Sache so sicher zu sein. Sie selbst hatte ja seit dem Umzug nicht mehr in diesen Schreibtisch gesehen, denn Arnold liebte es nicht, wenn sie das tat. Er konnte furchtbar wütend werden, wenn er glaubte, daß irgend etwas berührt oder auch verschoben worden war. Bisher hatte sie das immer nur ziemlich komisch gefunden. Jetzt überfiel es sie siedendheiß: wenn er nun einen handfesten Grund für diese Geheimnistuerei gehabt hatte? Sie errötete und war froh, daß die beiden Männer voll damit beschäftigt waren, den Schreibtisch auszuräumen, und keinen Blick für sie hatten.

Gewissenhaft prüften sie jedes Papier; die Vorgänge um den Hausbau füllten allein zwei Ordner. »Schulden?« fragte Kriminalinspektor Kramer über die Schulter zurück.

»Nur Hypotheken auf dem Haus, bei der Bausparkasse und bei der Bank«, gab Sabine Auskunft.

Der junge Mann hatte sich über die Kontoauszüge hergemacht. »Das ist ja interessant«, sagte er, »Miller hat die fünfzigtausend erst mal ganz regulär auf sein Konto eingezahlt. Das sieht nicht nach vorsätzlichem Betrug aus.«

»Ist es auch nicht«, erklärte Sabine heftig, »kann es gar nicht sein. Ich begreife bis heute nicht, was meinem Mann eigentlich in den Kopf gefahren ist, aber das eine weiß ich: er war grundehrlich, bis... bis...« Die Stimme brach ihr.

Sven stürmte herein; er war vom Garten her ins Haus gekommen. »Mutti!« schrie er. »Wann gibt es denn endlich was zu essen!? Ich habe...« Er stockte mitten im Satz, als er die beiden fremden Männer sah, die den Schreibtisch seines Vaters ausräumten. »Was wollen die denn?« fragte er verdattert.

»Kriminalpolizei«, flüsterte Sabine ihm zu.

»Bullen?« fragte der Junge.

Sie schob ihn aus dem Zimmer und schloß die Tür hinter sich und ihm. »Sag doch so was nicht!« tadelte sie entsetzt.

»Wieso denn nicht?« Seine schwarzen Augen flammten. »Das ist doch ein harmloser Ausdruck... die anderen nennen sie Pigs!«

»Was heißt denn das?«

»Schweine!«

»Du bist verrückt!« schrie sie ihn an. »Was sind denn das für Redensarten?! Wo schnappst du so was auf?«

Er zuckte mürrisch die Achseln. »Wo schon?«

Sie merkte selbst, daß sie ihre Verzweiflung, die sie den Kriminalbeamten gegenüber hatte beherrschen müssen, jetzt an dem Jungen ausließ. »Tut mir leid«, sagte sie, »aber ich bin schrecklich nervös. Außerdem bist du zu groß, um einfach nachzuplappern, was du aufschnappst. Überleg dir in Zukunft, was du redest.« Sie nahm ihre Schürze von der Garderobe und ging ihm voraus in die Küche. »Wir stünden fein da, wenn wir keine Polizei hätten.«

»Kommen einfach rein und wühlen in Vatis Sachen... und du nimmst sie auch noch in Schutz!« empörte sich der Junge.

»Schon gut, hör auf damit!« mahnte Sabine und band sich die Schürze vor; sie schaltete eine Herdplatte ein und warf würfelig geschnittenen Speck in die Pfanne. »Du solltest dir doch denken können, daß sie einen Grund dazu haben.«

Sven lümmelte sich auf dem Küchenstuhl. »Und was für einen?«

»Darüber sprechen wir nach dem Essen.«

»Was gibt es denn?«

»Bratkartoffeln, Spiegelei und Salat.«

»Du kannst es mir aber doch gleich sagen!«

Der junge Beamte klopfte an die halboffene Tür und steckte seinen Kopf in die Küche. »Im Wohnzimmer sind wir fertig, Frau Miller. Können wir uns noch ein bißchen im Haus umsehen?«

»Wenn Sie sich etwas davon versprechen...«

»Nicht viel. Aber man darf nichts unversucht lassen.« Er sah Sven an. »Würdest du uns herumführen?«

»Nein«, sagte der Junge.

»Aber, Sven!« rief Sabine.

»Du siehst doch, daß deine Mutter jetzt nicht gut fort kann!«

»Na und?« sagte der Junge. »Wozu brauchen Sie denn jemand? Ziehen Sie doch allein los. Sie sind doch auch sonst nicht zimperlich.«

Der Beamte blieb unbewegt. »Dann muß ich Sie leider doch bemühen, Frau Miller...«

Sabine wischte sich die Hände an der Schürze ab. »Mach du hier weiter, Sven. Das wird hoffentlich nicht unter deiner Würde sein.« Sie ging hinaus.

»Beachtliches Temperament, der Junge«, stellte der Beamte fest.

»Es ist ja noch ein Kind und jetzt natürlich reichlich durcheinander.«

Kriminalinspektor Kramer schloß sich ihnen an, als sie die Tür zum Gartenzimmer öffneten. Die beiden Männer sahen in jeden Raum, in jeden Schrank, auch in den Keller und auf den Speicher, nahmen sich aber, außer Arnolds Anzügen, seinen Schrankfächern und seiner Nachttischschublade, nichts mehr sonderlich gründlich vor. Sabine konnte ihre Verwunderung nicht verbergen. »Was suchen Sie eigentlich?« fragte sie, als der Kriminalinspektor eine große Umzugskiste auf dem Dachboden öffnete.

»Ihren Mann«, entgegnete er ruhig.

»Sie denken, er hat sich hier versteckt?« rief sie ungläubig.

»Könnte doch sein.«

»Nein, das ist ausgeschlossen... völlig unmöglich!«

»Das sagen Sie, Frau Miller!« Der Kriminalinspektor tippte mit dem Zeigefinger in ihre Richtung. »Aber wir müssen uns davon überzeugen, ob das auch stimmt.«

»Sie glauben mir nicht?«

»Nun bleiben Sie mal auf dem Teppich, Frau Miller!« sagte der Kriminalinspektor gemütlich. »Würden Sie denn Ihren Mann verraten, wenn Sie ihm mit einer Lüge helfen könnten? Natürlich nicht, wäre ja auch ganz schön schäbig von Ihnen.«

»Aber was hätte es denn für einen Zweck, sich hier im Haus zu verstecken?«

»Genau so viel und so wenig, wie einfach auf und davon zu gehen. Sie sagten doch, daß er Gras über die Sache wachsen lassen will oder so ähnlich. Und das könnte er ja auch hier.« Als Sabine etwas entgegnen wollte, schnitt er ihr das Wort ab. »Aber es hat keinen Zweck zu spekulieren. Lassen Sie uns einfach unsere Pflicht tun, Frau Miller. Umso eher sind wir fertig.«

Von nun an hielt Sabine den Mund, wenn sie auch immer wieder drauf und dran war, ihnen die Sinnlosigkeit dieser Suchaktion klarzumachen. Wenigstens verging dabei ihre Nervosität, denn sie war ganz sicher, daß bei all dem Wirbel nichts herauskommen würde. Endlich gingen sie, nicht ohne sie daran zu erinnern, daß sie sofort Nachricht geben müsse, wenn ihr Mann sich meldete. Sie sagte dazu weder ja noch nein, denn sie wußte selbst nicht, wie sie sich in diesem Fall verhalten würde.

Als sie in die Küche zurückkam, waren die Bratkartoffeln knusprig, die Eier fast verschmort. Sie mischte den Salat durch und brachte alles auf einem Tablett in das Gartenzimmer. Sie hatte sich von dem ungebetenen Besuch immer noch nicht erholt. So saßen sie sich denn stumm gegenüber und aßen; Sabine brachte kaum etwas hinunter, während Sven trotz allem mit gutem Appetit einhaute. Endlich konnte er es nicht mehr aushalten und fragte mit vollem Mund: »Haben sie etwas gefunden?«

»Nein.«

»Wonach haben sie denn gesucht?«

»Nach deinem Vater.«

»Was?« Sven ließ die Gabel sinken, die er gerade hatte zum Mund führen wollen; das Stückchen Spiegelei klatschte auf den Teller zurück. »Ist er denn verschwunden?«

»Er ist gestern nacht mit dem Auto fortgefahren. Aber die Polizisten wollten sich vergewissern, daß er nicht doch noch hier ist.«

Sven war ganz blaß unter der braunen Haut geworden. »Aber warum, Mutti, warum?« fragte er.

Sabine suchte nach Worten, um es dem Jungen schonend beizubringen, aber das war schwieriger, als sie gefürchtet hatte. »Dein Vater ist in eine schlimme Geschichte hineingeraten, Sven.«

»Spionage?« fragte er, wie aus der Pistole geschossen.

»Nein, nein!« wehrte sie ab und fügte, nicht ganz so sicher, hinzu: »Davon weiß ich jedenfalls nichts.«

»Du weißt überhaupt nicht, was los ist?« fragte er ungläubig.

»Doch, doch...«

»Warum redest du dann so um den heißen Brei herum?«

»Dein Vater hat mit einem... einem Bekannten zusammen Lotto gespielt...«

»Mit wem?« fragte der Junge sofort.

Sabine hielt es für richtiger, Kienzels Namen dem Jungen gegenüber nicht zu erwähnen. »Das ist ganz gleichgültig«, wehrte sie ab, »jedenfalls, sie haben gewonnen, Vater hat den Gewinn, der ihnen beiden zu gleichen Teilen gehörte, abgeholt, aber nicht abgerechnet, sondern das gesamte Geld verspielt. In Bad Wiessee. Beim Roulette.«

Svens Wangen hatten wieder Farbe bekommen. »Das glaube ich nicht!«

»Ja, es klingt merkwürdig.« Sabine nahm einen Schluck Wasser; ihre Kehle war trocken geworden, als habe sie einen langen Vortrag gehalten. »So stellt er es aber dar.«

»Das kann nicht sein!«

»Warum sollte er denn so was erfinden?«

»Weil er erpreßt worden ist. Er hat das Geld gebraucht, um jemandem den Mund zu stopfen.«

Sabine war nicht in der Stimmung, über die Ausdrucksweise des Jungen zu lächeln. »Das wäre ja dann noch schlimmer!« sagte sie. »Nein, Sven, das ist keine gute Theorie. Lassen wir sie fallen.«

»Vielleicht hat man ihm ja auch nur gedroht, mich zu entführen oder dich oder die Zwillinge ... Jemand, der von dem Gewinn gewußt hat.«

Sabine schien das sehr unwahrscheinlich, aber sie wollte Sven nicht völlig entmutigen. Sie hoffte, daß seine Detektivspielerei ihn von dem eigentlichen Problem ablenken würde. »Wenn es so war, wird sich das ja herausstellen«, sagte sie, »spätestens bei der Verhandlung.«

Svens Augen wurden ganz groß. »Du meinst ... er kommt vor Gericht?«

»Doch, ja ... wahrscheinlich«, sagte sie vorsichtig.

»Waren die Polizisten deshalb da – um ihn zu verhaften?«

»Nein, nein, sie wollten nur ein paar Anhaltspunkte haben. Wo er sich vielleicht aufhalten könnte. Und sie wollten sich natürlich vergewissern, daß er nicht doch noch hier ist.«

»Und du hast ihnen geholfen!« schrie der Junge und stieß mit einer heftigen Bewegung gegen das Wasserglas.

»Blödsinn! Ich weiß doch selbst nicht, wo er ist!«

»Aber wenn du es gewußt hättest, hättest du ...«

Sabine hatte das Wasserglas abgefangen und stellte es außer Reichweite. »Die Situation ist schwierig genug für uns, Sven. Hältst du es wirklich für richtig, mir da noch Vorwürfe über etwas zu machen, das ich nicht getan habe und auch nicht tun konnte?«

»Du hättest ihnen überhaupt nichts sagen dürfen! Du hättest sie rauswerfen müssen ... sofort!«

»Ich habe mich so verhalten, wie ich es für richtig hielt, Sven, und ich lasse mir über mein Benehmen von dir nach wie vor keine Vorhaltungen machen!«

Sven sprang auf. »Sie sollen ihn nicht fangen ... nie, nie, nie!« schrie er mit verzerrten Lippen. »Ich könnte es nicht ertragen.«

Sabine stand rasch auf und ging zu ihm hin. »Steigere dich nicht in etwas hinein, Sven!« Sie legte ihm den Arm um die Schultern. »Man erträgt, wenn es sein muß, viel mehr, als du denkst.«

»Du hast ja keine Ahnung!« Er stieß sie mit einer wilden Bewegung von sich, stürzte aus dem Zimmer und ließ sie in tiefer Sorge zurück.

Arnold Miller hatte noch in der ersten Nacht seiner Flucht die Schweizer Grenze passiert. Bis Ulm war er auf der Autobahn geblieben und war dann über Sigmaringen, Freiburg, Colmar nach Basel gefahren. Bei der Paßkontrolle hatte er sich nicht ganz wohl in seiner Haut gefühlt, aber der deutsche Grenzer hatte ihn gleich weitergewinkt, der Schweizer nur einen kurzen, vergleichenden Blick auf das Foto geworfen. Der Verkehr war in dieser frühen Morgenstunde sehr rege.

Deutsche aus dem Grenzgebiet drängten mit Fahrrädern, Mofas und Autos zur Arbeit in die Schweiz.

Seit fast vierundzwanzig Stunden war Arnold jetzt auf den Beinen. Er hätte todmüde sein müssen, doch das traf nicht zu. Er war aufgedreht, als habe er ein Weckmittel eingenommen. Es war über zwanzig Jahre her, seit er sich dem großen Abenteuer schon einmal so nah gefühlt hatte – einem Abenteuer, das dann nie Wirklichkeit geworden war. Jetzt war er in der Schweiz, und er war frei. Er war sich bewußt, daß er sich eigentlich Sorgen wegen seiner Familie hätte machen müssen. Aber er tat es nicht. Sein Verstand fand Entschuldigungen für diese Gleichgültigkeit: Ilona, Knut und Torsten waren schon erwachsen, Sabine würde das Haus gehören, und er hatte seiner Familie die besten Jahre seines Lebens geopfert. Das mußte genug sein.

Tatsächlich verlor alles, was gewesen war, mit jedem Kilometer, den er zurücklegte, an Bedeutung. Es war ihm, als habe er noch einer langen Zeit dumpfer Gefangenschaft zu seinem wahren Selbst zurückgefunden. Er fühlte sich wieder jung wie damals, als das Leben mit all seinen Chancen vor ihm gelegen hatte. Damals hatte er Sabine kennengelernt und sich in sie verliebt. Aber diese Liebe war doch nur ein Teil des großen Spiels für ihn gewesen. Er hatte nicht damit gerechnet, daß so schnell Ernst daraus werden sollte, eine Aufgabe, für die er alle anderen Hoffnungen begraben und alle seine Kräfte einspannen mußte.

Er erinnerte sich noch genau, wie Sabine ihm gebeichtet hatte – während einer Tanzpause im alten, inzwischen längst abgerissenen Wirtshaus Kronewetter war es geschehen –, daß sie schwanger war. Wie ein verzweifeltes, verlorenes kleines Mädchen war sie ihm vorgekommen, und Mitleid und Liebe hatten ihm die Kraft gegeben, seinen Schock zu überspielen. »Na, wunderbar«, hatte er gesagt, »dann wird eben geheiratet!«

Es war ein Höhepunkt seines Lebens gewesen, und er hatte sich als ganzer Mann gefühlt. Später, viel später – so recht eigentlich erst heute – hatte er begriffen, daß er mit dieser großen Geste seine Freiheit geopfert hatte. Von da an hatte es für ihn nur noch Sabine und seine Verantwortung für sie gegeben, die schwangere Sabine, Sabine und ihr Baby, und ein Jahr darauf schon Sabine und zwei Babys. Er war zu einem freiwilligen Gefangenen, einem Lasttier geworden. Und doch war ihm bei aller Mühe und Plage, bei allen Entbehrungen und Opfern nicht ein einziges Mal der Gedanke gekommen, auszubrechen. Niemals wäre es ihm eingefallen, die Seinen zu verlassen, wenn das Schicksal ihn nicht dazu gezwungen hätte.

Jetzt, als er in den frühen Morgenstunden eines dunstigen Spätsommertages den schon vom ersten frischen Schnee bedeckten Alpen entgegenbrauste – tatsächlich wollte er westlich an ihnen vorbei, auf Genf zuhalten –, schien es ihm so, als sei das ein Glück für ihn gewesen. Das Schicksal bot ihm die Chance, noch einmal ganz von vorne anzufangen, und diesmal würde er sie nützen. Frauen ja –

warum nicht? Aber niemals mehr eine feste Bindung. Arbeiten – ja. Zum Bettler oder Gauner war er nicht geschaffen. Aber kein täglicher Trott, keine Langeweile mehr. Und natürlich nie mehr kalte graue Tage. Sein zweites, geschenktes Leben sollte voller Sonne und Musik sein.

Spanien. Er hatte immer schon einmal nach Spanien gewollt. Dort waren die Menschen noch nicht vom Wohlstand verwöhnt. Dort konnte man mit wenig existieren, glaubte er. Wenig verbrauchen, wenig arbeiten, das sollte seine Devise sein. Und nie wieder eine feste Anstellung! Frei sein!

Dreißig Kilometer hinter Basel kehrte Arnold in einem Dorfgasthof ein, der sich *Weißes Kreuz* nannte, und nahm ein kräftiges Frühstück zu sich. Der starke, ein wenig bittere Kaffee munterte ihn merkwürdigerweise nicht auf, im Gegenteil, Müdigkeit überfiel ihn so jäh, daß er nur gerade noch in das Zimmer hinaufkam, das ihm die Wirtin zuwies, Jacke und Schuhe abstreifen und sich aufs Bett werfen konnte. In Sekundenschnelle war er eingeschlafen.

Als er erwachte, sah er an dem warmen Goldton der Sonne, daß es bereits Spätnachmittag war. Er ärgerte sich ein wenig, daß er in Hemd und Hose geschlafen hatte, holte sich seinen Koffer aus dem Auto, wusch sich gründlich, rasierte sich und zog ein frisches Hemd an. Unten in der Wirtsstube bestellte er sich eine gemischte Wurstplatte, die so reichlich war, daß er sich einen guten Rest einpacken lassen konnte, zahlte und fuhr weiter. In der Nacht erreichte er den Genfer See. Ursprünglich hatte er bis nach Frankreich hinein fahren wollen, aber er fühlte sich nicht mehr frisch genug und entschloß sich, ein paar Stunden zu schlafen. Aus Sparsamkeit verzichtete er darauf, ein Hotel aufzusuchen, fand hinter Rolle einen Campingplatz gleich am See, wo er es sich, so gut es gehen wollte, bequem machte.

Der Platz war nur noch halb belegt. Er brauchte sich am nächsten Morgen zum Waschen und Rasieren nicht anzustellen, kaufte sich an der Erfrischungsbude einen Becher mit heißem Kaffee und zwei belegte Semmeln. Riesberg lag jetzt schon sehr weit zurück.

Ein junges Mädchen, das ihr Frühstück, auf einem mächtigen Rucksack hockend, verzehrte, fragte ihn: »Sind Sie mit dem Auto unterwegs?«

»Ja«, antwortete er.

»Könnten Sie mich ein Stück mitnehmen?« Das Mädchen trug abgewetzte Jeans, darüber ein kariertes Hemd und eine Strickjacke; einen Anorak hatte sie sich über die Schultern gehängt, denn es war noch kühl. Das lange blonde Haar hatte sie im Nacken mit einem Stück Kordel zusammengebunden. In seinem früheren Leben wäre es Arnold niemals eingefallen, sich mit einer Gammlerin – denn das war sie offensichtlich – in ein Gespräch einzulassen oder gar sie mitzunehmen. Jetzt sah er sie über seinen Becher weg an und fragte sachlich: »Wohin wollen Sie denn?«

»Spanien«, sagte das Mädchen, »aber wenn Sie nur bis Genf fahren... dort kriege ich leicht Anschluß.«

»Ich will selbst nach Spanien«, hörte er sich zu seiner eigenen Überraschung sagen.

»Tatsache?« Das Mädchen lächelte und zeigte weiße, aber unregelmäßige Zähne. »Da hab ich ja wieder mal Schwein gehabt!« Plötzlich wurde sie mißtrauisch. »Sie nehmen mich doch nicht auf den Arm? Was wollen Sie denn in Spanien?«

»Leben.«

»Das ist gut!« Sie stand auf. »Wenn du das willst, warum fängst du nicht gleich damit an? Nimm die blöde Krawatte ab. Ich habe nie begriffen, warum sich die Männer so ein Dings um den Hals würgen müssen.«

Er blickte an sich hinunter. »Du hast recht.« Er war ganz erstaunt, daß er nicht von selbst darauf gekommen war, und band die Krawatte – sie war stahlblau, reine Seide, ein Geschenk Sabines zu seinem letzten Geburtstag – ab und wollte sie in den Abfallkorb werfen.

Das Mädchen fiel ihm in den Arm. »Na, so habe ich es auch wieder nicht gemeint! Wollen Sie den Schlips wirklich nicht behalten?« Er schüttelte den Kopf. »Dann nehme ich ihn«, erbot sie sich großmütig, »so was kann man immer brauchen... vielleicht kann ich ihn sogar verscherbeln.«

Er öffnete sich den Kragenknopf. Nachher begleitete sie ihn, wie selbstverständlich, zu seinem Auto und wuchtete ihren Rucksack in den Kofferraum. »Ich heiße Ruth«, erklärte sie.

»Und ich Arnold!«

»Hui!« Sie krauste die Nase. »Das klingt aber verdammt fein! Ich denke, ich werde Arno zu dir sagen, okay?«

»Einverstanden.« Er knallte den Kofferraum zu und setzte sich, ohne Ruth vorher die Tür zu öffnen, hinter das Steuer; er war sicher, daß sie auf Überbleibsel bürgerlicher Höflichkeit keinen Wert legte.

Sie rutschte auf den Sitz neben ihn und streckte die Beine weit von sich, während er anfuhr. »Hast du was zu rauchen?«

»Nein. Ich selbst rauche nicht?« erwiderte er und war darauf gefaßt, daß sie ihn auch deshalb verspotten würde.

Statt dessen sagte sie: »Sei froh drüber! Man wird doch verdammt abhängig von dem dreckigen Zeug. 'ne Freundin von mir hat mit 'nem Kerl geschlafen, bloß um zu was Rauchbarem zu kommen... und so was finde ich ganz schlecht.«

»Hm, hm.« Er überlegte, für was sie bereit sein würde, sich hinzugeben. Genügte es, daß er sie mit nach Spanien nahm? Aber sie war nicht auf ihn angewiesen. Sie hatte gesagt, daß sie leicht Anschluß finden würde. Wahrscheinlich wog sie so was gar nicht gegeneinander ab, sondern tat, was und wenn's ihr Spaß machte. »Beneidenswert!«

Er hatte es laut gesagt; sie fragte sofort: »Was?«

»Wir beide. Daß wir an einem so schönen Tag unbeschwert durch die Gegend gondeln können.«

»Das ist 'ne feine Sache, stimmt. Aber was heißt hier beneidenswert? Jeder, der gesund ist und ein bißchen Grips hat, kann es doch nachmachen, oder?«

»Meist liegt es wohl wirklich am mangelnden Grips«, stimmte er zu.

»Oder auch an der Gesundheit. 'ne Freundin von mir hat's an den Nieren gekriegt. Die mußte Schluß machen mit Gammeln, ob sie wollte oder nicht. Da half kein Hypo mehr.«

»Hypo? Was ist das?«

»'ne Drogeninjektion. Junge, Junge, du mußt noch viel lernen.«

»Spritzt du etwa auch?«

»Ich bin doch nicht verrückt. Denkste, ich will'n Junkie werden? Hin und wieder 'n bißchen Hasch oder Mary Jane, wenn's sich gerade ergibt, aber sonst? Ruth bleibt sauber. Ich habe mit den anderen genug erlebt. Da hatte ich 'nen Freund ... eine feine Type, bestimmt, aber der war schließlich so bashed, daß nichts mehr mit ihm anzufangen war ... völlig stumpfsinnig, wenn du das besser verstehst. Es blieb uns nichts anderes übrig, als ihn aus dem Auto zu kippen ... natürlich nicht auf freier Strecke, da wär er krepiert ... sondern direkt vor 'nem Krankenhaus. Ich habe nie mehr von ihm gehört.«

Arnold stellte Fragen, warf hin und wieder ein Wort ein, und Ruth plauderte munter drauflos. Obwohl nichts, was sie sagte, von Belang war, hörte er ihr gern zu, denn sie eröffnete ihm Einblicke in eine Welt, die ihm, dem braven Bürger, bisher verschlossen gewesen war.

Gegen elf Uhr erreichten sie die schweizerische Grenze. Vor ihnen warteten einige Personenkraftwagen, die nach kurzer Kontrolle anstandslos durchgelassen wurden. Dann waren sie an der Reihe. Ruth holte ihren Ausweis aus einer Reißverschlußtasche ihres Anoraks; Arnold reichte seinen Paß durch das Fenster. Einer der Beamten prüfte die Ausweise, verglich die Gesichter mit den Fotos, sah auf die Autonummer und warf dann einen Blick auf eine Liste. Der andere fragte auf französisch, ob sie etwas zu verzollen hätten. *»Non!«* Arnold versuchte sich in der fremden Sprache: *»Nous avons rien!«*

Der Beamte, der ihre Ausweise noch immer in der Hand hielt, fragte: *»Parlez-vous français?«*

»Un peu«, behauptete Arnold, fügte aber gleich hinzu: »So gut wie gar nicht!«

»Bitte, fahren Sie rechts an die Seite«, sagte der Beamte in dem etwas schwerfälligen Deutsch des Nordschweizers.

Arnold tat, was man ihm sagte; er war viel zu überrascht, um nach dem Warum zu fragen. Der Grenzer öffnete die Autotür. »Bitte, steigen Sie aus ... beide!«

Jetzt protestierte Arnold. »Was soll das? Ich verstehe nicht ... wir haben nichts zu verzollen!«

»Nehmen Sie die Arme hoch!«

Noch zwei andere uniformierte Männer hatten das Zollhaus verlassen und sich zu ihnen gesellt. Arnold hatte keine Wahl; er gehorchte. Das Mädchen Ruth schimpfte. »Fassen Sie mich nicht an!« schrie sie.

»Das ist doch eine Unverschämtheit! Friedliche Bürger schikanieren... ja, das könnt ihr! Kümmert euch lieber um die richtigen Gangster!«

Arnold bereute, sich mit ihr eingelassen zu haben. Er war überzeugt, daß sie der Anlaß zu diesem Zwischenfall war. Siedendheiß überfiel ihn der Gedanke, daß sie vielleicht mit seiner Hilfe versucht hatte, Drogen zu schmuggeln. Er wollte die Polizisten schon darauf aufmerksam machen, daß er sie erst in Rolle aufgelesen hatte, sparte sich dieses Argument aber für später auf. Mit geübten Griffen tastete ihn einer der Beamten von der Brust bis zu den Unterschenkeln ab. *»Avez-vous des armes?«* fragte er.

»Sind Sie verrückt!« rief Arnold. »Wozu sollte ich denn eine Waffe brauchen?! Ich fahre in Urlaub. Was wollen Sie eigentlich von mir?«

»Sind Sie Arnold Miller aus Riesberg?«

»Das steht doch in meinem Paß. Ja.«

»Es liegt ein Haftbefehl gegen Sie vor, Miller.« Arnold konnte vor Überraschung kein Wort hervorbringen. »Wußten Sie das wirklich nicht?« fragte der Beamte, erstaunt über seine Reaktion.

»Nein, ich...«, stammelte Arnold, »das muß ein Irrtum sein!« Aber im gleichen Augenblick begriff er, daß er sich etwas vormachte. Rudolf Kienzel hatte es durchgesetzt, daß ein Haftbefehl gegen ihn erlassen wurde. Sein kurzer Traum von Freiheit war ausgeträumt.

Während Ruth fluchte, spuckte und kratzte, als eine herbeigeholte Polizeibeamtin eine Leibesvisitation bei ihr vornahm und den Inhalt ihres Rucksackes gründlich durchsuchte, ließ Arnold alles apathisch mit sich geschehen. Er wünschte sich nur noch, tot zu sein, sonst gar nichts.

Am Samstag morgen – Ilona und Knut saßen beim Frühstück, Sven hatte das Haus schon verlassen – klingelte das Telefon. Sabine, die gerade eine Kanne frisch aufgebrühten Kaffees hereinbrachte, zuckte so stark zusammen, daß ein wenig aus der Tülle schwappte.

»Nun sei bloß nicht so schreckhaft, Biene«, sagte Knut.

»Wirklich wahr, Mutti«, stimmte Ilona ihm zu, »was kann uns schon noch passieren?«

Sabine wollte einschenken, aber ihre Hände zitterten zu sehr; sie stellte die Kanne auf den Tisch. Das Telefon klingelte weiter.

»Nun geh schon ran!« drängte Knut; er sah, wie blaß sie geworden war und sprang auf. »Laß nur, ich mach's.«

Sie ließ sich auf einen Stuhl sinken, den er gerade verlassen hatte. Ilona tätschelte ihre Hand und zwang sich ein schwaches, verzerrtes Lächeln ab. Sie hörte, wie Knut den Hörer abnahm und sich meldete. Sekunden später rief er ins Gartenzimmer hinein: »Für dich, Biene... es ist Vater!«

Sie stürzte hinaus und riß ihrem Sohn den Hörer aus der Hand. »Arnold!« rief sie. »Arnold!« Keine Antwort und kein Echo.

»Er wird erst verbunden!« flüsterte Knut, der neben ihr stehengeblieben war. Sie stieß ihn leicht vor die Brust, um ihm zu bedeuten, daß er sie allein lassen sollte. Er verstand und zog sich zurück.

Endlich war ein Geräusch in der Leitung. »Arnold!« rief sie wieder. »Arnold, bitte, sprich doch!«

Dann war seine Stimme da. »Hallo, Sabine.«

»Arnold, wo bist du?« fragte sie. »Arnold, ich habe mir solche Sorgen um dich gemacht!«

»Ich bin im Polizeigefängnis Traunstein... in Untersuchungshaft.«

Sie biß sich auf die Lippen, um ihn nicht mit ihrem Entsetzen zu beunruhigen. »Seit wann?«

»Gestern früh.«

»Brauchst du irgend was?«

»Frisches Unterzeug, ja... Hemden, Bücher.«

»Ich werde dir einen Rechtsanwalt besorgen!«

»Das ist schon erledigt. Ich habe einen, Doktor Pötters, Carl Pötters – Carl mit C – aus Traunstein. Er ist mein Pflichtverteidiger.«

»Aber Arnold, meinst du nicht, ein richtiger Verteidiger... würde sich einer, den man bezahlt, nicht vielleicht doch mehr Mühe geben?«

»Doktor Pötters ist ganz in Ordnung«, behauptete Arnold mit ergebener Stimme, »und dann... der Fall ist doch klar, da läßt sich sowieso nichts weiter machen.«

»Aber man könnte doch wenigstens versuchen...«

»Was?«

»Ich weiß es nicht«, mußte sie zugeben.

»Setz dich mit Doktor Pötters in Verbindung. Der kann auch Besuchserlaubnis für dich bewirken. Das heißt...« – jetzt wurde seine Stimme fast unhörbar – »...wenn du mich überhaupt besuchen willst.«

»Red doch nicht so etwas, Arnold! Wenn ich das Ganze auch nicht begreife, was da in dich gefahren ist, meine ich... schließlich bist du mein Mann!« Sie wartete, aber es kam keine Antwort. »Übrigens, den Kindern geht es gut«, berichtete sie, »Ilona hat...«

Er fiel ihr ins Wort. »Tut mir leid, ich muß jetzt Schluß machen. Schreib mir das alles, ja?«

»Aber, Arnold, nicht so schnell, ich...«

»Bis bald, Sabine!«

»Arnold!« rief sie noch einmal. Aber die Leitung war tot.

»Hör mal«, sagte Oswald Zinner, als er Ilona die Tür seines Porsches aufhielt, um sie einsteigen zu lassen, »deine Mutter ist in letzter Zeit so komisch. Sie sollte einen Arzt aufsuchen.«

Ilona wartete mit ihrer Antwort, bis er sich hinter das Steuer gesetzt hatte. »Der würde ihr wohl auch nicht helfen können.«

Oswald ließ den Motor an. »Mir kommt sie jedenfalls krank vor.«

»Wahrscheinlich hätte ich schon längst mit dir sprechen sollen.« Mit einer nervösen Bewegung schob sich Ilona das seidige schwarze Haar aus dem Gesicht.

»Na los schon. Ich bin ganz Ohr.« Oswald war darauf konzentriert, den Wagen in den fließenden Verkehr einzuscheren, und hatte keinen Blick für sie.

»Es handelt sich um eine sehr, sehr unangenehme Geschichte.« Ilona sprach zögernd und mit Überwindung. »Voraussetzen möchte ich, daß ich selbstverständlich von unserer Verlobung zurücktreten werde, falls ich . . . falls du findest, daß ich dadurch für dich untragbar geworden bin.«

»Du lieber Himmel!« Er lachte auf. »Nun erzähl mir bloß nicht, daß du silberne Löffel gestohlen hast.«

»Ich nicht«, sagte sie, »aber mein Vater.« Sie atmete auf, erleichtert, daß es heraus war.

»Was?« Er war so überrascht, daß er das Steuer herumriß und beinahe gegen einen Lieferwagen geknallt wäre. Der Fahrer tippte sich an die Stirn. »Unverschämtheit!« schimpfte Oswald. »Affe! Als wenn das nicht jedem mal passieren könnte! Aber die Kerle haben ja eine Wut, bloß weil man einen anständigen Wagen fährt.« Sein rundes, sommersprossiges Gesicht war rot angelaufen.

Ilona hielt es nicht für richtig, ihm zu widersprechen; sie wollte mit ihrer Eröffnung abwarten, bis er wieder besserer Laune war. Aber er kam von selbst auf das Thema zurück. »Dein Vater hat was ausgefressen, sagst du? Kann mir schon denken, was. Er hat 'ne Freundin.«

»Wie kommst du darauf?«

»Liegt auf der Hand, Ilo. Er scheint sich doch abgesetzt zu haben.«

»Hast du ihn mal mit einer anderen Frau gesehen? . . . Oder etwas darüber gehört?«

»Das nicht. Warum fragst du?«

»Es wäre immerhin eine Erklärung gewesen.« Sie zog die Unterlippe zwischen die Zähne.

»Für was?«

Ilona wandte ihm den Blick zu. »Er hat Geld unterschlagen, und nicht nur das, er ist geflüchtet und hat sich verhaften lassen. Jetzt sitzt er im Polizeigefängnis Traunstein.« Sie beobachtete seine Reaktion.

Aber er war durchaus nicht so entsetzt, wie sie erwartet hatte. »Au weia«, sagte er nur, »das ist ein dicker Otto.« Sie wartete schweigend, ohne den Blick von ihm zu lassen, auf das, was noch kommen würde. »Wenn er Geld brauchte«, sagte Oswald nachdenklich, »warum hat er sich dann nicht an mich gewandt?«

»Hättest du es ihm denn gegeben?«

»Na klar!« sagte er spontan, verbesserte sich dann aber und erklärte ehrlich! »Kommt darauf an. Um wieviel handelt es sich denn?«

»Fünfundzwanzigtausend!«

Er legte die Stirn in waagrechte Falten. »Ich will nicht behaupten, daß mich das freut, aber ich werde selbstverständlich einspringen.«

»Du willst ihm das Geld vorstrecken? Das ist sehr lieb von dir,

Oswald. Aber darum geht es jetzt gar nicht mehr. Die Sache ist mit Geld allein nicht aus der Welt zu schaffen.«

»Glaubst du.« Er grinste. »Du ahnst nicht, was man mit Geld alles erreichen kann. In diesem Fall: Zumindest, daß das Verfahren niedergeschlagen wird. Verlaß dich drauf. Ich kenne mich da aus.«

»Aber das ist doch nicht dasselbe wie ein Freispruch ... ich meine, die Verfehlung würde doch trotzdem an ihm hängen bleiben?«

»Das sicher. Als Buchhalter wird er nicht mehr arbeiten können. Was hast du dir gedacht?«

»Genau das, Oswald. Es ist wirklich nett von dir, daß du ihm helfen willst, und ich rechne dir das hoch an. Aber er muß es allein durchstehen. Was anderes wäre es, wenn er uns um Hilfe gebeten hätte!«

Er zuckte die Schultern. »Aufdrängen will ich mich nicht. So sehr reiße ich mich auch nicht darum, mein gutes Geld hinter einer schlechten Sache erzuwerfen.«

»Und ich möchte das auch nicht haben.« Ihre Nasenflügel bebten.

Nach einer Weile fragte er: »Nur eines verstehe ich nicht: warum hast du mir das Ganze nicht schon längst erzählt? Du mußt es doch gewußt haben, bevor man ihn geschnappt hat. Mit dem nötigen Kleingeld und einem tüchtigen Rechtsanwalt ... ich denke da nur an unseren Syndikus ... hätte man die Sache noch völlig aus der Welt schaffen können.«

»Das wußte ich nicht.« Sie wurde noch eine Spur blasser, und ihre Hände verkrampften sich.

»Ich hätte es dir sagen können ... wenn du dich mir anvertraut hättest.«

»Verstehst du wirklich nicht ...« – sie sah ihn an, und in ihren blauen Augen glänzten Tränen – »... daß ich mich geschämt habe?«

Er legte den Arm um ihre Schultern. »Mein armes Dummchen.«

»Und schreckliche Angst hatte, dich zu verlieren!«

Er lenkte den Porsche an den Straßenrand und brachte ihn unter einem Halteverbotsschild zum Stehen. »Traust du mir wirklich zu, daß ich dich aufgeben würde? Wegen so was?«

»Es ist schlimm genug.«

»Aber doch nicht deine Schuld. Nimm's nur nicht tragisch, Ilo. Ich halte zu dir. Das ist Ehrensache.«

»Und was werden deine Eltern sagen?«

»Was auch immer – wir beide werden es überstehen. Schließlich geht es um unser Glück, und das lassen wir uns von unseren alten Herrschaften nicht vermasseln, nun gerade nicht!« Er legte ihr die Hand unter das Kinn und küßte ihr zart die Tränen von den Wangen.

»Wirst du es auch nie bereuen?« flüsterte sie.

»Nur wenn du mich ärgerst!« Unter Tränen lächelte sie zu ihm auf.

»Mein Gott, bist du schön!« sagte er. »Ich möchte wahrhaftig, daß öfter mal so ein kleines Gewitter käme, damit ich dein Gesicht nachher so blank geschrubbt und strahlend sehen könnte!«

»Jetzt wirst du ja direkt poetisch!« Sie putzte sich kräftig die Nase.

»Nein, ich bin nur verliebt, ganz unwahrscheinlich verliebt in meine wunderbare kleine Ilona!« Er nahm sie in die Arme und küßte sie leidenschaftlich, ohne sich an dem Halteverbot und den mißbilligenden Blicken der Vorübergehenden zu stören.

»Komisch«, meinte sie, als er sie freigab, »ich war so verzweifelt – und jetzt bin ich noch viel glücklicher als vorher!« Sie warf einen raschen Blick in ihren kleinen Taschenspiegel. »Nur eines mußt du mir versprechen: wirf es mir niemals vor. Das mit meinen Vater.«

»Niemals«, versprach er lächelnd, »wie käme ich denn dazu?« Er manövrierte den Wagen wieder in den laufenden Verkehr zurück. »Fahren wir zu mir?«

Sie lehnte den Kopf gegen das Polster. »Wohin du willst!« sagte sie mit einem tiefen, befreienden Seufzer.

Sabine war dabei, für sich und Sven das Abendbrot vorzubereiten, als es an der Haustür klingelte, auf eine charakteristische Weise dreimal kurz hintereinander. Sie wußte sofort, daß es Egon war, der Ware aus dem Supermarkt brachte, und stürzte aus der Küche. Sie hatte schon seit Tagen auf eine Gelegenheit gewartet, mit ihrem Bruder zu sprechen. Aber im Flur verzögerte sich ihr Schritt. Es war ihr eingefallen, daß es egoistisch wäre, ihre Sorgen auf Egon abzuladen; er hatte selbst immer zu strampeln gehabt, um sich über Wasser zu halten.

»Sven!« rief sie nach oben. »Komm runter! Hilf reintragen! Onkel Egon ist da!« Sie öffnete dem Bruder die Tür, und während sie sich begrüßten, vermied sie es, ein Wort über Arnold zu verlieren. Sven kam dazu, und gemeinsam verfrachteten sie die Einkäufe in die Küche – Trommeln mit Waschpulver, Kartons voll Konserven, Würste, Käse, Brot und Obst.

»Kann ich jetzt gehen?« fragte Sven und stibitzte sich einen Apfel.

»Ja, aber bleib im Haus. Wir essen gleich ... und du mußt mir auch noch helfen fortzuräumen!« Sven biß in den Apfel, warf seinem Onkel einen schrägen Blick zu und trollte sich.

»Kann ich dir etwas anbieten?« fragte Sabine.

»Danke. Sehr lieb.« Egon sah auf seine Armbanduhr. »Aber ich hab's wieder einmal eilig.«

Sabines Augen überflogen die Zahlenkolonne auf der Rechnung. »Ich müßte mit dir sprechen.«

»Sonntag vielleicht?« fragte er bereitwillig. »Wäre dir Sonntag angenehm?«

»Nein, Egon, es muß jetzt gleich sein.« Sie holte ihr Portemonnaie aus der Handtasche, die auf dem Kühlschrank stand, und zählte das Geld ab, das sie ihm schuldig war.

»Aber du weißt doch, Rosy ... Sie regt sich auf, wenn ich mich verspäte.«

Sabine sah ihn offen an und bemerkte ein nervöses Zucken um

seine Nase. »Tut mir leid, aber ich muß dich trotzdem ein paar Minuten aufhalten. Es geht um Arnold.«

»Arnold?« wiederholte er töricht, und das Zucken in seinem Gesicht verstärkte sich.

»Ja. Er ist verhaftet worden.« Egon ließ sich, als gäben seine Beine unter ihm nach, auf einen Stuhl sinken. »Ich dachte, das solltest du wissen«, fügte Sabine hinzu und schob ihm das Geld über die Tischplatte.

»Verhaftet?« stammelte Egon. »Aber ich verstehe nicht, wieso denn ... das ist doch ... nein, das kann doch nicht wahr sein!«

Sie stützte sich mit der Hand auf den Tisch. »Du hast also nichts gewußt?«

Sein fahles Gesicht rötete sich. »Ich? Wie sollte ich? Wie kommst du darauf?«

»Nun, es hätte doch sein können, daß er dich ins Vertrauen gezogen hätte.«

»Unfug!« sagte er heftig. »So gut standen wir doch gar nicht.«

»Nicht?« fragte sie erstaunt.

»Willst du mir nicht wenigstens erzählen, was passiert ist?«

»Es wird ihm vorgeworfen, daß er fündundzwanzigtausend Mark unterschlagen hätte. Wie weit das stimmt, weiß ich nicht. Jedenfalls hat er zu fliehen versucht und ist verhaftet worden.«

Egon sackte in sich zusammen; sein eben noch gerötetes Gesicht hatte alle Farbe verloren. Sabine legte ihm die Hand auf die Schulter und schüttelte ihn leicht. »Was ist los mit dir? Warum sagst du gar nichts?«

»Sabine, ich ...« Er schlug die Hände vors Gesicht. »Das ist alles so furchtbar.«

»Für dich?« fragte sie erstaunt.

»Sabine, ich ... ich muß dir etwas sagen ...« Er schien krampfhaft nach Worten zu suchen.

»Ja?«

Er ließ die Hände sinken, und es war ihr, als spiele sich in ihm ein Kampf ab, aber sie verstand nicht, was ihn so außer Fassung brachte. Plötzlich straffte er die Schultern. »Ich muß dir sagen: so etwas hätte ich von Arnold nie erwartet.«

»Glaubst du ... ich?«

»Nein, natürlich nicht.« Egon erhob sich mühsam. »Es tut mir furchtbar leid. Aber laß den Kopf nicht hängen. Ich kann mir nur vorstellen, daß alles ein Irrtum ist.«

»Meinst du?«

»Ja, ganz bestimmt. Ganz sicher wird sich alles aufklären.« Er eilte fluchtartig zur Tür.

»Aber deshalb brauchst du doch nicht wegzulaufen!« rief sie und kam ihm nach.

»Du weißt doch, Rosy wartet! Bis bald, Biene! Ich laß mich wieder blicken!« Und schon war er zur Haustür hinaus.

Sabine blieb verwundert stehen. Sie war verwirrt über seine Reaktion, die sie nicht verstand, aber ihre eigenen Sorgen waren so groß, daß sie nicht die Kraft hatte, sich auch noch über Egon den Kopf zu zerbrechen. Schon wenige Minuten später, als sie mit Svens Hilfe die Waren aus dem Supermarkt forträumte, hatte sie Egons seltsames Benehmen fast wieder vergessen. Sie dachte daran, daß sie so bald wie möglich die Situation, in die Arnold geraten war, bei den Zeltner-Werken erklären mußte. Sie hatte schon angerufen und ihn entschuldigt, aber das genügte nicht, da ja nicht abzusehen war, wann er aus der Haft entlassen werden würde.

In Riesberg gab es keinen eigentlichen Nahverkehr. Wer von einem Vorort aus in die Innenstadt wollte und kein eigenes Fahrzeug besaß, mußte einen der Omnibusse benutzen, die aus den umliegenden Dörfern hereinkamen. Die Busse hielten an der Hauptpost, am Maximiliansplatz und am Bahnhof, und von diesen drei Haltestellen war jeder andere Punkt innerhalb der Stadt zu Fuß in höchstens einer halben Stunde zu erreichen. Da die Busse aber nur dreimal am Tag in die Stadt hinein- und wieder hinausfuhren, und zwar morgens, mittags und am späten Nachmittag, waren die weiter außerhalb Wohnenden an diese festen Zeiten gebunden. Da der Opel Kadett von der Polizei beschlagnahmt beziehungsweise noch nicht aus der Schweiz zurück war – Arnold war per Schub nach Deutschland ausgeliefert worden –, fühlten sich die Millers jetzt in ihrer Bewegungsfreiheit erheblich eingeschränkt.

Sabine entschloß sich, mit dem Fahrrad zu den Zeltner-Werken zu fahren, weil sie weder morgens früh noch gerade in der Mittagspause dort eintreffen wollte. Als sie vor dem Werktor abstieg, war es elf Uhr. Sie schob ihr Rad zum Pförtnerhäuschen und klopfte gegen die gläserne Scheibe, die gleich darauf hochging. Nicht gerade freundlich fragte der Mann, der neben der aufgeschraubten Thermosflasche ein dickes Butterbrot liegen hatte: »Na, was gibt's?«

»Guten Morgen«, grüßte Sabine, »ich möchte, bitte, zu Direktor Meyer!«

Der Pförtner hob die grauen Augenbrauen: »Sind Sie denn angemeldet?«

»Nein, aber...«

»Dann wird der Herr Direktor bestimmt keine Zeit für Sie haben! Zu dem kommen Sie nur mit Voranmeldung!« Bumms, knallte er das Fenster wieder herunter.

Sabine klopfte abermals, bis sich der Pförtner unwillig zum Öffnen entschloß, diesmal aber nur einen Spalt breit, so daß Sabine sich bücken mußte, um mit ihm zu reden. »Ich bin Frau Miller«, sagte sie, »Frau Arnold Miller, die Frau von Ihrem Buchhalter Miller.«

»Ach so, die sind Sie!« Der Mann sah sie so merkwürdig an, daß es Sabine schien, als wisse er schon alles.

Sie wurde rot und kämpfte gegen eine aufkommende Unsicherheit. »Ach, bitte, rufen Sie doch mal zu Direktor Meyer hinauf«, bat sie, »melden Sie ihm, daß ich da bin und daß ich ihn sprechen möchte. Wegen meines Mannes...«

»Sinn hat das nicht, das sage ich Ihnen gleich«, entgegnete der Pförtner, tippte aber doch auf eine Taste der modernen Haussprechanlage und sagte: »Fräulein Wiedehahn, hier bei mir ist die Frau von Buchhalter Miller. Sie möchte Herrn Direktor sprechen... ja, das habe ich ihr schon gesagt... ja, das weiß ich... ich werde sie wegschicken... wenn Sie meinen... na schön, ich sag's ihr... danke!« Er legte auf und sah Sabine an. »Der Herr Direktor hat keine Zeit, wie ich es Ihnen gesagt habe, aber Sie sollen sich an Herrn Doktor Krebs werden. Der Herr Doktor ist der Leiter der Personalabteilung. Sitzt im Bürohaus, siebenter Stock, Tür dreihundertsiebenunddreißig.«

»Danke«, sagte Sabine. Aber das hörte er schon nicht mehr. Er hatte das Fenster heruntergeklappt, um sich nun endlich in Ruhe seinem zweiten Frühstück zuzuwenden. Er machte sich gerade noch die Mühe, die Automatik des Türschlosses zu betätigen.

Sabine drückte sie auf und schob ihr Rad in das Werksgelände. Sie stellte es in einen freien Ständer und verschloß es, nahm das Seidentuch, mit dem sie ihr Haar zurückgebunden hatte, ab und band es um den Griff ihrer Handtasche und überquerte den Hof, in dessen Mitte die Werkshallen lagen, die Lager und die Laderampen. Das Bürohaus, schmal und hoch aufgeschossen – es war mehrmals aufgestockt worden – stand, fast ein Hochhaus, ganz rechts, gesäumt von einem grau eingestäubten kleinen Rasen mit rot gestrichenen Bänken.

Während Sabine im Lift nach oben fuhr, prüfte sie noch einmal ihr Aussehen in dem kleinen Taschenspiegel und stellte fest, daß der Fahrtwind ihr Farbe gemacht hatte. Braungebrannt, wie sie ohnehin war, hätte sie geradezu blühend gewirkt, wenn nicht die tiefen Schatten unter ihren blauen Augen gewesen wären, die von Sorgen, Angst und schlaflosen Nächten zeugten. Mit Schrecken stellte sie fest, daß ihr Haar, das sie unter normalen Umständen leicht aufzuhellen pflegte, an den Wurzeln deutlich dunkler nachwuchs. Sie schalt sich albern, denn durch einen Besuch beim Friseur wäre die Situation auch nicht zu retten gewesen.

Das Zimmer 337 gehörte noch nicht dem Personalchef, sondern dort war nur die Anmeldung. Eine Sekretärin versicherte mit geschäftsmäßiger Freundlichkeit, daß der Herr Dr. Krebs orientiert sei und sie gleich empfangen werde; im Moment sei er aber leider noch besetzt. Sie führte Sabine in ein Zimmerchen mit einigen Kunsstoffsesseln und einem Kunststofftischchen, auf dem mehrere Illustrierte lagen, und bat sie, zu warten. Dieses Warten erstreckte sich über eine halbe Stunde. Sabine war zu nervös, um zu lesen. Sie lief auf und ab, blieb am Fenster stehen und starrte auf das Fabriksgelände hinunter.

Daß Direktor Meyer sie nicht empfangen hatte, war ein schlechtes Zeichen. Sie hatte ihn auf einem Betriebsfest kennengelernt und wußte, daß er sie mochte. Wann immer sie sich begegnet waren, hatten sie ein bißchen miteinander geflirtet, harmlos natürlich und in allen Ehren, aber guten Kontakt miteinander hatten sie schon gehabt. Sabine hatte damit gerechnet, daß er alles tun würde, um ihr zu helfen. Nun wollte er nicht einmal mit ihr sprechen. Oder hatte seine Sekretärin sie von sich aus abgewiesen? Auch das war möglich, aber Sabine glaubte nicht daran. Sie kannte Direktor Meyers Sekretärin. Fräulein Wiedehals war ungemein tüchtig und umsichtig. Nie würde sie eine selbständige Entscheidung treffen, von der sie annehmen mußte, daß ihr Chef sie nicht billigen würde.

Nein, sie durfte sich nichts vormachen. Ihre Aktien hier im Hause schienen schlechtzustehen. Oder bildete sie sich das vielleicht alles nur ein? War das, was passiert war, noch gar nicht bis zu den Zeltner-Werken gedrungen? Sie konnte es sich nicht vorstellen. So einleuchtend es schien, daß Doktor Krebs, der ja mit ihrem Kommen nicht gerechnet hatte, sie nicht sogleich empfangen konnte, sie hatte das Gefühl, daß er in Wahrheit gar nicht besetzt war, sondern sie bewußt warten ließ, um sie mürbe zu machen. Wieso mürbe? Mürbe für was?

»Allmählich«, sagte Sabine laut durch die zusammengebissenen Zähne, »beginne ich noch unter Verfolgungswahn zu leiden.« Ihre Handflächen waren feucht; sie wischte sie mit dem Taschentuch ab. Die Sekretärin steckte den Kopf herein. »Jetzt ist Herr Doktor Krebs frei«, erklärte sie lächelnd, »wenn Sie mir bitte folgen wollen, Frau Miller!«

Der Leiter der Personalabteilung residierte auf der anderen Seite des Sekretariats. Sein Zimmer hatte zwei Fenster, der Boden war mit einem grünen Spannteppich ausgelegt, es gab einen Schreibtisch mit großer, blanker Platte und eine Sitzecke; das Ölgemälde eines abstrakten Malers hing an der Wand gegenüber dem Fenster.

Dr. Krebs stand auf, als die Sekretärin Sabine herein ließ. Er war nicht älter als dreißig, hatte glattes, kurzgeschnittenes, schon schütteres Haar, eine spitze Nase, Augen, deren Farbe hinter den dicken Gläsern seiner hell gefaßten Brille kaum zu erkennen waren. »Es ist fein, daß Sie zu mir kommen, Frau Miller«, sagte er freundlich – übertrieben freundlich, wie es Sabine schien, »nehmen Sie doch bitte Platz!« Er führte sie nicht in die Sitzecke, sondern wies ihr den Sessel gegenüber seinem Schreibtisch zu. »Ich nehme an, Ihr Gatte ist krank, und Sie haben uns ein Attest mitgebracht.«

Sabine konnte sich nicht vorstellen, daß er das wirklich glaubte; sie wußte aus Erfahrung, wie schnell sich alles in Riesberg herumsprach. »Nein...«

»Aber man hat mich unterrichtet, daß Ihr Gatte am Freitag vor einer Woche zum letztenmal zum Dienst gekommen ist und...«

»Ich weiß«, sagte Sabine, »deshalb bin ich ja hier!« Aus lauter Nervosität ließ sie den Verschluß ihrer Handtasche auf- und zuschnappen. »Er ist nicht krank, er ist... aus anderen Gründen verhindert.«

»Verhindert?« wiederholte der Personalchef.

»Ja, eben. Es hat einen Streit gegeben, einen sehr häßlichen Streit zwischen ihm und einem guten Freund – einem ehemals guten Freund –, eine heftige Auseinandersetzung...«

»Doch keine Tätlichkeiten?« fragte Dr. Krebs.

Jetzt kam es Sabine so vor, als wisse er tatsächlich nichts, und das machte ihr das unvermeidliche Geständnis noch schwerer. »Nein, das nicht, aber der Freund hat Anzeige erstattet.«

»So?« Dr. Krebs hob die farblosen Augenbrauen.

»Es geht um einen Lottogewinn.« Sabine spürte selbst, daß diese Erklärung reichlich lahm klang.

Dr. Krebs lehnte sich zurück und drückte die Spitzen seiner sehr schlanken, blassen Finger gegeneinander. »Aber ich verstehe immer noch nicht...« Er ließ die Frage unausgesprochen in der Luft hängen.

»Mein Mann hat sich wahnsinnig aufgeregt, sich in seinen Wagen gesetzt und ist fortgefahren. Eine Kurzschlußhandlung.«

Dr. Krebs sagte gar nichts mehr, sah sie nur an. Sabine spürte, wie sich feine Schweißperlen auf ihrer Stirn und unter der Nase bildeten. »Dadurch hat er sich natürlich ins Unrecht gesetzt.« Sie mußte sich zwingen, den Personalchef anzusehen; am liebsten hätte sie die Augen niedergeschlagen. »Er ist verhaftet worden.«

»Wegen einer...« Dr. Krebs schien nach dem passenden Ausdruck zu suchen. »... Unkorrektheit?«

»Ja. So sieht es jedenfalls aus.« Sabine straffte die Schultern. »Aber es ist natürlich noch nichts bewiesen.«

»Unverständlich, völlig unverständlich! Arnold Miller arbeitet seit fünfundzwanzig Jahren in der Firma und galt immer als durchaus zuverlässiger und anständiger Charakter.«

»Das ist er auch!« sagte Sabine heftig. »Ist er immer gewesen. Ein Mensch kann sich doch nicht über Nacht völlig verändern! Gerade deshalb kann ich nicht glauben... Das Ganze muß ein Mißverständnis sein!«

»Haben Sie selbst schon mit ihm reden können?«

»Nein«, sagte sie, und das stimmte, denn sie hatte bisher noch keine Erlaubnis erhalten, Arnold zu besuchen; aber sie dachte an sein Geständnis am Abend vor der Flucht und wurde rot, weil sie nicht die ganze Wahrheit sagte.

Der Personalchef seufzte. »Wenn ich nur wüßte, wie ich Ihnen helfen könnte!«

»Wenn Sie ihn nur nicht vor die Tür setzen!« bat Sabine hastig.

»Nach fünfundzwanzig Dienstjahren? Wo denken Sie hin. Sie sollten doch wissen, daß die Leitung der Zeltner-Werke bekannt für ihre soziale Einstellung ist. Nein, wir machen das ganz anders. Wir räumen ihm einen unbezahlten Urlaub ein, bis die Angelegenheit geklärt ist... und ich bin ganz zuversichtlich, daß er danach wieder an seinen Arbeitsplatz zurückkehren wird.«

»Wenn man ihn aus der Untersuchungshaft entläßt?« fragte Sabine.

»Das wäre nicht gerade der günstigste Zeitpunkt.« Dr. Krebs strich sich über das glattrasierte Kinn. »Sagen wir lieber, wenn er seine Unschuld bewiesen hat.«

Sabine schluckte schwer. »Und wenn nicht? Ich meine, wenn er verurteilt wird?«

»Aber, meine liebe Frau Miller...« Dr. Krebs erhob sich »... daran wollen wir beide doch nicht denken!«

Sabine umklammerte die Sessellehnen. »Bitte, beantworten Sie meine Frage! Ich muß wissen, woran ich bin!«

»Aber, aber!« Dr. Krebs lächelte jetzt, und niemals hatte Sabine etwas Unpassenderes gesehen als dieses Lächeln. »So weltfremd können Sie doch nicht sein! Ihr Mann ist Buchhalter. Glauben Sie wirklich, daß irgendein Unternehmen es sich erlauben könnte, einen Mann als Buchhalter einzustellen, der sich nachweislich in einer finanziellen Angelegenheit unkorrekt verhalten hat?«

»Aber doch nicht an seinem Arbeitsplatz! Das Ganze ist doch eine Privatsache!«

»Nein, liebe Frau Miller. Auch wenn sich der Staatsanwalt nicht dafür interessieren würde – eine Trennung zwischen privatem und beruflichem Verhalten, wie Sie es sehen, kann es für uns nicht geben. Wer privat das Besitzrecht eines anderen Menschen nicht respektiert, dem können wir unter keinen Umständen die Verwaltung der Firmenfinanzen anvertrauen.« Dr. Krebs faßte Sabine am Arm und zwang sie aufzustehen. »Aber, das, liebe Frau Miller, sind doch alles unangebrachte Spekulationen, denen wir uns gar nicht hingeben dürfen. Ich bin ganz sicher, daß Arnold Miller völlig reingewaschen aus dieser... eh... unangenehmen Affäre hervorgehen wird, und ich verspreche Ihnen, daß ich alles, was in meiner Kraft steht, dafür tun werde, daß ihm sein Arbeitsplatz erhalten bleibt.«

Damit war Sabine verabschiedet. Sie hätte noch manches zu sagen gehabt, aber sie verkniff es sich, weil sie spürte, daß sie mit jedem weiteren Wort die Situation nur noch verschlechtert hätte. »Ich danke Ihnen«, sagte sie mühsam.

Er öffnete ihr die Tür. »Oh, bitte, gern geschehen. Stehe jederzeit zu Ihrer Verfügung!« Aber Sabine wußte, daß dieses Versprechen nichts als eine leere Floskel war. Als sie in den Lift stieg, heulten die Sirenen der Zeltner-Werke zur Mittagspause.

Ilona hatte sich auf die breite Fensterbank geschwungen, öffnete einen Joghurtbecher und begann zu löffeln, während sie sich die Herbstsonne ins Gesicht scheinen ließ. Der Erholungsraum für die weiblichen Angestellten war noch ziemlich leer, denn die meisten waren jetzt zum Essen in die Kantine hinuntergefahren. Nur das alte Fräulein Drümmler, von der jeder wußte, daß sie ihrer Arbeit nicht mehr gewachsen war, lag auf einer der Couches, ein nasses Tuch auf der Stirn, und pflegte ihre Migräne. Einige junge Frauen, die, wie Ilona, auf ihre Figur achteten, hingen in den Fenstern und versuchten, ihren Hunger kalorienarm zu stillen.

Ilona zuckte zusammen, als sie am Nebenfenster sagen hörte: »Mensch, Susi, da schau her! Die Millerin!« Ilona erkannte die Stimme von Fräulein Krantz aus der Registratur.

»Die sieht reichlich blaß aus – wie?« sagte die angesprochene Susi.

Ilona blickte hinunter und sah ihre Mutter den Hof in Richtung Pförtnerhaus überschreiten.

»Wen wundert's?« fragte die Krantz. »wie würde es dir gefallen, wenn dein Mann im Kittchen säße!«

»Ach, geh doch weg! Die hat doch bestimmt ihr Schäfchen im trockenen!«

»Wenn er es nicht mit einer anderen durchgebracht hat!«

»Ausgerechnet der sture Miller?«

»Ist alles schon dagewesen. Ich habe schon Pferde kotzen sehen und sogar vor der Apotheke!«

Ilona saß, während die Kolleginnen lästerten, wie erstarrt. Sie hatte das Gefühl, daß sie irgend etwas unternehmen müßte, aber sie brachte es nicht fertig. Dabei schämte sie sich ihrer Feigheit. Warum ging sie nicht hin und stopfte den beiden den Mund? Sie wußte, es hätte genügt, wenn sie ostentativ aufgestanden und sich zu ihnen gestellt hätte oder auch nur an ihnen vorbeigegangen wäre – aber nein, sie konnte es nicht. Sie verhielt sich mucksmäuschenstill, damit die anderen nur nicht ihre Anwesenheit bemerkten. Sie hätte hinunterlaufen und die Mutter umarmen sollen. Aber auch das brachte sie nicht über sich. Damit hätte sie die allgemeine Aufmerksamkeit auf sich gelenkt, und das war ihr unmöglich. Sie saß ganz steif und wagte nicht einmal, ihren Löffel in den Becher zu tunken, aus Angst, ein Geräusch zu machen. Ihr schönes Gesicht war zu einer Maske erstarrt, während die widerstrebendsten Gefühle sie schüttelten: Mitleid mit der Mutter, Scham über ihr eigenes Versagen und der wilde Wunsch, nicht in das Schicksal ihrer Eltern hineingezogen zu werden. Die Mädchen am Nebenfenster redeten immer noch über ihre Mutter.

»Sie kann einem schon leid tun«, sagte Susi; es klang nicht ganz ehrlich.

»Du bedauerst sie? Warum denn? So 'ner eingefleischten Ehefrau kann es doch gar nichts schaden, wenn sie mal am eigenen Leib erfährt, wie schwer es ist, Geld zu verdienen. Hausfrau, ein Beruf... daß ich nicht lache!«

»Auch wieder wahr!«

Unten im Hof öffnete Sabine das Schloß ihres Fahrrades und schob es durch die kleine, mit Eisendraht bespannte Pforte ins Freie. Über Ilonas starres Gesicht rannen Tränen.

Bis das mit ihrem Vater passiert war, hatte die lebhafte und unbekümmerte Ilona immer und überall im Mittelpunkt gestanden. Jetzt hielten sich die Kolleginnen und Kollegen von ihr zurück. Sogar im Lift rückte man, so gut es in der Enge gehen wollte, von ihr ab. Wohin sie kam, verstummten die Gespräche, Schweigen kam auf, oder man unterhielt sich im Theaterplauderton über Belanglosigkeiten. Ilona hielt den Kopf hoch, reckte das Kinn vor und tat, als merke sie nichts. Auch an diesem Nachmittag verließ sie die Zeltner-Werke allein, wartete allein an der Haltestelle auf den Bus, während Menschen, die sie seit Jahren und gut kannte, sich in wenigen Metern Entfernung aufhielten und ihr den Rücken zuwendeten. Früher hatte sie gewöhnlich der Vater im Auto mit nach Hause genommen.

Der pickelige Lehrling aus der Versandabteilung verletzte das Tabu und knuffte sie mit unverschämter Vertraulichkeit in die Seite. »Nicht angenehm, sich die Füße in den Bauch zu stehen, heh? Aber Sie werden sich auch wieder dran gewöhnen!«

Ein Kumpel von ihm versuchte, diese Frechheit noch zu übertreffen: »Immer noch besser stehen als sitzen!« Gröhlend rannten die beiden davon, vor Übermut hüpfend und sich gegenseitig stoßend. Ilona machte ein Gesicht, als habe sie nichts gehört, und auch die anderen ignorierten die Flegeleien.

Fräulein Hänsch, die verwachsene Telefonistin, trat mit einem mutigen Schritt in den Bannkreis um Ilona und lächelte ihr zu. »Abscheulich, diese jungen Leute!« Fräulein Hänschs linke Schulter war schief, bis ans Ohr hochgezogen, und auf dem Rücken wölbte sich ein gewaltiger Buckel. Entgegen der landläufigen Meinung über Menschen ihrer Art war sie jedoch durchaus nicht boshaft, sondern ein gütiger Mensch mit einem mitfühlenden Herzen. Ilona wußte das; trotzdem reagierte sie nicht auf diesen Annäherungsversuch, denn fremdes Mitleid war ihr noch verhaßter als Spott oder Feindseligkeit.

Fräulein Hänsch gab nicht auf. »Nehmen Sie's nicht schwer, Fräulein Miller«, bat sie, »die Menschen sind nun mal so... glauben Sie mir, ich kann ein Lied davon singen.« Ilona sagte kein Wort. »Lassen Sie sich nicht verbittern...«

»Tu ich ja gar nicht!« Ilona konnte sich nicht länger zurückhalten; sie sprach lauter, als es nötig gewesen wäre, so daß auch die entfernt Stehenden es hören konnten. »Wenn Sie wüßten, wie egal mir das alles ist!«

»Ach, wirklich?« Fräulein Hänsch war ganz erstaunt.

»Natürlich tun mir meine Eltern leid«, gab Ilona zu, »das ist klar. Aber für mich hat die ganze Sache doch gar keine Bedeutung. Ich habe eh längst gekündigt.«

»Das wußte ich nicht.«

»Hatten Sie gedacht, ich würde als Frau Zinner noch länger hier arbeiten? Hier oder anderswo? Da kennen Sie meinen Verlobten schlecht. Dieses Kapitel meines Lebens ist erledigt. Er hätte mich am liebsten sofort herausgeholt, aber ich wollte die Kündigungsfrist einhalten.«

»Der junge Mann hält also zu Ihnen?« fragte Fräulein Hänsch beeindruckt.

»O ja, das tut er, und das ist für mich die Hauptsache. Die anderen können mich doch mal!« Ilona hatte mit Überzeugung gesprochen, und Fräulein Hänsch glaubte ihr – wahrscheinlich nicht nur sie, sondern auch die Kollegen, die in Hörweite standen. Sie ahnten nichts von der Angst, die Oswald nur hatte betäuben, aber nicht ausrotten können.

Ethel Miller kam kurz vor acht abends nach Hause. Die Arbeit auf der Redaktion, die erst im Laufe des Vormittags begann, hatte den Nachteil, daß sie spät endete, manchmal sogar bis in die Nacht hinein dauerte. Ethel war daran gewöhnt. Meist drängte es sie auch gar nicht nach Hause; lieber war sie mit ihren Kolleginnen und Kollegen zusammen, als einsam in den vier Wänden zu hocken. Es störte sie nur an den Abenden, an denen ihr Freund sich angesagt hatte. Aber das war heute nicht der Fall. So streifte sie schon in der kleinen Diele ihres Penthouse die hochhackigen Schuhe von den Füßen, warf den weißen Staubmantel achtlos über einen Hocker und starrte kurz in den Spiegel, aus dem ihr ein mißmutiges Gesicht mit Sorgenfalten um den Mund entgegensah. Mechanisch kämmte sie ihr schwarzglänzendes Haar zu einem glatten Pagenkopf, wandte sich mit einem tiefen Seufzer vom Spiegel ab und tapste auf das Wohnzimmer zu.

Als sie die Tür öffnete, glaubte sie im ersten Augenblick, sie habe beim Verlassen der Wohnung vergessen, das Licht auszuknipsen. Doch dann hörte sie das Klappern von Töpfen aus der Küche. Ihr Freund stand am Herd, schlank und groß, mit einer hohen Stirn, den Kopf nur noch von einem blonden Haarkranz geschmückt – ein typischer Musikerschädel. Er drehte sich um und grinste sie an, den Kochlöffel in der Hand. »Hallo!« Er hatte eine Schürze mit einem riesigen roten Krebs auf der Vordertasche vorgebunden und die Ärmel aufgekrempelt.

»Ralf!« sagte sie verblüfft. »Du?!«

Sein Lächeln erlosch; er reagierte empfindlich. »Sehr erfreut scheinst du ja nicht zu sein!«

»O doch, Ralf, immer... natürlich freue ich mich, dich zu sehen...«

»Dann kannst du es aber sehr gut verbergen!«

»...Ich bin nur... so überrascht!« Sie trat zu ihm und rieb ihre Wange an seinem Arm. »Du kommst doch sonst nie, ohne dich anzumelden.«

»Ich hatte plötzlich Sehnsucht nach dir.«

Sie hatte sich wieder gefaßt und lächelte liebevoll zu ihm hoch. »Ich... immer! Es ist wunderbar, daß du da bist!«

»Wenn ich dich störe«, sagte er, immer noch verletzt, »kann ich noch gehen. Ich weiß sowieso nicht, wie Mama es aufnehmen wird, wenn ich jetzt nicht nach München zurückfahre. Ich hatte es ihr versprochen.«

»Ach ja... Mama!« Ethel öffnete den Eisschrank und holte den

Behälter mit Eiswürfeln aus dem Gefrierfach. »Trinkst du auch einen Whisky?«

»Wenn ich noch fahren muß...«

Sie verlor die Geduld und stampfte mit dem Fuß auf. »Sei kein Depp, Ralf! Du weißt, wie sehr ich dich liebe... aber mit deiner kindischen Schmollerei gehst du mir einfach auf die Nerven. So kannst du dich bei deiner Mutter benehmen, aber nicht bei mir. Herrgott noch mal, du bist ein erwachsener Mensch und kein Baby, also solltest du auch verstehen, daß sich nicht alles nur auf dich bezieht... daß ich auch mal Sorgen haben kann, die sich nicht um dich drehen.« Sie ließ Wasser über die Rückseite des Eiswürfelbehälters laufen, schüttete die Würfel in eine Schale und verließ die Küche, ohne ihn noch einmal anzusehen. Im Wohnzimmer tat sie zwei Eiswürfel in ein massives, schön geschliffenes Glas, goß einen kräftigen Schuß Whisky darauf, nahm einen Schluck und ließ sich aufatmend in einen der Schalensessel fallen. Für Sekunden schloß sie erschöpft die Augen. Noch nie hatte sie in einem solchen Ton mit Ralf gesprochen. Bestimmt würde er ihr jetzt böse sein. Aber das konnte sie im Moment nicht erschüttern.

Doch sie hatte sich geirrt. Wenig später trat Ralf in den Wohnraum, goß sich einen Whisky ein und setzte sich ihr gegenüber. »Was ist los, Ethel?« fragte er sanft. »Ärger in der Redaktion gehabt?«

Sie öffnete die Augen und sah ihn an. »Damit würde ich dich doch nicht belästigen.«

Er lächelte. »Bisher hast du mich noch mit überhaupt nichts belästigt, Liebling... also, was hat es gegeben?«

Sie atmete tief durch. »Familienärger, Ralf. Laß es gut sein. Wozu willst du dich damit befassen? Für dich ist es ganz uninteressant.«

Er nahm ihr Hand. »Glaubst du. Alles, was dich betrifft, interessiert mich.« Sie zog eine kleine Grimasse, schwieg aber. »Hast du dich mit einer deiner Schwägerinnen gestritten?«

»Nein.«

»Komm, Liebling, spiel nicht die Geheimnisvolle!« Er stand auf, setzte sich auf ihre Sessellehne und streichelte sanft ihren Nacken. »Du bist ja ganz durcheinander. Es wird dir bestimmt guttun, dich auszusprechen. Um wen dreht es sich denn?«

»Um meinen Bruder... um Arnold!« brach es aus ihr heraus. »Der Ärmste, es ist fürchterlich... ganz fürchterlich...« Sie rieb ihre Wange an seiner Brust, vergoß ein paar Tränen, ließ sich streicheln und erzählte dann die ganze Geschichte, soweit sie darüber orientiert war.

Ralf stand auf und ging mit großen Schritten auf dem dicken Teppichboden auf und ab. »Entsetzlich. Und seit wann weißt du es?«

»Samstag hat mich Sabine angerufen, daß er verhaftet ist. Ich war gestern den ganzen Tag bei ihr. Aber daß Arnold was angestellt hat, weiß ich natürlich schon längst. Die Polizei war ja bei mir. Sie wollte wissen, ob ich eine Ahnung habe, wohin er geflohen sein könnte.«

Ralf blieb mit einem Ruck stehen. »Ist das wahr?« Sie nickte nur, mit zusammengepreßten Lippen. »Und du hast mir nichts davon gesagt!«

Sie zuckte die Schultern. »Hätte doch keinen Sinn gehabt... oder?«

Er ging nicht darauf ein. »Die Polizei in der Redaktion... das muß entsetzlich unangenehm für dich gewesen sein.«

»Halb so wild.«

»Liebling, es ist nicht richtig, daß du mir gegenüber die Abgebrühte spielst! Ich kann mich voll und ganz in deine Situation versetzen. Unter diesen Umständen kannst du nicht länger in Riesberg bleiben.«

»Quatsch«, sagte sie mit erzwungener Härte, nahm eine Zigarette aus dem Onyxkästchen vom Tisch und zündete sie sich an, »wo soll ich denn sonst hin?«

»Nach München zum Beispiel.«

»Ich dachte, es würde dich stören, wenn ich in der Nähe deiner Mutter...«

Er fiel ihr ins Wort. »Unter diesen Umständen natürlich nicht.«

»Fein.« Sie blies den Rauch durch die Nase. »Und, was meinst du, wie viele Journalisten wohl nach München wollen? Dreimal darfst du raten. So ziemlich alle. In München arbeiten, das möchte jeder. Schon deshalb, weil die Gehälter dort wesentlich höher sind als hier, ganz davon abgesehen...«

»Ich weiß nicht, was dich dann noch in Riesberg hält.«

»Geliebtes Dummerchen«, sagte sie, aber es klang nicht zärtlich, »frag lieber, wer mich dort haben will! Niemand. Wir alle, die hier in Riesberg sitzen, sind zweite Garnitur. Unser Verleger hält sich an die Konzeption, ein billiges Heft mit viel Information zu machen, und das kann er nur an einem billigen Platz mit billigen Kräften.«

»Das wußte ich nicht. Ich dachte immer...« Ralf hob sein Glas, nahm einen tiefen Schluck und ließ sich wieder in den Sessel sinken.

»Was?«

»Daß du mit deiner Arbeit ganz zufrieden bist.«

»Bin ich auch.« Sie drückte ihre Zigarette aus. »Ich habe einen Beruf, der mir Spaß macht, und ich bin nicht unbedingt darauf aus, ganz nach oben, an die Spitze, zu gelangen. Ich bin völlig zufrieden. War es jedenfalls bis jetzt.«

»Und das alles hat dir dein Bruder nun vermasselt!« Ralf setzte das Whiskyglas hart auf die Platte. »Ob er dabei auch nur eine Sekunde an dich gedacht hast?«

Sie lachte freudlos. »Sei nicht so naiv. Natürlich nicht. Kein Verbrecher denkt daran, was er den Menschen, die ihn lieben, antut. Sonst blieben viele Taten ungeschehen.«

»Du hältst ihn also für einen Verbrecher?«

»Entschuldige, ich habe mich blöd ausgedrückt. Natürlich ist er kein Krimineller, aber er hat eine dumme Sache gemacht, soviel steht fest. Er hat es ja Sabine gegenüber zugegeben.«

»Ach so.« Ralf kaute auf seiner Unterlippe; er hatte lange, gelbliche Zähne und sah jetzt ein wenig wie ein Kaninchen aus. »Na ja...«

»Ich könnte natürlich von Riesberg weg«, sagte Ethel, »zum Beispiel nach Bremen gehen ... oder Offenburg, nicht so von heute auf morgen, aber das würde sich schon arrangieren lassen. Aber das würde für uns ntürlich eine Trennung bedeuten.«

»Kommt nicht in Frage.«

»Ich hätte es auch von mir aus gar nicht in Erwägung gezogen.«

Eine Weile saßen sie sich schweigend und nachdenklich gegenüber. Dann sprang er auf. »Ich muß nach meinem Essen sehen.«

Ethel war jetzt schon wohler zumute. Die Anwesenheit Ralfs und der Whisky hatten sie entspannt. Sie benutzte das Alleinsein, um Sabine anzurufen und sie zu fragen, was es Neues gegeben hatte. Aber während Sabine ihr erzählte, wie es ihr bei den Zeltner-Werken und im Gespräch mit dem Personalchef ergangen war, verging ihre gute Stimmung. »Verdammt«, sagte sie, »oh, verdammt ... ich kann dir gar nicht sagen, wie leid mir das alles tut.« Ralf kam herein, und sie fügte rasch hinzu: »Ich habe Besuch, Biene, ich muß Schluß machen. Aber du rufst mich an, sobald du mit Arnold gesprochen hast, ja?«

Ralf fragte nicht, was sie erfahren hatte, sondern eröffnete ihr: »Ich habe über dein Problem nachgedacht, und ich habe die Lösung gefunden, Ethel. Wir werden heiraten!«

»Ach, Ralf!« Sie schwankte zwischen Lachen und Weinen.

»Ist das alles, was du dazu zu sagen hast?«

Sie trat zu ihm hin und legte ihm die Hände auf die Schultern. »Ach, Ralf, es hat doch keinen Sinn, daß wir uns was vormachen! Wie oft haben wir schon über dieses Problem gesprochen. In Wirklichkeit willst du mich ja gar nicht heiraten. Sei ehrlich, Ralf!«

»Jetzt doch.«

»Um mich als strahlender Lohengrin aus einer mißlichen Familienaffäre zu retten?«

»Spotte nur. Mir ist es ganz ernst. Ich könnte es nicht ertragen, dich als Ziel eines Haberfeldtreibens zu sehen!«

»Ein Haberfeldtreiben!« rief sie. »Wie kommst du darauf?! So was gibt es doch heute längst nicht mehr! Und wer sollte schon über mich herziehen?«

»Die Menschen in einer kleinen Stadt sind in mancher Beziehung komisch, Ethel.«

»Aber ich habe doch mit den Leuten hier gar nichts zu tun. Abgesehen von meinen Verwandten, und die sitzen alle mit mir im gleichen Boot. Die auf der Redaktion denken nicht so kleinkariert. Die würden mir das nie anlasten, was mein Bruder ausgefressen hat.« Sie gab Ralf einen kleinen Kuß auf die Nasenspitze. »Ich danke dir für deine Großherzigkeit. Aber du opferst dich ganz umsonst.«

Er hielt sie fest, als sie sich abwenden wollte. »Es ist kein Opfer für mich, Ethel.«

»Hör auf damit«, bat sie.

»Ich könnte es nicht ertragen, wenn irgend jemand dich auch nur schief anblicken würde.«

»Warum auf einmal so heikel?« fragte sie bitter. »Bisher hast du dich um meinen guten Ruf doch verdammt wenig geschert. Du hast es als ganz selbstverständlich vorausgesetzt, daß ein alleinstehendes Mädchen in einer Kleinstadt ruhig mit einem Kerl herumziehen kann, der nicht daran denkt, sie zu ehelichen. Entschuldige bitte, wenn ich mich nicht gerade oberfein ausdrücke. Aber es ist doch wahr.«

Er ließ sie los. »Ich erinnere mich nicht, je mit dir herumgezogen zu sein.«

»Stimmt. Du hast mich nur in meinen Gemächern aufgesucht. Meinst du, das macht die Sache besser? Jedermann hier, abgesehen von meiner Familie und meinen besten Freunden, die mir glauben, ist überzeugt, daß du verheiratet bist. Ansonsten können sie es sich ja nicht erklären, warum du nicht längst Nägel mit Köpfen machst. Daß du dich nie mit mir in der Öffentlichkeit sehen läßt, spricht doch bloß für diese These.«

»Ich bin eben am liebsten hier mit dir zusammen.«

»Du brauchst dich nicht zu entschuldigen, Ralf. Das alles ist doch so altbekannt, daß es beinahe schon gar nicht mehr wahr ist. Vielleicht ist dir sogar aufgefallen, daß ich seit Monaten nicht mehr darüber gesprochen habe, einfach deshalb, weil es sinnlos geworden ist. Deshalb möchte ich jetzt aber auch dich bitten, nicht mehr auf diesem Thema herumzureiten.«

»Entschuldige, Liebling«, murmelte er.

»Schon geschehen. Zum Abschluß dieser kleinen Auseinandersetzung möchte ich dich nur noch daran erinnern, daß ein Haberfeldtreiben im alten Bayern immer nur gegen solche Personen stattgefunden hat, die sich was zuschulden kommen ließen, das nicht von Staats wegen bestraft werden konnte. Es hat sich also nicht gegen Diebe oder die Schwestern von Dieben gerichtet, wohl aber gegen Mädchen, die sich durch einen allzu leichten Lebenswandel unbeliebt machten. Natürlich nur bei denen, die nicht dran kamen oder sich betrogen fühlten.«

»Das habe ich nicht gewußt.«

»Macht nichts.« Ethels Augen blitzten. »Jedenfalls bist du jetzt wieder etwas gescheiter geworden.« Sie atmete durch, um sich zu beruhigen. »Darf ich fragen, was du Schönes kochst?«

»Nieren französisch in Rotweinsoße.«

»Fabelhaft, Liebling. Als Koch jedenfalls bist du unübertrefflich. Soll ich schon mal den Tisch decken? Oder kann ich noch eine Zigarette rauchen?«

»Keins von beiden. Du sollst mir einfach zuhören, Ethel. Ich verstehe ja, daß du mir Vorwürfe machst, weil ich dich so lange Zeit nicht geheiratet habe. Akzeptiert. Aber das darf doch kein Grund für dich sein, mich zurückzustoßen, nun, wo ich will...«

»Um meinen guten Ruf zu retten!«

»Um dir meinen Namen zu geben. Um aller Welt zu zeigen, daß ich in dieser schwierigen Situation zu dir stehe... um mich schützend vor dich zu stellen! Sind denn das schlechte Motive?«

»Nein, im Gegenteil, höchst edel. Aber ich mag nicht, daß du dich opferst. Ich will aus Liebe geheiratet werden, meinetwegen auch aus Freundschaft oder aus Vernunft, aber keineswegs...«

»Ethel!« Er packte sie bei den Schultern und schüttelte sie leicht, was zu seiner sonst eher sanften und beherrschten Art gar nicht paßte. »Als wenn du nicht wüßtest, daß ich dich liebe... ja, ich liebe dich. Wenn ich mich trotzdem bisher nicht zu einer Heirat habe aufraffen können, nur dann, weil... weil der letzte Anstoß fehlte. Jetzt habe ich ihn verpaßt bekommen. Willst du jetzt wirklich nein sagen – nur aus Trotz und aus Rachsucht und was weiß ich?«

Ihr waren Tränen in die Augen gestiegen. »Nein... ich meine natürlich... ja, ich will dich heiraten!«

»Na also!« Er zog sie an sich, umschlang sie und küßte sie zärtlich. »Und wo? Auf alle Fälle soll es eine fabelhafte Hochzeit werden! Die Leute werden staunen!«

»Nein, nein«, widersprach sie hastig, »du weißt doch, ich habe was gegen Klimbim. Laß uns heimlich und bescheiden heiraten, wie es einem nicht mehr ganz jungen Brautpaar geziemt.«

»Aber auf alle Fälle hier in Riesberg.«

»Einverstanden. Und was wird deine Mutter sagen?«

»Das habe ich mir auch schon überlegt...« Er zögerte. »Am besten sage ich ihr gar nichts und stelle sie vor vollendete Tatsachen.«

»Ob das richtig ist?«

»Ich will ihr keine Gelegenheit geben, noch im letzten Augenblick querzuschießen.«

»Aber wenn du selbst weißt, was du willst... sie kann dir doch nichts verbieten!«

Er lächelte. »Sie hat andere Waffen, Liebling. Du kannst dir das nicht vorstellen, und ich werde es dir auch nicht erzählen, denn du könntest auf die Idee kommen... ich möchte mit meiner Ehefrau nicht noch einmal dasselbe erleben wie mit meiner Mutter.«

»Bestimmt nicht.« Ethel stellte sich auf die Zehen und küßte ihn auf den Mund.

»Meine Nierchen!« rief er, ließ sie stehen und stob in die Küche.

Während sie den Tisch deckte, lag ein Lächeln auf ihrem Gesicht. Sie schämte sich, daß sie so glücklich sein konnte, während ihr Bruder die schwerste Zeit seines Lebens durchmachte und seine Familie darunter litt. Aber sie konnte und wollte es nicht ändern: sie war glücklich.

Arnold Miller war nicht verzweifelt, er war wie betäubt. Alles, was er seit seiner Verhaftung an der Schweizer Grenze erlebt hatte, war wie ein schlimmer Traum für ihn gewesen. Er hatte natürlich gewußt, daß es so etwas gab – in eine Zelle gesteckt zu werden, per Schub in der Gesellschaft von Kriminellen, Gammlern, Rauschgiftsüchtigen nach Deutschland zurückgebracht, nicht mehr als Mensch und schon gar nicht mehr als Persönlichkeit, sondern als Nummer behandelt, von Wildfremden geduzt zu werden –, ja, er hatte davon gewußt, aber sich niemals vorgestellt, daß dies ihm geschehen könnte. Er begriff es immer noch nicht, war einfach nicht in der Lage, seine Vergangenheit mit der Gegenwart zu verknüpfen; das, was er war, mit dem, was er getan hatte und was ihm geschah.

Dabei benahm er sich ganz unauffällig, nahm sein Essen aus den großen Kübeln in Empfang und aß, ohne zu schmecken, kehrte seine Zelle aus, wie man von ihm verlangte, machte seine Pritsche, als sei er es so gewohnt, erzählte seine Geschichte dem Untersuchungsrichter und gab auf dessen immer wiederkehrende Fragen die immer gleichen Antworten. Aber dies alles spielte sich gleichsam ganz automatisch, sozusagen an der Oberfläche seines Wesens ab, ohne bis in die Tiefe vorzudringen. Es war, als sei eine Schutzvorrichtung eingerastet, die seinen Geist gegen ein Entsetzen abschirmte, das zu ertragen er nicht imstande war.

So fand ihn auch sein junger Pflichtverteidiger Dr. Carl Pötters ganz ruhig am Tisch sitzend, als er ihn das zweite Mal in seiner Zelle aufsuchte. Der Wärter schloß die schwere Eisentür hinter dem Rechtsanwalt ab und ließ ihn mit seinem Klienten allein. »Na, wie fühlen Sie sich?« fragte Dr. Pötters, legte seine Aktentasche auf den Tisch und zog sich den Dreibeinschemel heran.

Arnold Miller hatte nur den Blick zu ihm gehoben. »Sehr gut, danke.«

»Das hört man gern... also wirklich, das freut mich.« Plötzlich verschwand die berufsmäßige Freundlichkeit des Rechtsanwaltes und wandelte sich in Befremdung. »Ja, was machen Sie denn da?«

»Ich? Nichts.«

»Ja, das meine ich eben. Als ich eintrat, saßen Sie so da, als ob... also ich dachte, Sie lesen...«

»Nein.«

»Sie sitzen einfach so da und tun... nichts?«

»Ja.«

»Also hören Sie mal, Herr Miller, das muß doch nun wirklich nicht sein. Sie können sich hier Bücher ausleihen, ich kann Ihnen auch was mitbringen.«

Arnold Miller sah ihn nur an. »Ich glaube nicht, daß ich lesen möchte.«

»Ja, dann... wie wäre es mit einem Spiel? Vielleicht Schach?« Arnold schwieg. »Na ja, ich will Ihnen nichts aufdrängen«, sagte Dr. Pötters, »aber es hat doch keinen Sinn, daß Sie sich das Leben unnötig schwer machen. Eingesperrt sein ist doch schlimm genug, warum sollten Sie dann nicht wenigstens die Vergünstigungen ausnutzen, die die Untersuchungshaft bietet?« Er unterbrach sich, weil er das Gefühl hatte, daß ihm der Häftling gar nicht zuhörte, und wandte sich einem anderen Thema zu. »Übrigens habe ich mit Ihrer Frau gesprochen.«

Arnold straffte sich. »Sagen Sie ihr, daß ich mit der Scheidung einverstanden bin!«

»Was reden Sie da? Sie wollen sich scheiden lassen?«

»Ja.«

»Also, mein lieber Herr Miller...« – der Rechtsanwalt ließ den Verschluß seiner Mappe aufspringen – »... davon möchte ich Ihnen aber dringend abraten. Ein solcher Schritt müßte das Gericht auf den Verdacht bringen, daß in Ihrem Fall eine andere Frau eine Rolle spielt...«

»Eine andere Frau?« wiederholte Arnold schwerfällig.

»Ja. Diejenige, für die Sie die Unterschlagung begangen haben... die das Geld vielleicht jetzt schon hat... mit der Sie ein neues Leben anfangen wollen...«

»Eine solche Frau existiert nicht.«

»Das versichern Sie ständig. Wozu dann die Scheidung?«

»Verstehen Sie denn nicht?« Arnold hob den Blick von seinen Händen, die er flach auf den Tisch gelegt hatte. »Ich kann meiner Frau doch nicht zumuten, mit einem... einem Verbrecher verheiratet zu sein. Nach der Scheidung könnte sie wieder ihren Mädchennamen annehmen und...«

»Darüber denken Sie also nach?«

»Ja. Auch darüber.«

Der Rechtsanwalt räusperte sich. »Dann möchte ich Ihnen dringend empfehlen, Überlegungen dieser Art bis nach dem Prozeß zurückzustellen. Uns kann es jetzt doch in erster Linie nur darum gehen, zu einem möglichst milden Urteil zu kommen, darin sind wir uns doch hoffentlich einig.«

»Aber wenn meine Frau will...«

»Sie will ja gar nicht. Hören Sie doch endlich davon auf, Herr Miller. Ihre Frau hat keine derartige Andeutung gemacht. Sie läßt Sie grüßen und fragt, was Sie brauchen... was sie Ihnen schicken kann.«

»Und warum kommt sie nicht selbst?«

»Weil ich bisher noch keine Besuchserlaubnis für sie bekommen habe. Den Grund werden Sie sich vorstellen können. Der Untersuchungsrichter möchte sie möglichst isolieren, bis Sie gestehen, wo Sie das Geld gelassen haben.«

Arnold nahm die Brille ab und strich sich mit der Hand über die Augen. »Das habe ich jetzt doch schon tausendmal gesagt.«

»Stimmt. Aber der Untersuchungsrichter ist von Ihren Angaben nicht recht befriedigt, und ich kann das verstehen. Ihre Version, daß Sie fünfzigtausend Mark beim Roulette verspielt haben, klingt einfach nicht glaubhaft.«

»Was wollen Sie denn sonst von mir hören?«

»Wo das Geld ist, Herr Miller.«

»Ich habe es nicht mehr.«

»Daß Sie es jetzt nicht bei sich haben, ist allerdings offensichtlich.«

Arnold setzte die Brille wieder auf und blickte seinem Rechtsanwalt mit so viel Festigkeit, wie er nur aufzubringen vermochte, in die Augen. »Ich habe es in Bad Wiessee verspielt. Wenn Sie mir das nicht glauben – wie wollen Sie mich dann verteidigen? Dann hat es überhaupt keinen Zweck, daß wir noch miteinander reden.«

Dr. Pötters war nahe daran, das Mandat niederzulegen – eine Pflichtverteidigung war ohnehin finanziell nicht interessant, aber etwas an dem Fall beschäftigte ihn: das Vorleben dieses Mannes. Sein Erscheinungs- und Charakterbild paßten so gar nicht zu der ihm zur Last gelegten Tat, die er ja auch noch unumwunden zugegeben hatte. Um jemanden zu decken? Aber wen denn? Nur er und dieser Kienzel, der ihn angezeigt hatte, waren ja in die Sache verwickelt.

»Moment mal.« Der Rechtsanwalt massierte sich die Nasenspitze. »Ist es Ihnen vielleicht gestohlen worden? Nein, antworten Sie jetzt nicht ... nicht so schnell, lassen Sie mich erst mal ausreden, Sie wissen, daß Sie mir sagen können, was Sie wollen – daß ich dadurch aber noch längst nicht ermächtigt werde, diese Dinge vor Gericht vorzubringen. Sie können zu mir reden wie zu einem Beichtvater; eine dritte Person wird kein Wort davon erfahren.«

»Ich weiß nicht, worauf Sie hinauswollen ...«

»Es könnte doch sein, Herr Miller, daß irgend jemand, der Ihnen nahesteht – Sie haben erwachsene Söhne, nicht wahr? – daß irgend jemand Ihnen das Geld gestohlen hat, den Sie nun vor einer Strafverfolgung zu schützen suchen. Wenn das so ist, dann sagen Sie es mir. Ich werde den Sachverhalt nicht bei Ihrer Verteidigung heranziehen, weiß dann aber wenigstens selbst, woran ich mit Ihnen bin.«

Arnolds Atem ging flach. »Nein«, sagte er, »ich habe von Anfang an die Wahrheit gesagt. Warum können Sie mir nicht einfach glauben? Wenn ich jetzt behaupten wollte, meine Söhne oder meine Tochter oder meine Frau hätten das Geld genommen ... das könnte doch genausogut eine Lüge sein.«

»Ja, schon.«

»So ist das eben.« Arnold lächelte schwach. »Es kommt gar nicht darauf an, was ich sage. Entweder Sie glauben mir, oder Sie tun es nicht. Was anderes ist nicht möglich.«

»Ich will versuchen, Ihnen zu glauben.«

»Das ist sehr nett von Ihnen«, erklärte Arnold Miller ohne Ironie.

»Aber ich bin nicht sicher, ob ich Staatsanwalt und Gericht davon werde überzeugen können. Man wird Sie fragen, warum Sie in die Schweiz gefahren sind.« Er zog einen Schreibblock aus seiner Tasche und legte ihn vor sich hin, um sich Notizen zu machen. »Was wollen Sie darauf antworten?«

»Damals hatte ich das Geld ja schon gar nicht mehr.«

»Gut. Unterstellen wir das. Der Staatsanwalt wird aber zweifellos behaupten, daß Sie zuerst einmal versucht haben, diesen ... na, wie heißt er doch gleich ...« – er blätterte in seinen Papieren – ». . . diesen Kienzel durch einen Appell an Ihre alte Freundschaft davon abzuhalten, eine Strafverfolgung einzuleiten. Als Sie dann sahen, daß das nicht möglich war, haben Sie das Geld in die Schweiz in Sicherheit gebracht.«

»So war es nicht«, sagte Arnold bedachtsam, »und deshalb kann er es auch nie beweisen.«

»Zugegeben, das kann er nicht. Aber es wird sich verhängnisvoll genug auswirken, wenn er das Gericht glauben macht, daß es sich so verhalten hat – oder jedenfalls so verhalten haben könnte.«

Arnold merkte, daß er zusammengesackt war; jetzt richtete er sich wieder auf. »Ich verstehe nicht, was das für einen Unterschied machen soll: ob mir das Geld gestohlen worden ist, ob ich es verspielt oder ob ich es in Sicherheit gebracht habe.«

»Nun, das will ich Ihnen erklären. Das Gericht beurteilt ja niemals nur den Tatbestand als solchen. Sonst brauchten wir ja, zumal, wenn ein Geständnis vorliegt, gar keine langwierige Verhandlung, sondern es ginge alles zack-zack-zack. Geld unterschlagen: zwei Jahre Gefängnis. Tatsächlich aber kommt es sehr viel auf die äußeren Umstände an ... und auf die Motive.«

»Ich habe versucht, das Geld für Kienzel und für mich zu verdoppeln.«

Dr. Pötters ging auf diese Behauptung gar nicht ein. »Es gibt Schlaumeier, die rechnen sich aus: ich eigne mir fremdes Geld an, sitze dafür soundsoviele Jahre ab, und wenn ich herauskomme, mache ich mir ein feines Leben bis ans Ende meiner Tage.«

In Arnolds Augen blitzte es auf. »Versuchen Sie das mal mit fünfzigtausend.«

»Ich habe jetzt gar nicht von Ihnen gesprochen, sondern ganz allgemein. Sehen Sie mal, Herr Miller, unsere Justiz ist ja nicht da, um Rache zu üben, sondern um die Bürger und ihr Eigentum zu schützen. Deshalb wird Ihre Strafe erheblich härter ausfallen, wenn das Gericht zu der Ansicht kommen sollte, daß Sie das Geld beiseite geschafft haben.«

»Das kann ich auch nicht ändern.«

Dr. Pötters seufzte. »Ich weiß. Ich wollte Ihnen ja auch nur erklären, warum der Verbleib des unterschlagenen Geldes für die Höhe des Strafmaßes von erheblicher Bedeutung ist.«

»Wieviel«, fragte Arnold, »kann ich denn im Höchstfall kriegen?«

»Für einfache Unterschlagung bis zu drei Jahren. Wenn es dem Staatsanwalt aber gelingt, dem Gericht den Fall so darzustellen, als sei Ihnen zugleich mit dem Wettschein auch der eventuelle Gewinn durch Ihren Freund ausdrücklich anvertraut worden ... man kann sich darüber streiten ..., beträgt die Höchststrafe fünf Jahre.«

Arnold sah zu elend aus, um noch zu erblassen. »Fünf Jahre?« wiederholte er fassungslos.

»Ja, es wäre ein schlechtes Geschäft. Wenn Sie dagegen den Verbleib des Geldes nachweisen könnten ...«

»Das kann ich nicht!«

»Ich sage ja nur: wenn! Dann könnte ich sofort die Aufhebung der U-Haft beantragen, ja, vielleicht kämen Sie sogar mit einer Geldstrafe davon.«

»Tut mir leid, Herr Doktor.«

»Und mir erst! Für Sie.« Draußen rasselten die Schlüssel, der Rechtsanwalt erhob sich. »Halten Sie die Ohren steif. Spätestens nach Abschluß der Voruntersuchung dürfen Sie Besuch bekommen. Kann ich Ihrer Frau etwas ausrichten?«

»Ich habe alles, was brauche.«

»Na ja, wie Sie meinen.«

Der Wärter trat ein. Dr. Pötters winkte ab. »Moment noch. Ich habe eine Idee. Wenn Sie am fraglichen Abend tatsächlich in Bad Wiessee waren . . .«

»Wie oft soll ich das noch sagen?«

»Dann müßte sich irgend jemand an Sie erinnern. Der Croupier. Ein Parkplatzwächter. Ein Mitspieler. Der Barkeeper . . .«

Arnold lächelte schief. »Ich bin keine sehr eindrucksvolle Persönlichkeit.«

»Egal. Jemand muß sich an den Mann erinnern, der in wenigen Stunden fünfzigtausend Mark verloren hat. Wissen Sie was? Wir setzen einen Detektiv an.«

Jetzt stand auch Arnold auf. »Nein, nein, das möchte ich nicht. Das klingt zwar ganz bestechend, aber es würde nichts dabei herauskommen. Ich selbst erinnere mich ja an kein einziges Gesicht.«

»Sie waren aufgeregt! Bedenken Sie, was für Sie auf dem Spiel stand!«

»Nein, ich wünsche das nicht.« Arnold empfand, wie das kaum erst gewonnene Vertrauen des Rechtsanwaltes wieder dahinschwand. »Es würde doch Geld kosten, nicht wahr«, sagte er hastig, »so ein Detektiv tut doch nichts umsonst und auf eine bloße Hoffnung hin kann ich mir weitere Unkosten einfach nicht erlauben. Ich würde ja meine Familie damit berauben . . . nein, das kann ich nicht.«

»Wie Sie meinen«, sagte Dr. Pötters steif, »dann also . . . leben Sie wohl. Ich werde mich bemühen, daß es bald zum Termin kommt. Vor dem Prozeß sprechen wir uns dann noch.« Er verließ, gefolgt vom Wärter, die Zelle. Arnold blieb allein zurück; die Stille dröhnte in seinen Ohren.

Sabine war früher immer gern einkaufen gegangen. Sie hatte sonst wenig Gelegenheit, aus den eigenen vier Wänden hinauszukommen, und so bedauerte sie es fast, daß ihr Bruder Egon sie mit fast allen lebenswichtigen Gütern aus dem Supermarkt zu Einkaufspreisen versorgte. Immerhin, die Milch holte sie täglich selbst, in einem altmodischen kleinen Molkereigeschäft Ecke Schleiermacher- und Kantstraße.

Dabei kam es ihr so vor, als sei die Ladenbesitzerin, die dicke alte Frau Plischke mit dem grauen, straff zurückgebürsteten Haar, nicht mehr so freundlich zu ihr wie einst. Sie erwiderte ihren Gruß nur brummig und sah sie nicht an, wenn sie das Wechselgeld herausgab. Aber noch glaubte Sabine, daß sie sich das nur einbildete.

Heute war das Geschäft gesteckt voll, als sie eintrat; die Nachbarinnen unterhielten sich angeregt. »Grüß Gott«, sagte Sabine mit bemühter Unbefangenheit. Sofort wurde es still. Die Frauen wichen vor ihr zurück.

»Was darf es sein?« fragte die Geschäftsfrau mit niedergeschlagenen Augen.

Sabine sah sich im Kreis um. Es kam ihr vor, als starrten sie sie feindlich an. »Aber... ich bin noch gar nicht an der Reihe!« Dann warf sie den Kopf in den Nacken. »Na schön, wenn Sie mich vorlassen wollen, dann, bitte einen halben Liter Vollmilch.« Sie stellte die leere Flasche auf den Tisch. Die Geschäftsfrau stellte die volle daneben. Sabine zahlte. »Macht Ihnen Ihr Rheuma wieder zu schaffen, Frau Plischke?« fragte sie, bemüht, das Eis zu brechen.

Die Frau strich das Geld ein. »Solange man ein gutes Gewissen hat, kann man zufrieden sein.«

Das war überdeutlich. Sabine wollte diese Kränkung nicht einfach einstecken; sie schlug zurück. »Na, Ihr Gewissen ist ja immer sehr stabil gewesen, Frau Plischke!«

Jeder in der Nachbarschaft wußte, daß Frau Plischke ihre Tochter, die von einem italienischen Gastarbeiter verführt worden war, aus dem Haus getrieben hatte, aber nur zwei junge Mädchen kicherten beifällig zu Sabines Bemerkung und stießen sich in die Hüften. Frau Plischkes aufgeschwemmtes Gesicht, das gewöhnlich blaß wie ihre Milch war, lief rot an. Sie öffnete den Mund, als wolle sie etwas sehr Böses sagen, aber Sabine sah sie so fest mit leicht zusammengekniffenen Augen an, daß sie es verschluckte.

»Guten Morgen!« Sabine raffte ihr Netz an sich und verließ den Laden ohne Hast. Sie wußte, daß die anderen sofort über sie herziehen würden, und dabei hatte sie – das war noch gar nicht lange her – geglaubt, sie sei recht beliebt im Viertel. Bestimmt hatte sie niemals jemanden gekränkt. Tränen stiegen ihr in die Augen und machten sie so blind, daß sie stolperte.

»Frau Miller, Frau Miller!« Sabine erkannte die schrille Stimme von Frau Zibalsky, ihrer Nachbarin. »Warum laufen Sie denn so? Warten Sie doch! Wir haben den gleichen Weg!«

Sabine zog ein Taschentuch und putzte sich kräftig die Nase, fuhr sich bei der Gelegenheit auch so unauffällig, wie möglich über die Augen; das hätte noch gefehlt, daß die Zibalsky sie weinen sähe! Als die Nachbarin sie einholte, konnte Sabine schon wieder lächeln.

»Sie haben es der Plischke aber gegeben!« tönte die Zibalsky mit übertriebener Begeisterung. »War auch an der Zeit, daß es der mal jemand sagt!«

»Ich habe Sie gar nicht gesehen, Frau Zibalsky«, stellte Sabine fest.

Darauf ging die andere nicht ein. »Sie wissen doch, was aus dem Reserl geworden ist?« fragte sie. »In einer Bar arbeitet sie... in München! Na, da weiß man doch schon, woran man ist!«

»Das arme Mädel!« Sabine mußte sich noch einmal die Nase putzen.

»Na, sie war ein sauberes Ding! Ein bißchen zu hübsch, wenn Sie mich fragen. Eine, nach der sich alle Männer umdrehen, gerät leicht auf die schiefe Bahn.« Und ohne Atem zu holen fügte sie hinzu: »Wie trägt's denn Ilona?«

»Was?« fragte Sabine überrumpelt.

»Na, das mit ihrem Vater. Mir brauchen Sie doch nichts vorzumachen. Die ganze Stadt weiß es ja. Daß er in Traunstein im Gefängnis sitzt, meine ich.«

»In Untersuchungshaft«, verbesserte Sabine.

»Na eben. Sag' ich doch.« Frau Zibalskys spitzes, zerknittertes Gesicht glühte vor Befriedigung. »Muß ein schwerer Schlag für das Fräulein Tochter gewesen sein.«

»Aber wieso denn?«

»Dadurch fällt die geplante Hochzeit doch wohl ins Wasser.«

»Nein, keineswegs!« Sabine war froh, daß sie endlich wieder etwas Positives sagen konnte. »Ilona und der junge Zinner wollen noch Ende dieses Jahres heiraten.«

»Und was sagen seine Eltern dazu?«

»Er ist großjährig und kann über sein Leben selbst entscheiden.«

»Das ist schön für das arme Ding. Also wirklich, das ist mal eine gute Nachricht. Denn das kann ich Ihnen versichern: aus Riesberg würde kaum einer die Tochter eines Betrügers nehmen. Bei aller Liebe nicht. Wenn man sich zum Heiraten entschließt, sprechen doch gewisse Überlegungen mit.«

Sabine schob das Kinn vor. »Mein Mann ist kein Verbrecher.«

»Wollen Sie sagen, daß er unschuldig sitzt?«

»Jedenfalls ist er noch nicht verurteilt.«

»Aber liebe Frau Miller!« Die Zibalsky schrie es fast. »Wegen nichts und wieder nichts wird man doch nicht verhaftet!«

»Auch das ist schon vorgekommen«, sagte Sabine eisern.

Zwei Frauen, die weiter unten auf der Straße wohnten, kamen ihnen entgegen und gingen grußlos vorbei. Plötzlich hatte die Zibalsky es eilig, sich zu verabschieden. »Du lieber Himmel, jetzt habe ich doch glatt vergessen ... ich muß noch mal zurück!« Sie stob den Nachbarinnen nach. Sabine wußte, daß sie den anderen hastig erklären würde, warum sie mit ihr gesprochen und was sie herausgebracht hatte. Es war komisch, und doch konnte sie nicht darüber lachen.

Chefarzt Dr. Ernst Kettner schritt, gefolgt von seinem Stab – zwei Assistenten, der Stationsschwester, Schwester Ute und Knut Miller, der sich, wie es sich für einen Hospitanten geziemte, hübsch im Hintergrund hielt –, durch die Zimmer der Ersten und Zweiten Klasse des Kreiskrankenhauses. Um so überraschter war Knut, als sich der Chefarzt plötzlich auf dem Gang an ihn wandte. »Sie waren dabei, wie ich den neu eingelieferten Patienten untersucht habe, Miller. Jetzt möchte ich gern mal Ihre Diagnose hören.«

»Hepatitis«, erklärte Knut.

»Nein!« sagte Dr. Kettner prompt, um sich dann zu berichtigen: »Doch, man könnte von Hepatitis sprechen. Wie kommen Sie darauf?«

»Der ausgeprägte Ikterus...«

»...könnte aber auch auf eine andere Erkrankung von Leber und Galle hinweisen?«

»...in Verbindung mit den Laborberichten und dem ganzen Krankheitsbild!«

Dr. Kettner sah ihn mißbilligend an. »Die Diagnose stimmt; Sie sind schlau, Miller. Sie wissen eine ganze Menge. Aber zu einem guten Arzt gehört noch ein bißchen mehr.«

Knut sah keinen Grund, vor dem Chefarzt zu buckeln. »Aber ich halte Wissen und Können doch für das Entscheidende«, sagte er.

»Ein typisch kleinbürgerlicher Standpunkt.«

Knut grinste. »Was haben Sie gegen das Kleinbürgertum?«

»Seine merkantilistische, pseudowissenschaftliche Einstellung.«

Knut schluckte eine kecke Entgegnung, denn allzu sehr wollte er seinen zeitweiligen Vorgesetzten denn doch nicht ärgern. Er biß die Zähne zusammen und hoffte, daß Dr. Kettner das Interesse an ihm verlieren würde. Aber der Chefarzt ließ nicht locker. »Auf das Vertrauensverhältnis zwischen Arzt und Patienten kommt es an. Jetzt möchte ich gern mal von Ihnen hören, wie Sie sich als Arzt das Vertrauen eines Patienten erwerben und erhalten wollen!«

»Indem ich die Wahrheit sage!«

»Die Wahrheit?« Dr. Kettner legte die Hand hinter das Ohr, als habe er nicht richtig gehört. »Sie würden also einem Schwerkranken eröffnen, daß er sterben muß?«

»Wenn er es irgend ertragen kann... ja.«

»Und woher nehmen Sie die Gewißheit, daß es so ist? Haben Sie noch nie etwas von jenen Fällen gehört, in denen bei einem scheinbaren Moribundus eine überraschende Wendung zum Besseren eintrat?«

»Die objektive Wahrheit, Herr Chefarzt, kann ich natürlich nicht sagen – das kann wohl niemand –, aber immerhin das, was ich als die Wahrheit erkannt habe, meine eigene Diagnose.«

»Und möglichst noch hinzufügen, daß ein Irrtum nicht ausgeschlossen ist?«

»Warum nicht? Auch die Patienten begreifen ja allmählich, daß ein Arzt nicht unfehlbar ist.«

Dr. Kettner holte hörbar Luft. »Das sind also Ihre Ansichten!«

Knut hielt seinem Blick stand. »Ja.«

»Dann sollten Sie beizeiten Ihren Beruf wechseln, Miller! Mit einer solchen Auffassung verstoßen Sie gegen die Standesethik.«

»Tut mir leid.«

»Ihr Bedauern ist zu wenig. Sie werden's nie lernen, Miller. Vielleicht ist es nicht einmal Ihre Schuld. Ich habe von Anfang an bei

Ihnen das Gefühl gehabt, daß Sie sich in ein Milieu drängen, in das Sie nicht passen.«

Jetzt konnte Knut seinen Ärger nicht länger unterdrücken. »Weil mein Vater nicht Arzt oder Beamter, sondern Buchhalter ist?«

»Ist er denn noch Buchhalter?« fragte Dr. Kettner mit einem feinen Lächeln und wandte sich ab. »Schreiben Sie auf, Schwester: *Hepatitis contagiosa.* Der Patient muß streng isoliert werden. Therapie: strenge Leberdiät, morgens, abends und mittags...« Er eilte seinem Stab voran, während er diktierte. Knut wäre am liebsten auf und davon gegangen, aber er wollte nicht zwei Monate Praktikum umsonst geleistet haben.

Als die Visite vorbei war und der Stab sich auflöste, blieb Schwester Ute an Knuts Seite. »Sie haben sich ja schön aufs Glatteis führen lassen«, sagte sie.

»Etwas Tröstlicheres haben Sie mir nicht zu sagen?« entgegnete er in bemüht leichtem Ton. »Und ich hatte auf Verständnis und Mitgefühl wenigstens von Ihnen gehofft.«

»Es war Ihre eigene Dummheit.«

»War es denn wirklich so blöd, was ich gesagt habe?«

Sie sah ihn aus ihren runden, braunroten Augen an. »Es war unangebracht, und das ist schlimmer. Man kann nicht immer einfach daherreden, was einem einfällt.«

»Wie weise!« neckte er sie mit mühsamem Spott.

Ihr schönes, strenges Gesicht blieb unbewegt. »Sie werden's auch noch lernen.«

»Wenn Sie mir Unterricht geben!«

Sie zog die Hand, die er ergreifen wollte, rasch zurück und versteckte sie hinter dem Rücken. »Das kommt wohl kaum in Frage.«

»Und warum nicht?«

Sie antwortete nicht. »Was haben Sie jetzt vor?«

»Eigentlich wollte ich unter den Augen meines gestrengen Chefs mein kärgliches Mittagsmahl zu mir nehmen... aber wenn Sie jetzt für mich freihaben, schlage ich vor, daß wir zwei miteinander...«

Sie unterbrach seinen Redefluß. »Das meine ich nicht. Was Sie überhaupt vorhaben. Was Sie jetzt anfangen. Wie Sie Ihre Zukunft gestalten wollen. Denn mit dem Studium ist es doch wohl aus.« Sie sagte das leichthin, ohne besondere Betonung, und dennoch traf es ihn wie ein Schlag; er zuckte regelrecht zusammen. »Unsinn!« Er brachte ein unnatürliches Gelächter zustande. »Bloß weil der Alte 'nen Piek auf mich hat? Aber der mochte mich doch von Anfang an nicht!«

»Sie werden jetzt Geld verdienen müssen. Für Ihre Familie.«

»Meine Familie? Bin ich vielleicht verheiratet?«

»Nein. Aber es stimmt doch, daß Ihr Vater sitzt.«

Er hatte gemerkt, daß man es im Kreiskrankenhaus wußte, aber er hatte nicht erwartet, daß man es ihm so brutal ins Gesicht sagen würde, am wenigsten hätte er das Schwester Ute zugetraut; es verschlug ihm die Sprache. »Wenn Sie meinen, daß ich mir dadurch meine ganze Zukunft vermasseln lasse«, brachte er endlich hervor, »dann sind Sie schief gewickelt. Ich werde selbstverständlich weiterstudieren. Ich hatte ja seit jeher ein Stipendium.«

»Und wer sorgt für Ihre Mutter?«

»Ich tät's, wenn ich könnte. Aber wie denn? Außerdem – warum gerade ich? Ich habe ja noch zwei erwachsene Geschwister. Sehen Sie mich nur nicht so an, als wenn ich ein herzloser Egoist wäre ...«

Schwester Ute lächelte. »Sind Sie das etwa nicht? Aber es stört mich nicht. Es gefällt mir sogar an Ihnen. Ich kann Schwächlinge und Heuchler nicht ausstehen.«

Er trat noch näher an sie heran. »Wann gehen wir zusammen aus?«

»Sie müssen jetzt Ihre Pfennige zusammenhalten.«

»Das mußte ich immer, Schwester Ute ... aber für Sie ist mir kein Opfer zu viel!«

Sie lachte – lachte sie ihn aus? »Nur Geduld, Sie werden noch Gelegenheit haben, sich zu opfern!« Sie schlüpfte an ihm vorbei und ließ ihn stehen. Obwohl sie ihn nicht ermutigt hatte, hatte das kurze Gespräch mit ihr ihm gutgetan.

»Ich gehe nicht mehr zur Schule«, erklärte Sven mit Entschiedenheit. Sabine, die beobachtet hatte, daß der Junge in letzter Zeit ziemlich lustlos herumhing, hatte ihm den Vorschlag gemacht, sich nun, da die Ferien ihrem Ende zugingen, mal wieder mit seinen Schulbüchern zu befassen; jetzt war sie erschrocken über seine heftige Reaktion.

Knut, der mit der Mutter und dem kleinen Bruder am Frühstückstisch saß – Ilona hatte das Haus schon eher verlassen, um mit dem Bus in die Zeltner-Werke zu fahren –, lachte nur. »Das hast du dir gedacht«, sagte er mit vollem Mund.

»Aber, Sven«, fragte Sabine, »wie stellst du dir das vor? Du bist noch im schulpflichtigen Alter! Wenn du nicht freiwillig gehst, wird die Polizei dich holen!«

»Ich lasse mich so leicht nicht erwischen!« behauptete der Junge.

»Quatsch!« erklärte Knut herablassend. »Nun erzähl uns bloß noch, du willst nach Hamburg und als Schiffsjunge anheuern. Das ist aufgelegter Blödsinn. Heutzutage nehmen sie keinen mehr, der nicht vernünftige Papiere und das schriftliche Einverständnis seiner Eltern vorweisen kann.«

Sven funkelte den Bruder aus seinen schwarzen Augen zornig an. »Von Hamburg habe ich gar nichts gesagt!«

»Aber so was Ähnliches hast du dir vorgestellt!« Knut langte über den Tisch, nahm die Kaffeekanne und schenkte sich noch einmal ein. »Ganz egal, wohin du auskneifen willst: weit kommst du unter Garantie nicht.«

Sven, der einsah, daß er gegen seinen Bruder nicht ankam, machte einen Rückzieher. »Wer hat denn was von Auskneifen gesagt? Ich will nicht mehr aufs Gymnasium, das ist alles!«

»Das hinwiederum«, sagte Knut herzlos, »halte ich für eine hervorragende Idee. Da bei der momentanen Finanzlage der Familie an ein Studium für dich kaum zu denken ist, finde ich es sehr vernünftig, daß du dich schon jetzt darauf einrichtest, mit fünfzehn abzugehen und eine Lehre anzutreten.«

»Aber du studierst lustig weiter!« schrie Sven, völlig unlogisch in seinem Zorn.

»Ich, mein Lieber, kriege ein Stipendium, aber an so was ist bei deinen Schulleistungen doch nicht zu denken.« Knut biß krachend in sein Brötchen.

»Hör auf, den Jungen zu ärgern!« bat Sabine. »Du machst dir die Dinge wirklich sehr leicht, Knut, tust einfach so, als wenn dich das, was Vater passiert ist, gar nichts anginge.«

»Passiert ist gut! Der hat sich doch alles selbst zuzuschreiben!«

»Ich glaube nicht, daß uns das jetzt zu interessieren hat!« Sabine blickte Knut beschwörend an. »Es kommt jetzt darauf an, wie wir mit den Folgen fertig werden. Und das können wir bestimmt nicht, wenn wir uns gegenseitig angiften. Wir müssen zusammenhalten... und das jetzt mehr denn je.«

Knut verbeugte sich leicht in ihre Richtung. »Prachtvoll, Biene! Das hast du mal wieder hingelegt!«

»Du bist unausstehlich, Knut!«

»Nicht doch. Biene, ich wollte dich nicht ärgern, auf Ehre nicht. Ich hab's ganz ernst gemeint! Du entwickelst in letzter Zeit ungeahnte Talente.« Er brachte sie mit einer Handbewegung zum Schweigen. »Und damit du siehst, daß ich mir doch Gedanken über deine Situation mache: Ich höre Ende des Monats im Kreiskrankenhaus auf...«

Sabine fiel ihm ins Wort. »Ja, kannst du das denn so einfach?«

Knut zuckte die breiten Schultern. »Um die Wahrheit zu sagen: Doktor Kettner ist froh, daß er mich los ist. Er war mir von Anfang an nicht grün. Ich bin nun mal nicht der Typ des beflissenen Speichellekkers, wie er ihn schätzt. Und nach den letzten Ereignissen bin ich natürlich total und endgültig bei ihm abgemeldet.«

»Das tut mir leid.« Sabine war betroffen, hauptsächlich deshalb, weil sie sich nicht vorgestellt hatte, daß auch Knut Schwierigkeiten bekommen würde.

»Muß es nicht, Biene. Ich scheiße längst...«

»Knut!«

Er grinste. »Na schön, dann pfeife ich eben auf den Riesberger Mief. Mir hat niemals vorgeschwebt, ausgerechnet hier Karriere zu machen. Jetzt sehe ich erst mal zu, daß ich mir bis zum Beginn des Semesters ein bißchen Taschengeld verdiene. Mit meiner Wirtin habe ich schon telefoniert. Meine Bude steht mir jederzeit zur Verfügung. Ich hau also ab, und somit liegt dir ein Esser weniger auf der Tasche.«

Sabine kämpfte gegen eine Enttäuschung, die sie selbst für unverständig hielt. Knut hatte doch ein Recht auf sein eigenes Leben, und es war nur vernünftig, daß er jetzt an seine Ausbildung und seine Zukunft dachte. All die Opfer, die sie für ihn gebracht hatte, die schlaflosen Nächte und finanziellen Einschränkungen waren ihr selbstverständlich gewesen: das, was Eltern nun einmal für ihre Kinder tun. Ansprüche ließen sich nicht daraus herleiten. Was also hatte sie erwartet? Sie mußte doch froh sein, daß er sich so voller Energie auf seine eigenen Füße stellte und sie dadurch entlastete.

Sie versuchte zu lächeln, doch Knut ließ sich nicht täuschen. »Paßt dir etwas nicht?« fragte er.

»Ich überlege nur gerade, ob München jetzt wirklich das richtige für dich ist. Du sagst doch selbst immer, dort sei alles so teuer.«

»Stimmt«, gab er zu, »in Erlangen kommt man billiger zurecht. Dafür ist es aber dort schwieriger, einen gutbezahlten Job zu kriegen. Nein, Biene, es ist lieb, daß du dir Gedanken machst, aber ich gehe wieder nach München.« Er wischte sich den Mund ab und lehnte sich zurück. »Ilona bist du auch bald mit gutem Wind los. Dann bleibt dir also nur noch unser Kleiner erhalten, und ihr beide, denke ich, werdet wohl zurechtkommen.«

»Ja, sicher.« Sabine vermied es, Knut anzusehen. »Mach dir nur um uns keine Sorgen.«

Sven hatte ihnen, ganz in seinen eigenen Problemen befangen, kaum zugehört. »Ich brauche also wirklich nicht mehr aufs Gymnasium zurück?« fragte er jetzt und blickte seine Mutter an.

»Du fängst an dich zu wiederholen.« Knut stand auf. »Du erlaubst doch, Biene? Ich muß abzischen!«

»Ja, ja, geh nur«, sagte Sabine zerstreut.

Er schritt um den Tisch herum, beugte sich zu ihr herab und küßte sie auf die Wange. »Mach dich nicht verrückt, Bienchen, das Leben geht weiter!« Seinem Bruder zauste er die schwarzen Lokken, bevor er das Zimmer verließ.

»Au!« schrie Sven. »Das ist unfair!« Er wollte hinter Knut her, um sich zu rächen.

Sabine erwischte ihn gerade noch am Ärmel seines karierten Baumwollhemdes und hielt ihn zurück. »Wir haben uns noch nicht ausgesprochen!«

»Ich dachte, du bist einverstanden, daß ich...«

»Davon habe ich kein Wort gesagt!«

»Aber Knut...«

»Knut hat gar nichts zu sagen. Du muß dich schon an mich wenden, wenn du was willst. Und ich bin ganz und gar nicht damit einverstanden, daß du das Gymnasium jetzt verläßt. Im Gegenteil, ich möchte, daß du dir von nun an mehr Mühe gibst, um bessere Zensuren mit nach Hause zu bringen.«

»Zensuren! Ist das alles, wofür du dich interessierst?«

»Nein, aber immerhin ein Teil davon. Ich will nicht, daß du dich aus der Bahn werfen läßt. Du bist bestimmt genauso klug wie Knut und kannst später ein Stipendium kriegen, wenn du nur willst. Aber darum geht's jetzt gar nicht. Auch wenn du nicht studierst, hast du viel mehr Chancen, wenn du die Schule mit dem Abitur verläßt.«

»Was später mal ist! – Als wenn mich das interessierte!« rief Sven heftig. »Ich will mich einfach nicht ankotzen und angaffen lassen.«

»Wer tut denn das?« fragte Sabine erschrocken.

»Alle! Die Pauker und die dämlichen Affen! Du weißt doch, wie das hier ist, Mutti!«

Sabine wollte ihm nicht recht geben. »Nein, das kann ich nicht glauben, Sven. Du hast doch Freunde in der Klasse. Und Lehrer, die dich mögen. Doktor Hinkel zum Beispiel ...«

»Das nutzt mir gerade was! Alle werden sie über mich herziehen ... mich wie einen Aussätzigen behandeln ... auf mir herumhakken ...«

»Das muß doch nicht sein, Sven, probier's erst mal aus!«

»Du hast gut reden.« Sven wurde plötzlich ruhiger, aber dadurch wurde seine Verzweiflung nur noch deutlicher. »Warum soll ich was ausprobieren, wenn ich genau weiß, wie's sein wird? Genausogut könntest du von mir verlangen, daß ich mich vor ein Auto werfe, damit ich merke, ob's weh tut!«

Sabine starrte auf die angebissene Brötchenhäfte; sie hatte sich nicht überwinden können, sie aufzuessen. »Selbst wenn du recht hättest, Sven, können solche Überlegungen doch nichts nützen. Auf der Volksschule wärst du bestimmt nicht besser dran. Dort sind nur Jungens, mit denen du seit Jahren nichts mehr zu tun hattest, und du wärst von vornherein in einer schiefen Situation, weil du vom Gymnasium kommst ... auch wenn das mit Vater nicht passiert wäre. Es hilft nichts, Sven, du mußt es durchstehen. Wie wir alle!«

Der Junge sprang auf. »Du hast gut reden. Du sitzt hier gemütlich zu Hause ... Mit wem kommst du denn schon zusammen?«

»Wie die Dinge liegen, werde ich mich nach einer Stellung umsehen müssen«, erwiderte sie gefaßt, »damit wir – du und ich – leben können.«

Seine Empörung war verpufft; er sank auf seinen Stuhl zurück. »Das habe ich nicht gewußt.«

»Sag lieber: du hast nicht darüber nachgedacht. Aber ich nehme dir das nicht übel. Hauptsache, du begreifst, daß man vor seinem Schicksal nicht weglaufen kann.« Sven stützte den Kopf in die Hände. »Ich weiß, es ist schwer für dich«, sagte Sabine, »aber es kann dir nichts nützen, wenn ich dich jetzt bedaure. Es ist uns etwas zugestoßen, mit dem wir fertig werden müssen. Nimm es als ein Unglück. Stell dir vor, du hättest ein Bein verloren – du müßtest auch weiterleben. Tapfer sein und weiterleben, das ist alles, was wir jetzt tun können.«

»Warum ziehen wir nicht auch nach München ... oder in irgendeine andere Stadt, wo uns niemand kennt?«

»Das habe ich mir selbst schon überlegt, und vielleicht tue ich es sogar ... ich muß es nur erst mal durchrechnen. Hier haben wir doch wenigstens ein Dach über dem Kopf, wenn wir die Hypothekenzinsen aufbringen. Und ich könnte Untermieter nehmen. Wenn wir das Haus verkaufen, bleibt uns nichts.«

»Aber wir sind frei.«

Sie legte die Hand auf seinen Arm. »Ich werde es mir überlegen, Sven, das verspreche ich. Aber bevor ich etwas unternehmen kann, muß ich doch erst mit deinem Vater reden und seine Einwilligung haben. Das Haus ist auf unser beider Namen eingetragen.«

»Hat Vater denn überhaupt noch was zu sagen?«

Sabine holte Atem, um den Jungen zurechtzuweisen, besann sich dann aber und sagte nur: »Doch, das hat er.«

Sven seufzte. »Ach, Mutti, dem ist doch ganz egal, was aus uns wird. Sonst hätte er das doch nicht getan.«

»Vielleicht tun wir ihm Unrecht.« Sabine spürte selbst, wie wenig überzeugend das klang, und änderte rasch ihren Ton. »Auch wenn er uns helfen wollte, Sven, er kann jetzt nichts für uns tun. Wir sind ganz auf uns gestellt, wir beide ganz allein. Du willst mir doch bestimmt nicht das Leben noch schwerer machen. Bitte, versprich mir, daß du tapfer bis und durchhältst.« Sven seufzte nur. »Wenn du willst, werde ich mit deinem Klassenlehrer sprechen«, erbot sich Sabine.

Der Junge fuhr hoch. »Nur das nicht!« rief er entsetzt. »Dann boxe ich mich doch lieber allein durch!«

Sie strich ihm über die schwarzen Locken. »So ist's recht, Sven! Beiß die Zähne zusammen und zeig den anderen, daß du ein Kerl bist. Je weniger du dir anmerken läßt, daß du dich kränkst, je schneller ist die ganze Geschichte vergessen. Glaub mir das. Ich bin überzeugt, du schaffst es.«

Sven antwortete nicht. Er saß immer noch da, den Kopf in den Händen. Am liebsten hätte sie ihn in die Arme genommen und tröstend gewiegt, wie sie es getan hatte, als er noch klein war, aber sie wußte, daß sie ihm damit keinen Gefallen getan hätte. Er mußte hart werden, sonst würde er die schwere Zeit, die vor ihm lag, nicht überstehen können. Sie hatte sich vorgenommen, ihrem Mann nicht wegen dem, was er getan hatte, zu zürnen. Doch als sie ihren Jungen so verzweifelt dasitzen sah, konnte sie nicht verhindern, daß Groll in ihr aufstieg.

Sabine hatte das Haus aufgeräumt und wollte sich gerade umziehen, um zum Arbeitsamt zu fahren, als es an der Haustür klingelte. Sie wußte, es war albern, aber sie zuckte zusammen, wie jedesmal, seit die Kriminalbeamten ihr Haus durchsucht hatten. Jedes Klingeln oder Klopfen schien ihr seitdem wie eine Bedrohung. Am liebsten hätte sie sich tot gestellt, aber sie straffte die Schultern und öffnete.

Zwei Jungen standen draußen, die sie flüchtig kannte: Alfons, der Sohn von Apotheker Reibler, und Heinz Kneisel, dessen Vater ebenfalls Mitglied der Stammtischrunde im *Goldenen Löwen* war. Beide waren eine Klasse höher als Sven; Heinz, der einmal sitzengeblieben war, war sogar schon zwei Jahre älter. Sie hatten sich früher nie um Sven gekümmert, und Sabine glaubte nichts anderes, als daß ein großmütiger Impuls oder der Wunsch ihrer eigenen Väter sie hierher getrieben habe. Sie grüßten sehr höflich, indem sie ihre Mützen abrissen und eine Art Kratzfuß ausführten.

Alfons Reibler, mannsgroß und schwerfällig wie ein junger Bär, fragte: »Ist Sven zu Hause?«

»Das ist aber nett, daß ihr ihn besuchen wollt«, sagte Sabine, »kommt nur herein!« Sie öffnete ihnen die Tür.

Heinz grinste. »Wollten mal sehen, wie es ihm geht!« Er war blond, schmal und drahtig.

In der Diele blieb Sabine stehen und legte den Kopf in den Nacken. »Sven!« rief sie. »Komm runter! Du hast Besuch!«

»Wer denn?« antwortete Sven mißmutig von oben.

»Alfons und Heinz.«

»Sollen raufkommen!«

Sabine wandte sich an die jungen Gäste. »Ihr habt's gehört! Sein Zimmer ist gleich oben neben der Treppe. Erste Tür links.« Sie versuchte, sich nicht anmerken zu lassen, wie freudig überrascht und erleichtert sie über diesen Besuch war.

Sven empfing die beiden ganz anders. Er erwartete sie vor seinem Zimmer und starrte ihnen, die Hände in den Hosentaschen, finster entgegen. »Was wollt ihr?«

»Ist das vielleicht 'ne Begrüßung?« rief Heinz.

»Also ehrlich, 'n bißchen höflicher könntest du schon sein!« meinte Alfons.

»Warum?« fragte Sven.

»Weil's für'n Baby wie dich 'ne Ehre ist, wenn wir uns überhaupt um dich kümmern.«

»Ich habe euch nicht drum gebeten.«

»Wissen wir, wissen wir!« Heinz schob Alfons beiseite. »Komm, jetzt zier dich nicht wie 'ne alte Jungfer, Sven, laß uns endlich rein.«

»Oder hast du etwa Angst?« stichelte Alfons.

»Angst?« wiederholte Sven. »Was ist das?«

Die beiden anderen lachten. Alfons puffte Heinz in die Seite. »Hab ich dir's nicht gesagt? Der Junge ist richtig!« Sie drängten in das Zimmer, einen hellen, fast quadratischen Raum mit einem Fenster zum Garten hin. Es war mit einfachen, fast primitiven, aus Tannenholz geschreinerten Möbeln bestückt, die, rotlackiert und mit Messingbeschlägen versehen, sehr dekorativ wirkten. Boxhandschuhe hingen über dem Bett.

»Verdammt gemütlich«, sagte Alfons beifällig.

»Hätte ich dir gar nicht zugetraut«, stimmte Heinz zu.

»Das hier gehört eigentlich meinem Bruder Torsten ... dem, der jetzt in München ist ... hat sich das alles selbst gebaut«, erklärte Sven, nicht ohne Besitzerstolz.

»Donnerwetter. Ihr seid 'ne talentierte Familie«, sagte Alfons.
Sven war nahe daran aufzubrausen, beherrschte sich aber gerade noch. »Wenn ihr nichts dagegen habt«, sagte er patzig.
»Haben wir nicht, was Heinz? Warum denn auch?«
»Also? Was wollt ihr?«
Die beiden machten es sich auf dem Kojenbett gemütlich, hinter dem Torsten ein rundes Bullauge in die Wand gelassen hatte, in dem bunte Fische auf Meereswogen tanzten.
»Mensch, sei bloß nicht so happig«, sagte Alfons, »können wir dich nicht einfach mal besuchen.«
Sven blieb, die Hände in den Taschen seiner verschossenen Jeans, vor ihm stehen. »Warum?«
»Weil du uns so sympathisch bist«, flötete Heinz und lachte herausfordernd.
»Seit wann?«
Heinz pufffte Alfons in die Seite. »Ist er nicht entzückend, der Kleine? So aufgeschlossen und vertrauensvoll!«
»Warum sollte ich gerade euch vertrauen?«
»Weil wir es gut mit dir meinen, Junge! Sieh in uns deine väterlichen Freunde . . .«
Sven fiel Heinz ins Wort. »Wenn ihr bloß gekommen seid, um mich zu pflanzen, könnt ihr gleich wieder abhauen!«
Heinz blickte Alfons an. »Also – wie findest du das? Wir kommen in der besten Absicht, und diese Kröte . . .«
»Sag nicht Kröte, Heinz!« fiel Alfons ein. »Kröte ist ein zu häßliches Wort . . .«
»Wie wär's mit Frosch?«
»Kaulquappe ist besser! Kaulquappe kommt der Sache näher!«
»Von mir aus! Diese Kaulquappe wagt es, uns die Zähne zu zeigen!«
»Eine schlechte Metapher, Heinz! Eine Kaulquappe hat keine Zähne!«
»Na siehst du, wär ich also doch lieber bei der Kröte geblieben! Dann hätte ich sagen können: diese Kröte wagt, uns ihr Gift entgegenzuspritzen!«
Sven blickte finster auf sie herab. »Ihr kotzt mich an!«
Sabine brachte auf einem Tablett drei hohe Gläser herein; Zitronenscheiben waren auf die Ränder gesteckt, bunte Kunststoffhalme lagen daneben. »Cola mit Zitrone«, sagte sie, »ich denke, das mögt ihr!«
Alfons und Heinz sprangen schnell auf und markierten die Wohlerzogenen.
»O ja!« rief Alfons.
Heinz raffte sich sogsr zu einem höflich gespreizten »Gnädige Frau« auf.
Sabine stellte das Tablett auf die Seemannskiste, die als Tisch diente. »Ich hoffe, ihr unterhaltet euch gut!«
»Ganz zünftig«, behauptete Heinz.
»Dann macht es euch nichts aus, wenn ich euch allein lasse? Zu

Mittag bin ich sicher wieder zurück, Sven, und wenn nicht, wärmst du dir einfach einen Teller Suppe und ißt ein Brot dazu.«

Sven hätte die Mutter am liebsten gebeten, noch zu bleiben, aber diese Blöße wollte er sich nicht geben. So brummte er nur etwas Unverständliches.

»Also dann... macht's gut! Es ist nett, daß ihr Sven mal besucht!« Sabine zog sich zurück. Alfons und Heinz griffen nach den Gläsern und ließen sich wieder auf das Bett fallen.

»Patente Frau, deine Mutter!« Alfons riß die Papierhülle auf und zog den Kunststoffhalm heraus.

»Was hat sie jetzt vor?« fragte Heinz.

»Sie fährt zum Arbeitsamt«, gab Sven widerwillig Auskunft.

»Tapfer, tapfer.« Alfons steckte den Halm ins Glas und begann zu saugen.

»Hausfrau ist eben kein Beruf!« äffte Heinz. »Steck doch mal den Kopf zur Tür und gib Laut, wenn sie wirklich fort ist!«

»Warum?«

»Mensch, verdammt noch mal!« polterte Alfons. »Hör endlich auf mit deinen blöden Fragen und tu gefälligst, was man dir sagt!«

Sven rührte sich nicht von der Stelle. »Ich sehe nicht ein, warum ich euch gehorchen soll!«

Heinz stand auf. »Mumm hat er, das muß man ihm lassen.«

»Ach was!« Alfons ließ die Eiswürfel in seinem Glas klingeln. »Das ist doch bloß der Mut der Verzweiflung!«

Heinz öffnete die Tür und lauschte, den Strohhalm zwischen den Lippen. Alle drei hörten, wie unten die Haustür ins Schloß fiel.«

»So, das wär's«, sagte Heinz, »trifft sich ja bestens. Jetzt können wir es uns endlich gemütlich machen.«

»Mensch, verdammt, nun setz dich doch endlich hin, Sven!« grollte Alfons. »Meinst du, wir wollen uns deinetwegen den Hals verrenken?«

Sven nahm auf einer kleinen Kiste Platz, wagte aber nicht, sich zu entspannen, sondern saß wie auf dem Sprung, ohne die beiden aus den Augen zu lassen, als sei er auf einen Überfall gefaßt.

Heinz holte eine flache Blechdose aus seiner Hosentasche. »Ich schlage vor, daß wir zuerst mal ein Friedenspfeifchen zusammen rauchen. Du rauchst doch, oder?«

»Hin und wieder«, sagte Sven unbehaglich.

»Auch Hasch?«

»Kann ich mir nicht leisten.«

Heinz grinste. »Heute kannst du. Wir laden dich ein. Ist das ein Angebot?«

Sven runzelte die Stirn. »Ich weiß nicht...«

»Bloß keine Bange, es kann nichts passieren, Hasch ist das Harmloseste, wo's gibt, viel ungefährlicher als der Schnaps, den die sogenannten Erwachsenen literweise saufen.«

»Und außerdem«, ergänzte Alfons, »sind Heinz und ich zwei alte

Gurus. Wenn du mit uns auf den Trip gehst, kann dir nichts passieren.«

Fasziniert sah Sven zu, wie Heinz mit seinem Taschenmesser Krümel von einem kleinen braunen Klumpen schabte, sie auf ein Zigarettenpapier verteilte, Tabakfasern dazu tat und das Ganze zu einer plumpen Zigarette drehte. Alfons warf seinem Kumpel eine Schachtel Streichhölzer zu. Heinz zündete die Zigarette an, nahm hinter der hohlen Hand einen tiefen Zug uns reichte sie an Sven weiter. Der versuchte es ihm gleichzutun, mußte aber rasch den Rauch ausstoßen und kam gerade noch an einem Hustenanfall vorbei. Alfons war als Dritter an der Reihe. Mehrmals ließen die Jungen die Zigarette reihum kreisen, und noch ehe der Hasch seine Wirkung tat, begann Sven sich wohl zu fühlen. Es schmeichelte ihm, daß die beiden großen Jungen ihn als ihresgleichen behandelten, und sein Verdacht, daß sie in böser Absicht gekommen seien, verflüchtigte sich. Er hatte sich während der Ferien ziemlich einsam gefühlt, weil die meisten seiner Kameraden verreist gewesen waren, und in der letzten Zeit hatte er sich nicht mehr unter Menschen getraut. Nun fühlte er sich in eine Gemeinschaft aufgenommen und taute innerlich auf. Er hatte das Bedürfnis, sich zu entspannen, und streckte sich der Länge nach auf dem Fußboden aus.

»Hat's dich?« fragte Heinz, der sich an dem winzig gewordenen Stummel fast die Fingerspitzen verbrannte.

»Ich fühl mich sauwohl«, gestand Sven, »das Zeug ist einfach fab ... woher habt ihr es?«

»Von 'nem Dealer«, antwortete Alfons faul.

»Gibt's denn so was in Riesberg?«

»Mehr als du denkst. Das Zeug zu kriegen, ist kein Kunststück.«

»Aber man muß aufpassen, daß sie einem keinen Mist andrehen!« warf Heinz ein.

»Das auch. Aber vor allem ist es teuer. Mit deinem Taschengeld kommst du da nicht aus.«

»Was anderes wäre es, wenn du wüßtest, wo dein Vater den Zaster versteckt hat.«

Noch vor wenigen Minuten hätte Sven auf eine derartige Bemerkung wütend reagiert; jetzt schien sie ihm ganz natürlich. »Keine Ahnung!« Er starrte verträumt zur Decke.

»Du, man sagt, daß er sich 'ne Million geschnappt hat! Stimmt das?« fragte Heinz.

»Kann schon sein.«

»Verdammt, Mensch, nun tu bloß nicht so geheimnisvoll!« polterte Alfons. »Mit uns kannst du doch freiweg reden. Wir meinen es doch bloß gut mit dir.«

»Ja, bildet ihr euch denn etwa ein, mein Alter hätte mir das auf die Nase gebunden?«

»Dann sag wenigstens, was du glaubst!«

»Ein hübsches Sümmchen muß es schon sein«, meinte Heinz, »damit sich das Kittchen lohnt!«

»Soviel ist sicher«, stimmte Sven zu.

»Und wo ... Mensch, schlaf nicht ein!« drängte Alfons. »Wo kann er es haben?«
»Die Polizei meint ... in der Schweiz.«
»Und du?«
»Die werden schon recht haben. Die Leute bringen ihr Geld doch immer in die Schweiz. Da ist es jedenfalls gut und sicher.«
»So 'n Pech«, sagte Heinz enttäuscht.
Sven lachte. »Was hattest du denn erwartet? Daß er es hier im Haus versteckt hätte? Hinter 'nem losen Ziegel etwa?«
Heinz setzte sich zur Wehr. »Sag mal, für wie blöd hältst du mich eigentlich?«
Sven zuckte die Schulter. »Wenn man euch so reden hört ...«
»Werd bloß nicht frech, Kleiner!« donnerte Alfons.
»Komm, komm, mach halblang«, versuchte Heinz ihn zu begütigen, »du weißt, weshalb wir hier sind!«
»Vielleicht seid ihr so freundlich und sagt's mir jetzt endlich auch mal!« meinte Sven.
»Noch nicht kapiert? Wir dachten, du könntest uns helfen, an Zaster zu kommen.«
»Wieso gerade ich?« fragte Sven dumm.
Alfons richtete sich auf den Ellbogen auf. »Wegen dem Gangsterstückchen, das dein Alter geliefert hat. Nimm's bitte nicht krumm ... wir finden's ja fabelhaft!«
»Direkt fantastisch«, stimmte Heinz ihm bei. »Ein ganz dicker Otto!«
»Und da dachten wir, du hättest vielleicht verborgene Talente ...«
»... oder deinem Alten was abgespitzt!«
Sven starrte weiterhin versonnen zur Decke. »Die spinnen, die Römer!«
»Aber wenigstens würdest du doch mitmachen, wenn wir einen Coup landen?« forschte Heinz.
»Der Ertrag wird ehrlich gedrittelt!« versprach Alfons.
Jetzt setzte Sven sich auf; ihm schwindelte ein bißchen. »Was habt ihr vor?«
»Das müssen wir uns erst überlegen.«
»Mit dir zusammen«, sagte Heinz.
»Ihr wollt – klauen?«
»Unterschlagen können wir ja kaum was«, stellte Alfons richtig, »wir sind schließlich keine Buchhalter!«
»Uns vertraut niemand was an«, klagte Heinz, »nicht mal die kleinste Summe.«
In Sven kämpften Gewissen und Abenteuerlust gegeneinander, Loyalität der Mutter gegenüber und Angst, den Zipfel der fragwürdigen Freundschaft, die ihm geboten wurde, schon wieder zu verlieren. »Aber von zu Hause kann ich nichts absahnen«, sagte er unsicher.
»Wer denkt denn an so was?« rief Heinz. »Natürlich nicht. Er-

stens wär's unfein und zweitens kämen sie uns viel zu schnell darauf... nein, wir müssen das ganz anders anpacken!«

Das neue Arbeitsamt von Riesberg war ein großes, für seinen momentanen Aufgabenbereich und seinen Personalstand entschieden zu großes Gebäude nördlich vom Zentrum; Kreis und Stadt hatten hier für die Zukunft bauen wollen und dadurch viel böse Kritik auf sich gezogen. Die Eingangshalle war mit Gummibäumen, Philodendron und anderem Grünzeug geschmückt, und an der freien Wand gegenüber dem Portal hingen Plakate, die nette, sympathische Menschen mit frohen Gesichtern bei der Arbeit zeigten. Der hellblau melierte Kunststoffboden war spiegelblank gebohnert, und der ganze Raum strahlte einen heiteren, wenn auch, wie Sabine fand, ein wenig gezwungenen Optimismus aus.

Zuerst versuchte sie, sich an Hand eines Gebäudeplans allein zurechtzufinden, wandte sich dann aber doch an den Pförtner. »Zweiter Stock, Zimmer zweihundertdreiundzwanzig«, sagte der, »Sie können den Lift benutzen, dann rechts den Gang hinunter, die Nummer steht über der Tür, es ist nicht zu verfehlen.«

Frau Maurer stand in Schreibmaschinenschrift auf dem Türschild. Sabine klopfte an und trat ein. Ein schlichter, moderner Schreibtisch stand in der Ecke, halb vor dem Fenster, schräg im Zimmer. Dahinter saß eine Frau mit braun getöntem Haar, einer dunklen Brille und schmalen, orangerot nachgezogenen Lippen, um die sich verräterische Falten des Alters gebildet hatten. Sie erinnerte Sabine an eine ihrer Lehrerinnen, und das steigerte ihre Unsicherheit.

»Grüß Gott«, sagte Frau Maurer und blickte sie prüfend durch blitzende Gläser an.

»Ich... ich suche eine Stellung.« Sabine haßte sich, weil sie stotterte.

»Ja, bitte...« Frau Maurer wies ihr mit einer Handbewegung den Sessel vor dem Schreibtisch an. »Ich werde gern versuchen, Ihnen zu helfen. Dazu bin ich ja da.«

Sabine tastete nach den richtigen Worten; dies war eine Situation, in der sie sich erst zurechtfinden mußte.

»Wann haben Sie Ihr letztes Arbeitsverhältnis beendet?« fragte Frau Maurer.

»Gar nicht, ich meine... ich war in den letzten Jahren nicht berufstätig.

»Verheiratet. Ach so.«

Sabine atmete durch. »Ich heiße Sabine Miller. Mein Mann ist... das heißt, er war Buchhalter bei den Zeltner-Werken...« Sie beobachtete die Beamtin. Falls Frau Maurer irgend etwas über Arnolds Vergehen wußte, ließ sie es sich nicht anmerken; wahrscheinlicher war aber, daß ihr der Name Miller gar nichts sagte. Auch in Riesberg bildete die Bevölkerung in sich abgeschlossene Kreise, die nur sehr selten miteinander in Berührung kamen.

Frau Maurer schien nicht richtig zugehört oder Sabines Erklärung falsch aufgefaßt zu haben. »Sie möchten zu den Zeltner-Werken?«

»Nein, nein. Ich bin gelernte Arzthelferin, und ich würde sehr gern in diesen Beruf zurückkehren.«

Frau Maurer musterte Sabines gutes orangerotes Gabardinekostüm. »Halbtags geht das aber nicht.«

»Ich habe an eine Ganztagsarbeit gedacht!«

Frau Maurer lächelte. »Die Kinder sind schon aus dem Haus? Das macht die Sache einfacher. Kann ich mal Ihre Papiere sehen?«

Sabine kramte sie aus ihrer Handtasche und reichte sie über den Schreibtisch. »Ich habe eine abgeschlossene Ausbildung, aber zur Ausübung meines Berufes ist es dann doch nicht mehr gekommen.«

»Ja, ich sehe.«

»Aber ich bin überzeugt, daß ich mich schnell wieder einarbeiten würde.«

»Das ist fünfundzwanzig Jahre her.«

»Ich dachte, es werden heutzutage Arbeitskräfte gesucht.«

»Aber ja, Frau Miller. Bitte, glauben Sie nicht, daß ich Sie entmutigen will. Aber wir wollen uns doch mal in aller Ruhe überlegen, ob Ihr früherer Beruf heute noch für Sie das richtige ist oder ob nicht vielleicht doch eine Umschulung vorzuziehen wäre.«

»Ich muß Geld verdienen«, sagte Sabine, »so rasch wie möglich.«

»Machen Sie sich deswegen keine Gedanken. Der Staat zahlt in einem solchen Fall Zuschüsse, durch die Sie schon ungefähr auf den späteren Lohn kommen!«

»Das ist alles schön und gut.« Sabine rang sich ein Lächeln ab. »Aber ich möchte doch wieder in meinen alten Beruf zurück. Wissen Sie, in den vergangenen Jahren hat es mir manchmal leid getan, daß ich – daß ich so schnell geheiratet habe. Arzthelferin... da kommt man doch mit Menschen zusammen, kann etwas Nützliches tun...«

»Ja, das verstehe ich schon...« Frau Maurer sagte es sehr freundlich, aber mit deutlichem Zögern.

»Aber es gibt keine offenen Stellen?« fragte Sabine enttäuscht.

»O doch. Da ließe sich schon etwas finden, nur – Sie haben doch wahrscheinlich in der langen Zeit viel vergessen, und es wird sich auch manches geändert haben.«

»Ich bin überzeugt, daß ich mich schnell einarbeiten würde.«

»Das ist fein. Ich meine, daß Sie über ein gewisses Selbstbewußtsein verfügen. Gerade das vermissen wir oft, wenn ältere Personen wieder in den Arbeitsprozeß zurückwollen.« Beinahe wäre Sabine zusammengezuckt; bis jetzt hatte sie sich nie als eine »ältere Person« betrachtet. »Sie haben doch Schreibmaschinenkenntnisse?«

»Ja!« sagte Sabine. Dann fügte sie ehrlich hinzu: »Natürlich habe ich schon lange nicht mehr getippt.«

»Darf ich Ihnen einen Vorschlag machen? Wenn Sie wirklich in

Ihren erlernten Beruf zurück wollen – und vielleicht ist das gar keine schlechte Idee –, dann würde ich Ihnen raten, zuvor eine entsprechenden Kurs an einer privaten Fachschule zu belegen. Ein Halbjahreskurs würde sicher genügen, und über die finanzielle Seite der Sache brauchen Sie sich keine Sorgen zu machen. Die werden wir regeln und Ihnen darüber hinaus eine Unterstützung zahlen, die Ihrem späteren tariflichen Lohn entspricht. Das wäre doch sicher in Ihrem Sinne.«

Sabine umklammerte ihre Handtasche. »Ich soll mich mit lauter jungen Menschen noch einmal auf die Schulbank setzen?«

Die Beraterin lächelte. »Nur keine Bange, es würden auch Damen Ihres Alters darunter sein. Es ist ja heutzutage nicht gerade selten, daß eine Frau, wenn die Kinder aus dem Haus sind, wieder in ihren alten Beruf zurück oder einen neuen ergreifen will. Wir unterstützen diese Tendenz nach Kräften.«

»Und ich würde wirklich keine Unkosten haben?«

»Im Gegenteil. Ihr Wille zu lernen wird großzügig honoriert.«

»Ja, dann...« Sabine holte tief Atem. »Ich glaube schon, daß das das richtige für mich wäre.«

»Na, sehen Sie. So ein Kurs ist zudem, von allem anderen abgesehen, ein guter Übergang von der Arbeit in den eigenen vier Wänden in die doch viel härtere Berufstätigkeit.« Sie blätterte in ihren Papieren. »Nun wollen wir aber mal sehen, in was für einen Kurs wir Sie hineinbekommen. Am liebsten möchten Sie sicher im September anfangen...«

»Ja, bitte!«

Frau Maurer ließ die Spitze ihres Kugelschreibers über Rubriken gleiten. »Leider haben wir hier in Riesberg kein derartiges Institut. Sie müssen also täglich nach München fahren, das ist ein bißchen hart, ich weiß... Ich werde versuchen, Ihnen einen Platz in einer Internatsschule zu verschaffen.«

»München!« wiederholte Sabine. Einen Augenblick lang schien ihr diese Möglichkeit verführerisch – weg von Riesberg und in der Nähe ihrer beiden großen Söhne zu sein. Die Sorge für Sven würde Ilona übernehmen müssen. Aber Ilona wollte ja noch vor Weihnachten heiraten – und was dann? Und würde Ilona, die in Gedanken doch nur mit ihrem Verlobten und ihrer Zukunft beschäftigt war, überhaupt Zeit und Kraft finden, sich um Sven zu kümmern?

»Nein, das geht nicht«, sagte sie.

»Jedes Wochenende würden Sie natürlich nach Hause kommen!«

»Es geht trotzdem nicht. Ich habe einen dreizehnjährigen Sohn...«

»Ach so.« Jetzt blickte Frau Maurer auf. »Und Ihr Mann wäre nicht bereit – ausnahmsweise? Schließlich bringen Sie ja Geld mit nach Hause.«

»Mit meinem Mann«, sagte Sabine, »ist nicht zu rechnen.«

»Sie leben in Scheidung? Bitte, halten Sie mich nicht für indiskret, aber ich kann Ihnen doch nur dann wirkungsvoll helfen, wenn ich über Ihre Lebensumstände Bescheid weiß.« Sabine schwieg. »Oder ist er krank? Sie brauchen mir natürlich keine Auskunft zu geben...«

»Mein Mann sitzt in Untersuchungshaft.« Sabine wußte selbst nicht, warum sie das bekannte – vielleicht, weil sie hoffte, bei dieser Frau, die mit so vielen Schicksalen in Berührung kam, Verständnis zu finden; aber sie begriff sofort, daß es ein Fehler gewesen war.

Frau Maurers Gesicht erstarrte, die Freundlichkeit war weggewischt, und die orangeroten Lippen verzogen sich zu einem schmalen Strich. »Haben Sie irgend etwas mit der Sache zu tun?«

»Nein, nein.«

»Es wäre mir nämlich sehr unangenehm, wenn an Ihrem Arbeitsplatz irgend etwas passierte und man mir Vorwürfe machen könnte, daß ich Sie empfohlen habe!«

»Ich bin noch nie mit dem Gesetz in Konflikt gekommen und werde es auch in Zukunft nicht.«

»Ja, das hoffe ich. Trotzdem ist das Ganze natürlich... sehr unangenehm.«

»Finden Sie?« fragte Sabine bitter. »Mir macht es Spaß!«

Auf dem Hals der anderen Frau bildeten sich häßliche rote Flecken.

Sabine stand auf. »Wenn Sie mich nicht vermitteln wollen oder können oder mögen...«

»Aber das habe ich nicht gesagt!«

»...werde ich es eben über die Zeitung versuchen!«

»Nein, warten Sie, bitte, halt!«

Sabine war schon an der Tür; am liebsten wäre sie davongestürmt, aber sie wußte, daß sie sich keinen Stolz erlauben konnte. So drehte sie sich denn langsam um und kam zurück. Auch Frau Maurer war jetzt aufgestanden, sie nahm einen Ordner aus dem Regal, das sich an der Wand schräg hinter ihr entlangzog, und schlug ihn auf. »Ein Doktor Strathmann, Doktor Thomas Strathmann, Hals, Nase, Ohren, sucht dringend eine Helferin. Ich will Ihnen nicht verhehlen, daß er ein etwas schwieriger Arbeitgeber ist. Wir haben ihm schon mehrere Damen vermittelt, aber auf die Dauer hat es nie geklappt.«

»Und mir, meinen Sie, könnten Sie diesen Herrn zumuten?«

»Ja.« Die roten Flecken breiteten sich weiter aus. »Er muß froh sein, daß wir ihm überhaupt noch jemand schicken und wird deshalb wahrscheinlich mit Ihren... nun, sagen wir... Anfängerschwächen gnädig sein.«

»Das war er bisher doch zweifellos nicht. Warum gerade jetzt?«

»Weil der Tod seiner Frau inzwischen über ein Jahr zurückliegt. Er hat sie durch einen Verkehrsunfall verloren.«

Sabine begriff. »Sie hatte ihm assistiert?«

»Ja. Und außerdem wünschte er, nach seinen bisherigen Erfahrungen, ausdrücklich eine ältere Person.«

Das war sie schon wieder, diese letztlich doch abwertende Bezeichnung. »Ich werde mich wohl daran gewöhnen müssen«, sagte sie.

Frau Maurer verstand sie falsch. »Ja, ich hoffe sehr, daß Sie sich an

Doktor Strathmann gewöhnen. Versuchen Sie wenigstens, zwei bis drei Monate dort auszuhalten. Zumindest können Sie dort Berufserfahrung sammeln. Später werden wir dann weitersehen.« Sie setzte sich wieder, den aufgeschlagenen Ordner vor sich, und schrieb einen kleinen, vorgedruckten Zettel aus. »Geben Sie das hier bitte ab. Doktor Strathmann muß einsetzen, ob er... aber darüber weiß er ja Bescheid. Seine Adresse habe ich Ihnen auch aufgeschrieben. Wenn es nichts geworden sein sollte, kommen Sie bitte wieder, und wir werden uns nach etwas anderem umsehen.«

»Auch dann, wenn ich gleich merke, daß ich mit diesem Herrn nicht auskommen kann?«

»Auch dann, Frau Miller. Aber Sie sollten es zumindest versuchen. Denn er hat eine gutgehende Praxis, und Sie werden wissen, daß man in Ihrem Alter keine billige Arbeitskraft mehr ist. Nicht jeder kann sich das leisten.«

»Danke.« Sabine hatte ein böses Wort schon auf der Zunge, verschluckte es aber, weil es sinnlos gewesen wäre, sich diese Frau, deren Hilfe sie vielleicht doch noch einmal brauchen würde, endgültig zur Feindin zu machen. Sie nahm den Zettel, den ihr die Beamtin über den Schreibtisch zuschob, brachte sogar so etwas wie ein Lächeln zustande und ging.

Dr. Strathmann wohnte in der Rathausstraße, in einem nach dem Krieg errichteten Haus mit glatter, ausdrucksloser Fassade, in dem noch andere Ärzte praktizierten, wie die Emailleschilder neben der Haustür auswiesen. Obwohl Sabine sich weder sicher war, ob Dr. Strathmann sie nehmen noch ob sie sich dazu entschließen würde, bei ihm zu arbeiten, überschlug sie doch sogleich, daß es von hier aus nur fünf Minuten bis zur Bushaltestelle war, so daß ihr, jedenfalls im Winter, das Radeln erspart bleiben würde. Sie fuhr mit dem Lift in den dritten Stock hinauf und vermied es, einen Blick auf ihr Spiegelbild zu werfen, um sich nicht entmutigen zu lassen; sie wußte ohnedies um die Bitterkeit, die ihre Mundwinkel zu prägen begann.

Die Tür zum Treppenhaus stand einen Spalt breit offen, und Sabine begriff, daß Dr. Strathmann augenblicklich wieder ohne Hilfe war, was zwar für ihre Chancen, die Stellung zu bekommen, sprach, jedoch nicht unbedingt für seine Fähigkeit, mit Menschen umzugehen. Sie trat ein und vermied es, die Tür hinter sich ins Schloß zu ziehen. Rechts lag das Wartezimmer, gleich dahinter das Untersuchungszimmer, und am Ende des hellen, freundlich gelb gestrichenen Flurs führte eine Tür in die privaten Bereiche des Doktors. Außerdem gehörten zur Praxis noch ein Labor und eine Toilette.

Das Wartezimmer war voll; ein Mann und zwei Mädchen mußten sogar stehen, weil sie keinen Sitzplatz mehr gefunden hatten.

Wenn Dr. Strathmann auch kein angenehmer Arbeitgeber war, so schien er als Arzt doch tüchtig und beliebt zu sein. Gerade jetzt öffnete er die Tür: »Der nächste, bitte!«

Sabine konnte nur kurz einen Blick auf ein dunkles, gespanntes Gesicht unter einer dicken, schwarzen Tolle werfen, dann war er schon wieder verschwunden, eine junge Frau folgte ihm.

Die Konsultation dauerte sehr lange. Es konnte zwei Uhr werden, bis sich das Wartezimmer geleert hatte. Sabine entschied sich, etwas zu unternehmen, trat wieder auf den Flur hinaus und stellte sich neben die Tür zum Untersuchungszimmer.

Als die junge Frau herauskam, klopfte Sabine an und ging rasch hinein – nicht rasch genug, denn Dr. Strathmann hatte inzwischen schon wieder den nächsten Patienten geholt. Er musterte sie kurz aus schwarzen Augen, die das einzig Lebendige in seinem starren Gesicht zu sein schienen. »Warten Sie bitte nebenan, bis Sie an der Reihe sind«, sagte er scharf. Dann wandte er sich, als sei sie schon nicht mehr vorhanden, dem Patienten zu. »Wenn Sie bitte auf dem Untersuchungsstuhl . . .«

Sabine holte den Zettel, den ihr Frau Maurer mitgegeben hatte, aus der Handtasche. »Ich komme vom Arbeitsamt!«

Dr. Strathmann entschuldigte sich bei dem Patienten. »Moment, bitte . . .« Er nahm Sabine den Zettel aus der Hand. »Wann können Sie anfangen?«

Sie war durch seine direkte Art überrumpelt. »Jederzeit.«

»Dann gehen Sie ins Wartezimmer, nehmen Sie die Personalien der Patienten auf, fragen nach der Versicherung . . . Sie wissen ja Bescheid . . . und ob sie zum erstenmal bei mir sind.«

Sabine dachte kurz nach und kam zu der Erkenntnis, daß es keinen Grund gab, die Arbeit nicht sofort aufzunehmen; auf diese Weise würde sie jedenfalls sehr schnell erfahren, ob sie mit Dr. Strathmann auskommen konnte oder nicht. »Haben Sie einen Kittel für mich?« fragte sie.

Mit einer Kopfbewegung wies er zum Einbauschrank und wandte sich dann dem Patienten zu, der inzwischen auf dem Untersuchungsstuhl Platz genommen hatte. »Bitte, öffnen Sie den Mund . . .«

Sabine fand einen sauberen weißen Arztmantel, schlüpfte aus ihrer Jacke und zog ihn über; sie fühlte sich verkleidet. Da der Doktor sich nicht weiter um sie kümmerte, nahm sie an, daß er mit Fragen nicht belästigt zu werden wünschte, suchte sich selber einen Schreibblock und ging, diesmal durch die Tür des Untersuchungszimmers, wieder in den Warteraum hinaus. Alles war so schnell gegangen, daß sie überhaupt nicht dazu kam, sich Gedanken darüber zu machen, ob sie der neuen Aufgabe ohne jede Vorbereitung gewachsen sein würde.

»Guten Tag«, sagte sie, »ich bin Frau Miller, die neue Helferin von Herrn Doktor Strathmann . . . würden Sie so nett sein, mir Ihre Personalien zu geben . . . auch wenn Sie schon einmal hier waren! Sie werden verstehen, daß ich mich einarbeiten und auch erst die Kartei in

Ordnung bringen muß.« Sie hatte den richtigen Ton getroffen. Niemand machte ihr Schwierigkeiten und – das nahm sie als ein gutes Zeichen – niemand schien sie zu kennen.

Als ein neuer Patient hereinkam, fiel ihr ein, die Tür zum Treppenhaus zu schließen. Sie ärgerte sich ein wenig, daß sie nicht sofort daran gedacht hatte; so perfekt, wie sie sich schon gefühlt hatte, war sie also doch nicht.

Ab elf Uhr ließ sie keinen Patienten mehr herein, und um Punkt eins war das Wartezimmer leer. Dr. Strathmann nahm es kommentarlos zur Kenntnis. »Wir machen jetzt Mittagspause«, sagte er nur, »Sie können essen gehen.«

Sabine ließ sich nicht anmerken, daß sie auf ein Wort der Anerkennung gehofft hatte; sie war es von ihrer Familie her gewohnt, daß das, was sie leistete, übersehen wurde. »In Ordnung, Herr Doktor.«

»Heute nachmittag erwarte ich von Ihnen, daß Sie sich nicht die ganze Zeit draußen herumdrücken, sondern mir auch assistieren!«

Sabine mußte lächeln – das war also die Art, mit der sich der junge Doktor bei seinen Helferinnen so unbeliebt gemacht hatte. »Heute nachmittag«, erwiderte sie und sah ihm fest in die Augen, »werde ich vor dem ersten Patienten da sein und demnach nicht mehr so viel aufzuholen haben.«

Er räusperte sich. »Im übrigen hoffe ich, daß Sie damit einverstanden sind, wenn ich Ihnen für diese letzten Tage des Monats ein halbes Gehalt zahle.«

»Danke, Herr Doktor.« Sabine zog den Kittel aus und hängte ihn in den Schrank.

»Ich habe Sie noch gar nicht gefragt, was Sie sich eigentlich als Gehalt vorgestellt haben.« Er ordnete die Gegenstände auf dem Schreibtisch, um sie nicht ansehen zu müssen, wie ihr schien.

»Darüber habe ich noch gar nicht nachgedacht«, bekannte sie.

»Aber Sie werden doch eine gewisse Vorstellung haben!« Schon wieder war sein Ton scharf geworden.

Sabine begriff, daß er Umständlichkeit und Unklarheit nicht leiden konnte. »Soviel wie möglich«, sagte sie offen, »ich brauche Geld.«

Jetzt hob er den Kopf und sah sie an, und zum erstenmal zeigten seine Augen Interesse. »Sie sind neununddreißig Jahre alt?«

»Woher wissen Sie?« fragte Sabine verblüfft.

»Die Dame vom Arbeitsamt hat mich Ihretwegen angerufen.«

Sabine konnte nicht verhindern, daß sie rot wurde. »Das hätte ich mir denken können«, sagte sie bitter und erwartete, daß er etwas über ihren Mann sagen würde. Aber er tat es nicht. »Ich werde Ihnen für den Anfang zwölfhundert zahlen«, sagte er, »brutto, versteht sich. Wenn Sie sich eingearbeitet haben, können wir über eine Gehaltserhöhung sprechen.«

Mit so viel Geld hatte sie gar nicht gerechnet, das war wesentlich mehr, als Ilona verdiente. »Danke, Herr Doktor«, brachte sie mühsam heraus; sie wollte ihm nicht zeigen, wie beglückt sie war, um ihn nicht auf die Idee zu bringen, daß er sie überbezahlte.

»Sie bringen den ganzen Papierkram dann selbst in Ordnung«, sagte er. »Nachricht an das Arbeitsamt, Anmeldung bei der Krankenkasse, Lohnsteuerkarte und so fort. Bis nachher.« Er wandte sich zur Tür.

»Augenblick, Herr Doktor«, rief Sabine, »könnte ich wohl Schlüssel für das Haus und die Praxis haben?«

»Wozu?«

»Ich möchte so schnell wie möglich zurück sein, um die Klientenkartei zu bearbeiten.«

»Klingeln Sie einfach. Ich halte keinen Mittagsschlaf.« Damit ließ er sie stehen. Beinahe hätte sie ihn gefragt, ob er fürchte, daß sie ihn bestehlen werde. Aber dann verzichtete sie doch darauf. Es war ihr ja nicht wichtig, ob er ihr Schlüssel gab oder nicht – Hauptsache, sie war angestellt und verdiente endlich selbst Geld. Das war ein Gefühl, das ihr noch nie gegönnt gewesen war, und sie kostete es aus.

Am Dienstag abend waren die Herren der Stammtischrunde im *Goldenen Löwen* so zahlreich wie selten erschienen; nur der Buchhändler Feldt, der vor drei Wochen einen Schlaganfall erlitten hatte, fehlte – und auch noch Rudolf Kienzel, der einen großen Auftritt haben wollte.

Die vollbusige Therese knallte die tönernen Maßkrüge auf die dunkle Platte des Eichentisches, die mit einer handgestickten bayrischen Standarte geschmückt war, und der Wirt brachte persönlich das Tablett mit den Schnapsstamperln. Die Herren saßen eng bei eng, und unter gewöhnlichen Umständen wäre es sehr rasch lebhaft geworden, aber heute wollte keine rechte Stimmung aufkommen. Jeder war mit dem Fall Miller beschäftigt, aber niemand mochte das Thema anschneiden – nicht weil man besonders zartfühlig war, sondern weil man noch keinen festen Standpunkt bezogen hatte und lieber die Reaktion der anderen abwarten wollte.

Therese war es, die den Bann brach, sie beugte sich zu Alf Scheuringer hinunter, so daß der ihren scharfen Geruch in die Nase bekam, und fragte vertraulich mit einer Stimme, die sie selbst für gedämpft hielt, die aber am ganzen Tisch, wenn nicht gar bis in die Winkel der Gaststube zu verstehen war: »Woaßt was Nei's über 'n Miller?« Scheuringer schüttelte nur den Kopf. »Der arme Teifi, der!« meinte die Kellnerin und zog sich kopfschüttelnd zurück.

Apotheker Reibler packte den Stier bei den Hörnern. »Ist das auch Ihre Ansicht, meine Herren?«

»Das möchte ich nicht unterschreiben«, erklärte Dr. Kneisel bedachtsam, »gewiß, Miller ist zu bedauern, aber andererseits ist es doch nicht so, daß so etwas jedem passieren könnte, wie man im Zusammenhang mit Schicksalsschlägen gern zu sagen pflegt.« Dr. Kneisel war stellvertretender Leiter der Stadtbibliothek und besonders darauf bedacht, sich gewählt auszudrücken. »Jedenfalls kann ich ohne Übertreibung von mir behaupten, daß ich mich nie und unter keinen Umständen an fremden Geldern vergreifen würde.«

Das war allen aus der Seele gesprochen; Beifall kam auf. »Sehr richtig!« – »Gut gesagt, Doktor!« – »Bravo!«

»Es ist mir völlig unverständlich, wie Miller so etwas tun konnte«, sagte der Optiker Meyer.

»Wahrscheinlich steckt eine Frau dahinter«, warf Scheuringer in die Debatte.

»Glauben Sie?« gab der Apotheker zurück. »Aber die Seine ist doch noch ganz fesch!«

»Was besagt das schon? Auch jeden Tag Gänsebraten wird einem über. Wenn dann so ein zartes junges Täubchen angeflattert kommt...« Die Herren belohnten Scheuringers mühsamen Witz mit Gelächter.

»Die Wechseljahre des Mannes«, sagte Dr. Kneisel, »es gibt ein sehr gutes Buch darüber. Ja, das wird es gewesen sein.«

»Die Frau müßte erst geboren sein, für die ich mich in Unkosten stürzen würde!« behauptete der alte Dr. Kracht.

»Sag das nicht«, hänselte ihn der Apotheker, »wenn eine käme... mit solchen Augen...« Und er verdeutlichte mit einer Bewegung beider Hände, was er damit meinte.

»Witz, du bist umzingelt!« gab der Arzt zurück. Aber die anderen konnten doch wieder über den alten Witz lachen.

»Uns jedenfalls hat Miller in eine saumäßige Situation hineingeritten!« ließ sich Scheuringer vernehmen. »Daß er bei der Sache keineswegs an Weib und Kind gedacht hat, ist schlimm genug... aber daß er durch sein Verhalten unsere Reputation geschädigt hat, ist unverzeihlich!«

»Übertreiben Sie da nicht ein wenig?« fragte der Apotheker.

»Tut er nicht«, widersprach Meyer, »die Sache ist für uns alle äußerst unangenehm. Er ist ja nicht irgend jemand, sondern Mitglied unseres Stammtisches, und was einer von uns tut, fällt auf die anderen zurück.«

»Sehr richtig«, sagte Scheuringer, »in meinem Geschäft bin ich auf das Vertrauen meiner Kunden angewiesen...«

»Wer nicht?« warf einer ein.

»... ganz gleich, ob ich einen Gebrauchtwagen verkaufe oder eine Rechnung über eine Reparatur aufstelle«, fuhr Scheuringer fort, »der Kunde kann nichts nachprüfen, er muß mir glauben, daß die alte Karre noch zwei Jährchen zusammenhält oder die Kardanwelle tatsächlich ausgetauscht werden mußte, nur um Beispiele zu nennen. Eine Freundschaft mit einem Gauner kann ich mir aus reinem Selbsterhaltungstrieb nicht leisten.«

»Die Ehre dieser Runde muß unbefleckt sein«, tönte Dr. Kneisel mit Pathos.

»Ich glaube doch nicht, daß man aus der Sache eine Haupt- und Staatsaktion machen sollte«, wandte Dr. Kracht ein.

»Machen!? rief Scheuringer. »Sie ist es schon! Die ganze Stadt spricht darüber!«

Niemand hatte bemerkt, daß Rudolf Kienzel eingetreten war. Einen halben Schritt vom Stammtisch entfernt, blieb er stehen und rieb sich die Hände. »Wenn die Herren die kleine Verspätung entschuldigen wollen...«

Nur Scheuringer blickte über die Schulter; das Gespräch verstummte. Kienzel legte seinen Mantel ab, stülpte seinen Hut über den Haken und rieb sich mit der flachen Hand über die Glatze. »Reserl, das Übliche!« Er zog sich einen Stuhl heran. Die Herren rückten zusammen, damit er sich zwischen sie quetschen konnte. Noch immer sprach niemand ein Wort.

Kienzel blickte von einem zum anderen. »Darf man fragen, über was die ganze Stadt spricht?«

»Als wenn du das nicht am besten wüßtest!« entgegnete Scheuringer.

Kienzel grinste. »Es geht um den Schweinehund Miller!« Als niemand reagierte, lief er rot an. »Oder wollt ihr den Kerl etwa noch in Schutz nehmen?!«

Der Apotheker blickte in seinen Maßkrug. »Es dreht sich nicht darum, was Miller getan hat... Aber Sie hätten uns dieses Debakel wahrhaftig ersparen können.«

»Ich – Ihnen? Ja, verlangen Sie etwa von mir, daß ich den Halunken mit meinem guten Geld laufen lassen soll?!«

»Und kriegst du es denn jetzt wieder?« fragte Scheuringer.

»O ja.« Kienzel klopfte mit der Faust auf den Tisch. »Und wenn er bis ans Lebensende blechen muß!«

»Ja, so lange werden Sie wohl warten müssen«, warf der Optiker ein, »denn in Zukunft wird er sich schwer tun, für seinen eigenen Unterhalt zu sorgen.«

»Dann pfände ich ihm das Haus unter dem Hintern weg!«

»Kienzel, nun nehmen Sie doch mal Vernunft an«, sagte Reibler. »Um an Ihr Geld zu kommen, brauchten Sie Miller doch nicht verhaften zu lassen! Sogar die Anzeige hätten Sie sich sparen können. Irgendwie hätten er oder seine Familie das doch in Ordnung gebracht.«

»Haben Sie denn gar keine Moralbegriffe?« krähte Kienzel. »Schließlich geht es um mehr als um eine offene Rechnung. Der Kerl wollte mich begaunern. Er hat mein Vertrauen mißbraucht...«

Der Apotheker ließ ihn nicht ausreden. »Ja, ja, schön und gut, das alles ist uns bekannt – aber in meinen Augen immer noch kein Grund, einen Skandal heraufzubeschwören.«

Kienzel sprang auf. »Ich hätte ihn schonen sollen?«

»Du hättest wie ein vernunftbegabtes Wesen und nicht wie ein beleidigter Idiot handeln sollen«, sagte Scheuringer.

Kienzel wollte mit erhobenen Fäusten auf ihn losgehen. Aber der andere sagte: »Vorsicht, Junge, ich schlage zurück!«

Kienzel ließ sich auf seinen Stuhl fallen. »Ich verstehe nicht, warum ihr alle auf mir herumhackt.«

»Dann darf ich Ihnen eine Frage stellen«, sagte Dr. Kracht, »haben Sie bei der ganzen Affäre auch nur eine Sekunde an uns gedacht?«

»Ich... ich allein habe den Gauner entlarvt! Wenn ich nicht gewesen wäre, dann säße er noch hier mitten zwischen uns, spielte sich auf und... wer weiß, wen er sonst noch alles hereinlegen würde!«

Dr. Kracht nahm einen Schluck aus seinem Krug. »Ich kann mich nicht erinnern, daß Miller sich je aufgespielt hat!«

»Nicht? Hat er nicht? Mit seinem Haus? Mit seinen Erfolgen?«

»Wenn Angabe ein Verbrechen wäre«, erklärte der Apotheker, »dann saßen Sie längst im Zuchthaus!« Kienzel schnappte nach Luft.

»Es hat keinen Sinn, über verschüttete Milch zu jammern«, bemerkte Dr. Kneisel, »man kriegt sie bekanntlich nie wieder in die Flasche. Aber zweifellos wäre doch schon etwas damit gewonnen, wenn Sie die Anzeige zurückziehen würden, Herr Kienzel!«

»Und warum sollte ich das tun?«

»Ich würde mich persönlich dafür stark machen, ein befriedigendes finanzielles Arrangement für Sie zu bewerkstelligen, und wenn Sie den Staatsanwalt darüber informieren, besteht vielleicht... ich bin ja leider kein Jurist, aber ich könnte mir doch vorstellen, daß der Fall dann niedergeschlagen werden könnte.«

Kienzels Augen wurden glasig. »Und darauf soll ich mich einlassen? Ja, seid ihr denn alle verrückt geworden?«

»Ich halte den Vorschlag für ausgesprochen vernünftig«, sagte der Apotheker, »auf jeden Fall kriegen Sie auf diese Weise Ihr Geld sehr viel eher und gewissermaßen...«

»Und Miller kommt um seine Strafe!«

»Überleg's dir doch mal in Ruhe!« Scheuringer warf ein Geldstück auf den Tisch. »He, Reserl, zahlen!«

»Ich hab' ja noch nicht mal mein Bier bekommen!« protestierte Kienzel. Aber niemand hörte auf ihn. Die anderen Herren folgten Scheuringers Beispiel und rechneten mit der Kellnerin ab. Einer nach dem anderen stand auf und ging.

Kienzel blieb allein an dem großen Tisch zurück; mit einer solchen Reaktion der anderen Herren hatte er so wenig gerechnet, daß er jetzt wie gelähmt war. Er konnte keinen Gedanken fassen, geschweige denn sich von der Stelle rühren. Er blieb einfach sitzen, und es war ihm, als fließe sein Blut vom Herzen ab. Ihm war, als sei er totenblaß geworden, obgleich sein Gesicht in diesem Moment immer noch die im Teneriffa-Urlaub erworbene Sonnenbräune zeigte. Jetzt endlich stellte Therese die bestellte Maß vor ihn hin. »Das hätt's nicht braucht, Herr Kienzel«, sagte sie strafend, »der arme Herr Miller!«

Kienzel schnaubte. »Wenn ihr glaubt, ihr könnt mich fertigmachen, dann habt ihr euch geirrt! Das Recht ist auf meiner Seite!«

Therese verzog die Mundwinkel. »Da haben S' aber auch was Warmes!«

Am Mittwoch nachmittag hielt Dr. Strathmann keine Sprechstunde. Sabine erbot sich trotzdem, dazubleiben, denn es gab eine Menge aufzuarbeiten; vor allem waren seit Monaten keine Liquidationen mehr geschrieben worden. Aber Dr. Strathmann lehnte barsch ab. »Sehen Sie zu, daß Sie das in Ihrer normalen Arbeitszeit in Ordnung bringen. Ich zahle keine Überstunden.«

Sabine sah ihn groß an. »Wieso . . .«

»Sie wissen, daß Sie laut Tarif dreiundvierzig Stunden und keine Minute mehr in der Woche arbeiten dürfen. Alles, was darüber ist, muß zusätzlich entlohnt werden.«

Davon hatte Sabine keine Ahnung gehabt, aber sie verzichtete darauf, ihn davon zu überzeugen. »Aber, Herr Doktor«, sagte sie, »so genau wollen wir das doch nicht nehmen.«

»Damit Sie mir später mit dem Arbeitsgericht kommen?«

Sie wußte, er würde ihr nicht glauben, daß nichts weniger in ihrer Absicht lag. »Sie scheinen sehr schlechte Erfahrungen gemacht zu haben, Herr Doktor!« stellte sie nur fest. »Ich gehe dann also. Bis morgen!«

Im Grunde kam ihr der freie Nachmittag sehr gelegen, und sie benutzte ihn, um sich im Rathaus ihre Lohnsteuerkarte zu holen und bei der Bank vorzusprechen, wo sie um Stundung der Rückzahlung des Kredites bitten wollte, den sie zum Hausbau aufgenommen hatten.

Danach rief sie von einer Telefonzelle der Hauptpost aus wieder einmal Rechtsanwalt Dr. Pötters an, um sich zu erkundigen, ob sie endlich Arnold besuchen dürfte. Aber sie erhielt eine abschlägige Antwort. »Glauben Sie mir, Frau Miller, ich tue mein möglichstes. Aber der Untersuchungsrichter hofft immer noch, Ihren Mann zu einer anderen Aussage zu bringen.«

»Man will ihn mürbe machen!«

»Sie können es so ausdrücken.« Aus der Stimme des Rechtsanwaltes sprach Unbehagen. »Es geht eben immer noch um das verschwundene Geld.«

»Der Untersuchungsrichter glaubt nicht, daß er es verspielt hat?«

»Glauben Sie es?«

»Ich habe nie gewußt, was ich von der ganzen Sache halten soll.«

»Wenn Sie mir nur irgendeinen Hinweis geben könnten!«

»Wenn ich auch nur das Geringste wüßte, hätte ich es längst gesagt!«

»Sie würden damit Ihrem Mann nur helfen, Frau Miller. Ich kann mich irren, aber ich habe den Eindruck, daß er sich in eine Idee verrannt hat, von der er sich nicht mehr trennen kann.«

»Wenn man mich nur mit ihm sprechen ließe! Vielleicht könnte ich ihn überzeugen . . .«

»Ich werde tun, was ich kann.«

Sabine hatte das Gefühl, daß sich das Gespräch im Kreis drehte und sie keinen Schritt weiterkam. »Danke, Herr Doktor«, sagte sie niedergeschlagen, »ich rufe Sie dann in den nächsten Tagen wieder an.«

»Sehr schön, Frau Miller.«

»Halt!« rief sie. »Bitte, noch nicht einhängen! Ich habe ganz vergessen, Ihnen mitzuteilen, daß ich jetzt arbeite...«

»Das ist sehr vernünftig von Ihnen!«

»Als Arzthelferin. Ich kann also nur Samstag und Mittwoch nachmittag oder Sonntag nach Traunstein!«

»Ich schreib's mir auf.«

Als Sabine die Telefonzelle verließ, war es halb vier geworden. Sie hätte zu Hause genug zu tun gehabt, aber es gab niemanden, der sie dort erwartete. Sven war jetzt immer mit seinen neuen Freunden unterwegs. Plötzlich kam ihr eine Idee, und im gleichen Augenblick wußte sie, daß sie das schon lange vorgehabt und nur eine günstige Gelegenheit abgewartet hatte. Sie mußte nach München und mit Torsten sprechen, der noch nichts von dem Schicksal seines Vaters ahnte.

Sabine trat wieder in die Kabine, rief die Zeltner-Werke an und ließ Ilona an den Apparat rufen. Das junge Mädchen meldete sich erwartungsvoll, reagierte dann aber deutlich befremdet, als sie ihre Mutter erkannte. »Ach, du, Mutti. Ja, was gibt's denn?«

»Nichts besonders Aufregendes, Liebling! Ich möchte dir nur sagen, daß ich zum Abendbrot wahrscheinlich noch nicht zu Hause bin.«

»Na und?«

»Würdest du dich wohl darum kümmern, daß Sven etwas zu essen bekommt? Und bei ihm bleiben, bis es für ihn Zeit zum Schlafengehen ist – oder ich wieder da bin?«

»Aber, Mutti, das ist doch lächerlich, Sven ist ein großer Junge.«

»Es würde mich trotzdem beruhigen.«

»Zu jeder anderen Zeit mit Vergnügen, Mutti! Aber gerade heute wollen Oswald und ich...«

»Gerade heute brauche ich dich, Ilona«, erklärte Sabine schärfer, als es sonst ihre Art war, »und ich glaube nicht, daß du im allgemeinen mit Familienverpflichtungen überlastet bist.«

Ilona schmollte. »Habe ich ja auch nicht behauptet!«

»Also wirst du mir doch auch mal ausnahmsweise einen Gefallen tun können!«

»Es ist ja nur wegen Oswald!«

»Der wird dich nicht weniger lieben, wenn er merkt, daß du auch noch etwas anderes außer deinen Vergnügungen im Kopf hast!«

»Mutti!« rief Ilona empört. »Wie kannst du behaupten...«

»Nicht jetzt! Wir sprechen ein andermal darüber. Du bleibst also heute abend zu Hause. Ich verlasse mich auf dich.« Sabine hängte rasch ein, um ihrer Tochter keine Gelegenheit zu erneutem Widerspruch zu geben. Sie hatte das Gefühl, daß es nichts geschadet hätte, wenn sie ihre Kinder schon früher etwas strenger angepackt und mehr von ihnen verlangt hätte. Warum hatte sie es nicht getan? Um ihnen eine möglichst glückliche Kindheit zu schenken? Das hatte sie bisher geglaubt. Aber jetzt schien es ihr, als haben sie sich selbst etwas vorgemacht. Sie hatte sich aufgeopfert, weil es ihr wohlgetan – weil sie dadurch ihr Selbstgefühl erhöht hatte. Jetzt erst begriff sie, daß es falsch, ja sogar egoistisch gewesen war. Sie hatte ihren Kindern eine Lehre vorenthalten, die sie in jüngeren Jahren wahrscheinlich leichter begriffen hätten. Aber diese Erkenntnis kam zu spät.

Um 17 Uhr 15 traf Sabine auf dem Hauptbahnhof München ein und geriet so in den dichtesten Berufsverkehr. Der Omnibus, der sie zum Feilitzschplatz brachte, war gesteckt voll. Sie stand eingeklemmt in einer Gruppe junger Menschen, Lehrlinge und Stenotypistinnen, die von der Arbeit nach Hause fuhren, und kam sich abenteuerlich selbständig vor. Nicht ein einziges Mal in ihrer Ehe war sie allein nach München gefahren, sondern immer zusammen mit Arnold und dann nur in seinem Auto. Noch nie hatte sie die Stadt aus diesem Gesichtswinkel heraus erlebt.

Dennoch war sie von Schwabing enttäuscht. Alles wirkte, von einigen fantastisch gekleideten Gestalten einmal abgesehen, so normal. Sie begriff nicht, worin der Zauber lag, der den jungen Leuten aus der Provinz diesen Stadtteil als eine Art Paradies erscheinen ließ. Sie sah nur Mietshäuser ohne besonderen Charakter. Am Feilitzschplatz stieg sie aus und hatte einige Mühe, Torstens Wohnung zu finden, denn die Hausnummern sprangen kreuz und quer. Das Haus war ein Altbau mit einer Sandsteinfassade, die, schmutziggrau und beschädigt, doch noch ihre enstige Schönheit ahnen ließ.

Der Name Miller stand auf keinem der Türschilder. Sie entschloß sich dennoch, in den fünften Stock hinaufzugehen, weil sie die Briefe an ihn immer so adressiert hatte. Sie war etwas verwundert, weil er nie erzählt hatte, daß er möbliert wohnte, aber so mußte es wohl sein. Auch im Treppenhaus fanden sich Spuren vergangener Vornehmheit, so ein buntes Glasfenster im Jugendstil und ein geschnitztes Geländer, das mit einfachem Holz ausgebessert worden war.

An der Wohnungstür im fünften Stock links war eine Menge weißer Karten mit handgemalten Namen mit Reißnägeln an den Türrahmen geheftet. Hier endlich entdeckte Sabine den Namen ihres Sohnes und drückte auf die Klingel, die laut und hohl zu scheppern begann. Nach einer Weile öffnete ein junges Mädchen mit hüftlangem strähnigblondem Haar. Sie trug eine Pumphose, darüber eine enggegürtete Tunika aus glänzendem grauem Stoff. »Tut mir leid«, erklärte sie, »bei uns können Sie nichts loswerden.« Sie wollte Sabine die Tür vor der Nase zuschlagen.

»Will ich ja gar nicht«, erklärte Sabine hastig.

Das Mädchen musterte sie mißtrauisch. »Wenn Sie von der Fürsorge sind... hier ist keiner unter achtzehn.«

»Ich suche meinen Sohn.«

»Dann gehen Sie doch aufs Fundbüro.«

»Wenn das witzig sein soll...« Sabine stockte, weil ihr bewußt wurde, daß es falsch war, sich provozieren zu lassen.

»Der Junge ist ausgerissen, wie?« sagte das Mädchen. »Statt ihn einzufangen, sollten Sie sich lieber mal überlegen, warum er das getan hat. Wahrscheinlich hat er sich in Ihrem trauten Heim nicht wohl gefühlt. Bei wem lag da wohl der Fehler?«

»Der Junge heißt Torsten Miller. Wollen Sie mich jetzt, bitte, reinlassen?«

Das Mädchen rührte sich nicht vom Fleck. »Erwartet er Sie denn?«

»Nein.«

»Woher soll ich dann wissen, ob er Sie überhaupt sehen will? Da könnte ja jeder kommen und...«

Sabine zwang sich zur Ruhe. »Fragen Sie ihn einfach«, bat sie freundlich, »sagen Sie ihm, daß seine Mutter hier ist. Dann werden wir ja gleich wissen, ob er an einer Begegnung interessiert ist.«

Das Mädchen stieß sich mit der Schulter vom Türpfosten ab. »Na schön. Aber rein laß ich Sie nicht.«

Sabine zuckte die Achseln. »Ich warte.« Die Tür knallte vor ihr zu.

Das Verhalten des Mädchens kam Sabine reichlich merkwürdig vor, aber sie war nicht besonders beunruhigt. Immerhin schien Torsten zu Hause zu sein, und sie zweifelte nicht daran, daß er sie gleich reinholen würde. Tatsächlich erschien er in Sekundenschnelle, packte sie um die Taille und schwenkte sie in der Luft. »He, Biene! Was für 'ne Überraschung! Ich trau' ja meinen Augen nicht!«

Das brachte sie zum Lachen. »Laß mich runter«, bat sie, »ich bin schon ganz schwindlig.«

Er stellte sie auf die Füße. »Und wohin gehen wir? Ich nehme an, du willst mich zum Essen einladen?« Er trug die graue Leinenhose, die sie schon von Ilonas Verlobung her an ihm kannte und die inzwischen noch schmutziger geworden war, dazu ein Unterhemd, das irgend jemand – wahrscheinlich er selbst – mit roten, grünen, gelben und schwarzen Farben sehr effektvoll bemalt hatte. Die blonde Löwenmähne reichte ihm bis weit über die Schultern und vermischte sich mit seinem breiten, wuchernden Bart.

»Nein, lieber nicht«, sagte sie.

Ihr Blick war ihm nicht entgangen. »Genierst du dich etwa, mit mir auszugehen? Gänzlich unnötig. Hier nimmt keiner Anstoß.« Er nahm sie bei der Hand. »Also komm!«

»Ich möchte mit dir sprechen, Torsten.«

»Das können wir beim Essen.«

»Und ich möchte sehen, wo du wohnst!«

Er machte eine Handbewegung zur Tür. »Siehst du doch!«

»Nein, Torsten, das genügt mir nicht. Was geht eigentlich da drinnen vor?«

»Seit wann bist du so neugierig?«

»Das Mädchen vorhin hat sich sehr sonderbar benommen ... und du auch, Torsten.«

»Ach, weißt du, wir haben furchtbar viel Ärger mit alten Leuten.« Torsten blickte auf seine Füße, die nackt in Sandalen steckten. »Dauernd taucht hier jemand auf und schlägt Krach. Natürlich kann uns niemand was. Wir haben die Wohnung ordnungsgemäß gemietet und zahlen auch pünktlich. Außerdem sind wir auch alle über achtzehn. Aber das Getue ist uns einfach lästig. Das mußt du doch verstehen.«

»Und du zählst mich zu den alten Leuten, die Krach schlagen wollen?«

»Aber, nein, Biene, natürlich nicht. Ich habe doch nicht von dir gesprochen, sondern von den anderen.«

»Dann laß mich jetzt, bitte, rein, ja? Ich verspreche dir, daß ich mir jedes Wort der Kritik versagen werde, denn erstens bist du ein erwachsener Mensch, und zweitens habe ich ganz andere Sorgen.«

»Wenn du darauf bestehst ...«

»Genau das tue ich.«

Torsten drehte sich um und schloß die Tür, die er gleich nach dem Verlassen der Wohnung hinter sich zugeschlagen hatte, wieder auf. »Glaub nur nicht, daß ich mich über deinen Besuch nicht freue«, murmelte er, aber es klang nicht sehr überzeugend. »Entschuldige, wenn ich vorausgehe.«

Sie folgte ihm und stellte fest, daß es in der sehr weiträumigen Wohnung eine ganze Anzahl junger Leute gab, die sich in den offenstehenden Zimmer auf einer Art Matratzenlager lümmelten. Eine kleine Gruppe hockte im Schneidersitz in einer Ecke des langen Flurs auf dem Boden; sie diskutierten eifrig miteinander. Alle waren langhaarig, trugen enganliegende Jeans und überhängende Hemden, und nur an den Stimmen erkannte Sabine, daß einige von ihnen Mädchen waren. Sie waren, ihrer Ansicht nach, äußerst individuell und vergammelt gekleidet.

Torsten stieß die Tür zu einem kleinen Raum auf, in dem ebenfalls Matratzen das Hauptmobiliar bildeten; dazu kam ein alter, fünfarmiger Kleiderständer. An den Wänden hingen Bilder und Collagen in verschiedenen Techniken. Hier kauerten Brandy und das blonde Mädchen, das Sabine zuerst empfangen hatte. Brandy klimperte auf einer Gitarre und summte vor sich hin, die andere bestickte mit bunten Seidenfäden ein Ding, das wie ein Bolero aussah. Beide nahmen weder von Torsten noch von Sabine Notiz.

»Guten Tag«, sagte Sabine höflich, »entschuldigen Sie, daß ich hier so hereinplatze. Aber ich habe etwas sehr Wichtiges mit Torsten zu besprechen.« Sie zwang sich, dem Mädchen mit der Gitarre zuzulächeln. »Wir kennen uns ja schon, Brandy!«

»Hm, hm«, machte Brandy und zupfte einen Akkord.

»So kannst du mit denen nicht umgehen, Biene«, fuhr Torsten dazwischen, »wenn die mal Manieren hatten, so haben sie sie längst vergessen!« Mit erhobener Stimme fügte er hinzu: »Auf, auf, Brandy! Dolly, wird's bald! Dies ist mein Zimmer, und ihr stört!«

»Bourgeois!« stieß Dolly verächtlich aus, raffte ihr Stickzeug zusammen, wobei sie einen ganzen Haufen bunter Fäden liegen ließ, und schwang sich auf die Füße.

Torsten griff Brandy in ihren Wust winziger, brandroter Lokken und zog sie hoch. »He, du bist auch gemeint! Wann merkst du endlich, wenn dein Typ nicht gefragt ist?«

Sie wehrte sich nicht, sondern verlegte sich aufs Betteln. »Aber ich störe doch nicht, Torro... ich mache mich ganz klein, wirklich.« Sie blickte Sabine aus ihren mit dicken, schwarzen Balken ummalten Augen flehend an. »Ich wollte nicht ungezogen sein, ehrlich nicht. Ich war nur mit den Gedanken woanders!«

Torsten ließ sie so jäh los, daß sie ins Stolpern geriet. »Als wenn du Gedanken hättest«, sagte er, nicht ohne Zärtlichkeit. »Du träumst doch nur!«

Sie legte den Kopf schief. »Was ist schlimm daran?«

»Gar nichts. Aber es wäre zur Abwechslung auch mal ganz nett, wenn du dich nützlich machen würdest. Sieh mal nach, ob du nicht in der Küche gebraucht wirst.« Brandy zog eine Grimasse. Er stieß sie aus dem Zimmer. »Los, hau ab! Laß dir nicht alles dreimal sagen!« Die Tür fiel hinter ihr ins Schloß. Torsten grinste seine Mutter an. »Endlich allein! Es ist geschafft!«

»Du gehst ziemlich grob mit deiner Freundin um«, bemerkte Sabine.

»Ach was!« Torsten zuckte die Achseln. »Anders wollen die's ja nicht!« Er sah, daß Sabine ziemlich verloren im Raum stand. »Soll ich dir einen Stuhl besorgen? Wir haben so was!«

»Nein, nein«, wehrte Sabine ab, »warum soll ich mich nicht auch zur Abwechslung mal auf den Boden setzen.« Die Matratzen sahen nicht sehr einladend aus, aber sie überwand ihre Vorbehalte und ließ sich nieder. »Geht schon.« Sie versuchte, ihre Beine in eine möglichst bequeme Lage zu bringen.

»Nanu«, Torsten gab sich erstaunt, »du schimpfst ja gar nicht?«

Sabine blickte zu ihm auf. »Sag nur, daß ich früher dauernd mit dir herumgeschimpft hätte.«

»Das nicht.« Er kreuzte die Beine, bevor er sich auf die andere Matratze fallen ließ. »Du warst die langmütigste aller Mütter, nur eben doch – nicht, daß ich dir einen Vorwurf daraus machen will! – verdammt bürgerlich eingestellt.«

»Deshalb dachtest du, ich würde mich aufregen, wenn ich dich in dieser Idylle hier entdecke!«

Er warf den bärtigen Kopf in den Nacken und lachte. »Idylle, das ist der treffende Ausdruck!«

»Na und?«

Er wurde ernst. »Wir leben in 'ner Art Kommune, weißt du.«

»Und das funktioniert?«

»Wenn man keine zu hohen Ansprüche stellt...«

Sabine versuchte das Thema abzuschließen. »Jedenfalls scheint es euch Spaß zu machen.«

»Darum geht es gar nicht, Biene«, erklärte er eifrig, »wir versuchen zu neuen Existenzformen vorzustoßen. Die Kleinfamilie, soviel steht fest, ist überholt, und deshalb...«

»Torsten«, unterbrach sie ihn, »ein andermal kannst du mir das alles gern erzählen. Ja, ich wäre froh gewesen, wenn du dich früher mal mit mir darüber unterhalten hättest. Aber im Moment ist es mir, wenn ich ehrlich sein soll, ganz uninteressant.«

Er merkte, daß er sie mit halboffenem Mund angestarrt hatte, und klappte ihn zu. »Na so was! Wie kommst du mir denn vor?«

Sie beschloß, direkt zum Kern der Dinge zu kommen. »Torsten, dein Vater ist verhaftet!«

»Was?« Er sprang auf. »Das ist mal wieder eine typische Fehlleistung des Establishments! Himmel, Arsch und Zwirn... wie konnte das passieren?« Sabine erzählte es ihm. Er ließ sich langsam wieder zu Boden sinken. »Das ist doch nicht zu fassen!«

»Ich wollte es dir nicht schreiben.«

Torsten hörte gar nicht mehr auf das, was sie sagte. »Nicht zu fassen!« wiederholte er. »Der gute alte Arnold Miller vergreift sich an anderer Leute Eigentum! Also wahrhaftig, das hätte ich ihm nicht zugetraut. Du, Biene, das imponiert mir!«

»Bist du verrückt!«

»Nee, gar nicht, Biene, nun paß mal auf. Für mich war Vater immer so 'n typischer Hosenwetzer... Hosenscheißer... Duckmäuser, na, du weißt schon, ich will niemandem zu nahe treten! Aber da habe ich ihn anscheinend doch falsch eingeschätzt.«

»Imponiert dir diese Riesendummheit etwa noch?«

»Herrlich, Biene, ja. 'ne Dummheit war's, klar, jedenfalls hätte er sich nicht erwischen lassen sollen... oder besser noch, gar nicht erst anfangen, was zwangsläufig auffliegen mußte! Insofern schon. Aber es zeigt doch, daß es in ihm gegärt hat. Er hat gefühlt, daß die Welt nicht in Ordnung ist..., daß das Oben und Unten nicht Schicksal, sondern 'ne ausgeklügelte Mache von denen ist, die oben sitzen und nach unten treten und stoßen, damit nur ja niemand zu ihnen raufkommt. Er wollte ausbrechen! Das finde ich doll!«

»Na herrlich, dann hat er wenigstens einen Bewunderer gefunden.«

»Du sagst das so! Er hatte eben seine Träume. Verstehst du denn nicht, daß ihn das menschlicher macht?«

»Nur schade, daß er für seine sogenannte Menschlichkeit teuer zahlen muß. Und wir mit ihm«, sagte Sabine bitter.

»Ihr? Wieso denn ihr?«

»Das Leben in der Kommune scheint dich ein bißchen weltfremd gemacht zu haben, sonst müßte dir einfallen, daß wir bisher von Vaters Gehalt gelebt haben – du auch, Torsten! Denn wie hätte ich dich, ohne Wirtschaftsgeld, unterstützen können?«

Torsten runzelte die Stirn. »Soll das heißen... die Zeltner-Leute zahlen nicht mehr?«

»Genau das. Was hattest du gedacht?«

»Das sieht denen ähnlich, typisch kapitalistisch. Ein halbes Leben hat Vater sich für die abgerackert, und kaum sitzt er mal in der Klemme...«

»Spar dir deine moralische Entrüstung! Vater hat gearbeitet und ist dafür entlohnt worden, jetzt kann er nicht mehr arbeiten, da ist er ihnen auch nichts mehr wert.«

»Eine feine Rechnung! Aber wenn die denken, daß sie uns damit kleinkriegen, sind sie schief gewickelt. Wenn die Dinge so liegen, werde ich eben auf deine Hilfe verzichten. Der Mensch braucht weniger, als man uns einreden will. Was natürlich nicht heißen soll, daß ich dir nicht dankbar gewesen wäre.« Er legte sich die Gitarre über die Knie und zupfte die A-Saite.

»Wenn es sein muß, kommst du allein aus, ich weiß«, stimmte Sabine ihm zu. »Auch Knut. Er ist schon dabei, sich einen Job zu suchen. Ilona heiratet noch in diesem Jahr...«

»Werden sie ihn wenigstens wiedereinstellen, wenn er herauskommt?« fragte Torsten.

»Nicht, wenn er verurteilt worden ist.«

»Scheiße.« Die Gitarre gab einen Mißton von sich.

Sabine versuchte, wieder auf die Beine zu kommen. »Das hatte ich dir sagen wollen.«

»Moment noch! Bleib!« Er drückte sie mit seiner großen Hand zurück.

Sie gab nach. »Ja?«

»Die Rechnung geht nicht auf, scheint mir.« Er zupfte eine Terz. »Es bleiben immer noch du und Sven und das Haus.«

»Ich habe Arbeit gefunden. Als Arzthelferin.«

»Du machst dich!«

Sie konnte sich ihren kleinen Triumph nicht entgehen lassen. »Ich verdiene zwölfhundert Mark im Monat.«

»Nicht schlecht. Und wieviel bleiben dir da?«

Sie wich aus. »Ach, Torsten, ich bin eigentlich nicht gekommen, um mit dir über Geld zu sprechen. Du verstehst doch nichts davon.«

»Das käme auf einen Versuch an.«

Sie legte ihre Hand auf seine. »Das ist lieb von dir. Aber ich will dich mit diesen Dingen wirklich nicht belasten.«

Er blickte sie an, durch seine Mähne hindurch, die ihm beim Spiel mit der Gitarre über die Augen gefallen war. »Wen sonst? Hast du jemanden, mit dem du darüber reden kannst?«

»Ich war heute bei der Bank.«

»Na und?«

»Herr Pichler meint, daß die Bank und auch die Bausparkasse mir wenigstens vorübergehend die Rückzahlung der Kredite stunden werden.«

»Dann bleiben noch die Zinsen.«

»Ja, natürlich. Hör zu, Torsten, ich bin nicht so hilflos und unselbständig, wie du glaubst. Ich werde das schon irgendwie schaffen.«

»Wie denn?«

»Darüber muß ich noch nachdenken.«

»Mutter!« Er legte die Gitarre beiseite und strich sich das Haar aus der Stirn. »Warum können wir das nicht zusammen? Ich bin kein Kind mehr, dem man eine heile Welt vorspiegeln muß.«

Die Zimmertür wurde geöffnet, Brandy steckte den Kopf herein. »Schleich dich!« befahl er, ohne sich umzudrehen. Brandy verschwand gehorsam.

»Ich finde, du benimmst dich recht autoritär«, stellte Sabine fest.

»Stimmt nicht. Ich habe große Achtung vor meinen Mitmenschen und versuche nie, irgend jemanden zu unterdrücken. Aber diese Mädchen sind von zu Hause weg, weil sie nicht genügend Freiheit hatten – oder zu haben glaubten. Jetzt können sie mit dieser Freiheit gar nichts anfangen und hängen sich an einen wie die Kletten. Zum Kotzen ist das.«

»Für dich? Oder für die Mädchen?«

»Du lenkst ab, Biene«, sagte er ernsthaft, »bilde dir nicht ein, daß ich das nicht merke. Los, rück raus mit der Sprache. Ich will wissen, wie die Aktien stehen.«

»Schlecht, Torsten«, bekannte Sabine.

»Hab' ich's mir doch gedacht! Aber ich möchte Einzelheiten wissen. Also hupf's mir mal vor, und zwar auf einer Sardine!« Er rollte sich zur Seite, angelte nach einem Stück Wachsmalkreide und einem Bogen Zeichenpapier.

»Ich weiß es aber nur in groben Zügen.«

»Die genügen mir. Fang mit deinen Verpflichtungen an.«

»Wir wollten mit der Rückzahlung im Januar nächsten Jahres beginnen«, sagte Sabine zögernd, »weil wir bisher noch so viele zusätzliche Ausgaben hatten... der Garten, Möbel...«

»Wieviel schuldet ihr?«

»Vierzigtausend Mark der Bausparkasse und hunderttausend der Bank.«

»Zinssatz?«

»Fünf und acht Prozent.«

Torsten begann mit dem roten Stift Zahlen zu malen und mit einer Fixigkeit zu rechnen, die sie ihm nie zugetraut hätte. »Das sind zweitausend und achttausend Mark im Jahr, umgerechnet achthundertdreißig Mark im Monat. Herrgott, die haben euch ja ganz schön in der Zange!« Er warf die Kreide in eine Ecke. »Am besten verkaufst du den ganzen Schuppen und bist den Ärger quitt!«

»Darüber habe ich auch schon mit Herrn Pichler gesprochen, aber er meint, wenn man verkaufen muß, wäre man immer schlecht dran!«

»Der Kerl scheint Humor zu haben!«

»Ganz Riesberg würde ja wissen, Torsten, daß wir das Haus nicht halten können. Wenn ich die Zinsen nicht zahlen kann, läßt die Bank das Haus versteigern. Du weißt, was das bedeuten würde. Die Riesberger wissen es auch. Sie würden versuchen, es uns unter seinem Wert abzujagen, erheblich unter seinem Wert, sagt Herr Pichler. Und es würde ihnen gelingen.«

»Aber du wärst die Schulden los.«

»Ja. Die und die siebzigtausend Mark, die Vater in den vergangenen zwanzig Jahren erarbeitet und die wir uns abgespart haben. Das Grundstück hat allein dreißig gekostet.«

»Scheiße«, sagte Torsten wieder.

Diesmal fand Sabine diesen Ausdruck sogar angebracht. »So sieht es aus, Torsten. Ich kann die Zinsen von meinem Gehalt bezahlen, aber dann bleiben für mich und Sven keine hundert Mark zum Leben übrig... von Heizung, Elektrizität, Telefon – immerhin, das Telefon kann man abmelden — ganz zu schweigen.«

»Kannst du nicht irgendwo was pumpen? Nicht bei der Bank, innerhalb der Verwandtschaft, meine ich. Könnte Onkel Egon nicht was lockermachen? Oder Tante Ethel? Du, warte mal, ich hab's! Was ist mit Ilonas Aussteuerversicherung?«

»Ich will nicht, daß sie zu den Zinners als Bettlerin kommt.«

»Aber, Biene, das sind doch bürgerliche Vorurteile!« Torsten erhob sich und ging zwischen den Matratzen auf und ab.

»Die Zinners sind nun mal eine bürgerliche Familie«, sagte Sabine.

»Wundert mich ohnehin, daß er sie nicht hat sitzenlassen«, gab Torsten zu und blieb vor Sabine stehen. »Also bleibt mir keine Wahl: Ich muß in den sauren Apfel beißen und mich ins Berufsleben stürzen.«

»Du, Torsten?«

»Du traust mir's wohl nicht zu, wie? Hatte ich nicht anders erwartet. Der Künstler gilt selten was in den Augen seiner Familie. Tatsächlich kann ich in der Werbebranche anfangen, wenn ich will. Ob du's glaubst oder nicht.«

»Das wäre ein zu großes Opfer, Torsten.«

Er reichte ihr die Hand und zog sie hoch. »Finde ich nicht. Ihr habt lange genug für mich gerackert. Ich bin ganz froh, daß ich mich mal ein bißchen revanchieren kann.«

Sie kämpfte mit den Tränen. »Das ist großartig von dir, einfach großartig!«

»Na, na, na!« Er klopfte ihr mit bärenhafter Zärtlichkeit auf den Rücken. »Jetzt fang bloß nicht an zu heulen... das kann ich nicht ausstehen. Es ist doch wirklich eine Selbstverständlichkeit.«

Sie betupfte sich mit einem Taschentuch die Augen. »Es wird nicht lange dauern, Torsten, nur ein paar Monate... höchstens ein paar Monate! Ich will versuchen, den ersten Stock zu vermieten. Ein Glück, daß das Haus auf so was eingerichtet ist. Herr Pichler sagt...«

»Nun laß mal endlich diesen Pichler aus dem Spiel. Langsam fängt der Kerl an, mir auf die Nerven zu gehn. Und statt mir das Blaue vom

Himmel zu versprechen, tu lieber gleich was für mich. Wie wär's, wenn du mich doch noch zum Essen ausführen würdest? Gleich hier um die Ecke ist ein duftes Lokal, italienische Küche und gar nicht teuer. 'ne Pasta asciutta und ein Glas Rotwein dazu gibt es schon für eins fünfzig. Oder langt es dazu etwa auch nicht mehr?«

»Doch, doch!« Sie lächelte mit feuchten Augen zu ihm auf.

»Du brauchst dich da meinetwegen auch nicht zu schämen«, versicherte er, »da laufen so Typen wie ich zu Dutzenden rum.«

»Red keinen Unsinn, Torsten, ich hab' mich nie für dich geschämt!« behauptete sie. Und sie glaubte es fast selbst.

Solange die Untersuchungen liefen, hatte Arnold Miller es als quälend empfunden, immer wieder, oft täglich, verhört zu werden und unzählige Male die gleichen Fragen beantworten zu müssen. Aber inzwischen war dieser Abschnitt sang- und klanglos zu Ende gegangen. Von einem Tag zum anderen schien der Untersuchungsrichter jedes Interesse an ihm verloren zu haben. Arnold war sich selbst überlassen, und das war weit schwerer zu ertragen. In der Einsamkeit seiner Zelle liefen seine Gedanken im Kreis: Hatte er richtig oder hatte er falsch gehandelt? Hätte er es bessermachen können? Und wie sollte das Leben für ihn weitergehen?

Er freute sich über die Bücher, die Sabine ihm schickte und die er – mit erheblicher Verspätung und nach sorgfältiger Prüfung – ausgehändigt erhielt. Aber er konnte sie kaum lesen, das heißt, er las sie von vorn bis hinten, um anschließend festzustellen, daß er ihren Inhalt gar nicht oder nur bruchstückhaft in sich aufgenommen hatte. Die eigenen Schwierigkeiten und die Sorge um das Schicksal seiner Familie erstickten jedes Interesse an Tatsachen oder Geschehnissen, die sich nicht auf ihn selbst bezogen.

Obwohl ihm das Essen nicht schmeckte, nahm er zu, weil ihm die Bewegung fehlte und weil er sich mit dem Heißhunger der Langeweile auf seine Schüssel zu stürzen und sie bis zum letzten Rest auszukratzen pflegte. Als Untersuchungshäftling hätte er um die Vergünstigung, Essen aus einer Gastwirtschaft zu erhalten, einkommen können; aber eine solche Extraausgabe konnte er sich nicht leisten. Aus dem dumpfen Druck, unter dem er seit seiner Verhaftung stand, hatte er sich noch nicht befreien können.

So reagierte er auf die Mitteilung eines Aufsehers, daß er Besuch bekommen hatte, nicht erfreut, sondern zurückhaltend. »Wer ist es denn?« fragte er mißtrauisch.

»Sie sind doch verheiratet, nicht? Also wird's wohl Ihre Frau sein.«

Arnold zögerte. Es war nicht so, daß er sich nicht nach Sabine gesehnt hätte, aber Scham überfiel ihn, ihr nun so gegenübertreten zu müssen.

»Kommen Sie schon«, drängte der Aufseher. Zusammen schritten sie durch die langen Gänge, in denen Arnold sich von seinen Auftritten beim Untersuchungsrichter her schon einigermaßen auskannte. Aber diesmal ging es nicht die Treppen hinauf, sondern in ein Zimmer im Erdgeschoß.

Als der Aufseher die Tür öffnete, zögerte Arnold, einzutreten. So groß war die Scheu, die er zu überwinden hatte – aber gleichzeitig wußte er, daß er eine Weigerung schon wenige Minuten später bitter bereuen würde.

»Was ist?« fragte der Aufseher ungeduldig.

Arnold murmelte eine Entschuldigung und betrat den grauen, kahlen Raum, dessen einziges Mobiliar aus einem einfachen Holztisch und drei Stühlen bestand. Durch das vergitterte Fenster fiel eine Lichtbahn auf Sabines Haar und gab ihm Glanz. Sie sprang auf, wollte auf ihn zu und ihn umarmen.

»Bitte nicht«, mahnte ein Justizangestellter, den Arnold bisher noch gar nicht bemerkt hatte, »bleiben Sie, wo Sie sind. Sie dürfen Ihren Mann begrüßen, aber ihn nicht berühren.«

Sabine ließ die Arme sinken und sah Arnold nur noch an. Er war überrascht; sie schien ihm, trotz der Schatten unter den Augen, schöner und jünger, als er sie in Erinnerung gehabt hatte. »Guten Tag, Arnold«, sagte sie.

»Schön, daß du endlich mal zu mir kommst.«

»Ich hatte bisher keine Erlaubnis bekommen.«

»Ich weiß. Das sollte kein Vorwurf sein.«

Der Aufseher, der Arnold gebracht hatte, zog sich zurück. Doch der Justizangestellte nahm an der Längsseite des Tisches Platz, der Sabine und Arnold voneinander trennte. »Bitte setzen Sie sich doch«, forderte er, »es ist mir lieber, wenn Sie sich setzen.«

Sie gehorchten mechanisch und saßen sich nun gegenüber; beide hatten bis vor wenigen Augenblicken unendlich viel zu fragen und zu berichten gewußt, jetzt wollte ihnen nichts mehr einfallen. »Du siehst blendend aus«, sagte er.

Sie fuhr sich mit der Hand über das frisch gewaschene Haar. »Ach was. Ganz wie immer.«

»Aber dein Kostüm ist neu.«

»Du hast Ideen.« Sie lachte auf. »Das habe ich seit zwei Jahren.«

»Ich kann mich nicht daran erinnern.«

»Du hast es wahrscheinlich nie bewußt gesehen...« Sie unterdrückte die Bemerkung, daß er sie in den letzten Jahren überhaupt nicht mehr richtig wahrgenommen habe. Statt dessen sagte sie: »Du bist voller geworden. Ist das Essen wenigstens gut?«

»Ich habe zuwenig Bewegung.«

»Vielleicht solltest du es mit Gymnastik versuchen.«

»Gymnastik?«

»Na ja, Kniebeugen, Rumpfbeugen, Liegestütz und so was. Das müßte doch möglich sein. Oder ist es verboten?«

»Wenn ich erst wieder draußen bin, komme ich ganz von selbst wieder in Form.«

»Ja, sicher«, stimmte sie zu, aber es klang nicht überzeugt.

»Wenn ich nur bald einen Termin bekäme! Aber Doktor Pötters tut anscheinend gar nichts. Er läßt sich auch nicht mehr bei mir blicken.«

»Er sagt, es hätte keinen Sinn.«

»Hast du mit ihm gesprochen?«

»Ich telefoniere fast täglich mit ihm. Er meint, nach Lage der Dinge müßtest du mit einer Verurteilung rechnen ...«

»Das weiß ich selbst!«

Sie ließ sich nicht unterbrechen. »Deshalb wäre es auch nicht sehr sinnvoll, die U-Haft möglichst abzukürzen, denn sie würde dir später ohnehin auf die Strafe angerechnet, und die U-Haft wäre immerhin noch angenehmer als Gefängnis.«

»Und du bist ganz froh, daß du mich mal für 'ne Weile los bist!« entfuhr es ihm, aber entschuldigte sich sofort: »Das habe ich nicht sagen wollen.«

Es gelang ihr, sich zu beherrschen. »Ich verstehe gut, daß du momentan in keiner sehr menschenfreundlichen Verfassung bist.«

»Ich möchte hier raus!«

»Doktor Pötters sagt, er kann nichts für dich tun, solange du nicht sagst, wo das Geld geblieben ist.«

»Das weißt du doch.«

»Du hast mir gesagt, daß du es verspielt hast, aber, sei mir nicht böse, das klingt so – so unglaubhaft. Es paßt nicht zu dir.«

»Was soll ich mir denn sonst ausdenken?«

»Gar nichts. Es wäre so gut, Arnold, wenn du das Gericht überzeugen könntest! Es wäre halb so schlimm, wenn ... Arnold, falls du doch irgend etwas verheimlichst, dann gib dir, bitte, einen Ruck! Du irrst dich, wenn du dir einredest, ich wäre froh, daß ich dich los bin. Das Gegenteil ist der Fall. Du fehlst mir an allen Ecken und Enden!« Sie zerrte an ihrem Taschentuch.

»Zahlen die Zeltner-Werke?«

»Nur noch diesen Monat.«

»Warum hast du mir das nicht geschrieben?«

»Was hätte das für einen Zweck? Nur um dich aufzuregen?«

»Du mußt das Haus verkaufen!« Er wollte es ganz sachlich und gleichmütig sagen, aber es gelang ihm nicht; seine Stimme bebte. Sie merkte es. »Nein, Arnold, so weit sind wir noch lange nicht«, erklärte sie rasch, »ich habe eine Stellung als Arzthelferin angenommen.«

»Was wirst du da schon verdienen?«

»Genug, daß ich die Zinsen aufbringen kann. Die Rückzahlung will mir die Bank und die Bausparkasse vorläufig stunden.«

In seine Erleichterung mischte sich Unbehagen. »Ich wußte gar nicht, daß du so tüchtig sein kannst.«

»Ich hatte bisher ja auch nie Gelegenheit ... Und ich hatte es auch nicht nötig, so lange du da warst.«

Er fragte nicht, wovon sie denn leben wollten. »Wenn ich rauskomme, hörst du natürlich sofort wieder damit auf«, sagte er.

»Wir werden sehen, wie es sich ergibt«, erklärte sie ausweichend, »weißt du, eigentlich macht mir die Arbeit Spaß.«

»Und zu Hause geht alles drunter und drüber!«

Sie wechselte das Thema. »Die Kinder lassen dich grüßen. Sie sind alle gesund, Ilona hat natürlich nur ihren Oswald im Kopf. Für Sven wird es höchste Zeit, daß die Schule wieder anfängt. Und Torsten... ja, stell dir vor, Torsten hat mir eine Riesenüberraschung bereitet. Er will arbeiten, um mich und Sven zu unterstützen... die anderen können ja auf eigenen Beinen stehen.«

»Ausgerechnet Torsten! Was will der schon anfangen? Straßenkehrer?«

»Du hast ihn immer unterschätzt, Arnold!«

»Weil seine Kleckserein in meinen Augen keine Kunst sind?«

»Vielleicht sind sie es doch. Einige Sachen von ihm finde ich jedenfalls ausgesprochen gut.«

»Wenn du darauf warten willst, bis sich dafür ein Liebhaber findet, kannst du verhungern!«

Der Justizbeamte hatte wiederholt auf seine Armbanduhr geblickt. Jetzt sagte er: »Bitte, verabschieden Sie sich. Die Besuchszeit ist vorbei.«

»Aber ich bin doch gerade erst gekommen! Arnold, ich muß dir noch erzählen, Ethel...«

»Schreiben Sie es, Frau Miller, oder heben Sie sich's fürs nächste Mal auf!« Jetzt kam auch der Aufseher herein.

Arnold erhob sich und breitete mit einer resignierenden Geste die Hände aus. »Da kann man nichts machen.«

»Brauchst du etwas? Kann ich etwas für dich tun?« Bis jetzt war Sabine tapfer gewesen, aber nun war sie den Tränen nahe.

»Danke. Ich habe alles.«

»Oh, Arnold!«

»Verzeih mir, ich... ich weiß, das war kein angenehmer Besuch für dich... Verzeih mir... alles!« Schon führte ihn der Aufseher zur Tür.

»Ich komme wieder... sobald wie möglich!« rief sie ihm noch nach. Dann konnte sie ihre Tränen nicht länger zurückhalten.

»Das ist immer dasselbe«, sagte der Justizangestellte, »die Kerle brocken sich was ein, und die Familien müssen es auslöffeln.«

Nun, da Knut wußte, daß seine Tage am Kreiskrankenhaus und in Riesberg überhaupt gezählt waren, ließen ihn die Stänkereien Dr. Kettners völlig kalt, aber er verfiel nicht in den Fehler, dem Chef seine Verachtung offen zu zeigen. Er wußte, daß die Spitzen der medizinischen Hierarchie, mochten sie sich auch untereinander durchaus nicht immer grün sein, doch gegen den aufstrebenden Nachwuchs eisern zusammenhielten, und er wollte nicht in den Ruf geraten, respektlos oder gar aufrührerisch eingestellt zu sein. So verkniff er sich sein Grinsen, sagte: »Ja, Herr Chefarzt!« – »Entschuldigen Sie, bitte, Herr

Chefarzt!« – »Nein, Herr Chefarzt!« – und lebte in Gedanken schon ganz in der Zuklunft. Die schöne Schwester Ute reizte ihn zwar noch, aber er hielt es für ausgeschlossen, daß sich das angestrebte Abenteuer realisieren lassen würde. Es stand ja fest, daß er nicht mehr wiederkommen würde, und sie wußte es. Es lag ihm nicht, sich hoffnungslosen Träumereien hinzugeben, und so strich er sie aus seinen Gedanken.

Mehr aus Gewohnheit als daß er sich etwas davon versprochen hätte, fragte er sie am Samstag nachmittag: »He, wie steht's mit uns beiden? Ich glaube, Sie sind mir noch etwas schuldig!« Er hatte im Vorbeigehen in die Teeküche geblickt und sie zufällig dort allein gefunden; sie saß auf den Fensterbrett und rauchte eine Zigarette.

Sie legte ihre hohe glatte Stirn in Falten und sah ihn an, als wenn sie sich nur schwer erinnern könne, wer er überhaupt war. »Das muß ein Irrtum sein!« Züchtig zupfte sie an ihrem Schwesternkleid, das ihr über die Knie hinaufgerutscht war und ihre sehr langen, schlanken Beine freigab, deren Wohlgeformtheit nicht einmal die groben Arbeitsstrümpfe verbergen konnten.

»Wir waren verabredet, mein Goldstück!«

Sie blickte ihn, ohne zu blinzeln, durch den Rauch ihrer Zigarette an. »Nicht, daß ich wüßte.«

»Schade. Sonst hätte ich Sie nämlich zu 'ner kleinen Fete mitgenommen.«

»Das kenne ich schon ... zu 'ner Fete zu zwein im Mondenschein ...«

Er grinste. »Na und? Wäre das schlecht? Mir würde es Spaß machen.«

»Sie werden noch lernen müssen, daß man sich nur selten das erlauben kann, was Spaß macht.«

»Danke. Das nehme ich als Kompliment.« Er verbeugte sich leicht. »Ich bin Ihnen also doch nicht ganz unsympathisch?«

»Habe ich nie behauptet.«

»Dann geben Sie Ihrem Herzen doch einen Stoß, Ute-Mädchen, und kommen Sie mit. Ehrlich ...« Er legte die Hand auf die Brust, »... es handelt sich um keinen Trick. Ich bin keineswegs der Wolf im Schafspelz, für den Sie mich halten.«

Sie betrachtete ihn von den Schuhspitzen bis zu dem vollen blonden Haar. »Wo ist der Schafspelz?«

»Es ist 'ne Art Familienfest«, beteuerte er, »mein Schwager feiert heute abend seinen Geburtstag, seinen letzten Junggesellengeburtstag sozusagen. Es sind nur junge Leute dabei, die meisten aus München. Es wird bestimmt 'ne dufte Sache.«

Sie schlug die dicht bewimperten Lider nieder und glättete ihren Rocksaum. »Wenn Sie von Ihrem Schwager sprechen – meinen Sie da den jungen Zinner?«

»Sie haben es erfaßt.«

»Dann ist es seine Party. Da können Sie doch nicht einfach irgend jemanden mitbringen.«

»Kann ich doch. Besonders, wenn dieser Irgendjemand so aussieht wie Sie!«

Sie sagte nichts, saß einfach da mit gänzlich ausdruckslosem Gesicht, aber er spürte, wie die Gedanken hinter ihrer Stirn arbeiteten. »Kommen Sie mit«, drängte er, »Sie werden es bestimmt nicht bereuen.«

Sie drückte mit einer raschen Bewegung ihre Zigarette aus und rutschte von der Fensterbank. Er wollte etwas sagen, aber ein ausdrucksvoller Blick ihrer runden, rotbraunen Augen hielt ihn davon ab. Er drehte sich um und sah, daß die Oberschwester eingetreten war. »Der Tee für die erste Klasse ist gleich fertig«, sagte Schwester Ute.

»Und da wollte ich mal fragen, ob ich eine Tasse abkriegen kann, Oberschwester?« fragte Knut treuherzig.

Sie rauschte an ihm vorbei. »Falls was übrigbleibt«, beschied sie ungnädig – sie verehrte Dr. Kettner, und wer bei ihm in Ungnade gefallen war, besaß in ihren Augen keine Daseinsberechtigung mehr. Er zwinkerte Schwester Ute hinter ihrem Rücken zu und verzog sich dann eilig.

Knut hatte seine Einladung nicht ernst gemeint, sie war für ihn nur ein Teil des Spiels gewesen, mit dem er seinem Leben zusätzlichen Reiz zu geben pflegte. Um so überraschter war er, als er nach fünf Uhr das Kreiskrankenhaus verließ und Schwester Ute im Gespräch mit dem Pförtner fand, von dem sie sich sogleich verabschiedete, um Knut zu begleiten; obwohl sie es geschickt kaschierte, begriff er doch sofort, daß sie auf ihn gewartet hatte. Er beschloß, sie ein wenig zu ärgern und verkniff es sich, sie noch einmal zu fragen. »Schade, daß ich nur mit dem Fahrrad da bin«, witzelte er, »sonst hätte ich Sie gern nach Hause gebracht.«

Sie nahm es sofort als Stichwort. »Vielleicht können Sie sich für heute abend ein Auto besorgen.«

Er stellte sich dumm. »Wozu?«

»Weil es nett wäre, wenn Sie mich abholen würden.«

»Wenn es davon abhängt... Ich werde meinen Schwager bitten, daß er bei Ihnen vorbeifährt.«

»Das möchte ich nicht so gern.«

»Versteh ich nicht.«

»Ist doch höchst einfach. Wenn ich auf einer Party bin, dann will ich wissen, wie ich nachher wieder nach Hause komme. Die Zinners wohnen doch ziemlich weit draußen.«

»Das wissen Sie auch schon?«

»Das ist doch kein Geheimnis.«

»Mein Schwager wird Sie nach Hause bringen.«

»Darauf möchte ich mich nicht verlassen.« Sie schenkte ihm ein Lächeln, das besonders reizvoll war, weil sie es so selten zeigte! »Zu Ihnen habe ich Vertrauen, Knut.«

»Nanu?«

Sie wurde ganz ernst. »Doch. Immer schon.«

»Das haben Sie aber verdammt gut zu verbergen gewußt.«

»Sie haben mir gegenüber eben nicht den richtigen Ton angeschlagen.«

»Welch ein Segen, daß ich trotzdem Ihr Vertrauen erringen konnte!«

»Sie müssen immer spötteln! Sehen Sie, das eben gefällt mir nicht. Es paßt nicht zu – Ihrer wahren Persönlichkeit.«

Er konnte ein Grinsen nicht unterdrücken. »Zu schade, daß Sie kaum noch Gelegenheit haben werden, mich zu erziehen.«

»Verzeihung«, sagte sie sanft, »ich wollte Sie nicht kränken.«

»Haben Sie ja gar nicht.« Er legte, nur einmal probeweise, den Arm um ihre Schultern. Sie ließ es sich gefallen. »Ich bin sehr froh, daß Sie heute abend mitkommen.« Ermutigt zog er sie etwas fester an sich.

Sie lehnte sich an seine Schulter und blickte großäugig zu ihm auf. »Sie werden sich bestimmt ein Auto beschaffen können.«

Sie standen noch auf der Straße vor dem Kreiskrankenhaus und konnten von allen Fenstern aus gesehen werden. Knut wünschte sich, daß jeder der Ärzte, Dr. Kettner eingeschlossen, ihn bei diesem zärtlichen Techtelmechtel mit der als unnahbar gerühmten Schwester Ute beobachteten. Aber er wunderte sich, daß es ihr nichts ausmachte, und es schoß ihm durch den Kopf, daß ihr unverhältnismäßig viel an dieser Party bei Oswald Zinner liegen mußte. Er war nicht naiv genug, ihre plötzliche Sympathiekundgebung auf sich zu beziehen, und am liebsten hätte er seine Einladung zurückgezogen, denn er witterte Unheil, ohne zu wissen, woher es drohte.

»Ist das eine *conditio sine qua non?«* fragte er.

»Zu einer kleinen Krankenschwester müssen Sie schon deutsch sprechen.«

»Ich meine... machen Sie's abhängig davon, daß ich einen Wagen besorgen kann?«

»O nein. Nur davon, daß Sie selbst mich abholen. Von mir aus mit einem Taxi oder, wenn das zu teuer ist, auch mit dem Fahrrad.«

»Ich soll Sie auf den Gepäckträger nehmen?«

»Ich werde mir von einer Kollegin ein Rad leihen.«

Er mußte einsehen, daß sie ihm keine Gelegenheit zu einem Rückzieher gab, falls er nicht ganz unfein werden wollte, und die Anwandlung einer bösen Ahnung war auch schon wieder verflogen. »Das wird nicht nötig sein, Mädchen, ich komme im Auto. So gegen neun, ja? Früher wird doch noch nicht viel los sein.«

»Ich freue mich.« Sie reichte ihm ihre kräftige Hand, löste sich von ihm und ging in Richtung Schwesternwohnheim davon, schlank und groß, mit geradem Rücken, ein auffallendes Mädchen auch in den plumpen Schuhen und dem schlichten grauen Mantel, den sie sich über die Schwesterntracht geworfen hatte.

Als Knut Schwester Ute am Abend abholte – er wartete neben dem Auto auf sie, einem BMW, den er sich von einem Schulfreund ausgeliehen hatte, erlebte er eine Überraschung. Er hatte sich schon gefragt, wie sie in Zivil aussehen mochte, und war auf eine Enttäuschung gefaßt gewesen. Es kam oft genug vor, daß der Reiz einer jungen Krankenschwester mit der strengen, kleidsamen Tracht verlorenging und ein unbedeutendes Gänschen übrigblieb, das sich weder zu kleiden noch zu benehmen wußte. Knut hatte das selbst schon einige Male erlebt.

Schwester Ute jedoch war total verwandelt – sie war keine Schwester mehr, sondern eine junge Dame, die mit großer Selbstsicherheit und Eleganz auftrat. Das kräftige, rotbraune Haar, das sie sonst streng zurückgestrichen und fast versteckt unter dem weißen Häubchen trug, fiel ihr in lockerer Fülle auf die Schultern, gab aber immer noch ihre erstaunliche Stien frei. Das schöne Gesicht, das er sonst nur blank gescheuert und gekremt gekannt hatte, war überaus geschickt geschminkt. Ute hatte nichts an ihrer reinen Haut getan, sie ließ sie sogar ein wenig glänzen, hatte aber die Augen ausdrucksvoll ummalt, die dichten Wimpern kräftig getuscht – oder hatte sich sogar falsche angeklebt, Knut konnte es nicht entscheiden; jedenfalls war es ihm nie aufgefallen, daß sie so lang und so sanft gebogen waren. Die schmalen Lippen hatte sie mit einem kräftigen orangefarbenen Stift nachgezogen, der den Mund sinnlicher und zugleich voller wirken ließ.

»Donnerwetter!« Knut nahm sie bei der Hand und zog sie in das Licht unter der Haustür, um sie besser betrachten zu können. »Mädchen, Sie sind eine Wucht!«

Sie ließ seine Musterung ohne Koketterie über sich ergehen. »Meinen Sie, daß ich richtig angezogen bin?« Sie schlug ihren schwarzen Samtmantel auf und ließ ihn einen Blick auf ein ganz kurzes smaragdgrünes Chiffonkleid tun. »Mini ist nicht mehr in. Aber leider ist meine Garderobe nicht auf dem neuesten Stand.«

»Ich glaube Ihnen kein Wort.«

Ohne zu blinzeln sah sie ihn unter der Pracht ihrer Wimpern heraus an. »Was habe ich Falsches gesagt?«

»Sie haben geschwindelt. Sie haben das Supermini nicht angezogen, weil Sie nichts anderes haben, sondern weil es Ihnen Gelegenheit gibt, Ihre fabelhaften Beine richtig zur Geltung zu bringen.«

Sie drehte eines ihrer Beine, die in hellen, hauchdünnen und zart gemusterten Perlonstrümpfen steckten – die Füße in grünen Seidenpumps, die im Ton genau zu ihrem Kleid paßten –, leicht nach außen und bemerkte kritisch: »Zu kräftige Waden. Die habe ich mir im Dienst geholt.«

»Reden Sie keinen Quatsch. Die sind genau richtig, und Sie wissen es. Auf wen wollen Sie eigentlich solchen Eindruck machen? Sagen Sie jetzt bloß nicht: auf mich.«

»Da werden doch lauter feine Leute sein«, entgegnete sie gelassen, »ich möchte nicht abstinken, das ist alles.«

»Ich will's Ihnen glauben.«

Sie legte die Hand auf seinen Arm und ließ sich zum Auto führen. Als er den Motor anließ, zog sie den rechten Handschuh aus, und er sah, daß sie klugerweise ihre kurzgeschnittenen Schwesternnägel nicht lackiert, sondern nur poliert hatte, so daß sie wie kleine rosa Muscheln schimmerten.

Er hatte einige Mühe mit dem Auto, das zu fahren er nicht gewohnt war, und erst als sie aus Riesberg heraus und auf der Bundesstraße waren, hatte er den Wunsch nach einem Gespräch. Bis dahin war sie einfach dagesessen und hatte ihren Gedanken – oder auch Träumen – nachgehangen.

»Jetzt weiß ich nicht einmal, wie ich Sie bekannt machen soll«, sagte er, »ich kann Sie doch nicht einfach Schwester Ute nennen.«

»Ute genügt.«

»Es ist ein bißchen wenig. Wollen Sie mir nicht Ihren Nachnamen verrasten?«

»Nur ungern. Ich heiße Knobler.«

Knut verstand nicht. »Na und? Ute Knobler...« Er prüfte den Namen auf der Zunge. »Da ist doch wirklich nichts gegen zu sagen.«

Sie wandte sich ihm zu, und zum erstenmal sah er einen Funken von Humor in ihren schönen Augen aufblitzen. »Soll ich Ihnen ein Geheimnis verraten?«

»Ich liebe Geheimnisse.«

»In der Schule... sogar noch auf der Schwesternschule... haben sie mich Knoblauch gerufen!«

»So eine Gemeinheit! Wer?«

»Meine sogenannten Freundinnen.«

»Und die Freunde?« fragte er, indem er die letzte Silbe betonte.

»Ute. Meine Freunde nennen mich Ute.«

»Ehrlich, mir gefällt Ute Knobler sehr gut.«

»Nett, daß Sie das sagen. Sie haben ja auch recht: eigentlich habe ich keinen Grund, mich meines Namens zu schämen.«

»Meines Namens«, wiederholte er, »Sie drücken sich fabelhaft gebildet aus!«

»So heißt es doch... oder? Zu schämen gehört der Genitiv. Ich habe mal einen Abendkurs besucht, um mein Deutsch zu verbessern.«

»Sie sind ein unheimlich interessantes Mädchen.«

»Danke. Aber ich versuche nur, das Beste aus meinem Leben zu machen. Tut das nicht jeder?«

»Mit mehr oder minder großem Erfolg.«

»Man braucht natürlich eine gewisse Energie.«

»Über die Sie verfügen!« Er bog von der Bundesstraße ab und in die alte Landstraße ein, die zum Gut Apfelkam führte.

Sie holte sich eine Zigarette aus ihrer kleinen schwarzen Lackledertasche, steckte sie sich zwischen die Lippen und entzündete sie mit einem Feuerzeug. »Sie auch?« fragte sie und hielt ihm das Päckchen hin.

»Nein, danke. Ich rauche nicht.«

»Stört es Sie, wenn ich...«

»Von Ihnen lasse ich mich gern stören.«

»Danke.« Sie nahm einen Lungenzug und ließ den Rauch langsam durch geblähte Nasenflügel entweichen. »Apropos Energie. Sie können nicht sagen, daß ich es bisher herrlich weit gebracht hätte.«

»Das kommt ganz darauf an, was Sie anstreben. Wollen Sie Oberschwester werden? Oder eine gute Partie machen? Ich bin fest davon überzeugt, daß Sie früher oder später einen hoffnungsvollen jungen Arzt in Ihre Netze ziehen werden.«

»Haben Sie den Eindruck, daß ich das möchte?«

»Was sonst?«

»Wer weiß«, sagte sie mit einem Mona-Lisa-Lächeln.

Ein Wegweiser leuchtete auf, als der Lichtkegel der Scheinwerfer ihn traf. »Gleich sind wir da«, sagte Knut, »Sie brauchen nicht nervös zu sein.«

»Wirke ich so?« fragte sie.

»Ja.«

»Das wollen Sie mir doch nur einreden.«

»Nichts läge mir ferner. Mir fällt nur auf, daß Sie ein bißchen hektisch sind. Sonst habe ich Sie eher wortkarg erlebt.«

»Sonst«, sagte sie, »war ich ja auch im Dienst.«

»Auch wieder wahr«, gab er gutmütig zu.

Das ehemalige Pförtnerhäuschen von Gut Apfelkam tauchte vor ihnen auf. Die Fensterläden waren geschlossen, die Vorhänge zugezogen, so daß kein Lichtschein auf die Straße fiel. Nur die Zahl der Autos – viele mit Münchner Nummern –, die unter den alten schmiedeeisernen Straßenlampen parkten, verriet, daß sich drinnen etwas tat.

»So, da wären wir«, sagte Knut, »hoffentlich wird's lustig. Jedenfalls ist es fein, daß Sie mitgekommen sind.« Er wußte nicht, wie sehr er das noch bedauern sollte.

In Oswald Zinners scheinbar so ruhigem Weekendhaus ging es schon hoch her. Knut und Ute gelangten durch die Haustür geradewegs in den Mittelpunkt der Lustbarkeit. Es gab im Erdgeschoß weder eine Diele noch ein Vorzimmer, sondern, abgesehen von der Toilette und der Kochnische, nur einen einzigen sehr großen Raum, dessen Decke von einem uralten, kunstvoll gedrechselten Eichenstamm abgestützt wurde, der vor Zeiten gewiß einmal das Portal eines barocken Schloßsaals geschmückt hatte. Aus unsichtbar montierten Lautsprechern ertönte Tanzmusik aus allen Ecken, wenn auch so gedämpft, daß eine Unterhaltung möglich blieb. Einige der Gäste plauderten an der perfekt ausgestatteten Hausbar, wo sich jeder selbst bedienen konnte, die meisten tanzten auf dem glatten, bunten italienischen Fliesenboden; die Teppiche waren beiseitegerollt.

Oswald Zinner hielt es nicht für nötig, den Gastgeber zu spielen; er verließ sich darauf, daß sich die meisten jungen Leute bei ihm auskannten und die anderen sich allein zurechtfinden würden. So kam es, daß er Knut und Ute bei bei ihrem Eintritt gar nicht beachtete, sondern sich nur um Ilona kümmerte, die in ihrem Hosenanzug aus hellblauer Seide, der die seltene Farbe ihrer Augen betonte, wunderschön aussah. Das glatte Haar umwehte ihr schmal gewordenes Gesicht wie eine schwarze Wolke, und die Schatten auf ihren Wangenknochen ließen sie zerbrechlich zart erscheinen. Ute blieb unwillkürlich stehen und nahm das Bild, das sich ihr bot, begierig in sich auf. Obwohl ihr klares Gesicht ganz ausdruckslos blieb, war sie doch von dieser Zurschaustellung sorgloser reicher Jugend tief beeindruckt – sie wußte nicht, daß es einigen von Oswald Zinners Kumpanen nur gelungen war, in diesen Kreis aufgenommen zu werden, weil sie bereit waren, allfällige Demütigungen mit einem Lächeln zu schlucken. Für jene Mädchen, die sich nicht zu den reichen Erbinnen zählen konnten, war es noch schwieriger. Sie balancierten auf einem schmalen Grat; sie durften weder prüde noch zu gefällig, durften nie belastend sein, mußten amüsant, gesund und dekorativ wirken.

»Kommen Sie!« Knut tippte seiner Begleiterin auf den Arm, um sie aus ihrer Versunkenheit zu reißen. »Wir müssen noch ablegen.« Er führte sie nach oben in Oswalds Schlafzimmer, wo die Gäste, die es nicht vorgezogen hatten, ihre Garderobe im Auto zu lassen, die Mäntel deponiert hatten.

Während Ute aus dem schwarzen Samtmantel glitt, drehte sie sich langsam um sich selbst, sie war so fasziniert, daß sie sogar darauf verzichtete, es zu verhehlen. »Toll!« stieß sie aus.

Knut grinste. »Das imponiert Ihnen, was?«

Sie blickte ihn an. »Ihnen nicht?«

»'n bißchen protzig.«

»Behaupten Sie bloß noch, daß Sie nicht so leben möchten!«

»Mein liebes Kind ...« Er legte ihr einen Finger unter das Kinn. »... ich habe dergleichen Klimbim nicht nötig. Bei mir klappt's noch, ohne daß ich mich mit Hilfe eines Deckenspiegels aufgeilen muß.«

Sie schlug ihm auf die Hand. »Ist es nötig, daß Sie sich so rüde ausdrücken?«

»Nur keine Angst! Ich erwarte nicht, daß Sie rot werden. Als Krankenschwester sind Sie an ganz andere Dinge gewöhnt.«

Sie schüttelte den Kopf, um ihr üppiges, rotbraunes Haar aufzulokkern. »Wie recht Sie doch haben«, gab sie hochmütig zu. Sie stieg Knut voraus die Treppe zum Wohnraum hinab und blieb für Sekunden auf einer der unteren Stufen stehen. Jetzt mußte Oswald sie erblicken; niemandem von der kleinen Gesellschaft gelang es, sie zu übersehen. Wie sie da stand in ihrem smaragdgrünen minikurzen Chiffonkleid, unter dem ihr runder Busen fast nackt wirkte und das ihre hohen Beine bis zu den Oberschenkeln freigab, dazu das beherrschte, ernste Gesicht, wirkte sie wie eine unverhohlene Herausforderung.

Oswald beugte sich zu Ilonas Ohr. »Sieh einer an! Dein Brüderchen! Das hätte ich ihm ja gar nicht zugetraut!«

Ilona hatte das schmerzhafte Gefühl, daß ihre eigene zarte Schönheit neben der Vitalität der anderen verblaßte, aber sie ließ sich ihre

Unsicherheit nicht anmerken. »Anscheinend hast du ihn unterschätzt«, erklärte sie lächelnd.

»Woher kennt er sie?«

»Sie ist Krankenschwester.«

»Donnerwetter! Von der würde ich mich gern mal pflegen lassen.«

»Ob das gut für deinen Blutdruck wäre?« neckte sie ihn.

»Du gibst also zu, daß sie schön ist?«

»Das ist doch wohl kaum zu übersehen.«

»Komm, gehen wir hin und begrüßen die Kleine.«

»Wenn ich mir Knuts Krankenschwester so vorgestellt hätte ...«, begann Ilo, verzichtete aber klugerweise dann doch darauf, den Satz zu beenden. Sie hatte sagen wollen, daß sie es ihm dann nicht erlaubt hätte, sie mitzubringen, aber rechtzeitig fiel ihr ein, daß sie noch nicht die Hausherrin war. Sie bemühte sich, Haltung zu bewahren und ein Lächeln zu zeigen.

Oswald merkte nichts von ihrer aufkommenden Eifersucht; er hatte nur Augen für Ute, die ihm ernst und scheinbar gelassen entgegensah. Nur Knut ahnte, wie nervös sie tatsächlich sein mochte, und er beobachtete die Begegnung mit Belustigung.

»Hallo, altes Haus!« Oswald klopfte dem künftigen Schwager auf den Rücken. »Bist wieder mal spät dran.«

»Habe ich was versäumt?«

»Du nicht, aber wir! Wie konntest du uns dieses fabelhafte Geschöpf so lange vorenthalten?«

Knut wandte sich an Ute. »Das ist, wie Sie wohl unschwer schon erfaßt haben werden, Oswald Zinner, Playboy a. D.... Ute Knobler.«

Ute reichte Oswald ihre kräftig zupackende Hand. »Nennen Sie mich Ute!«

»Unter der Bedingung, daß Sie Oswald zu mir sagen!«

»Warum nicht?« fragte Ute ohne die Spur eines Lächelns.

Knut machte weiter bekannt. »Ilona... das ist Schwester Ute... Ute, das ist meine Schwester Ilona!«

Ilona trat einen Schritt zurück – nicht um Ute zu kränken, sondern weil sie merkte, daß das Hellblau ihres seidenen Anzugs sich mit dem Smaragdgrün des Chiffonkleides biß. »Fein, daß du deine Freundin mitgebracht hast, Knut«, sagte sie.

»Ute ist nicht meine Freundin«, stellte Knut richtig.

»Nein?« Oswald blickte Ute an. »Wer ist denn der Glückliche?«

»Ich bin niemandes Freundin«, erklärte Ute mit Festigkeit.

»Kaum zu glauben«, meinte Oswald.

»Aber wahr«, behauptete Knut, »in der Klinik nennt man sie die Unnahbare!«

»Übertreiben Sie nicht«, wies Ute ihn zurecht.

»Also so unnahbar doch nicht?« fragte Oswald.

»Ich bin ein bißchen wählerisch, das ist alles!« behauptete Ute.

Oswald legte die Hand auf ihren nackten Arm. »Darf ich Ihnen etwas zu trinken anbieten?«

Ute lächelte unbefangen. »O ja, gute Idee!« Sie nickte den beiden anderen zu und ließ sich von Oswald fortführen.

Knut sah, daß es um Ilonas Mundwinkel zuckte. »Wollen wir tanzen?« fragte er.

Seine Schwester strich sich mit der Hand über die Stirn. »Ich bin müde.«

»Ich fürchte, das kannst du dir nicht erlauben.«

»Wie meinst du das?«

»Mach nicht so ein Gesicht, als ob dir alle Felle weggeschwommen wären... sei spritzig, vergnügt, beweg dich, tu etwas!«

»Wie konntest du diese Person hier anschleppen?«

»Na hör mal! Bis jetzt hat sie sich doch höchst anständig benommen.«

»Bis jetzt... ja... vielleicht.«

»Sei nicht hysterisch, Ilona! Wenn du jedesmal gleich aus den Pantinen kippst, sobald dein Oswald einem Mädchen Augen macht, das kann ja heiter werden! Armes Deutschland, kann ich da nur sagen.«

»Mußt du dauernd in Gemeinplätzen reden?«

»Geh jetzt nur auf mich los! Das war ja zu erwarten. Aber wenn dein Oswald auf Ute fliegt, ist das nicht meine Schuld, sondern deine. Du hast ihn offensichtlich nicht fest genug an die Kandare genommen!«

Ihr stiegen Tränen in die Augen, und sie sah jetzt wirklich sehr elend aus. »Bitte, zank nicht auch noch mit mir, Knut! Verzeih, wenn ich dich beleidigt habe. Ich habe rasende Kopfschmerzen und werde für ein paar Minuten nach oben gehen.«

»Tu das nicht, Ilona«, warnte er, »man könnte sonst meinen, du gäbst dich geschlagen.«

»Aber ich muß etwas für mich tun...«

»Ja, ja, du denkst mal wieder nicht daran, daß dein alter Bruder Medizinmann ist. Komm mit mir an die Bar. Ich gebe dir ein Pülverchen, das dich in Zeit von Null Komma nix in Hochform bringt.« Er zog ein Röhrchen aus der Westentasche, ließ zwei Tabletten auf seine Handfläche gleiten und gab sie ihr. »Nimm sie mit Wasser, nicht mit Alkohol, sonst haut's dich um!«

Ute genoß den Abend nicht so, wie sie erwartet hatte. Obwohl man ihr Komplimente machte, fühlte sie sich fremd. Sie tanzte mit einigen Herren, hielt sich aber vorwiegend an Knut, weil sie sich im Kreis der anderen fremd fühlte. Sie wußte nichts über Reiten, Golf und Segelsport, konnte weder über Acapulco, Saint-Tropez, Sankt Moritz noch über das Buffet von Feinkost Käfer, über die neuesten Modelle von Rudi Mooshammer, das Jagdfest auf Schloß Fuschl oder den letzten privaten Ball im Bayrischen Hof mitreden. Sie langweilte sich nicht, denn schon die Fragen, die man an sie richtete, die Sätze, die sie aufschnappte, waren für sie von höchstem Interesse, aber sie war sich bewußt, nicht vollgenommen, ja, als Eindringling angesehen zu werden. In Knuts Nähe, mit dem sie gemeinsam über die anderen lästern konnte – er war hier ein Außenseiter wie sie –, fühlte sie sich am sichersten.

Knut war es auch, dem Oswald auf die Schulter klopfte, als sie mit ihm – es war weit nach Mitternacht – einen langsamen Walzer tanzte. Oswald hatte ziemlich viel getrunken, und wenn er sich auch noch gut auf den Beinen hielt und klar sprach, merkte man es ihm doch an. Er nutzte die Gelegenheit, sie eng an sich zu ziehen. Seine Hand lag in ihrem Nacken. »Sie sind wirklich nicht mit meinem Schwager liiert?« fragte er dicht an ihrem Ohr.

»Nein. Warum interessiert Sie das?« Sie tanzte mit fast sportlicher Sicherheit, und er merkte nicht, daß es ihr schwerfiel, sich von ihm führen zu lassen.

»Weil ich es nicht über mich brächte, dem Jungen sein Mädchen auszuspannen!«

»So rücksichtsvoll? Das ehrt Sie. Aber Sie glauben doch wohl hoffentlich nicht, daß ich mich so leicht ausspannen ließe?«

»Ob leicht oder schwer ... jetzt kann ich es ja versuchen!«

»Tun Sie es lieber nicht! Ich flirte prinzipiell nicht mit Männern, die schon in festen Händen sind.«

»Wie meinen Sie das?« fragte er ein wenig töricht und kam aus dem Tritt.

»Sie verstehen mich sehr gut. Oder haben Sie etwa vergessen, daß Sie verlobt sind?«

Er lachte gepreßt. »Ach so, das! Also, wenn Sie das stört, Ute ... verlobt ist noch lange nicht verheiratet!«

Sie blickte ihn aus weit geöffneten rotbraunen Augen an. »Sie meinen es also nicht ernst mit Ihrer Verlobung?«

»O doch. Da tun Sie mir Unrecht. Aber eine Verlobung bedeutet doch keine feste Bindung. Sie ist eine Prüfzeit, nicht wahr?«

»Und wen wollen Sie prüfen?« fragte sie mit offener Belustigung.

»In erster Linie mich selbst. Ich weiß nicht, ob meine Gefühle stabil genug sind. Um ehrlich zu sagen, bis heute abend war ich dessen ganz sicher. Aber jetzt, nachdem ich Sie kennengelernt habe ...« Er küßte sie auf den Hals.

»Oswald!« warnte sie. »Ihre Braut beobachtet uns!«

»Soll sie doch! Oder ist es etwa ein Verbrechen, ein schönes Mädchen zu küssen?«

»Sicher nicht. Aber ich will nicht, daß Sie meinetwegen Unannehmlichkeiten bekommen.«

»Nur keine Angst! Ich weiß mich schon meiner Haut zu wehren!«

Aber unwillkürlich blickte Oswald doch zur Bar hinüber, und als er tatsächlich Ilonas Augen auf sich gerichtet sah, wurde er unsicher. »Sehen wir zu, daß wir fortkommen«, sagte er und tanzte mit Ute in Richtung Treppe. »Ich möchte mit Ihnen allein sein.« Er nahm Utes Hand und wollte sie mit nach oben ziehen.

Aber sie folgte ihm nicht. »Lieber nicht, Oswald«, wehrte sie ab, »Sie wissen, was ich Ihnen vorhin gesagt habe.«

»Aber ich möchte mich doch nur mit Ihnen unterhalten!«

»Das können wir auch hier.« Sie setzte sich auf die Treppe und stellte ihre Füße dicht nebeneinander.

Ihre schlanken, kräftigen Beine in den hauchdünnen schimmernden Strümpfen wirkten wie ein Magnet auf ihn. Er ließ sich neben ihr nieder. »Ute«, drängte er, »ich bin ein freier Mann – noch bin ich frei. – Wollen Sie es denn nicht wenigstens mit mir versuchen?«

Sie schüttelte den Kopf. »Ich bin nicht für Experimente.«

»Gut und schön. Aber wir könnten uns doch wenigstens verabreden. Irgendwann und irgendwo. Ganz unverbindlich. Ich habe eine Motorjacht auf dem Starnberger See...«

»Und wenn Sie ein Düsenflugzeug hätten! Nein!«

»Wie kann ein schönes Mädchen so herzlos sein!« Er legte den rechten Arm um ihre Schulter, die linke Hand auf ihren Busen.

»Nicht doch!« mahnte sie. »Sie wollen doch keine Szene!«

Sein Gesicht näherte sich dem ihren. »Und Sie auch nicht, nicht wahr?«

»Bestimmt nicht!« Sie wich keinen Zentimeter vor ihm zurück.

»Und eben deshalb werden Sie mich jetzt küssen!« Seine Lippen suchten ihren Mund. Er spürte, wie ihr Körper sich straffte, als wolle sie ihn zurückstoßen, dann aber gab sie nach. »Ich hab's ja gewußt!« triumphierte er, ein wenig atemlos, als er sie endlich freigab.

Sie schüttelte ihre rotbraunen Locken. »Ein Kuß! Was ist schon dabei! Ich war drauf und dran, Ihnen eine zu knallen, aber dann dachte ich mir: Das ist die Sache nicht wert!«

»Du Biest!« Er küßte sie wieder, diesmal mit heftiger, fast gequälter Leidenschaftlichkeit, weil er glaubte, seine Männlichkeit beweisen zu müssen.

In dieser Situation überraschte sie Ilona, wollte sich zurückziehen, brachte es aber einfach nicht über sich, sondern stand da und starrte auf die beiden herab. Die Tasse in ihrer Hand klapperte. Endlich blickte Oswald auf. »Na, was gibt's?« fragte er, verärgert und schuldbewußt zugleich.

»Ich habe Kaffee gekocht«, sagte sie hilflos.

»Dann trink ihn doch.«

»Er würde dir guttun, Oswald«, erklärte Ute, »und mir könnten Sie auch ein Täßchen bringen!«

Mit Ilona ging der Zorn durch. »Erwarten Sie etwa, daß ich Sie auch noch bediene!? Wenn Sie Kaffee wollen, dann holen Sie ihn sich gefälligst selbst!«

Ute sprang auf. »Natürlich, Sie haben recht! Entschuldigen Sie bitte!«

Oswald nestelte an seiner Krawatte. »Kinder, nun seid doch friedlich!« versuchte er zu vermitteln.

Ute lachte. »Sind wir ja! Ich bin schon fort!«

»Das will ich auch gehofft haben!« schrie Ilona wild. »Scheren Sie sich zum Teufel!«

»Dies ist immer noch mein Haus«, sagte Oswald mit Nachdruck, »ich bestimme, wer hier sein darf und wer nicht.«

»Na, nun sei doch nicht so!« sagte Ute begütigend und fuhr ihm durch das rotblonde Haar. »Deine Braut ist eifersüchtig, und das ist doch ihr gutes Recht.«

Die Musik, das Gläserklirren und die Stimmen der anderen, die nun auch nicht mehr nüchtern und recht laut geworden waren, übertönten den Streit. Nur Knut, der Ilonas Suche nach Oswald mit Besorgnis beobachtet und zu verhindern gesucht hatte, wurde aufmerksam. Er trat hinter seine Schwester, legte ihr die Hand in den Nacken. »Komm, Ilo, was soll denn das? Mach keine Zicken!«

Aber Ilona war nicht zu beruhigen. »Das ist die größte Gemeinheit, die ich je erlebt habe!« schimpfte sie. »Oswald ... wie konntest du mir das antun!«

»Was denn? Was habe ich denn so Schlimmes getan?«

»Du betrügst micht! Noch vor der Hochzeit betrügst du mich!«

»Du solltest vorsichtig in der Auswahl deiner Worte sein«, sagte Oswald leise und eiskalt, »wenn ich das Wort betrügen höre, dann klingelt bei mir so ein Glöckchen, dann werde ich ganz stark an jemanden erinnert ... na, du weißt schon ...«

»Spielst du jetzt etwa auf meinen Vater an!?«

»Wäre naheliegend, nicht wahr?«

Ilona gelang es, die Tränen zurückzuhalten; sie wandte sich zu ihrem Bruder zu. »Bring mich nach Hause, Knut!«

Knut sah seinen Schwager an. »Vielleicht ist es wirklich das beste so. Morgen sieht die ganze Sache anders aus.«

»Für Oswald und mich«, sagte Ilona und zog den Ring mit dem einkarätigen Diamanten vom Finger, »wird es kein Morgen geben!« Sie hätte ihm ihren Verlobungsring am liebsten an den Kopf geworfen, beherrschte sich aber und ließ ihn in seinen Schoß fallen. »Mit uns ist es aus.«

»Du mußt verrückt sein!« Oswald war ehrlich bestürzt.

»Ich war es, als ich mir einbildete, du würdest zu mir halten. Komm, Knut, bring mich weg, bevor ich mir schlecht wird!« Sie öffnete die Haustür und trat in die Nacht hinaus.

Nachdem Knut mit Gesten und Mienenspiel ausgedrückt hatte, daß er an der Entwicklung der Dinge unschuldig war, folgte er ihr.

»Geh ihr nach, Oswald«, drängte Ute, »hol sie zurück.«

»Ich werde mich doch nicht zum Hampelmann machen lassen!«

»Aber sie war wirklich böse!«

»Na wenn schon. Die beruhigt sich auch wieder.« Oswald nahm den Brillantring und hielt ihn hoch, so daß das Licht der Treppenlampe in den Facetten blitzte. »Na, wie wär's? Hättest du Verwendung dafür? Ich finde, er ist auch ohne Eheversprechen ganz hübsch.«

Ute sah ihn mit ausdruckslosem Gesicht an. »Nein, danke, mein Junge. Nicht wie du denkst ... ich bin nicht käuflich.«

Auf der Heimfahrt saß Ilona schweigend neben ihrem Bruder und blickte starr geradeaus; sie hatte die Unterlippe zwischen die Zähne gezogen und die Fäuste geballt. Er warf ihr einen Seitenblick zu. »Nimm's nicht tragisch, Mädchen. So was kann in den besten Familien vorkommen!« Sie antwortete nichts, aber jetzt merkte er, daß sie am ganzen Körper zitterte. »Tut mir leid, daß ich das Biest angeschleppt habe«, sagte er, »aber du kannst mir glauben, ich hatte mir den Abend auch anders vorgestellt!«

Sie fuhr zu ihm herum. »Verlangst du etwa, daß ich dich bemitleide?«

Er grinste. »Hoppla, du kannst ja wieder reden!«

»Aber ich wäre dir dankbar, wenn du jetzt endlich den Mund halten würdest.«

»Auch noch frech werden! So was hat man gern! Ich will dir gut zureden, aber du...! Legst du es darauf an, dich auch noch mit mir zu zerstreiten!?«

»Nein.«

»Na also.« Danach sagte auch er nichts mehr, bis sie in die Bundesstraße einbogen. Im Licht eines entgegenkommenden Autos sah er, daß ihr Tränen über die Wangen liefen. »Wollen wir umkehren?« fragte er.

»Bist du verrückt!« stieß sie schluchzend hervor.

»Nicht im mindesten. Ich dachte nur, der Blödsinn täte dir leid, den du da angestellt hast.«

»Ich? Was habe ich denn getan?«

»Nichts. Bis auf die unerhebliche Kleinigkeit, daß du deine Verlobung gelöst hast.«

»Ich konnte nicht anders, Knut, glaub mir, ich konnte nicht!«

»Nur weil er dieses schöne Biest geküßt hat? Mein liebes Kind, was weißt du eigentlich von den Männern? Jeder hätte die Gelegenheit genutzt... ich auch.«

»Es war ja nicht deshalb«, schluchzte sie, »sondern weil er mir das mit Vater vorgeworfen hat!«

»Zugegeben, das war geschmacklos. Aber erstens hast du ihn gereizt, und zweitens war er alles andere als nüchtern.«

»Das ist keine Entschuldigung!«

»Möglich, aber ich stecke ja nicht in seiner Haut. Vielleicht fällt ihm was Besseres ein. Jedenfalls möchte ich darauf wetten, daß er morgen angekrochen kommt und um Gnade bettelt.«

»Ich will ihn nie wiedersehen.«

Ein Auto mit aufgeblendeten Scheinwerfern kam ihnen entgegen, und Knut mußte auf die Bremse steigen. »Bist du des Teufels?« rief er. »Ich verstehe ja, daß du wütend bist... aber deshalb kannst du doch nicht deine ganze Zukunft aufs Spiel setzen!«

Sie putzte sich die Nase. »Was für eine Zukunft?« fragte sie. »An der Seite eines Mannes, der mich verachtet?«

»Hör auf mit der Spinnerei«, sagte er ärgerlich, »ich kann es nicht mehr hören. Du bist keine Prinzessin auf der Erbse. Ich dachte, dir läge was an dieser Ehe. Dann mußt du auch mal einen Schlag einstekken können.«

Sie konnte nicht verhindern, daß ihre Tränen schon wieder zu laufen begannen. »Du verstehst mich nicht.«

»Stimmt«, sagte er aufgebracht, »niemand wird dich verstehen, wenn du dich wie eine dumme Gans benimmst. Eine Entlobung, das hätte uns gerade noch gefehlt. Als wenn unser Ruf nicht schon angeknackst genug wäre. Denk doch mal an Mutter. Willst du ihr das wirklich antun? Wenn du mich fragst, kannst du dir so einen Quatsch einfach nicht erlauben.«

»Es bleibt mir nichts anderes übrig.«

»Ach, verdammt, ich habe keine Lust, mich mit dir zu streiten. Was geht mich die ganze Sache überhaupt an? Schlaf erst mal drüber. Ich wette, du wirst ganz von selbst zur Vernunft kommen.« Sie widersprach nicht, aber er spürte sehr wohl, daß er sie nicht überzeugt hatte.

Sabine erwachte am nächsten Morgen mit dem Gefühl, verschlafen zu haben; sie fuhr so jäh hoch, daß es sie schwindelte. Dann erst begriff sie, daß Sonntag war und sie heute nicht zur Arbeit mußte. Sie warf einen Blick auf ihren Wecker. Es war acht Uhr vorbei. Im Stock über ihr rührte sich noch nichts. Einen Atemzug lang wunderte sie sich, daß auch von Sven nichts zu hören war. Die beiden Großen mochten spät nach Hause gekommen sein, aber der Junge war, zumal in den Ferien, ein Frühaufsteher. Aber sie dachte nicht weiter darüber nach. Ein kalter, grauer Regen fiel. Sie hatte vorgehabt, sich heute endlich mal wieder um den Garten zu kümmern, aber das würde nicht möglich sein. Es tat ihr nicht einmal leid; sie verstand nicht mehr, wie ihr die Rosen, der Rasen und die Dahlien früher so wichtig gewesen sein konnten. Sie hätte liebend gern auf das alles verzichtet, wenn dieses Opfer das Schicksal ihrer Familie hätte wenden können.

Plötzlich überkam sie heulendes Elend. Bis jetzt hatte sie so viel zu tun, zu denken und zu rechnen gehabt, daß sie gar nicht dazu gekommen war, sich ihrem Kummer hinzugeben. Jetzt, in der Ruhe dieses Sonntags, der schon an den kommenden Herbst gemahnte, überfiel es sie. Sie hätte schreien mögen vor Verzweiflung und preßte die Faust vor den Mund: ein wildes, trockenes Schluchzen schüttelte ihren Körper. Ihr ganzes Leben hatte sie auf ihre Liebe zu Arnold aufgebaut – nur durch ihn und mit ihm hatte alles einen Sinn gehabt. Jetzt war er ihr genommen, schlimmer noch, er hatte versagt. Nicht erst, als er sich an dem Geld vergriff, das ihm nicht gehörte, sondern schon damals, als er Susanne Kienzel verführte – oder sich von ihr verführen ließ, aber was spielte das schon für eine Rolle. Fest stand: er hatte sie betrogen. Und dabei hatte sie die quirlige, witzige Susi immer sehr gern gehabt, im Gegensatz zu den meisten anderen Frauen in Riesberg, die ihr – mit Recht, wie sich jetzt herausstellte – mißtraut hatten. Sabine war überzeugt gewesen, daß Susi besser war als ihr Ruf und daß ihre Freude am Flirten ein harmloses Spiel war. Und wie unschuldsvoll hatte Susi ihr gegenüber getan! Dabei hatte sie nicht davor zurückgeschreckt, sich mit ihrem Mann einzulassen.

Welch ein Betrug! Zehn Jahre hatte sie nichts davon erfahren, und wüßte es sicher auch heute noch nicht, wenn Kienzel nicht die Gelegenheit, die ihm Arnold bot, ergriffen hätte, um sich zu rächen. Zehn Jahre waren eine lange Zeit, und doch hatte nichts, was damals geschehen war, für sie an Bedeutung verloren. War der Fall Susi Kienzel nicht vielleicht nur die Spitze des Eisbergs, die unvermutet sichtbar geworden war? Wer sagte ihr denn, daß Arnold sie nicht öfter und mit anderen Frauen betrogen hatte? Sie hatte ihm immer vertraut und war sich zu gut gewesen, ihm nachzuspionieren – war das vielleicht ihr Fehler gewesen? Dabei hätte sie doch schon allein der immer wieder vorgebrachte Wunsch nach getrennten Schlafzimmern stutzig machen sollen. In der trostlosen Stimmung, die sie gepackt hatte, schien es ihr sonnenklar zu sein, wo das verschwundene Geld geblieben war: bei einer Frau. Vielleicht hatte er mit einer anderen ein neues Leben anfangen wollen, vielleicht war er erpreßt worden, das konnte sie nicht entscheiden. Aber sie war überzeugt, daß eine Frau hinter der ganzen Sache steckte.

Arnolds Benehmen schien es deutlich zu verraten. Statt sich über ihren Besuch zu freuen, war er ablehnend, unduldsam, unliebenswürdig gewesen. Wenn auch seine Flucht mißlungen war, so hatte er sich doch innerlich weit von ihr entfernt – und sie allein zurückgelassen mit ihren Sorgen und dem unbezahlten Haus. Was für einen Sinn hatte denn die Ehe, wenn sie nur so lange hielt, wie man jung und leicht entflammbar war? In diesen Jahren wäre es sicher lustiger gewesen, sich zu amüsieren, die Partner zu wechseln und in den Tag hineinzuleben. Für Sabine war die Ehe eine Versicherung, daß sie im Alter nicht allein sein werde, und jetzt, an der Schwelle der Vierzig, fühlte sie sich alt. Sie hatte schon die ersten Falten gezählt, wußte, daß ihre Figur zwar schlank, aber nicht mehr straff war und ihr Haar, wenn sie es nicht regelmäßig tönte, grau meliert.

Vielleicht war sie noch nicht wirklich alt, aber sicher nicht mehr jung genug, um unbekümmert zu sein, und nicht mehr stark genug, ein neues Leben zu beginnen. Doch alles, auf was sie gesetzt hatte, lag zertrümmert zu ihren Füßen. Sabine erstickte ihr Schluchzen, um ihre Kinder nicht zu stören – und doch, wie dankbar wäre sie gewesen, wenn eines von ihnen jetzt hereingekommen wäre und mit ihr geredet hätte: Mutter, was hast du denn? Sei doch nicht traurig. Es wird alles wieder gut. Aber sie blieb allein. Es dauerte eine ganze Weile, bis sie die Kraft fand, sich aufzuraffen. Sie wusch sich im Bad und ärgerte sich darüber, daß ihre rot geränderten Augen die vergossenen Tränen verrieten. Sie benutzte einen Lippenstift, um ihre Stimmung zu verbessern, und hätte am liebsten ein gutes Kleid angezogen. Aber dann verzichtete sie doch darauf, denn der Sonntag war jetzt der einzige

Tag, an dem sie gründlich putzen konnte. So begnügte sie sich damit, in eine lange grüne Cordhose und eine weiße Bluse zu schlüpfen.

Oben war noch immer alles still. So entschloß sie sich, erst einmal sich selbst eine Tasse Kaffee zu kochen. Die Kinder waren groß genug, um sich, wenn sie schon später aufzustehen beliebten, selbst ein Frühstück zu machen. Sie trank ihren Kaffee in der Küche und zwang sich, eine Scheibe Brot mit Honig zu essen, während sie in den regennassen Garten hinausblickte. Danach sah die Welt zwar nicht besser aus, aber immerhin begriff sie, daß sie sich kein Selbstmitleid leisten konnte, sondern diese schwere Zeit, ohne nach links, rechts oder gar nach rückwärts zu sehen, durchstehen mußte.

Als es gegen halb zehn Uhr klingelte, hatte Sabine gerade das Bad spiegelblank geputzt. Sie band die Schürze ab, hängte sie im Vorbeigehen an die Garderobe – niemand brauchte zu wissen, daß sie ausgerechnet am Sonntag putzte – und öffnete die Haustür. Oswald Zinner stand draußen, einen in Zellophan gehüllten Strauß in der Hand, sein gewinnendstes Lächeln auf den Lippen.

Sabine ahnte weder, daß er in der Nacht zuvor Ilona gekränkt, noch daß er gerade eben Schwester Ute in das Wohnheim gebracht und von dort aus am Bahnhof vorbeigefahren war und die Blumen erstanden hatte. So begrüßte sie ihn mit unbefangener Herzlichkeit. »Es ist riesig nett, daß du vorbeikommst, Oswald. Noch dazu mit Blumen! Ich fürchte nur, Ilona ist noch gar nicht auf. Komm nur ins Gartenzimmer, zieh den nassen Mantel aus. Ich sage ihr Bescheid. Soll ich dir die Blumen abnehmen?«

Er machte sich an der Umhüllung zu schaffen. »Danke, Mama, ich möchte sie ihr lieber selbst geben!« Mit einem schiefen Lächeln setzte er hinzu: *»Red roses for a blue lady...«*

Sabine begriff sofort. »Ihr habt euch gestritten?«

»Eine dumme kleine Sache. Sie war eifersüchtig, und ich habe mich darüber geärgert.«

»Nichts weiter?«

»Wir hatten wohl beide zu viel getrunken.«

»Dann wird sie sich doppelt freuen, daß du den ersten Schritt tust«, sagte Sabine arglos, »sie kann nämlich manchmal ein rechter Dickkopf sein.« Sie ließ Oswald in das Gartenzimmer und eilte selbst in den ersten Stock hinauf.

Ilona lag nicht mehr im Bett; sie saß in einem hellblauen Nachthemd vor ihrem großen dreiteiligen Spiegel, hatte das schwarze Haar im Nacken zusammengebunden und bearbeitete ihre Haut mit Gesichtswasser und einem Watteball. »Du bist schon auf?« rief Sabine. »Da hätten wir zusammen frühstücken können.«

»Ich habe keinen Hunger«, erklärte Ilona mit einem Blick auf ihr Spiegelbild. »Aber ich wäre dir dankbar, wenn du mir eine Tasse Kaffee bringen würdest.«

»Nun, erst einmal denke ich nicht daran, dich zu bedienen. Wenn du Kaffee haben willst, dann koch ihn dir selbst. Und zweitens mußt du dich ohnehin hinunterbemühen, denn du hast Besuch bekommen.«

Ilona richtete sich auf und wandte sich jetzt erst der Mutter zu. »Oswald?«

»Ja.«

»Schick ihn weg.«

Sabine kam näher. »Bist du verrückt geworden?«

»Schick ihn weg! Ich will ihn nicht sehen.«

»Ihr habt euch gezankt, ich weiß...«

»Gezankt nennst du das!«

»Und du – wie würdest du das nennen?«

»Ich habe unsere Verlobung gelöst.« Sie hielt Sabine die schmale braune Hand entgegen. »Ich habe ihm seinen Ring zurückgegeben.«

Sabine ließ sich auf das Bett ihrer Tochter sinken. »Das kann doch nicht dein Ernst sein.«

»Bitterer Ernst. Schick ihn weg!«

Sabine schüttelte den Kopf. »Nein. Ich bin nicht dein Bote. Du hast mich nicht um Rat gefragt, als du dich verlobtest und auch nicht, ob es richtig war, mit ihm Schluß zu machen. Du mußt es ihm sagen, wenn du nichts mehr von ihm wissen willst. Meine Sache ist das nicht.«

»Ich finde, du könntest ruhig mal was für mich tun.«

Sabine sah, wie abgespannt Ilona war, aber sie ließ sich nicht erweichen, schon deshalb nicht, weil sie hoffte, daß eine Aussprache zu einer Versöhnung führen würde. »Und ich finde, du bist ein großes, erwachsenes Mädchen und kannst deine Angelegenheiten selbst regeln.« Sie stand auf und ging zur Tür. »Ich sage ihm, daß du gleich kommst... oder soll ich ihn zu dir heraufschicken?«

»Untersteh dich!«

Als Sabine hinunterkam, stand Oswald Zinner am Fuß der Treppe. Er hatte seinen Strauß aus dem Zellophan befreit; es waren tatsächlich dunkelrote Rosen, nicht eben makellos, aber immerhin das Beste, was der Bahnhofsautomat liefern konnte. »Kann ich...?« fragte er und nahm schon die erste Stufe.

»Sie kommt gleich.« Sabine nahm ihn sanft beim Arm und führte ihn ins Gartenzimmer zurück. »Laß ihr Zeit, sich schön zu machen. Willst du einen Schnaps?«

Oswald Zinner schüttelte mit einem kläglichen Grinsen den Kopf. »Danke, nein. Davon habe ich schon zuviel intus.«

»Ein Bier gegen den Nachdurst? Auch nicht? Dann werde ich für euch beide ein Frühstück machen.« Sabine zog sich in die Küche zurück und setzte Wasser auf. Sie dachte, daß die beiden einen starken Kaffee vertragen könnten, und außerdem bot ihr diese Tätigkeit eine willkommene Entschuldigung dafür, daß sie Oswald nicht Gesellschaft leistete. Sie konnte sich nicht vorstellen, was passiert war, und fürchtete, mit einem falschen Wort noch mehr zu verderben.

So war Oswald allein, als Ilona das Gartenzimmer betrat. Er saß mit gesenktem Kopf und ließ die Rosen zwischen den Knien baumeln. Jetzt sprang er auf und straffte sich. Ilona trug einen eng taillierten blauen Jerseyanzug, der mit Silberknöpfen doppelreihig geschlossen war. Das schwarze Haar hatte sie glatt nach hinten gebürstet und im Nacken zusammengebunden. Ihr Gesicht war sehr blaß und völlig ungeschminkt. Ihre Augen waren umschattet. »Ich ... ich habe dir ein paar Blümchen mitgebracht«, stotterte er.

»Danke.« Sie nahm ihm die Rosen ab und legte sie sofort wieder aus der Hand.

»Ilona ... Freust du dich denn gar nicht, daß ich gekommen bin?«

Sie sah ihm gerade ins Gesicht. »Nein.«

»Ilo, Liebling, nun sei doch nicht so! Ich weiß, daß ich mich schlecht benommen habe, ich war nicht nüchtern. Und dieses Mädchen, das dein Bruder da angeschleppt hat, die hatte es nur darauf angelegt ...«

»Ich weiß«, sagte sie kalt.

Er errötete und sah plötzlich sehr nett aus, wie ein Schuljunge, der etwas ausgefressen hat und dem es jetzt ehrlich leid tut. »Bitte, verzeih mir, Ilo!«

»Ich bin dir nicht mehr böse«, behauptete sie, aber ihr Ton war durchaus nicht ermutigend.

»Dann ist alles wieder gut zwischen uns?« fragte er unsicher.

»Ja. Blendend. Wir werden uns nie mehr wiedersehen, und das ist das Beste für uns beide.«

Er trat einen Schritt zurück. »Du mußt verrückt sein, so was zu sagen!«

»Ich mache dir keine Vorwürfe«, erklärte sie, »wir hatten einfach keine Chance. Seit Vater das passiert ist, hatten wir keine Chance mehr. Ich habe es längst gewußt, ich wollte es nur nicht wahrhaben.«

»Aber was hat dein Vater denn mit uns zu tun?«

»Alles, Oswald ... alles. Das haben wir ja erlebt. Du warst gestern wütend auf mich – ob mit Recht oder Unrecht, sei dahingestellt. Es war sicher blöd von mir, meine Eifersucht so deutlich zu zeigen, meine Angst, daß eine andere dich mir wegschnappen könnte ...«

Er faßte ihre Hand. »War es wirklich das, Ilo? Dann liebst du mich noch. Dann wird alles wieder gut werden, ich bin ganz sicher, Ilo!«

Sie zog ihre Hand zurück. »Du kannst nicht logisch denken, Oswald. Das hat mit Liebe gar nichts zu tun. Du warst wütend auf mich und hast mir das mit Vater an den Kopf geworfen ... ja, ja, ich glaube dir schon, daß es dir jetzt leid tut ... klar tut es das. Aber bei der nächsten Gelegenheit würdest du es wieder machen. Vielleicht nicht bei der nächsten, sondern bei der übernächsten ... und ich könnte es einfach nicht ertragen, mir das bei jedem Krach an den Kopf werfen zu lassen!«

Er lächelte schwach. »Wie wäre es, wenn wir versuchen würden, ohne Krach miteinander auszukommen?«

»Das habe ich versucht. Hast du das nicht gemerkt? Ich bin wie auf

Eiern gegangen aus lauter Angst, es könnte zu einem Streit kommen und du könntest mir *das* vorhalten.«

»Du leidest an Minderwertigkeitskomplexen.«

»Das sind keine Komplexe, Oswald. Deine Familie ist meiner turmhoch überlegen. Wollen wir mal nicht von gesellschaftlichen Unterschieden sprechen, vielleicht gibt es die heutzutage wirklich nicht mehr, wie es immer heißt... aber finanzielle um so mehr. Ich habe sie immer gemerkt, diese Schranke zwischen uns. Und jetzt ist sie so hoch geworden, daß wir sie beim besten Willen nicht mehr überspringen können.«

»Glaub' nur nicht, daß mein Vater ein solcher Ehrenmann ist!«

»Glaub' ich gar nicht. Wahrscheinlich haben dein Vater und dein Großvater viel schlimmere Dinge gedreht.«

Sein Lächeln erlosch. »Ist das dein Ernst?«

»Mit Anstand und Ehrlichkeit wird man nicht so immens reich, wie ihr es seid.«

»Wenn das deine Überzeugung ist, dann kann ich nur sagen: ich bin froh, daß ich das noch rechtzeitig erfahre.«

»Sie haben sich bloß immer am Rande der Gesetze bewegt, sie waren zu schlau, sich erwischen zu lassen... oder die Gesetze sind eben so gemacht, daß reiche, schlaue, gewissenlose Leute sie zu ihren Gunsten auslegen können!«

»Das wird ja immer schöner!«

Ilona atmete tief durch. »Ich mußte es dir mal sagen!«

»Na fabelhaft! Fühlst du dich jetzt besser?«

»Du doch auch, sei ehrlich. Du bist froh, daß du mich mit gutem Wind loskriegst, ohne daß irgend jemand dir einen Vorwurf deswegen machen kann. Nicht einmal du selbst.« Sie reichte ihm die Hand, eine kalte, etwas feuchte Hand, die im Gegensatz zu ihrem selbstsicheren Auftreten verriet, wie durcheinander sie wirklich war. »Mach's gut, Oswald...«

»Also dann... wenn du darauf bestehst!« Er sah sich um, als habe er das Gefühl, etwas vergessen zu haben.

»Wenn du deine Rosen wieder mitnehmen willst?« fragte Ilona freundlich. »Vielleicht hast du eine bessere Verwendung für sie.«

Sein Gesicht verfärbte sich dunkelrot. »Das hätte nicht kommen dürfen! Ich wußte gar nicht, daß du so boshaft sein kannst! Gegen dich ist Ute ja geradezu ein... ein Engel!«

»Paß nur auf, daß dieser Engel dich nicht in eine ganz private Hölle stößt!«

Aber er hörte ihr schon nicht mehr zu, war an ihr vorbei aus dem Zimmer gestürmt, und wenig später knallte die Wohnungstür hinter ihm ins Schloß. Das verzerrte Lächeln um ihre Lippen erstarb. Sie hatte es so haben wollen und hatte es nicht anders erwartet. Aber sie hatte nicht damit gerechnet, daß es so schnell gehen würde. Sie fühlte sich wie ausgelöscht.

Ilona stand an der Glastür und blickte in den regentriefenden Garten hinaus, auf den ungemähten Rasen, auf die Rosen, die die schweren welken Köpfe in häßlicher Traurigkeit hängen ließen.

»Ist er fort?« fragte Sabine überflüssigerweise; sie war mit dem Frühstückstablett hereingekommen und hatte mit einem Blick gesehen, daß ihre Tochter allein war.

»Il pleure dans mon cœur comme il pleut sur la oille«, rezitierte Ilona statt einer Antwort.

»Was sagst du?«

Ilona wandte sich langsam um. »Habe ich mal in der Schule gelernt.«

Sabine setzte das Tablett auf dem Tisch ab und begann zu decken. »Ihr habt euch also nicht versöhnt?«

Ilona kam näher, nahm Oswalds Rosen und stülpte sie, die Köpfe nach unten, in den Papierkorb; eine Geste, auf die sie vorhin nur verzichtet hatte, weil sie ihr doch ein wenig zu theatralisch erschienen war. »Ich hatte es auch nicht vor.«

Sabine richtete sich auf und sah ihre Tochter an. »Ich könnte jetzt sagen: Es ist mir egal, was du tust, du mußt dich selbst entscheiden, es ist deine Angelegenheit. – Aber es ist mir ganz und gar nicht egal, ob du glücklich oder unglücklich bist.«

»Mit Oswald hätte ich jedenfalls nie glücklich werden können.«

»Wieso bist du mit einemmal so sicher?«

»Laß es gut sein, Biene. Verlang nicht, daß ich den ganzen Kohl noch einmal für dich aufwärme. Ich weiß es eben.« Sabine seufzte. Ilona legte den Arm um ihre Schultern. »Es tut mir leid für dich, Mutti. Ich weiß, du hast Sorgen genug ... und ich hätte es dir gegönnt, daß du dir wenigstens um mich keine zu machen brauchtest.«

»Ach, darauf, Liebling, kommt es nun auch nicht mehr an.« Sabine zwang sich zu einem Lächeln. »Ich denke jetzt nur an dich. Du mußt deine Geschenke zurückgeben.«

»Wenn's weiter nichts ist! Auf die doofen Aschenbecher und Serviettenringe und Blumenvasen kann ich gern verzichten! Ich werde mich gleich heute ans Einpacken machen. Begleittext etwa: Da Oswald Zinner und ich uns entlobt haben, halte ich es für angebracht, ihm sein reizendes Geschenk, auf das ich jetzt kein Recht mehr besitze, mit dem Ausdruck aufrichtiger Dankbarkeit wieder zuzustellen! – Na, wie findest du das?«

»Ich weiß nicht. Zu ironisch ... irgendwie herausfordernd. Du solltest es bescheidener machen. Jedenfalls werde ich dir beim Packen helfen.«

»Lieb von dir.« Ilona gab ihrer Mutter einen leichten Kuß auf die Wange.

»Du hast eine schwere Zeit vor dir. Ich kenne eine ganze Menge Leute, die sich über dein Pech freuen werden«, sagte Sabine.

»Na, gönnen wir es ihnen. Es macht doch Spaß, Freude zu bereiten – oder etwa nicht? Ich gönne es den lieben Kollegen und Kolleginnen von Herzen. Besonders, weil sie ja doch nur kurze Zeit haben, sich an meiner Niederlage zu weiden.«

»Du willst fort?«

»Was hattest du gedacht? Ich habe ja schon gekündigt.«

»Und was hast du vor?«

»Mir eine andere Stellung suchen. Am liebsten in München.«

Sabine wußte selbst nicht, warum sie diese hingeworfene Mitteilung so traf. Sie hatte ja seit langem damit gerechnet, daß Ilona aus dem Haus gehen würde. Aber eine Heirat der Tochter war ihr als etwas Nützliches erschienen. Dieser Weggang jedoch schien ihr ein weiteres Zeichen für den Zerfall der Familie zu sein.

Ilona wurde aufmerksam. »Was machst du denn für ein Gesicht, Mutti?«

Sabine suchte nach Worten. »Ich weiß nicht, ob es richtig ist, wenn du uns jetzt verläßt. Du hast Schlimmes durchgemacht, und gerade deshalb meine ich ... Ich kann's nicht ausdrücken, aber ich finde, daß wir jetzt nicht auseinandergehen, sondern ganz fest zusammenhalten sollten.«

»Jetzt werd bloß nicht sentimental, Biene. Erwartest du im Ernst von mir, daß ich bis ans Ende meiner Tage hier in Riesberg Spießruten laufe? Bloß um meine Zugehörigkeit zur werten Familie Miller zu bekunden?«

»Nein, das nicht, im Gegenteil, ich versuche dir deutlich zu machen, daß du, was auch immer geschieht, zu uns gehörst, Ilo, daß wir zu dir stehen, daß du hier ein Heim hast.«

Ilona gab sich unbeeindruckt. »Sehr lieb von dir, ehrlich. Überhaupt, du hast dich in der ganzen Angelegenheit höchst anständig betragen. Ich hatte eigentlich befürchtet, du würdest in Ohnmacht fallen oder so etwas.« Sie nahm den Deckel der Kaffeekanne ab und schnupperte. »Aber wenn du mal genau nachdenkst, wirst du drauf kommen, daß ich beim besten Willen nicht bei euch bleiben kann. Für mich gibt es hier in Riesberg keine Zukunft mehr, das ist es.«

»Vielleicht wird uns allen nichts übrig bleiben, als woanders neu anzufangen.«

Ilona zuckte die Achseln. »Und was wird aus dem Haus? Das mußt du mit Vater besprechen.«

Sabine begriff, daß Ilona entschlossen war, ihre eigenen Wege zu gehen, und sie verstand sie zu gut, als daß sie noch länger versucht hätte, sie zurückzuhalten. »Das werde ich tun«, erklärte sie in gewollt munterem Ton, »aber zuerst werde ich jetzt mal Knut herunterholen; ich habe nicht Lust, nachher noch einmal Frühstück zu machen.«

»Gute Idee.« Ilona schenkte sich Kaffee ein und starrte voll Abscheu auf Brot, Butter, Marmelade und die weichgekochten Eier, die ihre Mutter auf den Tisch gestellt hatte; sie war sicher, daß sie keinen Bissen würde hinunterwürgen können.

Rosy und Egon Kasparek hatten einen friedlichen Tag verlebt – soweit es für Egon, seit Arnold verhaftet worden war, überhaupt noch friedliche Stunden geben konnte. Er hatte den Sonntag dazu benutzt, die verwahrloste Wohnung gründlich zu putzen und aufzuräumen und hatte sich dabei von seiner Frau und den Zwillingen helfen lassen. Er hatte sie ständig auf Trab gehalten, ihnen zur Belohnung nachher ein ausgiebiges Mittagessen gekocht, mit Suppe, Schweinebraten, Knödeln, Kraut und zum Nachtisch Pudding. Er kochte gern und gut, und die Kinder wußten es zu schätzen. Rosy aß nur aus Liebe zu ihm und aus Gehorsam, aber immerhin – sie aß. Anschließend hatten sie zusammen gespült und die Küche saubergemacht. Egon hatte seine kleine Familie zu einem Spaziergang in den Regen hinausgejagt. Sie waren durch die sonntäglich stillen Geschäftsstraßen von Riesberg gelaufen und hatten die Auslagen in den Schaufenstern betrachtet.

Wieder zu Hause, hatte Egon für sich und seine Frau Kaffee, für die Jungen Kakao gekocht, den im »Café Huber« am Maximiliansplatz erstandenen Apfelkuchen aufgeschnitten und sich selbst dazu ein Glas Kognak gegönnt. Jetzt saßen sie alle vor dem Fernseher und genossen das Nachmittagsprogramm, einen sentimentalen deutschen Spielfilm aus den sechziger Jahren; nur Andreas und Christian freilich genossen ihn wirklich. Egon war zu sehr mit seinen eigenen Sorgen beschäftigt, als daß ihn die recht läppische Handlung hätte ablenken können, und Rosy hatte sich ganz eng an ihn gekuschelt und betrachtete verstohlen sein Profil im Licht des Bildschirms.

Als es an der Wohnungstür klingelte, wollte sich Egon von ihr lösen und aufstehen. Aber sie klammerte sich an ihn: »Nein, bitte, bleib!«

»Jemand muß doch öffnen, und die Jungen kriegst du jetzt nicht weg.«

»Dann geh' ich.« Rosy sprang auf und zupfte den Rock ihres Minikleides zurecht.

Er lächelte ihr voll liebevoller Sorge zu. »Gut. Tu das. Aber vergiß unterwegs nicht, was du wolltest.«

»Nein, das werde ich nicht«, versprach sie ernsthaft und verließ das Zimmer.

Sofort beschlich ihn Unruhe. Er wollte ihr nach, um sich zu vergewissern, ob auch wirklich alles glatt verlief, und beherrschte sich nur mit Anstrengung. Wieder einmal warf er sich vor, daß es vielleicht seine allzu große Fürsorge war, die sie so unsicher machte. Sie war doch ein erwachsener Mensch und mußte fähig sein, die Wohnungstür aufzumachen und einen Besucher zu empfangen. Wenn er ihr das nicht zutraute, dann durfte er sie überhaupt nicht mehr mit den Jungen allein zu Hause lassen – und wovon hätten sie dann leben sollen? Aber obwohl er sich das mit dem Verstand klarzumachen versuchte, saß er wie auf glühenden Kohlen.

Rosy ließ sich indessen Zeit. Sie tänzelte über die ausgetretenen Dielen des langen Flurs, starrte in den Garderobenspiegel und erschrak, als sie ihr Gesicht nicht erkennen konnte. Es klingelte wieder, und das brachte sie auf die Idee, das Flurlicht anzuknipsen. Sie war sehr stolz auf diesen Einfall. Sie war also doch gar nicht so unselbständig, wie Egon ihr immer einzureden suchte. Sie kämmte sich ihr rotblondes Haar. Sie hatte sich sehr sorgfältig geschminkt, die Lippen mit einem hellen Stift nachgezogen und die Wimpern schwarz getuscht. Egon hatte ihr dabei geholfen und ihr gesagt, wie hübsch sie sei.

Aber plötzlich erkannte sie, daß sie mager war, viel zu mager. Ihre Wangen waren so hohl, daß sie geradezu eingefallen wirkten. Sie sah krank aus. Aber sie war doch nicht krank. Es mußte etwas mit dem Essen nicht in Ordnung sein. Deshalb hatte er sie gezwungen, so viel zu essen! Er hatte etwas hineingetan, um sie zu vergiften. Sie sollte so langsam sterben, daß es wie eine Krankheit aussah. Das wußte sie doch schon seit langem. Aber sie hatte nicht daran gedacht. Er wollte sie los sein, damit er sich seinen anderen Weibern widmen konnte! Was tat er jetzt? Warum hatte er sie aus dem Zimmer geschickt?

Rosy sah vor sich, wie er sich in dem halbdunklen Raum vor dem Fernseher mit einer anderen auf dem Boden wälzte. Sie raste zurück, riß die Tür auf: Egon saß so, wie sie ihn verlassen ahtte, in dem alten Sessel, und die Jungen kauerten auf dem Boden vor dem Apparat.

»Na, wer war es?« fragte Egon.

Rosy knipste auch hier das Deckenlicht an, aber es veränderte sich nichts. Egon war mit den Jungen allein. »Ich weiß nicht«, sagte sie verstört.

»Ja, hast du denn nicht aufgemacht?«

Es klingelte wieder, anhaltend und fordernd, und brachte Rosy das, was sie vorgehabt hatte, ins Gedächtnis zurück. Sie wollte nicht zugeben, daß sie es vergessen hatte. »Ich wollte die noch ein bißchen zappeln lassen«, behauptete sie.

Er durchschaute sie sofort. »Du kleine Schwindlerin«, sagte er zärtlich und stand auf, »dann machen wir beide es jetzt zusammen, ja?«

»Seid doch endlich still«, verlangte Christian.

»Kann man denn nie seine 'uhe haben?!« protestierte Andreas.

»Werdet bloß nicht frech, sonst kriegt ihr was an den Kopf«, sagte Egon, knipste das Deckenlicht aus, nahm seine Frau bei der Hand und ging mit ihr zur Wohnungstür.

Es war Ethel Miller, die geklingelt hatte. Sie war schon wieder ein Stück die Treppe hinunter, als Egon öffnete. Als sie das quietschende Geräusch der alten Tür hörte, drehte sie sich gleich wieder um. »Na, endlich! Ich dachte schon, ihr seid nicht zu Hause!«

»Wir haben ferngesehen«, erklärte Egon.

»Tut mir leid, wenn ich störe, aber ich muß mit euch reden.« Ethel nahm mit elastischen Schritten die Stufen. Sie trug ein grünrot kariertes leichtes Kostümchen, das ihre aparte Erscheinung unterstrich. Weiße Kniestrümpfe gaben ihre schmalen braunen Knie frei. Mit ihrem schwarzglänzenden Pagenkopf hätte sie schulmädchenjung wirken können, wenn ihre Augen nicht allzu wissend geblickt hätten. Sie nahm Rosy in die Arme und küßte sie herzlich auf beide Wangen. »Du bist beneidenswert schlank!« rief sie. »Wie machst du das bloß?«

»Sie ißt wie ein Spatz!« sagte Egon.

Ethel seufzte. »Wenn ich das bloß könnte! Ich nehme schon zu vom bloßen Riechen!«

»Jetzt übertreibst du aber«, widersprach Egon, »du bist doch ausgesprochen schlank.«

»Ich kann mir einfach nicht erlauben, zuzunehmen! Aber was für Kämpfe mich das kostet... Es ist ein tiefes Entbehren.«

Egon lachte. Er wußte, daß Ethel den Clown spielte, aber das störte ihn um so weniger, als Rosys Züge sich deutlich entspannt hatten. »Komm rein«, sagte er.

»Ja, komm rein«, echote Rosy, und das war bei ihr als ein Zeichen großer Zuneigung zu werten.

»Was machen deine Heiratspläne?« fragte Egon.

Ethel legte den Finger an die Lippen. »Psst! Sprecht nicht drüber!«

»Warum nicht? Ist was schiefgegangen?«

»Noch nicht, aber man soll's nicht verschreien.« Ethel klopfte sich gegen den Kopf. »Toi, toi, toi... ich wage immer noch nicht, an mein Glück zu glauben!«

»Und wann ist es soweit?«

»Morgen.« Als Egon und auch Rosy ihr gratulieren wollten, wehrte sie heftig ab. »Nein, bitte nicht, und laßt euch nicht einfallen, mir was zu schenken. Ich lade euch ja auch nicht ein. Es soll eine klitzekleine, geradezu geheime Angelegenheit werden, wie es dem reifen Alter des Brautpaares entspricht.«

»Schon morgen? Das ist aber verdammt schnell gegangen!«

»Wie man's nimmt. Wenn du die Jahre hinzurechnest, die ich darauf gewartet habe, war's langsam genug.« Sie nahm Rosys Hand und streichelte sie. »Wie kalt du bist, mein Liebes! Ich hoffe, ihr freut euch mit mir?«

»Und ob!« verkündete Egon.

»Ich auch!« brachte Rosy heraus.

Egon öffnete die Tür zum Wohnzimmer, sie traten ein. Die Jungen rissen sich vom Fernseher los. »Tante Hosy, Tante Hosy!« schrie Andreas. »Hassu uns was mitebacht?«

»Hassu?« rief Christian.

Sie bestürmten Ethel so wild, daß sie fast das Gleichgewicht verloren hätte. Egon packte jeden mit einer Hand beim Kragen. »He, was soll das!? Ihr wißt doch, daß ihr euch nicht so aufführen sollt!«

»Ach, laß sie doch«, meinte Ethel, »sie sind so entzückend natürlich.«

»Kann ich nicht finden. Sie benehmen sich, als müßten sie mit Schokolade dressiert werden!«

Ethel ging in die Knie und erntete von jedem der beiden Jungen einen schmatzenden, feuchten Kuß. »Leider habe ich vergessen, was für euch einzukaufen, aber ihr kriegt jeder von mir eine Mark. Einverstanden?« Sie richtete sich wieder auf, öffnete ihre Handtasche und nahm aus ihrem Portemonnaie eine Mark für Christian und zwei Fünfzigpfennigstücke für Andreas und legte sie in die Hände, die sie ihr entgegenstreckten.

»Bedankt euch«, befahl Egon.

Aber statt dessen heulte Christian auf. »Andy hat mehr!« Er wollte sich auf den Bruder stürzen.

Egon konnte ihn gerade noch zurückreißen. »Siehst du denn nicht, daß dein Geldstück größer ist, du Depp! Zwei Fünfzigpfennigstücke sind genausoviel wert wie 'ne Mark.«

»Ich will genausoviel wie Andy haben!«

Andreas hatte sich inzwischen, die Faust fest um die beiden Geldstücke geschlossen, in die äußerste Ecke des Zimmers zurückgezogen. Nur zögernd folgte er der Aufforderung des Vaters, wieder herzukommen. Egon nahm Christian die Mark ab, Andreas eines seiner beiden Fünfzigpfennigstücke und gab es Christian. »So, jetzt habt ihr beide gleichviel! Oder gibt's noch was zu meckern?« Die Jungen verglichen ihre Schätze, etwas verblüfft und nicht ganz zufrieden, weil sie dem schnellen Handel nicht hatten folgen können, fanden aber keinen Ansatzpunkt für einen Protest.

Egon gab Ethel die Mark zurück. »Wieder was gespart«, sagte er, »hier hast du.«

»Das war aber nicht fair!«

»Fair hin, fair her... hätte ich mich etwa mit ihnen in eine Diskussion einlassen sollen? Sie sind noch zu klein, den Wert des Geldes zu verstehen.«

Ethel hielt die Mark zwischen spitzen Fingern. »Haben sie denn keine Sparbüchse?«

»Doch. Im Schlafzimmer. Holst du sie, Rosy?«

Aber Rosy, die nicht weggeschickt werden wollte, schüttelte stumm den Kopf.

»Dann mach ich's. Gib her. Spätestens heute abend beim Zubettgehen werde ich dran denken.« Er steckte die Mark in die Hosentasche, und somit war auch dies erledigt. Die Jungen hatten sich wieder bäuchlings auf den Boden geworfen und starrten, den Kopf in die Hände gestützt, auf den Bildschirm.

»Willst du dich nicht setzen, Ethel?« fragte Egon. »Wir haben leider schon Kaffee getrunken. Aber darf ich dir einen Kognak anbieten?«

Sie sah ihn an. »Könnten wir nicht woanders hingehen?«

»Dann bliebe nur noch die Küche. Das Geheul der Jungens, wenn ich den Apparat abstelle, wäre schlimmer als der schlimmste Film.«

»Dann eben die Küche. Ich muß mit dir sprechen.«

Keiner der beiden sah, wie sich Rosys Gesicht verzerrte, aber auch wenn sie es bemerkt hätten, hätten sie nicht gewußt, was sie falsch gemacht haben könnten. Rosy glaubte, daß sie ausgeschaltet werden sollte und daß die beiden miteinander allein bleiben wollten, um über sie zu reden und etwas gegen sie auszuhecken. Für sie ging das ganz klar aus der Unterhaltung hervor.

»Kommst du mit?« fragte Egon freundlich. »Oder willst du lieber den Film zu Ende sehen?«

»Ihr werdet mir schon gestatten müssen, daß ich mir erlaube, mich euch anzuschließen«, erklärte Rosy mit tonloser Stimme.

Ethel lachte ahnungslos. »Warum auf einmal so feierlich, Rosy?« Sie legte den Arm um die Taille der Schwippschwägerin. »Aber du bist wirklich mager, man kann ja deine Rippen zählen!«

Sie traten in die Küche. Egon hatte die Flasche Kognak aus dem Wohnzimmer mitgenommen. Er stellte drei kleine Gläser auf ein Tablett, schenkte ein, bot zuerst Ethel an, dann Rosy. Rosy zögerte, nahm dann das Glas, das am weitesten von ihr entfernt stand. Niemand achtete drauf.

»Ist's wegen deiner Heirat?« fragte Egon.

»Nein, wegen Sabine. Ich wollte euch bitten, euch um sie zu kümmern, so lange ich weg bin. Wir bleiben drei Wochen auf Hochzeitsreise.«

»Und wo?«

»Jugoslawien. Opatija, früher Abbazia.«

Egon schnupperte an seinem Glas. »Beneidenswert. Da muß es jetzt schön sein.«

»Hoffentlich. Aber das ist jetzt nicht wichtig. Wichtig ist nur Sabine. Ich habe direkt ein schlechtes Gewissen, sie so lange allein zu lassen. Ausgerechnet jetzt.«

»Deine Flitterwochen gehen doch wohl vor«, sagte Egon, ohne sie anzusehen.

»Doch, das tun sie. Deshalb fahre ich ja auch. Aber ich tät's mit leichterem Herzen, wenn ich wüßte, daß ihr euch um sie kümmert. Ihr habt euch in letzter Zeit nicht bei ihr blicken lassen.«

»Hat sie sich etwa beklagt?«

»Überhaupt nicht. Es ist ihr wahrscheinlich gar nicht aufgefallen. Bloß ich frage mich: Wollt ihr euch von ihr zurückziehen? Weil Arnold das passiert ist?«

»Natürlich nicht. Ich denke gar nicht daran, Sabine hängen zu lassen. Immerhin ist sie meine Schwester. Nur – ganz so einfach, wie du tust, liegen die Dinge nun doch nicht.«

»Bei Gott nicht. Wem sagst du das.« Sie blickten sich in die Augen.

»Du hältst mich jetzt für einen großen Egoisten, was?«

»Aber du hast doch gerade versprochen, daß du Sabine nicht...«

Er fiel ihr ins Wort. »Ich eile aber auch nicht zu ihrem Schutz herbei, wie Lohengrin zu seiner Elsa!«

»Das hat niemand von dir verlangt.«

»Vielleicht ich selbst.« Egon schüttete den Inhalt seines Glases auf einen Zug hinunter und tastete hinter sich auf dem Küchenbuffet nach der Kognakflasche. »Diese ganze Geschichte ist mir verdammt an die Nieren gegangen, viel stärker, als du dir vorstellen kannst. Was ich einfach nicht begreife...« Jetzt hatte er die Flasche vorgeholt, zog den Korken heraus und schenkte sich ein. »... warum halten Sie Arnold fest? Schließlich hat er doch keinen Mord begangen, nur 'ne simple Untreue. Geständig ist er auch, der Fall liegt sonnenklar. Untreue wird mit Gefängnis und Geldstrafe bestraft. Ich habe mich erkundigt.«

»Ich auch.« Ethel nippte an ihrem Glas. »In besonders schweren Fällen allerdings mit Strafhaft bis zu zehn Jahren.«

»Aber davon kann doch bei Arnold keine Rede sein!« brauste Egon auf.

»Gerate nur nicht gleich aus dem Häuschen! Schließlich bist du ja nicht betroffen. Kannst du denn so ohne weiteres wissen, ob das Gericht Arnolds Verfehlung schwerer oder leichter beurteilen wird?«

»Ohne weiteres«, behauptete Egon. »Bös ist die Sache, wenn ein Vormund das Vermögen seines Mündels verputzt oder ein Notar ihm anvertrautes Geld für sich selbst ausgibt, wenn du verstehst, was ich meine. Aber das trifft doch auf Arnold alles nicht zu. Warum, um Himmels willen, lassen sie ihn nicht wenigstens bis zur Gerichtsverhandlung laufen?«

»Des Geldes wegen. Wußtest du das nicht?« Ethel zog ihr Zigarettenpäckchen aus der Handtasche, nahm sich eine und bot Rosy und Egon an.

»Nein, danke«, sagte Egon. Rosy reagierte überhaupt nicht, sie starrte vor sich hin und bewegte lautlos die Lippen.

Ethel sah Egon erschrocken an. Der zuckte vielsagend die Achseln. »Stör dich nicht daran. So ist sie immer, wenn ihr irgendwas nicht paßt. Das geht vorbei.«

»Wie kannst du so über sie reden in ihrer Gegenwart?«

»Sie hört uns jetzt gar nicht. Sprich weiter. Du wolltest mir gerade etwas sagen.«

Ethel hatte sich ihre Zigarette angezündet. »Also ja, Arnold.« Sie nahm sich einen Tabakskrümel von der Unterlippe. »Sabine sagt – also, das meint jedenfalls sein Rechtsanwalt oder wer alles dafür zuständig ist –, also niemand glaubt ihm, daß er das Geld tatsächlich verspielt hat, und es gibt auch keinen Beweis dafür. Kienzel behauptet, er habe es auf eine Schweizer Bank gebracht, und die Justiz scheint sich dieser Überzeugung anzuschließen.«

»Aber gibt es denn dafür einen Beweis?«

»Auch nicht. Aber immerhin ist er auf seiner Flucht durch die Schweiz gereist, hätte also Gelegenheit gehabt, das Geld dort in Sicherheit zu bringen. Und außerdem, das wirst du selbst zugeben: Arnold ist nicht der Typ, der sich auf ein Spiel mit hohem Einsatz, noch dazu mit fremdem Geld, einlassen würde. Wenn ich ehrlich sein soll: das kann ich mir ebensowenig vorstellen wie die Herren von der Justiz.«

»Ich auch nicht«, gab Egon zu und stürzte seinen zweiten Kognak hinunter.

»Du trinkst aber ganz flott«, bemerkte Ethel.

»Die Geschichte regt mich auf.« Egon goß sein Glas noch einmal voll. »Jetzt weißt du jedenfalls Bescheid. Sie wollen verhindern, daß er ihnen mitsamt dem Geld durch die Lappen geht.«

»Wenn er also die Wahrheit sagen würde...«

»Sicher. Dann sähe die Sache für ihn sofort anders aus.«

»Verdammt.« Egon knirschte mit den Zähnen. »Oh, verdammt. Verdammte Schweinerei.« Seine Finger krampften sich um das Glas. Ethel schrie auf, als es zerbrach und Kognak, vermischt mit Blut über seine Finger lief. »Paß doch auf! Was machst du denn da?«

Egon starrte ganz verdutzt auf seine verletzte Hand. »Weiß auch nicht, wie das passieren konnte... Jetzt fängt's auch noch an, weh zu tun.«

»Kein Wunder. Wo ist das Verbandszeug?«

»Im Bad.« Er stand auf. »Bitte hilf mir!«

Bevor Ethel ihm folgte, faßte sie Rosy bei der Schulter und schüttelte sie leicht. »Putz inzwischen den Tisch ab, ja?«

Rosy schrak hoch und erkannte sie. »Na also.« Ethel lächelte ihr zu. »Da bist du ja wieder. Nimm dich zusammen und mach Ordnung.«

Egon stand vor dem Waschbecken und ließ sich Wasser über die Schnitte laufen. »Ich glaube, das solltest du besser nicht tun«, sagte Ethel.

»Aber es blutet so.«

»Wird schon wieder aufhören. Laß es runtertropfen... aber kein Wasser an die Wunden.« Sie fand im Apothekerschrank alles, was sie brauchte. »Sei tapfer!« Sie goß ihm Arnika in die Handfläche. Er unterdrückte einen Fluch. »Das kommt davon! Sei froh, daß keine lebenswichtigen Teile verletzt sind.«

»Ethel, ich muß dir was sagen...«

»Ja, ja, später. Erst laß mich mal einen Verband anlegen. Es ist lange her, daß ich einen Erste-Hilfe-Kurs besucht habe; ich muß mich konzentrieren.« Sie tupfte das Blut mit einem sterilen Mullappen ab. »Weißt du was? Es sind bloß drei Schnitte. Die kann ich auch mit Pflaster verarzten.«

»Ethel, du wirst mich sicher für ein Schwein halten...«

Sie suchte Pflaster in der entsprechenden Länge aus. »Das habe ich heute doch schon einmal gehört...«

»Ja. Ich stecke in einer scheußlichen Situation. Du wirst mich bestimmt nicht verstehen. Tatsächlich kann ich mich selbst nicht verstehen, aber ich hatte ja keine Ahnung, daß Arnold das Geld unterschlagen hatte... ach was, auch wenn ich es gewußt hätte...«

Die Küche war früher einmal ein großer Raum gewesen und erst nach der Installation des Badezimmers unterteilt worden, und so hörten sie durch die dünne Wand, wie Rosy sich erbrach. Sie starrten sich an. Egon wollte sich losreißen, aber Ethel hielt ihn fest. »Erst das Pflaster...«

»Aber ich muß doch...«

»Nicht, solange du blutest! Wenn du nicht stillhältst, dauert es eine

Ewigkeit!« Sie klebte ihm das letzte Pflaster auf, bevor sie ihn frei gab. Er stürzte in die Küche, sie folgte ihm.

Rosy krümmte sich über dem Spültisch. Sie hatte das meiste schon von sich gegeben. Egon hielt ihr den Kopf. »Liebling, was ist nur mit dir? Wirst du krank?«

»Vielleicht ist es der Blinddarm«, meinte Ethel, »bei mir hat's damals auch mit Übelkeit angefangen.«

Rosy richtete sich auf; ihre grünlichweiße Haut bildete einen seltsamen Gegensatz zu dem rotblonden Haar, das ihr schweißverklebt ins Gesicht hing. »Ihr werdet mich nicht krank machen«, sagte sie; sie wischte sich mit dem Handrücken über die Stirn.

»Hast du Fieber?« fragte Ethel.

»Das könnte euch so passen.«

Ethel sah Egon an. »Was ist los mit ihr? Verstehst du, was sie meint?«

»Sie ist krank.«

»Das merke ich selbst, aber . . .«

»Ethel, du solltest jetzt besser nach Hause gehen. Es ist kein angenehmer Aufenthalt hier für dich und dann . . . es war alles zu viel für Rosy!«

»Was?«

»Alles. Sie ist so leicht erregbar, weißt du.«

Ethel wandte sich direkt an Rosy. »Kränkst du dich etwa so wegen Arnold? Aber dich betrifft das doch am wenigsten.«

Rosy reagierte überhaupt nicht; der Blick ihrer grünen Augen war leer geworden. »Sie muß ins Bett«, behauptete Egon, »geh jetzt, Ethel. Es ist wirklich besser.«

»Soll ich einen Arzt verständigen? Ich kenne da einen jungen Doktor, Lehnert heißt er, er ist sehr nett und sehr tüchtig . . .«

Ethel wußte selbst nicht warum, aber sie hatte fest damit gerechnet, daß Egon ihr Angebot ablehnen werde. Doch zu ihrer Überraschung sagte Egon, mit einem prüfenden Seitenblick auf seine Frau: »Das wäre gar keine so schlechte Idee.«

»Dann hänge ich mich gleich ans Telefon. Kann ich von hier aus anrufen?«

Rosys Gesicht verzerrte sich; in ihre Augen kam ein Funkeln. »Deshalb bist du also gekommen!« Ethel konnte sie nur verblüfft ansehen. »Weil es ihm mit Gift nicht gelingen will, möchte er es nun so versuchen«, sagte Rosy und verfiel wieder in ihren sonderbar manierierten Ton. »Er läßt einen Doktor holen, der mir eine Spritze geben soll, und du leistest ihm dabei Unterstützung. Aber ich habe euch durchschaut.«

Sie wirkte unheimlich; Ethel fiel es schwer, sich nicht beeindrucken zu lassen. »Quatsch«, sagte sie grob, »du redest Blödsinn, Rosy. Doktor Lehnert gehört gar nicht zu denen, die mit der Spritze so schnell bei der Hand sind, und . . .«

»Ich will keinen Doktor!« schrie Rosy wild. »Ich lasse mich nicht einsperren!«

»Schon gut, Liebes, schon gut!« Egon legte ihr die Hand auf die magere

Schulter. »Es ist ja nur ein Vorschlag von Ethel, aber wenn du nicht willst – schon gut!«

Ethel hatte den Eindruck, daß sich vor ihr eine Tragödie abspielte, die zu begreifen sie außerstande war. Sie war interessiert an den Problemen ihrer Mitmenschen und hätte unter normalen Umständen nicht so schnell lockergelassen, aber der Gestank wurde ihr langsam unerträglich. »Na dann... also tschüs«, sagte sie und reichte Rosy die Hand. Aber Rosy versteckte beide Hände hinter dem Rücken.

»Ich bringe dich zur Tür«, erbot sich Egon, und als sie draußen auf dem Flur waren, fügte er hinzu: »Sie ist übernervös.«

»Solltest du sie nicht wirklich mal zum Arzt schicken?«

»Du hast ja erlebt, wie sie auf deinen Vorschlag reagiert hat.«

»Und wenn ich Doktor Lehnert nun doch benachrichtigen würde? Er ist wirklich sehr nett und würde bestimmt sehr taktvoll...«

»Sinnlos, Ethel. Ich habe es schon auf jede nur mögliche Weise versucht. Sie würde wie eine Rakete in die Luft gehen.«

»Und wenn er sich nun gar nicht als Arzt ausgeben würde? Wenn er so täte, als wenn er ein – ein Geschäftsfreund von dir wäre?«

Er schüttelte den Kopf. »Sie ist wahnsinnig mißtrauisch... wittert überall Intrigen.«

»Du Ärmster. Ich sehe schon, du hast auch deine Sorgen. Wirst du trotzdem nach Sabine schauen?«

»Bestimmt.«

»Jetzt habe ich mich gar nicht mehr von den Jungen verabschiedet. Grüß sie wenigstens von mir.«

»Mach' ich.« Er hatte die Wohnungstür schon geöffnet.

Ethel hatte das Gefühl, etwas Wichtiges übersehen oder vergessen zu haben; sie trat nicht hinaus, sondern sah ihn mit gerunzelter Stirn an: »Hast du mir vorhin nicht etwas sagen wollen? Gerade bevor Rosy...?«

»Schon möglich«, sagte er etwas zu schnell, »ich weiß es nicht mehr.« Und um sie abzulenken, fügte er hinzu: »Jedenfalls wünsche ich dir alles Glück für morgen. Und schick uns mal eine Ansichtskarte von deiner Hochzeitsreise.« Als Ethel gegangen war, lehnte er sich gegen den Türstock. Er wußte, daß Rosy seine Hilfe brauchte, aber er konnte sich nicht entschließen, so schnell zu ihr zurückzukehren. Es war ihm, als wenn die Last, die auf seinen Schultern lag, immer schwerer und schwerer würde, bis er unter ihr zusammenbrach.

Nun, er wußte, wie schlimm es wirklich um Rosy stand, aber er sah keine Möglichkeit, ihr zu helfen. Er war sich darüber klar, daß Arnold und dessen Familie von ihm ins Unglück gestürzt worden waren. Unentwegt kämpfte er gegen den Impuls, sich der Justiz zu stellen und damit seinen Schwager zu entlasten. Es hätte für ihn selbst eine wahre Erlösung bedeutet. Aber für Rosy wäre es das Ende gewesen. Wenn man ihn einsperrte, konnte sie nicht existieren, und er durfte und konnte sie doch nicht im Stich lassen, denn sie war seine Frau, und er liebte sie. Er sah in ihr immer noch das feenhaft zarte, heitere

Mädchen, als das er sie geheiratet hatte, und er war überzeugt, daß dieses Mädchen irgendwo in der verstörten Frau versteckt war, zu der sie sich entwickelt hatte – es gab ja immer noch Minuten, da sah es ihn aus ihren Augen an. Ein paar Wochen, vielleicht ein paar Monate in einem guten Sanatorium, und sie würde wieder zu sich zurückfinden. Wenn er doch nur das Geld dazu hätte: Momentan hatte er nichts als Schulden, aber eines Tages würde ihm ein Coup glücken, mit dem würde alles wieder gut werden.

Er konnte sie jetzt nicht im Stich lassen, auch wenn er seinem eigenen Spiegelbild nicht mehr in die Augen blicken konnte. Er mußte durchhalten, um Rosys willen. Aber würde es denn genügen, wenn er die Nerven behielt? Konnte er sich voll und ganz auf Arnold verlassen? Würde der Schwager nicht doch mürbe werden, wenn man ihn wieder und wieder verhörte? Das waren Fragen, auf die Egon keine Antwort wußte. Er war in einer verzweifelten Situation.

Ethel Miller hatte so lange auf das entscheidende Wort ihres Freundes warten, hatte so lange seine Ausweich- und Ablenkungsmanöver ertragen müssen und sich schließlich sogar an den Gedanken gewöhnt, immer Junggesellin zu bleiben, daß sie sogar noch heute, einen Tag vor dem Hochzeitstermin, ihrer Sache keineswegs sicher war. Sie hatte es auch nicht über sich gebracht, alle Brücken hinter sich abzubrechen, hatte wohl auf der Redaktion von ihrer bevorstehenden Heirat erzählt, aber nicht gekündigt; sie hatte auch, bei aller Liebe, nicht vor, ihren Beruf aufzugeben, es sei denn vorübergehend, falls ein Baby unterwegs sein würde – und sie mußte ihre Fantasie schon sehr bemühen, wenn sie sich Ralf als Vater vorstellen wollte.

Nach ihrem Besuch bei Kaspareks fuhr sie noch zu Sabine hinaus, die trotz aller eigenen Sorgen gern bereit war, die Probleme der Schwägerin immer wieder und noch einmal zu besprechen. Aber es gelang Sabine nur vorübergehend, Ethel zu beruhigen.

Zurück in ihrer Penthauswohnung, war sie so aufgeregt, daß sie am liebsten die Wände hochgeklettert wäre. Nur mit Mühe versagte sie sich's, Ralf Heilmann anzurufen, obwohl sie viel darum gegeben hätte, seine Stimme zu hören. Sie konnte sich jetzt nicht gut noch einmal vergewissern, ob er sein Wort halten würde – es hätte einen unsicheren und mißtrauischen Eindruck gemacht. Tatsächlich hatte sie Angst, daß seine Mutter sich melden könnte. Ob er endlich den Mut gefunden hatte, es ihr zu sagen? Oder ob er es vorziehen würde, sie vor vollendete Tatsachen zu stellen?

Noch bevor sie zu Bett ging, spürte sie, daß kein autogenes Training imstande sein würde, ihr Schlaf zu bringen; sie griff wieder einmal auf Whisky und Tabletten zurück. Noch im Einschlafen dachte sie: in Zukunft, wenn alles gutging, würde es für sie keine einsamen Nächte mehr geben.

Sie erwachte voll Erwartung, sprang aus dem Bett, lief ins Bad, duschte, wusch und parfümierte sich. Sie brachte die Wohnung in Ordnung, bevor sie sich anzog, war nicht imstande, einen Bissen zum Frühstück hinunterzuwürgen, und sogar der bloße Gedanke an Kaffee bereitete ihr Übelkeit. Gern hätte sie einen Schnaps gekippt, verzichtete aber, weil es unpassend gewesen wäre, den Bräutigam mit einer Alkoholfahne zu begrüßen.

Obwohl sie sich nicht beeilte, war sie viel zu schnell mit allem fertig. Sie hatte sich für den Tag ein kleines, weißseidenes Kostüm gekauft, das ihr blendend stand, wenn es auch nicht so ganz für die an die Trauung anschließende Reise in den Süden paßte. Sie überlegte, ob es nicht besser wäre, etwas Sportlicheres zu wählen, konnte sich dann aber doch nicht dazu entschließen. Und wenn ihre Hochzeit auch nur im kleinsten Rahmen stattfand, sie war doch ein festliches Ereignis. Warum sollte sie nicht ein einziges Mal in ihrem Leben overdressed sein?

Ethel machte sich sorgfältig zurecht, klebte falsche Wimpern an – nein, das war zuviel des Guten; sie nahm sie wieder ab. Die Koffer waren gepackt, und endlich gab es gar nichts mehr zu tun. Ethel steckte sich eine Zigarette an, die dritte an diesem frühen Morgen, und konnte sich's nicht verkneifen, mindestens einmal pro Minute auf die Uhr zu sehen. Dabei wußte sie, daß es ganz sinnlos war. Um halb zehn Uhr war die standesamtliche Trauung, um neun Uhr hatte Ralf versprochen, bei ihr zu sein, früher würde er auch nicht kommen, weil er von München aus anderthalb Stunden fahren mußte und durchaus kein begeisterter Frühaufsteher war. Als Ethel jedoch ungeduldig zu werden begann, war es noch längst nicht neun.

Sie trat auf den Dachgarten des Penthauses hinaus und starrte auf die Straße hinunter, in der Hoffnung, seinen silbergrauen Wagen an der Ecke auftauchen zu sehen, gab es dann wieder auf, lief ins Haus zurück, ging von einem Zimmer zum anderen, sah nach, ob alles in Ordnung war, alle Hähne abgestellt und der Eisschrank zu. Sie fand eine alte Illustrierte, blätterte sie durch und konnte sich, obwohl sie wußte, daß sie sie schon gelesen hatte, an gar nichts mehr erinnern, sich auch für nichts interessieren – weder für die bevorstehende Fürstenhochzeit noch für die Wintermode, über die sie ohnehin orientiert war, noch über das geheimnisvolle Verschwinden einer amerikanischen Milliardärstochter. Sie begann Kreuzworträtsel zu lösen, aber auch dieser Ablenkungsversuch mißlang kläglich; es wollte ihr nicht einmal der Name eines australischen Tiers mit drei Buchstaben einfallen.

Dann war es neun Uhr, und Ralf war immer noch nicht erschienen. Ethels Nervosität erreichte den Siedepunkt. Sie öffnete die Wohnungstür und blickte ins Treppenhaus hinunter, obwohl sie sehr wohl wußte, daß sie dadurch sein Kommen weder beschleunigen noch beschwören konnte. Zehn Minuten später war ihre Erregung vollkommen abgeklungen, und sie geriet in einen Zustand der Apathie. Sie wußte jetzt, daß Ralf nicht mehr kommen würde und da sie sich vergeblich Hoffnungen gemacht hatte. Es war ihr, als habe sie von Anfang an genau gewußt, daß diese Geschichte nicht anders enden konnte. Sie ließ sich in einen Sessel fallen, schenkte sich nun doch einen Whisky, einen ganz kleinen, ein und zündete eine neue Zigarette an, die sechste.

Es war fast halb zehn, als das Telefon klingelte.

Ethel nahm den Hörer ab; sie hielt sich für ganz gefaßt. »Bitte, sei mir nicht böse, Liebling, daß ich jetzt erst anrufe!« Es war Ralf Heilmann. »Aber ich habe beim besten Willen nicht früher aus dem Haus gekonnt.«

»Das habe ich mir schon gedacht«, sagte sie mit gefährlicher Ruhe.

»Mama hat heute nacht einen Anfall gehabt! Ich mußte einen Arzt holen, es war schrecklich!«

»Hast du ihr erzählt...«

»Zum Glück nicht. Ich müßte mir ja ewig Vorwürfe machen. Nein, sie hatte keinen Grund zur Aufregung. Es kam einfach so, aus heiterem Himmel.«

»Vielleicht paßt es ihr nicht, daß du verreisen wolltest?«

»Willst du damit etwa unterstellen, sie habe den Anfall nur simuliert?«

In jeder Situation hätte Ethel die Frage, wahrscheinlich sogar mit Überzeugung, verneint. Jetzt sagte sie: »Ja. Ich halte das für sehr gut möglich. Es war für sie nicht schwer zu erraten, daß du nicht allein verreisen wolltest, und das wird ihr schon zuviel gewesen sein. Selbst wenn sie an eine Hochzeit nicht gedacht hat.«

»Ethel! Wenn man dich reden hört, könnte man glauben, daß Mama ein Ungeheuer sei!«

»Nicht nur deine Mama... auch du! Du weißt, was du mir versprochen hast. Du weißt, wann die Trauung stattfinden sollte, und doch läßt du mich einfach sitzen! Hältst es erst jetzt für nötig anzurufen! Weißt du überhaupt, wie spät es ist!?«

»Ethel, bitte, versuch doch zu verstehen...«

»Du bist ein Ungeheuer! Ein Ungeheuer an Egoismus... du bist über meine Seele hinweggetrampelt wie ein... ein Trampeltier!« Plötzlich war es um Ethels künstliche Fassung geschehen. »Ich habe genug von dir«, schrie sie, »daß du es nur weißt! Laß dir nicht einfallen, je wieder bei mir anzurufen oder bei mir aufzukreuzen! Du stehst mir bis hier, du hängst mir zum Hals heraus! Bleib bei deiner Mama, du Muttersöhnchen! Laß dich tyrannisieren und schikanieren, du hast es ja nicht anders verdient! Aber komm nie, nie, nie wieder auf den Gedanken, dich bei mir auszuweinen!« Sie knallte den Hörer auf die Gabel, bevor sie in Tränen ausbrach. Das Telefon klingelte wieder, aber sie nahm nicht mehr ab; jetzt mußte *sie* sich ausweinen... Danach fühlte sie sich erleichtert.

Sie rief das Standesamt an und sagte die Trauung ab. Dann nahm sie ihre Koffer, schloß die Wohnung ab, fuhr mit dem Lift in die Garage hinunter, belud ihr Auto und setzte sich hinter das Steuer. Das Kapitel

Ralf Heilmann war für sie erledigt; sie hatte sich lange genug zum Narren machen lassen. Nun war sie wieder frei, und sie war froh darüber.

Sabine hatte sich dazu durchgerungen, den ersten Stock des Hauses als möblierte oder teilmöblierte Wohnung geschlossen zu vermieten. Knut war schon nach München verzogen, Ilona würde ihm bald folgen, und so wurden die Zimmer der Großen leer. Sie einzeln abzugeben, hätte bedeutet, mehrere fremde Menschen aufzunehmen, und diese Vorstellung war Sabine nicht sympathisch. Zudem fürchtete sie, daß alleinstehende Untermieter damit rechnen würden, ihre Zimmer geputzt und vielleicht sogar ein Frühstück serviert zu bekommen, aber das konnte und wollte sie, da sie durch ihren Beruf und den eigenen Haushalt ohnehin schon doppelt belastet war, nicht auf sich nehmen.

Sie hatte ja schon immer vorgehabt, diesen ersten Stock später, wenn die Kinder aus dem Hause sein würden, zu vermieten, möglichst an ein ähnlich gestimmtes älteres Ehepaar. Niemand hatte allerdings damit gerechnet, daß sich so viel früher die Notwendigkeit dazu ergeben sollte. So hatte der erste Stock keine abschließbare Etagentür, und, was unangenehmer war, ein Raum für die Küche war zwar vorhanden, aber weder installiert noch eingerichtet.

Mit einer anderen Schwierigkeit hatte Sabine überhaupt nicht gerechnet: Sven weigerte sich nachdrücklich, sein »maritimes Zimmer« aufzugeben und ins Erdgeschoß zu ziehen. »Ich will mein Zimmer behalten«, wiederholte er immer wieder, »ich brauche es einfach.«

»Aber, Sven, du könntest es dir unten im Wohnzimmer gemütlich machen! Da steht das Radio und der Fernseher«, versuchte sie ihn zu ködern, »wäre das nicht wunderbar?«

»Überhaupt nicht. Da könnte ja jeder reinkommen und den Apparat anmachen, gerade wenn ich Schularbeiten machen will.«

»Ich bitte dich, Sven, wer sollte das schon tun? Ich bin doch den ganzen Tag bei Doktor Strathmann – und Vater ist in Traunstein.«

»Nicht für immer!«

»Das wollen wir aber schwer hoffen!« Sie fuhr ihrem Jüngsten durch die schwarzen Locken. Er zuckte vor dieser mütterlichen Zärtlichkeit zurück. »Was hast du denn?« fragte sie irritiert. »Bist du böse auf mich?«

»Ach was!« – »Ich hasse bloß diese doofe Schmuserei.«

»Schmuserei nennst du das?«

»Immerhin bin ich ein Mann.«

»Entschuldige«, bat sie mit übertriebener Betonung, um den Zwischenfall, der sie schmerzte, ins Lächerliche zu ziehen und so zu verharmlosen, »ich wollte deine männliche Würde nicht verletzen.«

»Schon verziehen.«

Sabine wandte sich wieder dem ursprünglichen Thema zu. »Aber gerade als Mann von Welt sollte es dich doch reizen, dir ein richtiges Herrenzimmer einzurichten.«

»Ich weiß schon, wie das aussehen würde. Du würdest mir irgend 'ne blöde Couch hineinstellen, und wenn's hochkäme, noch 'nen Kleiderschrank ... Und wenn ich schlafen will und ihr wollt fernsehen, dann müßte ich bis in die Nacht hinein aufbleiben.«

»Na, bisher war es doch immer umgekehrt«, erinnerte sie ihn, »du konntest nicht genug kriegen.«

»Über dieses Alter«, erklärte er mit Festigkeit, »bin ich inzwischen hinaus.«

Sabine wurde nachdenklich. »Komisch, es fällt mir jetzt erst auf: du hockst nicht mehr so viel zu Hause wie früher. Wo steckst du eigentlich dauernd?«

»Wo schon?« Sven hob theatralisch die Hände und ließ sie wieder fallen. »Mit dem Rad unterwegs. Mofa habe ich ja noch keins.«

»Ja, aber ... du kannst doch nicht den ganzen Tag nur so durch die Gegend strampeln?«

»Tu ich ja auch nicht.«

»Was dann?«

»Was Jungens so tun. Herrgott, Biene, was soll das eigentlich? Willst du mich verhören? Ich bin doch nicht dein einziger Sohn. Denk mal an Knut und Torsten! Was haben die denn die ganze Zeit gemacht?«

»Knut hat für die Schule gelernt und Sport getrieben. Torsten hat gebastelt und gemalt.«

»Haben sie dir erzählt!«

»Sven, jetzt sieh mich mal an. Hast du etwa schon was mit Mädchen?«

»Mädchen? Blödsinn!« Er brach in ein schallendes, nicht ganz natürliches Gelächter aus. »Mädchen wären das letzte, wofür ich mich interessieren würde.«

»Aber was treibst du denn?«

»Ich bin mit meinen Freunden zusammen ...«

»Mit Heinz und Alfons?«

Sven zögerte. »Mit denen auch.«

»Und was tut ihr?«

»Was denn schon? Es ist doch nichts los in Riesberg. Wir machen Quatsch.«

Sabine seufzte. »Ein Glück, daß die Schule bald wieder anfängt.«

»Du wiederholst dich.« Er duckte sich, weil er selbst merkte, daß er sich zuviel herausnahm.

»Sven«, sagte Sabine in verändertem Ton, »ich verstehe ja, daß es dir schwerfällt, dein Zimmer aufzugeben, aber du weißt doch, in was für einer Situation wir stecken. Jeder von uns muß Opfer bringen ... und du auch!«

»Ich hab ja schon gesagt, ich gehe von der Schule.«

»Und ich habe gesagt, daß ich das nicht will. Ein Opfer besteht ja nicht darin, daß man was aufgibt, was einem sowieso keinen Spaß mehr macht.«

»Aber was habe ich denn sonst noch? Doch bloß 'ne eigene Bude!«

Trotz aller zur Schau getragener Männlichkeit konnte Sven nicht verhindern, daß ihm Tränen in die Augen stiegen. »Und wenn ihr die mir jetzt auch noch nehmt, dann will ich überhaupt nicht mehr leben, für was denn dann noch!?«

Sabine war durch diesen Ausbruch betroffen, und es schien ihr plötzlich, daß sie zuviel von ihrem kleinen Sohn verlangte; vielleicht litt er stärker als seine großen Geschwister darunter, daß ihm der Vater und der Rückhalt eines intakten Elternhauses genommen worden waren. »Ich habe gar nicht geahnt, daß dir das so wichtig ist. Vielleicht sollten wir mal zusammen überlegen, wie wir zu einer anderen Lösung kommen können. Ich muß die erste Etage vermieten, soviel ist sicher. Aber da wäre noch Knuts Mansardenzimmer, das wollte ich eigentlich auch fortgeben, aber... ja, Sven, vielleicht wäre das eine Möglichkeit: willst du einen Stock höher ziehen?«

Auch über diesen Vorschlag war Sven nicht ganz glücklich. »Na, ja«, meinte er.

»Wir könnten umräumen«, fuhr Sabine eifrig fort, »wenn Knuts Einrichtung nicht dein Geschmack ist, dann räumen wir sie eben runter und deine Seemannsmöbel nach oben!«

»Dann habe ich aber immer noch kein Bullauge.«

Sabine mußte lachen. »Also weißt du... ehrlich... deine Sorgen möchte ich haben! Mal dir doch einfach selbst ein Bullauge! Ich bin sicher, daß du es fertigbringst!«

Svens Gesicht erhellte sich. »Darf ich das wirklich?«

»Aber ja. Ich spendiere dir sogar die Farben.«

»Nicht nötig. Die beschaffe ich mir schon selbst. Du, Biene, das ist eine dufte Idee! Dürfen meine Freunde mir helfen?«

»Mit Vergnügen. Ich bin dankbar für jeden Möbelpacker. Aber wir müssen es abends machen. Oder am Mittwoch nachmittag.«

»Ach wo, Mutti, dazu brauchen wir dich gar nicht«, behauptete Sven. »Das schaffen wir ganz allein!«

Tatsächlich war einige Tage später die Ummöblierung vollzogen. Sven stellte fest, daß sein neues Zimmer noch gemütlicher geworden war als das alte, und noch dazu lag es separat. Sabine war wieder eine Sorge losgeworden.

Ilona zeigte sich sehr viel verständnisvoller als Sven; sie zog sofort und ohne Murren aus ihrem Zimmer aus und quartierte sich, da sie sowieso nicht mehr lange in Riesberg bleiben würde, bei Sabine ein. Die beiden Frauen genossen die Vertraulichkeit, die aus dieser Situation entsprang. Sie kamen sich näher als je zuvor, näher als in den Zeiten, da Ilona noch ein Kind gewesen war, denn damals hatte sie immer mehr an ihrem Vater gehangen, und auch Arnold hatte seine Tochter ganz besonders geliebt. Vielleicht war gerade dadurch der schwelende Konflikt zwischen Mutter und Tochter entstanden. Obwohl Sabine sich nach Kräften dagegen gewehrt hatte, hatte sie in dem heranwachsenden und immer schöner werdenden Mädchen zuweilen so etwas wie eine Rivalin gesehen, während sie selbst in Ilonas Augen eine alte Frau war, die nichts mehr vom Leben zu erwarten hatte und sich entsprechend behandeln lassen mußte.

Jetzt hatte Ilona Glück und Leid der Liebe erfahren, sie war kein Mädchen mehr, glaubte die Männer – oder wenigstens einen Mann – durchschaut zu haben. Dadurch war sie Sabine nähergerückt; der Altersunterschied spielte kaum noch eine Rolle. Mutter und Tochter konnten sich wie Freundinnen unterhalten – über Arnold, über Oswald, über ihre Erlebnisse und ihre Hoffnungen. Beide genossen dieses Zusammensein um so mehr, als sie wußten, daß es nur von kurzer Dauer sein konnte. Sabine hätte Ilona am liebsten bei sich behalten, aber sie sah ein, daß sie in Riesberg nicht mehr froh werden konnte.

Am Freitag erschien Sabines Inserat, das den ersten Stock zur Vermietung anbot, im *Oberbayrischen Volksblatt*, und an diesem Wochenende klingelte häufig das Telefon. Zahlreiche Wohnungssuchende erschienen persönlich. Aber geeignete Mieter fanden sich nicht so schnell. Sabine wollte keine Leute aufnehmen, die ihr nicht sympathisch schienen. Meist aber scheiterte die Vermietung an der fehlenden Wohnungstür, der leeren Küche und an der Tatsache, daß Sven, da es keine zweite Treppe nach oben gab, den Auf- und Abgang durch den ersten Stock benutzen mußte.

Ein italienisches Ehepaar mit drei Kindern zeigte sich hell begeistert und bereit, alle Umständlichkeiten heiter in Kauf zu nehmen. Sabine hatte sie zuerst gar nicht hereinlassen mögen, denn sie wußte, daß ihre Nachbarn von Gastarbeitern nicht begeistert sein würden. Aber dann setzte sie sich doch über solche Vorurteile hinweg, denn die Italiener waren sauber und ordentlich gekleidet, und die Kinder benahmen sich manierlich. Seit Arnold verhaftet worden war, hatte man sie selber zur Außenseiterin gestempelt – was lag da näher, als sich mit den anderen »Außenseitern« zusammenzutun.

Sie kamen dann aber doch nicht zusammen, weil den Italienern der Preis, den Sabine forderte, zu hoch war. Sie verlegten sich aufs Handeln, und als Sabine ihnen entgegenkam, wiesen sie immer wieder auf Unzulänglichkeiten der Wohnung hin, die sie anfangs wenig gestört hatten. Sabine war halb enttäuscht, halb auch erleichtert, als sie endlich gingen.

Nach weiteren zeitraubenden Führungen und ergebnislosen Verhandlungen erschien dann am Sonntag nachmittag ein junges Paar, das auf Sabine einen ausgezeichneten Eindruck machte. Herr Weinert war Studienrat und für das nächste Schuljahr nach Riesberg versetzt worden. Er hatte ein freundliches, intelligentes Gesicht, eine hohe Stirn, von der das dunkle Haar, das er im Nacken ziemlich lang trug, zurückzuweichen begann, intelligente Augen hinter einer modernen Brille und einen kleinen, festen Mund. Er war sehr schlank und trug einen Midimantel mit breiten Revers, dazu einen künstlerischen

Schlapphut. Seine Frau wirkte unbedeutend neben ihm, sah ständig verliebt zu ihm auf und ließ ihm fast immer das Wort. Die beiden waren offensichtlich noch nicht lange verheiratet; sie war in anderen Umständen. Der junge Studienrat war mit allem, was er sah, zufrieden. Er gestand, daß sie bisher noch kaum eigene Möbel hatten, so daß ihm die vorhandenen sehr willkommen waren, falls dies und jenes Einzelstück weggeräumt werden könnte, wozu Sabine sich gerne bereit erklärte.

Die Belästigung durch Sven und die fehlende Etagentür wollte er in Kauf nehmen, um so lieber, als Sabine dem Paar als Gegenleistung den Aufenthalt im Garten anbot. Auch über die Küche einigte man sich. Herr Weinert wollte auf seine Kosten die Einrichtung, Herd und Kühlschrank besorgen, die dann später, bei einem eventuellen Auszug, in seinem Besitz bleiben würde. Er leistete eine Vorauszahlung von tausend Mark, die innerhalb eines Jahres mit der Miete verrechnet werden sollte. Er schrieb sofort einen entsprechenden Scheck aus. Sabine übernahm es, für die Installierung eines Spülbeckens zu sorgen.

Im Gartenzimmer tranken sie dann, im Beisein von Ilona und Sven, einen Schluck auf die Vereinbarung und ein harmonisches Mietverhältnis.

»Sind sie nicht nett?« fragte Sabine freudig, als das junge Ehepaar gegangen war. »Du, Ilo, ich bin richtig froh... bessere Mieter hätten wir gar nicht finden können!«

»Ich geh noch ein bißchen weg«, verkündete Sven und schlängelte sich zur Haustür.

»Aber komm nicht zu spät!« rief Sabine ihm nach. »Wie haben dir denn die Weinerts gefallen, Ilo?«

»Gut.«

»Das klingt ja nicht gerade begeistert.«

»Doch. Wirklich gut. Er macht ein bißchen auf Bohemien, damit man ihm nur ja nicht den Pauker schon an der Nasenspitze ansieht.«

»Das kann man doch verstehen... oder?«

»Schon. Aber ich frage mich nur – hast du es ihnen gesagt?«

»Was?«

»Das mit Vater.«

»Hätte ich ihnen das gleich auf die Nase binden sollen? Ich finde, das werden sie noch früh genug erfahren.«

»Ich habe ja nur gefragt.«

»Wäre es richtiger gewesen, ich hätte es ihnen gleich gesagt?«

»Ich weiß nicht.« Ilona legte ihrer Mutter den Arm um die Taille. »Ich bin ein richtiges Kamel. Nun habe ich dir wieder die ganze Freude verdorben.«

Sabine lächelte. »Halb so wild. Hauptsache, wir haben Mieter. Meinst du, ich kann jetzt mal versuchen, einen Klempner zu erreichen? Bei Doktor Strathmann telefoniere ich nicht gern.«

»Benimmt er sich immer noch so eklig?«

»Das kann man so nicht sagen. Er hat es schwer mit sich selbst.«

»Sei bloß vorsichtig... so was wirkt aufreizend!« sagte Ilona nekkend.

Sabine nahm es ernst. »Wie meinst du das?«

»Männer, die es schwer haben, wirken auf die meisten Frauen wie eine Aufforderung, es ihnen leicht zu machen.«

»So ein Unsinn. Wo hast du nur das wieder aufgeschnappt?«

»Habe ich mir selbst ausgedacht, und es stimmt trotzdem. Sei ehrlich, hast du nicht schon manchmal den Wunsch gehabt, ihn aufheitern oder wenigstens trösten zu müssen?«

»Ist das schlimm?«

»Schlimm nicht, aber gefährlich. Vom Mitleid bis zur Liebe ist es nur ein Schritt, und diese Erkenntnis ist nun wirklich nicht auf meinem Mist gewachsen.«

»Ach, hör auf!« Sabine zog sich einen Sessel heran und nahm sich das Telefonbuch.

Ilona beugte sich zu ihr herab. »Gib doch zu, daß er dir zumindest ein ganz klein bißchen gefällt!«

»Ich werde darüber nachdenken, sobald ich Zeit habe.« Sabine sah zu ihrer Tochter auf. »Meinst du, ich soll den Klempner anrufen, der unsere Küche installiert hat?«

»Warum nicht?«

»Ich möchte mir nicht gern einen Korb holen.«

»Dann laß es mich machen. Ich habe inzwischen ein dickes Fell bekommen, wie ein alter Elefant.«

Sabine wollte dieses Angebot zuerst ablehnen, merkte dann aber, daß es pure Heuchelei wäre, und sagte einfach: »Danke. Das ist sehr lieb von dir. Ich reiße mich wirklich nicht um neue Ärgernisse.«

»Was man dir nicht verdenken kann.« Ilona hängte sich ans Telefon, und tatsächlich blieben für diesmal die gefürchteten Schwierigkeiten aus. Der Installateur sagte sofort zu, einen Spültisch wie in der unteren Küche zu liefern und anzuschließen. Allerdings war das Modell inzwischen um zwanzig Prozent teurer geworden, aber damit hatte man ja rechnen müssen.

Sabine glaubte, einen großen Schritt aus ihrer mißlichen Lage heraus gemacht zu haben. Mit ihrem Gehalt und der zu erwartenden Miete hatte sie den finanziellen Engpaß schon fast überwunden. Jetzt hoffte sie nur noch, daß Torsten sein Versprechen wahrmachen würde.

Torsten hatte sich, nach der Aussprache mit seiner Mutter, ernsthaft um eine Anstellung bemüht, aber, anders als er erwartet hatte, war ihm kein Erfolg beschieden gewesen. Früher, als er noch nicht daran gedacht hatte zu arbeiten, hatte er immer wieder Angebote bekommen. Jetzt, als er die Freunde, die in gut dotierten Stellungen saßen, beim Wort nehmen wollte, stieß er allenthalben auf nichts als Ablehnung und Vertröstung. Endlich verlor er die Geduld. »Ich verstehe euch nicht«, brüllte er und schlug mit der Faust auf den knallroten

Kunststoffschreibtisch des Werbebüros *Modern Advertising*, in dem er gerade vorsprach, »erst behauptet ihr immer, daß ihr nach kreativen Kräften lechzt, und kaum erklärt sich einer bereit, seine Fähigkeiten in euren Saftladen zu stecken...«

Sein Gesprächspartner, Herbert Kramer, ein sehr dezent auf die feine englische Art gekleideter junger Mann, fiel ihm energisch, doch ohne Unmut ins Wort: »Kreative Kräfte, ja... aber doch keine Genies!«

Torsten blieb der Mund vor Überraschung offen stehen. »Willst du damit etwa behaupten, ich sei eins?«

Kramer grinste. »Das muß die Nachwelt entscheiden. Jedenfalls gibst du dich so.« Er schob ihm die Tischdose mit den Zigaraetten hin. »Und Genies mögen so produktiv und kreativ sein, wie sie wollen – in einen Betrieb unserer Zeit passen sie nicht. Wir sind hier vorwiegend auf Teamwork eingestellt.«

Torsten schüttelte die blonde Löwenmähne. »Das sind doch alles nur Ausreden.«

»Dein Pech, wenn du mir nicht glaubst. Tatsache ist: nicht mal Picasso persönlich bekäme bei uns eine feste Anstellung. Vielleicht dürfte er freiberuflich mitarbeiten. Das wäre aber auch das höchste der Gefühle. Wäre das nicht was für dich?«

»Nein. Ich brauche ein regelmäßiges Einkommen.«

»Willst du etwa heiraten?«

»Und wenn ich nun sage... ja? Wenn ich dir erzähle, daß mein Mädchen ein Kind erwartet?«

»Dann würde ich sagen, daß dir das gar nicht ähnlich sieht.«

»Und recht hast du.« Torsten lehnte sich zurück und schlug die Beine übereinander. »Sag mir ehrlich, Herb, was mache ich falsch? Du weißt doch, daß ich was kann. Ich bin unverbraucht, habe jede Menge Ideen... und wenn ich mich wo hineinwerfe, bin ich auch fleißig.«

»Das bezweifle ich gar nicht.« Kramer ließ ein goldenes Feuerzeug aufflammen und zündete sich eine Zigarette an. »Aber so, wie du bist, paßt du in kein Team. Oder, besser gesagt, du wirkst so.«

»Ich lebe in einer Kommune, Herb, und ich sage dir, wenn du da nicht lernst, dich anzupassen, lernst du es nie.«

»Ja, ich weiß. Aber Kommune ist schon schlecht. Glaub nur nicht, daß ich persönlich etwas gegen deinen Lebensstil habe. Von mir aus kann jeder nach seiner Fasson selig werden, wie der alte Preuße zu sagen pflegte.« Er drückte seine Zigarette aus und erhob sich. »Ich schätze dich, Torro, aber wir sind ein junges, expansives Unternehmen und können uns eine Figur wie dich einfach nicht leisten.«

Torsten dachte nicht daran, nun seinerseits aufzustehen. »Du meinst, ich sollte es lieber bei einem Betrieb mit Tradition versuchen?« Er kratzte sich hinter dem Ohr. »Aber zu denen habe ich überhaupt keine Beziehungen.«

»Da würden dir auch Beziehungen nichts nützen.«

Torsten schnitt eine kleine Grimasse, während er zu Kramer aufblickte. »Du hältst mich also für einen hoffnungslosen Fall? Ich brauche Geld, Herb, ganz dringend.«

»Weil du es bist!« Kramer zog seine Brieftasche. »Ich werde dir einen Hunderter leihen.«

»Das nutzt mir zwar auch nichts, aber, bitte, gib her!« Torsten nahm ihm den Geldschein ab und ließ ihn in der Tasche seiner schmuddeligen grauen Leinenhose verschwinden. »Mit einem guten Tip wäre mir mehr gedient.«

Kramer hob die Augenbrauen. »Du lechzt also tatsächlich nach der Tretmühle?«

»So könnte man es nennen.«

»Dann paß mal auf: es ist fein, ein Genie zu sein...«

»Ach, hör doch auf damit!«

»... aber das Mittelmaß hat Vorfahrt. Ich weiß, du kannst nicht aus deiner Haut. Aber versuch wenigstens, dein Genie zu tarnen. Solange man nichts davon merkt, schadet es ja auch nichts.«

»Auf gut deutsch: du suchst einen Blödmann.«

»Nein, Torro, ich suche zuverlässige, intelligente, kreative Mitarbeiter, deren Eigenwilligkeit sich in Grenzen hält. Sie müssen imstande sein, sich in die Mentalität unserer Auftraggeber, der Geschäftsleute, Kapitalisten, Manager zu versetzen und in die der angepeilten Käufer. Und darüber hinaus müssen sie den Auftraggebern klarmachen, mit welcher Masche sie die Käufer am besten manipulieren können.«

»Und warum sollte mir das nicht liegen?«

»Ja, warum nicht! Ich traue dir durchaus zu, daß dir ein Entwurf gelingt, der einen unserer Auftraggeber glatt vom Stuhl reißt. Was aber, wenn der dann den berechtigten Wunsch äußert: Ich will den Mann sehen, dem das tolle Ding gelungen ist! Dich könnten wir doch nicht vorzeigen. Dein Anblick würde jedem braven Bürger den Schock seines Lebens verpassen. Wir könnten dich aber doch auch nicht dauernd wie ein Rumpelstilzchen verstecken.«

Torsten blinzelte mißtrauisch durch seine Ponyfransen. »Du verlangst von mir, daß ich mir das Haar abschneiden lasse?«

»Ich verlange gar nichts, Torro. Du bist mir lieb und wert, so wie du bist. Ich finde es fabelhaft, daß es Individualisten wie dich gibt. Bloß darfst du nicht erwarten, daß du in diesem Aufzug Eingang in die Welt der Normalen findest.«

»Wer ist schon normal?«

»Wer sich nach der Norm richtet. Und die Norm sind Männer mit, wenn schon Bart, gestutztem Bart, und wenn schon langem Haar, dann gepflegtem, mit sauberen Hosen und mit Strümpfen in den Schuhen.«

Torsten starrte wehmütig auf seine grau bestaubten Zehen, die er in den offenen Sandalen spielen ließ. »Das wird das Ende eurer Freiheit.«

»Glaub bloß nicht, daß ich dich vergewaltigen will, alter Junge. Selbst wenn du als gezähmter Löwe hier erscheinst, kann ich dir keine

Anstellung versprechen. Ich habe ja nicht allein darüber zu bestimmen. Aber ich könnte mich stark machen, dich den entscheidenden Herren vorzuführen. Und bring deine letzten Arbeiten mit! Auch wenn sie nicht zu Werbezwecken bestimmt sind, kann man doch was daraus ersehen.«

Torsten erhob sich langsam, als habe er eine schwere Last emporzustemmen. »Willst du es dir überlegen?« fragte Kramer.

Torsten seufzte. »Du scheinst meine Situation immer noch zu verkennen. Mir bleibt gar keine Wahl. Ich muß mich ins Joch zwängen.« Schon nahe der Tür blieb er stehen und drehte sich um. »Könntest du vielleicht noch etwas tiefer in die Tasche greifen, Herb? Für einen Hunderter kann ich mich nicht in einen anderen Menschen verwandeln.« Kramer zögerte. »Du kriegst es wieder«, drängte Torsten, »unter Garantie. Denn ob bei euch oder anderswo, ich bekomme meinen Job. Du weißt nicht, wozu ich fähig bin, wenn ich mir was in den Kopf gesetzt habe.«

»Ich beginne es zu ahnen.« Kramer zückte zum zweitenmal seine Brieftasche, gab Torsten einen Fünfzigmarkschein und, als dieser weiter die Hand offen hielt, noch einen zweiten. »Du, ich brauche das Geld aber wirklich zurück, sonst gerate ich in eine Klemme. Wir haben keine Notenpresse im Keller.«

»Ich weiß, ich weiß!« Torsten knallte ihm die Pranke auf die Schulter, daß er zusammenzuckte. »Du wirst es nicht bereuen. Sobald es geklappt hat, mache ich ein Riesenfaß auf. Also dann ... bis später! Kann ich heute nachmittag noch mal reinschauen?«

Kramer ging zum Schreibtisch zurück und blätterte in seinem Terminkalender. »Nach vier Uhr.«

Torsten lachte breit. »Na siehst du! Dein Geld beginnt schon Früchte zu tragen!«

Kramer verstand ihn nicht. »Wieso?«

»Liegt doch auf der Hand. Hättest du's mir nicht gegeben, würdest du nicht daran denken, dich in ein paar Stunden noch mal mit mir zu befassen. Aber wie die Dinge stehen, hast du jetzt fast so viel Interesse wie ich daran, daß ich bei euch unterkomme ... stimmt's!«

»Du bist ja ein ganz schlauer Schurke«, stellte Kramer erheitert und doch gleichzeitig irritiert fest. »Jetzt zieh aber Leine, und laß dir bloß nicht einfallen, noch einen deiner Tricks an mir auszuprobieren!«

Torstens Rechnung ging auf. Er bekam eine Anstellung als Designer und Grafiker bei der *Modern Advertising*, zwar mit einem Anfängergehalt, aber immerhin mit einem Vorschuß, von dem er gleich die Hälfte des geliehenen Geldes an Kramer zurückzahlen konnte. Bevor er nach Hause fuhr, tätigte er einen Rieseneinkauf im Supermarkt, um mit seinen Freunden und Freundinnen den Abschied von der Kommune und den Eintritt ins bürgerliche Leben zu feiern. Er war mit Plastiktüten und Flaschen dermaßen belastet, daß er nicht aufschließen konnte, sondern an der Wohnungstür klingeln mußte.

Brandy öffnete ihm; sie riß die grünen, mit schwarzen Balken umrandeten Augen unnatürlich weit auf und trat so jäh zurück, als fürchte sie sich vor ihm. »Du?«

»Na, was ist? Willst du mir nicht was abnehmen?«

Aber sie dachte nicht daran. »Was ist denn mit dir passiert?«

»Ich habe gebadet und war beim Friseur. Was ist daran so Schreckliches?«

»Du siehst aus wie ... wie Jesus Christ Superstar.«

»Na wenn schon. Ich kann mir Schlimmeres vorstellen.« Er war eingetreten und schob die Tür mit der Schulter hinter sich zu; die große Wohnung wirkte verlassen. »Wo sind denn die anderen?«

»Auf einer Fete. Bipo hat ein Bild verkauft, und das feiern sie.«

»Na fabelhaft. Und warum bist du nicht mit?«

»Ich habe auf dich gewartet. Sonst wüßtest du doch gar nicht ...«

»Ein Zettel hätte auch genügt.« Torsten betrat die große, ehemals hochherrschaftliche Küche, in der sich die gebrauchten Teller im Spülstein stapelten. »Das sieht mal wieder aus! Wer hat denn heute Küchendienst?« Er stellte die Tüten und Flaschen auf den Tisch.

»Dolly und ich.«

»Da hättest du dich aber doch schon mal an die Arbeit machen können.«

»Ohne Dolly?«

»Mein liebes Kind, wie oft soll ich dir noch sagen, daß das Leben in einer Kommune nur dann klappen kann, wenn jeder sein Bestes tut, seine Pflichten mit Freude erfüllt und nicht auf seine Rechte pocht?«

»Das sag mal der Dolly. Sie ist es doch, die sich drückt!«

»Du bist eine Landplage.«

Brandys gespanntes kleines Gesicht wurde plötzlich ganz weich. »Oh, Torro, so was darfst du aber nicht sagen ... Du meinst es doch gar nicht so.«

»Wer weißt!« Torsten war enttäuscht, daß er die Freunde nicht vorgefunden hatte, gleichzeitig aber auch erleichtert. Es war nicht ihr Spott, den er fürchtete, sondern er hatte schlicht Angst, seine gute neue Hose könne bei der Abschiedsparty Schaden nehmen. Da es seine einzige war, bestand für ihn nicht die Möglichkeit, sie in die Reinigung zu schicken – sich eine neue zu kaufen, daran war bei seiner gespannten Finanzlage noch weniger zu denken. »Jedenfalls habe ich jetzt Hunger«, erklärte er, zog eine Stange Weißbrot heraus, brach die Spitze ab und öffnete die Tischschublade, um ein Messer zu holen, fand aber das einzige scharfe Exemplar im Spülstein.

»Wollen wir nicht zu Bipo?« fragte Brandy.

Torsten wischte das Messer ab. »Geh nur.«

»Kommst du nicht mit?«

Torsten nahm sich eine Dauerwurst, schnitt eine dicke Scheibe herunter und steckte sie sich in den Mund. »Du kannst ihnen das Zeugs bringen.« Mit einer großzügigen Geste fügte er hinzu: »Das andere.« Er öffnete den Verschluß einer Bierflasche an der Fensterbank und setzte sie an den Mund.

»Ohne dich macht's mir keinen Spaß.«

»Das sollte mir leid tun. Du wirst dich an meine Abwesenheit gewöhnen müssen.«

Brandy ließ sich auf den Küchenstuhl sinken und sah ihn an. »Ich hab's gewußt... gleich, als deine Mutter auftauchte, hab' ich es gewußt: das bedeutet Unheil!«

»Vielleicht solltest du es mal mit Kartenaufschlagen versuchen«, spottete er, »in der Rolle bist du gut.«

»Du willst nach Hause?«

»Überhaupt nicht. Ich ziehe bloß hier aus, das ist alles.«

»Aber warum, Torro? Warum?«

»Du solltest lieber auch was essen, anstatt dumme Fragen zu stellen.«

»Hast du dich verliebt?«

»Das mußte ja kommen. Das einzige Thema, um das die Gedanken eurer Spatzenhirne kreisen.«

»Hast du, Torro?«

»Nein.«

»Gott sei Dank... dann kann noch alles gut werden!«

»Das wollen wir hoffen. Aber gibt dich keinen Illusionen hin, Brandy. Nicht mit uns beiden. Für uns ist das der Abschied.«

»Oh, Torro, Torro, warum bist du so böse zu mir? Was habe ich dir nur getan?«

»Gar nichts. Warum mußt du alles immer so persönlich nehmen? Kannst du denn nicht verstehen, daß im Leben eines Mannes Entscheidungen fallen, die von Sentimentalitäten ganz unabhängig sind?«

Brandy blickte in ihren Schoß. »Ich weiß bloß, daß ich dich furchtbar liebe.«

»Und ich habe dir schon hundertmal gesagt, daß das völlig unzeitgemäß ist. Deine sogenannte Liebe ist ein Relikt aus der kleinbürgerlichen Sphäre, die du und ich doch längst überwunden haben sollten.«

»Aber du kehrst doch dahin zurück.«

»Fehlanzeige. Ich gehe voran. Das Kleinbürgertum habe ich weit hinter mir gelassen.«

»Torro, was hast du vor?«

»Vielleicht will ich Karriere machen. Sieh mich nicht so an! Warum sollte ich nicht? Und Karrieristen, das müßtest du wissen, haben es nicht mit der Liebe. Sie gehen keine Bindungen ein, es sei denn mit einem Mädchen, das ihnen eine Stufe, möglichst mehrere, auf der Erfolgsleiter vorwärtshelfen kann.«

»Mein Vater hat Geld.«

»Und davon lebst du. Das ist mir längst bekannt. Aber selbst wenn dein Vater Millionär wäre – was könnte ein Mädchen wie du mir nützen, das die Zeit mit Haschen, Träumen, Lieben und Gitarreklimpern totschlägt? Sieh dich bloß mal in diesem Saustall um! Wenn die anderen nicht so großzügig wären, hätten sie dich längst aus der Kommune geschmissen.«

Brandys Augen blitzten auf. »Großzügig nennst du das? Die brauchen mich doch. Wenn gar kein Geld mehr da ist, kann ich ihnen immer noch aushelfen.«

»Und das genügt dir?« Torsten hatte sich, nachdem er ihn vorher sorgfältig abgerieben hatte, auf den Tisch geschwungen, aß und trank mit gutem Appetit und redete unbekümmert mit vollem Mund. »Deines Geldes wegen geduldet zu werden? Genauer gesagt ist es ja gar nicht dein Geld, sondern es sind die Almosen deines Vaters.«

»Du hast bisher auch ganz gern davon profitiert.« Brandy schlug sich die Hand vor den Mund. »Nicht böse sein, bitte ... das hatte ich nicht sagen wollen.«

»Oh, tu dir nur keinen Zwang an, es ist ja die Wahrheit. Schon möglich, daß der Augenblick der Wahrheit zwischen uns gekommen ist. Rechnen wir also miteinander ab, wenn es sein muß. Ich bin einverstanden.«

»Torro, ich habe dich um Verzeihung gebeten. Verlangst du, daß ich vor dir auf dem Boden herumrutsche?«

»Ich möchte nichts anderes, als daß du wie ein vernünftiger Mensch zur Kenntnis nimmst, daß es aus ist. Ich finde es idiotisch, wenn wir uns den Abschied noch schwerer machen, indem wir uns allerhand Gemeinheiten an den Kopf werfen.«

Sie legte die Wange an sein Knie und sah zu ihm auf. »Er fällt dir also auch schwer?«

»Ja, verdammt noch mal! Glaubst du, es macht mir Spaß, dies alles hier aufzugeben? Meine Freiheit, dich, die Freunde, den Spaß? Bildest du dir ein, ich könnte mir nichts Schöneres denken, als Morgen für Morgen ins Büro zu trotten?«

Sie rieb ihre Wange an ihm. »Warum tust du es dann?«

»Das zu erklären, würde zu weit führen. Du würdest es doch nicht verstehen.«

Sie umklammerte mit beiden Händen seine Unterschenkel. »Nimm mich mit, Torro! Auch ich kann mich ändern.«

»Nein!« Er versuchte, sie abzuwehren, aber sie gab ihn nicht frei. »Kommt nicht in Frage. Ich kann dich einfach nicht brauchen, Brandy. Jetzt und hier haben wir zueinander gepaßt ... auch das nicht, aber wir sind miteinander ausgekommen. In meinem neuen Leben ist kein Platz für dich.«

»Und wenn ich mich klein wie ein Mäuschen mache?«

»Hör auf damit, Brandy! Ein Nein ist ein Nein. Nimm es zur Kenntnis, und benimm dich nicht wie ein verwöhntes Kind.« Er drückte ihre Handgelenke mit so schmerzhaft festem Griff, daß sie ihn loslassen mußte.

»Au!« rief sie. »Das ist brutal!« Er achtete nicht darauf, ließ sich vom Tisch gleiten und verließ die Küche. Sie folgte ihm in sein altes Zimmer, sah ihm, gegen die Tür gelehnt, zu, wie er seine Skizzen und Collagen, eine nach der anderen, von den Wänden löste. Mit ihrem weiß geschminkten Gesicht und den brandroten Löckchen, den dicht umtuschten Augen und den leuchtend gefärbten, leicht verschmierten Lippen war sie eine tragische kleine Figur; sie wirkte wie ein Clown, der seine Traurigkeit hinter einer Maske zu verbergen sucht. Ihre Anwesenheit störte ihn, aber er tat so, als bemerke er sie gar nicht.

»Ich habe begriffen«, sagte sie nach einer langen Pause mit leiser, ein wenig heiserer Stimme. Er hielt es für klüger, nicht darauf einzugehen. »Vielleicht ist es sogar besser, wenn man sich trennt, bevor man sich restlos auf die Nerven geht«, fuhr sie nach einer Weile fort. Er sagte immer noch nichts. Sie kam auf ihn zu und legte ihm die Hände um den Hals; ihre weiten, bunten Ärmel fielen zurück und gaben ihre dünnen, weißen Ärmchen frei. »Aber du könntest mich doch wenigstens noch einmal in die Arme nehmen«, bettelte sie.

»Schlafen, meinst du?«

Unter ihrer dicken Schminkschicht flutete ihre Röte vom Hals her in das Gesicht. »Ja«, sagte sie, »bitte nur noch ein einziges Mal!«

»Das wäre grausam!«

»Sei grausam!«

Er hatte einen Teil seiner Zeichnungen in der Hand, so daß er sich nicht von ihr befreien konnte. »Nein. Wenn ich's täte und sagte dabei: ›Dies ist das letzte Mal!‹, so wäre das schon gemein. Aber du würdest es nicht glauben. Du würdest dir einbilden, du könntest mich doch noch rumkriegen. Du würdest alles, was du geben kannst, in diese eine Nummer legen. Aber nachher wäre es noch schlimmer als jetzt. Du wärst enttäuscht und müßtest an dir selbst zweifeln.«

»Lassen wir es darauf ankommen!« Sie drückte ihre Lippen auf seinen Mund, ließ ihre kleine flinke Zunge spielen, und als er die Zähne zusammenbiß, tastete ihre Hand nach unten.

»Das langt«, sagte er, und sein Ton war derart eisig, daß sie zusammenzuckte und sich von ihm löste. Nach einem letzten betrübten Blick verließ sie das Zimmer. Er redete sich ein, daß es ihm nichts ausmache und pfiff munter vor sich hin, während er seine Arbeiten einsammelte. Danach sah er sich um, ob er sonst noch etwas mitnehmen mußte, hob nach einigem Zögern seinen total vergammelten Trenchcoat vom Ständer; der Herbst stand vor der Tür, und ein abgerissener Mantel war immer noch besser als gar keiner.

Dann ging er. Er suchte nicht mehr nach Brandy, denn er wußte ohnehin, daß sie sich, wie immer, wenn sie mit den Problemen der Wirklichkeit allzu heftig konfrontiert worden war, in den Haschrausch geflüchtet hatte, der ihr zwar keine Lösung ihrer Probleme brachte, dafür aber den Eingang in die Scheinwelt schöner Träume öffnete.

Knut hatte bis zu Beginn des Wintersemesters eine Stellung als Aushilfspacker im Warenhaus angenommen. Obwohl er abends müde genug und angeödet von dem primitiven Gerede am Arbeitsplatz war, griff er zu, als sich ihm die Möglichkeit bot, anschließend als Handlanger einer Anstreicherkolonne Schwarzarbeit zu übernehmen. Da er auf keine Unterstützung von zu Hause mehr rechnen konnte und sein Stipendium nur gerade eben als Existenzgrundlage ausreichte, wollte er, bevor er wieder ins Studium ging, jeden Pfennig zusammenraffen. Er kam gegen Mitternacht nach Hause, mit schmerzenden Knochen und leicht betäubt von den vielen Flaschen Bier, die der Auftraggeber spendiert hatte. Mit Mühe gelang es ihm, die Wohnungstür leise aufzuschließen. Er streifte die Schuhe von den Füßen und schlich sich auf Zehenspitzen zu seinem möblierten Zimmer.

Seit seinem zweiten Semester wohnte Knut in Untermiete bei einer Witwe Unterhuber in der Tengstraße. Die Wohnung war für seine Bedürfnisse nahezu ideal gelegen und, was noch wichtiger war, die Miete war, da Frau Unterhuber eine gute Pension bezog, nicht überhöht. So war es nicht nur ein Gebot der Höflichkeit, sondern auch der Klugheit, auf die Ruhe und das Behagen der Hausfrau jede Rücksicht zu nehmen.

Ohne im Flur Licht zu machen, öffnete Knut die Tür zu seinem Zimmer, schlich hinein, setzte seine Schuhe ab und betätigte dann erst den Schalter. Er glaubte seinen Augen nicht zu trauen, als er das schmale Sofa, das an der Wand gegenüber seinem Bett stand, nicht nur bezogen, sondern offensichtlich auch belegt vorfand. Sein erster Gedanke war, daß eine seiner Freundinnen, womöglich von zu Hause hinausgeworfen, bei ihm Unterschlupf gesucht hatte, und blitzschnell ging er im Geiste sämtliche Adressen seines Notizbuches durch. Doch es wurde ihm klar, daß das nicht sein konnte, denn ein Mädchen hätte Frau Unterhuber bestimmt nicht zu ihm hereingelassen. Hatte sie etwa einen ihrer Neffen bei ihm einquartiert? Die Vorstellung machte ihn wütend. Dennoch wagte er nicht, Krach zu schlagen, weil seine Wirtin ihm auch schon manchen Gefallen getan hatte.

Er näherte sich dem provisorischen Bett, zog vorsichtig die Decke vom Gesicht des Schäfers und erkannte seinen Bruder. Sofort war es mit seiner Rücksichtnahme vorbei. »Torsten!« rief er und schüttelte ihn bei der Schulter. »Wie kommst du hierher?! Was fällt dir ein?«

Torsten hob mit Anstrengung die schlafschweren Lider, blinzelte und öffnete die blauen Augen. »'n Abend, Brüderchen«, sagte er gelassen und gähnte.

»Ich will wissen...«, brüllte Knut.

Torsten fiel ihm ins Wort. »Nur sachte, Junge, immer mit der Ruhe, und stell deinen Lautsprecher auf Zimmerstärke!«

»Ich will wissen...«, wiederholte Knut flüsternd, aber sehr scharf.

Wieder ließ Torsten ihn nicht aussprechen. »Sollst du ja«, versprach er freundlich, schüttelte seine immer noch schulterlange blonde Mähne zurecht und fuhr sich glättend über seinen vollen Bart. »Deine Hausfrau war so freundlich, mir hier Quartier zu geben. Eine prächtige Person übrigens, deine Frau Unterhuber.«

»Aber dies ist mein Zimmer! Sie hat gar nicht das Recht, irgend jemanden hereinzulassen!«

»Erzähl ihr das doch alles morgen früh selbst«, schlug Torsten vor.

»Allerdings wirst du damit die Sympathie der alten Dame verscherzen. Sie hält dich nämlich für einen Menschen mit Familiensinn.«

Knut ließ sich auf sein eigenes Bett sinken. »Du Schuft!«

»Danke«, sagte Torsten ungerührt, »kann ich jetzt weiterschlafen?«

»Erst wünsche ich eine Erklärung, was das alles zu bedeuten hat. Bist du aus der Kommune geflogen?«

»Ich habe mich absentiert. Da ich entschlossen bin, ein bürgerliches Leben zu beginnen, brauche ich eine ehrbare Adresse und eine wohlanständige Unterkunft. Und beides finde ich hier bei dir.«

»Und wie lange gedenkst du zu bleiben?«

»Nur keine Bange. Nicht für immer. Höchstens ein paar Monate.«

Knut hatte seine Hose ausgezogen und schwang sie jetzt so, als wolle er Torsten mit der Gürtelschnalle treffen, legte sie dann aber ordentlich in ihre Falten, glättete sie und hängte sie über die Stuhllehne. »Du mußt wahnsinnig sein. Nein, nein, mein lieber Junge, daraus wird nichts. Gleich morgen früh packst du deine sieben Zwetschgen und ziehst Leine.«

»Hast du dir gedacht.«

Knut verlegte sich aufs Bitten. »Torsten, hör mal, wir beide auf einem Zimmer – das geht doch nicht! Die Zeiten liegen doch nun glücklich hinter uns. Ich brauche einfach einen eigenen Raum zum Arbeiten und...«

»Wenn du Mädchenbesuch erwartest, verdünnisier ich mich!«

»Mädchenbesuche würde Frau Unterhuber nie erlauben. Das ist der einzige Punkt, über den sie nicht mit sich reden läßt.«

»Dann verstehe ich noch weniger, weshalb du dein Zimmer nicht mit mir teilen willst.«

»Weil es mir gehört! Ich habe es organisiert, ich zahle die Miete... ich, ich, ich!«

Torsten setzte sich in seinem Notbett auf und gähnte abermals; er trug keinen Schlafanzug, seine Brust war dicht und blond behaart. »Das ist ja ein wahrer Song der Ichsucht, den du da von dir gibst!«

»Und du scheinst durch dein Kommunardenleben alle Spielregeln verlernt zu haben!«

»Tit, tit, tit«, machte Torsten und schüttelte den Kopf, »mein lieber Junge, mir scheint, du gehst von der grundlegend falschen Voraussetzung aus, daß es mich freut, den bürgerlichen Mief mit dir zu teilen. Nichts liegt mir ferner!«

»Aber warum denn?«

»Wenn ich dir nicht ansähe, daß du total übermüdet bist, müßte ich annehmen, du seist verblödet! Weil Vater im Knast sitzt und Biene Geld braucht... darum! Deshalb habe ich einen Job bei der *Modern Advertising* angenommen. Um mich da zu halten, muß ich mir dringend ein paar Klamotten anschaffen. Wenn ich mir aber außerdem noch ein eigenes Zimmer nehmen muß, dann bleibt doch wieder nichts für Biene übrig. Dann hätte ich genausogut die ganzen Anstrengungen unterlassen können.«

Jetzt war Knut beeindruckt. »Du hast also tatsächlich alles aufgegeben, um Biene zu helfen?«

»Das ist doch wohl selbstverständlich.«

»Donnerwetter. Hätte ich dir nicht zugetraut.« Knut hatte seinen blau-weiß gestreiften Pyjama angezogen, aus dem er längst herausgewachsen war, und schlüpfte in sein Bett. »Allerdings«, fügte er verteidigend hinzu, »ich habe auch die Konsequenzen aus der häuslichen Misere gezogen und auf alle familiären Unterstützungen verzichtet.«

»Jeder so gut er kann«, brummte Torsten, zog die Decke über den Kopf und schnarchte ostentativ. Knut knipste das Licht aus und war fünf Minuten später eingeschlafen.

Das Hotel in Opatija war um die Jahrhundertwende gebaut worden, ein riesiger schloßartiger Kasten mit hohen, großen Zimmern, die völlig renoviert worden waren. Hier würde es Ralf gefallen, dachte Ethel, als die Hotelsekretärin sie auf ihr Zimmer führte, aber sofort ärgerte sie sich über sich selbst, denn sie hatte sich fest vorgenommen, ihn zu vergessen.

Unterhalb ihres Fensters lag das Salzwasserschwimmbecken, weiter links erstreckten sich die Terrassen, auf denen es ein Musikpodium und eine Tanzfläche gab, dahinter dehnte sich das ansichtskartenblaue Mittelmeer. Die Luft war warm, die herbstliche Sonne hatte hier unten im Süden noch Kraft. Es war alles so, wie es der Prospekt versprochen und wie Ethel es sich erträumt hatte – nur, daß Ralf nicht bei ihr war. Aber dann begann sie doch, wider Erwarten, diesen ersten Urlaub nach Jahren zu genießen, bei dem sie tun und lassen konnte, was sie wollte, ohne auf einen Partner Rücksicht zu nehmen. Sie schwamm weit hinaus – Ralf hätte sie bestimmt vor Haien gewarnt –, blieb auch mittags am Strand und unternahm, sobald es kühler wurde, weite Spaziergänge durch den malerischen Ort oder auf den schmalen gepflasterten Fußwegen am Meer, vorbei an den Gärten schöner alter Häuser. Sie las auch viel.

Erst nach Tagen, als ihre Haut schon eine gleichmäßige, goldbraune Tönung angenommen hatte, wagte sie sich abends auf die Terrassen, wo zu den Klängen einer kleinen Band getanzt wurde. Von den Tischen, die in der Hochsaison überfüllt gewesen waren, waren jetzt nur einige wenige besetzt. Ethel nahm weit von der Tanzfläche entfernt Platz, um nur ja niemanden auf den Gedanken zu bringen, daß sie aufgefordert zu werden wünschte oder gar ein Abenteuer suchte. Sie bestellte sich ein Viertel dalmatinischen Rotweins, trank langsam, zündete sich eine Zigarette an und beobachtete die Spaziergänger auf dem Uferweg, die anderen Gäste, die Musiker und die Tanzenden.

Als ein junger Mann sich vor ihr verbeugte, war sie ehrlich überrascht und nahe daran, abzulehnen. Aber dann fand sie ihre Haltung albern, lächelte und folgte ihm zur Tanzfläche. Schließlich war sie im Urlaub und hatte ein Recht, sich zu amüsieren. Außerdem gab es niemanden mehr, dem sie Rechenschaft schuldig war. Ralf würde es nur recht geschehen, wenn sie ihn betrog – aber wie konnte sie ihn denn betrügen, da alles zwischen ihnen aus war!

In den ersten Minuten nach der Bekanntschaft wäre Ethel tatsächlich bereit gewesen – obwohl sie sich das später nicht mehr zugab –, sich in einen ziemlich weitgehenden Flirt einzulassen. Dann aber stellte sie fest, daß der junge Mann mindestens zehn Jahre jünger war als sie. Er sah nett aus, blödelte herzerfrischend, kam aber doch als Partner nicht einmal im Spaß für Ethel in Frage. Er machte sie mit seinen beiden Freunden bekannt, die mit ihm in Opatija, allerdings in einem wesentlich einfacheren Hotel, wohnten. Vermutlich waren sie kaufmännische Angestellte.

Allein hatte sie sich ganz wohl gefühlt, sie hatte geträumt und war ihren Gedanken nachgegangen. In der Gegenwart der jungen Männer kam sie sich alt und einsam vor. Es kostete sie Mühe, auf ihren ausgelassenen Ton einzugehen, und die Mundwinkel schmerzten sie vom allzu angestrengten Lachen. Sie versuchte, soviel Abstand wie möglich zu wahren. Aber es gelang ihr in den nächsten Tagen nicht mehr, die jungen Leute abzuschütteln, auch wenn sie einer festen Verabredung auswich, ergab sich immer wieder – zufällig oder bewußt von ihnen herbeigeführt – ein Treffen: im Wasser, beim Minigolf oder in einem Café. Ethel war das höchst lästig. Trotzdem mußte sie sich eingestehen, daß sie unruhig wurde, sobald die drei einen Tag lang ihren Weg nicht gekreuzt hatten. Obwohl sie sich nichts aus ihnen machte, verletzte es ihre Eitelkeit, wenn sie fürchten mußte, ihnen langweilig geworden zu sein.

So vergingen die Tage. Sie war schon eine Woche in Opatija, als sie sich spätnachmittags, wie üblich, am hoteleigenen Swimming-pool aufhielt, denn hier blieb es länger warm als unten am Meer. Sie lag auf dem Bauch und schmökerte in einem Krimi. Da fiel ein Schatten auf ihr Buch. Jemand frage: »Darf ich?« Im ersten Augenblick glaube sie nichts anderes, als daß einer ihrer jungen Freunde aufgetaucht sei, und sie antwortete, mit halb gespieltem Unwillen: »Nicht schon wieder!« Erst dann wurde ihr bewußt, daß die Stimme anders geklungen hatte, und sie setzte sich und blickte auf.

Sie sah Ralf Heilmann, der, als sei das die selbstverständlichste Sache der Welt, ein Badetuch ausgebreitet hatte und im Begriff war, es sich neben ihr bequem zu machen. Ihre Überraschung war so groß, daß sie der Welle von Freude, die sie überflutete, nichts entgegenzusetzen hatte.

»Hallo, Liebling!« sagte er und wollte sie an sich ziehen.

Jetzt erst fiel ihr ein, daß sie ja mit ihm Schluß gemacht hatte und nichts mehr von ihm wissen wollte. »Faß mich nicht an!« rief sie, wütend mehr über sich selbst als über ihn, weil sie sich hatte überrumpeln lassen.

Sofort ließ er sie los. »Immer noch giftig?«

»Giftig nennst du das? Ich bin empört über dich, und das mit Recht. Mich am Hochzeitstag zu versetzen!...«

Zerknirscht legte er sein schmales Gesicht in Falten. »Ich habe dir schon gesagt, daß es mir leid tut.«

»Und damit, glaubst du, soll ich mich zufriedengeben?«

»Was verlangst du denn sonst noch von mir? Daß ich dich kniefällig um Verzeihung bitte?«

»Wenn du es wenigstens ehrlich bereuen würdest!«

»Wie könnte ich das denn... ich hatte ja keine Wahl!« Er packte ihren nackten Oberarm und sagte beschwörend: »Ich weiß, du hältst mich für ein Muttersöhnchen, Ethel, und vielleicht hast du damit nicht einmal so unrecht. Aber was hätte ich denn machen sollen? Was kann ich denn machen? Du meinst, Mama simuliert, und ich sage dir, sie tut es nicht! Und selbst wenn alles nur Methode wäre, ich kenne sie; sie wäre imstande, tot umzufallen, nur um mir zu zeigen, daß ich sie nicht hätte allein lassen dürfen! Kann ich denn das riskieren? Kann ich den Tod meiner Mutter auf mein Gewissen nehmen? Könnten wir denn noch glücklich miteinander werden, wenn es dazu käme?«

»Laß mich!« Sie riß sich los; gegen ihren Willen mußte sie sich eingestehen, daß sie die Zwangslage, in der Ralf sich befand, sehr wohl verstand – man brauchte kein Schwächling zu sein, um ein Opfer übersteigerter Ichsucht zu werden. »Was für ein Wunder, daß sie dich wenigstens jetzt hat fahren lassen!« Sie rieb sich den schmerzenden Arm.

»Sie weiß gar nicht, daß ich hier bin«, gestand er mit entwaffnender Offenheit, »sie glaubt mich auf Verkaufstour.«

»Auch das noch!«

»Ethel, bitte...«

Sie sprang auf die Füße, raffte das Tuch, auf dem sie gelegen hatte, ihre Badetasche, ihre Sandalen und ihren Sonnenhut an sich. »Ich habe genug von dir, deiner Mutter und deinen Lügen und deiner Unzuverlässigkeit! Das habe ich dir schon am Telefon gesagt, und das hat sich inzwischen nicht geändert! Ich habe genug von dir und denke gar nicht daran, den ganzen Zauber noch mal von vorn anzufangen!« Sie warf sich ihren Bademantel über die Schulter und stieß ihn zurück, als er ihr dabei helfen wollte. »Laß das! Ich brauche dich nicht!« Mit zusammengebissenen Zähnen und sehr stolzem Nacken schritt sie auf das Haus zu und war sich dabei bewußt, daß der Auftritt mit Ralf die Aufmerksamkeit der anderen Gäste erregt hatte.

Sie stellte sich vor, wie er jetzt hilflos und verwirrt am Rande des Swimming-pools stand und ihr nachblickte, groß und gut gewachsen, ein attraktiver Mann in seiner bunt gestreiften Badehose, wenn er auch die Schultern ein wenig hängen ließ und die Taille nicht mehr so schlank wie früher war. Aber er sah gut aus mit seinem schmalen Musikerschädel und den hellen Augen in dem noch sommerlich gebräunten Gesicht – und wenn er ihr nun gar nicht nachblickte? Es gab einige alleinreisende Frauen im Hotel, und Ethel zweifelte nicht daran, daß sie sich wie die Hyänen auf den so unverhofft aufgetauchten Junggesellen stürzen würden. Sie mußte sich beherrschen, um nicht zurückzublicken, aber sie wollte ihm diesen Gefallen nicht tun; sollte er sich doch amüsieren, mit wem er wollte, sollte er doch Hoffnungen in einer anderen Frau wecken – sie würde sich auch nur die Zähne an ihm ausbeißen.

Auf nackten Füßen schritt Ethel über die dicken Teppiche zum Empfang. Ohne daß sie ein Wort zu sagen brauchte, reichte ihr die Hotelsekretärin freundlich den Zimmerschlüssel. Ethel drückte auf den Knopf, um den Lift herunterzuholen. Ehe sie noch die Türen hinter ihr schlossen, schob Ralf sich hinter ihr in die Kabine. Der Lift setzte sich in Bewegung; sie waren allein. »Na, ausgesponnen?« fragte er.

Sie setzte zu einer heftigen Entgegnung an, aber plötzlich begriff sie, daß ihr Verhalten kindisch war. Sie wollte ihn ja gar nicht verlieren, und er wußte es; ihre erste Reaktion vorhin am Schwimmbecken hatte ihm deutlich gezeigt, daß sie ihn immer noch liebte. »Ach, Ralf, du Schurke... warum machst du es mir bloß so schwer?« fragte sie weich.

Er zog sie an sich. »Meinst du denn wirklich, Liebling, daß wir es so viel leichter hätten, wenn wir verheiratet wären? Dann sieh doch doch mal um: wieviel glückliche Ehen gibt es denn?«

Sie schmiegte die Wange an seine glatte, nackte Brust, sog seinen vertrauten Geruch in sich ein. »Vielleicht hast du recht...«

»Bestimmt sogar!«

»Aber jede Frau wünscht sich eben doch...«

»Du bist nicht jede Frau, Ethel... rede dir das bloß nicht ein! Du bist anders als alle anderen. Und gerade deshalb liebe ich dich so.« Sie küßten sich, als der Lift im vierten Stock hielt und die Kabinentüren aufgingen, küßten sie selbstvergessen weiter, merkten nicht, daß die Türen sich schlossen. Erst als der Lift wieder in der Halle hielt und ein bejahrtes Ehepaar einstieg, fuhren sie auseinander – sehr verlegen, aber immer noch wie berauscht.

»Entschuldigen Sie, bitte...«, stammelte Ethel.

»Macht doch gar nichts«, sagte der Mann gönnerhaft, »für so was haben wir doch Verständnis, was, Gerda? Flitterwochen, wie?«

Ralf hatte den Arm um Ethels Taille gelegt und zog sie zärtlich an sich. »Ja, so könnte man es nennen!«

In Bayern hatten schon die Herbststürme eingesetzt. Sie rissen an den Fensterläden, fuhren klappernd in die Dachziegel, fingen sich in den Kaminen und heulten durch den Speicher des Millerschen Hauses in der Schleiermacherstraße, so daß es die Jungen, die in dem gegenüberliegenden Mansardenzimmer, Knuts ehemaliger Bude, zusammenhockten, angenehm gruselte.

»Hui!« Heinz leckte die Schlagsahne, mit der er beim Verspeisen eines Baisers seine Hände bekleckert hatte, von den Fingern. »Das ist ein Wetterchen! Einfach fab! Da möchte ich mit dem Segelflugzeug fliegen!«

»Kann man ja gar nicht«, entgegnete Sven nüchtern, »bei Sturm steigen die gar nicht auf.«

»Aber ich möcht's eben«, beharrte Heinz.

»Fliegen muß überhaupt kolossal sein.« Alfons biß in ein Stück

Nußtorte. »Wenn ich das Abi habe, läßt mein Vater mich den Pilotenschein machen.«

»Glaubst du doch selbst nicht«, meinte Sven.

»Jedenfalls hat er es versprochen«, behauptete Alfons.

Heinz blickte Sven aus schmalen Augen an. »Sag mal, Kleiner, was ist eigentlich in dich gefahren?«

»In mich? Gar nichts!« Sven setzte die Familienflasche Cola an den Mund und nahm einen mächtigen Schluck.

»Sag nicht: nichts. Du bist ausgesprochen widerborstig heute.«

»Das kommt dir nur so vor.«

Alfons ließ sich auf den Rücken fallen und hob alle viere wie ein Pferd, das sich im Gras wälzt. »Ich für meinen Teil bin restlos glücklich!« trompetete er. »Ein gutes Schleck-Schleck, ein feines Schluck-Schluck und gleich noch ein Hasch... was kann man sich mehr wünschen?«

»Das haben wir ja auch verdient«, stimmte Heinz ihm zu, »denn wir haben enorm geschafft. Wißt ihr noch, gestern nacht... der Dicke? Ich würde was dafür geben, wenn ich dem sein Gesicht hätt' sehen können, als er...« Er konnte vor Lachen nicht mehr weitersprechen.

Alfons half ihm ein. »... als er in sein Auto guckte und die Aktentasche futsch war!« Er wälzte sich auf dem Boden und hielt sich den Bauch vor Lachen.

Heinz hatte sich inzwischen von seinem Lachanfall erholt; er saß mit gekreuzten Beinen auf dem Boden, zog das Transistorradio zu sich heran und stellte es lauter. »Da, hört mal! Alfie Kahn!«

»Mensch, mach nicht so'n Lärm!« mahnte Sven. »Willst du, daß wir auffliegen?«

»Aber wieso denn? Außer uns ist doch niemand im Haus – oder?«

»Deine Alte geht doch immer noch zu diesem Doktor, hast du uns gesagt.«

»Ja, stimmt. Aber sie könnte doch auch mal plötzlich wiederkommen, weil sie was vergessen hat oder weil ihr schlecht geworden ist oder was weiß ich. So sind doch nun mal die Weiber.«

»Und wenn?« fragte Heinz. »Was sollte sie dabei finden, daß drei arglose Knaben wie wir gemütlich beisammen sitzen, uns den Bauch vollschlagen und Radio hören?«

»Wir sagen einfach«, erklärte Alfons, »das Geld für das Schleck-Schleck hat uns mein Onkel Otto spendiert...«

»Das Gegenteil muß sie uns erst nachweisen!« rief Heinz dazwischen.

»... und das Radio gehört uns natürlich gar nicht, sondern einem guten Freund!« ergänzte Alfons. »Das haben wir doch alle schon hundertmal abgesprochen.«

Sven hockte auf dem Kojenbett; er hatte die Unterlippe zwischen Daumen und Zeigefinger genommen und zerrte an ihr. »Ihr habt gut reden.«

»Du etwa nicht?« gab Heinz zurück. »Dir ist es doch nie so gutgegangen wie in letzter Zeit.«

»Seit wir dich bei der Hand genommen haben!« fügte Alfons hinzu; er setzte sich auf und angelte sich das letzte Stück Kuchen. »Ich nehme an, das habt ihr für mich übriggelassen«, sagte er und biß schon hinein.

»Es ist zwar meins, aber friß nur«, sagte Heinz, »ich versteh' schon, daß du mehr Futter brauchst als unsereiner.«

»Man dankt.«

»Ich beklage mich ja gar nicht«, sagte Sven und bearbeitete immer noch seine Unterlippe.

»Aber du hast die Hosen voll!« spottete Heinz.

»Überhaupt nicht. Ich denke bloß nach.«

»Und würdest du die Freundlichkeit haben, uns am Ergebnis deiner Gehirnakrobatik teilhaben zu lassen?« fragte Alfons mit vollem Mund.

»In ein paar Tagen fängt die Schule wieder an ...«

Unvermittelt sprang Heinz auf die Füße. »Hipp, hipp, hurra!« schrie er. »Junge, du bist fabelhaft! Alfons, sag, ist er nicht ganz groß! In ein paar Tagen fängt die Schule wieder an ... was für ein genialer Einfall! Also, wirklich, Sven, laß dich küssen! Darauf wären wir allein nie gekommen!«

Sven stieß ihn heftig zurück. »Laß die Faxen!«

»Aber was können wir denn sonst tun, um dir unsere Verehrung zu Füßen zu legen?«

»Ihr braucht mich nicht zu verehren!« schrie Sven. »Anhören sollt ihr mich!«

»Still, Heinz, ganz still! Bring ihn nicht aus dem Konzept!« mahnte Alfons. »Vielleicht hat er noch mehr solche Geistesblitze!«

»Ihr kommt euch wohl sehr schlau vor, was?« fragte Sven wütend. »Vielleicht macht es euch ja wirklich nichts aus, wenn ihr morgens um sieben Uhr aufstehen müßt ... mir aber schon. Ich kenne mich. Wenn ich mir die Nacht um die Ohren geschlagen habe, schlafe ich glatt in der Schule ein.«

»Soll das etwa heißen – du willst kneifen?« fragte Heinz drohend.

Sven ließ sich nicht einschüchtern. »Das ist aber noch nicht alles«, fuhr er fort, »ihr wißt, daß der erste Stock vermietet ist. Ausgerechnet ein Pauker mit Familie zieht da ein. An meiner Alten bin ich noch vorbeigekommen. Die läßt entweder Fernsehen oder Radio laufen oder sie schläft. Aber ich kann mich doch nicht mitten in der Nacht zweimal durch die Lehrerwohnung schleichen. Das muß doch auffallen!«

»Wo er recht hat, hat er recht«, gab Alfons gutmütig zu.

»Könntest du denn nicht an der Mauer runter?« schlug Heinz vor.

»In meinem alten Zimmer wäre das vielleicht gegangen. Aber von hier oben doch nicht.«

Heinz öffnete das Fenster und sah hinunter; ein kalter Wirbel drang in das Mansardenzimmer. »Ganz schön hoch«, sagte er.

»Na eben!« sagte Sven und ließ sich auf sein Bett zurückfallen.

»Aber immerhin, es liegt an der Rückfront«, fuhr Heinz fort.

Alfons erhob sich schwerfällig, schnappte im Vorbeigehen die Colaflasche und stellte sie neben ihn. »Und wo liegt da der Vorteil?« Er nahm einen tiefen Schluck.

»Bloß Gärten, kein Gegenüber. Man könnte eine Leiter anstellen.«

»Am besten eine Feuerwehrleiter«, ließ sich Sven vernehmen. »Mensch, Junge, du hast Begriffe!«

»Das ist wirklich 'ne Quatschidee«, stimmte Alfons ihm zu, »wo soll er denn tagsüber die Leiter lassen?«

»Das ist eine zweitrangige Frage«, behauptete Heinz.

»Im Gegenteil, das ist das Kernproblem, du Depp!« ließ Sven sich vernehmen.

Heinz zeigte sich nicht beleidigt. »Na schön. Dann nehmen wir eben ein Tau.«

»Ein Tau?« Sven fuhr so heftig hoch, daß er sich den Kopf am Oberteil seines Kojenbettes stieß. »Au, verdammt!« fluchte er los.

»Du hast mich ganz richtig verstanden«, bestätigte Heinz freundlich. »Ein Tau. Das kannst du, wenn du fortwillst, in den Garten runterlassen... und wenn du zurückgekommen bist, ziehst du es einfach ein. Du kannst doch seilklettern, nehme ich an?«

»Heinz, du bist eine Wolke!« Alfons schlug dem Kleinen krachend auf die Schulter. »Ein Tau, das ist die Lösung. Hier, außen unter dem Fenster, lassen wir einen dicken Hacken in die Mauer, wo Sven das Tau aufhängen kann.« Er beugte sich hinaus. »Und die unteren Fenster liegen links und rechts, so daß er unter Garantie ungesehen raus- und reinkommt.«

Sven trat zu den beiden. »Und wo«, fragte er, »soll ich das sagenhafte Tau tagsüber verstecken?«

Heinz hatte die Antwort schon bereit. »Überhaupt nicht«, sagte er, »das legst du ordentlich zusammengerollt auf den Boden. Das wirkt enorm malerisch, kannst du mir glauben! Und deiner Mutter sagst du, es sei ein Dekorationsstück...«

»... oder 'ne originelle Sitzgelegenheit!« half Alfons ein. »Die kommt im Leben nicht drauf, wozu du es wirklich brauchst!«

»Denkt ihr!« widersprach Sven. »Aber die ist bei weitem nicht so blöd, wie ihr glaubt.«

»Das ist ein Trick, auf den auch die Schlauesten reinfallen«, behauptete Heinz. »Wenn man offen was zeigt, schöpft niemand Verdacht. Du könntest genausogut zwei Pistolen dekorativ an die Wand nageln: deine Alte würde nie draufkommen, daß sie geladen sind und du damit umgehen kannst.«

»Schade, daß wir keine Pistolen haben«, sagte Sven mit mühsamem Spott, »sonst könntest du das gleich ausprobieren. Bei dir zu Hause.«

»Täte ich glatt. Aber das steht ja jetzt gar nicht zur Debatte. Es geht um dich, Sven, und da ist, jedenfalls in meinen Augen, das Tau die Lösung!«

»In meinen auch!« echote Alfons.

»Und wenn meine Mutter draufkommt?«

»Mußt du dich eben rausschwindeln. Du erwartest doch wohl nicht etwa, daß wir dir das auch noch vorkauen?« Sven schwieg. »Na also«, stellte Alfons befriedigt fest, »dann wäre das ja geritzt. So, Freunde, wie wär's denn jetzt mit 'nem kleinen Trip? Und anschließend sollten wir versuchen, das besagte Tau aufzutreiben.«

Heinz hockte sich im Schneidersitz auf den Boden und begann mit Fingerspitzengefühl eine dicke Zigarette zu drehen. »In der Treidelgasse wohnt ein Seiler... der könnte so was haben.«

Sven gab sich geschlagen. »Wollen wir es kaufen – oder mitgehen lassen?« Er ließ sich neben Heinz nieder.

»Kommt drauf an. Erst mal die Situation auskundschaften.«

»Ich glaube, der hat einen Schuppen, wo er sein Zeugs aufbewahrt«, meinte Alfons.

Heinz winkte ab. »Still, still, belästige uns nicht mit solchen Banalitäten! Relax, Junge, entspanne dich... genieße die köstliche Stunde!« Feierlich, fast zeremoniell, zündete er die Haschzigarette an, inhalierte tief und gab sie, noch ehe er den Rauch langsam wieder aus den Lungen ließ, an Sven weiter. Der griff gierig zu.

Am Montag wollte das junge Lehrerehepaar bei Millers einziehen, und am Freitag mittag war die Spüle immer noch nicht geliefert. Sabine rief von Dr. Strathmanns Praxis aus immer wieder an und schaffte es endlich, daß man ihr versprach, sie noch am gleichen Nachmittag einzubauen. Als sie am Abend nach Hause kam, waren die Handwerker fort, und die Spüle stand an ihrem Platz. Sabine freute sich. Endlich war wieder einmal etwas Positives geschehen.

Sven stand mit verdüstertem Gesicht neben ihr. »Kann ich jetzt gehen?« fragte er.

»Auf keinen Fall. Wir essen gleich.«

»Seit Tagen habe ich wegen diesem blöden Ding zu Hause bleiben müssen«, maulte der Junge, »und jetzt...«

»... kannst du auch noch warten, bis du gegessen hast.« Sabine sah ihn prüfend an. »Wieso hast du es überhaupt so eilig? Was hast du vor?«

Sven antwortete, mit den Händen in den Taschen seiner verwaschenen Jeans: »Nichts Besonderes.«

»Aber dann...«

»Die anderen halten mich einfach für doof, daß ich immer hier hocken und den Hausknecht spielen muß!«

»Armer Kerl«, sagte Sabine mit zärtlichem Spott, »das ist ja wirklich furchtbar, was ich von dir verlangt habe.« Sie gab ihm einen Knuff. »Komm, nun mach aber ein anderes Gesicht! Jetzt bist du ja erlöst!«

»Hoffentlich! Wenn du dir einbildest, daß ich bei denen auch noch babysitte...«

»Davon kann keine Rede sein«, versprach Sabine.

Gleich nach dem Abendessen – Ilona war in München, um sich ein Zimmer zu suchen – stob Sven davon. Sabine brachte erst ihre eigene Küche in Ordnung und ging dann noch einmal nach oben. Die Handwerker hatten eine Menge Schmutz gemacht. Der Herd, den Weinerts selbst bestellt hatten, war zwar schon geliefert, aber noch nicht angeschlossen. Aber das war nicht so schlimm, fand Sabine. Die junge Frau würde eben in den ersten Tagen in der unteren Küche kochen, was um so leichter möglich war, als Sabine ja tagsüber arbeitete; sie würden sich also nicht in die Quere kommen. Sabine wollte sich ihren Mietern so entgegenkommend wie möglich zeigen und hoffte, mit Frau Weinert in einen guten Kontakt zu kommen. Anders wäre ein Zusammen- oder Nebeneinanderleben in Wohnungen, die nicht abschließbar waren, zu nervenaufreibend geworden.

Obwohl Sabine versuchte, sich keine allzu großen Hoffnungen zu machen, versprach sie sich, über den finanziellen Zuschuß hinaus, viel von den neuen Mietern. Sie würde nun abends nicht mehr allein zu Hause sein, und wenn sie auch nicht vorhatte, sich Weinerts aufzudrängen, so würde es doch schon eine Beruhigung sein, über sich Schritte und Stimmen zu hören. Außerdem spielte sie mit dem Gedanken, Frau Weinert würde vielleicht von sich aus bereit sein, Sven mittags zu versorgen. Das wäre eine große, vor allem seelische Entlastung für sie gewesen, denn sie hatte sich immer noch nicht damit abgefunden, daß der Junge den ganzen Tag sich selbst überlassen blieb und sein Essen warm machen mußte, falls er es nicht, wie sie befürchtete, kalt hinunterschlang.

So war sie in so heiterer Stimmung wie seit langem nicht mehr, als sie sich daran machte, die Spüle zu putzen und den Küchenboden zu schrubben; Weinerts sollten einen möglichst guten Eindruck von ihrem neuen Heim gewinnen.

Es klingelte zum zweitenmal an der Haustür, ehe sie aufmerksam wurde. Sie dachte, es könne nur Ilona sein, die ihren Schlüssel vergessen hatte, wischte sich rasch die Hände an der Schürze ab und rannte, so wie sie war, ein buntes Baumwolltuch um den Kopf geschlungen, die Treppe hinunter. Herr Weinert stand draußen, den künstlerischen Schlapphut höflich in der Hand.

Sabine ahnte nichts Böses. »Oh, guten Abend!« rief sie. »Kommen Sie doch herein! Sie wollen sicher sehen, wie es mit Ihrer Wohnung steht? Ich habe schon alles nach Ihren Wünschen umgeräumt, und die Spüle ...«

Herr Weinert fiel ihr ins Wort. »Ich komme leider in einer ... hm ... etwas peinlichen Angelegenheit.«

»Ich verstehe nicht ...«, stammelte Sabine und doch wußte sie schon in dieser Sekunde Bescheid.

Herr Weinert blickte sie durch seine moderne Brille mit einem seltsamen Ausdruck an: verlegen, mitleidig und gleichzeitig auch ablehnend. »Sie hätten mir das von Anfang an sagen müssen, Frau

Miller, das mit Ihrem Mann!« Er streifte sich immer wieder Schuhe ab, bevor er endlich eintrat.

Sabine schloß die Tür hinter ihm. »Aber... was hat denn mein Mann mit der Wohnung zu tun?« verteidigte sie sich.

»Im Grunde genommen... Sie haben recht... eigentlich nichts, und doch... es geht ja nicht nur um die Wohnung, sondern auch um die Adresse.«

Sabine wußte, was den jungen Mann bedrückte, aber sie wollte, daß er es aussprach. »Das müssen Sie mir schon näher erklären.« Sie öffnete ihm die Tür zum Gartenzimmer.

Aber er schüttelte den Kopf und blieb im Hausflur stehen. »Sie wissen, ich bin Lehrer, und als solcher muß ich ganz besonders auf meinen Ruf achten. Wenn die Kinder – und die Kollegen – herausbekommen, daß ich bei einem... jedenfalls, daß ich bei einem Mann wohne, der in U-Haft sitzt, habe ich von vornherein verspielt.«

Sabines Lippen wurden steif. »Er ist ja nicht einmal verurteilt!«

»Das habe ich ja auch nicht behauptet. Ich bin nicht näher über den Fall orientiert, Frau Miller. Gut möglich, daß Ihr Mann sogar freigesprochen wird. Aber auch dann... auch dann...« Sein kleiner, empfindsamer Mund zog sich noch mehr zusammen. »... wird ein gewisser Makel an ihm hängenbleiben. Tut mir leid, Ihnen das sagen zu müssen.«

»Das müssen Sie ja gar nicht, Herr Weinert! Es hat mit unserer Abmachung nichts zu tun. Oder doch?«

»Nein, natürlich nicht.«

»Dann behalten Sie Ihre blödsinnigen Spekulationen gefälligst für sich.«

»Ich glaube nicht, daß es Ihnen etwas hilft, ordinär zu werden«, sagte er mit gekünstelter Würde.

»Was erwarten Sie denn von mir, von der Frau eines Mannes, der in U-Haft sitzt?«

»Bitte, regen Sie sich nicht auf, das hat doch gar keinen Sinn, Frau Miller. Ich wollte Sie nicht beleidigen. In keiner Weise.«

»Sie haben es aber getan!«

»Bitte, dann möchte ich mich entschuldigen. Mein Temperament ist mit mir durchgegangen. Tatsächlich bin ich nur gekommen, um Ihnen mitzuteilen, daß wir unter den gegebenen Umständen natürlich nicht bei Ihnen einziehen werden. Es hat mich große Überwindung gekostet, diesen Schritt persönlich zu tun. Lieber hätte ich geschrieben oder telefoniert – aber das schien mir nicht fair.«

»Erwarten Sie etwa auch noch Dankbarkeit von mir? Ich habe mich fest auf Ihre Zusage verlassen. Jetzt wird die Wohnung einen ganzen Monat länger leerstehen.«

»Sie hätten sich diese Enttäuschung ersparen können, wenn Sie uns von Anfang an die Wahrheit gesagt hätten.« Trotz ihres Zornes sah Sabine ein, daß dieser Vorwurf nicht ganz unberechtigt war, und sie wußte nichts darauf zu sagen. »Selbstverständlich verlange ich mein Geld zurück«, erklärte Herr Weinert.

»Aber ich habe die Spüle angeschafft...«

»Die wird auch Ihr nächster Mieter brauchen!«

»Und ich verliere einen ganzen Monat Miete!«

Herr Weinert setzte seinen Hut auf. »Frau Miller, ich will mich nicht mit Ihnen streiten. Ich glaube Ihnen gern, daß es Ihnen schwerfällt, das Geld zurückzugeben. Aber ich brauche es. Meine Finanzen lassen es einfach nicht zu, daß ich tausend oder auch nur fünfhundert oder hundert Mark einfach in den Schornstein schreibe. Ich brauche das Geld, und ich will es wiederhaben.«

»Aber ich kann es Ihnen nicht geben. Ich habe es einfach nicht!«

»Das sollte mir leid tun, denn dann müßte ich vor Gericht gehen. Überlegen Sie sich, ob Sie sich einen zweiten Skandal erlauben können.« Er blickte sie kalt und böse an; von seiner früheren Liebenswürdigkeit war nicht ein Hauch mehr übriggeblieben.

Sabine zweifelte, ob er im Recht war oder ob das Gericht ihr recht geben würde. Aber es war ihr plötzlich, als ob sie den Anblick dieses Menschen nicht mehr ertragen könnte, weder jetzt noch später. »Glauben Sie nur nicht, daß Sie mich erschrecken können«, sagte sie hart, »ich habe längst aufgehört, mich vor Skandalen zu fürchten. Aber Sie sollen Ihr Geld trotzdem wiederhaben. Warten Sie!« Sie verschwand im Schlafzimmer und holte ein Bündel Scheine aus ihrer Kassette und zählte sie ihm in die Hand. »Da. Nur damit ich in Zukunft von Ihnen verschont bleibe. Das ist mir die Sache wert.«

»Aber, Frau Miller«, sagte er, jetzt doch beschämt, »so habe ich es nicht gemeint...«

»Wie dann? Machen Sie, daß Sie hinauskommen! Was sind Sie für ein Mensch! Ich bin froh, daß Sie nicht bei mir einziehen, froh! Es tut mir nur leid um die Kinder, die Ihren Erziehungsmethoden ausgeliefert sind!«

Sie knallte die Tür hinter ihm zu, als er, fast fluchtartig, das Haus verlassen hatte. Der Ausbruch hatte ihr gutgetan, und dennoch wußte sie, daß keines ihrer Probleme dadurch gelöst worden war. Der erste Stock war unvermietbar, und sie hatte das Geld, mit dem sie den Klempner hatte bezahlen wollen, fortgegeben. Es kostete sie eine gewaltige Anstrengung, nicht zu verzweifeln.

Eine Woche später kehrte Ethel nach Riesberg zurück. Ralf war gleich nach München durchgefahren, weil er sich schon wieder um seine Mutter sorgte. Sie gab sich Mühe, es mit Humor zu nehmen. Den Samstag verbrachte sie damit, ihre Penthauswohnung zu putzen und die Wäsche zu waschen. Der Sonntag dehnte sich nicht so leer vor ihr wie gewöhnlich, denn sie hatte Anlaß, ihre Familie zu besuchen; sie hatte Geschenke mitgebracht und mußte ihnen mitteilen, daß aus der Hochzeit nichts geworden war.

Gegen elf Uhr klingelte sie bei Egon. Aber niemand öffnete ihr. Es war ihr, als höre sie Geräusche, doch war sie sich ihrer Sache nicht ganz sicher. Jedenfalls hielt sie es nicht für ausgeschlossen, daß die Kaspareks zu Hause waren, aber niemanden hereinlassen wollten. Sie ärgerte sich ein bißchen darüber, aber nicht zu sehr, denn die unangenehme Erinnerung an ihren letzten Besuch und Rosys merkwürdiges Gehabe war noch in ihr lebendig. So baute sie denn ihre Mitbringsel vor der Wohnungstür auf und steckte einen Zettel in den Briefschlitz; sie war ziemlich sicher, daß man die Sachen, sobald sie fort war, hereinholen würde. Wenn nicht, würde es auch nicht weiter gefährlich sein, denn die Flurnachbarn waren das alte Ehepaar, das die Drogerie unten im Haus führte. Das waren absolut ehrliche und hilfsbereite Leute.

Ethel fuhr weiter in die Schleiermacherstraße. Sven öffnete ihr. Es fiel Ethel auf, daß der Junge übernächtig wirkte und noch magerer als früher, aber sie machte sich darüber weiter keine Gedanken. Als er sie lachend begrüßte, verwischte sich dieser erste Eindruck wieder. »Sei so lieb und hol den Wein aus dem Auto, Sven«, bat sie. »Wo ist deine Mutter?«

Er wies mit dem Daumen auf die Tür zum Gartenzimmer und lief zum Auto, dessen Kofferraum Ethel offengelassen hatte.

Ilona erschien in der Zimmertür. »Hallo, Tante Ethel!« rief sie. »Was bist du bepackt!«

»Ich habe euch was mitgebracht ... nur ein paar Kleinigkeiten, aber es summiert sich.« Die beiden Frauen küßten sich auf die Wangen.

»Darf ich dir tragen helfen?« fragte Ilona.

»Nur zu.« Ethel trat ins Wohnzimmer, Sabine kam ihr entgegen; auch ihre Augen waren umschattet, aber das hatte Ethel nicht anders erwartet.

Sabine nahm Ethels Hände. »Laß dich anschaun! Gut siehst du aus! Ganz fantastisch! Die Ehe scheint dir prächtig zu bekommen!«

Ethel war dankbar für das Stichwort, denn sie wollte ihre Erklärung so rasch wie möglich hinter sich bringen. »Fehlanzeige«, sagte sie, »ich bin gar nicht verheiratet!«

Sabine staunte. »Du machst Witze, Tante Ethel!« rief Ilona.

»Absolut nicht! Warum soll es mir bessergehen als dir? Die Wahrheit: Mein lieber Ralf hat mich am Hochzeitsmorgen versetzt.«

Sven schleppte eine korbumflochtene Dreiliterflasche mit Rotwein herein und hatte die letzten Worte mitbekommen. »Das muß ein schöner Blödmann sein ..., dich sitzenzulassen!«

Ethel zwinkerte ihm zu. »Danke, Sven, ich weiß dein Kompliment zu schätzen.«

»Und du bist bei allem noch so vergnügt?« fragte Sabine, immer noch ungläubig.

»Na klar. Zuerst hatte ich natürlich eine Stinkwut. Aber inzwischen hat sich das wieder abgekühlt. Vielleicht sind Ralf und ich einfach nicht für die Ehe bestimmt. So was gibt's ja. Und ein guter Freund ist immer noch besser als ein schlechter Ehemann. Oder etwa nicht?«

Ilona legte ihr den Arm um die Schultern. »Du sprichst mir aus dem Herzen, Tante Ethel.«

Ethel tätschelte die Hand ihrer großen Nichte. »Ich wußte ja, du würdest mich verstehen.«

»Aber ist dir das nicht wahnsinnig peinlich?« fragte Sabine. »Ich nehme doch an, du hast der ganzen Redaktion von deinem Glück erzählt.«

»Meine liebe Sabine!« Ethel ließ sich in einen der Korbsessel nieder und zündete sich eine Zigarette an. »Ich kann meinen lieben Kollegen und Kolleginnen doch keine größere Freude machen, als daß mir etwas schiefgegangen ist. Hätte ich eine gute Partie gemacht, wären sie mir böse. Aber so können sie über mich hecheln, und dafür werden sie dankbar sein.«

Ilona bemühte sich, die Schnur des großen Paketes aufzuknoten, und bemerkte, ohne die anderen anzusehen: »Für mein Pech ist mir niemand dankbar gewesen.«

»Das war bei dir auch etwas anderes, Ilo«, stellte Ethel fest, »du warst nicht souverän...«

»Wie du!« sagte Ilona mit mühsamem Spott.

»Du sagst es! Hör mal, Ilo, du glaubst doch wohl nicht, daß ich dich kränken will. Aber Tatsache ist doch: du warst durch die Sache mit deinem Vater schon angeschlagen. Wenn du unter normalen Umständen deine Verlobung gelöst hättest, hätte es dir wahrscheinlich auch nichts ausgemacht.«

»Da kannst du recht haben«, sagte Ilona dankbar, »von dieser Sicht habe ich die Dinge noch gar nicht betrachtet!« Sie hatte die Kordel gelöst, schlug das Papier auseinander. Ein großer geflochtener Korb kam zum Vorschein, gefüllt mit bunten Lederopanken.

»Oho! Hast du ein Schuhgeschäft geplündert?« rief Sven.

»Ach so. Ich habe bloß fantasieloserweise für jeden von euch ein Paar von den Dingern gekauft. Sie sind sehr bequem, man kann sie als Hausschuhe tragen.«

Sabine, Ilona und Sven begannen die leichten, handgenähten Ziegenlederschuhe sofort anzuprobieren und bedankten sich temperamentvoll. »Kinder, nun übertreibt nicht!« Ethel wedelte den Rauch ihrer Zigarette weg. »Das ist doch nun wirklich nichts Besonderes... nur ein Zeichen, daß ich an euch gedacht habe.«

»Gerade das freut uns!« Sabine gab der Schwägerin einen raschen Kuß. »Die großen sind für Arnold, ja? Ich werde sie ihm gleich bei meinem nächsten Besuch mitbringen. Vielleicht hat er Spaß daran.«

»Wie geht es ihm denn?« fragte Ethel.

»Er ist gesund, wenn du das meinst.«

»Nein, genau das meine ich nicht.«

Sabine hob die Hände mit den Opanken und ließ sie resigniert sinken. »Er ist verbittert.«

»Ausgerechnet! Wer anders als er selbst hat sich denn in die Tinte geritten?«

Sabine setzte sich. »Du hast natürlich recht. Es ist seine eigene Schuld. Aber das macht die Geschichte nicht weniger unangenehm für ihn, nicht wahr?«

»Es ist bestimmt schrecklich, eingesperrt zu sein«, meinte Ilona.

Ethel sah von einer zur anderen. »Und für euch ist das alles etwa nicht schrecklich?«

»Wir können wenigstens etwas tun«, erklärte Sabine, »ich arbeite jetzt, wie du weißt, und es macht mir sogar Spaß.«

»Ich habe mir ein Zimmer in München besorgt«, berichtete Ilona, »eine ziemlich unbehagliche Bude. Aber das ist mir wurscht. Auf alle Fälle bin ich bald hier weg. Ich kann euch gar nicht sagen, wie ich mich auf München freue. Nicht auf Schwabing oder so was – sondern einfach darauf, in einer Großstadst zu leben, wo einen niemand kennt!«

»Hast du auch schon eine Stellung?«

»Das war das einfachste. Ich fange in einem Kaufhaus an. Nicht im Verkauf, sondern im Büro. Ich verdiene sogar erheblich mehr als bei den Zeltner-Werken ... allerdings ist München natürlich auch teurer.«

»Ja, siehst du, Ethel«, nahm Sabine das ursprüngliche Thema wieder auf, »bei uns tut sich doch wenigstens was ... wenn auch nicht immer nur Angenehmes ... aber wir haben doch das Gefühl, lebendig zu sein. Arnold ist in seiner Zelle wie begraben.«

»Trotzdem«, beharrte Ethel, »zur Verbitterung hat er kein Recht. Niedergeschlagen dürfte er sein, verzweifelt, zerknirscht – aber nicht verbittert.«

»Er hat wohl das Gefühl, daß sein Leben unter einem schlechten Stern gestanden hat!« sagte Sabine. Und während die anderen weiter plauderten, sann sie ihren eigenen Worten nach und wunderte sich, weil sie spürte, daß sie ihren Mann verstand wie seit Jahren nicht mehr.

Erst viel später, nach dem Mittagessen, als die Frauen beim Kaffee saßen – Sven hatte sich auf sein Zimmer verzogen –, nahm das Gespräch die entscheidende Wende. »Das Dumme an meiner Situation ist nur«, sagte Ethel und blinzelte durch die Rauchwolke, die sie selbst produzierte, »daß ich aus meiner Wohnung raus muß.«

»Das hast du aber doch schon lange gewußt«, meinte Sabine.

»Stimmt. Ich hatte auch schon eine andere Wohnung fest – fast fest –, ein Eigentumsapartment in der Parksiedlung. Aber da kam mir Ralf mit seinem Heiratsantrag dazwischen, und für uns beide wäre es dort zu eng geworden. Also war ich froh, daß ich noch mit gutem Wind aus dem Vertrag herauskam.«

»Hättest du dich da nicht gleich nach was Größerem umschauen sollen?« fragte Ilona.

»Hätte ich? Dann säße ich jetzt noch tiefer in der Tinte. Nein, um die Wahrheit zu sagen: so ganz habe ich Ralfs Heiratsversprechen von Anfang an nicht getraut. Deshalb hat mich sein Rückzieher wahrscheinlich auch nicht völlig umgeworfen.«

»Oder auch«, sagte Ilona, »deshalb ist es ihm nicht allzu schwer gefallen, dich sitzenzulassen.«

»Das ist wohl doch zu spitzfindig.«

»Aber nein. Nur ein herzloser, brutaler Egoist bringt es fertig, eine Frau, die ihm voll vertraut, am Hochzeitstag zu versetzen. Und nach allem, was ich über deinen Ralf gehört habe, ist er das bestimmt nicht, sondern eher ein zartfühlender Typ.«

»Zartfühlend seiner Mutter gegenüber!«

»Aber das Verhältnis eines Sohnes zur Mutter prägt ja sein Verhältnis zu den Frauen überhaupt!«

»Du machst mir richtig Spaß, Ilo«, sagte Ethel, »wenn ich dir so zuhöre, muß ich schließlich glauben, daß ich selbst an meinem Reinfall schuld bin...« Und nach einem Moment des Nachdenkens fügte sie hinzu: »Vielleicht hast du sogar recht. Ich hätte seinen Heiratsantrag nicht annehmen dürfen, weil ich ja wissen mußte, daß er sich damit einen größeren Happen abgebissen hatte, als er hinunterschlucken konnte.«

Sabine hatte dem Geplänkel gar nicht mehr zugehört; ihr war ein Einfall gekommen. »Wann mußt du denn aus der Wohnung raus?« fragte sie.

»Möglichst gestern. Nein, im Ernst, ich hätte schon im Sommer ausziehen sollen, der Besitzer braucht das Penthaus für seinen Sohn. Mit Bitten und Betteln habe ich es immer wieder hinausgeschoben. Aber viel länger geht das nicht, und meine Nerven halten es auch nicht mehr aus.«

»Ethel«, sagte Sabine, »bitte, halte mich nicht für aufdringlich – es ist nur eine Frage –, und fragen wird man wohl dürfen... Könntest du dir nicht vorstellen, zu uns hierher zu ziehen?«

Ethel antwortete zunächst einmal gar nichts. »Das wäre die Lösung!« rief Ilona begeistert. »Weißt du, Tante Ethel, der erste Stock ist nämlich jetzt unbewohnt.«

»Ich habe schon versucht, ihn zu vermieten«, gestand Sabine, »aber – es hat Schwierigkeiten gegeben. Du kannst dir schon denken.«

»Außerdem ist die Wohnung nicht abgeschlossen«, erklärte Ilona. »Das wäre zwar zu machen, das Haus ist ja daraufhin gebaut worden, aber dazu fehlt im Augenblick das Geld. Für Fremde ist das nicht gerade attraktiv – aber dich würde es doch sicher nicht stören.«

»Also ich weiß nicht...« Ethel war von diesem Vorschlag nicht sehr angetan. »Ich habe euch ja alle sehr lieb, aber wenn wir uns allzu eng auf die Pelle rücken...«

»Es handelt sich ja gar nicht um uns alle«, stellte Ilona richtig, »bloß Biene und Sven bleiben hier. Und natürlich Vater, sobald er zurückkommt.«

Ethel dachte an ihre einsamen Wochenenden und daran, daß Sabine, solange Arnold fort war, genauso einsam war. »Vielleicht«, sagte sie, immer noch zögernd, »ist es gar keine so schlechte Idee.«

»Wir wollen dich nicht überreden«, sagte Sabine, »wenn du nicht willst. Irgendwie komme ich schon an Mieter. Ich werde jedem, der sich die Wohnung ansieht, von vornherein sagen, was Arnold passiert ist. Bestimmt gibt es doch Leute, die sich nicht daran stoßen.«

»Die kannst du aber hier in Riesberg an fünf Fingern abzählen«, behauptete Ilona.

Ethel drückte ihre Zigarette aus. »Kann ich mir die Räume mal ansehen?«

»Sie sind genau so wie die hier unten«, erklärte Sabine, »bloß die Küche ist nicht ausgebaut.«

»Und es stehen ein paar Möbel rum«, fügte Ilona hinzu. »Aber die kann man bestimmt auf den Dachboden befördern, falls sie das noch wert sind. Ich würde mich ganz rasch um ein Leerzimmer bemühen und meine Sachen nach München holen.«

»Also gehen wir doch rauf!« Sabine holte ein Stövchen aus dem Schrank, zündete die kurze, dicke Kerze daran an und stellte die erst halb geleerte Kaffeekanne darauf. »Schau's dir selbst an!«

Sie stiegen in den ersten Stock. Ethel zeigte sich von dem, was sie sah, sehr angetan. Bis auf Ilonas Einrichtung war die Möblierung schäbig, Svens ehemaliges Zimmer war inzwischen Rumpelkammer geworden, und auch Knuts Möbel waren weder schön noch neu; er besaß nicht, wie Torsten, das Talent, sich selbst etwas zu basteln. Aber aus diesen Räumen ließ sich schon etwas machen. Ethel begann im Geist gleich umzuräumen – das große Zimmer nach hinten sollte ihr Schlafzimmer werden, und statt eines großen Wohnraumes würde sie sich die beiden kleinen Zimmer zur Straße einrichten. Zwar war der Anstrich noch neu, aber sie beschloß, alles tapezieren zu lassen. In der Küche brachte Sabine angesichts der nagelneuen Spüle ihre Vereinbarung mit dem Mieter Weinert, der im letzten Moment abgesprungen war, zur Sprache. Ethel erklärte sich sofort bereit, ihr die tausend Mark Mietvorauszahlung zu geben. Auch über die Miete selbst wurden sich die beiden Frauen rasch einig, da keine die andere übervorteilen wollte, und alle freuten sich über die gefundene Lösung. Auch Ilona, die ihre Mutter nicht gern so allein in Riesberg zurückgelassen hätte. Sie war dafür, die alten Möbel – das Gerümpel, wie sie es nannte – einfach abholen zu lassen. Aber Sabine konnte sich dazu nicht entschließen. »Wer weiß denn, ob wir sie nicht vielleicht doch noch mal brauchen«, sagte sie.

»Aber Mutti, wozu denn?« widersprach Ilona. »Das ist doch alles reif zum Zerhacken.«

»Torsten könnte bestimmt noch was draus machen! Und wegwerfen kann man es immer noch.«

»Laß nur, Ilona«, sagte Ethel, »das verstehst du nicht. Deiner Mutter ist eben jedes Stück ans Herz gewachsen. Stimmt's, Biene?«

Sabine strich mit der Hand über einen ausgebeulten Sessel. »Der hier stammt aus unserer allerersten Einrichtung. Du solltest ihn kennen, Ethel, wir haben ihn von eurem Vater. Und dieser Schreibtisch auch ...«

Ilona zog eine kleine Grimasse. »Damals wart ihr zwei noch glücklich, das wissen wir! Nur nicht sentimental werden, Mutti!«

Sabine schluckte. »Du hast schon recht.«

»Hat nicht vorhin jemand etwas von einem Dachboden gesagt?« erinnerte Ethel. »Vielleicht lassen sich die Sachen dort unterstellen.«

Der Dachboden war ein großer Raum, dessen Stellfläche wegen der sehr schrägen Wände vermindert war. Durch die Mitte waren Seile gespannt; Sabine pflegte hier bei schlechtem Wetter ihre Wäsche aufzuhängen.

»Es ginge schon!« Ilona bückte sich unter den Seilen. »Das meiste würde sich ja nach hinten unter die Schrägen schieben lassen.« Sie lachte, als sie einen mächtigen alten Eichenschrank entdeckte. »Da sieh mal an, den Kasten hast du auch noch aufbewahrt? Schlecht ist der nicht, zugegeben, den würde ich einem Antiquitätenhändler anbieten. Gebrauchen kannst du den bestimmt nie mehr, weil er in moderne Wohnungen einfach nicht reinpaßt.« Sie versuchte, die Tür zu öffnen. »Nanu? Abgeschlossen!?«

»Steckt denn der Schlüssel nicht?« fragte Sabine.

Ilona suchte den Boden ab. »Vielleicht ist er hinuntergefallen.«

Da stürzte Sven unvermittelt herein, daß die Frauen erschraken. »Was wollt ihr hier?« schrie er.

»Na, aber erlaube mal!« – Ilona fand als erste die Sprache wieder.

Sven war weiß um die Nase. »Ihr wißt genau, daß ich büffeln muß«, behauptete er mit sich überschlagender Stimme, »und da kommt ihr herauf und macht Krach!«

»Du lernst? Am Sonntag?« fragte Ilona ungläubig.

»Wenn du nichts dagegen hast!« entgegnete der Junge pampig.

»Entschuldige, wir haben gar nicht daran gedacht, daß wir dich stören könnten«, sagte Sabine, »aber es ist ganz gut, daß du da bist. Da kannst du gleich die große Neuigkeit erfahren: Tante Ethel zieht bei uns ein. Das ist doch fein, was?«

Sven sah seine junge Tante abschätzend an. »Immerhin besser als so'n Studienrat.«

Ethel legte dem Jungen die Hand in den Nacken und schüttelte ihn leicht. »Wir werden uns schon vertragen.«

Er riß sich los. »Und was hat das mit dem alten Schrank zu tun?«

»Gar nichts«, sagte Ilona, »wir haben uns nur umgesehen, ob wir die Möbel aus dem ersten Stock hier unterstellen können. Da fiel er mir auf.«

»Du hast was von Verkaufen gesagt. Ich hab's gehört, als ich reinkam.«

»Ja, das habe ich vorgeschlagen«, gab Ilona zu. »Mutti könnte das Geld gut gebrauchen.«

Sven wandte sich an Sabine. »Du willst ihn weggeben, Mutti? Sag, daß es nicht wahr ist... Das kannst du doch nicht tun!«

»Hängst du denn so sehr daran?« fragte seine Mutter überrascht.

»Sei nicht albern!« mahnte Ilona. »Niemand von uns wird je im Leben mit diesem Riesentrumm etwas anfangen können!«

»Ich schon!« behauptete Sven und klopfte sich mit der Faust an die Brust.

»Ausgerechnet!«

»Was weißt du denn schon?« fauchte Sven seine Schwester an. »Ich will ihn später haben ... und wenn ich mir ein Haus drumherum bauen muß!« Er wandte sich wieder der Mutter zu. »Weißt du noch, wie ich mich bei Gewitter darin versteckt habe, als ich noch klein war?«

»Vielleicht tust du es heute noch«, spottete Ilona. »Dann wirst du sicher auch wissen, wo der Schüssel ist?«

»Der Schlüssel?« wiederholte Sven mit Unschuldsmiene. »Keine Ahnung!«

»Wann warst du zuletzt an dem Schrank?« fragte Sabine.

»Nicht ein einziges Mal, seit wir hier wohnen.«

»Dann scheint er dir aber doch nicht so ans Herz gewachsen zu sein, wie du uns weismachen willst«, stellte Ilona fest.

»Doch!« Mit einer theatralischen Bewegung legte Sven die ausgebreiteten Arme an den alten Schrank. »Ich liebe ihn!«

»Wir wollen keine Staatsaktion daraus machen«, sagte Sabine, »geh wieder an die Arbeit, Sven. Und ich möchte jetzt weiter Kaffee trinken.« Sie schob ihre Hand unter Ethels Ellbogen. »Du ahnst nicht, was für ein Stein mir durch deinen Entschluß vom Herzen gefallen ist.«

»Ich würde den Schrank trotzdem verkaufen«, sagte Ilona, während sie hinunterstiegen.

»Vielleicht tu ich's sogar«, behauptete Sabine, »ich werde mit Vater darüber reden.«

Sven stand mit klopfendem Herzen in seinem Zimmer, den Rücken gegen die Tür gepreßt, und lauschte, wie die Schritte der Frauen sich entfernten. Als nichts mehr zu hören war, kehrte er auf Zehenspitzen auf den Speicher zurück. Er zog einen großen Schlüssel, der an einem Lederband um seinen Hals hing, aus dem Hemd, hob die Schnur über den Kopf, steckte den Schlüssel ins Schloß des alten Schrankes und drehte ihn um. Er kniete nieder und betastete die Schätze, die er hier verborgen hatte: Radios, Aktentaschen, Decken, einen Koffer mit Kleidungsstücken – sein Anteil an der Beute der nächtlichen Raubzüge mit Heinz und Alfons. Er hatte sein Versteck für absolut sicher gehalten. Niemand hatte sich bisher um den alten Schrank gekümmert. Aber das war jetzt vorbei. Auch wenn seine Mutter sich nicht dazu entschließen konnte, ihn zu verkaufen, so war ihre Neugier vielleicht doch geweckt. Womöglich würde sie versuchen, den Schrank mit einem anderen Schlüssel zu öffnen. Aber ob ihr das gelang?

Sven zog den Schlüssel heraus und betrachtete ihn in dem fahlen Licht, das durchs Dachfenster fiel. Der Bart war ziemlich kompliziert. Unmöglich, daß ein zweiter derartiger Schlüssel im Haus war. Natürlich hätte man mit Wachs oder Knete einen Abdruck des Schlosses nehmen und danach einen neuen Schlüssel anfertigen lassen können. Aber er zweifelte daran, daß das Interesse seiner Mutter so weit gehen würde. Solange sie sich nicht entschied, den Schrank zu verkaufen, bestand keine Gefahr.

Aber würden sie es ihm überhaupt sagen, wenn es soweit war –

nachdem er sich eben so angestellt hatte? Er würde in nächster Zeit noch mehr auf der Hut sein müssen als bisher. Das Leben war verdammt anstrengend, und er wünschte einmal mehr, mit der Verbrecherlaufbahn aufhören zu können, in die er so unversehens hineingeschliddert war. Er wünschte es, aber er wollte es nicht mit aller Kraft, denn er genoß das Abenteuer, und die Freundschaft der beiden großen Jungen bedeutete ihm trotz allem viel.

Am Mittwoch abend wollte Sabine gerade den nächsten Patienten in das Untersuchungszimmer bitten, als Dr. Strathmann sie zurückhielt. »Ich nehme an, daß Sie heute nachmittag wieder mal nach Traunstein fahren werden«, sagte er in seinem üblichen barschen Ton.

Sabine hatte nie über ihre persönlichen Verhältnisse mit ihm gesprochen. Sie erschrak. »Woher wissen Sie?«

Jetzt schenkte er ihr einen kurzen, durchdringenden Blick. »Das war wohl nicht schwer zu erraten.«

»Ich habe nichts verheimlicht! Ich habe gleich damals beim Arbeitsamt gesagt, daß mein Mann...«

Er fiel ihr ins Wort. »Sie brauchen sich doch nicht zu verteidigen!«

»Nicht? Ich dachte...«

»Frau Maurer hat es mir selbstverständlich gleich gesagt. Aber es hat mich nicht interessiert. Ich bin nicht für Sippenhaftung.«

»Und jetzt!... Auf einmal...«

»Herrgott, seien Sie doch nicht so nervös! Ich wollte Ihnen bloß anbieten, Sie nach Traunstein zu fahren!« Als sie ihn verständnislos anblickte, fügte er hinzu: »Ich habe sowieso dort zu tun. Das ist doch bequemer für Sie als mit der Bahn.«

»Ja, ja, natürlich, nur...« Sie war krampfhaft bemüht, ihre Gedanken zu ordnen.

»Wenn es Ihnen nicht paßt... ich will mich nicht aufdrängen.«

Sie straffte die Schultern. »Doch, doch, es paßt mir sehr gut. Wirklich, das ist sehr liebenswürdig von Ihnen. Ich war nur so – überrascht.«

»Gut. Dann hole ich Sie ab. Um drei?«

Sabine fand sich selbst spießig, aber der Gedanke, daß die Nachbarn sehen würden, wie sie in das Auto des jungen Arztes stieg, war ihr unerträglich. »Nein, nein, ich komme lieber hierher«, sagte sie rasch, obwohl das bedeutete, daß sie das Fahrrad benutzen mußte.«

Er ließ es dabei bewenden. »Also um drei Uhr hier. Abgemacht.«

Es war ein strahlend schöner Herbsttag. Die Wälder hatten sich leuchtend bunt verfärbt, und schon schimmerte der erste, sehr weiße Schnee auf den Gipfeln der Voralpen. Der Himmel war föhnig blau. Sabine nahm dieses Bild nur ganz flüchtig wahr, als sie aus der Stadt hinausfuhren. Sie war in Gedanken schon völlig bei der ihr bevorstehenden Begegnung. Es waren fast nur gute Neuigkeiten, die sie Arnold zu berichten hatte, und doch fürchtete sie, wieder nicht den richtigen Ton zu finden. Er war so verschlossen. Sie hätte ihm so gern gezeigt, daß sie bereit war, alles für ihn zu tun. Aber es schien, als wenn sie immer das Verkehrte sagte.

Dr. Strathmann respektierte ihr Schweigen. Außer ein paar Belanglosigkeiten sprachen sie nicht miteinander. In Traunstein setzte er sie vor dem Polizeigefängnis ab. »Und wo treffen wir uns später?« fragte sie, weil sie nicht verlangen wollte, daß er sie wieder abholte oder gar auf sie wartete.

»Wie wär's am Bahnhof?« schlug er vor. »Gegenüber der neuen Hauptpost steht ein modernes Hochaus. Nicht zu verfehlen. Im ersten Stock gibt es ein Café, das ist als Treffpunkt ganz geeignet.«

»Gut. Ich werd's schon finden.« Aus einem Impuls heraus reichte sie ihm die Hand.

Er hielt sie einen Augenblick lang fest. »Viel Glück«, sagte er mit der Andeutung eines Lächelns. Sie ärgerte sich, daß sie rot wurde, und wandte sich rasch ab.

Die Begegnung mit Arnold verlief noch schlimmer als Sabine gefürchtet hatte. Sie berichtete alles, was inzwischen passiert war, erkundigte sich eingehend nach seinem Befinden und versuchte, ihn zu ermutigen und aufzuheitern. Aber er saß verdüstert da, blieb wortkarg, und ihr war es, als sehe er durch sie hindurch. »Nun mach doch nicht so ein Gesicht!« bat sie endlich .»Es könnte doch alles viel schlechterstehen! Ich dachte, ich hätte einen Haufen guter Nachrichten... und nun scheint dich das alles gar nicht zu interessieren!«

»Wenn man so viel Zeit hat, nachzudenken, sieht man die Dinge anders.«

»Aber du wirst doch wenigstens zugeben, daß wir alle sehr tapfer sind! Daß wir uns nach Kräften bemühen, mit den Schwierigkeiten fertig zu werden!«

»Ich weiß nicht.« Jetzt sah er sie zum erstenmal voll an. »Du siehst immer nur die materielle Seite. Um was es wirklich geht, das merkst du gar nicht.«

Sie beugte sich leicht vor. »Um was es wirklich geht?«

»Ja«, sagte er fest, »um das Seelische, meine ich.«

Eine Woge von Schmerzen und Bitterkeit ergriff sie, die sie mit sich fortriß. »Du hast recht«, sagte sie tonlos, »das Seelische versuche ich zu vergessen. Denn ich würde verrückt werden, wenn ich ewig daran denken müßte, daß du mich betrogen hast... Mit Susi Kienzel und wer weiß, mit wem sonst noch. Das ist nämlich der springende Punkt. Hättest du das nicht getan, hätte Kienzel dich gar nicht angezeigt! Und du hast mich damals noch zu ihm sausen lassen und mich der Demütigung ausgesetzt, diese Geschichte durch ihn zu erfahren. Nicht mal den traurigen Mut hast du aufgebracht, mir das selbst zu gestehen!«

Ihre Augen hatten sich mit Tränen gefüllt; sie sah nicht, daß sein graues Gesicht noch um eine Nuance blasser geworden war. »So siehst du die Dinge also«, sagte er. »Das hast du die ganze Zeit mit dir herumgetragen.«

»Habe ich dir damit etwa Unrecht getan?« rief sie. Er schwieg. »Sag wenigstens, daß Susi die einzige war! Aber nicht einmal das kannst du mit gutem Gewissen! All die Jahre bist du mit anderen Frauen herumgezogen... und ich habe es nicht einmal geahnt!« Ein krampfhaftes Schluchzen schüttelte Sabine; sie konnte kaum weitersprechen. »Und jetzt bist du anscheinend noch enttäuscht, daß ich mir anmerken lasse, wie sehr ich mich darüber kränke... Daß du mich betrogen hast, ist viel schlimmer als die Sache mit dem Geld! Für mich viel, viel schlimmer!«

»Sabine... ich«, stammelte er hilflos, »glaub mir doch...«

»Dir glauben? Wie könnte ich das? Ich hab's nicht wahrhaben wollen, aber vielleicht ist es doch so, daß du das Geld für eines deiner Liebchen gebraucht hast! Das wäre die einzige verständliche...« Sie schluchzte wild und konnte den Satz nicht zu Ende sprechen.

»Das ist nicht wahr!« beteuerte er. »Ich gebe zu, es spricht jetzt alles gegen mich... aber das ist nicht wahr!« Er sprang auf und wollte seine Frau bei der Schulter packen.

Aber der Justizangestellte, der mit unbeteiligtem Gesicht Zeuge der Auseinandersetzung gewesen war, verwehrte es ihm. »Bitte, nicht!« Mehr sagte er nicht, aber diese beiden Worte so energisch, daß Arnold mitten in der Bewegung erstarrte. Dann fügte der Justizangestellte hinzu: »Bitte, setzten Sie sich wieder.» Nach einem Blick auf seine Armbanduhr erklärte er beziehungsvoll: »Sie haben noch drei Minuten Zeit!«

»Sabine«, sagte Arnold erschüttert, »Biene, bitte weine doch nicht so! Ich wußte ja nicht... ich wollte nicht! Bitte beruhige dich doch!«

Aber Sabine hätte, selbst wenn sie gewollt hätte, ihre Tränen nicht zurückhalten können. Er hätte ihr gern gesagt, daß er sie liebe; aber in Anwesenheit eines Dritten brachte er kein Wort über die Lippen. »Was kann ich denn tun, damit du mir wieder glaubst?« fragte er statt dessen hilflos.

»Sag mir«, brachte sie unter Schluchzen hervor, »sag mir, was du mit dem Geld gemacht hast!«

»Aber das weißt du doch!«

»Nichts weiß ich.« Sie suchte nach einem Taschentuch, um sich die Nase zu putzen. »Nichts als eine dumme Geschichte, die du dir ausgedacht hast, und die dir nicht im mindesten ähnlich sieht!«

»Du kennst mich eben nicht.«

»Du hast recht.« Sie nahm alle Kraft zusammen, um ihrer Erregung Herr zu werden. »Ich habe einen Fremden geliebt. Über zwanzig Jahre lang habe ich mit einem Fremden zusammengelebt...«

»Sabine!«

Ein Aufseher trat ein, um Arnold abzuholen. »Bitte, verabschieden Sie sich jetzt«, mahnte der junge Justizangestellte.

Sabine schluckte ihre Tränen. »Ich will alles verzeihen und vergessen, Arnold... aber, bitte, sag mir endlich die Wahrheit! Ich muß sie wissen!«

Arnold stand auf. »Leb wohl«, sagte er, »und grüß die Kinder, auch Ethel. Sag ihr, daß ich mich sehr freue und ...«

»Komm, komm!« drängte der Aufseher. »Mach schon!«

»Sehen wir uns wieder?« bat Arnold.

Sabine brachte kein Wort heraus, sie konnte nur nicken, und geschüttelt von einem neuen Anfall, jagte sie blindlings aus dem kahlen, unfreundlichen Zimmer.

Als Sabine eine knappe Stunde später das Café gegenüber der Hauptpost betrat, hatte sie sich ausgeweint. Im Waschraum des Bahnhofs hatte sie das Gesicht mit kaltem Wasser gekühlt und es mit Lippenstift, Wimperntusche und Puder bearbeitet. Aber obwohl sie sich zu einem Lächeln zwang, war ihr die überstandene Erschütterung immer noch anzusehen.

Dr. Strathmann tat gar nicht so, als merke er es nicht; er erhob sich von seinem Fenstertisch und kam ihr entgegen. »Es war schlimm, wie?« fragte er unerwartet verständnisvoll. »Ich habe Ihnen vorsorglich einen Kognak bestellt. Rauchen Sie?«

»Nein, danke.«

»Das ist vernünftig. Man neigt in solchen Situationen dazu, es sich anzugewöhnen. Aber es hilft überhaupt nicht. Weder unsere Probleme zu lösen noch zu vergessen.«

Sabine setzte sich. »Ich habe mich furchtbar gehenlassen.«

»Und das war gut so. Ich habe Sie jetzt schon einige Zeit beobachten können, Sabine ... entschuldigen Sie, daß ich Sie so nenne, aber Frau Miller, das klingt mir ein bißchen zu förmlich ...«

»Solange Sie nicht erwarten, daß ich Thomas zu Ihnen sage!«

»Warum eigentlich nicht? In der Praxis würde das einen komischen Eindruck machen, aber hier und heute sind wir doch ganz privat zusammen. Versuchen Sie es mal!«

Sie wich aus. »Sie wollten mir etwas anderes sagen ...«

»Ach ja. Daß Sie zu den Menschen gehören, die sich unter einer starken Belastung ganz stark zusammennehmen ... und sich selbst verbieten, auch nur die kleinste Schwäche zu zeigen.«

»Was ist daran falsch?«

»Es ist überaus gefährlich. Wenn man sich nicht Luft macht, kann die Anspannung so stark werden, daß man darunter zerbricht.« Er lächelte ihr ermutigend zu. »Aber diese Gefahr ist ja jetzt gebannt. Mag sich Ihr lieber Gatte jetzt auch nicht ganz wohl in seiner Haut fühlen – ich bin froh darüber. Und Sie sollten es auch sein, Sabine.«

»Ich weiß nicht ...«

»Seien Sie doch ehrlich, Sie fühlen sich jetzt wohler. Auf der Herfahrt waren sie ja total verkrampft. So, und jetzt trinken wir.« Er hob ihr sein volles Glas entgegen; es war, wie Sabine erkannte, nicht sein erstes. »Trinken wir ... auf die Zukunft!« Er leerte das Glas in einem Zug, und auch sie nahm einen kräftigen Schluck.

»Jetzt haben Sie wieder Farbe bekommen«, stellte er fest. »Und was machen wir nun?«

»Wir fahren nach Hause.«

»Nicht doch. Es geht Ihnen zwar besser, aber ich kann Sie in dieser Verfassung doch nicht allein lassen...«

»Meine große Tochter kommt um sechs heim.«

»Und Sie wollen sich mit ihr aussprechen?«

Sabine malte mit dem Zeigefinger unsichtbare Linien auf die hellgrüne Kunststoffplatte. »Sie hat selbst viel Pech gehabt. Durch diese Sache mit meinem Mann ist Ihre Verlobung geplatzt.«

»Und Sie möchten sie nicht noch mehr belasten?«

»Nein... nein, das möchte ich nicht.«

»Also kann ich Sie nicht mit rotgeweinten Augen nach Hause lassen.«

»Aber ich muß kochen.«

»Das kann ausnahmsweise mal Ihre große Tochter übernehmen. Wenn sie erwachsen genug war, sich zu ver- und entloben, wird sie wohl auch imstande sein, eine Mahlzeit zusammenzubrauen.« Er legte ganz leicht seine Hand auf ihre unruhigen Finger. »Geben Sie es doch zu: Sie wollen ja gar nicht nach Hause! Tun Sie doch einmal nicht das, was Sie für Ihre Pflicht halten, sondern tun Sie endlich etwas, wozu Sie Lust haben.«

Die Berührung seiner warmen, trockenen Hand war beruhigend und zugleich erregend. »Und das wäre?« fragte Sabine.

»Es ist ein so herrlicher Tag. Fahren wir zusammen nach Salzburg! Das ist nur ein Katzensprung von hier. Bummeln wir ein bißchen durch die Altstadt, klettern wir vielleicht noch auf die Hohe Feste – und dann essen wir ganz gemütlich im *Österreichischen Hof* zu Abend. Bouillon, Tafelspitz und Kren, und zum Nachtisch Salzburger Nockerln...«

»Das ist ja ein ganzes Programm.«

»Habe ich mir für Sie ausgedacht. Und erzählen Sie mir nicht, daß es Ihnen keinen Spaß machen wird.« Als sie immer noch zögerte, setzte er hinzu: »Ich schätze Menschen mit Pflichtgefühl, besonders im Beruf. Aber man kann es auch übertreiben. Jeder Mensch hat das Recht, zu entspannen und sich ein bißchen Freude zu holen. Man versündigt sich am Leben, wenn man es zu einer Tretmühle herabwürdigt.«

»Ich war seit Jahren nicht mehr in Salzburg«, gestand sie.

Er zog seine Hand zurück, und es war ihr plötzlich, als müsse sie frieren. »Na also!« sagte er. »Worauf warten wir dann noch?«

»Ich muß noch meiner Tochter Bescheid sagen.«

»Tun Sie es. Neben der Theke ist ein Münzfernsprecher.«

»Aber was soll ich ihr sagen?«

»Daß Sie mit Ihrem Chef nach Salzburg fahren.«

»Das – nein, das möchte ich lieber nicht.«

»Dann sagen Sie, daß Sie hier in Traunstein bleiben, einen Film ansehen und zu Abend essen wollen...«

»Ich weiß nicht, ob ich das kann. Ich habe Ilona noch nie belogen... nie so bewußt belogen jedenfalls.«

»Soll ich anrufen?«

»O nein!« rief sie erschrocken. »Nein, nur nicht!«

Er winkte der Serviererin, um zu zahlen. »Sabine, Sie sind doch ein erwachsener Mensch«, sagte er ärgerlich, »ein freier Mensch, weder ein Baby noch eine Sklavin. Sie sind Ihren Kindern keine Rechenschaft schuldig!«

Sie fürchtete, daß er gleich die Geduld mit ihr verlieren werde, und sagte hastig: »Sie haben natürlich recht... Thomas. Ich benehme mich kindisch. Aber das kommt einfach daher, daß ich mich in einer völlig ungewohnten Situation befinde.« Sie stand auf. »Ich werde sie einfach im Büro anrufen und ihr erklären, daß es heute spät werden wird – und einhängen, bevor sie Einzelheiten wissen will.«

»Na, bravo, bravo! Sehr tapfer, Sabine... Sie machen sich!« Es wurde ihr bewußt, daß es das erstemal war, daß sie ihn herzlich lachen sah.

Es wurde alles so, wie sie es sich vorgestellt hatte. Da die Hauptreisezeit vorbei war, gab es an der Grenze keinen Aufenthalt. Sie erreichten Salzburg in einer knappen halben Stunde und fuhren zuerst auf die Hohe Feste hinauf, unternahmen einen romantischen Gang und kletterten Hand in Hand über riesige Steinblöcke. Sie genossen den Blick rund über Salzburg und das Außengelände der Burg, in die verschachtelten Gassen der Altstadt hinunter, und erlebten einen feurig-roten Sonnenuntergang, der sich unheimlich schön von dem dunkelvioletten Abendgewölk abhob. Dazu lieferte eine Gruppe junger Leute, die in der Jugendherberge übernachteten, mit Volksliedern zur Gitarrenbegleitung eine zauberhafte Stimmungsmusik.

Sabine war ganz benommen. »So etwas Schönes habe ich noch nie erlebt«, gestand sie.

Thomas Strathmann lächelte. »Ich freue mich, daß ich Ihnen das zeigen durfte.«

Es wurde kühl, und sie begann in ihrem Tweedkostüm zu frösteln. Sie fuhren wieder hinunter, parkten am Rande des Residenzplatzes, standen lange vor der prächtigen Pferdeschwemme des prunkliebenden Fürstbischofs und bummelten dann an der Franziskanerkirche und am Dom vorbei, besuchten den kleinen alten Friedhof unterhalb der Katakombengräber, in denen die christlichen römischen Legionäre ihre christlichen Kameraden begraben hatten. Allmählich wurden sie hungrig, warfen ihr Programm um und kehrten in den »Peterkeller« ein. Sie aßen reichlich und gut, tranken steirischen Schilcher und ließen sich von der volkstümlich-fröhlichen Stimmung ringsum anstekken.

Sabine fühlte sich herausgerissen aus ihrem Alltag und ihren Sorgen, in eine traumhafte leichte Welt versetzt. Etwas krampfte sich in ihr zusammen, als sie daran dachte, daß der schöne Tag nun bald vorbei sein würde und sie nach Riesberg zurück mußten, aber sie ließ es sich nicht anmerken.

Trotzdem war es ihr, als spreche Dr. Strathmann ihre eigenen

Gedanken aus, als er sagte: »Eigentlich wäre es doch schade, jetzt schon nach Hause zu fahren!«

»Stimmt«, gab sie unumwunden zu, »aber es wird uns wohl nichts anderes übrig bleiben.«

»Wieso? Wir könnten's uns genausogut anders überlegen.«

»Ich muß zurück.«

»Aber doch nicht jetzt schon! Wie wär's, Sabine, hätten Sie nicht Lust, mit mir tanzen zu gehen?«

»Tanzen?« wiederholte sie ein wenig töricht. »Ich habe seit undenklichen Zeiten nicht mehr getanzt.«

Er nahm ihre Hand. »Aber ich wette, Sie tun es gern.«

»Ich weiß gar nicht mehr, ob ich es noch kann.« Sabine sann nach. »Es hat sich nie eine Gelegenheit ergeben.« – Sie dachte daran, wie oft sie Arnold gebeten hatte, mit ihr auszugehen, und wie es dann doch nie dazu gekommen war: weil eines der Kinder sich nicht wohl gefühlt hatte, weil gerade eine interessante Sendung im Fernsehen war oder letzten Endes doch immer deswegen, weil er keine Lust gehabt und es für eine sinnlose Geldausgabe gehalten hatte.

»Lilian und ich«, sagte Thomas Strathmann, »wir haben oft miteinander getanzt. Sie war so lebenslustig ... ein so heiterer, unbeschwerter Mensch.« Sein Gesicht verdüsterte sich.

Sabine begriff, daß Lilian der Name seiner verstorbenen Frau war. »Sie waren sehr glücklich mit ihr?«

»Ja.«

Sie wußte nicht mehr, was sie sagen sollte, wagte weder näher auf das ihn so sichtbar schmerzende Thema einzugehen noch es zu wechseln. Nach einer kleinen Pause sprach er von sich aus weiter. »Wenn ihr Tod nur nicht so sinnlos gewesen wäre ... Wenn sie vorher krank gewesen wäre, wenn es irgendwelche Anzeichen gegeben hätte ... aber es geschah buchstäblich aus heiterem Himmel. Sie war eine gute Autofahrerin, fuhr so einen kleinen roten Flitzer, den sie sehr liebte. Sie fuhr gern rasch, aber doch nie tollkühn, immer mit Verstand. Es ist mir heute noch unvorstellbar, wie es passieren konnte. Sie wollte eine Freundin zum Geburtstag besuchen. Sie hatte sich dafür fein gemacht, küßte mich liebevoll wie immer zum Abschied und versprach, daß es nicht spät werden würde. Ich sah ihr ohne die geringste Sorge nach, ohne den Schatten einer Vorahnung. Sie mußte auf dem Weg zu ihrer Freundin ein Stück über die Bundesstraße. Die Fahrbahn war ganz in Ordnung, keine Ölspur oder irgend etwas, der Fahrer des Lastwagens behauptete, nicht gebremst zu haben, was er später durch seinen Fahrtenschreiber beweisen konnte. Lilian brauste ihm einfach hinten drauf und ... war auf der Stelle tot.« Er schwieg.

»Das muß ein furchtbarer Schock für Sie gewesen sein!« Ihre Finger umfaßten seine Hand.

Er sah sie an. »Erst seit Sie in mein Leben getreten sind, Sabine, komme ich allmählich darüber weg! Wenn Lilians Tod nur nicht so ... so völlig sinnlos gewesen wäre!«

»Es liegt an Ihnen, Thomas, einen Sinn zu finden.«
»Wie könnte ich das?«
»Ich weiß nicht. Aber ich meine immer, die Dinge haben genau den Sinn, den wir selbst ihnen geben ... es kommt darauf an, was wir aus den Ereignissen, die uns zustoßen, machen.«
»Für mich wird Lilians Tod immer sinnlos bleiben.«
Sie schüttelte den Kopf. »Nein, das glaube ich nicht. Dazu sind Sie ein viel zu positiver Mensch. Sie werden sicher eines Tages verstehen, daß Ihrer Frau durch diesen plötzlichen Tod viel erspart geblieben ist. Enttäuschungen, Kummer, Langeweile, die Abnützungserscheinungen einer Liebe... Sie ist mitten im Glück gestorben, auf dem Höhepunkt des Lebens, ohne Krankheit und ohne Schmerzen!«
»Und mich hat sie allein zurückgelassen.«
»Mit der Erinnerung an eine vollkommene Liebe und ein ungetrübtes Glück. Auch das ist sehr viel, Thomas!«
»Sie haben natürlich recht«, sagte er, »nur – das Glück sollte in der Zukunft liegen und nicht in der Vergangenheit.«
»Seien Sie dankbar, daß Sie es überhaupt erleben durften!«
»Und Sie, Sabine? Waren Sie je glücklich?«
Beinahe hätte sie nein gesagt, denn es kam ihr jetzt fast so vor. Aber dann antwortete sie. »Doch. In den ersten Jahren meiner Ehe. Und mit den Kindern.«
»Mit Ihrem Mann nicht mehr? Auch bevor er sich dieses – fremde Geld aneignete?«
»Es ist schwer zu erklären. Sie waren nicht lange genug verheiratet, um das zu verstehen. Unsere Beziehungen hatten sich irgendwie eingefahren, waren erstarrt, zur Routine geworden. Das Haus, ja, das eigene Haus war lange Zeit ein Ziel, auf das wir uns freuen konnten. Aber als wir es dann erreicht hatten, da blieb nichts mehr. Wir waren wie ausgebrannt. Ich glaube, Arnold hat das auch empfunden, vielleicht noch stärker als ich. Und deshalb hat er es wohl auch getan. Er wollte – ausbrechen.« Sie nahm einen Schluck aus ihrem Glas. »So stelle ich es mir jedenfalls vor. Darüber sprechen kann man nicht mit ihm.«
»Du hast mehr Verständnis für ihn, als er verdient hat«, sagte er. Sabine merkte gar nicht, daß er sie auf einmal duzte; vielleicht wurde es ihm selber nicht bewußt. »Aber du kannst ihn in Schutz nehmen, soviel du willst«, fuhr er fort, »ich finde, er hätte Rücksicht auf seine Familie nehmen müssen. Es kommt mir so vor, als wenn er bei dem, was er getan hat... ich kenne die Zusammenhänge natürlich nicht... nicht eine Minute an dich gedacht hätte.«
»Ja, das mache ich ihm auch zum Vorwurf!« gab sie zu.
»Und wie verteidigt er sich?«
»Thomas, bitte!« Sie zwang sich ein Lächeln ab. »Können wir nicht das Thema wechseln? Du meinst vielleicht, es täte mir gut, mich auszusprechen. Aber ich habe diese ganze Geschichte mit meiner großen Tochter, mit meinen Söhnen und mit meiner Schwägerin

wieder und wieder durchgekaut... ich habe allein so viel darüber gegrübelt, daß ich jetzt nichts mehr davon wissen mag... bestimmt nicht gerade heute!«

»Du hast recht«, sagte er, »ich bin ein Esel! Kannst du mir noch einmal verzeihen?«

»Im Gegenteil, ich muß dir noch dankbar sein, daß du dich überhaupt dafür interessierst.«

Er winkte der Kellnerin. »Ich werde es wiedergutmachen. Wir fahren jetzt zur ›Tenne‹. Das ist ein nettes Tanzlokal, das dir bestimmt gefallen wird. Damit wir aber wirklich was von dem Abend haben, werde ich vorher zwei Zimmer im *Österreichischen Hof* bestellen. Einverstanden?«

Sie fühlte sich überrumpelt. »Aber... ich... das geht doch nicht?«

»Erzähl mir jetzt bloß nicht, daß du keine Zahnbürste mit hast...«

»Das ist es nicht, nein, aber zu Hause...«

Die Kellnerin trat an den Tisch und machte die Rechnung fertig, so daß Sabine nicht weitersprechen konnte. Nachher sagte sie: »Ich bin noch nie eine Nacht von zu Hause weggeblieben!«

»Dann ist es heute eben das erste Mal!« Er stand auf und beugte sich zu ihr herab. »Sabine, hab doch einmal ein bißchen Mut! Wem bist du denn verpflichtet!« Ohne ihre Antwort abzuwarten, fügte er hinzu: »Ich gehe jetzt telefonieren.«

Sie wußte, daß er ihr durch diesen raschen Abgang die Möglichkeit zum Widerstand nehmen wollte, wußte aber auch, daß sie sich durchaus hätte weigern können, wenn sie es energisch gewollt hätte. Doch sie wollte es gar nicht. Zwar war ihr die Vorstellung, was Ilona von ihr denken würde, unangenehm. Aber sie schüttelte dieses Unbehagen ab. Allzulange war sie immer nur für die anderen da gewesen, hatte sie ihr Glück immer nur im Wohlbehagen ihrer Familie gefunden; der Drang, einmal wieder sie selbst, einmal wieder unbeschwert zu sein und sich begehrt zu fühlen, war unwiderstehlich geworden.

Thomas Strathmann kam zurück. »Die Zimmer sind reserviert«, sagte er, »jetzt bist du dran.« Er hatte seine melancholische Stimmung überwunden und wirkte jungenhaft unternehmungslustig.

Sabine fiel ein, daß er einige Jahre jünger war als sie, aber das störte sie nicht, sondern gab ihr das Gefühl, fast wieder ein junges Mädchen zu sein. Da sie sich auf den Abend genauso freute wie er, schien es ihr albern, sich noch länger zu zieren. »Na, wunderbar«, sagte sie, »dann rufe ich also zu Hause an.«

Er lächelte ihr ermutigend zu. »Ich hol' schon mal den Wagen vom Parkplatz und fahre vor.«

Es läutete nur kurz, dann meldete sich Ilona; aus dem Hintergrund war Musik zu hören, die Kinder hatten wahrscheinlich vor dem Fernseher gesessen. »Hör mal, Ilona«, begann Sabine, die es schnell hinter sich bringen wollte.

»Mutti, du?« fragte Ilona erstaunt. »Wo steckst du denn?«

Sabine zog es vor, diese Frage nicht zu beantworten. »Ich wollte dir nur sagen, daß ich heute nacht nicht nach Hause komme.«

»Ist etwas passiert!«

»Nein, nein, gar nichts!«

»Aber dann verstehe ich nicht...«

»Ich komme heute nicht nach Hause und fahre gleich morgen früh zur Arbeit. Wir sehen uns dann also morgen nachmittag wie immer. Ist bei euch alles in Ordnung?«

»Aber klar, Mutti, du brauchst dir unseretwegen keine Sorgen zu machen.«

»Fein, also dann...«

»Moment mal, Biene!« rief Ilona. »Du glaubst doch hoffentlich nicht, daß du mir Rechenschaft schuldest? Ich verstehe sehr gut, wenn du auch mal was vom Leben haben willst! Also mach dir keine Gedanken! Und viel Spaß!«

»Danke, Ilona!« Anstatt sie zu beruhigen, hatte dieses kurze Gespräch Sabines Skrupeln neue Nahrung gegeben. Wenn es jetzt eine Möglichkeit gegeben hätte, den jungen Doktor ohne Abschied stehenzulassen und nach Hause zu fahren, sie hätte es getan. Aber dahin führte kein Weg. Er empfing sie so freudig, daß sie sich selbst zickig vorgekommen wäre, wenn sie ihm erneut ihre Bedenken vorgetragen hätte.

»Geschafft?« fragte er und hielt die Autotür für sie auf.

»Ja«, sagte sie nur.

Er nahm sie ganz kurz in die Arme, bevor er sie einsteigen ließ. »Ich freue mich.«

Die »Tenne« lag außerhalb Salzburgs auf dem Hang des Gaisberges, ein in rustikalem Stil eingerichtetes Lokal mit einer kunstvoll geschnitzten alten Balkendecke, Schaukeln aus Pferdesätteln als Barhokker, Halftern und hölzernen Rechen als Wandschmuck. Als Beleuchtung dienten Stallaternen und Windlichter, die mit Behutsamkeit und Sachverstand elektrifiziert worden waren. Sabine und Dr. Strathmann fanden einen kleinen Tisch nahe dem offenen Kamin, in dem ein Feuer von dicken Buchklötzen prasselte. Sie fühlten sich sehr rasch behaglich. Thomas Strathmann bestellte eine Flasche Champagner. Aber noch ehe sie von dem Kellner in Kutschertracht serviert wurde, forderte er Sabine zum Tanzen auf. Sie konnte ihre Freude nicht verbergen.

Es spielte keine Band, sondern aus einer Stereoanlage erklang Musik von Schallplatten, und das war Sabine gerade recht, denn obwohl sie durch ihre Kinder mit der lauten, progressiven Musik druchaus vertraut war und ihr sogar einigen Reiz abgewinnen konnte, war es doch nicht die Musik ihrer Generation. Als sie jetzt auf die Tanzfläche traten und Frank Sinatras männliche Stimme einen sehr sentimentalen Song hören ließ, war es für Sabine wie eine Heimkehr. Sie war ungeübt, und auch Thomas war kein überdurchschnittlicher Tänzer, aber sie fanden sich sehr rasch in den Rhythmus des langsamen Walzers.

»It's the wrong time«, sang die Stimme aus dem Lautsprecher, *»and the wrong place, so your face is charming it's the wrong face...«*

Und obwohl der Text des Liedes nicht auf ihre Beziehung zueinander paßte, denn sie hofften, doch den richtigen Partner gefunden zu haben, entsprach doch die bitter-süße Melodie ihrer Stimmung, und sie wußten, wo und wann immer sie dieses Lied wiederhören würden, würden sie sich an diese Stunde erinnern...

Sie blieben noch etwa zwei Stunden in der »Tenne«, leerten die Champagnerflasche und tanzten viel. Aber nach diesem ersten Tanz war eigentlich alles entschieden. Ihre Sehnsucht nach dem Abenteuer des Glücks war übermächtig geworden. Sie fühlten sich füreinander bestimmt, so als hätten ihre Wege sich genau an diesem Punkt ihres Schicksals kreuzen müssen.

Im Hotel verabschiedeten sie sich auf dem Flur, rasch und ohne Kuß – es war kein wirklicher Abschied, denn sie wußten beide, daß diese Nacht für sie noch nicht zu Ende war. Sabine fand Seife und eine kleine Dose mit Nährcreme im Bad. Da sie kein Make-up aufgelegt, sondern nur Wimperntusche und Lippenstift benutzt hatte, genügte das zur Reinigung ihres Gesichtes. Sie putzte sich die Zähne, während sie die Wanne vollaufen ließ. Sie wusch sich, entspannte und erfrischte sich, rieb sich mit dem großen, weißen, ein wenig rauhen Tuch trocken und schlüpfte dann nackt in das Bett. Die glatten kühlen Laken berührten ihre Haut angenehm. Sabine genoß die Situation, genoß auch die prickelnde Aufregung, die Angst vor dem Sprung ins Ungewisse, die sie so lange nicht mehr gekannt hatt, daß sie ganz vergessen hatte, wie es war, wenn die Liebe noch neu war, noch ganz unverbraucht, frisch wie ein Trunk Quellwasser.

Dann kam er; sie hatte die Tür nicht abgeschlossen. Er setzte sich auf die Bettkante und suchte im warmen Licht der Nachttischlampe ihre Augen. »Wenn ich dich störe«, sagte er mit einem Anflug von Schüchternheit, »wirf mich hinaus.«

Plötzlich war ihre Angst, die sie bei aller Sehnsucht doch empfunden hatte, vollkommen vergessen. »Nein«, sagte sie, »nein...« Und sie streckte die Arme nach ihm aus.

Sie fanden sich in einer Zärtlichkeit, wie sie sie nie zuvor empfunden hatte, bis Leidenschaft sie zur höchsten Erfüllung trieb. – Später lag sie an seiner Schulter und weinte.

»Was ist dir?« fragte er und streichelte mit dem Handrücken ihre Schulter. »Gewissensbisse?«

»Nein«, schluchzte sie, »nein ... ich bin nur so glücklich ... ich habe nicht mehr gewußt, daß man so glücklich sein kann!«

Irgendwann in den frühen Morgenstunden verließ Thomas sie. Als Sabine erwachte, war sie allein. Sie fühlte sich verändert, nicht mehr als die Frau, die sie gewesen war. Lange betrachtete sie sich im Badezimmerspiegel, und es war ihr, als seien die feinen Falten der Bitterkeit, die sich ihr zwischen Nasenflügeln und Mundwinkeln eingeprägt hatten, verschwunden. Ihre Lippen waren voller geworden, die Augen hatten einen neuen Glanz bekommen; sie schien verjüngt. Es machte ihr auch nichts aus, daß sie keine Kosmetikutensilien bei sich hatte, außer ihrem Lippenstift, und nicht einmal den benutzte sie. Sie duschte sich nur ausgiebig, bürstete sich die Zähne, kämmte sich mit ihrem Taschenkamm, zog sich an und fühlte sich wohl in ihrer Haut. Erst dann begann sie unsicher zu werden. Sie scheute sich vor der ersten Begegnung mit ihrem Geliebten nach dieser Nacht. Er hatte sie gebraucht wie sie ihn; das hatte sie gespürt. Aber das schloß nicht aus, daß er es jetzt, in der Nüchternheit eines neuen Morgens, bereute. Vielleicht fürchtete er peinliche Vertraulichkeiten oder Ansprüche ihrerseits.

Es würde sehr viel davon abhängen, wie sie ihm heute früh gegenübertrat. Sie mußte ihm ganz deutlich machen, daß diese Nacht für sie ein einmaliges Erlebnis gewesen war, für das es keine Fortsetzung geben würde. Sie bereute nichts, machte weder sich noch ihm einen Vorwurf, im Gegenteil, sie war dankbar für das Glück, das er ihr geschenkt hatte. Aber es sollte sich keine Verpflichtung daraus ergeben, weder für sie noch für ihn. So weit, so gut. Aber wie sollte sie ihm das zu verstehen geben? Ihn wieder siezen? Das wäre albern gewesen. Sie konnte auch nicht gleich am Frühstückstisch eine Grundsatzdebatte mit ihm beginnen. Also wie?

Sie warf einen Blick auf die Armbanduhr. Es war fast acht, und er hatte sich noch nicht gemeldet. Sie hatten aber nicht mehr viel Zeit, wenn sie pünktlich in Riesberg sein wollten. Wahrscheinlich schlief er noch. Sollte sie ihn wecken? Das schien ihr aufdringlich. Nein, besser war es, allein zum Frühstück hinunterzugehen. Dadurch würde sie ihm klarmachen, daß sie selbständig zu sein wünschte und nicht daran dachte, sich an ihn zu klammern. Zögernd ging Sabine zur Tür. Sie hatte selten in Hotels gewohnt und niemals allein. Immer hatte Arnold alles für sie arrangiert.

Sie hatte die Klinke schon in der Hand, da kehrte sie noch einmal um, lief ins Bad und ließ die Zahnbürste, die kleine Tube Pasta und die Cremedose in ihrer Handtasche verschwinden. Zweifellos mußte Thomas sie bezahlen. Sie sah keinen Grund, sie dem Hotel zu schenken. Als sie das Zimmer zum zweitenmal durchquerte, klingelte das weiße Telefon auf ihrem Nachttisch. Sie nahm den Hörer ab und meldete sich, ein wenig atemlos vor Erregung: »Ja?«

»Guten Morgen, mein Liebling!« Thomas Strathmanns Stimme klang erfrischend, unbefangen und herzlich. »Hast du gut geschlafen?«

»O ja, danke«, Sabine errötete – grundlos, wie sie selbst glaubte. »Du auch?«

»O ja. Wie ein Bär. Aber jetzt wird's Zeit aufzustehen.«

»Ich bin schon fix und fertig angezogen.«

»Um so besser... bravo! Ich hol' dich ab.« Er legte auf und klopfte Sekunden später an ihre Tür; offensichtlich war auch er schon aufgewesen und hatte sie nur so lange wie möglich schlafen lassen wollen. Sie öffnete, und bevor sie noch ein Wort sagen konnte, nahm er sie in die Arme und küßte sie zärtlich. Alles, was sie sich über seine Stimmung zurechtgelegt hatte, war falsch gewesen. Ihre eigenen Vorsätze zerplatzten wie Seifenblasen. Es kostete sie Überwindung, sich voneinander zu lösen.

»Du brauchst nicht abzuschließen«, sagte er, als sie das Zimmer verließen, und zog den Schlüssel ab, »es gibt ja nichts zu stehlen.« Er reichte ihre den Arm, als sie den teppichbelegten Flur hinuntergingen. Er ließ sie auch nicht los, als er die Schlüssel beim Portier abgab und um die Rechnung bat.

»Du, der hat uns komisch angesehen«, flüsterte sie, als sie den Speisesaal betraten.

»Er beneidet uns«, behauptete Thomas, »das ist alles. Jeder sieht uns an, daß wir ein verliebtes Paar sind.« Er führte Sabine zu einem sonnigen Tisch am Fenster und schob ihr den Stuhl zurecht.

»Könntest du dir vorstellen, daß mir das nicht – ganz so angenehm ist?« fragte sie vorsichtig; sie wollte ihn nicht kränken, wußte aber doch, daß sie so rasch wie möglich die Verhältnisse klarstellen mußte.

Zu ihrer Überraschung zeigte er sich nicht die Spur beleidigt. »Durchaus«, gab er lächelnd zu, »ich hab's ja auch drauf angelegt, dich zu kompromittieren.«

»Sag doch so was nicht!«

Ein Kellner kam an ihren Tisch.

»Tee oder Kaffee, Liebling?« fragte Thomas.

»Kaffee, bitte!«

»Zweimal Kaffee complet«, bestellte er, »zwei Eier und zweimal Beinschinken. Den Beinschinken mußt du probieren, Liebling, das ist eine österreichische Spezialität.«

»Thomas«, sagte sie erregt, »wenn wir nach Riesberg zurückkommen...«

»... werden wir, wenigstens den Patienten gegenüber, wieder den Herrn Doktor und die Frau Miller spielen«, ergänzte er sofort, »anders geht's nicht. Leider. Aber ich hoffe, wir werden dieses Theater nicht lange spielen müssen.«

Sie krauste die Stirn. »Ich verstehe nicht, worauf du hinauswillst.«

»Auf eine Ehe«, erklärte er entschlossen.

»Was?« An eine solche Lösung hatte sie nicht eine Sekunde gedacht.

»Nun tu nicht so erstaunt. Es ist doch selbstverständlich, daß wir heiraten werden. Oder hattest du geglaubt, ich hätte nur ein Abenteuer gesucht?«

»Wenn ich ehrlich sein soll: ja!«

Er lachte nur. »Wie schlecht du mich kennst. Für ein Abenteuer würde ich mir irgendeine leichtfertige Person suchen. Doch nicht eine Frau wie dich!«

Sie berührte seine Hand. »Thomas, ich bin verheiratet.«

»Nur auf dem Papier. Deine Ehe war doch schon längst keine mehr.«

Es war ihr, als habe er recht; sie wurde unsicher. »Aber ich kann Arnold doch in dieser Situation nicht im Stich lassen.«

»Unsinn. Wer hat wen zuerst im Stich gelassen? Seine Verfehlung liefert dir einen prächtigen Scheidungsgrund.«

»Ich kann das nicht. Es käme mir wie Verrat vor.«

»Willst du dich lieber *ad infinitum* für ihn aufopfern?«

»Jetzt übertreibst du aber.«

Er legte ihr die Hand unter das Kinn. »Sieh mich an, Sabine! Du liebst mich doch?«

»Ja.«

»Dann kannst du nicht bei deinem Mann bleiben. Das erst wäre wirklicher Verrat.«

»Ich habe nie daran gedacht, ihn zu verlassen.«

»Dann wird es höchste Zeit. Sabine, du weißt, was unverbindet. Es ist viel mehr als Leidenschaft. Wir verstehen uns, auch im Beruf, wir arbeiten wunderbar Hand in Hand. Du bist die beste Sprechstundenhilfe, die ich je hatte. Möglich, daß das in deinen Ohren berechnend klingt, so als wollte ich eine billige Arbeitskraft heiraten. Aber darum geht es nicht, sondern daß du eine Tätigkeit brauchst, die dich ausfüllt. Ich habe dich beobachtet. Du brauchst das. Es ist mir unvorstellbar, wie du dich jahrzehntelang mit einem Dasein als Hausfrau hast begnügen können.«

Jetzt mußte sie lächeln. »Ich habe vier Kinder, Thomas. Ich kann dir versichern, daß ich mit ihnen und dem Haushalt und später noch dem Garten voll ausgelastet war.«

»Aber jetzt sind sie erwachsen.«

»Bis auf Sven.«

»Den nehmen wir zu uns.«

»Du stellst dir das alles so einfach vor.«

Der Kellner servierte das Frühstück, und Thomas wartete mit einer Entgegnung, bis der alte Mann sich wieder zurückgezogen hatte. »Es ist alles ganz einfach«, betonte er. »Lang tüchtig zu! Ich jedenfalls habe einen gesunden Appetit!« Er drückte genüßlich in eine krachende Semmel, bevor er sie aufschnitt.

»Wie kommst du darauf, daß Arnold mich so ohne weiteres freigeben wird?« Sie schenkte erst ihm, dann sich selbst ein.

»Er muß. Bei dem Scheidungsgrund!« Er legte eine Scheibe Schinken auf die halbe Semmel. »Und für den Fall, daß er Schwierigkeiten machen wird, habe ich, wie gesagt, schon begonnen, dich tüchtig zu kompromittieren. Egal, wie du geschieden wirst, Hauptsache, du kommst frei.«

Sie wurde von ihren Gefühlen hin- und hergerissen. »Er hat eine schwere Zeit vor sich, auch wenn er seine Strafe abgesessen hat.« Sie verrührte Sahne und Zucker in ihrer Tasse.

»Das ist nicht deine Schuld.«

Sie rührte immer noch. »Aber siehst du nicht, daß es ... gemein wäre, ihn einfach allein zu lassen?«

Thomas beugte sich vor. »Bist du ganz sicher, daß er das nicht selbst möchte? Sein Versuch, ohne dein Wissen zu einer großen Summe Geld zu kommen? Nachher seine Flucht ins Ausland? Das alles weist doch darauf hin, daß er ...«

Sie unterbrach ihn. »Sag jetzt bitte nicht, daß er eine Freundin haben muß!«

»Das hatte ich gar nicht vor. Aber bestimmt will er frei sein ... unabhängig. Gib ihm die Chance, ein neues Leben anzufangen.«

»Gut«, sagte sie zögernd, »ich werde mit ihm darüber sprechen.«

»Das genügt nicht. Du mußt selbst genau wissen, was du willst ... und du mußt ihn, wenn nötig, zu seinem Glück zwingen!«

»Ob ich das kann?« zweifelte sie.

»Aber sicher«, sagte er energisch. »Was er haben will, ist Geld. Also biete ihm welches. Verzichte auf deinen Anteil an eurem Haus, damit er es für sich verkaufen kann. Verzichte auf Unterhaltszahlung für dich und auch für Sven. Für euch beide will ich wohl sorgen.«

»Du bist sehr großmütig!«

»Nein, nein, du bist mir das wert ... das und noch viel mehr.« Seine warmen Finger umschlossen mit schmerzhaftem Druck ihre Hand. »Sabine, versprich mir, daß du um unser Glück kämpfen wirst! Bitte, versprich es mir!«

»Ja«, sagte sie.

»Das genügt mir nicht. Schwöre mir, daß du deinen Mann um die Scheidung bitten wirst.«

»Aber ... noch nicht jetzt. Er ist in einem furchtbar deprimierten Zustand. Erst wenn er frei ist ...«

»Einverstanden. Sobald er frei ist, wirst du es tun.«

»Ich schwöre.«

Er ließ ihre Hand los und lächelte ihr zu. »Nun, da das geklärt ist, solltest du aber endlich anfangen zu essen. Wir haben nicht mehr viel Zeit.«

»Ich werde mich beeilen«, sagte sie, aber sie konnte kaum etwas hinunterbringen. »Ich habe einfach keinen Hunger«, gestand sie, und das war die Wahrheit. »Ich glaube, das macht das Glück.«

Sie war viel zu aufgeregt, um zu essen. Aber sie genoß diese Stunde im gepflegten Speisesaal des Hotels, die weiße Damastdecke, das schimmernde Porzellan, die blank geputzten Kännchen und draußen den Herbstsonnenschein auf den bunten Bäumen am Ufer der Salzach, die träge dahinfloß. Das alles war wunderbar, aber das Herrlichste war, die Liebe in den Augen des Mannes zu lesen, mit dem sie sich so eng verbunden fühlte. Sabine wußte: wie sich auch ihre Zukunft entwickelte, diese eine Stunde würde sie nie vergessen.

Arnold Miller hatte unendlich viel Zeit, über alles, was ihm geschehen war, nachzudenken. Er begann sich an den Zustand der Unfreiheit zu gewöhnen, und der dumpfe Druck, der ihn so lange gequält hatte, verschwand. Seine Mithäftlinge versuchten, Kontakt mit ihm anzuknüpfen, durch rasch hingeworfene Worte auf den Spaziergängen über den grauen Gefängnishof, durch ein Lächeln oder Zwinkern bei einer Begegnung auf dem Gang oder im Duschraum.

Zu seiner eigenen Überraschung gelang es ihm plötzlich, seine Lage realistisch zu beurteilen. Er war keineswegs das Opfer eines übermächtigen Schicksals geworden, sondern daß er hier saß, war nur das Resultat einer Reihe von Fehlern, von denen zumindest einige vermeidbar gewesen wären. Er war nicht der einzige, dem so etwas passiert war. Unter den Untersuchungshäftlingen gab es zwei mit rechten Galgenvogelgesichtern und einen alten Mann, der abgerissen gekleidet war und offensichtlich ganz allein auf der Welt stand, denn er schnorrte ständig Zigaretten. Die anderen aber wirkten wie ganz gewöhnliche Mitbürger, sie trugen saubere und ordentliche Anzüge und benahmen sich unauffällig. Wäre Arnold ihnen in Freiheit begegnet, hätte er sie niemals für Verbrecher gehalten. Sie hatten Frauen und Kinder oder Freundinnen, die sicher unter ihrem Schicksal litten wie Sabine und seine Familie. Arnold versuchte herauszubekommen, was seine Leidensgenossen sich hatten zuschulden kommen lassen. Aber die Antworten waren immer nur vage, es bot sich auch nie Gelegenheit zu einem ausführlichen Gespräch.

»Ein Mißverständnis«, hieß es meist, »meine Unschuld wird sich herausstellen.« Oder: »Ich habe eben Pech gehabt.«

Pech gehabt – ja, das konnte Arnold auch von sich sagen, aber allmählich ging ihm auf, daß sein Unglück nicht von ungefähr und ohne eigenes Verschulden über ihn hereingebrochen war. In den langen Nächten lag er Stunden wach und dachte darüber nach, wie alles gekommen war. Warum hatte er Egon das Geld gegeben, das ihm nicht gehörte? Immer noch schien es ihm, als habe er keine Wahl gehabt. Er hatte keine andere Möglichkeit gesehen, den Schwager zu retten. Aber durfte er eine solche schwerwiegende Entscheidung treffen, ohne seine Frau ins Vertrauen zu ziehen? Es war bestimmt ein Fehler gewesen, daß er ohne ihr Einverständnis gehandelt hatte. Egon war ja ihr Bruder; auch sie hätte alles getan, was in ihren Kräften stand, um ihm zu helfen. Vielleicht hätte sie darauf bestanden, das Haus zu verkaufen – die fehlenden Fünfundzwanzigtausend wären auf alle Fälle dabei herausgesprungen, wenn er das seinerzeit auch nicht hatte wahrhaben wollen. Alles in ihm hatte sich dagegen gesträubt, den so mühsam erworbenen Besitz aufzugeben, und doch, das sah er heute ganz klar, wäre es das kleinere Opfer gewesen.

Es schmerzte ihn auch jetzt noch, sich diesen Verlust auszumalen, und doch: die Kinder wohnten, bis auf Sven, nicht mehr bei ihnen. Wie schnell hatte sich das regeln lassen, als es sein mußte. Wozu brauchte Sabine und er jetzt ein Haus? Wenn er doch wenigstens mit ihr darüber gesprochen hätte, als es noch Zeit war! Aber sie hatten ja schon seit langem höchstens noch über Belanglosigkeiten miteinander geredet. Arnold mußte zugeben, daß das nicht Sabines Schuld gewesen war. Sie hatte immer wieder versucht, ihn in ein Gespräch zu ziehen. Aber nichts von dem, was sie zu sagen hatte, hatte ihn interessiert; ihre Lebhaftigkeit hatte ihn geradezu abgestoßen. Er hatte sich ihr gegenüber verschlossen.

Er hätte sich ohrfeigen können, wenn er an ihre Besuche bei ihm in der U-Haft dachte. Sie hatte so viel guten Willen gezeigt. Aber er war mürrisch, abweisend, ja, bösartig gewesen. Warum mußte er alles an ihr auslassen, die dich, wie immer man die Dinge drehen und wenden wollte, kein Jota Schuld an seinem Unglück traf?

Es dauerte lange, und es war nicht leicht für ihn, sich einzugestehen, daß es der Zorn auf sich selbst war, den er an ihr abreagierte. Das hatte damals begonnen, als er sich – nicht ohne eigenes Zutun – von Susi Kienzel hatte verführen lassen. Dabei war es so unnötig gewesen, denn Sabine war gewiß keine frigide Frau, sondern immer noch der Erotik gegenüber aufgeschlossen. Er hatte gewiß nichts zu Hause vermißt, was er sich anderswo hätte holen müssen. Aber die Freunde hatten gesagt: »Mit der Susi ist was zu machen!« – »Die ist eine tolle Nummer!« – »Menschenskind, mit der mußt du es auch mal versuchen!« Und er war sich als halber Mann vorgekommen, weil ihn ein solches Abenteuer nicht reizte; er hatte sich geärgert, daß er nicht mitreden konnte.

Schließlich war die Versuchung so stark geworden, daß er sich selbst vorgemacht hatte, Kienzel besuchen zu wollen, während er in Wahrheit wußte, daß der Freund gar nicht zu Hause sein konnte. Er hatte Susi allein angetroffen, die kokette, heitere, leichtfertige Susi, und es war passiert. Aber es hatte ihm gar keinen Spaß gemacht, weil ihm Susi nichts bedeutete und weil er deutlich merkte, daß sie nur Leidenschaft mimte, tatsächlich aber nichts oder kaum etwas dabei empfand. Er hatte sich hastig verabschiedet, denn es war ihm – erst da – bewußt geworden, daß er seinen Freund und seine Frau betrogen hatte. Wenn er es hätte ungeschehen machen können, hätte er etwas darum gegeben.

Jetzt, in der Einsamkeit seiner Zelle, erinnerte er sich an etwas, das er viele Jahre vergessen hatte. Sein erster Impuls hatte ihn gedrängt, Sabine Blumen zu kaufen. Aber dann war ihm eingefallen, daß sie das merkwürdig finden und ein Zeichen schlechten Gewissens darin hätte sehen können. Ja, er hatte ein schlechtes Gewissen gehabt, aber er hatte es nicht wahrhaben wollen. Schon damals hatte er damit begonnen, sie zum Sündenbock zu stempeln. Ihre Ahnungslosigkeit und ihr Vertrauen hatten ihn rasend gemacht. Am liebsten hätte er ihr ins Gesicht geschrien, was geschehen war. Aber dazu fehlte ihm der Mut. Statt dessen machte er sie verantwortlich für sein Versagen und zog sich innerlich mehr und mehr von ihr zurück. Er hatte sich eingeredet, daß sie ihn nicht verstehe – und wie konnte sie ihn denn verstehen, da er sich nicht überwinden konnte, ihr zu bekennen, was ihn verstörte.

Auch heute noch war er nicht ganz sicher, ob das gut gewesen wäre und ob sie es hätte verkraften können, da er selbst so schwer damit fertig wurde. Ihm hätte es gelingen müssen, den einmaligen Seitensprung in seiner wirklichen Bedeutung oder auch Bedeutungslosigkeit zu sehen und zu Sabine zurückzufinden. Statt dessen hatte er sie seit damals wieder und wieder betrogen – nicht mit Susi, sondern mit anderen Frauen und Mädchen, bei denen sich ihm eine Gelegenheit bot: mit einer Kellnerin, einer Packerin aus den Zeltner-Werken, einer Anhalterin. Es waren flüchtige, unbefriedigende Abenteuer gewesen, von denen er doch nicht mehr hatte lassen können. Wenn es dazu kam, daß eine dieser Frauen sich in ihn verliebte oder Ansprüche stellte, hatte er immer sofort Schluß gemacht. Die Erinnerung an diese Begebenheiten erregte ihn jetzt, in der frauenlosen Einsamkeit seiner Zelle, weit mehr, als sie es zur Zeit des Geschehens getan hatten, und er zwang sich, an etwas anderes zu denken, weil er Sabine nie wieder, auch nicht in Gedanken, betrügen wollte.

Er schämte sich vor sich selbst, und plötzlich wurde ihm klar, daß er sich immer geschämt hatte. Er hatte seiner Frau nicht mehr in die Augen sehen können, und deshalb hatte er den Mürrischen gespielt, hatte sich ihrer nicht mehr würdig gefühlt und darum ihre Zärtlichkeiten zurückgestoßen. Dabei liebte er sie immer noch – warum sonst wäre es ihm so entsetzlich gewesen, daß sie von seiner Untreue mit Susi Kienzel erfuhr. Es war ihm so unerträglich gewesen, von ihr entlarvt zu werden, daß er geflohen war – nicht aus Angst vor der Justiz oder um seine Freiheit zu gewinnen, das hatte er sich nur vorgemacht. In Wahrheit hatte ihn die Scham fortgetrieben. Und als sie ihm dann im Sprechzimmer des Polizeigefängnisses gegenübersaß, hatte er seine Scham hinter Abwehr und Ablehnung verborgen. Wie ein Igel hatte er alle Stacheln aufgestellt, anstatt Sabine um Verzeihung und Verständnis zu bitten oder ihr doch wenigstens das gute Wort zu geben, auf das sie wartete.

Vielleicht, dachte er, war dieser Schicksalsschlag, der ihn getroffen hatte, gut und heilsam gewesen. Vielleicht hatte er ihn gebraucht, um sich selbst zu erkennen. Er mußte sich ändern, wenn er seine Ehe retten wollte, und nur darauf, das wußte er jetzt, kam es an. Sabine war die einzige Frau, die ihm je etwas bedeutet hatte, und er mußte mit ihr ins reine kommen, oder er würde nicht vor sich selbst bestehen können. Er war entschlossen, Sabine bei ihrem nächsten Besuch ganz anders entgegenzukommen als bisher.

Doch Sabine ließ sich drei Wochen lang nicht blicken, und als sie dann kam, wirkte sie verändert, sehr freundlich, aber spürbar reserviert. Draußen ging ein heftiger, kalter Herbstregen nieder, und sie sah in ihrem blauen Plastikregenmantel mit dem dazu passenden Südwester und den leicht geröteten Wangen wie ein junges Mädchen aus. Er sagte es ihr. Sie zeigte keinerlei Freude über das Kompliment. »Ach, Unsinn«, entgegnete sie kurz und versuchte das Thema rasch vom Tisch zu wischen, »ich weiß, wie ich aussehe.«

»Vielleicht siehst du nicht oft genug in den Spiegel«, meinte er lächelnd.

»Oft genug, um meine Falten zu zählen.« Sie strich sich eine blonde Strähne unter den Hut. »Ich hoffe, du bist mir nicht böse, daß ich so lange nicht gekommen bin«, bat sie – es klang nicht ein bißchen bedauernd –, »aber ...«

»Überhaupt nicht«, versicherte er, »ich weiß doch, wieviel du zu tun hast.«

»Ilona ist jetzt in München, und Ethel ist bei mir eingezogen. Sie läßt dich übrigens schön grüßen. Es war ein gewaltiger Umzug. Wir mußten Knut und Torsten zu Hilfe holen, allein hätten wir es gar nicht geschafft. Zuerst haben wir uns an Egon gewandt, aber er behauptete, daß Rosy und die Zwillinge Grippe hätten und er sie nicht allein lassen könne ...« Sie sprach rasch, als wolle sie Arnold nicht zu Wort kommen lassen.

Aber jetzt brachte er doch eine Frage unter. »Er behauptete, sagst du? Du glaubst ihm also nicht?«

»Eher nein als ja«, gab sie zu, »ich hatte den Eindruck, daß er sich drücken wollte. Ethel meinte das übrigens auch. Er läßt sich in letzter Zeit kaum noch blicken. Gerade, daß er mir die Sachen aus dem Supermarkt liefert, die ich für den Haushalt brauche.«

»Meinst du, daß er wegen mir ...?«

»Kann schon sein. Ich weiß es nicht. Es ist auch nicht so wichtig.«

»Aber immerhin ... er ist dein Bruder, und er kennt deine Situation!«

Früher hätte sie seine Anteilnahme gefreut, jetzt zuckte sie nur mit den Schultern. »Egon wird eben seine eigenen Sorgen haben.«

»Aber sonst«, fragte er, »geht es dir gut?« Er warf einen raschen Blick auf den Justizangestellten, der, wie immer, am Kopfende des Tisches saß. »Ich meine ... du hast keine drückenden Sorgen?«

»Nein. Wir kommen gut durch. Ich kann sogar die Rückzahlung der Kredite einhalten. Ich habe ja mein Gehalt, Ethels Miete, und dann: Torsten schickt mir monatlich fünfhundert Mark.«

»Torsten? Wahrhaftig? Das finde ich großartig. Mir scheint, ich habe den Jungen unterschätzt.«

Dieses ungewohnte Lob ihres Lieblingssohnes hätte Sabine eigentlich rühren müssen, weil es ihr zeigte, wieviel Mühe Arnold sich gab, ihr seinen guten Willen zu beweisen. Aber sie sagte nur: »Ja, das hast du.«

Er gab trotzdem nicht auf. »Eines muß ich dir sagen: ihr alle habt euch in dieser Krise fabelhaft gehalten. Besonders du, Sabine. Ich wußte gar nicht, was in dir steckt.«

»Ich habe nichts Besonderes getan«, behauptete sie, »habe einfach nur versucht durchzuhalten. Mehr nicht.«

»Viel mehr, und das weißt du.« Er streckte seine Hand über den Tisch nach ihr aus, zog sie aber sogleich wieder zurück, als er sich der Anwesenheit des Justizangestellten bewußt wurde.

»Glaub mir, ich werde es wiedergutmachen an dir.«

Sie zuckte leicht zurück. »Versprich mir nichts.«

Er zwang sich zu einem Lächeln. »Mehr als Versprechungen kann ich leider momentan nicht bieten.«

»Oh, du könntest schon«, sagte sie mit starrem Gesicht, »wie wäre es zum Beispiel mit der Wahrheit?« Er schwieg, biß sich auf die Unterlippe. »Also – wie steht's damit?« drängte sie.

»Du bist sehr hart, Sabine.« Er sah sie an. »Du hast dich verändert.«

Sie errötete, denn sie wußte sehr wohl, woher diese Härte ihm gegenüber kam; seit sie Thomas liebte, hatte sie Arnold fast aus ihrem Herzen gestrichen. »Ich mußte hart werden«, log sie, »wenn ich nicht vor die Hunde gehen wollte.«

»Also ist auch das meine Schuld?«

»Mein Gott, Arnold, nun tu nicht so, als wenn ich dich dauernd mit Vorwürfen überschütten würde! Es ist doch wohl die natürlichste Sache der Welt, daß ich wissen möchte, wohin das Geld verschwunden ist.«

Seine Augen blickten traurig. »Ich kann es dir nicht sagen, Biene.«

»Ich wußte ja, daß du es nicht verspielt hast!«

»Es steckt keine Frau dahinter, das mußt du mir glauben.«

»Warum sagst du es dann nicht? Warum vertraust du dich nicht wenigstens Doktor Pötters an?«

»Mit der Wahrheit würde ich nur noch größeren Schaden anrichten.«

»Ich verstehe dich nicht ... ich verstehe dich überhaupt nicht mehr.«

Fast hätte er ihr an den Kopf geworfen, daß sie ihn nie verstanden habe, aber er hatte sich geschworen, diese Floskel, mit der er sie so oft gekränkt hatte, nicht mehr zu gebrauchen. »Es ist eine komplizierte Geschichte«, sagte er statt dessen. »Später einmal, wenn alles vorüber ist, werde ich sie dir erzählen.«

»Ich fürchte, dann wird es zu spät sein.« Sie blickte auf ihre Armbanduhr. »Hast du mir sonst noch was zu sagen? Ich muß mich beeilen.«

»Warum?« fragte er bestürzt.

»Mein Chef hat mich im Auto mitgenommen«, erklärte sie und staunte selbst, wie glatt ihr das über die Zunge ging. »Ich kann ihn nicht warten lassen.«

»Deinen Chef?«

»Ja. Doktor Strathmann.«

»Weiß er denn, daß ich ...«

»Man hat ihm das vom Arbeitsamt aus mitgeteilt, noch bevor ich meine Stellung bei ihm antreten konnte. Zum Glück ist er großzügig und vorurteilsfrei.«

»Ja, dann«, sagte er eifersuchtslos, da er ihr nicht einmal einen Flirt mit einem anderen Mann zutraute, »dann bin ich nur froh, daß du es so gut getroffen hast. Grüß Doktor Strathmann von mir.«

»Mach ich.« Sie stand auf. »Auf Wiedersehen, Arnold. Ich komme wieder, sobald es mir möglich ist. Schreib mir, wenn du was brauchst. Ich nehme doch an, du hast meine Pakete bekommen?«

»Doch, ja. Habe ich mich noch nicht bedankt?«

Sie lächelte krampfhaft. »Macht nichts! Die Zeit ist immer so kurz.« Sie eilte zur Tür. Er saß ganz still da, sah ihr nach und bemühte sich, seiner abgrundtiefen Enttäuschung Herr zu werden.

»Ja, so ist das nun mal, Miller«, sagte der Justizangestellte, »die Frauen lassen sich eine Menge gefallen... aber nur bis zu einem gewissen Punkt.«

»Ich hätte sie um Verzeihung bitten sollen!«

»Machen Sie sich nichts draus. Das können Sie ja immer noch nachholen.«

Bis der Aufseher kam, um ihn abzuholen, hatte Arnold sich schon einigermaßen wieder getröstet. Er schalt sich selber kindisch, daß er gehofft hatte, mit einer einzigen netten Geste alles wiedergutmachen zu können, was er durch Jahre hindurch verpfuscht hatte. Er mußte jetzt Geduld mit Sabine haben, viel Geduld; wenn er mit Ausdauer und Liebe um sie warb, würde auch sie innerlich wieder zu ihm zurückfinden. Nachtragend war sie ja nie gewesen.

Thomas Strathmann wartete diesmal im Auto vor dem Polizeigefängnis auf Sabine. Sie hatten jeden vergangenen Mittwoch dazu benutzt, um sich aus Riesberg abzusetzen; einmal waren sie nach Bad Reichenhall und einmal nach Reit im Winkl gefahren. An diesem verregneten Herbsttag war München ihr Ziel; er hatte für das Cuvilliéstheater Karten besorgt.

Sie hatten den Mittwoch zu »ihrem Tag« gemacht, denn am Wochenende mußte Sabine sich um Sven und ihren Haushalt kümmern. Natürlich hätten sie auch in der Mittagszeit in seiner Wohnung zusammenkommen können, aber das wollte Thomas nicht; er liebte, wie er sagte, keine »Hinterzimmererotik«, und Sabine war ihm dankbar, daß er jedes Zusammensein für sie zu einem Erlebnis machte. Sie hatte nachzuholen begonnen, was sie in den letzten Ehejahren versäumt hatte. Nur mit Überwindung hatte sie sich zu einem Besuch ihres Mannes entschließen können, und als sie das Polizeigefängnis verließ, fühlte sie sich noch elender, als sie erwartet hatte.

Sie lief über den Hof. Das Wasser aus den Pfützen spritzte an ihren Beinen hoch. Er öffnete die Tür von innen, noch ehe sie das Auto erreicht hatte, und ließ sie herein. Ohne eine Frage zu stellen, zog er den lederbezogenen »Flachmann« aus dem Handschuhfach und schraubte ihn auf. »Nimm einen Schluck!«

Sie lächelte verzerrt. »Dein Allheilmittel, was?«

»Immerhin. Es hilft bei Seelenschmerz und Regenwetter.«

Sie trank und reichte ihm die Flasche zurück, die er sofort wieder zuschraubte. »Es war schlimm«, gestand sie.

»Hat er dich wieder angefahren?«

»Hätte er doch! Darauf war ich gefaßt. Aber ganz im Gegenteil:

er hat sich bemüht, nett zu sein. Es war qualvoll.« Sie warf ihren Hut nach hinten und schüttelte sich das Haar zurecht.

»Allmählich scheint er zu begreifen, was er dir angetan hat.« Thomas hatte den Motor noch nicht wieder angelassen. Der Regen trommelte auf das Dach und gegen die Scheiben. Sie schmiegte sich an seine Schulter. »Jedenfalls hast du es fürs erste mal wieder hinter dir.« Er streichelte ihr Gesicht. »Noch einen Schluck? Oder wollen wir fahren?«

»Laß mich einfach so dasitzen. Nur ein paar Minuten. Bis ich mich wieder gefangen habe.«

»Armer Liebling!«

»Es ist mir schrecklich, ihn zu belügen.«

»Das verlangt niemand von dir. Sag ihm die Wahrheit, und mach dem Theater ein Ende. Du weißt, daß ich von Anfang an dafür war.«

»Ausgerechnet jetzt, wo er von einer glücklichen Zeit nach seiner Entlassung träumt?«

»Hüte dich vor falschem Mitleid, Sabine. Mitleid ist keine Liebe. Du sprichst von ihm, als sei er ein Patient. Das ist schon falsch.«

»Auch wenn er alles selbst verschuldet hat... er tut mir leid.«

»Für dich ist es viel schwerer als für ihn.«

Sie legte den Kopf zurück und schenkte ihm ein schon wieder fast befreites Lächeln. »Aber das stimmt gar nicht, Thomas! Jedenfalls nicht mehr, seit ich dich habe! Im Gegenteil: ich halte mich für eine beneidenswert glückliche Frau!«

»Mein Liebling!« Er küßte ihre Lippen, die kalt waren und nach Regen schmeckten.

»Jetzt laß' uns fahren«, bat sie, als er sie frei gab, »ich hab's überwunden. Ich will keine Minute unseres Tages versäumen!«

Er kurbelte das Fenster ein Stück herunter, damit der Beschlag an den Scheiben sich auflöste, stellte den Motor und das Radio an. Während er kuppelte, Gas gab und anfuhr, suchte sie nach Musik. Eine männliche Stimme sang: *»... the wrong game with the wrong chips...«*

»Da hör mal!« rief sie. »Unser Lied!« Sie nahmen es als ein gutes Zeichen.

Das Zimmer, das Ilona in der Nähe des Waldfriedhofs von München bei einem Pensionsistenehepaar gemietet hatte, war groß, aber denkbar ungemütlich. Obwohl sie Parfüm versprühte, war ein leiser muffiger Geruch nicht zu vertreiben. Außerdem war es kalt und würde im Winter, trotz Ofenheizung, noch kälter werden, da der Wind durch die Fensterritzen strich. Eine ihrer ersten Taten bestand darin, lange Wollschlangen zu stricken, um die Fenster damit abzudichten. Sie schmückte das Zimmer mit eigenen Tischdecken und Kissen; mehr war nicht zu machen. Die Wirtsleute erlaubten nicht, daß sie grundsätzliche Änderungen vornahm, und so mußte ein grob gemaltes, knalliges Seestück genauso an der Wand hängen bleiben wie die Elfenwiese im Mondschein und ein Konterfei König Ludwigs II. Ein hochbeiniges, wackliges Podest, das einen Topf mit einer Zimmerlinde trug und immer im Weg stand, vervollkommnete die altmodische Einrichtung des Zimmers. Ilona machte sich nichts daraus. Sie war überzeugt, die schlimmste Krise ihres Lebens überstanden zu haben, und glaubte, daß nichts, was in Zukunft noch auf sie zukäme, sie erschüttern könnte.

Außerdem wollte sie ja nicht lange hier wohnen bleiben. Sobald sie bei den alten Leuten eingezogen war, begab sie sich auf Suche nach einem Leerzimmer. Aber es stellte sich als ziemlich schwierig heraus, das richtige zu finden. Nach Ilonas Vorstellung sollte es nicht an der Peripherie der Stadt liegen, damit sie keine so lange Anfahrt zum Arbeitsplatz hatte, es sollte abgeschlossen sein und mindestens eine eigene Toilette und Kochnische enthalten. Es gab einige Wohnungsangebote, die ihr zusagten, doch entweder war die Miete zu hoch, oder es wurde sogar ein Baukostenzuschuß verlangt, den sie nicht – noch nicht – aufbringen konnte. Ilona war entschlossen, für ihr eigenes Heim zu sparen, und sie schränkte sich nach Kräften ein.

Im Sekretariat des Kaufhauses fand sie sich rasch zurecht. Ihr Chef war ein älterer Herr, verheiratet, Vater von erwachsenen Kindern, der sie auf Anhieb mochte und sich an ihrem Anblick freute. Er hatte Geduld mit ihr, wenn sie etwas in dem ihr völlig neuen Arbeitsgebiet nicht so schnell verstand und nahm ihr die Anfängernervosität. Sie arbeitete gern mit ihm, gern in der lebendigen Atmosphäre des Kaufhauses, und sie genoß es, in München zu leben. Zwar war sie nicht glücklich – glücklich, so dachte sie, konnte sie nie mehr werden –, aber das Leben freute sie. In dem großen Haus mit seinen über sechshundert Angestellten war sie nur eine von vielen, und niemand beachtete sie, niemand machte sich Gedanken über ihre Vergangenheit oder beobachtete sie mit Mißgunst oder Schadenfreude. Allein diese ganz neue Erfahrung war schon erhebend für Ilona, die in einer Stadt aufgewachsen war, wo sich die Menschen eines bestimmten Kreises, wenn schon nicht persönlich, so doch vom Sehen und beim Namen kannten.

Sie fühlte sich frei, das war es, und sie nutzte ihre Freiheit aus. Sie ging Verabredungen ein und ließ sich auch zum Essen oder Tanzen und ins Kino einladen, wann immer eine Gelegenheit sich bot. Aber diese Gelegenheiten waren gar nicht so zahlreich. Die meisten netten Männer, mit denen sie beruflich zu tun hatte, waren verheiratet. Die anderen – soweit sie sympathisch genug waren, um überhaupt in Frage zu kommen – ließen sich von Ilonas Schönheit abschrecken und machten gar kein Hehl daraus. Ein schönes Mädchen, dachten sie, müsse teuer sein, anspruchsvoll und möglicherweise sogar berechnend. Dazu kam, daß Ilonas Haltung mehr als jedes Wort verriet, daß man bei ihr nicht schnell aufs Ganze gehen konnte. Das war den meisten zu unbequem.

So blieben wenige, die sich um sie bemühten; ein Substitut und ein Abteilungsleiter, ein sehr gut aussehender Elektriker, der sich, da er nicht zum Ziel gekommen war, nach einem einzigen Beisammensein zurückzog. Aber durch ihn hatte sie einen Buchhändler kennengelernt, der acht Tage später anrief.

Ilona wußte zuerst nicht, wo sie ihn hintun sollte. »Aber erinnern Sie sich denn nicht?« fragte er, ohne pikiert zu sein. »Schwabing... *Yellow Submarine*... Hans Hess, das bin ich...«

»Ach ja, natürlich. Verzeihen Sie...«

»Was denn schon?« unterbrach er. »Ich habe gar nicht angenommen, daß ich auf Sie soviel Eindruck gemacht haben könnte wie umgekehrt. Ich habe mir damals sofort vorgenommen, den Kontakt nicht abreißen zu lassen.«

»Ich freue mich, daß Sie angerufen haben.«

»Dann ist ja alles in Ordnung. Wann treffen wir uns?«

»Kommt darauf an, was Sie vorhaben!«

»Erst mal gut essen. Für meinen Geschmack sind Sie etwas zu dünn.«

Sie lachte. »Haben Sie vor, mich aufzupäppeln?«

»Genau. Kennen Sie die *Goldene Stadt*?«

»Nein. Aber der Name klingt verlockend.«

»Also abgemacht. Wann haben Sie heute abend frei?«

»Kann ich nicht genau sagen. Pünktlich komme ich nie weg.«

»Dann treffen wir uns um acht Uhr, ja? Das werden Sie doch schaffen?«

»Ich hoffe es.«

»Die Adresse...«

»... suche ich mir selbst heraus«, sagte sie rasch, denn der Hausapparat klingelte. »Bis heute abend also.« Sie legte auf. Früher hätte sie nicht so schnell eine Verabredung getroffen, sondern sich durch vorgeschützte Verpflichtungen interessant zu machen gesucht. Aber sie war darauf gekommen, daß sich das nicht lohnte. Entweder war dieser junge Buchhändler ein Treffer, dann wäre es schade um jede Stunde gewesen, die sie ihn zappeln ließ, oder er war eine Niete, und je her sie ihn durchschaute, um so besser.

Sie war an diesem Abend früher frei, als sie erwartet hatte. Sie machte sich im Waschraum sorgfältig zurecht, reinigte ihre Haut mit Gesichtswasser und cremte sie ein; ein Make-up benutzte sie nicht, weil sie noch vom Sommer her eine leichte Bräune bewahrt hatte. Sie benutzte blaugraue Lidschatten, einen orangefarbenen Lippenstift, etwas Puder für die Nasenspitze, sonst nichts. Dennoch konnte sie feststellen, daß sie sehr gut aussah in ihrem blauen Wollkostüm im Matrosenstil; der spitze Ausschnitt brachte ihren schlanken, faltenlosen Hals zur Geltung. Sie kehrte ins Büro zurück, zog sich ihren hellen, sportlichen Popelinemantel über, in den sie schon das Winterfutter geknüpft hatte, nahm Handschuhe und Handtasche und verließ über die Hintertreppe und den Personalausgang das Haus.

Draußen spannte sie den Schirm auf, denn ein kalter Regen fiel schräg vom Himmel. Dennoch beeilte sie sich nicht, sondern bummelte, immer wieder in Passagen Schutz suchend, an den Schaufenstern der hell erleuchteten Neuhauser Straße vorbei, mitten in einem Strom von Menschen, von denen keiner sie beachtete. Sie liebte diese Stadtspaziergänge, fuhr auf der Rolltreppe in die Stachus-Unterführung hinunter, die wegen des schlechten Wetters besonders belebt war, kaufte sich eine Abendzeitung und trank in einem Untergrundcafé eine Tasse Kaffee, um die Zeit bis zum Treffen zu überbrücken.

Als sie nach oben fuhr, war es zwanzig vor acht geworden. Es regnete noch. Die Straßen schimmerten vor Nässe, und das Licht der Laternen brach sich schillernd in den Tropfen. Ilona ging die Sonnenstraße und den Rest des Weges zu Fuß, so daß sie, wie sie beabsichtigt hatte, wenige Minuten nach acht das Restaurant betrat.

Hans Hess hatte schon einen kleinen, weiß gedeckten Tisch ganz am Ende des langgestreckten Raumes besetzt. Er stand auf, als er sie sah, und half ihr aus dem Mantel. »Ich liebe pünktliche Frauen«, sagte er.

»Ich bin es nicht immer«, schwächte sie sein Kompliment ab. Sie setzten sich, musterten sich gegenseitig prüfend und lachten, als sie sich dabei ertappten.

»Sie sehen genau aus, wie ich Sie in Erinnerung gehabt habe!« stellte der junge Mann fest.

Ilona, die sich erst jetzt, da sie ihn wieder sah, ein klares Bild von ihm machte, zog es vor zu schweigen. Er sah aus, wie er sich beschrieben hatte, war sehr blond und hatte einen vollen, ständig zum Lachen bereiten Mund, der den intellektuellen Anstrich, den ihm die Brille gab, milderte. Ilona ordnete ihn in die Kategorie »sympathisch« ein, hatte aber nicht vor, ihm das allzu deutlich zu zeigen.

Sie sah sich in dem Restaurant um, in dem sie noch nie gewesen war. Er folgte ihrem Blick. »Ja, äußerlich gibt es nichts Besonderes hier«, räumte er ein, »aber das Essen ist gut.«

»Ich lasse mich überraschen.«

Ein Kellner brachte die reichhaltige Speisekarte, die sie beide lang studierten, bis sie sich, unabhängig voneinander, für Prager Gans mit Rotkraut und Knödeln entschieden.

»Aber zuerst einen Barack«, erklärte er, »halten Sie mit?«

»Wenn Sie mir erklären, was das ist...«

»Ein Marillenschnaps...«

»Einverstanden.«

»Also zwei.«

Nachdem sie mit dem klaren aromatischen Schnaps ihre Hemmungen hinuntergespült hatten, kam das Gespräch leicht in Gang. Ilona, die nicht nach ihrem Vorleben gefragt werden mochte, mied private Themen. Aber es gab auch so genug zu reden: über ihre Arbeit, die zur Zeit laufenden Filme oder über ein neues Buch, das er ihr dringend empfahl und zu besorgen versprach. Das Essen war gut, die Gans knusprig und die Knödel zart. Sie tranken Pilsner Bier dazu und danach noch einen Barack. Hans Hess ließ sich noch einmal die Speisekarte geben. »Sie haben hier fabelhafte Süßspeisen ... wie wäre es mit Powidlknödel? Mohnstrudel? Oder Liwanzen?«

Als sie nicht antwortete, blickte er auf; sie war schneeweiß geworden und sah mit weit aufgerissenen Augen zur Tür, durch die gerade ein gut aussehendes Paar hereinkam. Rasch senkte sie die Lider und wandte den Kopf beiseite.

»Ilona!« mahnte er sanft.

Sie zuckte zusammen. »Was haben Sie gerade gesagt? Entschuldigen Sie, ich habe nicht richtig zugehört ...«

»Ich habe Ihnen nur ein paar Desserts zur Auswahl vorgeschlagen ...« Er reichte ihr die Karte. »Aber vielleicht sollten Sie lieber selbst ...«

»Nein, danke, wirklich nicht!« Sie lächelte schwach. »Das Essen war so reichlich, ich könnte nicht mehr ... beim besten Willen nicht ... ich bin es nicht gewohnt!«

»Dann nehmen wir eine Portion Liwanzen zusammen ...«

Sie schüttelte das schwarze glatte Haar. »Bestellen Sie sich, was Sie wollen, Hans ... ohne mich!«

Daraufhin verzichtete auch er auf den Nachtisch, ließ statt dessen für Ilona und sich eine Tasse Kaffee bringen.

Aber obwohl er sich alle Mühe gab, wollte das Gespräch nicht wieder lebendig werden. Ilona blieb einsilbig, ja, sie wirkte verstört. Sie hatte in dem Paar, das gerade das Restaurant betreten hatte, Oswald Zinner und Ute Knobler erkannt. Es war wie ein Schock für sie gewesen. Sie hatte geglaubt, diesen Schmerz längst überwunden zu haben, aber plötzlich war er wieder da, wie eine kaum verheilte Wunde, die durch eine ungeschickte Bewegung aufreißt und aufs neue zu bluten beginnt. Oswald sah gut aus, wirkte selbstsicher, geradezu selbstgefällig, und schien schlanker geworden. Ute Knobler trug schwarze lange Stiefel mit hohen Absätzen und einen eleganten grauen Fuchsmantel, zweifellos ein Geschenk von ihm. Ilona hatte nicht damit gerechnet, daß sie immer noch beisammen sein würden. Aber sie schienen sich glänzend zu unterhalten, ganz wie zwei Menschen, die sich gesucht und gefunden haben. Ilona war nun froh, daß sie sie nicht erkannt hatten. Sie waren ganz mit sich selbst beschäftigt und warfen nicht einen einzigen Blick in ihre Richtung.

Hans Hess machte verschiedene Vorschläge für den Verlauf des weiteren Abends, traf aber mit keinem einzigen bei Ilona auf Gegenliebe. »Seien Sie mir nicht böse«, bat sie, »vielleicht war das Essen zu schwer. Jedenfalls bin ich plötzlich furchtbar müde. Ich möchte nur eines: auf dem schnellsten Weg nach Hause.«

»Geben Sie lieber zu, daß Ihnen ein Läuschen über die Leber gelaufen ist! Meinen Sie, ich hätte das nicht gemerkt?«

Sie errötete, weil sie sich fragte, wieviel er wohl erraten haben mochte. »Ja«, gab sie freimütig zu, »stimmt. Aber es hat mit Ihnen nichts zu tun.«

Sie war ihm dankbar, daß er sich mit ihrer Erklärung zufriedengab, nicht weiter in sie drang, sondern zahlte und ihr in den Mantel half. Plötzlich spürte Ilona, daß Oswald zu ihr hersah und sie erkannt hatte. Sie hütete sich, seinen Blick zu erwidern, sondern lächelte Hans Hess herzlich zu. Sollte Oswald doch glauben, daß sie ohne ihn glücklich geworden sei.

Erst eine Stunde später, als Ilona in ihrem altertümlichen Bett lag, mit einer Wärmeflasche und einem Krimi versorgt, wurde ihr klar, daß sie übertrieben empfindlich reagiert hatte und daß, mit dem Verstand betrachtet, gar kein Grund zur Aufregung bestand. Die unverhoffte Begegnung konnte ihr ja nur bestätigen, daß sie richtig gehandelt hatte, als sie Oswald den Verlobungsring zurückgab. Ein Aufrechterhalten der Verlobung hätte sie nur unendlichen Demütigungen ausgesetzt und wahrscheinlich doch zu einem schlechten Ende geführt, ja, vielleicht war es sogar gut, daß der Skandal Oswald Anlaß gegeben hatte, sich zu entlarven. Sicher wäre sie, so oder so, nie mit ihm glücklich geworden. Ihr größter Fehler war wohl gewesen, daß sie sich überhaupt mit ihm eingelassen hatte. Damals hatte sie hoch hinaus gewollt und den Wert des Geldes entschieden überschätzt. Inzwischen war sie klüger geworden und wußte, was Freiheit und Unabhängigkeit wert waren. Unter diesen beruhigenden Gedanken schlief sie ein.

Gut gelaunt wachte sie auf. Als sie über den Flur zum Bad ging, drang der Geruch von frisch gekochtem Milchkaffee in ihre Nase. Er war ihr plötzlich zuwider. Ihr Magen hob sich. Sie konnte mit knapper Not das Badezimmer erreichen, bevor sie erbrach. Ihr erster Gedanke war, daß mit dem Essen gestern abend etwas nicht gestimmt haben könnte; als sie sich die knusprige braune Gans vorstellte, wurde ihr gleich wieder schlecht. Sie spülte alles fort, putzte sich die Zähne, gurgelte, wusch sich das Gesicht und fühlte sich besser. Erst allmählich kam ihr die Einsicht, daß ihre Übelkeit andere Ursachen als einen verdorbenen Magen haben könnte. Sie setzte sich auf den Rand der Wanne, als ihr einfiel, daß ihre Menstruation zweimal ausgeblieben war. Obwohl sie das gleich bemerkt hatte, hatte sie sich bisher nichts Schlimmes dabei gedacht. Sie hatte es in Zusammenhang mit den überstandenen Aufregungen und dem Umzug gebracht. Jetzt plötzlich packte sie die Angst: war es möglich, daß sie ein Kind erwartete? Ein Kind ihres ehemaligen Verlobten? Nein, das durfte nicht sein, so hart konnte das Schicksal sie nicht strafen – was hatte sie denn getan?!

Aber während sie sich noch innerlich aufbäumte, wußte sie schon, daß es geschehen war. Sie war dessen ganz sicher, noch ehe sie ihr die Analyse, die sie noch am gleichen Tag in der Apotheke im Stadtzentrum vornehmen ließ, bestätigte; sie war schwanger

Sabine freute sich, als ihre Tochter am späten Samstagnachmittag bei ihr auftauchte. »Wie schön!« rief sie und nahm Ilona in die Arme. »Ich hatte schon gefürchtet, du würdest dich überhaupt nicht mehr in Riesberg blicken lassen!«

»Irrtum!« Ilona lächelte mühsam. »Wie du siehst... hier bin ich!« Sie hob ihr Köfferchen. »Und ich habe vor, über Nacht zu bleiben. Ich hoffe doch, ihr habt Platz für mich?«

»Immer, Liebling!« Sabine half ihrer Tochter aus dem Mantel und rief ins Gartenzimmer hinein: »Sven, bitte leg noch ein Gedeck auf! Ilona ist gekommen!«

Wenig später, nach weiteren Begrüßungen, saß Ilona mit Sven, Sabine und Ethel bei Tee und einem kalten Abendbrot, und alle redeten lebhaft durcheinander. Nur das Thema, das Ilona hatte vorbringen wollen, kam nicht zur Sprache. Endlich schlug Sabine vor: »Wollen wir fernsehen? Heute gibt es *Wünsch dir was*.«

»Wenn ich ehrlich sein soll, Biene«, wandte Ilona ein, »ich möchte lieber mit dir sprechen.«

»Eigentlich hast du recht«, stimmte Sabine sofort zu, »wir haben uns so lange nicht gesehen... es wäre wirklich schade, wenn wir die kurze Zeit vor dem Fernseher vertun würden.«

Ethel erhob sich steif. »Wir lassen euch schon allein. Komm, Sven!«

»Tante Ethel, bitte!« rief Ilona. »Du kannst ruhig bleiben! Wieder falsch! Es wäre mir *lieb*, wenn du bleiben würdest... bitte, Tante Ethel!«

»Aber mich wollt ihr los sein?« fragte Sven.

»Es handelt sich um ein ausgesprochenes Weibergeschwätz«, versuchte Ilona ihn zu trösten. »Du würdest dich doch nur bei uns langweilen.«

»Weiß man's?« Maulend verzog sich der Junge.

»Wird es was Dramatisches?« fragte Ethel. »Dann hole ich lieber eine Flasche Whisky runter!«

»Nein, nein, bleib... ich möchte es hinter mich bringen.«

Sabine erschrak. »Hat es in München Schwierigkeiten gegeben?«

»Nein. Meine Schwierigkeiten sind noch Riesberger Herkunft.« Ilona atmete tief durch. »Ich erwarte ein Kind.«

»Nicht möglich!« rief Ethel impulsiv. »So was gibt's doch gar nicht! Nimmst du denn nicht die Pille?«

»Doch...«

»Aber dann...«

»Ich habe sie einmal vergessen... ein einziges Mal, damals, als das mit Vater passiert ist. Ich habe am nächsten Tag zwei genommen und nicht mehr daran gedacht... es hätte ja auch wirklich nicht gleich was passieren müssen.«

»Aber nun ist es passiert«, stellte Sabine fest und wußte selbst nicht, woher sie ihre Ruhe nahm. »Du mußt mit Oswald reden.«

»Wozu?«

»Sei nicht dumm!« sagte Ethel. »Oswald ist doch der Vater, nicht wahr? Also sollte er Bescheid wissen. Er muß, soviel ich weiß, für die Babyausstattung und so weiter aufkommen, und sich auch schon aufs Zahlen einstellen.«

»Aber versteht ihr nicht? Gerade das will ich nicht. Es wäre mir entsetzlich, mich an Oswald wenden zu müssen.«

Ethel zündete sich eine Zigarette an und inhalierte tief. »Dann wende dich direkt ans Jugendamt. Das geht auch. Die werden alle weiteren Schritte für dich übernehmen.«

»Ich weiß, das es unangenehm für dich ist.« Sabine legte ihre Hand leicht auf den Arm der Tochter. »Aber ... vielleicht ... ein Kind kann vieles ändern.«

Ilona blickte sie an. »Wie meinst du das?«

»Nun ja, wäre es dir denn so schrecklich, wenn es doch noch zu einer Versöhnung mit Oswald käme?«

»Das ist vollkommen ausgeschlossen«, erklärte Ilona schroff.

»In gewisser Beziehung ...« Ethel blinzelte durch den Rauch ihrer Zigarette, »... muß ich deiner Mutter recht geben. Für das Kind und für dich wäre das bestimmt das beste.«

Ilona fiel ihr heftig ins Wort. »Woher willst du wissen, was mein Bestes ist?«

»Bitte, beruhige dich, Liebling.« Sabine verstärkte den Druck ihrer Hand. »Wir sind nicht deine Feinde. Aber schließlich bist du jahrelang mit Oswald Zinner herumgezogen ...« Ein Blick Ilonas brachte sie dazu, sich hastig zu verbessern. »... warst du jahrelang mit ihm befreundet, meine ich. Da kannst du doch jetzt plötzlich nicht so tun, als wenn er dir zuwider wäre.«

»Es ist aus mit uns. Mutti, Tante Ethel ... warum geht das nicht in eure Schädel?! Es ist aus. Ein Kind kann daran nichts ändern. Oswald hat es nicht gewollt und ich auch nicht. Es ist durch eine technische Panne passiert.«

Trotz des Ernstes der Situation mußte Ethel lächeln. »Wenn du mich fragst: die meisten Kinder verdanken ihre Existenz wahrscheinlich einer solchen Panne. Ich möchte wetten, daß die wirklichen Wunschkinder in der Minderzahl sind.«

»Sag doch so was nicht!« protestierte Sabine. »Arnold und ich ...« Sie stockte, weil ihr bewußt wurde, daß das, was sie hatte sagen wollen, nicht ganz der Wahrheit entsprach. »Ganz egal, ob gewollt oder nicht, ein Kind ist immer ein Gewinn«, vollendete sie ihren Satz, anders als sie ihn begonnen hatte.

»Für dich war's vielleicht wirklich so, Mutti. Du warst verheiratet und brauchtest nicht zu arbeiten ...«

»Ich durfte nicht arbeiten«, verbesserte Sabine sie, »für mich war die Aufgabe des Berufs ein Opfer.«

»Und für mich, glaubst du, wäre es das nicht?«

Ethel stand auf. »Ich glaube, ich hole jetzt besser doch den Whisky.« Sie verließ das Zimmer, man hörte sie die Treppe hinauflaufen.

»Wie kommst du mit Tante Ethel zurecht?« fragte Ilona.

»Sehr gut. Ich bin froh, sie hier zu haben. Einmal ganz davon abgesehen, daß ich die Miete dringend brauche.«

»Ihr hockt also Abend für Abend zusammen?« fragte Ilona in der bewußt abfälligen Art, mit der junge Leute hin und wieder das Tun und Treiben der älteren Generation kommentieren.

»Wie kommst du darauf?« fragte Sabine erstaunt. »Nein, ganz und gar nicht. Während der Woche habe ich abends im Haushalt zu tun... Und Tante Ethel ist selten allein.«

»Ach so.«

»Ich muß zugeben...« Sabine zog mit dem Nagel ihres Zeigefingers eine Linie auf die bestickte Tischdecke, »... anfangs hat mich das ein wenig gestört.«

»Wegen der Moral?«

»Ich weiß nicht. Es war mir unangenehm. Aber inzwischen – nun, ich habe mich daran gewöhnt. Es ist ja auch nicht ihre Schuld, daß ihr Freund beim Kommen und Gehen hier durch die Wohnung muß und daß man ihre Schritte oben hören kann. Es war blöd von mir, mich darüber zu ärgern.«

»Du bist nie blöd, Biene«, erklärte Ilona impulsiv, »ich kann dich sogar sehr gut verstehen. Wahrscheinlich war es ein ähnliches Gefühl, als wenn ein Fremder deine Zahnbürste benutzt...«

»Ja, so ähnlich.« Sabine stand auf, holte drei Gläser aus dem Schrank, hielt sie prüfend gegen das Licht und stellte sie dann auf den Tisch.

»Na, seid ihr weitergekommen?« fragte Ethel, die mit der Flasche in der Hand hereinkam.

»Nein«, sagte Sabine. Ethel schenkte ein.

»Ich will das Kind nicht haben«, erklärte Ilona ohne jeden Übergang; unter den Blicken der beiden anderen Frauen wurde sie rot. »Seht mich nicht so an, als sei ich ein Ungeheuer! Tante Ethel, du wenigstens mußt mich doch verstehen. Was würdest du tun, wenn du plötzlich feststellen würdest...«

»Ich würde es zur Welt bringen!«

»Ja, weil du hoffen würdest, daß es deinen Ralf dazu bringen könnte, sich doch noch vom Rockzipfel seiner Mama zu lösen und weil du, schlimmstenfalls, mit eurer Redaktion ein Abkommen treffen könntest, zu Hause zu arbeiten. Aber nimm an, mit Ralf wäre es aus – und du wärst so jung wie ich...«

»Meine liebe Ilona!« Ethel nahm einen kräftigen Schluck Whisky pur.

»Moment, ich hole eben Eis und Wasser!« Sabine ging in die Küche hinüber.

»Ich muß dich schrecklich enttäuschen. Tatsächlich war ich vor Jahren in einer ganz ähnlichen Situation wie du«, fuhr Ethel fort, »kein Gedanke an Heiraten, und auch das berufliche Problem schien gänzlich unlösbar. Trotzdem habe ich nicht an Abtreibung gedacht, sondern mir den Kopf zerbrochen, wie es mit dem Kind weitergehen sollte. Ich habe sogar daran gedacht, eine Stellung im Haushalt anzunehmen. Na, die armen Leute hätten wahrscheinlich nichts mit mir zu lachen gehabt.«

»Und wie ist es weitergegangen?« fragte Ilona.

»Ich hatte eine Fehlgeburt, im dritten oder vierten Monat. Damit hatte sich das Problem ganz von selbst gelöst. Ich habe mich nicht einmal gefreut, sondern war schrecklich enttäuscht. Die Erleichterung kam erst viel später.«

»Davon hast du mir nie erzählt«, sagte Sabine, die in der Küche das Gespräch mit angehört hatte; sie stellte eine Schüssel mit Eisstücken und eine Karaffe mit kaltem Wasser auf den Tisch.

Ethel zuckte die Schultern. »Wozu auch?« Sie hielt die Hand schützend über ihr Glas. »Nein, mir bitte nichts oder doch ... höchstens ein Stückchen Eis.«

Sabine nahm es mit der Zange und ließ es in Ethels Glas gleiten. Danach bediente sie sich selbst und Ilona, wobei sie für ihren eigenen Drink reichlich Wasser nahm, denn sie wußte, daß es wichtig war, einen klaren Kopf zu behalten.

»Das klingt alles schön und rührend«, meinte Ilona, »aber es trifft auf mich nicht zu. Ich will das Kind nicht haben. Versucht doch bitte mal, die Sachlage objektiv zu sehen. Nehmen wir den besten aller Fälle: es würde mir gelingen, ein Leerzimmer in München zu finden und die Stellung im Kaufhaus zu behalten. Wohin sollte ich denn tagsüber mit dem Kind?«

»Es gibt Pflegestellen«, gab Sabine zu bedenken.

»Aber die sind verdammt rar. Und ich könnte es auch nicht vertragen, daß das arme Wurm von Anfang an bei fremden Leuten herumgeschubst würde.«

»Zu schade«, sagte Sabine nachdenklich, »daß ich es nicht nehmen kann.«

»So ein Opfer würde ich nie von dir verlangen!«

»Ich würde es ja nicht deinetwegen, sondern für das Kind tun.«

»Stell dir bloß mal vor, wie die Leute in Riesberg sich die Mäuler zerreißen würden!«

»Um so etwas hätte ich mich früher mal gekümmert. Heute ist mir das völlig gleich. Die Leute wären meine geringste Sorge. Aber was nutzt das? So wie die Dinge liegen, kann ich dir beim besten Willen nicht helfen. Ich muß Geld verdienen.«

»Na siehst du. Der beste Wille nützt eben nichts. Ich kann das Kind nicht kriegen.«

Ethel hatte ihr Glas geleert und schenkte sich zum zweitenmal ein; ihre Wangen hatten Farbe bekommen. »Ich an deiner Stelle, Ilo«, sagte sie, »würde mir erst einmal gar keine Sorgen machen. Bring das Kind zur Welt. Durch Mutterschutz bist du danach noch sechs Wochen abgesichert. Wenn du länger stillst, noch länger, und danach wird man schon sehen ...«

»Ist das dein Ernst?« Ilonas Augen blitzten. »Dann muß ich dir sagen, daß ich das für eine verdammt unverantwortliche und leichtfertige Einstellung halte!«

»Ach, weißt du«, entgegnete Ethel ganz gelassen, »wenn wir schon davon sprechen: unverantwortlich und leichtfertig ist es, wenn eine Frau die Pille, warum auch immer, einzunehmen vergißt und trotzdem nicht daran denkt, mit ihrem Freund darüber zu sprechen und anderweitige Verhütungsmaßnahmen zu treffen.«

»Es hilft gar nichts, wenn du jetzt auf Tante Ethel losgehst«, nahm Sabine die Schwägerin in Schutz, »wir versuchen dir zu raten, Ilo. Mehr können wir nicht tun.«

»Ich brauche keinen Rat«, erklärte Ilona hart. »Ich weiß selbst, was ich tun muß.«

»Ach nee!« rief Ethel. »Und weshalb bist du dann zu deiner Mutter gekommen? Nur um dich auszuweinen?«

»Nein. Weil sie bei einem Arzt arbeitet.«

Sabine war für einige Sekunden sprachlos. »Du meinst...?« brachte sie dann hervor. »Doktor Strathmann? Nein, das ist unmöglich. Das würde er nie tun.«

»Woher weißt du das so genau?«

»Ich weiß es. Das muß dir genügen.«

»Aber du könntest ihn doch wenigstens fragen...«

»Nein.«

»Auch nicht, ob er jemanden kennt, der es macht?«

»Ich finde auch, Sabine, das solltest du tun!« unterstützte Ethel ihre Nichte. »Wenn sie schon entschlossen ist, dann müssen wir doch wenigstens verhindern, daß sie in die Hände eines Kurpfuschers fällt.«

Sabine schwieg; ihre Gedanken arbeiteten. »Nun gut. Ich werde mit ihm darüber sprechen.«

»Wann?« fragte Ilona.

»Morgen. Ich werde ihn morgen früh anrufen und fragen, ob ich zu ihm kommen kann. Wenn er nicht da ist, dann eben am Montag.«

»Könntest du ihn nicht heute abend...«

»Aber nein, Ilo, wie sähe das aus?« fragte Ethel. »Wie würde dein Chef es auffassen, wenn du ihm am Samstagabend auf die Bude rücken würdest?«

»Morgen früh«, bestimmte Sabine, »und jetzt Schluß damit. Laßt uns über was anderes reden. Wie kommst du in München zurecht, Ilo?«

Alle bemühten sich, Sabines Wunsch nachzukommen und nicht mehr über Ilonas Schwangerschaft zu sprechen. Aber sie konnten das Problem nicht aus ihren Gedanken verbannen, und so zog sich das Gespräch mühsam dahin, und man entschloß sich, früh ins Bett zu gehen.

Dr. Thomas Strathmann empfing Sabine mit offenen Armen, er trug ein bunt kariertes offenes Leinenhemd über einer hellgrünen Cordsamthose und wirkte sehr jung. Er zog sie sofort in die Wohnung, küßte sie lange und sagte, als er sie freigab: »Hast du dich endlich doch mal von deiner Familie losreißen können!«

Diese herzliche Begrüßung nahm ihr die schlimmsten Sorgen; trotzdem wollte sie weder Zeit verlieren noch falsche Hoffnungen in ihm wecken und ging geradewegs auf ihr Ziel los. »Es ist etwas Schlimmes passiert!«

Er zog die Augenbrauen zusammen: »Mit Arnold?«

»Nein. Mit meiner Tochter. Sie erwartet ein Baby.«

Er hatte ihr aus dem Mantel geholfen und hängte ihn sorgfältig über einen Bügel. »Und wer ist der Vater?«

»Oswald Zinner. Ihr Exverlobter.«

»Na, immerhin, der hat Geld wie Heu.« Er legte den Arm um ihre Schultern. »Komm herein. Soll ich dir eine Tasse Kaffee machen?«

»Danke, ich habe gerade gefrühstückt.«

»Kann ich dir sonst irgend etwas anbieten?«

»Nein, gar nichts, Thomas. Wenn du mir nur zuhören wolltest.«

»Das wird mir nicht schwerfallen.« Er ließ sie vor sich in sein Wohnzimmer treten, einen mit blank polierten alten Biedermeiermöbeln ausgestatteten Raum. Sie war hier schon oft gewesen, hatte mit ihm Kaffee getrunken oder auch zu Mittag gegessen, und obwohl sie der Wert und die Schönheit der Möbel beeindruckte und sie erkannte, mit wieviel Geschmack und Liebe das Zimmer eingerichtet war, hatte sie bisher ein gewisses Unbehagen nie ganz überwinden können. Alles hier erinnerte an eine Frau, an seine Frau, an Lilian.

Sie setzte sich auf einen der mit gestreiftem Brokat bezogenen Rosenholzsessel und sah zu ihm auf: »Dies ist kein finanzielles Problem, Thomas. Nicht in erster Linie jedenfalls. Wo soll sie das Kind lassen, während sie zur Arbeit geht! Sie hat eine gut bezahlte Stellung als Sekretärin, die aber mit fast regelmäßigen Überstunden verbunden ist.«

Er nahm ihr gegenüber Platz. »Das ist natürlich schlecht.«

»Sie weiß nicht ein noch aus. Und ich möchte ihr so gern helfen.« Sie blickte ihn flehend an.

»Das sieht dir mal wieder ähnlich.« Er nahm liebevoll ihre Hand. »Aber Ilona ist doch ein erwachsenes Mädchen. Sie hat sich selbst in diese Sache hineinmanövriert, also sollte sie sich auch selbst wieder heraushelfen.«

»Sie ist meine Tochter.«

»Du mußt endlich aufhören, dich von deiner Familie ausnutzen zu lassen.«

»Das tue ich ja gar nicht, Thomas. Aber du mußt doch verstehen, daß ich mir um Ilona Sorgen mache. Sie sieht keinen Ausweg mehr.«

»Soll das heißen, sie will ins Wasser gehen?«

»Sie will es wegmachen lassen.«

Thomas ließ ihre Hand los, stand auf und trat ans Fenster. »Du verlangst doch nicht etwa, daß ich das tue?«

»Daran habe ich nicht eine Sekunde gedacht.«

Er drehte sich wieder zu ihr um. »An was dann?«

»Thomas, du hältst doch auch eine Abtreibung für... nun, jedenfalls für eine schlechte Lösung. Du würdest selbst so etwas nie tun... oder doch?«

»Nein.«

Sie hatte die Hände im Schoß verkrampft und beugte sich vor. »Dann kannst du doch auch nicht zulassen, daß ein anderer es tut. Wenn du es verhindern kannst, meine ich.«

»Und wie könnte ich das?«

Sie stand auf und trat auf ihn zu. »Thomas, wenn ich erst deine Frau bin, dann könnten wir doch das Baby zu uns nehmen... nur für ein paar Jahre, Thomas, bis es ins Kindergartenalter kommt!« Sie legte die Hände auf seine Schultern; sie sah wohl, daß sein Gesicht sich verschloß, wollte es aber nicht wahrhaben.

»Bitte, sag ja, Thomas!«

Er nahm ihre Hände und drückte sie hinunter. »Das kannst du nicht von mir verlangen, Sabine.«

»Und warum nicht? Warum?«

»Weil ich meine neue Ehe nicht gleich mit einem fremden Baby beginnen will.«

»Es ist nicht fremd, es ist mein Enkelkind.«

»Um so schlimmer. Ich lege, offen gestanden, auch keinen gesteigerten Wert darauf, eine Großmutter zu heiraten.« Das war das erste böse Wort, das zwischen ihnen gefallen war, seit sie sich liebten; sie zuckte zusammen wie unter einem Schlag. Ihm tat es schon leid. »Entschuldige, das habe ich nicht sagen wollen, Sabine! Natürlich ist es mir ganz egal, ob du Großmutter bist oder nicht...«

»Danke.«

»Versteh mich doch, es geht mir doch nur um dein Glück, um unser Glück. Ich könnte Babygeschrei und Windelgeruch nur schwer ertragen.«

»Das sagst du? Ein Arzt?«

»Beruf und Privatleben sind doch etwas Verschiedenes. Es macht mir ja auch nichts aus, mich beruflich mit kranken Menschen zu befassen – trotzdem würde es mich, bei aller Liebe, stören, auch im Privatleben ewig von Kranken umgeben zu sein.«

Sabine gab noch nicht auf. »Aber ein Baby ist doch kein Patient!«

Er sah sie lange an. »Ich liebe dich, Sabine, und ich will mit dir glücklich sein. Verstehst du das denn nicht? Es fällt mir schwer genug, deine Liebe mit Sven zu teilen... aber, bitte! Ich weiß, daß du dich darüber hinaus auch noch mit deinen großen Kindern befassen wirst, und auch das will ich akzeptieren. Aber ein Baby würde mir einfach zuviel von dir wegnehmen. Das könnte ich nicht ertragen.«

»Dein Nein ist also endgültig?«

»Du mußt dich damit abfinden.«
»Auch wenn ich dir sage, daß ich Ilona dann nicht daran hindern kann, es abtreiben zu lassen?«
»Auch dann. Ich fühle mich nicht für deine Tochter verantwortlich.«
Sie seufzte tief, setzte sich wieder und sagte mit großer Überwindung: »Dann muß ich dir die Frage stellen, wegen der ich eigentlich gekommen bin. Kannst du mir die Adresse von jemandem geben, der so etwas macht?«
Er zögerte. »Du weißt, daß das allein schon strafbar ist.«
»Was?«
»Adressen von Abtreibern zu vermitteln.«
»Soll das heißen...?«
»Nein. Ich werde es für dich tun. Damit du siehst, wieviel mir an dir liegt.«
»Warum hast du das dann überhaupt gesagt?«
»Weil es wichtig ist. Du mußt es deiner Tochter einhämmern. Abtreibung ist ein Verbrechen, und die Ärzte, die so etwas tun, fliegen von Zeit zu Zeit auf. Die meisten jedenfalls. Deine Tochter darf die Adresse an niemanden weitergeben. Und falls sie gefragt oder gar verhört werden sollte, woher sie sie hat, muß sie eisern schweigen. Am besten gibt sie vor, daß sie sie von einer Zufallsbekanntschaft erhalten hat, deren Namen sie nicht kennt und die sie später nie mehr wiedergesehen hat.«
»Ich verstehe.«
»Dann ist es gut. Du kannst mich ja für einen Feigling halten, aber wenn es irgend möglich ist, möchte ich nicht meine Lizenz als Arzt verlieren.«
Sie sah ihn aus schmalen Augen an. »Du kennst die Gefahr so genau – und doch setzt du lieber alles aufs Spiel, als zu erlauben, daß ich das Kind nehme!«
»Für dich setze ich alles aufs Spiel!«
Sie ging nicht darauf ein. »Die Adresse, bitte.«
»Ich schreibe sie dir nicht auf, und auch du und deine Tochter sollten das nicht tun. Etwas Geschriebenes kann leicht in falsche Hände fallen. Lernt sie lieber auswendig.« Sie sagte nichts, sie sah ihn nur fragend an. »Doktor Lehmann, Ferdinand Lehmann, München-Bogenhausen, Richard-Strauss-Straße...«
Sie sprach es ihm nach und setzte hinzu: »Das ist aber eine gute Gegend!«
»Lehmann verdient ja auch gut. Allerdings praktiziert er nicht mehr, er ist aus der Ärztekammer geflogen und arbeitet jetzt als Arzneimittelvertreter. Ausschabungen macht er nur samstags und sonntags. Ein kleiner Nebenverdienst sozusagen...«
»Aber er ist gewissenhaft?«
»Durchaus. Deine Tochter kann sich ihm unbesorgt anvertrauen. Im wievielten Monat ist sie denn?«
»Im dritten.«

»Dann ist die Sache sowieso ungefährlich. Du brauchst dir keine Sorgen zu machen.«

Sie stand auf. »Ich werd's versuchen. Ich danke dir, Thomas.«

»Willst du etwa schon gehen?«

»Ilona wartet. Zu deiner Beruhigung: ich werde gar nicht sagen, daß ich die Adresse von dir habe, sondern so tun, als sei sie mir plötzlich eingefallen.«

»Ob sie dir das abnimmt?«

»Darauf kommt es doch nicht an. Jedenfalls wird sie dann nie in Versuchung kommen, deinen Namen in diesem Zusammenhang zu erwähnen.«

»Das ist wirklich sehr rücksichtsvoll von dir.«

Sie zwang sich zu einem Lächeln. »So bin ich nun mal. Leb wohl, Thomas. Und nochmals: Danke für deine Hilfe.«

Er brachte sie auf den Flur, half ihr in den Mantel und begleitete sie zur Wohnungstür. »Eines Tages wirst du einsehen, daß es so für alle Teile das beste ist!»

»Schon möglich«, räumte sie ein. Aber ihr Herz glaubte ihm nicht.

Sven hatte sich den Wecker auf Punkt zwölf gestellt. Er hatte sich daran gewöhnt, mitten in der Nacht aufzustehen. Aber heute fiel es ihm schwerer denn je. Vielleicht lag es daran, daß es herbstlich kalt geworden war. Er kuschelte sich tiefer in seine Kissen, schloß die Augen und hielt sich die Ohren zu. Doch auch, als er das Läuten nicht mehr hörte – er hatte es leise eingestellt, um niemand im Haus zu alarmieren –, wußte er, daß er sich nicht drücken konnte. Sein innerer Kampf war zu Ende, kaum daß er begonnen hatte. Sven reckte sich, warf das Federbett von sich und setzte die Füße auf den Boden. Er zog sich im Dunkeln fertig an, weil er die Nachbarn nicht auf sich aufmerksam machen wollte. Unterhose, Hemd, Pullover und Strümpfe hatte er anbehalten und darin geschlafen, so daß er jetzt nur noch in seine Hose, die Schuhe und den Anorak schlüpfen mußte. Das ging rasch und ohne Schwierigkeiten, denn er hatte vor dem Schlafengehen alles griffbereit auf einem Stuhl drapiert.

Danach bückte er sich und zog den Koffer, den er schon während des Tages mit Diebesbeute gefüllt hatte, unter seinem Bett hervor. Am Griff war eine starke Schnur verknotet. Sven öffnete vorsichtig das Fenster, spähte in die Nacht hinaus und ließ den Koffer langsam und lautlos mit äußerster Vorsicht hinunter. Es irritierte ihn sehr, daß Ethel sich ausgerechnet ihr Schlafzimmer zum Garten hin eingerichtet hatte. Aber er wußte, daß er nichts daran ändern konnte, und hatte nicht einmal gewagt, sein Mißbehagen zu zeigen, aus Angst, sich dadurch verdächtig zu machen.

Er beruhigte sich damit, daß Ethel, solange sie im Bett lag, weder den Koffer noch ihn selbst sehen konnte. Es fiel kein Lichtschimmer aus ihrem Fenster, und so war anzunehmen, daß sie schlief. Er mußte nur aufpassen, daß er kein Geräusch machte. Denn wenn sie aufwachte und das Fenster öffnete, mußte sie ihn bemerken, und dann wäre er geliefert. Aber alles ging gut. Der Koffer landete sacht unten auf der weichen Erde. Sven befestigte das Ende des dicken Taus an dem Haken, den er mit Hilfe von Heinz und Alfons draußen in der Mauer eingedübelt hatte, und begann den Abstieg. Sein Herz klopfte wie rasend, er mußte die Zähne aufeinanderbeißen, weil sie sonst geklappert hätten. Aber seltsamerweise war die Erregung, die er empfand, so stark, daß sie fast einem Glücksgefühl glich. Als er sich endlich mit seinem Koffer außer Sichtweite des Hauses befand, hätte er schreien mögen vor Freude. Aber er grinste nur lautlos in sich hinein. Im Schatten der Garage blieb er stehen, um erst einmal zu urinieren.

Sein Rad lehnte an der Mauer. Es war ein ständig wiederkehrendes Problem für ihn, darauf zu achten, daß es abends nicht in die Garage eingeschlossen wurde. Das war ein paarmal passiert, und dann hatte er den ganzen weiten Weg laufen müssen. Heute war es, wo es sein sollte. Er hob es über den Zaun, den Koffer hinterher, kletterte nach und band ihn mit dem Seil auf dem Gepäckständer fest. Er schwang sich in den Sattel und radelte los in Richtung Stadtwald. Es regnete nicht mehr, der Wind kam von Ost und peitschte Svens Gesicht. Er dachte daran, daß er morgen in der Schule wieder kaum die Augen würde aufhalten können.

Die Jungen hatten sich an die Verabredung gehalten, während der Schulzeit nur in den Nächten vor freien Tagen auf Abenteuer auszugehen. Auch so machten sie reiche Beute. Es hatte sich aber bald herausgestellt, daß es sehr viel leichter war, sich fremdes Gut anzueignen, als es mit Profit wieder loszuschlagen. Zuerst hatten sie ihren Mitschülern dies und das verkauft – Taschenlampen, Transistorradios, Werkzeugkästen –, doch deren finanzielle Möglichkeiten waren beschränkt, und der Bedarf der wohlhabenden Jungen war bald gedeckt. Alfons hatte es bei der Pfandleihe versucht und auch einmal ein Opernglas versetzen können. Aber der Pfandleiher hatte eine Menge neugieriger Fragen gestellt, so daß er sich nicht ein zweitesmal dort hintraute und auch den Freunden davon abriet.

Zufällig war Heinz an einen Dealer geraten, der ihm einen Tip geben konnte. »Wenn du Ware gegen Hasch tauschen willst, dann weiß ich jemand, der das macht.«

»Wie heißt er?«

»Keine Ahnung. Wir nennen ihn den Dicken.«

»Und wie komme ich an den heran?«

»Durch mich. Wenn du willst, vermittle ich das Geschäft.«

»Und was verdienst du dabei?«

Der Dealer lächelte und zeigte schadhafte Zähne. »Keine Sorge. Der Dicke bezahlt mich.« So war das erste Treffen mit dem Dicken im nächtlich verlassenen Stadtwald zustande gekommen. Obwohl die Jungen um einen anderen Termin gebeten hatten, kam der Dicke angeblich nur Sonntag nachts nach Riesberg, und sie hatten sich darauf einstellen müssen.

Anfangs waren sie trotzdem über diese Lösung sehr erfreut gewesen und überzeugt, das Ei des Columbus gefunden zu haben. Sehr rasch jedoch war der Dicke knausrig geworden, verlangte immer mehr Ware für weniger Hasch, so daß die drei, bisher allerdings ohne Erfolg, damit begonnen hatten, sich nach einer anderen Absatzmöglichkeit umzusehen.

Sven – auf der Fahrt zum Treff mit dem Dicken – wurde so jäh aus seinen Gedanken geschreckt, daß er ins Schwanken geriet, fast von seinem Fahrrad gestürzt wäre und gerade noch im letzten Augenblick sein Gleichgewicht wiederfand. Ein Auto hatte ihn überholt, und im Moment, als es auf gleicher Höhe mit ihm war, hatte Sven erkannt, daß es sich um einen Funkstreifenwagen handelte. Als er vorbei war, dachte er schon, er wäre der Gefahr entronnen, und atmete auf. Aber da hielt es vor ihm am Straßenrand, ein uniformierter Polizist stieg aus und machte ihm ein Zeichen zu halten.

Sven stieg ab und beugte sich zu seiner Lampe. »Ist was nicht in Ordnung? Der Dynamo ist ganz neu.«

»Die Lampe brennt, wenn du das meinst...«

»Na, Gott sei Dank. Ich dachte schon, Sie wollen mir einen Strafzettel geben.« Sven hatte seine Stimme in der Gewalt, wenn sie auch vor Nervosität etwas höher klang als gewöhnlich.

»Du bist ziemlich spät unterwegs, mein Junge«, stellte der Beamte fest.

Seit langem hatte Sven sich für eine solche Situation eine Antwort zurechtgelegt. »Ich war übers Wochenende bei meiner Tante in Wasserburg«, sagte er.

»Du bist also auf dem Weg nach Hause?«

»Klar.«

»Dein Name?«

»Peter Vogt. Ich wohne auf dem Ring...« Der Ring war eine Straße nahe beim Stadtwald.

Der Polizist gab sich mit dieser Auskunft zufrieden. »Na schön. Aber das nächste Mal brichst du gefälligst früher auf. Kleine Jungens gehören nachts nicht auf die Straße.«

»Ich bin doch schon sechzehn«, behauptete Sven kühn.

»Trotzdem, deine Eltern werden sich Sorgen machen.«

Sven hatte seine Sicherheit zurückgewonnen und wollte schon eine patzige Antwort geben, verkniff sie sich aber noch rechtzeitig, weil ihm bewußt wurde, daß es für ihn nur darauf ankam, nicht aufzufallen und in Ruhe gelassen zu werden.

»Na, dann will ich dich nicht länger aufhalten«, sagte der Polizist. »Gute Nacht!«

»Gute Nacht, Herr Wachtmeister!« Sven schwang sich wieder auf sein Rad und war unendlich erleichtert, als der Streifenwagen rasch aus seinem Blick entschwand. Das hatte tadellos geklappt – würde es ein zweites Mal ebenso glattgehen? Sven war es, als ziehe sich ein Netz immer enger um ihn zusammen. Aber als er das Wartehäuschen auf dem Ring erreichte, in dem er sich mit seinen Freunden zu treffen pflegte, war das Gefühl schon wieder verflogen.

Der Ring war eine Straße, die am Stadtwald vorbeiführte und nur einseitig bebaut war. Das Wartehäuschen der Omnibusgesellschaft stand auf der Alleeseite, und wenn man erst einmal drinnen war, war man vor neugierigen Blicken gesichert. Es hätte zwar jemandem, der schlaflos aus dem Fenster blickte, auffallen können, daß sich in der Sonntagnacht regelmäßig drei Jungen mit Rädern dort trafen. Soweit hatte keiner von ihnen gedacht, und auch wenn sie es getan hätten, wären sie zu keiner anderen Lösung gekommen, denn zu dritt durch die Straße zu radeln, wäre noch auffallender gewesen; einzeln in der Düsterheit des Waldes zu warten, trauten sie sich nicht, so blieb das Wartehäuschen die beste der gegebenen Möglichkeiten.

Heute waren Alfons und Heinz schon vor Sven da und machten ihrer Erleichterung mit Flüchen Luft, als er sein Rad hereinschob. Er ließ sie erst mal toben. »Mensch, wo hast du dich denn verewigt?« rief Heinz.

»Verpennt, was?« fragte Alfons. »Das sieht dir ähnlich.«

»Ich bin von einer Funkstreife aufgehalten worden«, erklärte Sven nicht ohne Stolz und erzählte in allen Einzelheiten und mit frei erfundenen Ausschmückungen, was ihm zugestoßen war. Die anderen wurden ganz still; er spürte deutlich, wie er durch dieses Abenteuer in ihrer Achtung wuchs.

Sie hatten sich, noch während er berichtete, in Bewegung gesetzt, schoben ihre Räder in den Wald hinein, schwangen sich erst dort in die Sättel und ließen die Lampen aufscheinen. Sie hielten sich auf dem schmalen, tagsüber viel begangenen Fußweg, der nach etwas mehr als einem Kilometer auf die Autostraße traf, die das Gebiet durchquerte, und bogen auf dieser Straße nach links ein. Nur wenig weiter lag der Parkplatz, auf dem sie sich mit dem Dicken zu treffen pflegten.

Dieser Parkplatz, auf dem bei Tag, besonders bei gutem Wetter und an Feiertagen, ein lebhafter Betrieb herrschte, wirkte in der herbstlichen Nacht unheimlich verlassen. Im Dickicht, das undurchdringlich schien, knackten Äste, raschelten Blätter, kamen Käuzchenrufe und seltsame Geräusche, deren Herkunft die Jungen nicht zu deuten wußten. Sie lachten, redeten, pfiffen, um sich selbst Mut zu machen, wagten aber auch wieder nicht zu laut zu sein, um nicht die Aufmerksamkeit eines späten Spaziergängers oder eines Liebespaares zu erregen, das sich im Wald aufhalten mochte.

Sven hatte die Hände in die Taschen seines Anoraks gesteckt und die Schultern hochgezogen. »Wenn der Dicke nicht bald kommt«, maulte er, »hau' ich ab.«

»Ohne Stoff?« fragte Heinz.

»Na wenn schon«, gab Sven zurück, »soviel liegt mir auch nicht dran, mich anzuturnen.«

»Auf einmal?«

Alfons griff unvermittelt ein. »Zankt euch nicht Freunde, das ist doch sinnlos. Der Dicke ist jetzt...« – er ließ den Schein der Taschenlampe über das Zifferblatt seiner Armbanduhr fallen – »... zehn Minuten zu spät. Geben wir ihm noch fünf. Wenn er bis dahin nicht da ist, verziehen wir uns alle.«

»Und sind 'ne ganze Woche ohne?« fragte Heinz.

»Jammre nicht. Irgendwas wird sich schon finden. Aber ich habe genausowenig Lust wie Sven, mir die Beine in den Bauch zu stehen.«

»Der Dicke hat uns noch nie versetzt«, gab Heinz zu bedenken.

»Vielleicht haben sie ihn geschnappt«, sagte Sven.

»Ausgerechnet!« Heinz stieß ihn in die Seite. »Mensch, du machst mir Laune!«

Jetzt näherte sich ein Auto aus der Richtung Ausfahrt Autobahn. Die Jungen warfen sich, weit genug von der Fahrbahn entfernt, um von den Scheinwerfern nicht mehr erfaßt zu werden, neben ihre Räder zu Boden. Sie wußten nie, in was für einem Wagen der Dicke kam; er fuhr jedesmal ein anderes Modell. Sie pflegten darüber zu rätseln, ob er seine Autos stahl oder ob er vielleicht hauptberuflich in einer Autogarage oder Reparaturwerkstätte arbeitete, vielleicht auch mit Gebrauchtwagen handelte. Diesmal war es ein Mercedes. Er fuhr am Parkplatz vorbei, wendete in einiger Entfernung und kam zurück. Die Jungen sprangen vor. Das Auto parkte ein, und der Dicke stieg aus. Wie immer paffte er eine Zigarre. »'n Abend, Jungens«, grüßte er jovial. Eigentlich war er gar nicht dick, aber er hatte einen großen, runden Kopf mit Glatze und Doppelkinn.

»Sie haben uns warten lassen«, knurrte Sven.

»Tut mir leid«, behauptete der Dicke, »hatten noch etwas zu erledigen. Na, was ist? Worauf wartet ihr noch? Ihr hättet euren Popel inzwischen schon auspacken können!«

Sven setzte zu einer Entgegnung an. Heinz schnitt ihm das Wort ab. »Halts Maul!« zischte er. »Wir müssen ihn bei guter Laune halten.«

»Von mir aus.«

Der Dicke war nicht allein gekommen – er kam nie allein, immer war noch ein Mann bei ihm, der das Auto fuhr, und einer, der hinten saß und die Ware, nachdem der Dicke sie geprüft hatte, in Empfang nahm und im Kofferraum verstaute. Auch heute war das Zeremoniell das gleiche. Die Abnahme ging schnell und reibungslos vor sich. Dann näherte sich der spannende Augenblick, in dem der Dicke, nach kurzem Rechnen, den Jungen eine größere oder kleinere Menge Haschisch zukommen ließ. Der Helfer knallte den Kofferraum zu und setzte sich wieder nach hinten. Der Dicke balancierte die Asche seiner Zigarre und blickte die Jungen nachdenklich an.

Heinz konnte es nicht abwarten. »Was kriegen wir?« fragte er gespannt.

»Nichts.« Die Jungen glaubten, sich verhört zu haben.

»Nichts?« fragte Alfons ungläubig.

»Nichts!?« schrie Sven. »Also ... das können Sie doch mit uns nicht machen!«

»Das Zeug, das ihr anschleppt, ist nichts wert«, erklärte der Dicke gelassen, »ist das etwa meine Schuld?«

»Ich habe eine Tasche aus Krokoleder gebracht«, erinnerte Heinz, »und eine Autokarte und ...«

»... ein Paar Pantoffeln und ein Reisenecessaire und eine karierte Decke!« ergänzte der Dicke. »Du brauchst das nicht noch mal aufzuzählen, ich hab's im Kopf. Alles wertloser Plunder, und ihr weißt das genausogut wie ich. Was man absetzen kann, sind Radios, Taschenlampen, Uhren ... alles andere ist Dreck!«

»Aber Sie haben es genommen!« schrie Heinz. »Wenn Sie es nicht wollen, dann geben Sie es uns doch gefälligst wieder!«

»Und was ist mit meinen Spesen? Ich habe das Auto gemietet, um euch zu treffen, Benzin gekauft ... nee, meine Lieben, das Zeug, das ihr angeschleppt habt, deckt nicht mal meine Unkosten. Also dann ... bis zum nächstenmal!« Der Dicke setzte den linken Fuß in den Wagen.

»Halt!« schrie Heinz. »Sie können uns nicht so einfach hier stehenlassen! Schließlich haben wir doch auch eine Strapaze hinter uns gebracht ... geben Sie uns doch wenigstens einen kleinen Vorschuß!«

Der Dicke verzog keine Miene. »Kommt nicht in Frage. Ich bin kein Wohltätigkeitsinstitut!«

»Uhren und Radios!« schimpfte Alfons. »Sie sagen das so, als ob's so leicht wäre! Machen Sie uns mal vor, wie wir an so etwas kommen sollen! Welcher halbwegs normale Mensch läßt schon so was im Auto!«

»Ihr braucht nur eure Lager zu räumen«, sagte der Dicke freundlich.

»Was?«

»Ihr habt gedacht, ihr könntet mich für dumm verkaufen, was?« fuhr der Dicke fort, immer noch im gleichen gutmütigen Ton. »Aber da seid ihr bei mir an den Falschen gekommen. Ihr habt gedacht, ihr könnt die guten Stücke behalten und mir den Pofel andrehen, Fehlanzeige. Beim nächstenmal will ich alles haben ... restlos alles, was ihr zusammengetragen habt! Habt ihr mich verstanden?«

Sven trat vor; seine schwarzen Augen funkelten im ungewissen Licht. »Auf mich können Sie warten, bis Sie schwarz werden. Ich mache nicht mehr mit!«

Der Dicke hob kaum merklich die Augenbrauen. »Du gefällst mir, Kleiner!«

»Darauf lege ich durchaus keinen gesteigerten Wert!«

»Es ist dir auch egal, deine Mutter in die Klemme zu bringen, nehme ich an. Na, vielleicht macht's dir wirklich nicht so viel aus. Dein Alter sitzt in U-Haft. Da ist die Erziehungsanstalt für dich gerade das richtige.«

»Sind Sie verrückt?« schrie Sven in hilflosem Zorn.

»Ich versuche bloß, dir die Situation ein bißchen deutlicher zu machen. Es wäre nicht klug, unsere Geschäftsverbindung abzubrechen, bevor ich damit einverstanden bin. Könnte leicht sein, daß die Polizei etwas von eurem Treiben erfährt...«

»Das wagen Sie nicht!«

»Überleg's dir mal.« Der Dicke setzte sich in den Wagen. »Das gilt auch für euch, Reibler und Kneisel. Nur für den Fall, daß euch der Kleine Flausen in den Kopf zu setzen sucht. Überlegt euch, was eure Eltern dazu sagen würden, wenn sie's erfahren... Also dann. Bis nächste Woche um dieselbe Zeit!« Der Dicke knallte die Tür mit Schwung zu, und im gleichen Augenblick schoß der Wagen auch schon los. Die Jungen blieben verdattert zurück.

»Au, verdammt, verdammt, verdammt!« schrie Alfons. »Der hat unsere Namen gewußt! Woher hat der unsere Namen!«

»Der blufft doch nur«, behauptete Sven mit überschlagender Stimme, »der kann sich doch gar nicht erlauben, uns anzuzeigen... der hängt doch mit drin!«

»Bloß mit dem Unterschied, daß er uns kennt... und wir so gut wie nichts über ihn wissen.«

»Das Schwein!« schimpfte Alfons. »So ein verdammtes Rübenschwein!«

»Lassen wir ihn hochgehen!« schlug Sven vor.

»Wie stellst du dir das vor!« fragte Heinz.

»Wir müssen es unseren Eltern sagen.«

»Das kannst du vielleicht... Deinen Leuten macht es vielleicht wirklich nichts mehr aus, bei dem, was dein Alter angestellt hat«, sagte Heinz nicht ohne Gehässigkeit. »Aber meinem Alten kann ich mit so was nicht kommen. Ausgeschlossen.«

»Meinem auch nicht«, stimmte ihm Alfons bedrückt zu.

»Dann hat er uns in der Zange«, stellte Sven sachlich fest. »Der kann uns anschaffen lassen bis zur Weißglut. Und ob er uns was dafür gibt, das steht noch auf einem anderen Blatt.«

»Wir müssen ihn umbringen«, erklärte Heinz. Den beiden anderen verschlug es für Sekunden den Atem. »Quatsch«, sagte Sven endlich.

»Er ist ja nie allein«, gab Alfons zu bedenken, »wie kommen wir an ihn heran?«

»Wir müssen uns eben was einfallen lassen, wie wir ihn von den beiden weglocken. Es wird sich schon was finden lassen. Hauptsache, wir wissen, was wir wollen.«

»'n Mord, um ein paar Diebstähle zu vertuschen?« fragte Sven. »Nee, das schmeckt mir nicht... ganz und gar nicht.«

»Er ist ein Verräter, ein Hehler und ein Erpresser und wer weiß, was sonst noch alles... auf alle Fälle ein ganz übles Subjekt!« behauptete Heinz. »Er hat den Tod hundertmal verdient.«

»Und wenn wir dabei auffliegen?« fragte Alfons.

»Wir müssen es eben schlau anfangen.«

»Ihr redet und redet und redet«, sagte Sven verächtlich, »dabei wißt ihr genau, daß wir so was nie machen werden. Keiner von uns. Wir könnten so was gar nicht. Ein bißchen klauen – ja, aber doch keinen

Menschen umbringen.« Er schwang sich aufs Rad. »Wir sind doch keine Verbrecher.«

»Aber wir könnten es werden!« rief Heinz ihm nach.

»Du vielleicht ... ich nicht!« entgegnete Alfons. »Bei Mord hört für mich der Spaß auf.«

»Weißt du was Besseres?«

»Noch nicht. Wir müssen uns eben was einfallen lassen.«

Heinz und Alfons griffen sich ihre Räder und folgten Sven; alle drei waren wütend, enttäuscht und verwirrt.

Am nächsten Morgen beim Frühstück wirkte Sven so blaß und übernächtig, daß es Sabine auffiel. »Was ist los mit dir?« fragte sie besorgt, als sie ihn, der sonst mit kräftigem Appetit zu essen pflegte, lustlos auf seinem Brot herumkauen sah. »Bist du krank?«

»Kann schon sein.«

Sie streckte die Hand aus, um seine Stirn zu fühlen; er zuckte zurück. »Du, dann sollten wir aber doch Fieber messen«, schlug sie vor.

»Fieber messen!« wiederholte er zornig. »Was Besseres fällt dir nicht ein! Kann man sich nicht auch mal schlechtfühlen, ohne daß man Fieber hat?«

»Schon. Aber dann ist man nicht krank.«

»Was verstehst du schon davon!?« Er stieß seinen Stuhl zurück und lief aus der Küche. Wenig später hörte sie die Haustür hinter ihm zufallen.

Sie war bestürzt, und obwohl sie sich einzureden versuchte, daß nichts anderes als ein schulischer Ärger hinter diesem Ausbruch steckte, blieb sie besorgt – so besorgt, daß sie Dr. Strathmann zu Rate zog. »Ich weiß nicht, was mit Sven los ist«, sagte sie, als der letzte Patient des Vormittags gegangen war und sie allein im Untersuchungszimmer zurückblieben, »der Junge sieht regelrecht elend aus, hat Schatten unter den Augen, als habe er kaum geschlafen ... dabei ist er gestern abend rechtzeitig zu Bett gegangen.«

Thomas zog den Kittel aus. »Fragt sich nur, ob er auch schläft.«

»Du meinst, er liest die halbe Nacht?«

»Kann sein. Eher nehme ich allerdings an, daß er onaniert.«

Auf diesen Gedanken war sie auch schon gekommen. »Ja ... und was kann man da machen?«

»Gar nichts. Abwarten. Es wird sich schon von selbst geben.«

Und Sabine, die schon vorhatte, einmal nachts nach ihrem Sohn zu sehen, überlegte es sich anders; sie wollte weder ihn noch sich in eine peinliche Situation bringen.

Ilona hatte sich die Nummer Dr. Ferdinand Lehmanns aus dem Telefonbuch notiert und versuchte, ihn gleich am Morgen in ihrer Mittagspause zu erreichen. Es meldete sich eine weibliche Stimme. »Hier bei Lehmann.«

Ilona fiel es auf, daß sie den Doktorgrad fortließ, und fürchtete schon, sich an die falsche Adresse gewendet zu haben. »Ich möchte bitte Herrn Doktor Lehmann sprechen«, versuchte sie es trotzdem.

»Mein Mann ist die ganze Woche verreist.«

Das stimmte mit den Angaben überein, die Sabine gemacht hatte, und Ilona schöpfte neue Zuversicht. »Und wann kommt er zurück?«

»Am Freitag abend.«

»Könnte ich ihn dann mal besuchen?« Ilona wagte es nicht, am Telefon über ihr eigentliches Anliegen zu sprechen, und fügte nach kurzem Zögern hinzu: »Ich habe ihm Grüße zu bestellen.«

»Gut, ich notiere mir«, sagte Frau Lehmann ganz geschäftsmäßig, »Freitag abend um acht.«

»Danke. Vielen Dank!« Ilona hängte ein und fühlte sich sofort viel leichter. Sie war nicht länger Opfer eines blinden Schicksals, sondern konnte selbst bestimmen, wie es weitergehen sollte.

Das Mietshaus in der Richard-Strauss-Straße, in dem die Lehmanns lebten, war ein Neubau von der besseren Sorte – die Fassade mit Natursteinen verkleidet, der Lift mit Mahagoniholz und Messing. Ilona sagte sich, daß in einer so soliden Umgebung keine Gefahr drohen konnte. Trotzdem klopfte ihr das Herz bis zum Hals, als sie zum achten Stock hinauffuhr. Der Lift hielt nicht im Treppenhaus, wie sie erwartet hatte, sondern in einer Diele, die schon zu der Wohnung gehörte. Die Lehmanns hatten anscheinend das ganze Stockwerk gekauft, was für den Doktor und seine Patientinnen größere Sicherheit bedeutete; niemand konnte sehen, wer die Wohnung betrat. Die Diele war anheimelnd eingerichtet. Auf dem blanken Parkettboden lag ein riesiger farbenfroher Orientteppich. An der Rückwand, unter einem goldgerahmten Spiegel, stand eine Truhe aus schwarzem, reich geschnitztem Holz, darauf ein kupferner Krug, in dem ein Strauß hellgelber Chrysanthemen prangte. Frau Lehmann, jung, blond und überschlank, kam auf Ilona zu und suchte ihr durch ein freundliches Lächeln die Befangenheit zu nehmen.

»Ich habe Montag mittag angerufen«, sagte Ilona.

»Mein Mann ist jetzt da. Bitte, kommen Sie doch herein.«

Ilona wurde in ein sehr großes Herrenzimmer geführt. Die Möbel, im altdeutschen Stil, waren schwer und dunkel. Dennoch wirkte der Raum durch die breite Fensterwand, die leuchtenden Teppiche und die Blumen, die in verschiedenen Vasen verteilt waren, nicht düster.

Dr. Lehmann hatte an seinem Schreibtisch gesessen und geschrieben. Er hatte den Kugelschreiber noch in der Hand, als er aufstand. »Das ist die junge Dame, die dir Grüße zu bestellen hat«, sagte Frau Lehmann hinter Ilonas Rücken.

Dr. Lehmann legte den Stift aus der Hand. »Treten Sie näher«, sagte er formell. Er war ein magerer, großer Mann mit scharfen Zügen und sehr hellen Augen, die er leicht zusammenkniff, während er Ilona musterte.

»Setzen Sie sich doch«, bat Frau Lehmann, freundlicher als ihr Mann, und nahm selbst Platz.

Ilona setzte sich auf die Kante eines der steifrückigen Sessel. Die Lehmanns sahen sie nur an und sagten kein weiteres Wort. »Sie wissen doch wohl, warum ich gekommen bin«, begann Ilona unsicher.

Frau Lehmann lächelte ihr ermutigend zu. »Sie müssen es uns schon sagen.«

»Ich ... ich bin schwanger«, platzte Ilona heraus.

Frau Lehmanns Lächeln vertiefte sich. »Wie schön für Sie!«

»Nein, das ist gar nicht schön, und Sie wissen es genau, sonst wäre ich ja gar nicht hier. Ich kann das Kind nicht bekommen, und ich will es nicht bekommen.«

»Wer hat Ihnen meine Adresse gegeben?« fragte der Doktor.

»Daran kann ich mich nicht mehr erinnern.«

»Aber Sie müssen doch wissen ...«

»Nein«, behauptete Ilona mit Festigkeit, »ich habe sie irgendwo aufgeschnappt. Wann und wo, könnte ich beim besten Willen nicht mehr sagen.«

Dr. Lehmann und seine Frau sahen sich an. »Lassen wir's dabei bewenden«, bat sie.

»Na schön«, sagte ihr Mann, »aber ich muß Sie darum bitten, bei niemandem eine Silbe über Ihren Besuch bei mir zu erwähnen, nicht einmal meinen Namen. Sie wissen, daß das, was Sie von mir verlangen, strafbar ist. Jedes unnötige Gerede kann mich ins Gefängnis führen.«

»Ich werde den Mund halten«, versprach Ilona.

»Und Sie sind ganz sicher, daß Sie das Kind nicht haben wollen?« fragte Frau Lehmann.

»Ganz sicher.« Ilonas Finger umkrampften die Lehne. »Bitte, helfen Sie mir!«

»Ich werde Sie erst einmal untersuchen.« Dr. Lehmann öffnete die Tür zu einem Nebenraum, der ganz wie ein reguläres Arztzimmer ausgestattet war, mit blitzenden Instrumenten hinter gläsernen Schiebetüren, einem modernen, verstellbaren Untersuchungssessel und einem Sterilisationsapparat, und genau wie jeder verantwortungsbewußte Arzt vertauschte Dr. Lehmann das Jackett gegen einen weißen Mantel und wusch sich lange und gründlich die Hände, bevor er in die Gummihandschuhe fuhr, die ihm seine Frau, jetzt ebenfalls in Weiß, innen eingepudert hatte und hinhielt. Die Untersuchung in der demütigenden Haltung der gespreizten Beine war peinvoll, wenn auch schmerzlos. Als Dr. Lehmann sich wieder aufrichtete, war sein Gesicht undurchdringlich. »Sie können sich wieder anziehen«, sagte er.

»Ist alles in Ordnung?« fragte Ilona und empfand im gleichen Augenblick, wie unsinnig die Frage war.

»Ja«, erklärte er, »es würde ein gesundes Kind werden.«

»Warum sagen Sie mir das?«

»Damit Sie sich über die Tragweite dessen, was Sie vorhaben, klar werden. Machen Sie sich bitte oben frei!« Er ließ sich von seiner Frau das Stethoskop geben und auskultierte ihre Herztöne. »Sehr schön!«

»Ich weiß, was ich tue«, behauptete Ilona.

Dr. Lehmann steckte das Stethoskop in die Tasche seines weißen Mantels. »Es ist eine alte Streitfrage, in welchem Stadium die Seele mit dem Fötus in Verbindung tritt«, dozierte er, »tatsächlich ist sie ganz und gar unerheblich. Ich persönlich neige zu der Annahme, daß es das, was man Seele nennt, gar nicht gibt... sondern nur Leben. Warum sollte der Mensch unsterblich sein? Fleisch, Blut, Muskeln, Nerven, Haut und Knochen sind nun mal vergänglich, und aus eben dem und einigem mehr besteht der Mensch. Aber was nun das Leben betrifft... Leben steckt in einem drei Monate alten Fötus schon unbedingt, der Kopf, die Arme, Beine, der Körper sind schon ausgebildet, seine Erbanlagen festgelegt. Theoretisch könnte dieser Fötus nach dem Stand der heutigen Wissenschaft sogar schon außerhalb des mütterlichen Körpers in einer künstlichen Fruchtblase großgezogen werden. Experimenten auf diesem Gebiet sind aus naheliegenden Gründen jedoch sehr enge Grenzen gesetzt.«

»Warum erzählen Sie mir das alles?« Ilona schlüpfte in ihren Pullover.

»Um Ihnen klarzumachen, daß Sie im Begriff stehen, ein, wenn auch noch unterentwickeltes Lebewesen zu töten.«

»Halten Sie es tatsächlich für sinnvoll, mir das Herz noch schwerer zu machen?«

»Ich halte es für meine Pflicht, alles zu tun, um Sie von diesem nicht rückgängig zu machenden Eingriff abzuhalten.«

Ilona schüttelte sich das dichte schwarze Haar zurecht. »Aber Sie sind doch der Mann, der...«

Dr. Lehmann verstand ihre unausgesprochene Frage. »Ja. Aber ich helfe nur da, wo einer Frau keine andere Wahl bleibt. Ich verurteile einen solchen Eingriff. Ich führe ihn nur aus, um unglückliche Frauen davor zu bewahren, Opfer eines Dilettanten zu werden.«

»Wie ich«, sagte Frau Lehmann. »Ich bin zwar mit dem Leben davongekommen. Aber ich werde nie mehr Kinder haben können.«

»Ach so.« Ilona fühlte sich plötzlich beschämt, obwohl sie nicht hätte sagen können, wieso.

»Wollen Sie es sich nicht doch noch einmal überlegen?« fragte Dr. Lehmann. »Sehen Sie wirklich keine Chance, das Kind großzuziehen?«

»Nein. Ich kann es nicht haben.«

»Ja, dann ist es wohl am besten, wir bringen es rasch hinter uns. Kommen Sie morgen früh. Gegen acht Uhr, ja? Ohne Frühstück, wenn ich bitten darf.«

»Wie lange ... wird es dauern?«

»Der Eingriff selbst eine knappe halbe Stunde. Danach ruhen Sie sich noch ein bißchen aus, und anschließend bringe ich Sie in meinem Auto nach Hause. Das ist weniger auffällig, als wenn Sie ein Taxi nehmen würden. Sie wohnen doch in München?«

»Ja. Nähe Waldfriedhof.«

»Sehr schön. Alles in allem kostet Sie die Sache achthundert Mark, die Sie bitte im voraus und bar bezahlen mögen.«

»Achthundert Mark? Wie soll ich ... es ist Freitagabend ...«

»Dann verschieben wir's auf das nächste Wochenende.«

»Können Sie es wirklich nicht billiger machen?«

»Bedenken Sie mein Risiko.«

Plötzlich schlug Ilonas Stimmung um. »Was für ein kaltherziger Heuchler Sie doch sind!« stieß sie böse hervor. »Sie wissen, daß Abtreibung Tötung ist, aber Sie tun es, um Geld zu verdienen! Nur darum und aus keinem anderen Grund! Aber statt es auf Ihr Gewissen zu nehmen und zuzugeben: Das ist nun mal mein Geschäft, ein mieses Geschäft, aber steuerfrei! – statt dessen hängen Sie sich ein moralisches Mäntelchen um und tun so, als wenn Sie armen Frauen helfen wollten.«

»Was ist denn in Sie gefahren? Eben haben Sie noch um meine Hilfe gebettelt!«

»Stimmt. Da hatte ich Sie auch noch nicht durchschaut. Ich hätte mir jedes Wort sparen können, wenn ich Ihnen bares Geld auf den Tisch geblättert hätte. Denn darauf und auf nichts anderes kommt es Ihnen doch an!«

Dr. Lehmann ging zur Tür. »Unter diesen Umständen darf ich unser Gespräch als beendet ansehen. Ich denke nicht daran, mich von Ihnen beleidigen zu lassen.«

Aber Ilona ging nicht; sie mußte ihren Zorn erst loswerden. »Doktor Lehmann, Retter der Menschheit«, sagte sie mit bösem Spott, »was für eine rührende Geschichte haben Sie mir da aufgebunden! Fast hätte ich Tränen des Mitleids für Ihre Frau vergossen. Aber wenn Sie nicht selbst Kinder haben können, warum adoptieren Sie dann nicht welche? Warum nehmen Sie nicht wenigstens ein paar in Pflege? Ach, sagen Sie nichts, ich weiß schon warum: weil es im Vergleich zu einer Abtreibung nichts einbringt! Und Ihre Frau, Ihre arme, bedauernswerte Frau, reicht Ihnen lieber das Messer, als daß sie ihre Händchen mit Drecksarbeit wie Kinderpflege beschmutzt! Dabei wäre mir, wäre den meisten Frauen, die sich kein Kind leisten können, schon mit einer Pflegestelle geholfen.«

»Was nehmen Sie sich heraus! Sie unverschämte Person!« Frau Lehmanns Gesicht verzerrte sich, ihre Stimme hatte einen schrillen

Klang bekommen. »Sie haben es gerade nötig, uns anzugreifen! Sie sind jung und gesund – warum können Sie kein Kind haben! Weil es Ihnen zu anstrengend ist, geben Sie's doch zu! Eine Pflegestelle suchen Sie? Pflegen Sie's doch selbst! Nehmen Sie eine Stellung im Haushalt an! Hausangestellte werden gesucht, auch mit Kind! Kümmern Sie sich gefälligst selbst um Ihr Balg und erwarten Sie's nicht von anderen Leuten!«

»Dana, bitte, reiß dich zusammen«, mahnte Dr. Lehmann, »das Fräulein ist aufgeregt, das ist in ihrem Zustand und ihrer Situation verständlich. Es gibt dir keineswegs das Recht, nun deinerseits ausfallend zu werden.«

Seine Frau schluchzte auf. »Du läßt es zu, daß man mich beschimpft!«

»Aber nun hör doch mal ...« Dr. Lehmann nahm sie beiseite und flüsterte auf sie ein. Obwohl Ilona kein Wort verstand, konnte sie sich lebhaft vorstellen, um was es ging. »Seien Sie unbesorgt«, versicherte sie, »ich werde Sie nicht anzeigen. Wahrscheinlich muß es in einer Gesellschaft wie der unseren Menschen wie Sie geben.«

»Nun seien Sie doch nicht so böse«, sagte er mit erzwungener Beherrschung, »wir sind doch erwachsene Menschen. Überlegen Sie sich die Angelegenheit noch einmal in Ruhe. Wie gesagt, ich bin auch am nächsten Wochenende für Sie da. Sie müßten mich nur vorher anrufen.« Er streckte ihr die Hand hin. Ilona schlug zögernd ein; Ihr Zorn war schon verraucht, und sie fühlte sich wie ausgehöhlt.

»Oder haben Sie das Geld wirklich nicht?« fragte er. »Können Sie es nicht beschaffen? Über den Preis ließe sich ja noch reden ... in Ihrem besonderen Fall.«

Ilona begriff, daß sie sein Entgegenkommen nur der Angst zu verdanken hatte, sie könne ihn, da sie selbst nicht straffällig geworden war, bei der Polizei anzeigen. »Nein, nein«, wehrte sie ab, »daran liegt es gar nicht. Leben sie wohl. Ich muß jetzt gehen. Sie haben mir ... trotz allem ... sehr geholfen.«

Sie sah Frau Lehmann an, aber die hatte sich zur Seite gedreht. Nicht sie, sondern ihr Mann war es, der Ilona zum Lift führte. »Ich bin Ihnen wirklich dankbar«, wiederholte sie beim Abschied, und das war die Wahrheit.

Die Lehmanns hatten sie zur Erkenntnis gebracht, daß die Haupttriebfeder ihres Handelns Egoismus gewesen war. Sie hatte sich nicht – und vor allem gerade jetzt nicht, wo sie zum erstenmal in ihrem Leben ein wenig Freiheit gekostet hatte, mit einem Kind belasten wollen. Wäre ihre Verlobung nicht geplatzt, so hätte sie das gleiche Kind mit Freuden zur Welt gebracht. Durfte sie dieses Kind entgelten lassen, daß ihr Leben aus der Bahn geraten war?

Es gab Grundrechte, Bürgerrechte, Menschenrechte, junge Leute glaubten an ihr Recht auf Glück – das einzige wirklich unbezweifelbare Recht des Menschen, so schien ihr, war das, zu leben – die kürzere oder längere Zeit, die ihm bemessen war. Auch einem ungeborenen

Menschen dieses Recht zu nehmen, war ein Verbrechen. Es würde auch dann noch ein Verbrechen bleiben, wenn das Gesetz zum Schutz des werdenden Lebens aus dem Gesetzbuch gestrichen würde. Sie konnte es nicht töten. Es war ihr Kind, und sie mußte es schützen. Egal, wieviel sie das kosten würde. Sie mußte das Kind zur Welt bringen, und wenn sie dann keine Chance sah, es zu behalten oder einfach nicht die Kraft dazu aufbrachte, konnte sie es immer noch zur Adoption freigeben. Wenn sie ihm auch keine Sicherheit, keine Familie und kein Zuhause geben konnte, so doch das Wichtigste: das Leben.

In der Nacht zum Montag geschah Sven etwas Seltsames: er wachte auf, obwohl er seinen Wecker nicht gestellt hatte. Er war fest entschlossen gewesen, nicht zum Treffen mit dem Dicken zu fahren. Aber nun war er wach, sein Herz klopfte bis zum Hals, und er wußte, daß er jetzt keinen Schlaf mehr finden würde.

Während der vergangenen Woche hatte er unter einem beinahe unerträglichen Druck gestanden. Er hatte eine Mathematikarbeit verhaut, weil er sich einfach nicht konzentrieren konnte. Unentwegt waren seine Gedanken um die Drohung des Dicken gekreist und hatten nach einem Ausweg gesucht. Vergebens. So oft er mit Alfons und Heinz zusammengewesen war, hatten sie über nichts anderes gesprochen. Sie hatten alle möglichen und unmöglichen Pläne geschmiedet, um sich aus der Klemme, in die sie geraten waren, zu befreien. Aber etwas Vernünftiges oder auch nur Ausführbares war keinem von ihnen eingefallen. Endlich waren sie zu der Übereinkunft gekommen, die nächtliche Verabredung mit dem Dicken nicht einzuhalten.

Doch jetzt in der Nacht, von einer inneren Stimme aus dem Schlaf geweckt, schien es Sven ganz sicher, daß die Freunde sich nicht an das Abkommen halten würden. Weder Heinz noch Alfons würden den Mut aufbringen, den Dicken zu versetzen. Das bedeutete, daß Sven den Schwarzen Peter zugespielt bekam. Wenn der Dicke ihn anzeigte oder auch nur seine Mutter informierte, war er geliefert. Und der Dicke mußte irgend etwas unternehmen, allein um die anderen an der Kandare zu halten. Sven sprang aus dem Bett. Obwohl er sich seine Kleidung absichtlich nicht griffbereit zurechtgelegt hatte, gelang es ihm ohne Mühe, sich anzuziehen, weil er inzwischen einige Übung darin hatte. Er öffnete die Tür zum Hausflur und lauschte: außer dem gewohnten Knacken des Holzes war nichts zu hören.

Auf Zehenspitzen überquerte er den Flur, öffnete die Tür zum Speicher, ließ seine Taschenlampe aufscheinen, zog den großen Schlüssel aus seinem Hemd und schloß den alten Schrank auf. Es gab keinen Koffer mehr in seinem Versteck, sondern nur einen alten Jutesack, den er aus einem Lieferwagen geklaut hatte. Damals hatte er sich darüber geärgert, daß ihm nichts Besseres in die Hände gefallen war; jetzt konnte er ihn gebrauchen. Er steckte wahllos alles, was er finden konnte hinein: Kugelschreiber, Radios, Handschuhe, Kosmetiktäschchen, einen mit Leder bezogenen Flachmann, halb voll Kognak. Bei einem Radio, das ihm besonders gefiel, zögerte er. Er hätte es zu gern behalten, aber er hatte nicht den Mut dazu. Er mußte alles, was von seiner Schuld zeugte, aus dem Haus schaffen.

Als er fertig war, löste er den Schlüssel von der ledernen Schnur, schloß ab, legte ihn oben auf den Schrank und schob ihn so weit wie möglich nach hinten. Dann warf er sich den gefüllten Sack über die Schulter und tapste in sein Zimmer zurück. Er knotete das Ende des Taus um den Sack und ließ ihn sacht hinunter. Dann befestigte er das Ende in dem Haken an der Außenmauer und begann, hinabzurutschen.

Später wußte er nicht mehr, wie es hatte passieren können. Hatte ihn Schwindel erfaßt? Ein Gefühl der Ausweglosigkeit? War er dem Wunsch gefolgt, ein Ende mit Schrecken herbeizuführen? Oder war es einfach Ungeschicklichkeit gewesen, daß er das Tau plötzlich losgelassen hatte? Sei dem, wie ihm sei: er ließ es los und stürzte ab, fiel auf den Sack mit der Diebesbeute und schrie auf.

Ethel war ohne Schlaftabletten zu Bett gegangen. Sie liebte es zwar nach wie vor, einen Dämmertrunk zu sich zu nehmen, aber Tabletten brauchte sie nicht mehr. Sabines Nähe hatte sie aus dem Bann der Vereinsamung, in den sie bei Ralfs Abwesenheit früher so leicht geraten war, befreit. Sie hatte noch eine Weile gelesen und war dann eingeschlafen.

Svens Fall, das Klirren der Beute und sein Schrei weckten sie. Zunächst begriff sie nicht, was geschehen sein mochte, glaubte an Einbrecher und einen Überfall. Dann hörte sie Svens unterdrücktes Wimmern, knipste das Licht an, stürzte zum Fenster und riß es auf. Das Licht reichte nicht zu der Stelle, wo Sven gestürzt war, aber sie konnte seine Stimme erkennen. »Sven«, rief sie, »Sven! Was ist passiert?« Ohne eine Antwort abzuwarten, schlüpfte sie in ihren Morgenrock, nahm sich nicht die Zeit, ihre Pantoffeln zu suchen, sondern jagte sofort die Treppe hinunter, durch das Gartenzimmer und auf die Loggia hinaus.

Da alle Türen abgeschlossen waren, ging das nicht so schnell, wie sie wünschte, und war auch mit einigem Lärm verbunden, weil sie in der Aufregung mit den Schlüsseln nicht zurechtkam. Sie knipste das Außenlicht an und sah den Jungen, der sich vor Schmerzen krümmte. »Sven ... was ist geschehen?« Sie kniete sich neben ihn.

»Mein Bein ... au weh, mein Bein!«

Sabine, im Schlafanzug, kam aus dem Haus und überblickte die Szene. »Bist du aus dem Fenster gefallen?« fragte sie entsetzt.

»Nein, nur vom Tau«, schluchzte der Junge.

Sabine sah das dicke Seil, das vom Haken unterhalb Svens Fenster bis zu dem prall gefüllten Sack auf dem Boden führte, und sie schaltete blitzschnell. Sie knipste das Licht aus. Die plötzliche Finsternis schien undurchdringlich. »Was soll das?« rief Ethel.

»Wir kommen auch ohne Licht zurecht.« Sabine tastete sich voran. »Wo tut es weh, Sven? Bist du mit dem Kopf aufgeschlagen?«

»Mein Bein ... es ist nur mein Bein!« Sven wimmerte.

»Hilf mir ihn tragen, Ethel ... ich nehme ihn auf die Arme, hilfe mir dabei! Und du, Sven, beiß die Zähne zusammen!«

Gemeinsam wuchteten die Frauen Sven hoch, und Sabine trug ihn durch die Dunkelheit in das Haus und bettete ihn auf dem Teppich des Gartenzimmers. »Mach die Tür zu, Ethel«, bat sie, »und schließe die Vorhänge! Nun kannst du Licht anknipsen.«

»Wozu diese Vorsichtsmaßnahmen?« wollte Ethel wissen.

»Frag Sven! Der wird's dir erkären!«

»Ich verstehe nicht ...«

»Ja, merkst du nicht, daß etwas nicht in Ordnung ist, wenn ein Junge mitten in der Nacht an einem Tau aus dem Fenster klettert? Und dazu noch einen dicken Sack mit Werweißnichtwas bei sich hat?«

»Aber ... das ist doch wahrscheinlich alles ganz harmlos!«

»Schön wär's. Ich bin jedenfalls auf das Schlimmste gefaßt. Gib mir bitte eine Schere. Im Nähkasten unter dem Fenster liegt eine!« – Sabine schnitt die Hose an dem verkrümmten Bein des Jungen auf. Es war deutlich zu sehen, daß das Schienbein dicht über dem Fuß gebrochen war; der Knochen war durch das Fleisch und die Haut gedrungen und hatte eine blutende Wunde aufgerissen. Der Anblick der Verletzung war zuviel für Sven; er verlor das Bewußtsein.

»Bitte, Ethel, hol Schienen und Verbandzeug aus dem Apothekerschrank im Bad!« forderte Sabine. »Ich muß das Bein einrichten.«

»Ja, kannst du denn das?«

»Ich habe es vor Jahren gelernt. Einen Notverband werde ich schon noch zusammenbringen.«

Ethel eilte davon. Sabine nutzte den Augenblick des Alleinseins. Sie biß die Zähne zusammen, packte das Bein mit beiden Händen und brachte mit einem geschickten Ruck die Knochen dahin, daß die Bruchstellen sich aneinanderfügten. »Da siehst du ... schon passiert!« sagte sie zu der zurückkehrenden Ethel. Sie legte Sven die leichten Schienen an und fixierte das Bein in seiner natürlichen Stellung.

»Soll ich Wasser holen oder was? Damit er wieder zu sich kommt?« fragte Ethel.

»Laß nur, ich mach das schon selbst! Bring du das draußen in Ordnung!« sagte Sabine und lief hinaus, um gleich mit einer Wasserschüssel zurückzukehren.

Ethel eilte auf die Terrasse und löste das Tau, mit dem der Sack zugebunden und an dem er befestigt war. Sie hob den schweren Sack auf und schleppte ihn ins Gartenzimmer, wo sie sofort wieder die Tür hinter sich schloß.

Sabine war es inzwischen gelungen, Sven mit Hilfe eines kalten Umschlags wieder wachzubekommen. Er hatte die Augen geöffnet. Als er Ethel mit dem Sack in das Zimmer treten sah, schloß er sie rasch wieder.

»Was, um Gottes willen, ist denn da drin?« fragte Ethel, die immer noch barfuß war.

»Frag Sven!« Sabines Stimme klang hart.

»Aber...«

Sabine beugte sich über Sven: »Los! Rede schon! Was soll das alles? Du mußt uns die Wahrheit sagen!«

»Das Tau!« rief Ethel dazwischen. »Ich muß das Tau durchs Fenster ziehen, sonst fällt am Morgen den Nachbarn doch noch was auf!« Sie eilte ins obere Stockwerk und holte das Tau durch Svens Fenster herein. Als sie wieder herunterkam, waren Svens Schmerzen, da das Bein eingerichtet und ruhiggestellt war, fast verklungen. Er befand sich in einem schwebenden Schwächezustand, den er genoß. Endlich war die Wahrheit ans Licht gekommen. Es gab nichts mehr zu verbergen oder zu fürchten, und er selbst war verletzt und aus dem Spiel. Sollte doch die Mutter zusehen, wie sie die Sache wieder in Ordnung brachte. Fast kam es ihm vor, als ginge es ihn gar nichts mehr an; er fühlte sich jeder Verantwortung ledig. In knappen Worten erzählte er, und die Frauen begriffen rasch und vermieden es, ihn mit Ausrufen oder Zwischenrufen zu stören.

»Du solltest also den Dicken heute nacht treffen?« fragte Sabine.

»Ja.«

»Wann?«

»Um zwölf.«

Sabine, die neben Sven auf dem Boden gekauert hatte, erhob sich. »Dann bleiben uns noch zehn Minuten. Bitte, zieh dich an, Ethel. Du fährst den Jungen ins Kreiskrankenhaus und läßt ihm einen Gips anlegen; die Unfallstation ist auch nachts geöffnet. Nimm den Sack und lade ihn irgendwo ab.«

»Wo?«

»An irgendeiner Stelle, wo du jetzt nicht auffällst, wo er aber bei Tageslicht gefunden werden kann.«

»Aber sicher sind Fingerabdrücke...«

Sabine unterbrach: »Das ist egal. Svens Abdrücke sind ja nirgends registriert, und wenn man ihn erst mit der Sache in Verbindung bringt, ist er sowieso dran.« Sie ging zur Tür.

»Und was hast du vor?« fragte Ethel.

»Ich werde Svens Verabredung mit dem Dicken einhalten.«

»Bist du wahnsinnig? Du ganz allein? Und mitten in der Nacht? Nein, da komme ich mit.« Ethel stürzte hinter ihr her.

»Sehr anständig von dir.« Sabine legte die Hand kurz auf die Schulter der Schwägerin. »Tu, bitte, was ich dir gesagt habe. Für mich besteht überhaupt keine Gefahr. Der Mann ist ein Hehler und ein Haschhändler, aber bestimmt kein Mörder.«

»Woher willst du das so genau wissen?«

»Ein Gewaltverbrecher würde sich mit so schmutzigen kleinen Geschäften mit kleinen Jungen bestimmt nicht befassen.«

»Ich weiß nicht, Sabine...«

»Aber ich. Ich muß hin. Ich muß verhindern, daß er irgend was gegen die Jungen unternimmt.«

Obwohl Sabine ihr Vorhaben mit solcher Festigkeit vorgetragen hatte, war ihr durchaus nicht wohl in ihrer Haut, als sie auf dem Fahrrad durch die nächtliche Stadt fuhr. Sie war lange nicht mehr so spät allein unterwegs gewesen. Die wohlbekannten Straßen und Plätze wirkten verändert. Die Gebäude warfen im Schein des Vollmondes lange Schatten, das weiße kalkige Licht hatte sogar etwas Drohendes. Doch Sabine radelte verbissen weiter. Nicht einmal kam ihr der Gedanke, umzukehren. Sie hatte nur die eine Furcht, nicht rechtzeitig zu kommen und das Treffen mit dem Dicken zu verpassen. Auf dem Waldweg, der so schmal war, daß der Mondschein den Boden nicht erhellte, geriet sie in eine Reifenfurche und wäre beinahe vom Rad gestürzt. Sie konnte eben noch das Gleichgewicht halten und setzte ihr Tempo ab; ein Sturz hätte noch größeren Zeitverlust bedeutet.

Als sie auf die Autostraße einbog – nach links, wie Sven es ihr berichtet hatte –, sah sie das Auto des Dicken schon von weitem. Diesmal war es ein VW-Kombi, aber Sabine zweifelte nicht daran, daß es der gesuchte Wagen war, den sie suchte, denn er stand mit abgeschalteten Scheinwerfern da, ein dunkler Klotz im Mondlicht. Sabine radelte darauf zu. Sie ging von der Annahme aus, daß die Verbrecher sich vor einem einzigen Mann auf einem Fahrrad – sie hatte Hosen angezogen und ihr blondes Haar unter eine dunkle Baskenmütze geschoben – nicht fürchten würden. Sie radelte, unbekümmert um die Verkehrsvorschriften, auf der linken Seite der Fahrbahn und sah, daß eine kleine Gruppe von Männern dicht beim Auto stand. Die drei Gestalten verhielten wie in der Bewegung erstarrt. Einen halben Meter vor ihnen stieg Sabine vom Rad. Zwei der Figuren sprangen schutzsuchend in das Dunkel des Waldes zurück. Ein großer Mann mit teigigem Gesicht, in dem Sabine nach Svens Beschreibung den Dicken erkannte, blieb neben der offenen Tür stehen.

»Guten Abend«, sagte Sabine mit schneidend kalter Stimme, »ihr braucht euch nicht zu verstecken. Heinz, Alfons, wir kennen uns doch!« Die Jungen kamen zögernd näher.

Auf der Glatze des Dicken spiegelte sich das Mondlicht. »Darf man fragen, wer Sie sind und was Sie wollen?«

»Ich bin Svens Mutter, und ich möchte mir den Mann ansehen, der schäbig genug ist, kleine Jungen zu seinen Helfershelfern zu machen!«

»Was das betrifft«, entgegnete der Dicke, ohne mit der Wimper zu zucken, »die brauchte ich nicht erst zu verderben, die waren es schon. Sie haben geklaut und gehascht, bevor wir uns kennenlernten.«

»Und das, meinen Sie, entlastet Ihr Gewissen?«

Der Dicke paffte an seiner Zigarre. »Ich muß, wie jeder andere auch sehen, wo ich bleibe.«

»Und versuchen, die Jungen bei der Stange zu halten, indem Sie ihnen mit Entdeckung drohen!«

»Sie scheinen ja sehr gut informiert zu sein.«

»Ja, das bin ich. Und deshalb möchte ich Ihnen raten, hier abzuhauen und sich nie wieder sehen zu lassen. Wenn die Sache auffliegt, sitzen Sie viel tiefer drin als die Jungen.«

»Bloß macht es mir nur die Hälfte aus. Die sind unbescholten, und ich bin ein alter Krimineller.«

»Darauf wird man bei der Urteilsfindung bestimmt Rücksicht nehmen.« Sabine und der Dicke standen sich nahe genug gegenüber. Sekundenlang blickte einer dem anderen drohend in die Augen. Der Dicke war es, der zuerst aufgab. »Ich muß schon sagen, Sie haben Haare auf den Zähnen.«

»Worauf Sie sich verlassen können. Ich werde mit allen Mitteln kämpfen, wenn es um meinen Sohn geht.«

Der Dicke wandte sich an die Jungen. »Da seht ihr«, erklärte er mit einer resignierenden Geste, »es ist nicht meine Schuld, wenn ihr nicht mehr zu eurem Stoff kommt. Bedankt euch bei dieser Dame und bei eurem Freund, der euch verraten hat!« Er schlüpfte auf den Sitz neben dem Steuer, und ehe er noch die Tür hinter sich zugezogen hatte, jaulte der Motor auf, und das Auto schoß, immer noch ohne Licht, davon.

»Unser Zeug!« Heinz rannte dem Auto nach und wedelte mit den Armen. »Bleiben Sie stehen! Geben Sie uns unsere Sachen zurück!«

»Den sind wir los«, schimpfte Alfons, »verdammte Scheiße!«

»Eure Sachen?« fragte Sabine. »Ihr meint wohl das, was ihr euch zusammengeklaut habt! Das habt ihr doch nicht etwa behalten wollen?«

Alfons warf ihr einen schrägen Blick zu. »Sie haben vielleicht Begriffe.«

»Meine Begriffe sind ganz in Ordnung, aber euer Weltbild scheint Schaden genommen zu haben. Bildet ihr euch ein, eure Eltern würden euch erlauben, die Sachen zu behalten?«

»Aber die wissen doch gar nichts davon!«

»Noch nicht. Aber wir werden jetzt miteinander zu euch nach Hause fahren...«

»Das werden Sie nicht tun!« schrie Heinz dazwischen.

»O doch. Eure Eltern müssen wissen, was mit euch los ist!«

Alfons verlegte sich aufs Verhandeln. »Frau Miller, nun hören Sie mal, das können Sie uns doch nicht antun!«

Heinz unterstützte ihn: »So schlimm war das doch alles gar nicht! Wenn Sie glauben, daß wir Autos aufgebrochen haben, sind Sie schief gewickelt. Dazu hätte es bei uns gar nicht gelangt. Wir haben bloß Sachen genommen, die so herumlagen...«

»... aus Autos, die nicht abgeschlossen waren!«

»Sie können sich gar nicht vorstellen, wie leichtsinnig die Leute sind!«

Sabine drehte das Rad um. »Und ihr glaubt, es war euer gutes Recht, diesen Leichtsinn auszunutzen?«

Alfons vertrat ihr den Weg. »Ehrlich, Frau Miller, wir haben uns gar nichts dabei gedacht...«

»Es waren doch bloß blöde Streiche!« behauptete Heinz.

Sabine sah die beiden Jungen an. »Ihr braucht euch weder zu entschuldigen noch zu verteidigen. Ich denke gar nicht daran, euch zu verurteilen. Das überlasse ich euren Eltern. Die müssen die Wahrheit erfahren.«

»Aber warum denn, Frau Miller?« fragte Heinz. »Was soll das für einen Zweck haben? Meine Eltern würden sich doch bloß aufregen... meine Mutter ist furchtbar nervös, müssen Sie wissen...«

»Genügt es denn nicht«, schlug Alfons vor, »wenn wir Ihnen versprechen, so was nicht mehr zu tun?«

»Nicht wieder zu stehlen«, fragte Sabine, »oder zu haschen?«

»Beides«, versicherte Alfons treuherzig.

Sabine zögerte. »Tut mir leid«, erklärte sie dann entschlossen, »das genügt mir nicht. Ich kann diese Verantwortung nicht auf mich nehmen. Ihr müßt euch mit euren Eltern auseinandersetzen.«

Sie schwang sich auf ihr Rad. »Wenn ihr auf die Idee kommen solltet, auszureißen«, sagte sie, »so wäre das ganz schlecht. Dann wären eure Eltern nämlich gezwungen, die Polizei einzuschalten, und das wollt ihr doch wohl nicht. Also, kommt schon! So schlimm wird es ja gar nicht werden. Ich habe Sven doch auch nicht den Kopf abgerissen.«

»Ja, Sie!« Alfons stieß einen tiefen Seufzer aus.

Sabine fuhr los, ohne die Jungen weiter zu beachten; sie war sicher, daß sie ihr folgen würden. Das Schlimmste hatte sie nun hinter sich gebracht, es war ihr gelungen, den Dicken auszuschalten. Aber auch das Gespräch mit den Eltern von Heinz und Alfons würde bestimmt nicht gerade angenehm werden. Für eine alleinstehende Frau konnte das Leben recht kompliziert sein. Zum erstenmal fragte sie sich, wieso sie nicht auf den Gedanken gekommen war, Dr. Strathmann anzurufen und um Rat oder Hilfe zu bitten. Es wurde ihr bewußt, daß sie ihm nicht mehr voll vertraute. Diese Erkenntnis schmerzte sie.

Aus der Apotheke am Maximiliansplatz fiel Licht durch das Milchglas der Tür, die mit einem Scherengitter gesichert war. Sabine drückte auf die Nachtglocke. Die beiden Jungen waren in einigem Abstand von ihr von den Rädern gestiegen, als ob sie immer noch überlegten, ob es nicht besser wäre, die Flucht zu ergreifen. Es dauerte eine ganze Weile, bis Apotheker Reibler die Tür aufschloß; er wirkte verschlafen, sein Haar war zerzaust, sein weißer Kittel stand offen. »Sie wünschen?« fragte er geschäftsmäßig.

»Ich bin Frau Miller.«

Der Apotheker brauchte Zeit, um diese Mitteilung zu verarbeiten. »Ach ja, ach so, Frau Miller... guten Abend, Frau Miller! Was kann ich für Sie tun?«

»Lassen Sie mich bitte herein!«

»Sind sie krank?«

»Nein. Ich habe mit Ihnen zu sprechen.«

»Liebe Frau Miller, es tut mir leid, aber ich glaube wirklich, es wäre besser, wenn sie tagsüber ... wie geht es dem armen Arnold eigentlich?«

»Den Umständen entsprechend. Bitte, lassen Sie mich rein, Herr Reibler. Ich habe Ihnen Alfons und einen Freund mitgebracht!«

»Wo?«

»Sie trauen sich nicht näher, weil sie einen unfreundlichen Empfang fürchten.«

»Wo haben Sie die beiden denn aufgegabelt?«

»Soll ich Ihnen das alles auf offener Straße erzählen?«

Endlich öffnete Herr Reibler das Scherengitter. Sabine trat an ihm vorbei in die Apotheke. Er ging die beiden Stufen hinunter, sah sich suchend nach seinem Sohn um, entdeckte ihn und Heinz unter den Arkaden und winkte sie zu sich. Sie folgten dieser Aufforderung nur zögernd. Der Apotheker schloß hinter ihnen die Türen und führte seine späten Gäste in ein Hinterzimmer, das vom Boden bis zur Decke mit Regalen aus braunem Holz ausgestattet war, in denen Schubladen dicht bei dicht saßen; verschnörkelte Buchstaben auf weißen Emailleschildern zeigten den Inhalt an. Es roch medizinisch bitter und gleichzeitig zimt- und nelkensüß.

Der Apotheker wies Sabine mit einer Handbewegung einen Stuhl zu. »Was habt ihr angestellt, ihr beiden?« fuhr er die Jungen an. »Raus mit der Sprache!«

»Ach, halb so schlimm, Vater«, behauptete Alfons, »ein blöder Streich ...«

»Und warum beschwert sich dann Frau Miller über euch?«

»Ich beschwere mich nicht«, stellte Sabine richtig, »ich habe Ihnen die Jungen nur gebracht, weil ich finde, daß Sie Bescheid wissen sollten.«

Der Apotheker fuhr zu ihr herum: »Über was?«

»Es wäre besser, wenn sie es selbst sagten.«

»Also, bitte schön«, sagte Alfons, »das war so: wir haben probiert, was für Autos offen waren. Mengenweise Leute vergessen nämlich, die Türen abzuschließen oder die Fenster zuzumachen.«

»Oder das Verdeck«, warf Heinz ein.

»Ja, sehr richtig. Und da haben wir zum Spaß dies und das aus den Autos genommen.«

Der Apotheker lehnte sich gegen die Fensterbank, die aus dunkelbraunem Holz und so tief wie die Regale war. »Dies und das ... wie soll ich das verstehen?«

»Also ... Wertsachen hauptsächlich«, bekannte Alfons mit Überwindung.

Das Gesicht des Apothekers verfiel, als wenn die Müdigkeit übermächtig würde. »Und was habt ihr damit getan?« fragte er mit tonloser Stimme.

»Getauscht.«

»Wogegen?«
Wieder wechselten die Jungen einen Blick. »Nur so.« Alfons blickte zu Boden.
»Gegen Hasch«, erklärte Sabine und riß sich die Mütze vom Kopf.
»Wir wissen jetzt selbst, daß es blöd war«, erklärte Alfons hastig, »von selbst wären wir ja auch nie auf so was gekommen. Aber Sven Miller hat uns eingeredet, daß das Spaß machen würde, und so sind wir...«
Sabine sprang auf. »Sven?« rief sie empört. »Wie kannst du das behaupten? Sven ist zwei Jahre jünger als ihr... ein richtiges Küken gegen euch! Jetzt erzählt bloß noch, daß er euch zu diesen Dingen verführt hat!«
»Aber genau so war es, Frau Miller«, behauptete Heinz mit Unschuldsmiene, »er hat uns darauf gebracht und alles geplant!«
»Und überhaupt«, fiel Alfons ein, »er war unser Anführer!«
»Das ist einfach nicht wahr!«
»Ich verstehe ja, daß Sie Ihren Sohn verteidigen wollen...«, begann der Apotheker.
Sabine sah ihn an. »Er ist tief in diese Geschichte verwickelt, genau so tief wie Heinz und Alfons – egal, von wem die Idee ausgegangen ist, er hätte sich in so etwas nicht einlassen dürfen. Aber ich dulde es nicht, daß man ihn jetzt zum Sündenbock stempelt. Es ist einfach lächerlich zu behaupten, der Plan sei auf seinem Mist gewachsen!«
»Wieso denn?« rief Alfons. »Schließlich liegt so etwas doch bei ihm in der Familie...« Sein Vater holte aus und schlug ihm klatschend ins Gesicht.
»Es nutzt nichts, wenn Sie den Jungen schlagen«, sagte Sabine, »ich habe die Sache nicht aufgedeckt, damit er... oder Heinz... bestraft wird. Sie sollen nur wissen, woran Sie mit ihnen sind, wie gefährdet sie sind, und überlegen, was nun weiter mit ihnen werden soll.«
»Gilt das nicht auch für Sven?«
»Ja. Ich werde ihm ins Gewissen reden.«
»Ist das nicht ein bißchen wenig?«
»Zusammen mit einem Beinbruch – er hat sich beim Klettern aus dem Fenster das Bein gebrochen – scheint mir das genug. Ich habe nicht den Eindruck, daß er schon süchtig ist.«
»Sie meinen...?« Unwillkürlich sah der Apotheker seinen Sohn an.
»Ich weiß es nicht. Aber dies herauszubekommen, ist wohl das Wichtigste. Wenn sie süchtig sind, werden sie immer wieder Dummheiten machen, um an Hasch zu kommen.«
»Quatsch«, sagte Alfons, »wir haschen doch nur zum Spaß. Wir brauchen das doch nicht...«
Sabine widersprach nicht. »Wenn Sie mich jetzt wieder hinauslassen würden, Herr Reibler... Ich muß nach Hause. Vielleicht benachrichtigen Sie Direktor Kneisel, damit er Heinz abholt.«
»Frau Miller, Moment noch. Darf ich Ihnen einen Rat geben?«
»Gern.«

»Haben Sie schon einmal daran gedacht, Sven in ein Internat zu schicken?«

»Nein.«

»Das ist schade. Ich persönlich würde das für eine sehr gute Lösung halten. Bitte, seien Sie nicht böse, ich verstehe durchaus, wie sie als Mutter darüber denken. Aber sein Einfluß ist nun einmal nicht der beste...«

»Sein Einfluß?«

»Und auch für ihn selbst wäre es gut. Ihm fehlt der Vater, die feste Hand, er scheint ein wenig labil zu sein, da wäre doch ein Internat...«

»Darauf wollen Sie also hinaus.« Sabine straffte sich. »Sie glauben Alfons und Heinz, daß Sven der Anstifter war. Oder wenn Sie es nicht glauben, so wollen Sie doch, daß es für alle anderen so aussieht. Sven soll von der Bildfläche verschwinden, damit der Eindruck entsteht, daß er etwas auf dem Kerbholz hat.«

»Aber, meine liebe Frau Miller, nun übertreiben Sie aber entschieden. Wir wollen doch hoffen, daß diese ganze leidige Geschichte nicht über unseren allerkleinsten Kreis hinausdringt!«

»Warum soll ich dann – und das kurz nach Beginn eines neuen Schuljahres – Sven in ein Internat stecken?«

»Weil es das beste wäre, die Jungen voneinander zu trennen.«

»Sehr gut. Dann geben Sie doch Ihren Alfons fort.«

»Alfons ist kein Außenseiter!«

»Aber Sven ist einer... wollen Sie doch sagen? Sven ist ein Außenseiter, weil sein Vater einen einzigen Fehler gemacht hat? Sein Vater, der Ihr Freund war, Herr Reibler! Aber das gilt Ihnen nichts, und genausowenig wird es Sie beeindrucken, daß ich Sie und die Kneisels vor einem Skandal bewahrt habe – oder vor einer Katastrophe, ganz wie Sie es nehmen wollen! Die Jungen waren nämlich in die Hände eines erpresserischen Ausbeuters geraten... ach was, lassen Sie sich das doch von ihnen selbst erzählen. Ich habe weder Zeit noch Lust, mich länger hier aufzuhalten.«

»Was sagen Sie da? Frau Miller, das ist mir ja ganz neu... bitte, erklären Sie mir näher...«

Es klingelte heftig an der Apothekentür. »Kümmern Sie sich um Ihre Kundschaft, Herr Reibler«, sagte Sabine, »mir reicht's für heute!«

Als der Apotheker widerwillig die Tür öffnete, drängte sie an dem alten Mann vorbei, der wegen einer Medizin kam, ins Freie. Sie war nicht verbittert, sondern nur erschöpft.

Bevor Sabine noch den Schlüssel einstecken konnte, riß Ethel, auch sie jetzt in Hose und Pullover, eine brennende Zigarette in der Hand, die Haustür auf. »Endlich!« rief sie erleichtert. »Ich habe schon befürchtet... also tatsächlich, ich war drauf und dran, die Polizei anzurufen!«

»Ein Glück, daß du es nicht getan hast! Wo ist Sven?«

»Im Bett. Sein Bein ist gegipst. Sie haben ihn geröntgt. Ein glatter Bruch, keine Komplikationen.«

»Gott sei Dank!«

»Und was hast du erlebt?«

Sabine winkte ab. »Nichts Besonderes. Ich habe den Dicken verscheucht und Alfons und Heinz zu Apotheker Reibler geschleppt. Ich erzähle dir alles ausführlich morgen. Jetzt bin ich müde.«

»Du Glückliche! Ich bin total überdreht.«

»Du rauchst zuviel!«

»Wem sagst du das?«

Sabine lächelte versöhnlich. »Entschuldige bitte, Ethel, ich wollte dich nicht schulmeistern. Es ist mir einfach so rausgerutscht.« Sie legte ihren Arm um die Schultern ihrer Schwägerin. »Du warst mir eine große Hilfe heute nacht, Ethel. Wenn du nicht gewesen wärst, hätte ich nicht aus noch ein gewußt.«

Ethel verzog die Lippen. »Mein Verdienst lag wohl mehr oder weniger daran, daß ich zur Stelle war.«

»Unsinn. Du wärst auch gekommen, wenn ich dich mitten in der Nacht angerufen hätte... oder etwa nicht? Komm, ich bring dich nach oben.«

»Sieh lieber zu, daß du selbst in die Falle kommst.«

»Ich muß erst noch nach Sven sehen.«

Vor Ethels Schlafzimmertür küßten sich die beiden Frauen auf die Wangen. Sabine stieg einen Stock höher. Sie bewegte sich sehr leise, um Sven nicht im Schlaf zu stören. Aber als sie die Tür einen Spalt weit öffnete und in sein Zimmer spähte, das vom Mondlicht fahl erleuchtet war, spürte sie sofort, daß er noch wach war. Sie trat ein, knipste seine Nachttischlampe an und setzte sich auf den Rand seines Kojenbettes. »Na, wie geht's?« fragte sie und strich ihm mit der Hand durch die zerzausten schwarzen Locken.

Diesmal ließ er es sich ohne einen Versuch zur Abwehr gefallen. »Ich kann nicht schlafen.«

»Das kommt vom Mondlicht. Ich lege dir gleich die Fensterläden zu und ziehe die Vorhänge ganz fest zusammen.«

»Mein verdammtes Bein stört mich so.«

»Tut es noch weh?«

»Eigentlich nicht. Aber es stört. Es ist mir dauernd im Weg.«

»Das kann ich mir schon vorstellen. Aber du wirst dich dran gewöhnen. Denk immer daran, daß es viel schlimmer hätte kommen können.«

»Was ist mit dem Dicken?« Svens Augen flackerten. »Hast du ihm einen Schuß vor den Bug verpaßt?«

»So kann man es nennen. Jedenfalls wird er sich in Riesberg wohl kaum noch blicken lassen.« Nach einer kleinen Pause fügte sie hinzu: »Du mußt deinen Haschbedarf in Zukunft aus einer anderen Quelle decken.«

Sven lief rot an. »Mutti, wie kannst du so was sagen?! Das klingt ja direkt... zynisch!«

»Meinst du? Kann schon sein. Die Wahrheit klingt manchmal zynisch.«

»Aber das ist gar nicht wahr, Mutti! Ich brauch kein Hasch, wirklich nicht! Ich hab's nur zum Spaß genommen. Von nun an rühr ich das Zeug nie mehr an. Worauf du dich verlassen kannst!«

»Das sollte mich freuen. Ich werde auf alle Fälle dein Taschengeld erhöhen, damit du nicht in Versuchung kommst, dich an fremdem Eigentum zu vergreifen.«

Zuerst wollte Sven protestieren, aber dann sagte er ehrlich: »Das wäre gar nicht schlecht, Geld kann man immer brauchen. Bloß... mit der Klauerei ist es so und so vorbei. Davon habe ich die Nase gestrichen voll, das kannst du mir glauben.«

»Es tut mir leid, daß ich dir das sagen muß, Sven... aber du mußt auf dich mehr aufpassen als andere Jungen. Wenn einer von denen etwas Verbotenes tut, dann sagt man: ›Ein dummer Streich!‹ Oder höchstens noch: ›Ein schlimmer Streich!‹ – Aber bei dir heißt's gleich: ›Kein Wunder bei der Familie!‹«

Sven richtete sich auf den Ellbogen auf. »Hat das jemand gesagt? – Wer?«

»Deine guten Freunde!«

Sven ließ sich in seine Kissen zurücksinken. »Die werden eine Stinkwut auf mich haben.«

»Glaub ich gar nicht. Wahrscheinlich sind sie genauso froh, daß alles aufgekommen ist, wie du. Sehr heldenhaft kamen sie mir jedenfalls nicht vor.« Sabine beugte sich über Sven und gab ihm einen Kuß auf die Stirn. »Jetzt denk nicht mehr so viel, sondern schlaf! Es kann dir überhaupt nichts mehr passieren.« Sie öffnete die Fenster, um die Läden zu schließen.

»Muß ich morgen in die Schule?«

»Nein. Morgen bleibst du im Bett. Ich bringe dir ein Frühstückstablett mit Thermosflasche herauf. Und mittags komme ich ja nach Hause.«

»Und übermorgen?«

»Übermorgen was?«

»Kann ich da auch zu Hause bleiben?«

»Das wirst du doch selbst nicht wollen, du fällst sonst zu weit zurück. Nein...« Sabine verriegelte die Läden. »... ein Gipsbein ist kein Grund, nicht mehr zu lernen.«

»Aber was soll ich sagen, wie mir das passiert ist?«

Sabine überlegte; sie zog sehr sorgfältig die Vorhänge zu, ehe sie antwortete. »Das einfachste wird es sein, du sagst die Wahrheit. Daß du an einem Tau in den Garten hast hinunterklettern wollen. Du brauchst ja nicht gerade zu sagen, daß es um Mitternacht war. Verleg die Sache zwei Stunden vor und tu so, als hätte es ein Spaß sein sollen.«

»Das ist doch aber auch gelogen!«

»Stell dich nur nicht so an, als wüßtest du nicht, daß man ganz ohne Lügen nicht durch die Welt kommen kann. Du bist doch kein Baby mehr. Es ist leicher und angenehmer, wenn man sich erlauben kann, ehrlich zu sein. Aber man gerät eben immer wieder in Situationen, wo man entscheiden muß, ob die Wahrheit angebracht ist.«

»Und bisher hast du immer gesagt, man darf nicht lügen!«

»Und du hast dich ja auch fabelhaft daran gehalten, wie? Also ich finde, man sollte die Menschen, die zu einem gehören, nicht belügen, die Menschen, die einem vertrauen und die auch bereit sind, einem im Notfall aus der Patsche zu helfen...«

»Aber den anderen darf man was vormachen? Ach, bitte, Mutti, setz dich doch wieder zu mir und erklär's mir. Ich möchte es jetzt ganz genau wissen!«

»Ich weiß schon, was du möchtest. Aber ich weiß auch, was ich muß, nämlich ins Bett, damit ich morgen im Dienst nicht im Stehen einschlafe. Bei philosophischen Nachtgesprächen kommt selten etwas Gescheites heraus. Wenn es dich wirklich interessiert, reden wir morgen bei Tageslicht darüber. Aber jetzt Schluß damit!« Sie knipste die Nachttischlampe aus. »Schlaf gut, mein Kleiner!«

»Du auch, Mutti!« Als sie sich schon zur Tür getastet hatte, fügte er hinzu, und der gepreßte Ton seiner Stimme verriet, wieviel Überwindung es ihn kostete: »Ich danke dir, Mutti... für alles!«

Dr. Thomas Strathmann fiel es sofort auf, daß Sabine blaß war. Nachdem er sie zur Begrüßung zärtlich geküßt hatte, faßte er sie bei den Oberarmen und hielt sie ein Stückchen von sich weg. »Was ist los mit dir, Liebling? Schatten unter den Augen?«

Sie lächelte beruhigend. »Das kommt bloß davon, daß ich zu wenig Schlaf gehabt habe.«

Er ließ sie los. »Hast du gestern abend noch gefeiert?«

»Du lieber Himmel... nein!«

»Was war dann?«

»Ich werd's dir erzählen, wenn wir etwas Luft haben. Im Wartezimmer sitzen schon die ersten Patienten.« Sie öffnete den weißlackierten Schrank und nahm einen Kittel heraus.

»Die können noch ein paar Minuten warten. Du weißt, daß ich mich brennend für alles interessiere, was dich betrifft.« Er schwang sich auf die Schreibtischkante, schlug die Beine übereinander und nahm die Haltung eines Mannes ein, der unendlich viel Zeit hat.

Sabine zögerte; es widerstrebte ihr, den Kreis der Mitwisser noch zu vergrößern. »Es ist etwas sehr Unangenehmes passiert«, bekannte sie widerwillig, »mit Sven.« Doch als er den fragenden Blick unentwegt auf sie gerichtet hielt, berichtete sie doch. Als sie geendet hatte, sah er sie immer noch an, aber er wirkte jetzt beunruhigt, ja, bestürzt. »Und da bist du gar nicht auf den Gedanken gekommen, mich zu verständigen?«

»Ich wollte dich nicht belasten.«
»Also hast du doch daran gedacht?«
»Thomas, bitte, stell jetzt kein Verhör mit mir an! Das ist doch ganz unwichtig.«
»Für mich nicht!«
»Na schön, ich habe daran gedacht dich anzurufen, habe es aber dann doch nicht getan ... eben weil ich dich nicht belasten wollte und weil ich auch zu der Überzeugung gekommen bin, daß ich allein damit fertig werden konnte. Außerdem war ja auch Ethel da. Sie war mir eine große Hilfe.«
»Du bist mitten in der Nacht mutterseelenallein in den Stadtwald hinausgefahren, um einen Verbrecher zu stellen?«
»Hör schon auf damit, es ist ja nichts passiert.«
»Aber was hätte alles passieren können!«
Sie versuchte, das Thema zu beenden. »Ich verstehe ja, daß du besorgt um mich bist, und es tut mir sogar gut. Aber die Sache ist doch erledigt, und es hat gar keinen Zweck mehr, sich nachträglich darüber aufzuregen.«
Er rutschte vom Schreibtisch und trat auf sie zu. »Versprich mir, daß du so was nie wieder tun wirst!«
Sie mußte lächeln. »Aber ja. Mit Vergnügen. Ich hoffe doch, daß ich nie mehr in eine ähnliche Situation geraten werde.«
»Dieser Sven! Wie konnte er bloß!«
»Er ist in schlechte Gesellschaft geraten. Und dann ... die Sache mit seinem Vater hat ihm eben auch zugesetzt.« Thomas begann mit großen Schritten zwischen dem Schreibtisch und dem Instrumentenschrank auf und ab zu gehen. »Du mußt mit deinem Mann sprechen. Um Svens willen. Wir müssen so bald wie möglich heiraten.«
Sabine zweifelte. »Ob das nun gerade richtig für Sven ist? Vielleicht würde es ihm nur einen neuen Schock versetzen.«
Er blieb vor ihr stehen. »Das Ideal ist es sicher nicht. Aber immer noch besser, als daß er Tag für Tag sich selbst überlassen bleibt, weil sein Vater sitzt und seine Mutter arbeitet. Wenn wir erst verheiratet sind, können wir ihm ein richtiges Zuhause bieten, Sicherheit ... eine intakte Familie.«
»Vielleicht sollte ich mal mit ihm darüber reden?« Sabine zog die Oberlippe zwischen die Zähne.
»Du willst ihn um Erlaubnis fragen?«
»Natürlich nicht. Nur mal vortasten, wie er darauf reagieren würde.«
»Das halte ich für verkehrt. Es würde ihn irritieren. Nein, man muß ihn vor die Tatsache stellen! So und so liegen die Dinge ... ich habe mich entschlossen ... es ist auch für dich das Beste – und basta.«
Sie legte den Kopf schief. »Du bist ziemlich autoritär.«
»Ich weiß nur, was ich will.«
»Du Glücklicher! Wenn ich das doch auch mit solcher Bestimmtheit sagen könnte.«

Er nahm sie in die Arme und küßte sie. »Du wirst es. Über kurz oder lang wirst du es. Du wirst einsehen, daß wir zusammengehören, daß ich der richtige Mann für dich bin. Laß mich nicht zu lange warten, sag, daß du willst!«

Unter seinen Küssen, zärtlich und leidenschaftlich zugleich, verflüchtigten sich ihre Bedenken. »Ja«, flüsterte sie, »ja, ja ... ich will!«

Als Rosy Kasparek von ihrem Mittagsschlaf erwachte, war es sehr still in der alten Wohnung. Sie blieb ausgestreckt liegen, flach auf dem Rücken, und genoß die Stille. Die Stimmen, die sie verfolgten, waren verstummt. Sie fühlte ganz deutlich, daß die Atmosphäre gereinigt war. Die Teufel waren fort. Es schien ihr, als seien sie nie dagewesen. Hatte sie vielleicht alles nur geträumt? Sie versuchte sich zu erinnern, aber nur Fetzen wurden sichtbar, verworrene Bilder tauchten für Sekunden auf, um sogleich wieder zu verschwinden. Sicher war es ein Traum gewesen. Rosy fühlte sich ganz entspannt. Sie war jung und gesund, und sie hatte Hunger. Unternehmungslustig sprang sie aus dem Bett und lief, so wie sie geschlafen hatte, in Höschen und Büstenhalter, in die Küche.

Christian und Andreas saßen auf dem Fußboden des Wohnzimmers und beschäftigten sich – ausnahmsweise lautlos und ohne Streit – mit alten Illustrierten, aus denen sie kreuz und quer Bilder, die ihnen gefielen, ausschnitten. Als sie hörten, daß die Mutter aufgestanden war, unterbrachen sie ihre Tätigkeit und liefen ihr nach. »Machst du uns was zu essen?« fragte Christian hoffnungsvoll.

»Nudeln mit Tomatensauce?« schlug Andreas vor.

Es waren Vorräte genug vorhanden, vor allem Konserven und abgepackte Nahrungsmittel, mit denen Egon seine Familie aus den Beständen des Supermarktes versorgte, die er zum Einkaufspreis erwerben konnte. Aber nichts davon konnte Rosy locken. Sie spürte einen fast körperlichen Widerstand, einen aufsteigenden Ekel gegen all die hübschen bebilderten Dosen, Papiersäckchen und Päckchen.

»Wißt ihr was? Wir wollen Kuchen kaufen!« rief sie.

»Au ja!« Die Jungen machten Luftsprünge vor Freude.

»Ich zieh mich nur schnell an«, versprach Rosy. In ihrem Schlafzimmer wählte sie ein Paar dicker grüner Strümpfe, denn es sah kalt aus, einen grünen Pullover, einen grauen Rock und pelzgefütterte Lederstiefel. Sie kämmte sich das rotblonde Haar und blickte sich dabei in das blasse Gesicht mit den grün-flirrenden Augen. Egon liebte es, wenn sie sich anmalte. Aber das wollte sie nicht. Sie wollte ganz sie selbst sein. So griff sie nur ihre Handtasche, um nachzusehen, ob sie auch Geld eingesteckt hatte, und schlüpfte dann in ihren fußlangen, dunkelbraunen Lammfellmantel.

»Andy, Chris ... wo steckt ihr?« rief sie und verließ das Schlafzimmer. Sie hörte Wasserplatschen und trat ins Bad. Die Zwillinge waren dabei, sich gegenseitig die Gesichter zu waschen. Sie ließen sich von der Mutter nicht stören, drehten den Hahn zu, trockneten sich ab und begannen mit großem Ernst, sich – wieder einer dem anderen – das Haar zu kämmen.

»Was soll denn das?« fragte Rosy.

»Wir wollen doch sauber und ordentlich aussehen«, erklärte Chris.

»Damit die Leute nicht über uns lachen«, fügte Andreas hinzu.

Rosy war betroffen. Das, was die beiden Jungen sagten, schien Bedeutung zu haben – wurde denn hinter ihrem Rücken über sie gelacht? Unsicherheit überfiel sie, und schon war sie nahe daran, auf den Kuchenkauf zu verzichten. Aber sie riß sich zusammen und ging gegen ihre Schwäche an. »Kommt!« drängte sie. »Jetzt seid ihr aber fein genug!«

Die Jungen konnten ihr Glück kaum fassen. Oft genug hatten sie erlebt, daß die Mutter angekündigte Vorhaben plötzlich wieder fallenließ. Sie rannten zur Tür. Aufgeregt sahen sie zu, wie Rosy den Riegel zurückschob und dann von außen abschloß. Beide hatten sich nicht die Zeit genommen, einen Mantel anzuziehen; sie waren in Jeans und Pullover, aber Rosy achtete nicht darauf. Schon im Treppenhaus begannen sie zu frieren, aber sie wagten kein Wort darüber zu verlieren, weil es ihnen jetzt nur darauf ankam, die Mutter wirklich bis in die Konditorei zu bringen. Auf der Straße nahmen sie Rosy links und rechts bei der Hand und bestimmten, indem sie sich fast im Laufschritt bewegten, das Tempo. Das »Café Huber« lag am anderen Ende des Maximiliansplatzes, aber um es zu erreichen, brauchten sie die Fahrbahn nicht zu überqueren.

Es war ein sonniger, aber sehr kalter Tag; auf den Gipfeln der Voralpen war der erste Schnee gefallen. Rosy, Andreas und Christian kamen flott voran; niemand achtete auf die junge Mutter mit ihren beiden Söhnen. Doch im Eingang zum Café gab es einen kleinen Zusammenstoß. Als Christian die Tür aufdrücken wollte, wurde sie von innen aufgerissen, und er stolperte gegen einen älteren Herrn, der fast über ihn gefallen wäre.

»Paß doch auf!« rief er, bemüht, sein Kuchenpaket unbeschadet hinauszubalancieren; er sah Rosy zornig an, aber dann verklärte sich sein Blick. »Entschuldigen Sie, bitte«, murmelte er und lüftete sogar den Hut.

Auf Rosy wirkte dieses Verhalten sehr merkwürdig. Sie konnte sich nicht vorstellen, daß es nur ihre zerbrechliche Schönheit war, die ihn gerührt hatte; ihr schien es sicher, daß er etwas gegen sie im Schilde führte. Zuerst war er wütend gewesen, dann hatte er sie erkannt und sich verstellt. Er wollte sie in eine Falle locken, soviel war gewiß. Sie mochte den Laden schon gar nicht mehr betreten, aber die beiden Jungen zogen sie aus Leibeskräften. »Mutti, nun komm schon!« drängten sie. »Mach schon! – Sei nicht so!« Es gelang ihnen, Rosy zum Kuchenbuffet zu dirigieren, und nun stand sie da und wußte nicht mehr, was sie eigentlich hier wollte.

»Guten Tag, Frau Kasparek«, grüßte Fräulein Ines, die Verkäuferin, freundlich. »Sie haben sich aber lange nicht mehr bei uns blicken lassen!«

Jetzt begriff Rosy sofort. Kein Zweifel, was die Verkäuferin damit hatte sagen wollen. »Ja, ich ... ich lebe immer noch«, stotterte Rosy.

Fräulein Ines lachte verwirrt, und ihre Augen suchten den jungen Mann, der nach Rosy das Café betreten hatte. Rosy warf einen Blick zur Seite und sah, wie er sich mit der Hand über das Haar fuhr: er stand mit der Verkäuferin im Komplott gegen sie.

»Was darf's denn sein?« fragte das Mädchen. »Unser Apfelkuchen ist heute besonders frisch ...« Ah, da war's, was sie ihr aufschwätzen wollten: den Apfelkuchen! Er war natürlich vergiftet. »Oder wie wär's mit Krapfen?« Die Krapfen also auch! »Nein, nein, ich ... ich hab's mir anders überlegt!« Rosy drehte sich auf dem Absatz um und stürzte auf die Straße.

Jetzt waren auch die Stimmen wieder da: »Du hast gedacht, du könntest uns entwischen!« höhnten sie. »Aber wir sind immer da. Wir haben dich beobachtet. Kuchen kaufen wolltest du! Weißt denn denn immer noch nicht Bescheid? Weißt du nicht, daß diese Ines eine Freundin von Egon ist? Er treibt's mit ihr ... mit allen Frauen treibt er es. Hörst du denn nicht, wie sie flüstern, wie sie stöhnen, wie sie über dich lachen?«

Die Zwillinge waren hinter ihr hergerast. Mit einer geschickten Bewegung boxte Andreas ihr die Tasche aus der Hand. Sie fiel auf das Pflaster und rutschte einige Meter. Christian, der darauf gefaßt gewesen war, sprang hinzu und hob sie auf. Hastig raffte er den Lippenstift und den Schlüssel auf, die herausgerutscht waren. Dann raste er zum Café zurück nun Andreas hinter sich.

»Wir wollen Kapfen!« rief Christian.

Andreas tippte auf das knusprig braune Schmalzgebäck hinter der Glasscheibe. »Kapfen!« wiederholte er.

»Wieviel denn?« fragte die Verkäuferin, die gerade dem jungen Mann ein Papptablett mit Torte reichte.

»Eins, zwei, vier, fünf!« rief Andreas.

»Sechs, neun, zwölf!« übertrumpfte Christian seinen Bruder.

»Dann zeigt mal, wieviel Geld ihr habt!« Die beiden beugten sich über die Handtasche der Mutter, holten das Portemonnaie heraus und begannen mit wichtiger Miene in dem Geld zu wühlen. Nach einigem Hin und Her und leise geführter Beratung schoben sie ein Fünfmarkstück auf die schmale gläserne Abstellfläche.

Fräulein Ines bediente erst den jungen Mann. Dann tat sie mit einer Zange acht Krapfen in einen Papiersack, strich das Geld ein und gab zwanzig Pfennig zurück. »Ich freue mich, daß eure Mutter es sich doch anders überlegt hat«, sagte sie, »grüßt sie schön von mir!«

Die Zwillinge grinsten nur. Andreas nahm das Geld, Christian die Tüte, und sie stoben ins Freie. Von Rosy war nichts mehr zu sehen. Vergebens sahen sich die Jungen nach allen Seiten um. Aber sie waren nicht weiter beunruhigt. Sie öffneten die Tüte, und jeder fischte sich einen Krapfen heraus. Noch auf der Straße begannen sie zu futtern.

Rosy kauerte auf den Treppenstufen vor der Wohnungstür, zusammengekrümmt und mit hochgezogenen Schultern. Sie dachte nicht daran, mit ihren Söhnen zu schimpfen, denn sie hatte den Zwischenfall schon wieder vergessen. »Ich kann nicht hinein«, jammerte sie, »die Tür ist zu.«

»Du hast doch abgeschlossen!« erinnerte Andreas sie.

»Hier ist der Schlüssel!« Christian gab ihn ihr in die Hand. Sie erhob sich und schloß auf. Christian legte die Handtasche ganz unauffällig auf die Flurgarderobe; er hätte gar nicht so vorsichtig zu sein brauchen, denn Rosy beachtete ihn nicht.

Andreas hielt ihr die duftende Tüte unter die Nase. »Sieh mal, was wir dir mitdebacht haben! Nimm dir!« Rosy schüttelte den Kopf. »Kannst du huig essen!« Andreas kannte die Eigenarten seiner Mutter; er nahm einen Krapfen, biß so kräftig hinein, daß ihm die Aprikosenmarmelade in die Mundwinkel lief. »Da!« Er reichte Rosy das angebissene Stück.

Zögernd glitt ihre Hand vor, zuckte immer wieder zurück, wie ein hungriger Spatz, der sich scheut, Futter anzunehmen, griff endlich doch zu und begann vorsichtig, mit kleinen Happen, zu essen. Die Jungen setzten sich mit ihrer Beute auf den Wohnzimmerteppich, mitten auf die zerschnittenen Illustrierten, und Rosy streifte ihren Mantel ab und hockte sich neben sie. Sie schmausten miteinander und leckten sich nachher genüßlich die fettigen Finger ab.

Am Abend tischte Egon Pizza auf. Die Jungen schlugen mit Begeisterung ein; Rosy aß wieder einmal nichts. Vergeblich bemühte er sich, sie zum Zugreifen zu bewegen. Endlich gab er es auf. »Ich möchte bloß wissen, wovon du überhaupt lebst?«

Sie verstand sofort, was das zu bedeuten hatte: er ärgerte sich, daß sie trotz aller Anschläge immer noch lebte. Sie fürchtete sich sehr.

Er brachte die Jungen zu Bett, räumte die Küche auf und setzte sich dann zu ihr vor den Fernseher. Sie betrachtete den Anfang eines Fernsehspiels, einer Ehekomödie, an der Rosy gar nichts lustig fand. Ihr schien, als beziehe sich alles, was die Personen auf dem Bildschirm vorbrachten, auf sie. Der Verdacht, daß Egon seine Finger auch im Fernsehen hatte, verdichtete sich mehr und mehr. Dennoch wagte sie nicht, den Apparat abzuschalten oder zu Bett zu gehen. Er durfte nicht merken, daß sie ihn durchschaute.

Plötzlich sagte er: »Das ist ja alles sehr lustig, aber ich habe leider noch zu tun. Sieh es dir allein an, ja?«

Sie wußte, daß dies eine Falle war. »Nein!« schrie sie entsetzt und sprang auf.

Er verbarg seine Besorgnis. »Du willst nicht? Auch gut. Dann geh schon ins Bett. Ich muß noch meine Abrechnungen machen.«

Heute nacht wollte er mit ihr abrechnen, und er wagte es sogar offen auszusprechen! Sie sah ihn mit unnatürlich geweiteten Augen an.

»Nun leg dich schon nieder«, drängte er, »ein langer Schlaf wird dir guttun.«

Im Schlaf sollte es also geschehen! Mit kleinen Schritten, mechanisch wie eine aufgezogene Puppe, trippelte sie zur Tür.

»Heh, kriege ich denn keinen Gutenachtkuß?« rief er hinter ihr her. Aber sie antwortete nicht, verriet mit keiner Bewegung, ob sie ihn überhaupt gehört hatte. Er seufzte tief, stellte den Fernseher ab, knipste das Deckenlicht und die Schreibtischlampe an und breitete die mitgebrachten Aufstellungen vor sich aus.

So sehr vertiefte er sich in seine Arbeit, daß er es gar nicht hörte, als – etwa eine halbe Stunde später – die Tür hinter seinem Rücken geöffnet wurde. Rosy trat ein. Sie trug ein bodenlanges, grün verschossenes Nachthemd, ihr rotblondes Haar war zerzaust, und in der erhobenen Faust hielt sie stoßbereit eine große geöffnete Papierschere. Als sie hinter seinen Sessel trat, merkte er, daß er nicht mehr allein war. »Schläfst du noch nicht?« frage er, erhielt keine Antwort und sah sich um. In diesem Augenblick stieß Rosy zu. Beide Scherenspitzen trafen ihn tief in den Hals. »Rosy!« röchelte er. »Rosy!«

Er erkannte den blicklosen Wahnsinn in ihren Augen, packte sie mit der Linken beim Handgelenk und schlug mit der Rechten zu. Obwohl keine Kraft mehr hinter seinem Schlag saß, genügte er, um Rosy zu Boden zu strecken. Er stolperte zum Telefon, nahm den Hörer ab, wählte die Nummer der Funkstreife und meldete mühsam: »Ich bin ... verletzt ... meine Frau ... ist ... von Sinnen! Bitte kommen Sie!«

»Ihre Adresse bitte!« forderte eine männliche Stimme. »Ihre Adresse!« Unter Schmerzen brachte er sie hervor.

Rosy lag mit geschlossenen Augen auf dem Boden. Sie war so bleich und abgezehrt, daß sie wie tot wirkte. Er liebte sie auch noch in diesem Augenblick. Aber die Angst um seine Söhne war beherrschend. Er warf sich über seine Frau. Est dann verlor er das Bewußtsein.

Die Männer von der Funkstreife mußten die Wohnungstür, die altertümlich und gediegen war, mit Gewalt aufbrechen. Das ging nicht ohne Lärm ab. Die Hausbesitzer, das alte Ehepaar, das die Drogerie im Erdgeschoß führte, kamen ins Treppenhaus und beobachteten die Polizisten bei der Arbeit. »Aber warum klingeln Sie nicht?« fragte der Drogist. »Die Kaspareks müssen zu Hause sein. Sie haben kleine Kinder und sind abends immer zu Hause!«

»Eben drum brechen wir auf. Wir sind angerufen worden, und auf unser Klingeln hat sich niemand gemeldet.« Der Beamte ließ das Brecheisen sinken und sah sich um. »Oder glauben Sie, daß es sich um einen schlechten Scherz handeln könnte!«

»Wer könnte denn so etwas tun?« fragte die alte Dame.

»Der Anrufer hat gesagt, seine Frau sei übergeschnappt. Sie kennen die Familie. Ist das denkbar?« Der Polizist schlug das flache Eisenstück zwischen Tür und Schloß.

»Sie ist ... ziemlich merkwürdig«, gab die alte Dame zu.

»Spricht mit sich selbst«, ergänzte der Drogist.

»Manchmal sagt sie auch tagelang gar nichts. Wenn man sie anredet, blickt sie durch einen durch. Richtig gruselig ist das!«

»Gruselig sagst du jetzt?« fuhr er sie an. »Sonst hast du immer behauptet, sie sei eingebildet!«

Die Tür flog mit einem Krach auf; der Riegel war gesprengt. Die Polizisten stürmten hinein. Das alte Ehepaar folgte ihnen zögernd. Die Kaspareks lagen auf dem Boden des Wohnzimmers. Beide waren blutüberströmt.

»Die Spurensicherung«, sagte der ältere der beiden Beamten zu seinem Kollegen, »und einen Krankenwagen... schnell, schnell!«

»Sind sie... tot?« fragte der Drogist. Seine Frau barg das Gesicht an seiner Schulter.

Der Polizist kniete nieder und fühlte erst Egons, dann Rosys Puls. »Scheint nicht so!«

»Gott sei Dank!«

»Wenn Sie jetzt, bitte, die Wohnung räumen möchten... Gleich kommen die Leute von der Spurensicherung, und die sehen es nicht gern...«

»Können wir denn gar nicht helfen!«

»Vielleicht wird später noch jemand zu Ihnen hinüberkommen. Gehen Sie jetzt... ein bißchen eilig, ja?« Die alten Leute verzogen sich. Sie hängten sich in ihrer Wohnung aus dem Fenster und sahen wenig später die Polizeiautos und den Krankenwagen vorfahren.

In der Wohnung der Kaspareks setzte eine konzentrierte Tätigkeit ein. Aufnahmen wurden gemacht, und die Schere, mit der Rosy ihrem Mann die schweren Verletzungen beigebracht hatte, wurde gefunden und sichergestellt. Der Gerichtsmediziner legte Egon, der sehr viel Blut verloren hatte und immer noch bewußtlos war, einen Notverband an, bevor er in den Krankenwagen transportiert wurde.

»Was halten Sie von dem Fall, Herr Doktor?« fragte der Kriminalinspektor.

»Die Frau ist mit der Schere auf ihren Mann losgegangen«, sagte der Mediziner.

»Könnte es nicht auch umgekehrt gewesen sein? Daß er sie angefallen und sie sich mit der Schere bloß zur Wehr gesetzt hat?«

»Von hinten? Nein, ausgeschlossen. Außerdem möchte ich wetten, daß er gesessen hat, als sie zustach. Genau kann ich das natürlich erst nach einer klinischen Untersuchung sagen.«

»Dann werden wir sie mitnehmen müssen.«

»Warten Sie doch erst mal ab, was sie selbst zu dem Fall zu sagen hat. Sehen Sie, sie kommt schon wieder zu sich... sie selbst ist gar nicht verletzt, das Blut stammt von ihrem Mann.«

Rosy schlug langsam die großen grünen Augen auf.

»Na, wie fühlen Sie sich?« fragte der Gerichtsarzt freundlich. »Können Sie aufstehen?«

Rosy erhob sich graziös. »Seien Sie uns herzlich willkommen, meine Herren«, erklärte sie mit singender Stimme. »Sie haben uns lange, viel zu lange warten lassen, aber nun sind Sie hier, und unsere Gnade bewahrt Sie vor unserem Zorn?« Sie reichte erst dem Gerichtsarzt, dann dem Kriminalinspektor die Hand zum Kuß.

Die Männer gingen auf das Spiel ein. Dann flüsterte der Kriminalbeamte dem Mediziner zu: »Die Nachbarn sollen gesagt haben, daß sie nicht ganz richtig im Kopf ist.«

»Hat den Anschein. Auf alle Fälle sollten wir sie zuerst mal auf die Psychiatrie bringen. Vielleicht können Sie das bei der Staatsanwaltschaft veranlassen. Vor allen Dingen brauchen wir ganz rasch eine Beamtin oder eine Pflegerin.«

»Wird gemacht.«

Rosy war auf die Tür des Kinderzimmers zugeschwebt. »Meine Herren, Sie haben die hohe Ehre, meinen Prinzen vorgestellt zu werden.«

Der Gerichtsmediziner war mit einem Schritt bei ihr und öffnete die Tür zum Kinderzimmer. Der Kriminalinspektor folgte ihm. »Sie wird doch nicht ...«

Beide Männer empfanden das gleiche: trotz aller beruflichen Abgebrühtheit die jähe Furcht, kindliche Leichen zu finden. Aber die beiden Jungen schliefen tief und fest; sie hatten nichts von der häuslichen Tragödie mitbekommen.

»Die brauche ich nicht zu untersuchen«, sagte der Arzt, »das ist ein ganz gesunder natürlicher Schlaf. Wir sollten sie nicht stören, bis die Frau weggeschafft ist.«

»Vielleicht kann man die Kinder zu Nachbarn bringen«, sagte der Kriminalinspektor, »oder es gibt Verwandte. Ich werde mich gleich mal darum kümmern.« Er schaltete das Licht aus und zog die Tür leise hinter sich ins Schloß.

»Ich werde Sie einen Kopf kürzer machen lassen«, sagte Rosy ganz liebenswürdig. Die Männer starrten sie an. Abgezehrt und blaß, mit den rotblonden Locken und den hohen Wangenknochen unter den grünen Augen, bot sie in ihrem verschossenen und blutbespritzten Nachthemd einen sehr merkwürdigen, märchenhaft-gespenstischen Anblick. Das Bestürzende war, daß sie sich selbst dessen gar nicht bewußt zu sein schien, sondern sich, wenn schon nicht wie eine Königin, so doch wie die damenhafte Gastgeberin einer Party bewegte.

Der Kriminalinspektor zog den Arzt beiseite. »Kann man sie allein lassen?«

»Besser nicht.«

»Aber man müßte ihr doch Gelegenheit geben, sich zu waschen und anzuziehen.«

»Warten Sie, bis die Pflegerin da ist. Übrigens glaube ich, an der Flurgarderobe einen Mantel gesehen zu haben. Vielleicht lassen Sie den von einem Ihrer Leute holen.«

»Gute Idee.« Der Kriminalinspektor gab die Anweisung.

Rosy, die nicht bemerkt hatte, daß sie fror, legte sich ihren braunen

Lammfellmantel um die Schultern, als wäre es ein Hermelin. »Laßt sie keinen Moment aus den Augen!« befahl der Kriminalinspektor.

Sabine und Sven spielten im Gartenzimmer Schach, als das Telefon klingelte; sie hatte das Spiel vor vielen Jahren von Arnold gelernt und ihre Kenntnisse jetzt wiederaufgefrischt, um Sven eine Freude zu machen. Sie stand auf, um den Raum zu verlassen, drehte sich aber in der Tür noch einmal um und mahnte heiter: »Aber nicht schummeln!«

»Wo denkst du hin!« verwahrte sich Sven.

Sabine nahm den Hörer ab. »Miller...«

»Hier spricht Kriminalinspektor Lennert«, meldete sich eine männliche Stimme.

»Polizei?« fragte sie erschrocken.

»Ja. Es ist etwas... leider... etwas sehr Trauriges passiert...«

»Mit meinem Mann?«

»Nein. Es handelt sich um Ihren Bruder, Egon Kasparek, Maximiliansplatz... das ist doch Ihr Bruder, ja?«

»Was ist mit ihm?«

»Ein Unglücksfall. Wir mußten ihn ins Krankenhaus bringen. Seine Frau ist – auch erkrankt. Ich rufe wegen der Buben an. Wäre es möglich, daß Sie die beiden Jungen zu sich nehmen?«

»Andreas und Christian?« fragte Sabine etwas töricht, während ihr gleichzeitig zahllose Gründe durch den Kopf schossen, warum sie die Neffen nicht bei sich haben konnte und bei sich haben wollte.

»Wir würden sie Ihnen bringen«, erklärte der Kriminalinspektor, »eine Beamtin ist gerade dabei, ein paar Sachen für sie zusammenzupacken.«

»Jetzt gleich?«

»In etwa zwanzig Minuten.« Der Kriminalinspektor schien Sabines Vorbehalte zu spüren. »Wenn Ihnen das nicht paßt, können wir sie natürlich auch ins Waisenhaus fahren...«

»Sind denn ihre Eltern tot?!«

»Nein. Es ist nur an eine vorläufige Unterbringung gedacht.«

»Vorläufig? Für wie lange denn?«

»Das kann ich Ihnen so nicht sagen. Falls sie sich also weigern... vielleicht haben die Buben noch andere Verwandte, die für ihre Unterbringung in Frage kämen? Großeltern etwa?«

Sabine hatte sich gefaßt. »Bitte, bringen Sie sie zu mir. Es ist selbstverständlich, daß ich sie aufnehme.«

»Danke, Frau Miller. Bis gleich dann.«

Langsam legte Sabine den Hörer auf die Gabel; erst jetzt wurde ihr bewußt, daß Sven neben ihr stand. »Was ist los, Mutti?«

»Wir müssen Andy und Chris bei uns aufnehmen.«

»Ausgerechnet!«

»Ich verstehe schon, daß dir das nicht paßt... mir geht es genauso.

Aber ihren Eltern ist etwas zugestoßen – und wer, außer uns, sollte sich sonst um sie kümmern?«

»Sie werden alles kurz und klein kriegen.«

»Ach, so schlimm sind die beiden doch gar nicht. Zieh keine Schippe, Sven. Denk mal, uns wäre was zugestoßen, als ihr noch klein wart ... bestimmt hätten Onkel Egon und Tante Ethel für euch gesorgt.«

»Was kann ihnen nur passiert sein?« fragte Sven.

»Ich weiß es nicht. Ich werde nachher die Beamten fragen. Aber jetzt will ich schnell mein Bettzeug aus dem Schlafzimmer holen. Den beiden Jungen überlasse ich für heute nacht die Doppelbetten.«

»Und morgen? Wo sollen sie morgen schlafen?«

»Das zu überlegen, haben wir noch eine Menge Zeit. Willst du mir helfen, Sven? Das wäre lieb von dir. Wenn die Jungen erst zu Bett gebracht sind, können wir unsere Partie zu Ende spielen. Ich muß sowieso aufbleiben, bis sie wieder eingeschlafen sind.«

Als Sabine am nächsten Morgen das Untersuchungszimmer betrat, sagte sie rasch, anstatt einer Begrüßung. »Bitte, schimpf nicht mit mir, Thomas. Ich weiß, daß ich mich verspätet habe!« Als er sie, wie sonst, in die Arme nehmen und küssen wollte, fügte sie, mit dem Versuch, die Situation ins Scherzhafte zu ziehen und es rasch hinter sich zu bringen, hinzu: »Dafür muß ich aber auch gleich wieder gehen!«

Er ließ die Arme sinken und blickte jetzt verärgert. »Was soll das heißen?«

»Ich muß dich um Urlaub bitten, Thomas ... sicher habe ich noch gar keinen Anspruch darauf, aber ich muß jetzt Urlaub haben.«

»Ist Sven erkrankt?«

»Nein. Es handelt sich um etwas anderes.« Sie berichtete ihm in knappen Worten und soweit sie es wußte, was mit ihrem Bruder und ihrer Schwägerin geschehen war. »Du siehst, ich hatte gar keine andere Wahl«, schloß sie, »ich mußte die Zwillinge zu mir nehmen. Glaub nur nicht, daß ich dich gern im Stich lasse ... daß ich mir nicht auch etwas Schöneres vorstellen könnte.«

»Und wie lange soll der Spaß dauern?«

»Ich werde gleich heute nachmittag zum Kreiskrankenhaus fahren, um mich zu erkundigen. Sven paßt dann so lange auf die Jungen auf.«

»Und wer ist jetzt bei ihnen?«

»Ethel. Sie fährt erst später in die Redaktion.« Sabine legte, fast schüchtern, die Hand auf seinen Arm. »Bist du jetzt sehr böse?«

»Wie könnte ich das! Du tust ja nur das, was du für deine Pflicht hältest.«

»Was ich tun muß, Thomas! Die Jungen brauchen mich ganz dringend. Du kannst dich ein paar Tage auch ohne mich behelfen, das weiß ich genau.«

»Wenn ich nur sicher sein könnte, daß es bei diesen paar Tagen bliebe!«

»Ich werde versuchen, bei dir vorbeizuschauen. Zu oft kann ich Sven allerdings nicht einspannen. Er ist kein sehr zuverlässiger Babysitter, und wenn er die Lust verliert, wird es gefährlich. Überhaupt, das beste wird sein, du bringst mir die Unterlagen nach Hause. Abends kann ich bestimmt die Karteikarten auf dem laufenden Stand halten und Liquidationen schreiben.«

»Sabine, Liebling, verstehst du mich wirklich so schlecht? Oder stellst du dich nur so? Glaubst du tatsächlich, daß es mir in erster Linie um die Arbeit geht? Von mir aus kann der Bürokram liegen bleiben bis in die Puppen. Aber es ist mir schrecklich, dich nicht mehr täglich zu sehen, dich nicht mehr um mich zu haben...«

»Es ist ja nur für kurze Zeit!« Sie stellte sich auf die Zehenspitzen und küßte ihn. »Und ich werde mir was ausdenken, daß wir uns treffen können, ich schwöre es dir!«

Er umschlang sie unter ihrem geöffneten Mantel. »Wenn ich dir nur glauben könnte!«

Sie lächelte zu ihm auf. »Thomas, Liebling, sei nicht dumm! Du weißt doch, was du mir bedeutest. Für mich ist es mindestens so schmerzlich, ohne dich zu sein... nein, das stimmt ja gar nicht! Noch viel, viel schlimmer!« Unter seinen Küssen vergaß sie Zeit und Raum. Sie leistete keinen Widerstand, als er sie zu der Wachstuchliege drängte. Ihr Begehren war so stark wie das seine.

Da klopfte ein ungeduldiger Patient an die Tür des Wartezimmers. Sabine errötete tief. »Das kommt davon«, sagte sie, »es wird höchste Zeit, daß ich verschwinde!« Sie zog sich den Rock glatt.

»Mein kleines Mädchen«, sagte er zärtlich.

»Leb wohl, Doktor, kümmere dich um deine Patienten!« Sie lief zur Tür und knöpfte ihren Mantel zu. »Wir telefonieren miteinander!«

Egon lag in einem Dreibettzimmer. Er trug ein krankenhauseigenes Nachthemd aus derbem weißem Stoff. Sein Hals war dick verbunden, und in die Vene seines rechten Armes, der in einer Schlinge hing, rann eine Bluttransfusion aus einem gläsernen Gefäß. Sein Gesicht war weiß und wirkte sehr klein, wie zusammengeschrumpft. Der Schnurrbart wollte gar nicht in dieses winzige Gesicht passen, so wenig wie die kecke blonde Locke, die ihm in die Stirn fiel. Er hatte die Augen geschlossen.

Sabine, die leise an sein Bett getreten war und auf ihn heruntersah, glaubte einen Augenblick lang, er sei tot. »Egon«, flüsterte sie erschüttert.

»Er schläft«, erklärte die Schwester, die einem anderen Patienten Tabletten gebracht hatte, »und das ist das Beste, was er jetzt tun kann.«

Sabine war erleichtert, verstand aber auch den unausgesprochenen Tadel. Sie wollte sich schon zurückziehen, zögerte dennoch, weil sie den Weg nicht umsonst gemacht haben wollte. Sie zog sich einen Stuhl an das Bett und setzte sich still nieder. Nach einer Weile schlug Egon die Augen auf und erkannte sie. »Daß du gekommen bist!«

Sie lächelte ihm ermutigend zu. »Du brauchst dir keine Sorgen um die Jungen zu machen. Sie sind bei mir.«

»Und was ist... mit Rosy?«

»Man hat sie auf die Psychiatrische gebracht.«

»Sie werden sie nie mehr freilassen... nie mehr.«

»Ach, Unsinn, so schwarz darfst du die Dinge doch nicht sehen«, sagte Sabine ohne Überzeugung.

»Du weißt nicht, wie krank sie ist – und wie lange schon...«

»Die ärztliche Wissenschaft ist soweit gediehen...«

»Willst du mir einen Gefallen tun? Willst du dich nach ihr erkundigen? Der Arzt soll dir alles sagen. Ich muß wissen...«

»Ja, natürlich, Egon. Bitte, reg dich doch nicht auf!«

»Es ist natürlich meine Schuld. Ich wollte ihr das Irrenhaus ersparen. Rosy ist so empfindlich... so... ich kann es nicht beschreiben...«

»Aber ich kenne Rosy doch, Egon, und ich weiß, wie sehr du sie liebst!«

»Sie wollte nicht zum Arzt, in keine Klinik, nichts einnehmen, sie hatte Angst vor allem. Ich wollte ihr einen Platz in einem Privatsanatorium verschaffen, einen Ort, wo man gut zu ihr ist...«

»Ja, Egon, das verstehe ich alles.« Sie nahm seine eiskalte Hand. »Aber denk jetzt mal nicht an Rosy, denk an dich! Sieh zu, daß du bald wieder gesund wirst.«

Tränen der Schwäche traten in seine blaßblauen Augen. »Daß du die Jungen zu dir genommen hast, Biene... und das nach allem, was ich euch angetan habe. Ich werde dir das nie vergessen.«

»Was hast du uns denn angetan?« fragte sie mechanisch.

»Das Geld. Arnold hat das Geld doch mir gegeben... wegen der Betriebsprüfung!« Egon sprach kaum hörbar.

Sabine war es, als müsse ihr Herz in der nächsten Sekunde aussetzen. »Deinetwegen also! Egon, warum hast du mir das nie gesagt?«

»Es ging doch um Rosy. Ich konnte sie nicht allein lassen. Ihretwegen... alles ihretwegen...« Egons schwache Stimme erstarb.

Sabine rang um Haltung. »Denk nicht mehr dran«, bat sie mit Überwindung, »du darfst dich nicht aufregen. Du mußt dich schonen.«

»Ich werde aussagen. Arnold entlasten...«

»Das ist sehr anständig von dir, Egon. Aber erst mußt du doch wieder gesund werden, nicht wahr? Das ist jetzt das wichtigste.« Sie stand auf, beugte sich über ihn und berührte mit den Lippen seine kalte, feuchte Stirn. »Ich muß nach Hause. Die Zwillinge sind mit Sven allein. Morgen kommt Ethel, am späten Nachmittag. Und übermorgen ich wieder.«

»Ich bin so froh...« Er drehte die Augen nach oben. »... so froh, daß du jetzt alles weißt.«

»Ich auch, Egon. Mach dir keine Sorgen mehr. Es wird alles gut werden.« Als sie auf den langen Gang hinaustrat, zitterten ihr die Knie. Sie hätte sich setzen mögen, aber es war weder ein Stuhl noch eine Bank zu sehen. So lehnte sie sich denn an die mit hellgelber Ölfarbe gestrichene Wand. Sie hatte Arnold Unrecht getan. Nach all den Jahren, in denen sie mit ihm zusammengelebt hatte, war sie nicht darauf gekommen, daß er gelogen und geschwindelt hatte, um einen anderen zu decken – ihren eigenen Bruder! Und doch hatte sie Egons Schwäche immer gekannt, hatte gewußt, daß seine Liebe zu Rosy an Hörigkeit grenzte.

Die Erinnerung an einen Sommersonntagnachmittag stieg in ihr auf. Da war Egon so spürbar nervös gewesen und hatte Arnold um ein Gespräch unter vier Augen gebeten – es war jener Nachmittag, an dem die Zwillinge ihre Dahlien geköpft hatten. Wie sehr hatte sie sich darüber geärgert, ohne zu merken, daß zur gleichen Zeit etwas viel Wichtigeres geschehen war: Arnold hatte Egon das Geld gegeben! Ja, so mußte es gewesen sein. Es fiel ihr wieder ein, wie erleichtert Egon nach der Aussprache gewesen war und wie eilig er es plötzlich hatte, sie zu verlassen. Arnold hatte sich geopfert, und sie hatte es nicht einmal geahnt. Sie war wütend auf ihn gewesen, hatte ihn betrogen, ja sogar geplant, sich scheiden zu lassen – und das alles mit dem besten Gewissen von der Welt, auf ihr Recht pochend, in der Überzeugung, ein anständiger Mensch zu sein.

Am liebsten hätte sie das Fenster aufgerissen und sich auf die Straße hinuntergeworfen. Eine mächtige Sehnsucht, allem ein Ende zu machen und der unerträglichen Situation zu entfliehen, überfiel sie. Aber dann hätte niemand gewußt, warum sie es getan hatte. Die Menschen, die ihr am nächsten standen, hätten bei sich die Schuld an ihrem Tod gesucht. Sie mußte selbst die Verantwortung für ihre Handlungsweise übernehmen und ihr Leben zu Ende leben. Arnold, Sven, die Zwillinge und Egon brauchten sie jetzt – aber auch Thomas Strathmann. Wie es mit Thomas weitergehen sollte, wußte sie nicht. Sie spürte, daß sie ihn immer noch liebte – mehr denn je. Das Verbot, das sie ihrem Herzen erteilen mußte, fachte die Glut zu hellen Flammen an.

Rechtsanwalt Dr. Pötters hörte sich Sabines Bericht mit Interesse an. Er hatte ihr kurzfristig einen Termin eingeräumt, und sie hatte sich am Tag nach ihrer Aussprache mit Egon von Ethel nach Traunstein fahren lassen. Sven und die Zwillinge hatten sie mitgenommen und zu Limonade und Kuchen im Café am Bahnhof abgesetzt, dem gleichen Café, in dem sie sich damals mit Thomas Strathmann getroffen hatte – wie lange schien das jetzt her! Es war ihr, als habe sie in zwanzig Jahren ihres Lebens nicht so viel erlebt wie in den letzten Monaten.

»Jetzt wissen wir also, wo das Geld geblieben ist«, beendete sie ihren Bericht. »Mein Bruder wird die Aussage auf seinen Eid nehmen. Das wirft doch ein ganz neues Licht auf den Fall, nicht wahr?«

»Zweifelsohne«, erwiderte Dr. Pötters zurückhaltend.

»Jetzt können Sie meinen Mann doch wenigstens aus der U-Haft holen«, drängte Sabine und errötete, weil sie sich selbst bei einer Lüge ertappt hatte. Wünschte sie wirklich, daß Arnold so bald wie möglich nach Hause käme? Vielleicht schon in den nächsten Tagen, ohne daß sie das Kapitel Thomas abschließen konnte? War sie einer solchen Situation denn überhaupt gewachsen?

»Das wäre möglich.«

Ethel hatte sich eine Zigarette genommen, und Dr. Pötters stand auf und beugte sich über den Schreibtisch, um ihr Feuer zu geben.

»Glauben Sie mir nicht?« fragte Sabine. »Meinen Sie etwa, mein Bruder und ich hätten uns die ganze Geschichte nur ausgedacht?«

»Keineswegs, gnädige Frau!«

»Ja, aber dann...« Er unterbrach sie mit einer Handbewegung. »Liebe Frau Miller, Sie werden verstehen, daß diese Wendung der Dinge für mich ziemlich überraschend kommt. Sie hatten zwar am Telefon schon angedeutet, trotzdem... Erlauben Sie mir, daß ich mich erst einmal auf die neue Situation einstelle...« Er bot Sabine eine Zigarette an. Sie lehnte dankend ab.

»Lassen Sie uns gemeinsam nachdenken.« Dr. Pötters lehnte sich in seinem Sessel zurück und legte die Fingerspitzen gegeneinander. »Wenn wir beweisen können, daß der Angeklagte das Geld nicht aus Ichsucht oder Leichtsinn veruntreut hat, so wird sich das ohne Zweifel strafmildernd auswirken, wohlgemerkt: strafmildernd, nicht entlastend. Am Tatbestand des Vergehens ändert sich dadurch nichts. Als Verteidiger Ihres Mannes müßte ich eigentlich mit beiden Händen nach dieser für ihn so günstigen Erklärung greifen – aber, erlauben Sie mir, daß ich einmal für einige Minuten mein Amt außer acht lasse und Sie als Freund berate...«

Sabine war verwirrt. »Ich verstehe Sie nicht.«

»Wenn wir die Karten aufdecken, erreichen wir für Ihren Gatten eine milde Strafe. So weit, so gut. Haben Sie aber auch daran gedacht, welche Bedeutung ein solches Verfahren für Ihren Herrn Bruder haben würde? Zweifellos würde er seinen Posten als Geschäftsführer verlieren und nie mehr eine vergleichsweise verantwortliche Stellung einnehmen können. Darüber hinaus müßte die Staatsanwaltschaft Anklage gegen ihn erheben.«

»Das ist richtig«, mischte sich Ethel ein, die bisher geschwiegen hatte, »aber man kann doch meinen Bruder Arnold nicht ganz allein die Suppe auslöffeln lassen, die Egon Kasparek ihm zumindest miteingebrockt hat.«

Dr. Pötters wendete sich ihr zu. »Vom juristischen Standpunkt her ist das ganz richtig. Es fragt sich nur, ob es menschlich und vernünftig ist, zwei Existenzen statt einer zu vernichten.« Die beiden Frauen tauschten einen Blick. »Ich jedenfalls möchte in dieser Hinsicht nichts unternehmen, bevor ich nicht das Einverständnis des Inhaftierten eingeholt habe«, fuhr Dr. Pötters fort. »Es scheint doch jetzt, daß er ganz bewußt ein Opfer auf sich genommen hat, um seinen Schwager zu schützen. Würde es ihm wirklich recht sein, wenn wir diesem Opfer jetzt seinen Sinn nähmen? Vielleicht, Frau Miller, sprechen Sie einmal selbst mit ihm darüber. Sobald er mir sein Placet gibt, werde ich die Verteidigung selbstverständlich in der von Ihnen angedeuteten Weise aufbauen.«

»Nur ... wie ich seinen Dickkopf kenne, wird er das selbstverständlich nie tun!« bemerkte Ethel.

»Aber wir müssen ihm doch helfen!« rief Sabine. »Wir müssen doch irgend etwas unternehmen! Jetzt, wo wir wissen, daß er nur halb so schuldig ist, wie es anfangs aussah!«

»Das beste wäre nach wie vor, wenn Sie das Geld beschaffen könnten!«

»Fünfundzwanzigtausend Mark!?«

»Ja. Plus einen vernünftigen Zinssatz für, sagen wir mal, vier Monate. Wenn sie das diesem ... na, wie hieß er noch?«

»Kienzel«, warf Ethel ein.

»Diesem Kienzel zustellen würden, würde sich auch das erheblich strafmildernd auswirken, und vor allem könnte ich ganz rasch einen Verhandlungstermin bekommen. Der Schaden wäre behoben, es bestünde keine Verdunklungsgefahr mehr, und Kienzel könnte auch nicht mehr als Nebenkläger auftreten.«

»Das klingt überzeugend«, sagte Sabine, »bloß ... woher soll ich das Geld nehmen?«

»Überlegen Sie mal, ob Sie nicht doch noch irgendwelche Reserven haben. Schmuck, Papiere, Grundbesitz. Zurückgezahlt werden muß der Betrag so und so, darauf würde das Urteil bestimmt hinauslaufen. Aber wenn Sie es jetzt schon schaffen, ersparen Sie Ihrem Gatten dadurch erhebliche Unannehmlichkeiten.«

»Das verstehe ich schon. Ich würde liebend gern alles hergeben, was ich habe. Bloß – ich habe eben nichts. Unser Haus ist mit Hypotheken überlastet. Es grenzt für mich ans Wunderbare, daß ich es fertigbringe, für die Zinsen und die Rückzahlungen aufzukommen.«

»Unter diesen Umständen sollten Sie wenigstens jetzt schon damit beginnen, das veruntreute Geld ratenweise zurückzuzahlen, sich vielleicht zu monatlichen Zahlungen in einer gewissen Höhe verpflichten! Wieviel, glauben Sie denn, daß Sie im Höchstfall aufbringen könnten?«

»Das weiß ich nicht. Ich müßte es erst mal durchrechnen.« Sabine fiel etwas ein. »Das wenigstens müßte doch mein Bruder übernehmen, wenn wir ihn schon aus der ganzen Sache heraushalten. Er ist es ja, der das Geld bekommen hat.«

»Sehr richtig. Besteht eine Chance, daß er den gesamten Betrag zurückzahlen kann?«

»Bestimmt nicht. Er hat nie Rückgrat gehabt. Und außerdem liegt er ja jetzt im Krankenhaus.«

»Das ist schade, sehr schade!« Dr. Pötters warf einen Blick auf seine Armbanduhr. Sabine verstand den Wink und erhob sich.

Da sagte Ethel überraschend: »Wie wäre es, wenn ich einspränge?«

»Du!?«

»Du weißt doch, ich habe einen Bausparvertrag. Der ist reif zur Auszahlung. Ich muß nur ein geeignetes Projekt vorweisen. Ich wollte mir ja immer eine Eigentumswohnung kaufen.«

»Du könntest einen Anteil an unserem Haus erwerben!«

»Ja. So habe ich mir das vorgestellt. Vielleicht eine Bankhypothek ablösen. Wie das im einzelnen gehen soll, kann ich dir nicht aus dem Stegreif sagen. Dazu müßte ich erst eure Belastungen kennen. Wichtig ist, daß genug Geld dabei herauskommt, um Kienzel den Mund zu stopfen.«

»Meinst du, daß das gehen wird?«

»Aber bestimmt. Immerhin bekomme ich fünfundsiebzigtausend ausgezahlt.«

»Ethel, du bist ein Engel!« Sabine breitete die Arme aus.

»Jetzt übertreib bitte nicht«, sagte die Schwägerin, »bestimmt wirst du dir früher oder später die Frage stellen, warum ich meinen Sparvertrag nicht sofort zur Verfügung gestellt habe. Meine Antwort darauf: ich wollte meine sauer ersparten Piepen nicht für Arnolds Leichtsinn opfern.«

»Ach, Ethel, das verstehe ich ja so gut!« Sabine küßte sie auf beide Wangen. »Dich ging die ganze Geschichte nichts an... tut sie im Grunde genommen ja immer noch nicht.«

»Einmal davon abgesehen, daß Arnold mein Bruder ist! Nein, Sabine, bedank dich lieber nicht. Ich schenk' euch nichts, keinen Pfennig. Ich sorge schon dafür, daß ich auf meine Kosten komme!«

»Sollst du ja, Liebes. Ehrensache!«

Auch Dr. Pötters hatte sich erhoben. »Wenn ich Ihnen etwas vorschlagen darf: ziehen Sie zuerst den Rat Ihrer Bank ein. Bis Ihr Besitzrecht im Grundbuch eingetragen und der Bausparvertrag ausgezahlt wird, Fräulein Miller, ist es noch ein ziemlich langer Weg. Nach Lage der Dinge wird die Bank Ihnen, Frau Miller, sicher den Betrag, den Sie jetzt brauchen, vorschießen. Erst wenn ich die Überweisungsquittung habe, kann ich mich richtig für Ihren Mann ins Zeug legen.«

Die beiden Frauen versprachen, alles zu tun, was in ihren Kräften stand. Beim Abschied bat Sabine um eine weitere Besuchserlaubnis für Arnold. Sie verließen die Praxis, von neuer Hoffnung beschwingt.

Bevor Sabine ihren Bruder das nächste Mal im Kreiskrankenhaus besuchte, fiel ihr ein, daß Egon sie darum gebeten hatte, mit einem Arzt über Rosy zu sprechen. Sie fragte den Pförtner nach der Psychiatrischen Abteilung und erfuhr, daß Privatbesuche dort nur nach Sondererlaubnis des behandelnden Arztes gestattet waren. Sie erklärte, daß es sich um Rosy Kasparek handle, worauf die Miene des alten Mannes noch wichtiger wurde. »Zu der können Sie überhaupt nicht«, sagte er und zog die buschigen Augenbrauen zusammen, »die ist von der Polizei eingeliefert und deshalb...«

»Das weiß ich ja«, stellte Sabine richtig, »und ich will ja auch gar nicht zu ihr, sondern zu dem Arzt, der sie behandelt.«

»Sind Sie eine Verwandte?«

»Ja.«

Der alte Mann ließ sie deutlich fühlen, daß er ihr Anliegen als Belästigung auffaßte, überwand sich dann aber doch dazu, das Haustelefon zu benutzen. Da er vorher die Trennscheibe zum Gang mit Nachdruck herunterzog und ihr beim Telefonieren den Rücken zuwandte, konnte sie nicht verstehen, was er sagte. Endlich drehte er sich wieder um, schob die Scheibe hoch und wies mit dem Daumen auf eine weiß lackierte Tür, dem Haupteingang gegenüber. »Sie sollen da drinnen warten!«

Obwohl er ihr widerwillig und mürrisch genug geholfen hatte, bedankte sich Sabine doch höflich. Das Zimmer war wie ein Wartezimmer eingerichtet, mit vielen Stühlen an den Wänden, einem runden Tisch, der mit abgegriffenen Illustrierten überhäuft war, und einem Gummibaum mit glänzend polierten Blättern. Außer ihr war niemand hier, und Sabine begriff, daß es sich um das Wartezimmer eines Arztes handelte, der augenblicklich keine Sprechstunden hatte. Sie ging unruhig auf und ab, nahm eines der Hefte auf, ließ es wieder fallen, trat an das Fenster und blickte auf den Innenhof des Kreiskrankenhaues, in dem Patienten um ein herbstlich graues Rasenstück spazierengingen.

Als die Tür aufging, drehte sie sich jäh um und sah sich einem jungen Mann in weißem Arztmantel gegenüber. Er hatte ein schmales, blasses Gesicht, das durch den sehr hohen Ansatz seines fahlen Haares sehr lang wirkte. »Doktor Meringer«, stellte er sich ohne Verbeugung vor. »Sind Sie die Frau, die...«

»Ich bin Frau Miller, die Schwägerin von Rosy Kasparek. Mein Bruder, ihr Mann, bat mich, sich nach ihr zu erkundigen. Er ist sehr besorgt.«

»Ist sie nicht auf ihn losgegangen?«

»Ja. Aber er meint, daß das nur in einem Anfall von geistiger Umnachtung geschehen sein könne.«

»Hm, hm...« Dr. Meringer strich sich über sein mit blassen Stoppeln bedecktes Kinn.

»Wenn Sie meinen, daß Sie mir nicht die Wahrheit sagen dürfen, sprechen Sie doch, bitte, mit meinem Bruder selbst. Er liegt ja hier im Haus. Allerdings komme ich in seinem Auftrag, und vielleicht wäre es besser... er ist nämlich schwer verletzt...«

»Sie verlangen da ein bißchen viel von mir«, sagte Dr. Meringer. »Die Patientin ist uns von der Polizei überstellt worden, und wir sind dabei, ein Gutachten über sie zu verfassen, das dann der Staatsanwaltschaft zugeleitet wird und...«

»Das glaube ich Ihnen ja alles«, unterbrach Sabine ihn ungeduldig,

»aber ihre Familie hat doch auch ein Recht, zu erfahren, wie es um sie steht... oder etwa nicht?« Als der Arzt schwieg, fügte sie hinzu: »Wir müssen doch wissen, woran wir sind. Sehen Sie, Rosy Kasparek hat zwei kleine Jungen. Ich habe sie nach dem Unglück zu mir genommen. Aber ich bin berufstätig und mußte mir Urlaub nehmen. Also kann ich keine Dauerlösung sein.«

»Sie wollen wissen, wann Ihre Schwägerin nach Hause darf?«

»Das auch.«

»Auf keinen Fall wird das sehr bald sein. Wenn sie zurechnungsfähig ist, erwartet sie ein Prozeß.«

»Aber ist sie denn zurechnungsfähig? War sie es im Augenblick der Tat?«

»Wenn nicht, wird sie sicher für längere Zeit in eine Heilanstalt eingewiesen. Da sie gemeingefährlich ist, kann das von Staats wegen und ohne ihre Einwilligung erfolgen.«

»Das klingt nicht sehr ermutigend.«

»Es ist ein sehr schwieriger Fall.«

»Kann ich meinem Bruder denn gar nichts Positives sagen? Ihm keine Hoffnung machen?«

»Lassen Sie mich eine Gegenfrage stellen: Stehen Sie sich gut mit Ihrem Bruder?«

»Ja.«

»Sind Sie oft mit ihm zusammengekommen?«

»Ja.«

»Auch mit Ihrer Schwägerin?«

»Ja. Das heißt, eigentlich nur bis zu diesem Frühling. Danach kamen sie immer seltener und schließlich gar nicht mehr. Warum wollen Sie das alles wissen?«

»Weil Sie uns vielleicht bei der Diagnose helfen können. Ist Ihnen irgend was Außergewöhnliches im Benehmen Ihrer Schwägerin aufgefallen?«

»Sie spielte gern verrückt. Jedenfalls dachte ich, daß sie nur spielte. Inzwischen sieht es ja so aus, als sei das alles ganz ernst gewesen.«

Dr. Meringer lud sie mit einer Handbewegung ein, sich zu setzen. »Und wie sah dieses Verrücktspielen im einzelnen aus?«

Sabine nahm Platz. »Manchmal redete sie seltsam manieriert«, sagte sie nachdenklich, »manchmal saß sie auch stundenlang da und bewegte stumm die Lippen. Und dann, einmal – es war übrigens das letztemal, daß ich allein mit ihr zusammen war –, da erzählte sie etwas von bösen Kräften, die ihr Mann auf sie losließe...«

»Und wie haben Sie darauf reagiert?«

»Ich hielt es für Interessantmacherei, und ich sagte es ihr auch.« Sabine erschrak. »War das ein Fehler? Hätte ich merken müssen, daß etwas mit ihr nicht in Ordnung war? Hätte ich das Unglück verhüten können?«

»Wohl kaum.«

»Mein Bruder erzählte mir jetzt, daß er es schon lange gewußt und immer versucht habe, sie zum Arzt zu bringen. Aber sie wollte nicht, wehrte sich auch gegen Tabletten.« Sie sah Dr. Meringer flehend an. »Bitte, sagen Sie mir, was Sie von dem Fall halten, ich brauche ja kein Gutachten. Ich möchte nur Ihre Meinung wissen. Ihre Meinung als Arzt.«

»Wenn Sie mir versprechen, mich später nicht darauf festzunageln...«

»Bestimmt nicht. Bitte, Herr Doktor, wir müssen es wissen!«

Dr. Meringer hatte sich, mit einem Stuhl Abstand, neben sie gesetzt und schlug die langen Beine übereinander. »Daß Rosy Kasparek sich, na, sagen wir mal, sonderbar benahm, ist Ihnen selbst ja schon seit langem aufgefallen. Also kann ich Ihnen auch wohl verraten, daß sie tatsächlich erheblich geistig gestört zu sein scheint.«

»Sie ist geisteskrank?«

»Sie leidet an Beziehungs- und Verfolgungswahn, das heißt, sie glaubt sich verfolgt. Zum Beispiel von jenen bösen Kräften, von denen sie zu Ihnen gesprochen hat. Sie bezieht jedes Lächeln, jede Geste, jedes Wort ihrer Mitmenschen, das gar nichts mit ihr zu tun hat, auf sich. Das sind alles Symptome. Zusätzlich bildet sie sich noch ein, daß ihr Mann sie fortwährend und mit jeder anderen Frau betrügt: Eifersuchtswahn.«

»Kann sie wieder gesund werden?«

»Schwer zu sagen. Wir kennen erst die Symptome. Sonst nichts. Übrigens schlägt ihr Verfolgungswahn zwischenzeitlich in Größenwahn um. Es ist gar keine ungewöhnliche Entwicklung. Da alle Welt es auf sie abgesehen hat, schließt sie mit der Logik ihres kranken Hirns daraus, daß sie etwas Besonderes sein müßte.«

»Eine Verurteilung halten Sie demnach also doch nicht für möglich?« Sabine biß sich auf den Knöchel ihres Zeigefingers.

»Kaum. Es sei denn, sie entpuppt sich als geniale Simulantin. Sie ist noch nicht lange genug bei uns, um das mit letzter Sicherheit klären zu können.«

»Warum hätte sie aber dann mit einer Schere auf ihren Mann losgehen sollen?«

»Eine sehr gute Frage. Aber damit muß sich gegebenenfalls das Gericht befassen.« Dr. Meringer stand auf: »Ich hoffe, ich konnte Ihnen helfen.«

»Um die Wahrheit zu sagen: Klüger bin ich durch Ihre Ausführungen kaum geworden. Nur eins scheint sicher zu sein: wir können nicht erwarten, daß Rosy in den nächsten Wochen oder auch Monaten nach Hause zurück darf!«

»Das«, erklärte Dr. Meringer, »kann ich nur unterschreiben.«

Egon sah besser aus als bei Sabines letztem Besuch. Die Bluttransfusion hatte gewirkt; sein Gesicht hatte wieder Farbe bekommen. Es stand nun fest, daß er mit dem Leben davonkommen würde. »Ich habe

Glück gehabt«, sagte er, »purer Zufall, daß nicht die Halsschlagader verletzt worden ist.«

Sabine zog sich einen Stuhl heran und setzte sich so nah wie möglich an sein Bett, um die Patienten, mit denen er das Zimmer teilte, von ihrem Gespräch auszuschließen. Sie wollte ihm von der Besprechung mit Dr. Pötters und Ethel erzählen, aber er erkundigte sich sofort nach Rosy. Sabine berichtete ihm, was sie von Dr. Meringer erfahren hatte. Egon schloß für Sekunden die Augen. »Sie ist sehr krank, ich weiß es. Ich habe es schon seit langem gewußt.«

»Wie konntest du sie dann mit den Jungen allein lassen?« entschlüpfte es Sabine, aber sie verbesserte sich sofort: »Entschuldige, bitte, es steht mir nicht zu, dir Vorwürfe zu machen. Und außerdem bist du wohl gestraft genug.«

»Du hast ja recht«, gab er zu, »aber was hätte ich denn machen sollen?«

»Rosy gegen ihren Willen einem Arzt vorführen! Einen Arzt ins Haus holen, was auch immer!«

»Ja, nachher ist man wohl klüger, aber du mußt bedenken: ich wußte wohl, daß sie krank war, wäre aber nie darauf gekommen, daß sie gewalttätig werden könnte.«

»Und was soll jetzt mit den Jungen geschehen?«

»Ich hatte gehofft«, bat er und sein Blick wurde kindlich, »du könntest sie behalten, bis...«

»... bis Rosy nach Hause kommt? Machen wir uns doch nichts vor, Egon. Der Doktor hat das zwar nicht direkt ausgesprochen, aber es liegt auf der Hand. Wir müssen damit rechnen, daß sie mindestens ein Jahr wegbleibt.«

»Und du könntest nicht...? Bis dahin?«

»Egon, ich arbeite. Ganz davon abgesehen, daß es mir Spaß macht, muß ich arbeiten, um unseren finanziellen Verpflichtungen nachzukommen. Wenn ich mich statt dessen um deine Zwillinge kümmern würde, müßte alles zusammenbrechen.«

»Und wenn ich dir nun genau soviel zahle wie dein Chef?«

An diese Möglichkeit hatte Sabine nicht gedacht. »Dann bekämst du ein sehr teures Kindermädchen.«

»Hast du vergessen, daß ich euch ohnedies Geld schulde?«

»Ja, aber...«

»Sabine, bitte...« Er streckte seine Hand nach ihr aus. »Ich brauche dich... ohne dich geht es nicht. Ich kann doch die Buben nicht in ein Waisenhaus tun oder einer fremden Person anvertrauen. Sie sind... du weißt selbst, wie sie sind! Das Zusammenleben mit einer närrischen Mutter war bestimmt nicht das richtige. Ich weiß niemanden außer dir, der sie erziehen und ihnen die Liebe geben könnte, die sie brauchen.«

»Um die Wahrheit zu sagen: ich bin gar nicht sicher, ob ich sie wirklich liebe. Bestimmt nicht wie eine Mutter!«

»Ach, Mutterliebe, das ist so ein verschwommener Begriff. Viele

Mütter behandeln ihre Kinder aus lauter Liebe ganz verkehrt, das brauche ich dir doch nicht zu sagen. Du wirst Verständnis und Geduld mit ihnen haben, und genau darauf kommt es an.« Sie schwieg. »Oder fällt es dir so schwer, deinen Doktor zu verlassen?« fragte er.

Plötzlich begriff sie, daß Egons Vorschlag eine Lösung ihres Problems bot: er gab ihr einen guten Anlaß, Thomas Strathmann zu kündigen – und nicht nur das! »Ich muß mal eben telefonieren, Egon.« Sie stand auf. »Ich komme gleich wieder.«

Sie hätte wahrscheinlich auch vom Krankenhaus aus anrufen können, aber das fiel ihr erst ein, als sie den Vorplatz überquerte. Auf der anderen Seite standen zwei Telefonzellen, von denen eine für Ferngespräche eingerichtet war. Sie suchte die Nummer des Münchner Kaufhauses, in dem Ilona arbeitete, aus ihrem kleinen Notizbuch, wählte und wurde sehr rasch mit ihrer Tochter verbunden. »Ilona«, fragte sie, gleich nach der Begrüßung, »warst du bei Doktor Lehmann?«

»Ja«, antwortete die junge Frau zurückhaltend.

Sabine wußte nicht mehr weiter. Sie glaubte, zu spät gekommen zu sein, und wollte Ilona das Herz nicht unnötig schwer machen.

»Ich kann es dir ja auch gleich sagen«, platzte Ilona heraus, »ich hab's nicht machen lassen. Ich konnte mich nicht überwinden. Frag mich jetzt nicht, wie es weitergehen soll, das weiß ich selbst noch nicht.«

»Ach, Ilo, warum hast du das nicht gleich gesagt?« rief Sabine erleichtert. »Ich bin ja so froh! Es hat sich nämlich hier alles geändert. Ich muß für Onkel Egons Jungen sorgen, er bezahlt mich dafür. Und da kann ich dein Baby doch auch übernehmen, jedenfalls vorläufig...«

»Das wäre ja wundervoll! Ist es wahr? Ist es wirklich wahr?«

»Ja, Ilo, wenn der Anlaß auch ziemlich traurig ist...« Sie erzählte in kurzen Worten, was geschehen war, und versprach, ausführlich zu schreiben.

»Hast du gekündigt?« fragte Egon hoffnungsvoll, als sie in das Krankenzimmer zurückkehrte.

»Das nicht!« antwortete sie und fügte, als sie seine Enttäuschung sah, rasch hinzu: »Aber ich habe mich entschlossen, dein Angebot anzunehmen!«

»Sabine, du bist und bleibst die Beste! Du hast noch nie jemanden im Stich gelassen!«

»Lob mich nicht zu sehr«, wehrte sie ab, »vielleicht irrst du dich. Vielleicht bin ich ganz anders, als du mich siehst!«

Die Betreuung der Zwillinge, die Verhandlungen mit der Bank und mit der Bausparkasse, der Gang zum Notar, der die Eintragung der veränderten Besitzverhältnisse ins Grundbuch veranlassen sollte, all die familiären Aufregungen und finanziellen Transaktionen brachten es mit sich, daß Sabine den Mann, den sie liebte, zwar nicht vergaß, aber weder Lust noch Kraft aufbrachte, sich mit ihm in Verbindung zu setzen. Tatsächlich schob sie die unausweichliche Aussprache immer weiter vor sich her, als dürfe sie hoffen, daß sie ihr durch ein Wunder erspart bliebe.

Eines Abends stand Thomas vor ihrer Haustür. Sabine hatte die Tür zum Gartenzimmer, wo sie mit den Kindern gespielt hatte, offengelassen, und sagte hastig: »Guten Abend, Herr Doktor! Ich nehme an, Sie bringen Arbeit?« Sie wich zurück, als er sie in die Arme nehmen wollte, und schüttelte mit aufeinandergepreßten Lippen den Kopf. Sein eben noch frohes Gesicht verdüsterte sich. »Ich störe wohl?« fragte er.

»Durchaus nicht«, versicherte sie, »ich hatte doch versprochen...« Sie trat in das Gartenzimmer, das inzwischen den Fernseher, das Radio und einen Großteil der Möbel hatte aufnehmen müssen, weil das Wohnzimmer als Schlafzimmer für die Zwillinge eingerichtet worden war. Thomas folgte ihr und sah die drei Jungen, die auf dem Boden kauerten und dabei waren, einen ziemlich verworrenen Gebäudekomplex aus Holzklötzen zu errichten. Nur Sven stand auf, Sabine stellte ihn vor. Die Zwillinge ließen sich in ihrem Spiel nicht stören.

»Können wir irgendwo in Ruhe sprechen?« fragte Thomas.

»Tut mir leid«, antwortete Sabine mit einer resignierenden Geste, »wir sind ziemlich beengt.« Mit Überwindung fügte sie hinzu: »Im übrigen muß ich sagen, daß ich häusliche Arbeiten zwar noch übernehmen kann, ansonsten aber gezwungen bin, zu kündigen.«

Er nahm es mit Fassung zur Kenntnis. »Ich hatte es kommen sehen«, sagte er nur.

»Meine Neffen können vorläufig nicht nach Hause und deshalb...«

Er unterbrach sie schroff. »Sie sind mir keine Erklärung schuldig.«

»Ich dachte, da ich die Kündigungsfrist nicht einhalten kann...«

»Schon gut. Reisende soll man nicht aufhalten.« Er hatte seine Aktenmappe auf den Tisch gestellt und geöffnet; jetzt drückte er den Verschluß wieder zu, nahm sie auf und wandte sich zum Flur. Sabine verzichtete darauf, ihn zurückzuhalten, und folgte ihm. »Es hat wohl auch keinen Sinn mehr, dich um eine private Verabredung zu bitten?« fragte er.

»Thomas – bitte, versuch doch, mich zu verstehen! Es war schön mit dir, und ich bin dir dankbar. Aber ich habe eingesehen, daß ich meine Familie jetzt nicht im Stich lassen darf... weder jetzt noch später.«

»Auf gut deutsch: du opferst dich wieder mal.«

»Ich weiß nicht, ob man es so nennen kann.«

»Aber ich. Du bist zu feige, um dir dein Glück zu erkämpfen.«

»Was ist Glück, Thomas? Und ist es denn wirklich das Wichtigste?«

»Was für eine Antwort soll ich dir darauf geben?«

»Keine, Thomas. Leb wohl.« Sie trat einen Schritt auf ihn zu, denn sie wünschte sich brennend, daß er sie noch einmal in die Arme nähme. Doch er fand nicht einmal ein Wort des Abschieds, wandte sich mit einem Ruck um und ging. Sie hätte schreien mögen vor Qual. Aber sie durfte nicht einmal eine Träne vergießen, denn sie wußte, wie hellsichtig Kinder sein können, und sie wollte die Jungen um keinen Preis beunruhigen. So zwang sie sogar ein Lächeln auf ihre Lippen, als sie in das Gartenzimmer zurückkehrte.

»Tante Biene, sieh mal, was wir debaut haben!« rief Andreas voll Stolz.

»Einen hichtigen Zoo!« fügte Christian erklärend hinzu.

»Und nun mußt du der Wärter sein und Futter bringen!«

Sie sah in die strahlenden Augen der kleinen Jungen und spürte noch in ihrem Schmerz, daß auch dies Glück war. »Das habt ihr wirklich fabelhaft gemacht!« lobte sie. »Aber ich wette, ohne Sven hättet ihr es nicht geschafft. Ich weiß es zu schätzen, Sven, daß du dich so lieb um deine Vettern kümmerst.«

»Was bleibt mir anderes übrig?« meinte Sven. »Schließlich bin ich der einzige Mann im Haus. Aber jetzt könntest du uns was zu futtern bringen, Mutti. Wir haben nämlich einen Mordshunger.«

»Dann wird es das beste sein, ich mache gleich Abendbrot. Wie wär's mit Bratkartoffeln und Spiegeleiern?«

Die Jungen stimmten begeistert zu, und Sabine ging in die Küche. Jetzt hätte sie Gelegenheit gehabt, ihren traurigen Gedanken nachzuhängen, aber sie versagte es sich. Es tat weh, und doch wußte sie, daß sie richtig gewählt hatte. Es war besser, sich mit frohen Gedanken der Zukunft zuzuwenden, als einer unwiederbringlich verlorenen Vergangenheit nachzutrauern.

Als Sabine am nächsten Mittwoch nach Traunstein fuhr, diesmal mit der Bahn – Dr. Pötters wußte noch nicht, daß sie ihre Stellung aufgegeben hatte und hatte deshalb die Besuchserlaubnis wieder für Mittwoch beantragt –, spürte sie, daß sie Thomas dankbar dafür sein mußte, daß er ihr den Abschied so leicht gemacht hatte. Ohne daß der Schlußstrich unter diese Affäre gezogen war, hätte sie es nicht fertiggebracht, Arnold gegenüberzutreten; es drückte sie ohnedies das Bewußtsein, ihm Unrecht getan zu haben.

Er war sehr blaß, und die Schatten unter seinen Augen sprachen von schlaflosen Nächten und durchgrübelten Tagen. Aber er war wieder schlanker geworden, und seine Bewegungen wirkten elastischer. »Ich habe mich an deinen Rat gehalten«, sagte er. »Ich treibe Zellengymnastik.«

»Bravo. Hast du mein letztes Paket bekommen? Du solltest täglich eine Apfelsine essen.«

»Tue ich. Ich weiß schon, wegen der Vitamine. Ja, danke, ich habe alles bekommen. Bis auf die Tabletten, die haben sie kassiert. Ich darf hier nur Tabletten nehmen, die mir der Gefängnisarzt oder der Sanitäter gibt.«

»Hat man Angst, daß ich dich vergiften will?«
»Scheint so.« Er lächelte. »Nein, im Ernst, das ist Vorschrift.«
»Ich werd's mir merken.«
Sie saßen sich gegenüber und sahen sich an. Wieder einmal gehemmt durch die Anwesenheit des Justizangestellten, mußten sie nach Worten suchen, obwohl sie sich so viel zu sagen hatten. »Du siehst gut aus«, meinte er endlich.
Sie wußte, daß es nicht stimmen konnte, denn sie fühlte sich miserabel. Sie litt unter der Trennung von Thomas und unter der Tragödie, die die Familie ihres Bruders betroffen hatte; aber sie tat, als glaube sie ihm. »War Doktor Pötters bei dir?«
»Ja.«
»Dann weißt du also...«
»Ja. Und ich finde es fabelhaft, daß Ethel einspringen will.«
»Wenn du die Wahrheit gesagt hättest, hätte sie bestimmt schon eher daran gedacht. Versteh mich nicht falsch, ich will dir keinen Vorwurf machen, aber du hättest dir selbst viel ersparen können.«
»Ich weiß«, gab er zu, »ich hätte dich von Anfang an ins Vertrauen ziehen sollen, schon als Egon damals zu mir kam – nein, schon als ich von dem Gewinn wußte! Ich habe schreckliche Fehler gemacht.«
»Und ich habe dir Unrecht getan«, gestand sie.
»Wie solltest du denn wissen...«
»Ich hätte es ahnen müssen.«
Wieder schwiegen sie beide und wußten nicht weiter. Ihr fiel etwas ein. »Du lieber Himmel, beinahe hätte ich das Wichtigste vergessen!« Sie öffnete die Handtasche und holte einen Stoß Papiere hervor. »Ich brauche deine Unterschrift auf dem Kaufvertrag, gleich fünfmal.« Sie faltete die Formulare auseinander, glättete sie und schob sie ihm über den Tisch hinweg zu. »Hier mußt du unterschreiben, über oder unter meinem Namen, ich habe schon!«
Er drehte das obere Exemplar um und begann es zu studieren; seine Stirn runzelte sich. »Dadurch verlieren wir praktisch die Hälfte des Hauses.«
»Stimmt«, gab sie zu.
»Das ist nicht erfreulich.«
»Es hat aber auch seine guten Seiten. Ganz abgesehen davon, daß Kienzel dadurch sein Geld bekommt, brauchen wir auch sehr viel weniger Zinsen zu zahlen. Und auch der Rückzahlungsbetrag ist erheblich zusammengeschmolzen. Das ist eine große Erleichterung.«
»Wenn du die Dinge so siehst...«
»Ja«, sagte sie mit fester Stimme, »es ist ein großes Glück, daß wir das Haus überhaupt halten können.«
Sie sahen sich in die Augen. »Es ist nicht mehr rückgängig zu machen, Arnold«, erklärte sie, »nur auf Ethels Bausparkassenvertrag hat die Bank das Geld für Kienzel vorgestreckt. Du kannst mir jetzt vorwerfen, daß ich dich nicht vorher zu Rate gezogen habe. Aber ich wollte und mußte rasch entscheiden.«

»Du hattest recht.« Er unterschrieb. »Doktor Pötters hat mir versprochen, mir jetzt sehr schnell einen Termin zu beschaffen.«

»Und warum holt er dich nicht sofort hier heraus?«

»Weil ich dann unter Umständen noch über ein Jahr auf meinen Prozeß warten müßte, und damit wäre mir ja auch nicht geholfen.«

»Mit was für einer Strafe rechnet er?«

»Das habe ich nicht herausbekommen. Er will sich auf nichts festlegen.« Arnold gab eins der unterschriebenen Formulare nach dem anderen Sabine zurück. »Aber irgendwann werde ich ja wieder nach Hause kommen. Dann müssen wir einen neuen Anfang finden. Ich habe viel über uns nachgedacht. Es darf nicht wie früher werden.«

Sie lächelte ihm zu. »Das kann es wohl auch nicht. Die großen Kinder sind aus dem Haus, statt dessen haben wir Egons Zwillinge bei uns, und bald kommt auch noch Ilonas Baby, ich habe dir ja davon geschrieben.«

»So meine ich es nicht. Mit uns beiden muß es anders werden. Wir müssen wieder miteinander reden.«

Ihr Lächeln vertiefte sich. »Ich wäre dir schon dankbar, wenn du mir zuhören würdest.«

»Mein Wort darauf. Du ahnst nicht, wie ich mich aufs Heimkommen freue.«

»Wenn es nur endlich soweit wäre!« sagte sie und spürte zu ihrer eigenen Überraschung, daß es ihr ernst damit war.

Die Verhandlung gegen Arnold Miller fand am Freitag, dem 26. November, vor einem Schöffengericht des Amtsgerichts Traunstein statt, fast auf den Tag drei Monate nach seiner Verhaftung. Als Beginn war 10 Uhr 15 festgesetzt; er verzögerte sich aber, weil eine vorausgehende Verhandlung um einen Diebstahl wesentlich mehr Zeit als erwartet in Anspruch nahm. Die Publikumsbänke waren dicht besetzt. Obwohl Sabine keine bekannten Gesichter aus Riesberg entdeckte, wußte sie doch, daß viele Neugierige, wie etwa die Herren vom Stammtisch, ihre Späher geschickt hatten. Sie selbst war schon seit halb zehn Uhr da. Ethel, die sie gefahren hatte, saß an ihrer Seite in der vordersten Reihe.

Egon beaufsichtigte an diesem Tag seine Söhne selbst. Er hatte sie mit in den Supermarkt genommen, obwohl Ethel sich erboten hatte, auf die Zwillinge aufzupassen, so daß er seine Schwester zur Verhandlung hätte bringen können. Aber er hatte die andere Lösung vorgezogen und behauptet, sich auch nicht ausnahmsweise freimachen zu können. Der wahre Grund war aber wohl der, daß er nicht dabeisein wollte, wenn man über Arnold zu Gericht saß; wußte er doch nur zu gut, daß er selbst mit auf die Anklagebank gehört hätte.

Sabine hatte ihren großen Kindern rechtzeitig den Termin der Verhandlung mitgeteilt, aber kaum gehofft, daß sie ernsthaft davon Notiz nehmen würden. Doch als der Dieb, ein graugesichtiger, hilflos stotternder junger Mann, der sich in unzählige Lügen und Widersprüche verwickelte, endlich abgeurteilt war und die Türen zum Flur wieder geöffnet wurden, erschienen sie alle drei: Ilona in einem schicken Havelock aus dunkelgrauem Loden, der ihre rundlich gewordenen Formen verbarg, Torsten in seinem sportlichen, für die Jahreszeit zu kühlen Trenchcoat, und Knut in einem eleganten kurzen Stutzer. Sie stürmten mit Schwung herein und erregten Aufsehen beim Publikum, das fast ausnahmslos aus älteren Leuten bestand, die Gerichtsverhandlungen als Zeitvertreib zu genießen pflegten.

Sabine, die auf Arnolds Erscheinen wartete, bemerkte sie erst, als Ilona ihre die Hand auf die Schulter legte. Sie fuhr herum: »Daß ihr gekommen seid!«

»Ehrensache, Biene!« behauptete Knut.

»Nun tu nur nicht so!« wies Ilona ihn zurecht. »Wenn Torsten dich nicht am Krawattel gepackt hätte ...«

»Hauptsache, ihr seid da!« Sabine begrüßte eines ihrer großen Kinder nach dem anderen, und dann kam Ethel an die Reihe. Die jungen Leute fanden in der ersten Reihe Platz neben den beiden Frauen, und nun saßen sie alle da, mit Energie geladen, entschlossen, durch ihre bloße Anwesenheit dem gedemütigten Vater Kraft und Zuversicht zu verleihen.

Als Arnold Miller eintrat – gut rasiert und sehr korrekt angezogen in einem mittelblauen Anzug mit weißem Hemd –, richteten sie alle ihre Augen auf ihn. Als er sie sah, machte er eine Bewegung, als wolle er fliehen. An alles hatte er gedacht – nur daß seine Familie im Gerichtssaal sitzen würde, hatte er sich nicht vorgestellt. Das schien ihm die schlimmste Demütigung zu sein. Aber als Torsten ihm zulächelte, begriff er: sie wollten zeigen, daß sie trotz allem unverbrüchlich zu ihm hielten.

Der Staatsanwalt las die Anklage vor. Danach fragte der Richter: »Bekennen Sie sich schuldig?«

Arnold war aufgestanden: »Ja«, sagte er mit klarer Stimme.

»Erzählen Sie zuerst etwas über sich selbst, damit sich das Gericht ein Bild von Ihrer Persönlichkeit machen kann.«

Arnold berichtete: Kindheit im Krieg und in den Nachkriegswirren, Schulabschluß mit der mittleren Reife, kaufmännische Lehre, jung verheiratet, vier Kinder, immer im gleichen Betrieb tätig gewesen – es war das Leben eines anständigen und unauffälligen Durchschnittsmenschen, das sich da aufblätterte.

»Vorstrafen keine?« fragte der Vorsitzende.

»Keine.«

»Und nun zur Tat selbst ...«

Arnold erzählte von der großen Versuchung, die der lang herbeigesehnte Lottogewinn für ihn bedeutet hatte, von dem Gefühl, endlich einmal eine Glückssträhne erwischt zu haben und von seinem Versuch, das vom Schicksal geschenkte Geld nun zu verdoppeln und zu verdreifachen. Er machte von seinem Recht, als Angeklagter zu lügen, reichlich Gebrauch – und doch war es nicht nur Lüge, was er vorbrachte, denn das, was er da schilderte, hatte er doch gefühlt; und auch so hätte es sein können, wenn ihm Egon neben der Chance, einen großen Schnitt zu machen, nicht auch gleichzeitig die Rechtfertigung geboten hätte, eine gute Tat zu tun. »Ich hatte gehört, daß die Chancen beim Roulette besonders groß seien«, schloß er, »und daß man unbedingt gewinnen könnte, wenn man nur über genügend Geld verfügte, um mögliche Verluste schnell wieder auszugleichen. Aber es ging schief.«

»Sie haben also zuerst Ihr Geld verspielt?« fragte der Staatsanwalt.

Darauf war Arnold gefaßt – die nächste Frage würde lauten, warum er Kienzels Geld überhaupt mitgenommen hatte. »Nein«, behauptete er, »ich habe von Anfang an zu gleichen Teilen mein und Kienzels Geld eingesetzt ... ich wollte ja für uns beide gewinnen.« Im gleichen Atemzug fügte er hinzu: »Ich weiß längst, daß das falsch war, daß ich es nicht hätte tun dürfen. Ich habe mir ganz fest vorgenommen, nie wieder zu spielen ... weder mit meinem noch mit fremdem Geld!«

Rechtsanwalt Pötters stand auf und erklärte mit Nachdruck: »Übrigens darf ich darauf hinweisen, daß Rudolf Kienzel seinen Anteil samt Zinsen zurückbekommen hat, so daß es keinen Geschädigten mehr gibt ... außer dem Angeklagten selbst.«

»Darüber haben wir schriftliche Unterlagen vorliegen«, sagte der Richter. »Wenn Sie sich vielleicht überzeugen wollen, Herr Staatsanwalt ...«

»Danke, ich bin orientiert.«

»Zeugen?« fragte der Richter.

»Ich habe einen Herrn der Zeltner-Werke als Leumundszeugen geladen«, meldete der Verteidiger.

»Danke. Das können wir uns schenken«, winkte der Richter ab. »Wir sind vom tadellosen Leumund des Angeklagten ohnedies überzeugt.«

»Ich möchte aber doch noch die Darstellung des Geschädigten hören«, verlangte der Staatsanwalt.

Der Zeuge Rudolf Kienzel wurde hereingerufen und erschien, mit hochrotem Kopf, das weiße Haar förmlich gesträubt, mehr denn je ein kampfbereites Hähnchen. Nachdem das Gericht sich geeinigt hatte, daß er nicht zu vereidigen sei, legte er sofort los, sprach von Vertrauensbruch und Niedertracht. »Also, wenn Sie mich fragen, meine Herren«, donnerte er, »ich kann das Verhalten des Angeklagten nur als hinterfotzig bezeichnen!« Unterdrücktes Gelächter im Zuhörerraum belohnte ihn für diesen bayerischen Kraftausdruck.

»Vorsicht, Vorsicht«, mahnte der Richter, »ich muß Sie bitten, die Würde des Gerichts zu wahren. Außerdem wollen Sie sich doch sicher keine Klage wegen Beleidigung zuziehen!«

»Ich werde doch wohl noch sagen dürfen, was ich denke!« krähte Kienzel. »Dieser Lump, dieser Haderlump, der, er hat mich um mein teures Geld gebracht!«

Jetzt fiel ihm der Staatsanwalt ins Wort. »Na, hören Sie mal, Sie haben das Geld doch inzwischen zurückbekommen. Sogar mit Zinsen!«

»Ja, aber erst im November! Woher können Sie denn wissen ob mir nicht ein großes Geschäft dadurch entgangen ist, daß ich es nicht gleich damals zur Verfügung hatte?!«

»Was für ein Geschäft?«

»Wollen Sie mich etwa verhören? Wer sitzt denn hier auf der Anklagebank? Ich etwa?«

»Es ist gut«, griff der Richter ein, »Sie können jetzt gehen.«

Kienzel wechselte jäh die Farbe. »Aber ich habe doch noch gar nicht erzählt, wie ich ahnungslos aus Teneriffa zurückkam, und der Schuft...«

»Sie können im Zuhörerraum Platz nehmen«, unterbrach ihn der Richter äußerst kühl, »wir brauchen Ihre Aussage nicht mehr.«

Rudolf Kienzel stand einen Augenblick verdonnert, dann drehte er sich um. »Da hört sich doch alles auf«, murrte er, »ich muß mich wirklich fragen: wo bleibt da die Gerechtigkeit?« Er setzte sich in die erste Reihe, mit betontem Abstand von den Millers.

Richter und Staatsanwalt waren sich inzwischen einig geworden, die Verhandlung zu beenden. Arnold Miller bekam das letzt Wort. »Ich kann nur sagen, daß ich es sehr bereue«, beteuerte er, »und daß ich nie mehr so handeln würde.«

Der Richter und die beiden Schöffen verließen ihre Plätze und verzogen sich in das Beratungszimmer. Die Millers umringten Arnold. »Du warst fabelhaft, Vater!« versicherten sie. »Du hast 'nen fantastischen Eindruck gemacht, wirklich!« – »Gleich ist alles überstanden, Arnold.«

Kaum fünf Minuten später – niemand hatte Zeit gehabt, auch nur eine Zigarette zu Ende zu rauchen – kam das Gericht zurück, und alle Anwesenden erhoben sich. Der Richter verlas: »Im Namen des Volkes ergeht folgendes Urteil: Der Angeklagte Arnold Miller ist im Sinne der Anklage für schuldig befunden worden. Er erhält eine Strafe von drei Monaten Haft, die durch die erlittene Untersuchungshaft abgegolten ist. Er wird sofort auf freien Fuß gesetzt. Er trägt die Kosten des Verfahrens. Schriftliche Begründung folgt.« Und fast im gleichen Atemzug fügte er hinzu: »Der nächste Fall, bitte...«

Die ganze Verhandlung gegen Arnold Miller hatte nicht länger als eine halbe Stunde gedauert. Bei aller Freude fühlte Sabine sich völlig benommen. Alles war plötzlich so belanglos erschienen, ein Vergehen unter vielen, die täglich passieren, und doch war durch Arnolds Fehler sein Leben, ihres und das ihrer Kinder völlig umgekrempelt worden.

Nachher standen sie auf dem Flur beisammen, gratulierten Arnold, bedankten sich bei Dr. Pötters und redeten aufgeregt durcheinander. »Und du kannst wirklich jetzt gleich nach Hause?« fragte Sabine.

Er legte ihr die Hand in den Nacken. »Ja, Biene, ich kann und ich werde. Wir müssen nur noch meine Sachen aus dem Polizeigefängnis holen. Wird ein fabelhaftes Gefühl sein, wieder Schnürsenkel in die Schuhe zu bekommen.« Er zog sie an sich und blickte seine Kinder an. »Und was ist mit euch? Wie ich euch kenne, müßt ihr gleich wieder nach München?«

Torsten grinste. »Wir müssen dich enttäuschen, Vater, nein, wir haben vor, im Konvoi mit nach Riesberg zu fahren. Extra für diesen Zweck, habe ich eine alte Nuckelpinne aufgetrieben.«

»Wunderbar!« rief Sabine.

»Aber warum stehen wir dann noch hier herum?« fragte Ethel. »Laßt uns sehen, daß wir fortkommen!«

Sie verabschiedeten sich von Dr. Pötters, dankten ihm noch einmal und stürmten alle zusammen den Gang entlang und die breite Treppe hinunter.

Später, als Sabine und Arnold eng aneinandergeschmiegt im Fond von Ethels Auto saßen, sagte er: »Ich muß das Verfahren zahlen. Hast du eine Ahnung, wieviel das kosten wird?«

»Das ist doch jetzt zweitrangig, Arnold. Das Geld werden wir auch noch aufbringen. Außerdem kann man es in Raten zahlen, sagte Doktor Pötters.«

»Auf alle Fälle muß ich so schnell wie möglich wieder verdienen. Die Zeltner-Werke werden mich wohl nicht mehr nehmen, jedenfalls nicht als Buchhalter...« Er machte eine Pause, als hoffe er auf ihren Widerspruch.

Aber sie wollte ihn nicht belügen. »Wir werden schon eine interessante Aufgabe für dich finden«, sagte sie statt dessen. »Zum Glück gibt es ja eine Menge Möglichkeiten. Wenn du ehrlich sein willst; dir hat ja auch nie so viel an der Buchhalterei gelegen.«

»Stimmt. Ich fand sie manchmal zum Kotzen.«

»Na, siehst du. Also hast du gar nichts verloren. Hör auf, dir Gedanken zu machen, sei lieber froh, daß du es überstanden hast.«

»Froh«, sagte er, »ist gar kein Ausdruck.«

Er küßte sie, und alles an ihm war ihr vertraut. Sie empfand ein warmes Gefühl von Geborgenheit, aber auch von prickelnder Sehnsucht.

»Es ist ja schön, daß die Kinder mitkommen«, flüsterte er, »aber am liebsten wäre ich doch mit dir allein!«

»Ich auch, Arnold!«

Er küßte sie wieder, und plötzlich fühlte sie sich ganz wie das junge Mädchen, das sie einmal gewesen war, als sie sich kennengelernt hatten. Sie machte sich nichts vor. Sie wußte, daß die Vergangenheit noch nicht überwunden war und daß noch zahllose Schwierigkeiten vor ihnen standen. Aber sie war überzeugt, daß sie es schaffen würden, nun, da sie sich wiedergefunden hatten.